Jan Wilm
Winterjahrbuch

Roman

Schöffling & Co.

Erste Auflage 2019
Schöffling & Co. Verlagsbuchhandlung GmbH,
Frankfurt am Main 2019
Alle Rechte vorbehalten
Alle Zitate von Gabriel Gordon Blackshaw aus dessen Nachlass
© The Estate of Gabriel Gordon Blackshaw,
Glendale, Kalifornien.
Satz: Fotosatz Amann, Memmingen
Druck & Bindung: Pustet, Regensburg
ISBN 978-3-89561-497-2

www.schoeffling.de
www.janwilm.de

Alle Figuren in diesem Buch, mit Ausnahme der namentlich genannten historischen Persönlichkeiten wie Gabriel Gordon Blackshaw und Leyton R. Waters, sind Erfindungen des Erzählers. Alle sonstigen Figuren, mit Ausnahme des Erzählers, sind unidentisch mit einer lebenden oder toten Person, und sämtliche Ähnlichkeiten mit Vorgängen der Realität sind rein zufällig.

Und dass ich neu auf der Welt bin
mit einem Mal, ohne Augen, ent-
lassen, ein Arbeitsloser, der keinen
Halt mehr hat, und ein Wort muss
ganz am Schluss stehen: Unglück.

PAZIFIK EXIL · MICHAEL LENTZ

I am gonna make it through this
year if it kills me.

THIS YEAR · THE MOUNTAIN GOATS

FÜR A.

WINTER

JANUARY HYMN · THE DECEMBERISTS

Die Träume sind tot, es gibt nur noch gestern. Und trotzdem liegt vor mir der Schnee, und hinter mir liegst du. In meiner verlassenen Stadt liegst du hinter mir. In einem flughafenhaften Archivgebäude auf einem Hügel in Los Angeles, auf Papier, liegt der Schnee. Ohne dort sein zu wollen, bin ich dort, und dort ist jetzt hier. Ohne hier sein zu wollen, bin ich hier, gestraft unter himmelhohen Palmen, mein Zuhause zu Hause in Ruinen, zerbrochen, in die Asche gedrängt. Ins Landschulheim fahren müssen, am Montagmorgen, wenn sich die Eltern am Sonntagabend angeschrien haben.

Im Flugzeug, über dem kalifornischen Bergfleck kurz vor der Stadt, wie üblich die starken Turbulenzen, wie gewöhnlich die alte Absturzangst, dann in einem Luftloch der neue Gedanke, dass es jetzt egal wäre. Ich lande am 2. Januar gegen Mittag in LAX und werde nach einer kurzen Befragung von einem mürrischen Immigration Officer mit blauen Plastikhandschuhen in einen deprimierenden, milchverglasten, klimatisierten Bürosarg gebracht, wo man mir den Pass abnimmt, ihn mit einem Dutzend anderer Pässe auf einem Rezeptionstisch aufreiht und mich mit dem dazu passenden Dutzend verlorener, Jetlag-lädierter Seelen in einer Stuhlreihe warten lässt. Ohne zu wissen, warum ich hier bin, bin ich also hier.

Hier ist Nachmittag, daheim ist Nachtmitte. Wie ein Seufzen sind die schwarzen Stunden in die Zimmer gesickert, in denen ICH noch WIR hieß. WIR ist ein Wort aus Schnee, flüch-

›13‹

tig, vergesslich, wie die vergängliche Blüte des Schnees selbst. Das Wort entflockt sich hier, es rieselt mir davon, doch es steckt in meinem Hals fest wie das kloßige, zugeschnürte Gefühl vor dem Weinen. Ob ich es jetzt aussprechen könnte, wenn ich hier sprechen dürfte, wenn ich hier meine Sprache sprechen dürfte, unsere Sprache? Selbst wenn jetzt zu Hause Tag wäre, ein kaltklarer Januartag, Jännertag, Jammertag, ein Tag mit zackengreller Sonne, ich hätte niemanden, um von dieser Erfahrung hier zu erzählen.

Ich erfahre, dass es ein Problem mit einem alten Visum gibt, aus der Zeit, als wir einmal zusammen hier waren. Die Symboliken des Schicksals. Zur Verteidigung sage ich, *Ich bin Professor*, und gebe mir das übersetzungsbedingte Upgrade, durch das ich mir Schutz erhoffe. Dass ich seit drei Monaten an keiner Universität mehr beschäftigt bin und mich allein das DAAD-Geld (God love it) vor dem postakademischen Limbus beschützt, in dem die verlorenen Seelen ihre geisteswissenschaftlichen Goldreserven schließlich in Kalauer für *Die moderne Hausfrau* verwandeln oder Bücher über Gartenbau Korrektur lesen, behalte ich für mich.

Das bin ich, hier, im Transitbereich von Los Angeles International, wie ich herzpaukend erkläre, dass ich für ein Buch über Schnee recherchiere und die Papiere nur vor Ort eingesehen werden können. Eine Augenbraue rundet sich nach oben: *Snow? There ain't no snow around here, you know?* Ich lache verlegen, aber die Worte schienen weniger als Witz gemeint denn als Ausdruck eines Zweifels. Während der Beamte seinem Computer intensivere Aufmerksamkeit schenkt, schließt einer seiner Kollegen – es arbeitet nicht eine Frau hier – seinen Schalter und gießt sich an einer kleinen Refreshment Station auf einem Aktenschrank hinter den Arbeitsplätzen einen Instantkaffee auf, woraufhin ein Raunen durch den Raum geht. Mit der gedankenlosen Ruckartigkeit eines Rehs, das im Wald durch einen brechenden Ast beim Äsen unterbrochen wird und plötzlich aufschaut, sagt mein Grenzbeamter, allerdings ohne aufzuschauen: *Mh. Could it be that I smell coffee?* Daraufhin folgt aus der gesichtslosen Belegschaftsriege ein gedämpftes Gelächter.

Ohne eine Erklärung bekomme ich schließlich meinen Einreisestempel. *Welcome to the United States*, höre ich hinter einem Blick voller Zweifel, in dem ich fast Verzweiflung zu erkennen meine. Worauf freut sich Officer J. Morana im Laufe seines Arbeitstags? Auf den Instantkaffee mit der Pulvermilch, die aus einem rohrpostbüchsengroßen Streuer rieselt (hier gibt es doch Schnee!), oder darauf, erfolgreich die Menschen abweisen zu können, deren Zukunft, deren Vergangenheit eine Gefahr für Homeland Security darstellen? Vermutlich freut er sich nur auf eins: das Ende des Arbeitstags.

Als ich die lange Rolltreppe zur Gepäckausgabe runterfahre und mit meinem Abstieg auch mein Adrenalinspiegel sinkt und ich meinen Koffer wie ein letztes Treibgut auf dem Gepäckband fahren sehe, werde ich zum ersten Mal auf neuem Boden wirklich traurig. An dich zu denken wird möglicher, je weiter ich mich von dir entferne, und je weiter, desto schmerzlicher wird es, wirst du. Du bist bei mir, weil du fort bist, du bist hier, weil du dort bist. Wie ein mich heimsuchender Geist am fremden Ort.

SNOWY ATLAS MOUNTAINS · FIONN REGAN

Seit Beginn des fotografischen Zeitalters lag in Los Angeles nur ein einziges Mal richtig viel Schnee, im Januar 1948. In allen Archiven der Engelsstadt sind nur zwei Fotografien dieses singulären Ereignisses erhalten. Gemacht wurden sie vom Robinson Crusoe des Schnees, Gabriel Gordon Blackshaw, einem gebürtig kalifornischen Fotografen, der sein Leben damit verbrachte, den Schnee Nordamerikas fotografisch und sprachlich zu sammeln. Seinen insularen Beinamen erhielt er wegen seines abgeschiedenen Daseins in einer Berghütte in den Selkirk Mountains an der kanadischen Grenze, wo er vermutlich an einem der ersten Tage des Jahres 1950 in einer Lawine ums Leben kam.

Im Getty Research Institute unter der heißen Januarsonne im warmen Wind des Golden-State-Winters über dem zehnspurigen, zähfließenden 405-Freeway liegt heute der Blackshaw-Nachlass für alle Forschung frei zugänglich, freilich unerforscht: Positive und Negative, Briefe und Bücher und ein seltsames Konvolut aus losen Papieren, ein Journal seines letzten Lebensjahres. Es trägt den Titel *My Diary of the Plague Year*. Hierfür bin ich hier, so steht es zumindest im Antrag. Doch als ich die Papiere vorige Woche, frierend in meinem *airconditioned nightmare* des *Special Collections Reading Room*, erstmals durchsehen durfte, jede Seite ist in eine lichtreflektierende Klarsichtfolie eingeschlagen, erschrak ich, da ich einen Moment lang glaubte, ich schaute in einen schrecklichen Spiegel. Und sofort überkam mich ein Gefühl von Beklemmung, als klammerte sich um mein Herz eine Hand aus schwarzem Staub.

Seitdem habe ich Angst vor diesem Schneetagebuch, Angst davor, herauszufinden, was es war, das Blackshaw in seinem Pestjahr verloren hatte, Angst davor, dich darin finden zu können, Angst vor dem Wegknicken der Welt, als ob etwas aus ihr herausgebissen worden wäre, Angst davor, vom Verlust lesend, dich erneut verlieren zu müssen, und, dich verlierend, erneut alle Menschen verlieren zu müssen, die ich in meinem Leben schon verloren habe. Angst davor, vor allem, dass der Tod wieder heimkommt, erneut nichts als Oleander und Zypressen. Ich hätte niemals hierherkommen sollen. Jetzt fühlt es sich an, als könnte ich niemals wieder weg von hier. Denn was, wenn du dann zu Hause doch noch einmal zu mir kämst und mich nicht mehr erkennen würdest, weil ich hier ein anderer geworden bin?

Alles Neue, was ich hier sehe, sehe ich ohne dich, und weil du es nicht mit mir siehst, sehe ich es gegen dich. Mit jeder Erfahrung bringe ich Entfernung zwischen uns, mit der Entfernung bringe ich dich mehr in mich heim. Die Augen binden sich heftiger an das, was sie verschwinden sehen. Der gehende Blick ist manchmal der längste. Orpheus guckte absichtlich zurück. Ich verliere dich jetzt mit jedem neuen Blick und jedem neuen Wort, so schmerzlich, dass ich manchmal meine, dieses Verlieren müsste irgendwie produktiv sein und mir irgendetwas bringen (dich). Es bringt mir nicht mal einen Text, weil ich keinen Text schreiben will, der kein Text über dich ist, und dabei habe ich eine ästhetische Theorie über Schnee schreiben wollen. Ich singe ein Echo über mich selbst in meinem Innern, wenn ich von dir sprechen will. Wirst du weniger, wenn ich von dir schreibe oder von dir spreche? Selbst meine geschriebenen Worte über dich haben eine Stimme, die ausschließlich klingt wie ich. Ich schreibe DU und du bist es nicht.

Ich werde dich zur Leerstelle machen müssen, zum Weiß zwischen den Worten, deine Stimme nicht in meine Stimme hinunterschreien, dich nicht in meine Sprache hineinzerstören. Du hast in einem wissenschaftlichen Text nichts verloren. Ich kann dich nicht auch noch in der Theorie verlieren. Vielleicht ist DU ein Wort, das keine Buchstaben haben sollte. Wenn ich von dir schreibe, verliere ich dich, wenn ich aber nicht von dir schreibe, verliert dich die ganze Welt.

Ich sitze im Big Blue Bus und holpere über die schlag-durchlöcherten Straßen, als führe ich durch ein Kriegsgebiet. Diese sonnengebleichte Stadt, die flachen Häuser, die leeren Himmel, die vielen Autos, die verlassenen Gehwege. Einem Exilanten gleich, scheint meine Vergangenheit über meine Gegenwart gefaltet. Ich habe das Gefühl, ich lebe rückwärts. Aber eigentlich ist es doch auch egal, an welchem Ort man seine Erinnerungen verliert. *City of Quartz*. Eine Stadt fürs Vergessen, heißt es doch, eine Stadt, die keine Erinnerungen hat.

Obwohl die Stadt laut ist durch Verkehr und Möwen, ist das Gefühl des Passanten ein lautloses, als ginge man durch eine Schneelandschaft, eine farblose, geglättete Welt. Ich gehe zurück zu meiner Casita hinter einem Wohnhaus in Santa Monica, ein umgebautes Poolhäuschen, das ich für umgerech-net zu viel Geld über Airbnb miete. Ein Wasserfiltersystem, ein Entsafter und ein Bügeleisen sind aber inklusive. Adrian, mein *landlord*, zertritt vor dem Recyclingcontainer in der Müll-Alley hinter der Casita gerade bauchige Plastikkanis-ter. Er begrüßt mich mit den Worten: *Sie haben Pech, dass Sie ausgerechnet während der Hitzewelle hier angekommen sind.* Wenn es das Wetter nicht gäbe, denke ich, hätte man sich nichts zu erzählen. *Aber ich sage Ihnen was, bald kühlt es ab. Meistens in der dritten Januarwoche, dann liegt auf den Bergen sogar manchmal Schnee.* Ich bin überrascht, wie wenig mich das interessiert, in der Hand halte ich schon den Schlüssel, um die Tür zu öffnen. Ich schließe sie auf, sie öff-net immer zu schwer, aber ich wage nicht, es anzusprechen. Ich muss mich anstrengen, dort hinzukommen, wo ich nicht hinwill. Als müsste er verschnaufen, legt Adrian seine Hände an die Hüften, sein Hemd spannt über einem kleinen Bauch. *Schreiben Sie hier eigentlich ein Buch?*, fragt er, worauf sich

in mir etwas zusammenzieht, als hätte er mich bei etwas ertappt. Ich sage, ich versuche es, und schlüpfe schnell in meine
Airbnbleibe. Die traurige Dunkelheit in Zimmern an sonnigen Tagen, als wäre man zur Strafe vom Spielen reingerufen
worden. Draußen höre ich das trockene Krachen der zertre-
tenen Plastikkanister.

Man sagt mir, es dauere ein Jahr, bis man einen Menschen
vergessen hat. Einmal alle vier Jahreszeiten allein. Ich frage
mich, sagen sie einem das als Hoffnung oder als Drohung?

Vielleicht ist das bisschen Schnee, das ich mit dir hatte,
alles, was mir von dir bleibt. Ein Buch über Schnee schreiben
wollen und die Schneetage mit dir deshalb satter erleben, als
sie es eigentlich waren. Das Buch nicht schreiben können,
weil du unter dem Schnee verschwinden würdest, unter der
geglätteten Weißwelt des Buches, reduziert zu einer Spur,
verkommen zu einem Zeichen.

Damals in der Wohnung beließ ich vieles unverändert in
dem Kinderglauben, so könntest du jeden Moment zurückkommen und fändest alles, wie es war. Das Jahr des magischen Denkens. Ein Wasserglas stand noch nach einem Monat
auf dem Küchentisch in der näherkommenden Sonne, ein
Kalkrand wie ein staubiges Sediment, an dem ich glaubte,
unsere Zeit ablesen zu können. Und wie dann plötzlich das
Glas einfach weg war, als hätte ich mich selbst betrogen.

WINTER PRAYERS · IRON & WINE

Seit drei Wochen war ich nicht im Archiv und frage mich,
wie es, wenn es so weitergeht, weitergehen soll, wie ich in
meinem Abschlussbericht eine Woche zu einem Jahr hoch-
lügen soll, um das DAAD-Geld (God love it) nicht zurückzahlen zu müssen. Mit einem Stich aus Schuld sehe ich mei-

nen Getty-Ausweis, wenn ich mein Portemonnaie öffne. Meine mitgebrachten Schnee-Bücher nutze ich, um meinen Laptop auf dem flachen Couchtisch zu erhöhen. Der Name Blackshaw fällt in mir zu wie eine Tür.

Dann plötzlich, am Ende meiner vierten Woche, ohne dass ich einen denkenswerten Gedanken über Schnee gehabt hätte, fällt über Nacht die Temperatur ab. Als ich mir am Morgen einen Kaffee hole, stehen die Palmen fast still, der warme Wind ist verflogen, das Licht winterlicher, als wäre es durch Kristallglas gefallen, bevor es in die Straße kam. Die wüstenleere Zementwelt des Wilshire wirkt wie ein kommunistischer Prachtboulevard, die einzige Passantin, die mir begegnet, trägt einen Mantel, der so schwer aussieht wie das juwelenbeladene Kleid einer Romanow-Tochter. Als ich sie sehe, wird mir kalt. Es scheint, als hätten sich die runtergekühlten Innenräume der Stadt nach außen gestülpt, überall Reading Room-Temperatur, die ganze Stadt ein Archiv. Der Himmel hat eine yves-kleinblaue Klarheit. Die riesigen spinnendünnen Palmen, die sich schwindelerregend schräg und ungeheuer oben vom Sonnenlicht lackieren lassen, nicken mir leicht zu, als ich unter ihnen entlanggehe. Als wüssten sie etwas von mir.

Am Abend miete ich online einen günstigen Kleinwagen für den nächsten Tag, *Chevrolet Spark or similar*. Ich schlafe noch immer nicht gut, schiebe es auf den mittlerweile alten Jetlag, habe nachts Angst vor den Helikoptern in der Luft, Ghettobirds, wen suchen die denn über Santa Monica? Auf YouTube gucke ich Bob Ross beim Malen zu, *An Arctic Winter Day*, erst ein Glas Milch, dann ein Glas Maker's Mark, dann mehr Maker's Mark, dann mehr Bob Ross, *Mountain Cabin*. Hellwach. Das kleine BR-Logo wie ein winziges halb geöffnetes Sprossenfensterchen oben in der Ecke. Wer hätte gedacht, dass man einmal wehmütig an Bayern denkt.

Am Morgen stehe ich so müde im Mietwagenbüro, dass ich glaube, jeden Moment durch den Boden zu krachen. Weil noch nicht genügend Kleinwagen wieder zurückgekommen sind, bietet man mir einen Van an. Und einen Rabatt. Ich nehme beides. Eine Mitarbeiterin, die im Hintergrund des kleinen wasserhäuschengroßen Flachdachbüros mit müdem Handautomatismus Zettel in Plastikfolien steckt, hält inne und schaut auf, als die Worte *Chevrolet Express* fallen. Ich blubbere mir ein Glas Wasser aus dem bulboiden Spender, als die grelle, tiefstehende Morgensonne, die den leeren Parkplatz plättet, einen Moment lang verdunkelt wird, weil sich ein leichenwagenlanger schwarzer Bus vors Fenster schiebt.

Als ich mich gestaucht in dem glänzenden Lack des gigantischen Wagens gespiegelt sehe, sagt der Mietwagenhändler: *That thing's legit. Da passt eine ganze Band rein. Schlagzeug, sogar ein Kontrabass.*

Danke, sage ich leichthin, *ich bin heute auf Solo-Tour.*

Der Wagen liegt behäbig auf der Straße und gleitet gleichzeitig mit einer seltsamen Schwerelosigkeit dahin, und in den Grace-Kelly-Serpentinen den Mount Hollywood rauf fühle ich mich kurz wie George Kaplan, auch wenn ich nicht mehr betrunken bin. Sperrig und schwerfällig, wie eine Tram, die in ihr Depot bugsiert wird, rangiere ich den Wagen auf dem Parkstreifen neben dem Abgrund und muss schließlich, selbst in der geräumigsten Autostadt, zwei Parkuhren *quartern.*

Mit Menschen in Touristenfunktionskleidung und Wahrzeichenmützen schleppe ich mich verhalten den nach Pinien duftenden Weg zum Griffith Observatorium hinauf. Unter den Gehenden herrscht eine merkwürdige, erwartungsvolle Stille, das mechanische Schlurfen der Schuhe wie die Schritte der verlorenen Seelen, die ins Totenreich einziehen. Mit plötzlicher Majestät steigen hinter dem von uns bewegten Horizont die Dreifaltigkeitskuppeln des Observatoriums auf, Taj Mahal Light. Rechterhand und ganz nah, auf den Berg gewellt, das HOLLYWOOD Sign. Ich gehe nicht aufs Observatorium zu, sondern sondere mich ab vom Mommy-Daddy-Geschrei und den Ausflüglern mit ihrem Stabgeschirr-für-Schwachsinnige. Ein Selfiestick ist auch nichts anderes als ein Dildo, der Fotos machen kann. Von der kleinen Mount Wilson-Terrasse aus liegt sie dann augenblicklich vor mir, diese neue, ausgesprudelte Stadt, der *urban sprawl*, hingestreckt zwischen weichen Bergen wie ein Flügel. Ein Engel. Ein Albatros. *World on a wing.* Dahinter, über dem Kessel von LA, schwebt der hohe Wall der San Gabriel Mountains, und wie mit der Bob Ross-Spachtel in die dunklen Bergspitzen geritzt, wie mit einem federzarten Kalkweiß sedimentiert, ein einziges, dünnes weißes Band, das auf den Gipfeln liegt wie der transparente Überrest einer gehäuteten Schlange. Etwas Wind und die brüchige Schneehülse müsste verfliegen. Das Alltäglichste, das Unsicherste. Die kühle Luft ist klar, ich rieche Gras und Blüten statt Smog und leise höre ich die ferne Brandung des Stadtverkehrs. Tief im Körper meine ich, die Wahrnehmung von Pulverschnee ausmachen zu können, so als hätte ich jetzt frischen, kalten Neuschnee an den Händen. Doch meine Hände sind warm, etwas feucht. Es scheint mir, als täuschten mir meine Augen durch ihren Eindruck dieses weit entfernten Schnees meine körperliche Wahrnehmung, meine Erinnerung nur vor. Und obwohl ich es nicht möchte, bist auch du jetzt da, als gehörte mir mein Körper nicht mehr allein. Weil es so ja auch ist, denke ich und mache Musik in meiner Ohrmuschel fest: *While the city was busy we wanted to rest/She decided to drive up to Observatory crest* (CAPTAIN BEEFHEART AND THE MAGIC BAND).

Ich bin ein Körper ohne sein Herz, das du warst, du

schlugst mich durch die Tage. Allein, ein Körper ohne Herz ist nicht einfach ein Körper ohne Herz. Ein Körper ohne Herz ist eine Leiche. Und jetzt, als körperliches Gegenmittel: Schnee in den Fingern halten, das erste Mal ohne dich wieder Schnee berühren, wäre das das erste Mal? Das erste Mal Schnee in Southland. Die Berge sind nur anderthalb Stunden entfernt, man könnte hinfahren.

Als ich aber in der gedämpften Stille des Kleinbusses sitze, mit dem Wunderbaumgeruch, der waldig vom Rückspiegel pendelt, eines meiner Augen guckt mich auf Halbmast daraus an, bin ich plötzlich in eine Bewegungslosigkeit eingekrustet. Wir standen vor der James Dean-Büste auf der anderen Seite und eine Möwe hatte dir Kartoffelchips aus der Tüte geklaut, war ungelenk davongerannt und in die Luft fortgesunken. Trotzdem lächelst du auf dem Bild, deine Zunge leicht an die Zähne gelegt, und wenn man das Foto bis zum Ende hin vergrößert, meint man, auf deinen Zähnen das orchideenweiße Licht des Tages zu erkennen, und zu Pixeln zerlegt, sieht man in deiner Sonnenbrille zweimal auch mich, vor meinen Augen mein Telefon wie ein schwarzer Anonymisierungsbalken.

Ich fahre ein paar Straßen ab, die ich als Filmtitel kenne – Sunset Blvd., Mulholland Dr. –, und weil ich dann nicht weiter weiß, fahre ich die Küste runter, von den Bergen weg, nach Redondo Beach und meine, den Parkplatz am Pier zu finden, wo wir einmal an einem nebligen aschgrauen Morgen spazieren gegangen waren, halb regnerisch, aber nicht kühl, eine Stimmung, die mich damals an Berlin erinnerte, was du vor der Pazifik-Kulisse nicht verstehen konntest und lachtest (*Berlin am Meer?*), und du verglichst mich mit einem der Ex-Pacific-Palisades-Expatriaten, erwachsene Menschen, die Heimweh haben wie Kinder, die weinen, wenn sie ein deutsches Wort hören, weil das Zuhause ihrer Sprache zu Hause zerschnetzelt wird von den Barbaroi. Dein Lachen im nebelstäubenden Nieselregen, der Duft von Salz und Sand, dein zitterndes Haar im Wind wie eine Flamme, wie Wassergras, am Tag, bevor wir abflogen, nicht nach Berlin.

Mein Chevrolet Express ist der einzige Wagen auf dem Parkplatz vor dem metallgrauen Ozean, der wie ein altes Sediment unter dem kobaltblauen Himmel des Nachmittags liegt. Eine leere Getränkedose rollt im Wind ein Geräusch von Verlassenheit über den Beton. Ich bin nicht einmal ein Exilant hier. Weil ich die Sprache spreche, in zwei Sprachen zu Hause bin. Und in keiner der beiden ganz. Ich gehe nicht auf den Pier, bleibe hinterm Steuer sitzen, mache mir einen Soundtrack an, um momentweise leise zu ertragen: *Well she left you the holes/The tracks in the back yard, December snow/But those sad souvenirs/They end at the fence line, disappear* (IRON & WINE). Ich schaue auf den trockenen Kubus des Parkplatzes, ausgeblichener Beton, Palmen wie langbeinige Beobachter ringsum, ihre Wedel wie Pompoms, die in der Luft wiegen, als wollten sie mich anspornen, oder als zuckten sie mit den Schultern. Dahinter, die krause Folie des versilberten Meeres. Die Vergangenheit ist matt und die Folie der Gegenwart greller, doch die Mattigkeit schlägt von unten her durch. Ich denke an dich, bis die Scheiben angelaufen sind und die Welt im Nebel verschwindet, im Quecksilbernebel. *And I seem to know/That everything outside us is/Mad as the mist and snow* (W. B. YEATS).

Meine Vergangenheit hat kein Gesicht, schreibt Blackshaw im Januar seines letzten Jahres. *Sie ist eine augenlose Mumie, eingemoort und unberührbar, geschützt in ihrem heiligenden Tod. An mein Bein ist ein Seil gebunden. Sein anderes Ende führt in ein Grab. Auf jedem Grab liegt Schnee.*

Ich bleibe eine lange Zeit im Wagen sitzen. Dann aber muss die Musik verstummen, nach der Musik ist die Stille wie Schweigen, und man muss die silberne Scheibe weinen machen, mit der Hand ein kaltes Loch in den Nebel wischen und die kleinen Tränenamöben in die Silberfläche rinnen lassen, man würde gerne durch dieses Loch in den Himmel fallen, aber man öffnet bloß das Fenster und riecht die gesalzene Luft, hört die Möwen hämisch lachen, das Licht der Parkuhr springt von Grün auf Rot. Man richtet seinen sperrigen Tramwaggon vom Ozean weg und verlässt dieses Depot für die Rush Hour, in der erneut alles stillsteht.

In der Nacht wird es Februar werden. Dann kommt bald ein Tag, an dem sich der letzte Tag jährt. Da ich zu Hause nicht alle vier Jahreszeiten durchleben konnte, muss ich sie hier jetzt alle noch einmal wiederholen? Hier gibt es keine Jahreszeiten. Ich habe Angst vor diesem Tag mit der einzelnen 5, die Hälfte eines zerbrochenen Fahrrads, ein Seepferdchen treibend in der Widersee, auf Wiedersehen alter Tag, letzter Tag, der immer der kürzeste bleibt. Wie hilflos du damals warst, als du mir gesagt hattest, was los war, wie lose plötzlich unser WIR wurde.

Ich gebe den Wagen zurück, aber ich spreche noch nicht die Sprache der Boulevards und verlaufe mich, lande immer wieder vor dem grellspiegelnden Pazifik vor Santa Monica. Der modellgroße Vergnügungspier in weiter Ferne. Schließlich finde ich auf den Wilshire Richtung LA, überkreuze schnell die blendenden Zebrastreifen über die vierspurige Straße und es fällt mir ein, dass Christa Wolf hier mit dem Big Blue Bus abends in entgegengesetzter Richtung zurück in ihr Hotel gefahren ist und sich gefreut hat auf ein Glas Wein und *Star Trek: The Next Generation*. Die fiebrig bunten Blumen des Winters, stillgestellte Feuerwerke, die auch sie damals umgeben haben mussten, als sie, wie sie später schrieb, hier an ihrem *aberwitzigen Projekt* arbeitete. Nachdenken über Christa W. Als sie Scholar am Getty war, als das Getty noch in Santa Monica war, wurde sie besucht von ihrem Mann, der in ihrem daraus hervorgegangenen Engelsbuch nur kurz als ein einzelner Buchstabe auftaucht. Wenn ich schreiben könnte, denke ich, als ich in der nach Müll riechenden Alley die Tür zu meiner Casita aufdrücke – es ist seltsam, wie still es mitten in diesem brodelnden Stadtkessel sein kann, und ich habe einen Lidschlag lang Angst, in den halbdunklen, leeren Raum zu gehen, Angst vor der Abendsonne, die sich durch den Avocadobaum wie grünes Wasserlicht auf den Boden filtern wird – wenn ich Worte, wenn ich Buchstaben, für dich hätte, vielleicht könnte ich dich dann einfach zu mir mit mir hier hinschreiben, und wenn man uns dann als WIR lesen würde, würde die Leseerfahrung vielleicht irgendwie auf die Wirklichkeit zurückspiegeln und wir lebten zusammen in einer Fiktion, von der niemand wüsste, dass WIR nur ICH heißt. Freilich wären auch wir dann Fiktionen, aber vielleicht glückliche.

THE NOT KNOWING · TINDERSTICKS

Ich weiß nicht viel vom Schnee. Vielleicht wüsste ich mehr von ihm, wenn ich den Schnee so liebte wie Blackshaw beteuerte, ihn geliebt zu haben, auf eine Weise, die aus seiner Schneeliebe einen Schneezwang machte, ein existenzielles Spiel. *Als ob der Schnee ein früherer Aggregatzustand meines Blutes gewesen wäre, Teil meines Innersten, als ob geschmolzener Schnee durch mein Blut pulsierte.* Ein paar Seiten später notiert er, beinahe wie eine Antwort auf diesen Eintrag: *Was kann ich tun, außer mich, ohne Liebe, in eine Liebe für die-*

sen Schnee zu retten? Eine Liebe für eine Sache, um die mangelnde Liebe eines Menschen zu ertragen? Eine Sachliebe, eine Mangelliebe, als Kompensation, um nicht darüber zu verzweifeln, dass es eine andere Liebe nicht gibt? Wo könnte ich diese Kompensationsliebe, diese Liebeskompensation finden?

Bin ich eigentlich unglücklich darüber, dass ich das Meiste erst über Menschen weiß, nachdem sie aus meinem Leben gestrichen sind, und ich aus ihrem? Für wie viele Menschen würde es keinerlei Unterschied machen, wenn man tot wäre? Wie viele Menschen würden sich in ihrer anwesenden Leere in meinem Leben nicht von Verstorbenen unterscheiden?

Vielleicht wüsste ich mehr vom Schnee, wenn ich Schnee so verloren hätte wie dich. Vielleicht verspüre ich deshalb das Bedürfnis (den Zwang?), wenn ich vom Schnee schreiben will, auch von dir zu schreiben.

Vielleicht lag Plato falsch, vielleicht ist es nicht der Eros, nicht die Liebe – nicht nur die Liebe –, die eine Sache zur Verinnerlichung bringt, vielleicht ist es erst der Verlust der Liebe, durch den man schließlich meint, eine Sache durchdringen zu können. Wenn ich MAN sage, meine ich ICH.

Was würde es bedeuten, wenn die Nähe zu einer Sache aus ihrer Entfernung entstünde? Wenn ich nach Osten will, muss ich nach Westen gehen? Wenn ich Klavier spielen will, brauche ich ein Cello? Würde das nicht bedeuten, dass jede tiefe, jede liebevolle, jede freundschaftliche Beschäftigung mit einer Sache oder einem Menschen immer auch die Beschäftigung mit ihrem genauen Gegenteil voraussetzt, und können Menschen so miteinander leben? Über die Bewohner von Los Angeles, die Angelenos, sagt man, sie hassten ihre Stadt. Beim Verfluchen einer Sache in ihrer Metropole verfluchen sie für gewöhnlich das genaue Gegenteil dieser Sache gleich noch mit. Hieße das fürs Schreiben, wenn ich schreiben will, muss ich dann erst *nicht* schreiben? Schreibe ich dann nicht schon längst?

Und wenn ich von dir schreiben wollte, was wäre dein Gegenteil? Ich? Oder genügt es, den Schnee als dein Gegenteil zu entwerfen, weil du keinen Schnee mehr erfahren wirst, weil du ihn nicht mehr mit mir erfahren wirst?

Oder ist alles das, alles hier, mein bisschen Schnee, dieses aberwitzige Schneeprojekt – ist das alles eigentlich nur eine Ablenkung, die eigentliche Ablenkung, nämlich die von dir, während ich mich schreibend eigentlich zu dir hinlenken sollte? Um dich zu konservieren? Oder dich zu exorzieren?

F. Scott Fitzgerald meinte, es sei das Kennzeichen eines erstklassigen Verstandes, zwei gegensätzliche Ideen zur selben Zeit im Kopf zu behalten und dabei noch immer einwandfrei als Kopf und als Verstand funktionieren zu können. Philip Roth meinte, zwei gänzlich unzusammenhängende Stoffe bildeten das unverzichtbare Zündmaterial für ein gutes Buch. Julian Barnes meinte: *Man bringt zwei Dinge zusammen, die vorher nicht zusammengebracht wurden, und die Welt hat sich verändert.*

Vielleicht aber liegt auch Gefahr in dieser Richtung. Werde ich am Ende ein Buch über den Schnee geschrieben haben, von dessen Rand aus du mir zuschaust, oder werde ich am Ende ein Buch über dich geschrieben haben, aus dessen Rand ein paar Flocken fallen? Wie ich dich kenne, wie ich mich kenne, wirst du alles überscheinen, wirst du alles überdecken, wirst du alles überschneien, vom Rand her das Zentrum überschütten, überschatten, bis alles gedunkelt oder geweißt ist vor Liebe, die jetzt auf einmal Trauer heißen soll. Und eigentlich habe ich am Ende davor am meisten Angst: Dass ich dich ausgeleert haben werde in ein Buch, Angst vor dem Ende von dir, vor dem Ende vor dir durch das Schreiben. Könntest du nicht am Rande bleiben, als Ende, das ich nie erreicht habe, könntest du nicht am Rande bleiben, und aus meinem Zentrum der Einsamkeit würde ich manchmal zu dir herüberblicken und herüberwinken, und du wärst noch da, weil du eben nicht ganz bei mir wärst, weil du nicht ganz in mich hineingefallen wärst, in mein Innerstes, wo ich letztendlich nichts anderes mit dir tun kann, als dich zu vergessen, zu verarbeiten?

Aber du bist längst nicht mehr am Rand, du bist längst in meinem Innern *als* Ende, bist das Innerste selbst, und mit jedem Schreiben, ganz gleich wovon, flockst du von meinem Innern an den Rand meiner Sprache. In jedem Wort sprichst du, jedes Wort, das ich spreche, spricht gedoppelt wie mit einem Echo von dir. Nein, ich suche keine Heilung, ich suche ein Abkommen mit dem Schmerz, suche selbst einen Weg an den Rand, einen Weg an die Lichtung, an der ich stehen und sagen könnte: Was kann ich tun, als mich in eine Liebe für dich zu retten? Auch wenn sich diese Liebe äußert in einer Liebe, in einem Buch, zum Schnee.

END & START AGAIN · SYD MATTERS

Ich lese nicht viel, aber ich hänge fest in einem Gedicht von Ror Wolf über *Spaziergänge am Rande des Meeres* und ich lese die Worte pausenlos, versuche sie auswendig zu lernen, ohne zu wissen, warum. Glaube ich doch noch an eine Zukunft, in der ich dieses Gedicht einmal aufsagen werde, aber wem, in einem Moment, in dem ich dieses Gedicht einmal brauche, ich brauche es jetzt, und ich lese, und ich spreche, und ich höre:

Es schneit auf mich, es schneit auf meinen Hut,
und auf den Mantel schneit es, kurz und gut:
Das Meer beißt große Stücke ab vom Strand,
es frißt und frißt ein Stück von meiner Hand,
es schlingt und schlingt in diesen kalten Tagen,
die Schiffe sinken rasch in seinen Magen,
das Meer, es frißt am Ende das Hotel
in dem ich wohne, insgesamt und schnell.
Die Wälder knicken um und es verschwand
der runde Mond, der Mond, das ganze Land.
Hier sitze ich beim vierten Bier und halte
mir alle Ohren zu, und als es knallte,
da stand ich auf und ging und sagte: Leider:
Wenn es so weitergeht, geht es nicht weiter.

Immer noch gefühlt gejetlagged erwache ich vor Sonnen-
aufgang, mit einer verkaterten Tarantel als Zunge und diesen
Worten im Mund, und ich gehe, mir diese Worte vorkauend,
runter zum Strand neben dem Santa Monica Pier, das still-
stehende Riesenrad in der leeren Entfernung, die geschlossenen Läden, wie ein Ferienort in der Nebensaison. Im Sand
schlafen Heimatlose unter improvisierten Zelten oder waschen
sich im Pazifikwasser wie die Flussbevölkerung des Ganges.
Heimatlos in Südkalifornien heißt, nicht erfrieren zu müssen.
Ist das ein Grund zur Erleichterung, ein Grund zur Hoffnung auf eine Zukunft?

Vielleicht wird es auch in Zukunft noch schneien, und die
Dichterinnen und Dichter werden weiter davon schreiben,
weil sie nicht anders zu leben wissen. Vielleicht werden die
Wolken aber auch austrocknen und aufhören, ihre weiße
Stille auf die Welt zu streuen. Und dann bleibt nur die Dich-
tung, um den Schnee, wie alles andere, im Zeilenspeicher der

Literatur aufzubewahren, im Zeichenspeicher der Dichtung. *Und ich werde, Leser, mich bemühen,/etwas Wahrheit in die Welt zu sprühen*, heißt es in einem anderen Gedicht von Ror Wolf, einem Schneedichter, obwohl ich mittlerweile meine, es gibt gar niemand Dichtenden, dem der Schnee ganz egal sein könnte. *Schnee ist schön zum Schreiben* (KARL KROLOW). Dass ich nicht weiß, was ich mit dem Schnee anzufangen weiß, sollte mich nachdenklich stimmen.

Der Gedichtband, aus dem ich nicht herauskomme, trägt den Titel *Die plötzlich hereinkriechende Kälte im Dezember*, und sein Schnee ist Programm und Pest, prächtig und lästig, Stimmung und Gefährdung. In diesem einen Gedicht ist die Anfangsaussage *Es schneit auf mich, es schneit auf meinen Hut* einerseits eine kühle Feststellung, andererseits macht das wiederholte *es schneit, es schneit* aus dem Aussageanfang beinahe einen Ausruf, der vielleicht Grund zur Freude verrät, Freude vielleicht darüber, dass endlich etwas geschieht. Denn im Leben des Ichs, das da so plötzlich anfängt zu sprechen, wie es da anfängt zu schneien, in diesem Spaziergängerleben scheint eine Leere zu liegen, und diese Leere wächst, wie Nietzsches Wüste, drängt von den Rändern in sein (in mein?) Zentrum. Gekleidet für die Reise, befindet sich das Ich hier nur auf Zwischenstation. Vielleicht hält sich das Ich schon länger auf in diesem *Hotel/in dem* er wohnt. Allein, wohnen heißt nicht leben und Haus nicht Zuhause.

Wolfs Gedichttitel erzählt immerhin von wiederholten Spaziergängen, im Plural. In dieser Welt, in der er lebt, reimt sich noch etwas. Auch wenn sich das Meer ausbreitet und das Land abnimmt. Auch wenn selbst das Ich in Gefahr ist, denn das aufschwellende Meerwasser *frißt und frißt ein Stück von meiner Hand; das Meer, es frißt am Ende das Hotel*, die Zwischenstation geht unter und zu Ende, und der

Reisende, der Reimende, muss schlussendlich weiter, auch wenn es leider vielleicht so nicht weitergeht.

Ich gehe lange am Meer entlang und wiederhole des Wolfes Worte. Ich gehe spazieren, als suchte auch ich einen Reim. Aber in dieser grellen Februarsonne, in dieser hellen Februarstadt, im Santa-Monica-Sand, reimt sich nichts auf mich. ICH ist ein schrecklich leeres Wort, kalt und kurz und kümmerlich, wie es da in der Luft hängt, wie die Hälfte einer aufgebrochenen Schale, aber wie sich nichts mehr aus ihm entleeren kann, weil es ein längst entleertes Gefäß ist.

Im Gefäß des Gedichts befindet sich zu wachsenden Teilen Wasser. Das Wasser des Meeres, das frisst und schlingt und alles in seinen Magen schluckt, aber auch das Wasser des Schnees, der das Gedicht anfangs in Bewegung versetzte, der Flockenfall der Weiße. Und Schnee ist schließlich auch nur Meer in einer anderen Zustandsform. Der Schnee des Anfangs ist die Vergangenheit und die Zukunft des Wassers, aus dem er durch Kälte hervorging und in das er durch Wärme wieder zurückfließen wird. Und auch das Meer wird vielleicht einmal wieder seinen Aggregatzustand ändern wollen und als Wasser in die Wolken hinaufschweben, um von dort erneut verwandelt weiß und weich die Welt zu überschneien.

Ich spaziere zwar am Meer, doch ich befinde mich in einer Wüste, einer Wüste, die unter einer Betonwüste versteckt liegt, einer wachsenden Wüste, wie die ganze Welt, die sich langsam selbst überwüstet. Zivilisation als Verhüllung auf Zeit. Die Wüste wird zum Zentrum, die Trockenheit holt die Welt in den Sand. Das Wasser wird zur notwendigen Fiktion, der Schnee zum Inhalt der Dichtung, zum Papier, auf dem jedes Wort von Verlorenheit spricht.

Der Verlorene auf seinen Spaziergängen am Rande des

Meeres hat aber selbst nach Ende seines Hotels noch ein *Hier*, in dem er sitzen und trinken kann. Und auch nach dem Verlust eines Stücks von seiner Hand hat er selbst noch genügend Hände, um sich *alle Ohren* zuzuhalten. In der Literatur sind wir so leicht nicht aus der Welt zu schütteln. Im Leben dagegen braucht's bloß ein Wort, eine Tür, ein Grab, und es ist aus. Vielleicht aber kommen wir, wenn wir aufgestanden sind und gegangen sind, irgendwann ja wieder, wie die Wellen des Meeres oder wie der geschmolzene Schnee.

Allerdings: *Wenn es so weitergeht, geht es nicht weiter.* Oder doch? Denn wenn das Gedicht aus ist, ist es alles andere als ausgemacht, dass es eben nicht doch irgendwo und irgendwie weitergehen könnte. Denn das Ende ist durch das Wort *wenn* an eine Bedingung geknüpft. Und das Wort *es*? Wenn *es* so weitergeht. Was ist *es*, was da so weitergehen könnte? Was ist *es*, was dazu führt, dass *der Mond* und *das ganze Land* verschwunden sind? Augenscheinlich ist es das Fließen des Meeres, wie *es schlingt und schlingt*. Vielleicht ist es aber auch das Schneien des Schnees. Wie alle meteorologischen Verben ist auch das Wörtchen *schneit* niemals allein, sondern stets von einem *es* begleitet. Witterungsimpersonalie. *Es schneit.*

Und durch dieses *es schneit* und *es frißt* und *es schlingt* kommen Unpersönlichkeit und Leere ins Gedicht und ins Leben des Ichs. *Es icht?* Weil aber der Schnee und das Meer zwei Zustände desselben Materials sind, bleibt die Frage offen, ob auch die Abwesenheit, das Fortsein eines Menschen, der aufgestanden und gegangen ist, vielleicht doch auch nur ein anderer Zustand dieses Menschseins sein kann. Wenn es so weitergeht, vielleicht taucht dieser Mensch auch einmal wieder im Zustand seiner Anwesenheit auf. Denn hier am

Meer, mit mir, warst auch du einmal. Ich gehe die Ränder unserer geliehenen Orte nach, uns suchend und nicht ahnend, dass ich dich mit jedem Schritt aus meiner Erinnerung zurück in diesen Ort trete, dass ich mit jedem neuen Schritt eine neue Erinnerung mache, mit jeder Spur, die ich durch unsere alten Orte trete, eine Linie ziehe, einen neuen Schnitt führe, der dich langsam von mir trennt. Es hat längst begonnen, das große Hierlassen. Könntest du mich bloß hören und sagen: *Ach, lass, red keinen Unsinn.* Das Meer leckt leise ans Ufer, eine Zunge über die Lippen des Mundes nach dem Fressen.

DEMON DAYS · ROBERT FORSTER

An manchen meiner kalifornischen Tage der Gedanke: Ein Geschenk, hier sein zu dürfen, ein Geschenk, das ich glaube, mir verdienen zu müssen, womit? Etwas Arbeit am Schnee. Für jeden Tag habe ich einen festen Termin im Special Collections Reading Room auf dem Gettyberg reserviert, doch die letzten Wochen war ich kein einziges Mal dort.

Rechtfertigungswurmloch: Du kannst dir ruhig auch einmal ein, zwei Wochen Freizeit (Freiheit?) gönnen – *nach allem, was du durchgemacht hast.* Und weil der arme Kerl in seinem Leben eine ganze Menge durchgemacht hat (kein Grund für Schmerzensegoismus, jedem anderen geht das nicht anders), gab es in meinem Leben lange Zeiten, immer schon, in denen gar nichts passierte, Zeiten von Nichtstun und Drift. *Dangling Man.* Jetzt, hier, außerdem der Gedanke: Ich bin ja nur einmal hier, ich muss meine Zeit gut nutzen. Kein ganz aufrichtiger Gedanke. Denn ich werde noch lange hier sein, auch wenn ich schon lange wieder weg bin. Außerdem nutze ich meine Zeit nicht, ich verschwende sie. Ich habe noch nicht viel Kalifornisches hier erlebt, gehe, wie alle anderen auch, *head down* durch die Straße, ohne zu lächeln, ohne zu beobachten, sitze mit Kopfhörern im Bus, ohne den Gesprächen der anderen Augenlosen, der Angelenos, zu lauschen. Ich erfahre die Stadt gerade so, als wäre ich immer hier gewesen und würde es immer sein. Ich schaue nicht genug mit dem *gehenden Blick*, um die Stadt klar genug erkennen zu können. Vielleicht weil ich eigentlich nicht hier sein will. Wo ich stattdessen sein will? Immer zu Hause, was nichts anderes heißt als bei dir.

Zu Hause hörten die Leute *Los Angeles*, und die Augen lächelten. Niemand wusste, dass dieser Aufenthalt für mich weniger eine Reise sein würde und mehr eine Verbannung, ein Pazifik-Exil an meinem eigenen Schwarzen Meer.

Meine sechste Woche Kalifornien, außerdem: sexlos. Es ist immer noch erstaunlich heiß, die Luft trocken, als wäre Winter, der Santa Ana-Wind aber weht warm und gewaltig, bläst Sand und Blätter und klapperndes Totholz der Palmen durch die Boulevards, trägt unvermittelt einen schwachen Duft von Orangenblüten zu mir, einen Duft, der mir nichts über Februar sagt und mich an gar nichts erinnert. Irgendwann wird mich dieser Duft nach Südkalifornien zurückreißen, wenn ich längst aus dieser Zeit hier herausgefallen bin, falls ich es überhaupt zurück nach Hause schaffe, falls ich dieses Jahr hier überhaupt überlebe, falls ich mich selbst überlebe.

Ohne etwas zu arbeiten, arbeite ich hier täglich hart an den Erinnerungen an etwas zukünftig Verlorenes, und so scheint es, als erinnerte ich mich schon heute an einen erst noch kommenden Verlust.

Im letzten Monat zum letzten Mal im Archiv gewesen. Voller Hoffnung. Wie ein idealistisches Kind zum Schulanfang. Vor dem Bruch. Eine Woche lang habe ich es täglich ausgehalten. Zum Bus um halb neun. Richtung Osten, durch die ausufernden Häuserkluften von Hollywood, die weiten, flachen Studio-Gebäude, in denen die Fiktionen gemacht werden, vor denen morgens Obdachlose neben Müllsäcken, vor Dosen berstend, auf den Gehwegen schlafen, wo der HOLLYWOOD-Schriftzug wie ein Mondenschatten mitfährt. Im Bus neben Leuten, die für nur eine Haltestelle einsteigen, um kurz mit sich selbst zu reden, und immer wieder ausgestiegen sind, bevor man Bel Air erreicht, wo die vielen hispanischen Frauen – immer Frauen – als Haushaltshilfen und Kindermädchen stoisch in den pelzig begrünten Villen verschwinden, nachdem sie unbekümmert vor mir miteinander redeten, lachten oder Telenovelas auf ihren Smartphones schauten. Die Unsichtbaren, über die kaum Filme gedreht und Bücher geschrieben werden – die in Gegenden in LA County leben, deren Namen man in den Nachrichten und im Polizeifunk hört, East LA, Norwalk, Downey, South of Pico – Menschen, die autolos und ungesehen stundenlang in verstopften Straßen, in vollgestopften Bussen sitzen zur Arbeit als Busboy, Menschen, die resolut und unzerstörbar wirken und abtauchen, wenn man sie sehen will, die Restaurants in Beverly Hills und Dinnerpartys in Brentwood am Laufen halten, unbemerkt, die untertauchen, wenn es Probleme gibt mit Sozialversicherungspapieren, Arbeitserlaubnissen oder Aufenthaltsgenehmigungen. Menschen, die in dieser Stadt, ihrem Zuhause, Fremde sind, wie ich, Menschen, zu denen ich mich hingezogen fühle, selbst wenn sie mich niemals als jemanden betrachten würden, der versteht, wie sie durch diese gigantische Stadt hindurchleben.

Seit einiger Zeit versuche ich, mit ihnen Blickkontakt aufzunehmen. Ich bin ihnen näher als den Professorinnen mit den Seidenschals, die einen dicken Autoschlüssel an ihrem Bund auf dem Tisch neben den Archivpapieren liegen haben. Ich bin ihnen näher als den stocksteifen Akademikern mit den *canvas shoes*, die sich im eisgekühlten Reading Room den Rotz die Nase hochziehen, an der sie auf mich herabblicken, weil ich kein Getty-Fellow bin und nur *external funding* habe. *I'm sorry*. Aber auch die Blicke der Latinas im Bus durchgleiten mich, als wäre ich Glas. Oder Eis. Ich bin für sie so unsichtbar, wie sie es für die weißen Angelenos sind.

Obwohl ich mit dem Bus fahren muss und auch wenn meine Zunge, wie die ihre, nicht von dieser Sprache geformt wurde, bin ich keiner von ihnen. Meine Hautfarbe verrät mich – ein *gringo*. In einer Stadt, in der sich Busfahren auf Armut reimt, ist ein Weißer mit Ray Bans und Toms im Bus vielleicht einfach ein Verirrter, oder einfacher: ein Irrer, neben dem man einen Platz freilässt, für den Fall, dass er anfangen will, mit sich selbst zu reden.

Ich frage mich, wie ich meine kalifornische Zeit sinnvoll nutzen könnte, ohne sie zu verschwenden, ohne mich zu verschwenden und ohne Schnee und sinnvoll im Sinne von: *ohne mich umzubringen*.

Dabei bin ich längst weg, fort, auf einer erzwungenen Flucht, in einer notwendigen Ferne, und wenn es schmerzt, schmerzt es vielleicht irgendwann literarisch (Hoffnung, Klischee). Vielleicht finde ich zurück in die Spur, vielleicht aber auch nicht, und vielleicht ist das irgendwann auch egal. Ich bräuchte ohnehin neue Wege. Allerdings ginge ich sie nicht, denn sie wären Wege weg von dir.

LOVE IS HARD ENOUGH WITHOUT THE WINTER ·
LUKE SITAL-SINGH

Auf Englisch ziehen sich die drei Buchstaben meines Ichs
zu einem Strich zusammen. Die drei Buchstaben meines
Namens lassen sich von vielen amerikanischen Zungen nur
unter Behinderungen sprechen, als müsste man meinem
Namen mehr Buchstaben geben, um ihn zu einem amerikanischen Namen aufzufüttern: *Jahn. Dschenn. Yawn.*

Ich spreche die andere Sprache fließend, aber flüssig fühle
ich mich darin nicht, erstarre oft, wenn man mir schnell eine
Frage stellt. Manchmal sage ich Dinge, die ich nicht sagen
wollte, als kämen sie aus dem Mund eines andern. Früher
schon habe ich festgestellt, dass ich in einer anderen Sprache
über einen anderen spreche, wenn ich über mich sprechen
will. Der Mund sagt nicht, wen das Ohr hört. Manchmal
gefiel mir das, gefiel mir dieser andere besser und ich hatte
den naiven Glauben, in einer anderen Sprache ein anderer
sein zu können, obwohl ich schon in meiner eigenen Sprache
nicht ich war, allerdings mit dem Unterschied, dass der
andere, der ich im Deutschen war, nie etwas Reizvolles hatte,
und selbst heute besitzt er nichts als stumpfe Fremde, Selbst-
distanz, die bisweilen verzweifeln macht, während der andere,
der man in einer anderen Sprache zu sein glaubt, bis heute
betörend und aufregend wirkt.

Ein betörender und verstörender Teil meines Klammerns
an dich ist auch nicht einfach bloße Liebe, sondern die Unmöglichkeit von ICH und DU. Allein, vielleicht ist selbst das
auch bloß ein Teil von Liebe. Kein Wunder: Seit du weg bist,
will ich dich noch mehr, als ich dich damals wollte, als ich
dich hatte. Doch seit du weg bist, meine ich manchmal, ich
müsse nun zwei von dir wollen, als wärest du durch dein

Verschwinden nicht weniger geworden, sondern hättest dich stattdessen verdoppelt, so wie ich mich verdoppelt fühle in meinen Sprachen, mit dem Unterschied, dass ich mich dadurch seltsamerweise wie zerteilt fühle. Jedes Sprechen-von-dir ist auch schon ein Sprechen-von-ihr, ich habe gegen euch keine Chance, ihr seid mir schon zahlenmäßig überlegen.

Zwischen Frühstück und Lunch, zwischen Kaffee und Happy Hour, versuche ich jetzt manchmal, ein wenig über mich zu schreiben, doch auch in der anderen Sprache kommt es mir nun so vor, als verwendete ich bloß neue Worte in derselben Sprache für die alte Sache, als könnte ich immer nur auf Pauspapier über mich schreiben, niemals auf undurchsichtigem, jungfräulichem Weiß, niemals auf Neuschnee gehen, immer nur in alten, überholten Tritten. Über die Rückübersetzung spielt mein Leben von gestern, mein Leben mit dir, sich über Bande in mein heutiges Leben zurück und macht es verlorener, so als wäre auch alles hier und alles heute schon gestern und fort, und so kommt es mir nun vor, dass ich unvermittelt schon etwas weiter weg bin von dir, von dem, was mir zu verlieren befohlen wurde, *und die Welt hat sich verändert*, zumindest für einen Moment.

OLD MAN · NEIL YOUNG

Ich lese einige Passagen, die ich aus Blackshaws Pestjahrbuch exzerpierte, vom Anfang seines Manuskripts, kurz nachdem er einen kurzlebigen Job bei der *Los Angeles Times* gekündigt hat, aus Kalifornien abgehauen ist – von der alten Greyhound Bus Station auf dem Broadway in Downtown aus, *mit meiner Rolleiflex und einer Tasche voller Filme, meiner Reiseschreibmaschine, einem Seesack Winterbekleidung und einem*

40 cent cream cheese and jelly sandwich – und sich drei Tage später in seiner *federweißen Ödnis* angesiedelt hat. *Die Stille stört mich nicht, hat sie nie,* schreibt er. *In Wahrheit hört nur sie mich wirklich an in meiner stimmlosen Hütte. Was ich immer hasste, sind Geräusche, die mich von mir selbst distanzieren – jedes Geräusch, das nicht von mir gemacht wird oder von mir ausgeht, ist ein Störgeräusch, das von Fremde erzählt, von einem anderen spricht. Fotografien sind das härteste Gegenteil von Geräuschen – Stadtfotografie ist lächerlich, wenn sie tun muss, als könnte sie Töne abbilden. Zeig mir die weiten Boulevards von Southern California, und ich zeige dir ihren weißen Schnee in der Wüstenwelt ihres blendenden Asphalts. Zeig mir eine Stadt, und ich zeige dir Stille.*

Weil ich das hermeneutische Tier bin, interpretiere ich mich beim Lesen wieder unvermittelt in diese Zeilen hinein, wenn Blackshaw auf der nächsten Seite weiter über seine Flucht aus LA schreibt: *Der Fehlschlag, der mein Leben heißt, folgt einem kümmerlichen Muster, das ich heute verstanden habe, als ich ein Reh dabei beobachtete, wie es allein war: Heute bin ich unglücklich. Morgen wird ein Tag kommen, der mich noch unglücklicher macht, und ich werde lernen, dass ich eigentlich gestern glücklich war. So ist also jeder glückliche Tag meines Lebens mein Unglück.* Nur die Ursache für seine Flucht, dieses Unglück von gestern, bleibt in seinen Papieren gänzlich im Ungewissen.

Vielleicht habe ich das Archiv – das Manuskript – in den letzten Wochen wirklich nur gemieden, weil meine Arbeit darin, wenn man es Arbeit nennen kann, wahrhaftig wie ein Lesen im Spiegel schien. Beckett legte Kafkas *Schloß* nach der Hälfte der Lektüre erschrocken beiseite. Kein Grund zur Scham: Kafka konnte das Buch selbst nicht zu Ende bringen. Beckett meinte, in dem Roman zu sehr zu Hause zu sein, zu sehr seine eigenen Spuren zu sehen, von einem anderen längst vorgetreten. Wozu also selbst noch schreiben? Es würde genügen, sich überall hineinzulesen. Doch diese Gedanken, diese Vergleiche gereichen mir zu nichts. Ich bin kein Autor, kein Blackshaw, kein Beckett und ganz bestimmt kein Kafka. Ich bin ein sprachloser Verlorener, wie jeder andere auch. Einsamkeit ist kein Alleinstellungsmerkmal, nicht mal für ein Reh.

Rechtfertigungswurmloch: Ich darf mich nicht mit meinem Forschungsobjekt beschäftigen, da ich mich zu sehr mit ihm identifiziere, deshalb ist es besser, sich den Bauch mit *grilled cheese* und Palo Alto Pale Ale aufzublähen. Die Wahrheit ist: Ich gehe nicht ins Archiv, weil ich Angst habe, Blackshaw könne meine Spuren vorgetreten haben, sondern weil ich ein Faulenzer bin. Eigentlich ist nicht mal das die Wahrheit. Nein, eigentlich ist die Wahrheit, dass ich nicht weiß, was du mit Schnee zu tun haben sollst und wie ich weitermachen soll – wie ich *anfangen* soll –, wie ich aus den zwei Dingen, die ich im Moment in meinem Leben habe – die ich im Moment *nicht* in meinem Leben habe –, etwas zusammenbringen soll, was mir die Welt verändern könnte. Vielleicht können nur Neurotiker Bücher schreiben, weil viel zu viel *gleichzeitig* in der Luft gehalten und vereint werden muss. Ich bin wahrscheinlich nicht mal ein Neurotiker. Oder: Ich habe einfach keinen *erstklassigen Verstand.*

WORDS YOU USED TO SAY · DEAN & BRITTA

Je länger ich über dich und den Schnee nachdenke, desto mehr die Frage, was ich eigentlich mit Sprache will. Die Wahrheit hinter dieser Frage ist nüchterner: Ich habe eigentlich keine Lust mehr auf Sprache, schon gar nicht auf meine

Sprache, mit der ich ohnehin nicht alleine bin. Schreibe ich deshalb hier kein Wort auf Deutsch?

Ein Beschreibungsversuch: Eine Sprache könnte nur meine Sprache sein, wenn ich in ihr alles genau so ausdrücken könnte, wie ich es wollte, wenn alles, was ich ausdrücken wollte, somit ganz allein mir gehörte. So bräuchte ich eine Sprache, die nur ich spräche, ich allein. Allein, dies wäre die vollendete Einsamkeit. Aber ist das nicht ohnehin schon der Fall, nicht weil die Sprache alles ist, was der Fall ist, sondern weil jede Sprache in eine Stille ohne Hall fällt, weil jede Sprache ohne einander gesprochen wird, weil jeder eine andere Sprache spricht? Meine Sprache gehört den anderen, und die anderen bist du.

Und dennoch: Wenn ich doch schreiben könnte, könnte ich nur von dir schreiben: *Wenn ich / dennoch / etwas schrieb, / Worte / sprach, / die taugen, – / wars / einem Sternenpaar / zulieb, / wars / dank / zwei lieben Augen* (WLADIMIR MAJAKOWSKI). Die einzige Wahrheit ist, dass ich, glaube ich, Angst habe, dich überhaupt in Sprache aufzuschaufeln, denn weil mir die Sprache nicht gehört, wie könnte ich da wiedergeben, was mir in ihr geliehen bleiben muss (du)? Wie könnte ich dich nicht verlieren, wenn ich nicht mehr in Sprache dabei sein könnte, wenn du in den Spiegel schautest, in deine beiden *lieben Augen*?

Ich versuche, nicht an dich zu denken, nicht weil mich der Gedanke so schmerzt, sondern weil ich fürchte, dich mit meinen Gedanken nicht greifen zu können und stattdessen zu glauben, ich hätte dich selbst in meinen Gedanken nicht für mich. Meine Sprache ist zu langsam für dich, wenn ich sage JETZT, dann ist jetzt schon vorbei. Ich versuche, nicht an dich zu denken, weil ich den Gedanken so schmerzlich fürchte, ich könne dich nicht nur in, sondern durch meine

Gedanken verlieren. Von dir zu schreiben heißt, dich zu zerstören. *Übersetzen, Sprechen, Schreiben.* Techniken einer kulturell geforderten Form von Gewalt, Techniken einer vom Verlust überforderten Kultur.

Als wäre Sprechen und Denken eine Feile und eine Flamme und Denken an dich ein Abschleifen und Sprechen von dir ein Abschmelzen. Wenn das Kind den Schnee berührt, lernt es, den Schnee durch seinen Körper zu verlieren. Ist das, was das Kind berührt, dann überhaupt Schnee? Berührt aber das Kind niemals den Schnee, wie kann es Schnee für das Kind dann jemals geben? Vielleicht ist Verlieren die einzig echte Erfahrung unserer fabelhaft fehlerhaften Spezies, da sich die Welt als Verlust durch uns hindurch filtert, als Erfahrung, die in uns eingeht, durch uns hindurch geht und eine Restspur im Gewebe unseres Geistes zurücklässt.

Und trotz allem: Ich werde mich noch ein wenig weigern, noch nicht gleich klein beigeben und tun, was alle tun, und aus dir ein Produkt machen, ein Produkt eines verarbeitenden Geistes. Vorerst bleibst du geheim, verhüllt, am Rande meiner Sprache, wie die Toten.

Selbst die Fiktion scheint mir nun noch zu wirklich für dich, weil jedes Hinüberformen, jedes Übersetzen, von einem Wirklichkeitsufer ausläuft, und an diesem Ufer, an diesem Rand des Meeres, stehst du noch, und etwas aus dir formen wäre ein Von-dir-Entfernen. Weil ich meine Sprache so lange mit deiner teilte, spreche ich heute vielleicht nur noch deine Sprache aus der Zeit, als du durch mich hindurchgewaschen bist. So würde es eigentlich nicht einmal genügen, nicht von dir zu schreiben oder nicht von dir zu sprechen, nein ich dürfte eigentlich überhaupt nicht mehr sprechen, ich müsste schweigen, um dich bei mir zu behalten. Doch ich kann nicht von dir schweigen aus Angst, ich könnte dich vergessen, kann nicht aufhören, dich und deine Sprache in meine Gedanken und in meinen Mund zu nehmen aus Angst, wenn ich es nicht täte, nähme ich dich aus meinem Herzen, wie einen Reim, den man verliert, wenn man ihn endlos wiederholt, der jedoch banaler und banaler wird, je öfter man ihn sagt.

Bevor mein Geist sich entscheiden mag, genug von dir zu haben, entscheide ich: Ich werde dich nicht in deiner Sprache beschreiben und dich nicht in eine Gegenwelt hinüberformen. Und wenn ich es doch tue, werde ich es in einer anderen Sprache tun, in einer viel dunkleren Sprache, einer Sprache, die wie die schwerste Asche ist, dunkelstes Pech, das auf einem weißen Schnee liegt, und meine vorsichtigen Schritte wären wie Buchstaben, aber ich würde mit ihnen nichts in den Schnee einschreiben, sondern mit jedem Schritt nur das Pech abtragen, das auf dir abgelagert wäre. Ist es nicht tröstlich, dass manches unter der Einzäunung der Bedeutung hindurchzuschlüpfen weiß und so den Zeichen entkommt?

LAST YEAR'S MAN · LEONARD COHEN

Schreiben über Schnee, über Schnee-und-dich als Versuch, den Geist auszutricksen, der nur in Sprache funktioniert und aus dir etwas machen will, als Versuch, den Geist mit einer Ablenkung auszutrinken, zu erschöpfen, damit er zu müde wird für Worte über dich? Warum aber schreiben, wenn man sich davor fürchtet, was die Sprache mit einem anstellt?

Ich traue der Sprache nicht, meint Herta Müller in ihrer Rede vom Schnee (eine Rede vom Schnee-und-vielem). *Immer derselbe Schnee und immer derselbe Onkel.* Über die Sprache sagt sie: *Am besten weiß ich von mir selbst, dass sie sich, um genau zu werden, immer etwas nehmen muss, was ihr*

›44‹

nicht gehört. In den Grimm-Gründen deiner Sprache ist schon einmal die *rede vom schnee,* und mit dieser Rede vom Schnee wird eine Redeweise der Sprachverwendung bezeichnet, die eine *überflüssige, unnütze* (MARTIN LUTHER) Weise beschreiben soll, wenn die Rede ist vom alten Schnee des Vorjahrs: *was kümmern uns die wolken, der schnee vom vorigen jahre?* Mit diesen Worten wird Joseph Eiselein zitiert. Schreibt er vom Schnee, weil er das Eis im Namen trägt? Wie fühlte es sich für Robert Frost an, wie Nietzsche schreibend durch Frost und Eis zu gehen, wie war es für den Schnee-Baron C. P. Snow, das Wort Schnee auf der Zunge zu halten und es durch die Feder fließen zu lassen? Was wissen die Namen, was der Geist nicht weiß?

Mein Name ist bedeutungslos, fraglich. Google ich mich, sehe ich immer wieder, meine alte Universitäts-URL endet mit einem Fragezeichen (-universitaet.de/fb04/personen/profil_janwilm?). Dieser bedeutungsleere Name ist eine passende Schablone für das bedeutungsleere Leben, auf das er verweist. Verwaist. Unter diesem Namen könnte ich überflüssige, unnütze Reden schreiben, Reden vom Schnee. Allein, jede Rede ist eine Rede vom Schnee, *der vorm jahr fiel* (LUTHER), denn alle Formen von Sprache, geschrieben, gesagt, gesungen, sind veraltet, alle Sprache bezeichnet ausschließlich Vergangenes, und alle Sprache ist überflüssig, auch die Sprache von morgen, *ein Fleck auf dem Schweigen* (BECKETT).

Und ohnehin: Was interessiert mich ein angefetteter, antisemitischer Reformator, wenn ich dafür eine Sprachzauberin haben kann, die sich Nationalgrenzen genauso bewusst ist wie Sprachgrenzen und die gegenüber Nationalstaaten genauso skeptisch ist wie gegenüber der Sprache selbst und die doch weiterschreibt, wie Beckett, auch und gerade über den Schnee vom vorigen Jahr, den Schnee von gestern: *Ich er-*

trage nicht, wie gemein sich hier eine Metapher Platz macht,
wie sie Verachtung zeigt. Wie unsicher muss dieser Ausdruck
sein, wenn er so auftrumpft, sich so arrogant macht. Man
muss dem Ausdruck doch entnehmen, dass dieser Schnee
gestern wohl wichtig war, sonst müsste man über ihn doch
nicht reden, sich heute seiner nicht entledigen (MÜLLER).

Wenn ich im vorigen Jahr, zu Hause, von meinem Projekt
erzählte, fragte mich jeder, warum, wozu denn diese Rede
vom Schnee, *die ewige Frage: wozu?//Das ist eine Kinder-*
frage (GOTTFRIED BENN). Auf das Kindchen WOZU? und auf
sein Geschwisterchen WARUM? weiß jedes Kind eine einfache
Antwort: DARUM. Und die Postmoderne, das spätgeborene
Spielkind unter den Epochen, hat die entwaffnende Antwort, indem sie einfach zurückfragt: WARUM NICHT? Falls
mich dieses Jahr jemand fragt, werde ich DARUM antworten.
Bisher hat es noch keinen interessiert, nicht die Bibliothekarin, die mir die Blackshaw-Papiere aus dem Archiv bringen
lässt, nicht den ziegenbärtigen IT-Mitarbeiter, der das Foto
für meinen Ausweis gemacht hat, und erst recht nicht den
Sicherheitsmann, der mir ein Lanyard geschenkt hat zur
Aufbewahrung meines Ausweises, damit ich ihn nicht immer
aus dem Portemonnaie holen muss, nur um ihn dann selbst
umständlich aus der kleinen Plastikhülle an meinem Lanyard
zu friemeln und den Barcode darauf zu scannen, wenn ich
das Gebäude betrete. Ja, ich gehe jetzt manchmal wieder auf
den Berg, wo mir nicht einmal die Frage gestellt wird, vor
der ich mich eigentlich gefürchtet hatte, *what's your project?*
Dabei ist dieses Land doch so geschwätzig, ein Königreich
der unnützen Rede, des Smalltalks, ein solches Lehen der
Reden vom Schnee. Vielleicht ist das Schweigen bloß Getty-
spezifisch. Ein Archiv, ein Ort des versunkenen, stummen
Forschens, der Vertiefung. Mein soziales Miteinander be-

schränkt sich auf Kassen- und Thekengespräche, Gelegen-
heitssätze unverfänglicher Gleichgültigkeit mit Serviceper-
sonal.

Der Schnee, über den ich schreiben soll und nicht schreibe,
ist aber Schnee von gestern noch auf eine ganz andere Weise,
nämlich weil hier niemand von ihm weiß, weil in meinem
sprachlichen Schnee mein geheimes Gestern steckt, mein
ganzes DU.

ALONE/WITH YOU · DAUGHTER

Als ich an einem frühvergoldeten Abend mit Musik in den
Ohren den Santa Monica Boulevard hinuntergehe, um die
Happy Hour im Chestnut Club auf der 14. mitzumachen,
weht mir der Schnee von gestern wieder durch die Gedanken.

Ist dieser traurige Soundtrack, den ich hier höre, eigentlich nur die Begleitmusik, die meine Stimmung ergänzt, oder
ist er das Taktmaß, das mir diese Stimmung selbst in Herz
und Hirn schlägt?

Müller hat ganz recht, diesem geflügelten Wort das Gefieder zu rupfen, diesem Wortgeflügel den Hals umzu-
drehen, solange mit diesen überschneidenden Worten etwas
untergraben werden soll. Der Schnee von gestern ist doch
der eigentlich interessante Schnee. Er ist der einzige Schnee,
den es gibt. Auch für den Schnee ist die Sprache zu langsam.
Erst, was zu gestern geworden ist, ist für mich ernsthaft von
Bedeutung, und Leben bedeutet für mich auch, darauf zu
warten, dass die Dinge gestriger werden, in die Vergangenheit zurückstreichen, um sie betrachten oder ertragen zu
können, ihnen nachzutrauern, sie zu vermissen, manchmal,
um sie zu wiederholen. Zugegeben, an die Gegenwart glaube

ich nicht mehr. Gestern fällt mir leichter. Die stillgestellte, eingefrorene Zeit von gestern ist die Zeit, in der ich irgendwann einmal leben möchte. Vielleicht deshalb immer der Wunsch zu schreiben. Es war einmal.

Nur glücklich bin ich mit alledem nicht, natürlich nicht, denn Glücklichsein könnte es nur im Heute geben. Auch wenn ich im Land der Vergangenheit noch irgendwo glücklich bin, ist mein Zugriff auf diese Ebene doch äußerst beschränkt, so irre bin ich noch nicht, dass ich nicht weiß von der Verspätung des Greifens mit der gestrigen Hand der Sprache, dass ich nicht weiß von der Rede vom Schnee. Doch was nicht mehr Gegenwart ist, ist eben doch noch äußerst gegenwärtig, bricht immer wieder ins Zentrum zurück, während es sich langsam auf dem Zeitstrahl durch die Welt schiebt. Dieses Zentrum, bin das also ich?

Ohne Verweis auf Faulkner schreibt Christa Wolf einmal: *Das Vergangene ist nicht tot; es ist nicht einmal vergangen. Wir trennen es von uns ab und stellen uns fremd.* Hat die Wölfin recht, dann bin ich niemals Ich. Aber ich war es einmal. Und wer wäre ich heute? Der, der für dich einen anderen Namen hätte als jenen, mit dem du ihn bezeichnet hast, nicht JAN, sondern JAHN, oder YAWN, einen Namen, der von der Gegenwart verdeckt wird, ein Name unter einer Decke aus Schnee. Wünschte, du würdest kommen und sagen: *In deine Decke grab' ich/Mit einem spitzen Stein/Den Namen meines Liebsten/Und Stund' und Tag hinein* (WILHELM MÜLLER). Aber du kommst nicht mehr, du würdest mich niemals mehr finden, weil sich das Zentrum verschoben hat, weil sich mein Name verändert hat, würdest du ihn mir nachrufen, vielleicht würde ich nicht mal mehr darauf hören.

Durch die Grimm-Gebrüder erscheint die deutsche Sprache wie ein vom Schnee durchflogenes Lexikon, und bis heute schneit es darin, ihr Register spricht noch Schnee. *Sie reden Schnee*, dichtet Nelly Sachs. Die Sprichwörter der deutschen Sprache, von der Schweiz bis Österreich, sind vom Schnee bestäubt, selbst wenn ihr Schneegerede heute Schnee von gestern bleibt. *Das war im Jahre Schnee*, heißt es über lange Vergangenes. *Wenn der Schnee vergeht, wird sich's finden*, heißt es hoffnungsvoll, und noch hoffnungsvoller: *Nach Schnee und Regen kommt Segen*. Und manchmal liegt in der Hoffnung etwas Sorge: *Was im Schnee verborgen lag, kommt, wenn er schmilzt, an hellen Tag*. Oder: *Es kommt alles an den Tag, was unterm Schnee sich verbarg*. Unter dem Schnee liegt das Gestern, und der gestrige Schnee ist das morgige Nichts.

Allem voran ist der Schnee, der die Sprache übersilbert, wie er die Welt überreift, ein Zeitgeber, ein Verstecker, ein weißes Warten, eine Verpackung aus Worten und Wochen, ein Mantel aus Zeit. Unter ihm liegt etwas verborgen, unter der Sprache, unter der Zeit, doch was ist es? Sind es die *blümchen, blau und roth und weisz,/begraben unter schnee und eis* (GOTTFRIED AUGUST BÜRGER), oder sind es die Sämlinge der Zukunft, die ausharren? *Lieget unter kaltem Schnee/Sicher nicht die goldne Saat?* (JOHANN GOTTFRIED HERDER).

Was ist es, was ich im Schnee suche? Vielleicht suche ich überhaupt nur darin, weil ich weiß, dass hinter seiner Sprache, hinter seiner Zeit etwas ganz Schreckliches liegt. *Und hat erst im nächsten Frühjahr die Sonne den Schnee weggeleckt, um den Frühlingstrieben Bahn zu machen, die an das*

Licht wollen, da taut aus ihrem kalten Grabe die Leiche des Verlorenen hervor (MARTIN VON NATHUSIUS). Der Schnee, in seinen sprachbildlichen Ausformungen und seiner symbolischen Gestaltung, selbst oft ein Träger des Todes – *in seines Schnees Leichentracht* (LUDWIG GOTTHARD KOSEGARTEN), *Wie ein Toter liegt die Erde/In des Winters Leichentuch* (FRANZ GRILLPARZER) –, dieser Schnee ist eine zur Materie gewordene geweißte und weißende Zeit, sein Sinken gemächlich wie das Sterben, aber sein Fallen schnell wie das Verschwinden. Die frostreif übermantelten Landschaften täuschen mit ihrer Reglosigkeit, denn die Vergänglichkeit liegt in ihnen wie in der magischen ersten Zellteilung eines neuen Lebens. Das Verschwinden ist dem Schnee inhärent, dem Stoffwort wie dem Stoff selbst eingeschrieben, und besonders in den vielen Schneevergleichen der Sprache wird die auslöschende Weiße oder die zerschmelzende Auslöschung des Schnees aufgerufen, um sterbende Körper und tote Haut so kalt, so bleich wie Schnee zu nennen oder das reine Vergehen zu bezeichnen, wenn *Lügen zerschmelzen wie Schnee.*

Der Zeitmantel des Schnees liegt auf der Welt wie ein vergehenswilliger Verzehrer, der die Zeit in sich trägt wie mein Körper seine Zellen, und in jeder Flocke, jeder Zelle tickt eine kleine Uhr auf ihr Ende zu. Bei gleichgültiger Langsamkeit unterliegt der Schnee sich selbst, sein weiches weißes Warten verhüllt sein erbarmungsloses Verschwinden, das in Bewegung kommt, sobald er liegt. Es scheint, dass es seine Kälte selbst ist, die ihn zum Ende hintreibt, denn je kälter er liegt, desto schneller wird er schmelzen, und nur wer jung ist, kann altern. Die Toten haben ihr Sterben besiegt, verblichen an sich selbst, der Tod tötet sich mit jedem toten Menschen, der Todesselbstmord, er zergeht an sich selbst, zerschmilzt wie der Schnee an der Sonne. *Gan as the snow ayein the sonne melte* (GEOFFREY CHAUCER).

Manchmal ist die Vergänglichkeit des Schnees allerdings gerade das, was aus der Härte die Hoffnung herausschmilzt, wenn der Lenz die Blüten bringt. *Das vorhin bereiffte Land/Wird in Blumen umgewandt* (MARTIN OPITZ). Manchmal aber ist das, was wie Schnee von gestern unter dem Schnee verborgen liegt und von der blühenden Zeit offengelegt wird, wie ein heute seltsamerweise selten gewordenes Sprichwort weiß, auch etwas ganz anderes, denn: *Wenn der Schnee vergeht, wird es viel Kot geben.*

Was weiß also die Sprache schon heute von mir und meinem angebrochenen Jahr? Zweifellos, meine Sprache weiß Dinge, die ich niemals lernen kann. Deshalb der Wunsch, in Schnee und Eis zu gehen und in den Weißwelten, weiß wie geronnene Milch, Spuren zu suchen und Spuren zu treten, weil ich weiß, unter dem Schnee liegt eine Leiche oder Scheiße, und weil ich weiß, dass ich das – ganz egal, was dort liegt –, finden, erkennen, befreien muss, aus der Tiefe des Schnees, aus der Tiefe der Sprache.

Die Sprache ist, wie der Schnee, eine große tückische Täuscherin, eine Hülle, eine Hölle, die einschließt und ummantelt, eine Lügnerin, wie der Schnee *eine erlogene Reinlichkeit* (GOETHE).

Der Schnee ist das Wetter, das liegen bleibt. Vielleicht deshalb das Wetter, das traurig bleibt, weil es nicht aufstehen kann. *Der Schnee fällt nicht hinauf,* meinte Robert Walser, Jahre bevor er selbst in den Schnee fiel, kopfabwärts, und starb und lag wie ein erschossener Soldat. Der Schnee, noch mehr als der Regen und der Wind, ist ein Zeitwetter. Er ist das Wasser von gestern, das Wasser, das die Zeit der Wolken in sich trägt, *the ticktock of the vapor* (BLACKSHAW), das

Ticken des Wasserdampfs, und in dieser Wolkenzeit hat er sich heimlich über der Welt angesammelt und wartet, und allein sein Name spricht von seiner Stille, seinem angekündigten Kommen und Verschwinden, seinem aushauchenden Sein. *Schnee: wer/dieses Wort zu Ende/denken könnte/bis dahin/wo es sich auflöst/und wieder zu Wasser wird* (ROLF DIETER BRINKMANN).

Auch mag es geschehen, dass man vom *nachwehenden Schnee begraben* wird (JOHANN PETER HEBEL). Der nachwehende Schnee. Die Nachwehen des Schnees sind im Frühjahr zu spüren, wenn die Schneeschäden des Winters offen werden, wenn die Leichen und die Scheiße an die Oberfläche kommen. Sei also froh, solange noch Winter ist, denn der Schnee deckt alles zu.

Gleichgültiger Gleichmacher, listiger Löscher. Anders als der Tod vermag der Schnee manchmal aber sogar selbst den Tod noch zu verdecken, den Tod zu töten – *Death, thou shalt die* (JOHN DONNE) –, wie wenn er die Gräber eingräbt, die kantigen Grabsteine überpelzt und mit der Landschaft vermischt, sie in die Landschaft verwischt, die schrecklichen Schreie erstickt, den abscheulichen Anblick von Gräbern vermummt: *Reiner weißer Schnee, o schneie,/Decke beide Gräber zu,/Daß die Seele uns gedeihe/Still und kühl in Wintersruh!* (GOTTFRIED KELLER). Der Dämpfer des Schnees.

Auf seine sanfte, stumme Weise ist dem Schnee jedoch ein zutiefst zerstörerischer Zug eingeschrieben, mithin trägt er in der Sprache die Vernichtung, und trägt die Vernichtung in die Welt. Der *Schneebruch* hat die Landschaften zerstört, die der Frühling richten muss. Der Last des Schnees konnten die Äste und Zweige der Bäume nicht standhalten und sind unter der weißen weichen Last gebrochen. Und neben den *Schneebrüchen* gibt es die *Schneebrücken*, die nichts von

Verbindung haben, sondern von verhüllter Zerstörung. Aufgetürmte Schneemassen, die sich allmählich über Wasserläufe schichten und sich sogar über Gletscherspalten wölben, bisweilen so makellos und rein, dass es scheint, als wäre ihre jungfräuliche Glätte nur eine weiche Decke über festem Grund und nicht allein die Hülle über einem eisigen Fluss, nicht allein der Mantel über einem Vakuum in der Welt, der dünne Schleier über einem Grab aus Eis.

Immer wieder ist von Bergsteigern und Wanderern, Skifahrern und Snowboardern zu hören, die durch die Winterlandschaft driften, ohne das Wort *Schneebrücke* im Kopf zu haben, wenn sie längst bereits auf einer solchen stehen. In ihrem Geist herrscht Glätte, der *Schneemantel,* nicht *Schneemantel, Schneemantel,* den sie vor sich sehen, *des Winters Herrscherkleid* (ADELBERT VON CHAMISSO), er verhüllt die Wortlosigkeit in ihrem Geist, die eine Wortlosigkeit ist, die der Stille des Todes gleichkommt, der Stille, die sie ankündigt, denn das Wort *Schneebrücke* nicht vor Augen zu haben, wenn sie eine Schneebrücke vor sich sehen, ist ihr Untergang, in den sie freimütig schreiten oder gleiten. Im Innern Leere, wie die Leere der Tiefe, und diese Leere verhüllt von Weiß, unbeschriebenes Blatt, unberührte Blüte, und so gleiten sie auf nichts weiter als einer dünnen Schicht von weißem Wasser über ihren eigenen Tod dahin.

Eine ganze Weile lang kann der Schnee unter ihren Füßen oder ihren Brettern sie tragen, bis sich die Leere zwischen den locker angeordneten Kristallen des Schnees zusammenstaucht, als schöben sich die weißen Räume zwischen Buchstaben und zwischen Worten langsam aufeinander, und aus der Weiße entsteht ein verdichteter Ort, eine Schneemasse, die anfangen wird unter ihnen zu sprechen, es wird laut knarren und knacken und krachen, der Blick rast nach unten auf das Weiß, wo sich die Spalte über dem Nichts bereits öffnet, und sie fallen durch diesen weißen Ort und aus der Welt.

Sind Snowboarder oder Skifahrer in einem Fahrverbund unterwegs, kann es mitunter Minuten dauern, bis die Fahrenden bemerken, dass hinter ihnen ein Mensch fehlt, und häufig ist es dann äußerst beschwerlich oder gänzlich unmöglich, die genaue Lücke im Schnee zu lokalisieren, durch die der Freund oder die Freundin in der weißen Weite aus dem Leben gesaugt wurde. Ist eine Seilschaft von Bergsteigern oder Wanderern unterwegs, spüren die anderen nicht mehr als einen kurzen, heftigen Ruck am Körper, der sich wie eine Welle durch die mit dem Seil verbundene Gruppe fortsetzt, und die Reihung der Gruppe ist mit einer Lücke durchrissen, wie ein Gebiss mit einem ausgeschlagenen Zahn. Ist die Seilschaft groß genug, kann es gelingen, einen Verlorenen am Seil aus dem Schneeloch ins Leben zurückzuziehen. Ist die Seilschaft allerdings kleiner und besteht nur aus drei oder zwei Personen, zerrt der oder die Verlorene die anderen häufig mit hinunter in die himmelstiefe Gletscherspalte, in den todeseisigen Fluss. Nicht selten geschieht es außerdem, dass ausgerechnet das Gesamtgewicht der rettenden Seilschaft dazu führt, eine Schneebrücke zu einer Sollbruchstelle im Kristallgelände zu machen und die Schneebrücke mit der Gesamtheit der Gruppe in die Tiefe zu reißen, während das Körpergewicht eines einsam Wandernden allein nicht ausgereicht hätte, die Leerstellen zwischen den Kristallen genügend zusammenzustauchen, den Schnee ausreichend zu verdichten, um den einzelnen Menschen in seinen Tod zu stürzen, und er wäre vielleicht Minuten lang auf nichts als einigen Metern weißen Wassers über seinem eigenen Tod herumspaziert. Ohne jemals davon zu erfahren.

Obwohl ich mich noch im Kalenderwinter befinde, bemerke ich langsam die plötzlichen Veränderungen der Stadt im Laufe der vergehenden Jahreszeit. Nachts kühlt es nicht mehr so leicht ab, und mitten in Downtown beginnen die Jacaranda-Bäume zu blühen. Tausende trompetenförmige Blüten, purpurne Glöckchengehänge zwischen leichtgrünen Blättern, feinen Farnfächern, die das Licht farbig filtern.

Nicht weit von einem solchen Baum, dessen fiebriges Leuchten im Mittagslicht gegen das Kobaltblau des Himmels und die quarzfarbenen Gebäude von Downtown glänzt, sitze ich in einem weiteren unterkühlten Lesesaal, blicke durch die Glasfront auf das Rolltreppengewinkel des Gebäudes der Los Angeles Public Library hinaus, auf den Gang, wo sich Obdachlose aufhalten, die aus Skid Row, einem der bevölkerungsreichsten Elendsviertel des Landes, in eines der wenigen öffentlichen Gebäude rund um den Pershing Square driften, um sich in den öffentlichen Toiletten zu waschen oder die Wasserspender zu benutzen.

Anders als im Getty durfte ich meinen Rucksack, meine eigenen Notizen und eine Flasche Wasser mit in den Lesesaal nehmen, ich kann keine Überwachungskameras erkennen, und hinter einem winzigen Schalter, eingetürmt von Büchern, sitzt nur eine kleine, sonnenfreundliche Frau mittleren Alters, die zu allem *Yes* sagt. Von ihrer Brille führen geschwungene Bänder um ihren Hals, was mich an die Zügel eines Pferdes erinnert. Vermutlich Ehrenamt. Vom Zustand der Tische und der Toiletten des Gebäudes zu urteilen, scheint hier alles egal zu sein.

In den verkratzten Tisch, an dem ich sitze, stehen die Worte geritzt: I WAS HERE WHO WERE YOU? Ich bedecke diese Worte mit verschiedenformatigen Abzügen der beiden Fotografien, die Blackshaw vom Schneefall in Los Angeles im Jahr 1948 gemacht hat. Eines der Fotos zeigt zwei Frauen, die in Alpenkleidung auf Langlaufskiern unter den Palmen von West Hollywood stehen, eine von ihnen winkt mit ihrem Skistock Richtung Kamera, und vor ihnen zwei Kinder in kurzen Hosen und Kniestrümpfen. Die Jungs rittlings auf Schlitten, die auf der flachen Straße nirgendwo hinunterfahren werden. Trotzdem ist ihr Lächeln perfekt.

Das andere Foto zeigt zwei Männer. Der eine trägt einen Cowboyhut, der andere eine Pudelmütze. Sie stehen vor dem Griffith Observatorium im dreihundert Meter über der Stadt gelegenen Griffith Park und laden mit weltmännischen Lächeln zwei Eimer Schnee in den Kofferraum eines Sunbeam-Talbot. Beide Bilder zeigen die Straßen und die Palmen, die Häuser und das Gras belegt mit einer weißflauschigen Schicht, so grell und glatt und konturlos, dass ich mir bei der Bibliothekarin eine Lupe leihen muss, *yes, of course, dear, take your time*, um zu erkennen, dass nicht eine Überbelichtung oder ein sonstiger Trick für dieses weiße Glänzen verantwortlich ist, und dass das, was ich vor mir abgelichtet sehe, nur das weiße kalifornische Licht ist, das vom Schnee reflektiert wird.

Ich lese es noch einmal in einem der vielen Geschichtsbücher der Stadt nach. Ende der ersten Woche des Jahres reichte für etwa 72 Stunden lang so kalte Luft des Nordens so weit in die südlichen Regionen des Golden States herunter, dass die kalifornische Pazifikküste drei Tage lang von einer etwa ein Zentimeter dicken Schneedecke verhüllt lag. Seitdem fielen noch einmal vierzehn Jahre später, 1962, einige kümmerliche Flocken auf die Stadt, blieben aber kaum liegen, und danach schneite es hier nie wieder. Das Seltsame ist,

dass ich in keinem der Bücher eine Abbildung der Schneetage von 1948 finden kann, keinen Hinweis darauf, dass diese
Tage fotografisch festgehalten wurden, nein, ich finde noch
nicht einmal irgendeine Erwähnung von Gabriel Gordon
Blackshaw.

Die Fotos waren entstanden während Blackshaws kurz-
lebiger Anstellung als Fotograf für die *Los Angeles Times* –
sein letzter Job im Leben, ein Job, den er in seinem Pestjahrbuch als *Albatros um den Hals* bezeichnete und ihn nur
annahm, um Alimente aufzubringen für eine Frau, die ihn
wegen seiner kümmerlichen finanziellen Verhältnisse verlassen wollte, nachdem den beiden zwei Jahre zuvor eine
Tochter geboren worden war. Das Mädchen war kleinwüch-
sig zur Welt gekommen und hatte kostspielige medizinische
Hilfe in Anspruch nehmen müssen, für die Blackshaw nicht
aufkommen konnte. Auf einem Foto, auf dem das Kind im
Schnee zu sehen ist, benutzt das Mädchen eine Gehhilfe.
Heute lebt die Tochter, ähnlich zurückgezogen wie ihr Vater,
auf der Medaillenseite des Landes im Bundesstaat Maine. Sie
scheint kaum interessiert an der Bewahrung des Erbes ihres
Vaters, wie auch sonst niemand. Blackshaws Biograf mutmaßt, Blackshaw habe das Kind von Anfang an abgelehnt,
und auch aus diesem Grund zerbrach die Beziehung zu der
Mutter des Kindes.

Dieser erste und einzige Biograf des Schneeeinsiedlers war
ein Journalist namens Leyton R. Waters, der freiberuflich für
die *Times*, aber hauptsächlich für unbedeutendere LA County-
Blättchen schrieb. Kaum Pulitzer-Material. Auf einem Foto,
das ich online fand, trägt er ein Hawaii-Hemd. Sein Buch
über Blackshaws Leben wurde 1983 veröffentlicht und scheint
journalistisch höchst ungenau, da es auf einer unübersicht-
lichen Quellenlage basiert. Blackshaws Materialien, die ich

mir hier betrachten kann, gingen laut Informationen des Getty erst 1993 in die Sammlung des Instituts. Waters' Biografie ist heute nur noch antiquarisch erhältlich. Aus meinem Exemplar ist das Impressum herausgerissen worden, und das Web schweigt zu dem Buch, sodass ich nicht rekonstruieren kann, ob es nach 1993 oder davor veröffentlicht wurde. Beruhigend: Das Web hat noch nicht alles verschlungen. Beunruhigend: Das Buch steckt voller Mutmaßungen und Hypothesen und bleibt das einzige, woran ich mich hier halten kann. Es reproduziert neben einigen anderen Fotografien Blackshaws die beiden Schneebilder, die ich jetzt vor mir liegen habe. Die Biografie trägt den nicht sehr eingängigen und nicht sehr intelligenten Titel *White on White: The Snow Man of California, Gabriel Gordon Blackshaw*. Der Autor ließe sich nicht befragen. Waters verstarb 1999 an den Folgen einer Lungenkrankheit.

WHOLE WIDE WORLD · THE MOUNTAIN GOATS

Wäre es wünschenswerter, zu zweit verloren zu gehen als allein, im Tod zusammengeschlungen unter dem weißen Eis einer winternden Stille, oder ist die Idee einer todgeweihten Liebe nichts als ein verschwendetes Leben, ein verschwendeter Tod, nichts anderes als die romantisierte Verklärung der Witwenverbrennung, die Weigerung anzunehmen, dass einer zurückbleiben muss, im Tod und in der Trennung?

Wäre es wünschenswerter, wenn ich weg wäre? Doch wäre ich weg und wäre das Wort WEG auf einmal eine Schablone, die mich umfasst, hättest dann auch du noch darin Platz? Das Kind denkt, wenn wir beide weg sind, dann müssen wir zusammen sein. Mein WEG führt mich nicht weiter, mein WEG führt mich auch nicht zu dir. Um wieder mit dir zusammengeschlungen zu sein, müsste ich nicht weg sein, sondern du müsstest, ganz einfach, hier sein. Doch HIER hat mit dir nichts mehr zu tun, nicht der Ort und nicht das Wort.

Wie lange ist es schon ein gefährlicher Gedanke: Bist du nicht eigentlich viel heftiger für mich hier, gerade weil du weg bist? Doch hieße dies, dass auch der Schnee hier am intensivsten ist, weil es ihn hier nicht gibt? Unsinn. Es gibt euch hier ausschließlich auf Papieren und auf Fotografien, ihr seid so weit weg von Los Angeles, wie Gabriel Gordon Blackshaw es ist, eingemantelt in eine Ferne, aus der nur die Spuren noch hier hinreichen, so wie das kommende Frühjahr, das Ende des Winters.

I GOT NOBODY WAITING FOR ME · M. CRAFT

Am 12. Februar 1978 schreibt Roland Barthes in sein *Tagebuch der Trauer* die Worte: *Schnee, viel Schnee über Paris; seltsam.* Warum war ihm dieser Schnee nun so seltsam, den er vielleicht sah von seiner kleinen Schreibstube aus, die sich über der Wohnung befand, die über eine Leiter durch ein Loch in der Decke erreichbar war, wo er täglich schrieb, allein und seiner Schreiblust aus Textlust folgend, einer Lust am Schreiben, die Barthes seine *bescheidene Tätigkeit* nannte, die er täglich um elf Uhr unterbrach, um eine Zigarre zu rauchen und eine Tasse Kaffee zu trinken, einen *Intellektuellenkaffee (café de l'intellectuel).*

Schnee, viel Schnee über Paris; seltsam. Warum SELTSAM? Es ist nicht ungewöhnlich, dass Paris vom Schnee befallen wird im Februar am zwölften Tag. Doch dieser Schnee war in der Tat seltsam, seltsamer als anderer Schnee, denn es war der erste Schnee, den Barthes allein sah; allein, nicht auf die Weise, wie er allein schrieb, sondern allein auf eine ganz und gar seltsame Weise, und allein, wirklich allein, hieß für Barthes am Anfang dieses neuen Jahres, das sein letztes ganzes Jahr auf der Welt sein würde, allein konnte für ihn jetzt nur noch bedeuten, ohne seine Mutter.

Und so heißt es auf dieser einen Seite dieses von großen weißen Flächen durchfressenen traurigsten Buches eine Spalte unter dem seltsamen Satz über diesen seltsamen Schnee über Paris: *Ich sage mir, und es schmerzt mich: Sie wird nie mehr dasein, um es zu sehen, um es von mir zu erfahren.* Der seltsame Schnee ist seltsam, weil die Welt selbst so seltsam geworden ist, seit *Maman* nicht mehr da ist. Die Koordinaten fehlen, die Worte sind leerer geworden, die Auf- und Abstriche, die Stämme und Serifen der Buchstaben verlängern sich, wachsen aus wie spillerige Ästchen, deren Spitzen nur noch ins Nichts verweisen. Alles ist neu.

Für einen Menschen wie Barthes muss es besonders entsetzlich gewesen sein, diesen Schnee vom 12. Februar 1978 über Paris herfallen zu sehen, nicht weil ich den einen Schmerz gegen einen anderen Schmerz ausspielen möchte – auch der Schmerz kennt keine Koordinaten, die Gleichnisrede liegt ihm nicht – es gibt nicht Intellektuellenschmerz und Nichtintellektuellenschmerz, es gibt lediglich Schmerz, auch wenn er nicht immer so heißt –, nein, ich meine, für Barthes muss jede Flocke ein Herzstich gewesen sein, weil Barthes ein Kombinierer war. Er liebte die Willkür, die freimütige Verbindung, die freie Assoziation in seinem Schreiben, und selbst in seiner Person war er – Autor, Semiologe, Philosoph, Maler – eine Kombinationskreatur. Der Mensch als kombinierendes Tier. Der einsame Mensch als nicht mehr kombinierbare Einheit. Jeder Schneestich dieses Tages muss so furchtbar gewesen sein, weil Barthes wusste, dass Bedeutung im Kontext entsteht, in der Lücke, in der Leerstelle, die sich mit Signifikanz vollsaugt, weil Barthes zu jener Zeit gerade aus dem Schreiben seines berühmten Buches über die Liebe gekommen war und ihm die Erkenntnisse dieses Buches, die formellen vielleicht noch mehr als die inhaltlichen, etwas ganz konkret kristallisierten, das diesen seltsamen Schnee in seiner Kombination zusammen mit dem Fehlen des wichtigsten Lebensmenschen seiner Existenz nur als reinste, weißeste, spöttischste Verzweiflung aussehen lassen konnte, als Verzweiflung, die vom Himmel über die Stadt und gegen ihn heruntersank, ein weiches, verhöhnendes Lachen in Flockenform.

In dem 1977 erschienenen Buch *Fragmente einer Sprache der Liebe* heißt es zum Aufbau dieses unruhigen Textes, wie Barthes auch über die köstlich-kühne Kombinatorik seines Gesamtwerks hätte schreiben können: Dis-cursus – *das meint ursprünglich die Bewegung des Hin-und-Her-Laufens, das ist Kommen und Gehen, das sind ›Schritte‹, ›Verwicklungen‹.* Das Hin-und-Her-Laufen, das lustvolle Sich-verwickeln-lassen, lässt Barthes, vielleicht unwillkürlich, eine sofortige Verbindung ziehen zwischen diesem Schnee und seinem Verlust. *Schnee, du weißt von meinem Sehnen,* heißt es in der Müller-Schubert-*Winterreise*. Der Schnee ist kein Verlustobjekt an sich, auch nicht, wenn er vergesslich wird und schmilzt, doch er ist ein Medium für das Verlieren, ein Papier, in das man sein Sterben hineinspuren kann, seine Trauer, seine Leere, seine Einsamkeit – in der Hoffnung, dass sie alle damit fallen mögen und es dabei niemals tun. Mit dem Blick des Trauernden, des Sehnenden, ist der Schnee nicht nur seltsam, sondern schrecklich. *Neige, beaucoup de neige sur Paris; c'est étrange.*

Dieser Schnee ist seltsam in einem anderen Sinne. Im Sinne von *selten* und im Sinne eines alten Adjektivs für *zu sehen*, der Schnee ist *nicht häufig zu sehen*, so wie die Toten, die Verlorenen nicht häufig sichtbar sind, und dabei aber bei Weitem nicht unsichtbar. Der Schneefall, das sind die weißen Geister, die kommen, um uns an ihr Verschwinden zu erinnern, und daran, dass sie wir sind, aus unserer Vergangenheit, aber identisch mit unserer Zukunft. *Eine Straße muß ich gehen,/Die noch keiner ging zurück* (WILHELM MÜLLER). Dieser Schnee ist *étrange*, seltsam, aber auch fremd, denn er kommt aus einer Fremde und fällt in eine fremde Welt, in eine Zeit, der er selbst nicht entstammt, die er selbst gar nicht weiß. Auf seinem Weg aus der Wolke auf die Stadt hat sich die Welt verändert – *seltsam, étrange*. Welche Unmengen von völlig fremdem Schnee sind bereits auf die Welt gefallen, weil er von Menschen mit Bedeutung versehen wurde, mit Bildern und Erinnerungen und Wörtern beladen auf die Erde sinken musste, beschwert mit Schmerz, durch den der Schnee härter sinkt, härter, schneller, schwerer, schwerer durch die Welt und schwerer durch die Sichtfelder der Menschen, weil ein Mensch, ein Mann, ein Sohn, ein Kind, einen Schnee ohne dich sehen muss, ohne sein DU, ohne den anderen Menschen, ohne den Sehen keinen Sinn ergibt, ohne den Sehen seltsam ist, *étrange*.

STATIC · BECK

Schnee im Märzen,/Schmerz im Herzen (WILHELM MÜLLER). Zäh schleppen sich die abgezählten Tage mühselig voran. Wie ein in den Himmel gespiegeltes Schneebett liegen morgens immer Stratuswolken über der Stadt, dichte nebelgleiche Schleier, und immer meine ich, heute könnte es regnen. Doch dann brennt die Sonne die Wolken davon, und es wird warm.

Die Routinen sind klein und monoton: die Schlaglöcher

zählen, bis der Bus auf den Wilshire abbiegt; warten, bis man das Brühaus sieht, auf dessen verandaartigem Außenbereich sich die Feierabendtrinker treffen, ihre Münder lachend; das Zischen der Bustür; in der kleinen Alley verschwinden, wo die Mülltonnen stehen; sich heftig gegen die Tür stemmen, einmal, zweimal, um rasch in der Casita zu verschwinden, bevor man entdeckt wird von Adrian, der, wenn man ihn denn sieht, immer eine Mülltüte in der Hand hat.

Manchmal wache ich nicht spät und ohne Kopfschmerzen auf, was mich wundert. Körperlich bin ich ein Kind, nichts tut weh und nichts ist schwer, als gelänge es meinem Körper, die körperliche Belastung durch Schlaflosigkeit und Suff zu transformieren und in mein geistiges Innenleben umzulenken. Seelenkater. Wieso sind in meinem Fall Körper und Geist nicht enger zusammengeschlungen? Warum kann ich nicht nur mein Körper sein, ein einfacher Klumpen aus Blut und Knochen, der in der Welt steht wie eine Topfpflanze in einer Bankfiliale, unbemerkt, aber nicht unangenehm, ein dicker Brocken Fett und Fleisch, und da steht er in der Welt und freut sich.

Kurz darauf habe ich meine neuen Routinen schon wieder vergessen und denke morgens nicht mal mehr daran, dass ich hierhergekommen bin, um in einem Archiv ein Archiv zu erforschen, neben Blackshaws Papieren und Fotografien auch noch kellerweise Dokumente, Bilder, Klänge und Filme zu durchstöbern, um mir ein Wissen über Schnee anzusammeln. Kaum Schneeerkenntnis. Ein ganzer Gettyberg voll Kunst wartet auf mich, aber ich bin erstarrt, schwänze wieder mit dem Übermut des Blaumachens. Gleichzeitig halte ich es in der Casita nicht aus, wo sich schon zu viel Staub angesetzt hat, den ich mit hier hingebracht habe, wo ich zu sehr ich selbst bin, um frei zu sein.

Ich versuche, mich von dir abzulenken, aber du bist in mein Gedankengewebe eingeflochten, lässt dich nicht einfach herausnehmen, ohne das Ganze zu entwirren. Statt mich lesend oder schreibend abzulenken, esse oder trinke ich, zu viel, von Café zu Café, von Bar zu Bar, Spaziergänge zum Pazifik, schlaflos bin ich längst nicht mehr vom Jetlag, nachdenklich oder katatonisch schaue ich zu, wie die Sonne erscheint und den bewölkten Himmel mit Licht aushämmert. Ortlos, ruhelos, ziellos, nichts Neues, und doch habe ich oft das einfache Gefühl, ich will heim.

Ich habe Angst, dass sich das einzige Zuhause, das ich habe, in meinem Kopf befindet, wo auch sonst, und Angst, dass ich deshalb heimatlos bleibe, ganz egal, wo ich bin. Ich bräuchte neue Wege, aber selbst am fremdesten Ort drehe ich mich im Kreis und laufe in Gedanken heim, ahnungslos, dass ich die Spuren nur tiefer in Richtung eines Ortes trete, den es nicht mehr gibt. Wenn das Zuhause ausgelöscht ist, dann ist mein Kopf gefüllt mit Auslöschung. *Wo gehen wir denn hin? – Immer nach Hause*, schreibt Novalis. Weil das Zuhause im Kopf ist, ist man zu Hause gefangen, und entkommen bedeutet sterben. Trotzdem geht man weiter, immer nach Hause.

Der Liebende hört in der Tat nicht auf, in seinem Kopf hin und her zu laufen, neue Schritte zu unternehmen und gegen sich selbst zu intrigieren (BARTHES). Aber kann ich überhaupt ein Liebender sein, wenn sich das Objekt meiner Liebe aufgelöst hat, wenn sie der Schnee von gestern ist? Und bin ich ein Forscher, wenn das Objekt meiner Forschung nicht hier ist, wenn mein Schnee eben auch nur der Schnee von gestern ist? Aber ist die Distanz, die Entfernung zu dem immer kleiner werdenden Betrachtungsmaterial nicht gerade eine Erkenntnis stiftende Größe, oder wird Distanz fetischisiert und nur die intime Einschlingung in das Betrachtete ermöglicht Erkenntnis, gerade wie mit einem Liebesobjekt?

Man hört dieser Tage in den wissenschaftlichen Disziplinen nicht viel vom Präfix PHILO, nicht viel von der tiefen Erfahrung und der reichen Erkenntnis, die der griechische Wortstamm von PHILOS verspricht, auch nicht in den Disziplinen, die PHILO im Namen tragen, gerade so, als wollte man verhüllen, was man tut, als schämte man sich für das, was man ist, gerade so also, als wäre man ein Liebender. *Was so belastend wirkt, ist das verschwiegene Wissen* (BARTHES).

Wenn man sich nicht verstecken wollte hinter der Bezeichnung, könnte PHILOLOGIE sowohl *Liebe* als auch *Vernunft* bedeuten, gegensätzliche Dynamiken, zwischen denen man forschend flimmert. Im Moment habe ich weder das eine noch das andere.

Wie ist es möglich, dass Menschen überhaupt über irgendetwas forschen oder schreiben können, wo doch alles, worüber man schreibt und forscht, immer schon vorbei und also fremd ist, vorbeigerauscht, Schnee von gestern. Vielleicht kann nur die Erfindung, die Fiktion, das Vergangene wiederholen, wenn auch immer nur als etwas Anderes. Auf diese Weise bedeutet schreiben: verändern, verhüllen, verdecken.

Oder anders: In einer Gegenüberstellung von Fiktion und Wahrheit im Schreiben, ist die Wahrheit das Verfestigen, das Sichern, das Aufbewahren. Die Fiktion aber ist das Verfremden, das Unsichtbarmachen, das Auslöschen. Aber das glaubt mir hier auch keiner.

IN THE LIBRARY OF FORCE · JOHN CALE

Am Morgen erscheint in meinem Posteingang eine E-Mail, als ich mir gerade einen runterholen wollte, eine Nachricht von Bridget, der Koordinatorin des Fellow-Programms, in dem ich als extern finanzierter Forscher offiziell geduldet werde, ohne Kontakt zu den anderen Forschenden zu haben. Sofort überschauert mich ein kalter Schwall, und mein Schuldgefühl zieht die Schlinge zu. Man wird mir die Forschungslizenz entziehen, da man mich so unregelmäßig im Archiv zu Gesicht bekommt, ich werde das DAAD-Geld (God love it) zurückzahlen müssen. *It has come to our attention … We're sorry to inform you …* Ich fühle plötzlich eine saure Angst in mir aufsteigen, die Angst, nach Hause, zurück nach Deutschland reisen zu müssen, und augenblicklich sind die fliederfarbenen Bougainvilleen in der weißen Morgensonne und die glänzenden, schroffen Blätter des Busches vor dem kleinen Küchenfenster so unerreichbar schön, dass ich anfangen könnte zu heulen. Wenn ich zurück bin in den betonkalten Straßen, wird man mich auf der Straße sehen und erst an mir vorbeischauen, wie Marion Cranes Vorgesetzter, sich dann aber mit Verwunderung zu mir umdrehen und mich mit einem wissenden Schmunzeln fragen: *Bist du nicht in* LA?

Ohne Bridgets E-Mail geöffnet zu haben, schließe ich mein Mailprogramm und mache Kaffee, laufe in Gedanken hin und her wie ein ausgezehrtes Zoogeschöpf. Dann reiße ich mich zusammen, hole mir einen runter und öffne beschwingt die Mail – wäre es wirklich so schlimm, wenn ich nach Hause reisen müsste? Würde es nicht Klarheit schaffen, weil ich wüsste, dass ich nicht mehr forschen müsste, was ich nicht zu erforschen weiß? Könnte ich mich nicht in der Sicherheit des Selbstmitleids ausruhen und sagen: *Ich habe alles versucht, allein, ich wurde daran gehindert.*

Die E-Mail ist eine Einladung zum *Scholar's Coffee* am nächsten Morgen. Alle Fellows, intern wie extern, sind eingeladen, sich zwanglos über ihre Forschung auszutauschen, es gibt Kaffee, Tee und *light snacks*. Mein Herz sinkt. Ein Rauswurf wäre mir wesentlich lieber gewesen. Ich habe über meine Forschung nichts zu sagen, in Wahrheit habe ich, seit du weg bist, erst recht seit ich hier bin, so wenig gemacht, was als Forschung bezeichnet werden könnte, dass ich schlicht forschungslos bin, ausgeforscht, ich habe nichts zu erzählen, und die Vorstellung beschämt mich, davon erzählen zu müssen. Ich kann die zu Floskeln plattgetretenen, zurechtgelegten Phrasen, die ich immerzu wiederhole, selbst nicht mehr ertragen. Gibt es nicht ein Sprichwort, ungeborene Kinder mögen namenlos bleiben? Wenn nicht, werde ich es prägen. Ungeborene Kinder mögen namenlos bleiben. Zu vieles am wissenschaftlichen Gerede ist eben gerade das, *Gerede*, zu viel vorschnelles Planen und Sagen, was man schreiben will, anstatt zunächst zu schreiben und erst hinterher davon zu erzählen. Zu sehr die professionelle Deformation verinnerlicht: Für Forschungsanträge und Jobinterviews genau erzählen zu können, was man herausfinden will, bevor man es herausgefunden hat. Ouroboros. In einer Kultur leben, in der es Punkte dafür gibt, sich daran hochzuputschen, immer mehr Ideen zu haben als umsetzbar sind, um eigentlich nicht eine einzige Idee jemals umsetzen zu müssen. Man kann einen ungeschriebenen Text totreden, ihn sich kaputtreden lassen, indem man den verschiedenen Geschworenen immer nur jene Texte zeigt, die noch unfertig und also noch fragmentiert sind. Zu selten habe ich die Fähigkeit erlebt, bei Gutachtern, Gutachterinnen, selbst bei Kolleginnen und Kollegen, in den Leerstellen zwischen den Bruchstücken zu lesen, sich die Lücken hinzuzubilden, so wie jene Knochengerüste der ersten Menschen in Museen, deren drei oder vier Knochen, etwas Finger, etwas Kiefer, in ein andersfarbiges Gummi-Skelett eingefügt sind, sodass die

Fragmente *und* der Gesamtkörper erkennbar werden, kurzum, zu selten die Fähigkeit der Vorstellungskraft.

Ich überlege den gesamten Tag über, wie ich aus dem *Scholar's Coffee* herauskomme und weiterhin einfach faulenzen könnte, und merke erst später, wie ich auch auf diese Art faulenze, wie dabei ein ganzer Tag aus meinem Leben herausgeschnitten wird, an dem ich nichts tue, außer ein bisschen näher Richtung Tod zu gleiten. Und noch später erst bemerke ich, dass ich dabei kein einziges Mal an dich gedacht habe. Ließe sich daraus eine Lektion ableiten? Ein Problem ist nur durch ein anderes Problem zu ersetzen? Glücklich ist man, wenn ein großes Problem durch ein kleineres Problem ausgetauscht wird? Revolverlogik. Merkt man aber häufig nicht erst, nachdem ein Problem längst überstanden ist, welche Ausmaße es hatte, und ist es also eigentlich auch einerlei, wie schwerwiegend ein Problem ist, solange es vor einem liegt? Alles, was vor einem liegt, ist ein Problem. Vor mir liegt immer noch Schnee. Und wo liegst jetzt du? Manchmal habe ich hier den Eindruck, auch du lägest jetzt längst wieder vor mir.

An einem brillanten Spätnachmittag, die Sonne lackiert noch immer, wenn auch von der anderen Seite, das bauschige Buschwerk vor dem Küchenfenster, in der Ferne des wolkendurchflockten Himmels kreist ein Propellerflugzeug, liege ich im abgedunkelten Zimmer meiner Casita und streame die erste Staffel von *Love* bis in den Abend fertig. Während ich nach Einbruch der Dunkelheit durch die abkühlende Luft zu cvs gehe und mir zwei Sandwiches und Bier kaufe, durchschießt mich kurz der Gedanke, was wohl Mickey und Gus gerade machen. Der Gedanke ist nichts Neues: Die meisten meiner Freunde sind Fiktionen: Und trotzdem bin ich davon überrascht.

Am Abend, zwischen dem dritten und vierten Bier, dann der Entschluss, zum *Scholar's Coffee* zu gehen, die Einsicht, das Leben findet nicht in Büchern und nicht auf Netflix statt, nicht im Konjunktiv und nicht im Futur, nicht auf Papier und nicht auf dem Bildschirm, sondern nur hier, nur in sich selbst, in mir allein.

LIVING IN LIMBO · JANE BIRKIN

Zwischen dem fünften und sechsten Bier aber hat sich der Zeitrevolver weitergedreht, und eine andere Kammer ist jetzt an der Reihe, in der die Dinge anders liegen und verändert erscheinen. Ich denke noch einmal die Worte, *das Leben findet nicht im Konjunktiv statt*, und ich denke weiter, es findet nicht in der Möglichkeitsform statt, das Leben findet nicht in der Möglichkeit statt, das Leben ist unmöglich. Aber das stimmt nicht. Das Leben ist ausschließlich Möglichkeit, vage Wasser, auf denen man über dem Nichts schwimmt oder schwebt, und in der Möglichkeit liegt meistens Angst.

Ich habe kein Bier mehr und rauche etwas Gras, nicht viel, weil es mir nicht immer gut bekommt. Einmal rauchte ich mit einem nicht guten Bekannten auf einer nicht guten Party einen nicht guten Joint im Garten, und kurz danach brach die Wirklichkeit in Wellen schubhaft über mich herein, als müsste ich von Moment zu Moment erneut in die Welt erwachen, und mit diesem Erwachen flutete immer wieder die gesamte Realität mit all ihren Schlägen in mich hinein. Ich rannte von der Party weg, irgendwie durch taubengraue Straßen, bis mich der Bekannte einholte und mir riet, nach Hause zu gehen und Milch zu trinken, etwas zu essen. Ich glaube, ich sagte etwas wie: *Mein Zuhause hat heute einen anderen Namen*, oder etwas das so ähnlich klang, doch seine großen, dunklen Augen unter dem Laternenlicht sahen ungeheuer traurig aus, als er sagte: *Jan, du hast in letzter Zeit auch echt viel mitgemacht.* Mehr sagte er nicht, oder ich erinnere mich nicht mehr daran, und wenn ich jetzt daran denke, hätte es auch alles ganz anders sein können, und vielleicht war es das auch, aber das ist mir hier auch egal. *Es ist mir egal*, sage ich mir laut vor, meine Stimme steinig, kantig und stumpf in der Leere des Raums in der Nacht, und erst mit meinen Worten wirkt es hier plötzlich so einsam, wie es ist. Ich spreche ein paar Mal laut die Worte *es ist mir egal* vor mich hin und schmecke sie schwer, wie sie auf meiner Zunge liegen, immer wieder verstummt die Stimme nach dem letzten Wort mit einem kleinen Knall, so als wollte da ein Hall kommen, der sich sein Echo nicht erlaubte. Die Stille ist filzig, und ich weiß nicht, was weiter. Das Wasser ist schlickig, der Spiegel ist blind.

IMAGE FANTÔME – PAVANE POUR UNE INFANTE DÉFUNTE ·
JANE BIRKIN

Doch noch das wahlloseste, das alltäglichste Fiktionsgemenge, das einem durch den Kopf wuchert, ist naturgemäß ein Lebensteil, keine Grenze trennt Fiktion von Sein. Fiktion ist ein Synonymwort für Leben, bloß mit anderen Buchstaben, Buchstaben, die so lange durcheinanderarrangiert und herumanagrammiert wurden, bis sie wie ein anderes Wort aussahen, seine Bedeutung aber bleibt dieselbe, beinahe.

Mir gefiel immer die Idee einer Dichterin, deren Name mir entwischt ist, dass niemand das Recht habe, über ein Gedicht zu sagen, es sei ein schlechtes Gedicht, da für sie die Gattung *Gedicht* weit über Fragen von Wertung, Urteil und Kritik, sogar über Fragen von Qualität hinausgehe. Poesie sei in uns verwachsen – jeder Mensch habe poetische Zellen, die plötzlich auswuchern könnten, weil das Leben an sich zu großen Teilen selbst Poesie sei. Sie nannte das *Poesiesein*. Aus diesem Grund gab es für diese Dichterin keine schlechten Gedichte. Es ist mir egal, ob diese Idee kitschig ist, Kitsch ist ohnehin nicht minderwertig an sich. Mir ist diese Idee wichtig. Sie lässt mich atmen.

In der wieder wärmeren und nun feuchteren Märzluft von Los Angeles stehe ich in dem kalten, blendend weißen Licht, das sich hinter einigen fahrenden Wolken über die Hügel und das Reservoir von Silver Lake schiebt, als wäre die Sonne das Licht eines immensen Kopierers, der ein Faksimile der Stadt anfertigt, und in diesem Moment bin auch ich Teil jenes Originals, das hier abgetastet wird. Auf der Kopie wird es einen kleinen Fleck geben: Fremdartig und seltsam an die Seite hingebruegelt, bin ich Teil: des Lebens, des Ganzen. *Never Ending Happening*. Zu dieser Zeit in der Geschichte der Welt bin ich ein Bestandteil von allem, eine kleine Kerbe im Zeitholz, und deshalb habe ich ein Recht auf etwas Poesie, auch wenn sie eine unbedeutende Poesie ist, ich bin da, auch wenn niemand davon weiß, auch wenn ich wie das hingekritzelte Gedichtchen eines Schwachkopfes bin, ich bin dabei, Teil des großen Gedichts, und selbst wenn es wertlos wäre, hier bin ich. Hier, umgeben vom Rauschen des Verkehrs hinter mir und dem wellig wirrenden Licht auf dem Wasser von Silverlake, die Luft atmet Blütenduft, es riecht von ferne ein bisschen nach Benzin, und unter mir glitzern die Autoreihen wie eine Perlenschnur in der Mittagssonne, hier gibt mir der Gedanke meiner Beteiligung etwas Trost, weil er mich gleichzeitig erdet und segeln lässt. Bloß: Was mache ich nach diesem Gedanken?

Ich bin zum ersten Mal dieses Jahr wirklich im Osten der

Stadt. Der Westen hat mich nicht weitergebracht, ich versuche es weiter östlich. Ich bleibe lange hier oben stehen und schaue auf den silbernen See, der nicht silbern ist, sondern dunkeloliv. Ich betrachte das winzige Treiben der Menschen von meiner Ferne aus wie ein Gott auf seinem Olymp, und aus der Ferne schauen sie besser, gutmütiger, aus, als sie es sind, die Fahrradfahrer am Rand des Reservoirs, die unter den Bäumen gleiten, die funkelnde Verkehrsschnur auf der Straße dahinter, hier muten sie beinahe anmutig an. Obwohl sie modellbauklein sind, wirken sie größer, großmütiger, als sie es sind. Könnte man ihnen nahe sein, während man ihnen fern ist, könnte man sie betrachten als poetischer Bestandteil des Ganzen und zufrieden unter ihnen leben?

ESPECIALLY ME · LOW

Ich gucke einem freundlich verkaterten Hipster mit Ohrläppchentellern zu, wie er mit einer silbernen Kaffeekanne einen Porzellanfilter mit Wasser übergießt, und ich muss daran denken, wie meine Oma einen solchen Filter von Melitta hatte. Einen Moment lang sehe ich die malvenfarbenen Bügelfalten in ihrem Rock, der Stoff wie Wolkenstore, und ihre papiernen Hände, wie sie meine Hand halten, und ich bin allein. Es kommen mir beinahe die Tränen. Ich sehe von dem Porzellanfilter weg und nach draußen in das warme Licht. Eine junge Frau am Tisch vor dem Fenster schreibt ein Drehbuch, doch wirkt sie am ehesten wie eine Schauspielerin, die in einem B-Movie eine Drehbuchautorin spielen muss, immer mal nachdenklich halb schräg in die Luft guckend, bevor ein Wort in ihren Mac getippt wird. Wichtiger als der Text ist das Schreiben des Textes, wichtiger als das Schreiben des Textes ist es, beim Schreiben des Textes gesehen zu werden. Jeder tut sein Bestes, keiner schafft es allein.

Auf den warmen, backsteinernen Bänken vor dem Café lese ich ein wenig in der Faksimile-Edition einer alten, quäkerhaften Studie über Schneeflocken, auf die ich im Archiv gestoßen bin, das Digitalisat eines kleinen Büchleins über das weiße Wetter, nicht leicht zu lesen in Blackletter.

In rhythmischen Abständen geht hinter mir an der Straße ein Mann entlang, der nur eine schwarze Jeans trägt, schuhlos mit dreckigen Füßen, hemdlos mit schmutziger Brust, das Haar wild, das Gesicht eine Maske aus Schmerz, er redet mit sich selbst, schreit, spricht ein paar Hipstermädchen an, die in einem weiten Bogen an ihm vorbeigehen.

Die Prenzlauer Berg-Stimmung von Silverlake, nur blumiger, die Häuser hübscher, die Straßen leerer, nicht so schmutzig, nicht so verzweifelt. Vielleicht liegt dies am Licht, am Wind in den Palmwedeln, am süßlichen Duft von Bougainvillea und Zitrus. Und trotzdem: Männer mit Dutt.

Durch mein Abwenden vom Fenster verschwindet das Hipsterheim auf der Straße, hier wie dort, aus meinen Augen und aus meinen Gedanken. *Ich lege meinen Kopf schief*, schreibt Blackshaw einmal, *und mache die Schneewelt glitzern*. Entfernt, hinter dem Verkehr und dem Gerede des Cafés, höre ich schwach noch das getriebene Rufen. Warum schreit er? Und wo ist die Poesie in diesem Leben?

Das Büchlein, das ich bei mir habe, heißt *Snow-Flakes: A Chapter from the Book of Nature*, ein seltsames, kleines, autorloses Werk, 1863 von der evangelikalen American Tract Society von anonymen Gläubigen herausgegeben, eine merkwürdige Melange aus Essay, Gedichtsammlung, erzählenden Passagen und kulturgeschichtlicher wie naturwissenschaftlicher Forschungsarbeit zum Hintergrund von Schneeentstehung, Schneeverhalten und Schneewirkung. Darin wird die Schneeflocke auf beinahe scholastisch-mittelalterliche Weise als Zeichen der Dreifaltigkeit betrachtet, denn es sei das *fundamentale Gesetz des Schnees, sich in dreien zu kristallisieren, oder in einer Summe aus dreien.* Das Buch ist meist pseudowissenschaftliches Papperlapapp, und dennoch liegt mir etwas daran, gerade weil es so sperrig-erratisch daherkommt und weil hinter dem verzweifelten Versuch, die Schneeflocke, dieses kleinste, unwesentlichste Etwas, zum Beweis für die lenkende Hand Gottes anzuheben, eine liebevolle, naive Leidenschaft steckt, im kleinsten Teil des Ganzen das größte Ganze zu entdecken, und so fremd mir diese Idee auch sein mag, so sehr kann ich anerkennen, dass sie voll dem Wunsch nach Poesie im Alltäglichen ist, und wer nichts hat, findet diese Poesie eben vielleicht immerhin in Gott. *You pick your poison.*

Wenn die Welt in Drei gegliedert ist, in welches Dreieck wäre ich dann eingeordnet? Blackshaw, du und ich. Blackshaw, seine Tochter und ich. Du und ich und Schnee. *I and love and you.* Die oft zusammengestückelte Art des essayistischen Erzählens des Buches führt am Ende jedes Kapitels schließlich zu einer Reihe von erbaulichen Gedichten über Winter und Schnee, so als wäre das prosaische Argumentieren über Gott am Ende nicht genug, und die eigentliche Wahrheit könnte erst durch die Lyrik freigesetzt werden. In dem Gedicht *An eine Schneeflocke* betrachtet ein Sprecher oder eine Sprecherin eine einzelne Flocke, *höchst fragil und fein,* wie sie vom Himmel segelt, *heruntergetragen aus dem fernen Wolkenland.* Das winzige, unwichtige Objekt ist eine Botschafterin der Fremde, denn die Flocke trägt die Ferne, aus der sie kommt, selbst in sich, sie trägt diese Ferne mit an den Flecken der Erde, in den sie einschneit, und im Laufe des

Gedichts, im Fallen der Zeilen die Seite hinunter, wird die Flocke gerade durch ihre Fremdheit *aus dem fernen Wolkenland* zu einem Faktor nicht von Traurigkeit, sondern von Trost. Die Ferne, die sie in sich konserviert und mit sich trägt, ist ein Zeichen Gottes: *Ich schaue dich an aus der Ferne, eh meine warme Menschenberührung/Und der Hauch meines Singens mit Lob und mit Preisung//Dich zum Sterben geleitet und deine Gnade verwischt/Und deine Weichschönheit auflöst zur einzelnen Träne auf einem Gesicht.*

In der Ferne liegt die Kraft. Vielleicht fürchte auch ich mich, den Schnee und dich, immer bei allem auch dich, zum Schmelzen zu bringen durch meine Nähe, durch den *Hauch meines Singens*, weil auch der schönste Schnee und der schönste Mensch durch die Mühle der Sprache muss und dabei allenfalls von allem entfiltert wird, und das macht ihn für mich besonders. Ich fürchte mich davor zu schreiben, denn ich habe Angst davor, meine Sprache könne nicht genügen, um den Schnee zu beschreiben, und ich könne mit meiner ungenügenden Sprache schreibend, Lücken in die Dinge bringen, sie mit Löchern versehen, durch die man hindurchstürzen könnte, Leerstellen, die unüberbrückbar wären. Angst, etwas in der Wirklichkeit ganz genau spüren, es in Sprache aber nicht ausformen zu können, nur ungenau und unsinnig gegen das Glas der Sprache anzurennen, wie ein Vogel, der im Fenster den Himmel meint und an seinem Spiegelbild zugrunde geht, an der Ich-Illusion. Angst, im Glas der Sprache keine Spur ziehen zu können, und schlimmer: Angst, durch die Sprache, die Wirklichkeit abzuschleifen.

Weit entfernt sehe ich auf der anderen Straßenseite den Heimatlosen, der neben einem Briefkasten auf dem Gehweg steht und in den Verkehr schreit. Der Wind geht wild durch sein strähniges Haar. Ich kann nicht hören, was ihn quält.

Andererseits glaube ich nicht an eine falsche Verwendung von Sprache. Jede Sprache ist gleichberechtigt, zur Sprache zu kommen, jedes Register besitzt seine eigenen poetischen Wirkräume und Möglichkeitsformen. Trotzdem habe ich, seit ich hier bin, noch kein nennenswertes Wort geschrieben, noch kein eigenes Wort. Meine eigene Sprache hat keine Stimme, naturgemäß. Ich kenne das Buch noch nicht, das ich schreiben will; ich müsste es schreiben, um zu erkennen, ob es das Buch ist, das ich meinte. Der Hund jagt seinen Schwanz. Mein Wille erklärt sich nur retrospektiv, ein nicht unbedeutendes Problem.

Vom Bus aus, das Koffein pumpt in meinem Blutkreislauf, sehe ich winzig noch einmal den Heimatlosen, der nun unter Straßenschildern steht, deren Wortgewinkel in drei Richtungen zeigt. Als der Motor des Busses aufheult und mich vibrierend von der Straßenecke wegträgt, frage ich mich, wie sehr ich diesem Mann gleiche. Heimatlos. Wie leichtfertig ich das Wort denke, als wüsste ich, was dahinter steht. Denn zweifellos müssen doch, wie die Worte, die Konzepte von Heimat, Heimatlosigkeit in diesem Land etwas ganz anderes bedeuten als daheim. Ist meine Heimat heimatlos, wenn ich nicht da bin? Wie klein der Mann jetzt ist, eine Puppe in der Weite der Straße. Ich sehe erneut, wie erneut einige Hipster, die doch oberflächlich das Abseitige der Gesellschaft fetischisieren, dem Mann auf der Straße ausweichen.

Ich erinnere mich daran, wie ich am Griffith Observatory dachte, ich müsse Nähe zum Schnee riskieren, ohne das Risiko schließlich einzugehen. Die Ferne zu fetischisieren ist eine Form von Feigheit, denn Nähe ist erratisch und schmutzig und gefährlich, auch die Nähe zu sich selbst (Schreiben). Vielleicht muss ich aber eben nicht nur die Nähe zum Schnee wagen, sondern ebenfalls die Nähe zu den Menschen riskieren, die hier sind, den Menschen des Orts und der Institution, in die ich mich in meinem Forschungsantrag eingeloggen, in die ich mich aber noch in keiner redenswerten Weise eingeschrieben habe.

Ich habe zu lange und in zu leidenden Lebensmomenten über den Schnee nachgedacht, und nun ist der Schnee in zu vieles hineingemischt, mit dem er gar nichts zu tun hat.

THE NIGHT BEFORE ... · JOEY DOSIK

Ich wache auf von einem lauten Klatschen. Nach der Kälte kam die Schwüle und anschließend der Regen. Ich springe aus dem Bett und kann es erst nicht glauben, doch dann sehe ich vor dem geöffneten Fenster, wie das schwere Platschen im grauen Morgenlicht die Bougainvilleen schüttelt, und wären die Blüten nicht, wäre es, als könnte ich aus meinem Fenster durch ein Zeitloch einen tristen Blick auf zu Hause werfen. Vor irgendeinem Fenster regnet es immer.

Am Morgen findet der *Scholar's Coffee* statt, und ich erschauere beim Gedanken, mich durch die Regenstadt zu schleppen, in einen Bus zu steigen, der stinkt wie ein nasses Tier. Wie der gepackte Ranzen eines Schuljungen steht mein Rucksack ausgehfertig auf dem Sofa, einsam im Morgengrauen des Zimmers. Ich habe Kopfschmerzen vom Abend, habe das falsche Bier gekauft, amerikanische Plörre, die aussieht wie Harn und so widerlich schmeckt, dass man sich anstrengen muss, nicht jeden Schluck gleich wieder in die Dose zurückzubrechen. Ich gehe noch einmal zurück ins Bett, und als ich ein paar Stunden später aufwache, höre ich die üblichen Vögel, auf dem Boden vor dem Bett liegt der gewohnte Streifen Sonnenwärme. Der Regen ist vergangen, in meinem Schädel schlägt der Kopfschmerz stärker, meine

Glieder sind bleiern. *Bottle flu*, Flaschengrippe, Flaschen-fieber. Vor meinem Fenster im Schlafzimmer schwebt lustlos eine Biene, ihr kleiner Schatten spielt auf dem Fensterbrett. *And Winter slumbering in the open air,/Wears on his smiling face a dream of Spring!/And I the while, the sole unbusy thing,/Nor honey make, nor pair, nor build, nor sing* (SAMUEL TAYLOR COLERIDGE). Ich nehme mir fest vor, den Forscher-kaffee im nächsten Monat in Anspruch zu nehmen, ist ja eine nette Idee.

MIRAH · DON'T DIE IN ME

Der März begann, wie der Februar endete. Längst ist es jetzt noch wärmer, und das Wetter noch eintöniger. Weil mir nichts zu meinem *aberwitzigen Projekt* einfällt, mich aber trotzdem das seltsame Gefühl durchflutet, etwas tun zu wollen oder etwas Leben zu haben, für das es sich lohnt, aus dem Bett zu fallen, nehme ich mir vor, auf die Suche nach einer Schneekugel zu gehen. Die Idee, in LA eine Schneekugel zu kaufen, gefällt mir fast so gut, wie in LA ein Buch über Schnee zu schreiben. Meine eigene Requisite, mein eigenes Rosebud.

Seit ich in Kalifornien bin, konnte ich beinahe keinem der riesigen Supermärkte, Drogerien oder Büroartikelläden wi-derstehen, deren warenlagerweite Flachdachbauten hier alle parkplatzlang anzutreffen sind, und manchmal drifte ich ein-fach nur zeitschinderisch durch die breiten Gänge, neben armen Alten oder furios Fettleibigen auf kleinen Elektro-scootern, die in manchen der Läden zu leihen sind wie Ein-kaufswagen. Ich frage mich, ob man auch eine Münze als Pfand einwerfen muss, überprüfe es aber nicht. Und wenn ich durch die weiten Gänge drifte, die wie überdachte Ana-logien für die Boulevards wirken, bemerke ich manchmal, dass ich mich wohlfühle, dass ich mich hier sicher fühle und vielleicht etwas befreiter, etwas weniger allein, als wenn ich schwitzend in meiner klimatisierten Casita hocke, Netflix leergucke und mich betrinke, als wäre ich arbeitslos, und mich selbst befriedige, als wäre ich jung. Sicher sagt es etwas über meinen Charakter aus, dass es mir beim Durchwandern einer Einkaufswelt zu gelingen scheint, meine Einsamkeit von mir zu schieben, doch ich bin zu müde, um zu durchdenken, was diese Aussage sein könnte. Eigentlich ist es mir auch egal.

Vielleicht ist die beste Erklärung für die wunschlose Auswahl in den Supermärkten, dass die Überwältigung durch die Warenmasse das Gefühl vermitteln soll, die Suche nach dem Speziellen sei eigentlich einerlei, und dass man so, in seinem individuellen Wunsch und seinem eigenen Begehren, auch eigentlich nicht so wichtig ist. Ich finde hier alles, was ich nicht brauche. Schneeberger Rivaner und Kupferberg Gold, Bier aus Hamburg und Eberbach, Gurken mit einer kleinen wehenden deutschen Flagge auf dem Glas, alles fürs Heimweh und fürs Fernweh, Nudeln aus Vietnam und Zahncreme aus Frankreich, griechisches Olivenöl und schottischen Whisky, Essig und Backpulver für den hausgemachten Terrorismus, hausgemachten Hummus für die Terrorverdächtigen, String Cheese und Schwangerschaftsbekleidung und Autoreifen und Osterdekoration, Hustensaft und Campingkocher, Ambien und Dr. Pepper, Drucker, Legal Pads, Kohlenmonoxid-Melder, *Time, People*, bloß *Life* gibt es nicht mehr, naturgemäß.

Als ich nach längerer Suche nach Schneekugeln frage, bringt man mich auf einer langen labyrinthischen Reise wie die endlose Steady-Cam-Fahrt durch die *Goodfellas*-Küche, über den Teppichboden ans Ende der Halle, wo es zwar keine Schneekugeln, doch beim Bastelzubehör *Santa Snow Spray* gibt, mit dem ich von der jungen Mitarbeiterin alleingelassen werde. Eine himmelblaue Dose Sprühschnee, die kalt und schwer in meiner Hand liegt, beflockt mit ikonisch sechsstrahligen Schneesternchen. Ich kaufe die letzten vier Dosen und nehme eine Flasche Kupferberg Gold mit, die mich 12 Dollar kostet, *plus tax*.

Die Schwelle aus der klimatisierten menschenleeren Verkaufswelt in die warme menschenleere Außenwelt eines Mittwochmittags zu betreten fühlt sich beschwerlich an, beinahe surreal, die Straße wirkt wüstenhaft, etwas Wind weht lustlos ein Zeitungsblatt über den Gehweg. Die Stadt als Klischee. Die Luft ist trockener und das grelle Licht macht das glattgefahrene Schwarz der Straßenoberfläche blenden.

This drifting life. Ich komme mir lächerlich vor, weil ich mich so fühle, als hätte ich einen erfolgreichen Tag gehabt, eine Leistung erbracht, etwas abgeschlossen. Aber weil ich es mir nicht leisten möchte, die unvermutete Beschwingtheit zurückzuweisen und weil ich nicht weit vom Meer bin, gehe ich einen Umweg zur Bushaltestelle und schaue dem Abendlicht auf dem Pazifik zu. Durch die noch früh einsetzende Dunkelheit, die sich in schnellen, breitstrichigen Zügen in den Tag krängt, wird mir bewusst, dass ich mich noch immer im Winter befinde, während sich der Tag wie Sommer anfühlt. Ich stehe im Sand, die Sonne steht schon tief und somit kräftiger über dem Meer, die Schatten sind länglich, ihre Kanten hart.

Das immer angenehme Rauschen des Meeres auf der einen Seite und das stets eigentümlich vitalisierende Rauschen der Straße auf der anderen, *call and response*. Manchmal, wenn man genau in der Mitte von Freeway und Whaleroad steht, wird einem nicht gleich klar, welcher Klang welchen Ursprung hat, und das gibt mir ein Gefühl von Gleichheit, vielleicht von Gleichgültigkeit.

Durch den dichter werdenden Feierabendstau fällt der grollende Verkehr manchmal in seltsame Taschen aus Stille, aus denen dann deutlich Möwen und dann wieder Autohupen schreien, als komponierte die Stadt an ihrer Abendsinfonie, die vielleicht John Cage gefallen hätte. Joggerinnen mit Offroad-Kinderwagen und schnaufende Pärchen fliegen an mir und meiner Tüte Sekt und Schnee vorbei. Manchmal ist das gespenstisch hauchende Singen der Palmen zu hören, wenn der Wind sie durchstreift, ihre Blätter in der alten Sonne glänzend wie Lametta. Einen Moment lang stelle ich meine schwere Tüte neben mir im Sand ab und schaue entgeistert und ergriffen in den sonnenlodernden Himmel auf und lausche dem Konzert des Abends. Einen Moment lang geht es mir hier gar nicht schlecht. Vielleicht kann ich mich einmal daran erinnern.

Links von mir bemerke ich eine junge schwarze Frau, die sich in meine Nähe begeben hat. Ich meine, sie schon kurz auf der Treppe zum Strand gesehen zu haben, allerdings war sie mir nicht weiter aufgefallen. Oder doch? Schließlich ist jetzt dieses vermeintliche Wiedererkennen als Erinnerung da.

Jetzt erkenne ich an ihr etwas Verzweifeltes, eine fast nicht auszumachende geduckte Haltung, die eher zu spüren als zu sehen ist. Sie trägt schwarze Kleidung und einen schweren, schwarzen Rucksack, an dem irgendwelche Träger und Bändel halb zerschlissen herunterhängen, ihr schwarzes Haar ist dicht und ihre Dreadlocks leicht dreckig, sie trägt samtschwarze Ballerinas, und der Tag ist zu warm für die Winterjacke, in deren Taschen sie die Hände versteckt.

Die Frau erscheint wie eine Silhouette, obwohl sie von vorne von der Sonne beschienen wird, wie sie neben mir im

Sand auf dem Betonweg steht. Ihre Augen, die sie gegen die tiefstehende Sonne zusammengekniffen hat, wirken ausgemergelt, doch als sie mich plötzlich ganz offen ansieht, sehe ich, ihre Augenfarbe ist Glasblau, ein febriles Brennen in der dunklen Haut ihres Gesichts. Sie sieht mich anschuldigend an, ich greife instinktiv sofort nach meiner Tasche und beginne mich wegzubewegen, worauf die Frau mit erneut entleertem Blick wie automatisiert anfängt, mit sich selbst zu reden. Eine sich nach innen schraubende Litanei, die sich mit unangenehmer Eintönigkeit wiederholt, ein Relais des Irrsinns, ein Rosenkranz des Wahns: *No, she's not crazy, no, she's not crazy. You don't know her, don't go looking at her, mind your own business. No, she's not crazy, no, she's not crazy. You don't know her, don't go looking at her, mind your own business …*

Ich gehe schnell, aber nicht schnell genug, um Aufsehen zu erregen, ohne zurückzuschauen die Treppe hinauf. Von oben, unter den Palmen vor dem Freeway, schaue ich noch einmal auf die puppengroße, isolierte Figur, wie sie, vom schweren Rucksack nach vorne gebeugt, in einem kleinen Radius auf Vorbeigehende zugeht. In der sonnengefluteten Weite des Strandes ist ihr langer Schatten ein winkliger Schnitt, der ihr zu entkommen versucht und sie doch wie ein Schleier zu beschweren scheint. Ihr Kopf geht in suchender Bewegung zu jedem, der an ihr vorübergeht.

Als niemand in ihrer Nähe ist, hebt sie einmal ihr rechtes Bein und reibt sich umständlich den Sand vom Schuh. Als er sauber ist, stellt sie den Fuß erneut in den Strand, exakt dort, wo er vorher stand. Mich durchzieht ein Gedanke: Ich bin vielleicht nur ein paar Monate vom Leben dieser Frau entfernt, und vielleicht ist diese Frau nur ein paar Monate entfernt vom Ende ihres Lebens.

Schnell fällt die Dunkelheit in die Stadt. Während die Abendstraßen im Bus an mir vorbeidriften, denke ich weiter an diese Frau. Vielleicht war sie kaum fünf Jahre älter als ich, diese verlorene Frau mit den schönen eisblauen Augen, die verrückt geworden sind, ohne Warum.

Ich trinke meine Flasche Kupferberg Gold und lese, mit der studierenden Genauigkeit, mit der man einen Liebesbrief liest, die deutsche Beschreibung auf dem Label. Mit summendem Kopf probiere ich an meinem Küchenfenster den Sprühschnee aus. Er erinnert mich an den Kunstschnee des frühen Hollywoods, weich und flauschig wie dicker Schimmel, und er erinnert mich an die Weihnachtsfenster der Kindheit, auch wenn ich versuche, die Erinnerung fortzustoßen. Am nächsten Tag gehe ich verkatert wieder ins Archiv.

LATE MARCH, DEATH MARCH · FRIGHTENED RABBIT

Die hispanische Frau mit dem blondgefärbten Haar am *Coffee Cart* unter den leise flüsternden Sycamores auf dem kalkweißgesonnten Boden des Getty, nach ein paar neuen Tagen erkennt sie mich und lächelt. Ich gebe ihr immer ein Trinkgeld, das sie selbst im Land der Tips nicht gewohnt zu sein scheint.

Ich lese mich nicht unkonzentriert durch die Blackshaw-Papiere. Manche der gelben Seiten sind so verwittert wie die Schatzkarten, die meine Eltern früher für Kindergeburtstage angefertigt haben, im Backofen gealtert und von Wasser gewellt. Ich mache zahllose Notizen auf dem bereitgestellten gelben Papier der Legal Pads, die schon Blackshaw selbst verwendete, selbst wenn er sie mit seiner Reiseschreibmaschine beschrieb. Nach einer Woche meiner neuen routinierten Kontinuität komme ich mir beinahe heldenhaft vor.

Ich trinke etwas weniger, stehe früher auf, und ich fühle mich, nicht verwunderlich, etwas weniger verloren. In der Tram vom Parkplatz auf den Gettyberg rauf beobachte ich jeden Morgen gespannt die Touristen dabei, wie sie lächeln, wenn über die Lautsprecher in ihrer Sprache *Welcome to the Getty* gesagt wird. Die kecke junge Frauenstimme auf Deutsch verschluckt trotz ihrer Explizitlautung die letzte Willkommenssilbe: *Willkomm' am Getty*. Ich fühle mich dennoch seltsam wohl, wenn ich diese Stimme höre, selbst wenn ich sofort genervt bin, sobald ich mir eine mögliche dazugehörige breit grinsende deutsche Frau vorstelle.

In der Mittagspause gehe ich manchmal aus dem Institut rüber ins Museum, Eintritt frei, und setze mich vor Monets *Wheatstacks (Snow Effect)*, doch weiß ich dabei nicht recht, was ich empfinden soll. Ich weiß nicht, wo ich dieses Bild in meinen Gedanken hinsortiere, wo ich es in meinem nicht-geschriebenen Buch hinkombinieren könnte, ich weiß nicht, welche Worte ich darüberlegen würde, über das lachsfarbene Schimmern der Sonne auf den Heuballen, die von der Seite beschneit sind, über das glühende Weiß des Schnees, über den brennenden Schnee von Giverny.

Mit dem Heuballen-Zyklus beginnt Monets Interesse an der Serie, daran, wie die Objekte, die seinem malenden Auge bereitet werden, immer gleich bleiben, während sie gleichzeitig allesamt gänzlich veränderlich und zu den Umständen ihrer Umgebung völlig variabel bleiben, allesamt Spielobjekte der Subjektivität ihrer Betrachter in der Zeit, jede Sache in der Welt selbst eine kleine Leinwand, auf der sich die Witterungen des Zeitverstreichens abzeichnen, Archive der ausgleitenden Monate.

In seinem letzten Jahr tippt Blackshaw einmal eine undatierte Notiz in seine Schreibmaschine: *In der Brennkammer meiner Zeit schmelzen die Tage vom Skelett meines Lebens herunter.* Eingeordnet ist die Seite, die nur zwei Sätze führt, gleich am Anfang seines Pestjahrbuchs. Der Folgesatz lautet: *Ich habe keine Ahnung, was das Feuer sein könnte.*

Monet ließ sich die Heuballen eigens auf sein Grundstück liefern, um sie als Zeitgefäße verwenden zu können, sie dem Experiment des Jahres aussetzen und die Ergebnisse dieses Jahreszeitenexperiments in seine Kunst hineinzuverwandeln. Was könnte ich als eine solche Sache verwenden, woran könnte ich das Experiment des verstreichenden Jahres durchführen, und in welches Medium ließen sich meine Ergebnisse einschmelzen, und zu was, zu Kunst oder Forschung, Theorie oder Fiktion?

Während ich noch überlege, bin ich naturgemäß längst selbst die Sache des Experiments, das dieses Jahr und alle Jahre an mir durchführen. Der Gedanke gefällt mir, obwohl er mich ängstigt, als ich die runden Gänge des Instituts zurück in den Lesesaal gehe – QUIET IS APPRECIATED heißt es alle paar Meter auf kleinen Schildern –, und die Umstände meiner Umgebung, zu denen ich mich relativ verändere und variiere, liegen in diesem Ort, in dieser Stadt und – der Gedanke kommt mir leichtfertig, aber fällt mir nicht leicht – natürlich in dir. Dein Einfluss ist der Faktor deiner Abwesenheit. Du zwingst mich dazu, selbst ein Spielobjekt meiner Subjektivität zu sein, in der ich mich eingekreiselt habe, seit du fort bist. Du weißt nichts davon, du kannst es nicht mehr wissen. Wo bist du eigentlich jetzt, du, nicht-du, ich trage dich bei mir als Sollbruchstelle, als winziges Loch, wie einen Talisman aus Vakuum – und was ist mein *snow effect*, der alles in mir in ein anderes Licht legt, in ein brennendes Licht des Abends, in ein spätes Licht des Abschieds, das mir einen gehenden Blick erlaubt, einen Blick, ohne den ich nichts

ernsthaft betrachten kann, ohne den ich nichts zu irgendetwas verwandeln oder verschmelzen kann? Nun, du bist
sogar dieser *snow effect*, nicht?

Meine Hände dufen nach der Marzipan-Seife in den
Toiletten des Instituts, als ich mich zurück an *Mein Tagebuch im Jahr der Pest* setze.

I HAVE BEEN TO THE MOUNTAIN · KEVIN MORBY

Obwohl das Getty täglich schon um fünf schließt, können
extended reader, deren eminenter Klasse ich seit neuestem
angehöre, die Bibliotheksräume bis Mitternacht nutzen, was
ich in den nächsten Tagen einige Male tue. Ich genieße es, wie
sich langsam die Räume leeren, wie sich draußen die Nacht
in die riesige Himmelsmenge über der Stadt gießt. Ich genieße
die Stille, rede mit niemandem, außer dem mir vom Sehen
bekannten *staff*, der gerade Nachtdienst hat, ungefährlicher
Tinytalk, nicht unangenehm, nicht mehr.

Was sich mir nicht erschließt, ist, dass trotz der Privilegien
für *extended reader* jedes Café und jeder Kaffeekiosk auf dem
Gettyberg schon um drei Uhr nachmittags geschlossen ist,
man guckt in dunkle Essenssäle, leer und enttäuschend einsam
wie Rilkes Postamt am Sonntag. Und wie wenige *extended
reader* ihre Lesezeit in den Abend ausdehnen. Lesen, Forschen – Kulturtechniken, die den Mangel verhüllen, dass man
sonst nichts vorhat, dass man alleine ist.

Statt in den Straßen von Santa Monica treibe ich mich
jetzt auf dem Gettyareal herum, schaue dem sublimen
Sonnenuntergang zu, wie der Himmel langsam von Lachsen
durchsprungen wird, wie die Bäume und Sträucher zu Sche-
renschnitten werden und die Lichtquadrate des gespreizten
Kessels von LA in die qualmdunkle Pazifiknacht kommen

wie aufgehende Sterne. Dann verschwinde ich ins Archiv, das mit den fortschreitenden Stunden in der Wüste der Nacht leiser und gespenstischer wird, und ich lese Blackshaws verwitterte Papiere weg, vertrödle meine Zeit im Web und gehe in der Nacht durch die grillendurchsungene, vom grollenden Freewayverkehr durchspülte Dunkelheit den Berg hinunter zum Bus. Edward Hopper-Stimmung. Pinienduftgewürzt, Lavendelduftwärme. Erinnerung an den Süden von Frankreich und Spanien, als man noch mit den Eltern in den Urlaub fahren durfte, als man nicht wollte, weil man glaubte, es würde immer so weitergehen. Mit den Händen rupfe ich einige vertrocknete Lavendelrispen ab. Ich verreibe sie zwischen meinen Fingern, und sie duften warm und süß und vollends nach Vergangenem, es riecht jetzt in Los Angeles nach der Kindheit eines Deutschen in Frankreich. Globalisierung, Proustisch.

Überall hat man Erinnerungen gesammelt und sie wie Brotkrumen durch sein Leben gestreut, und man muss damals schon geahnt haben, dass alles ständig weniger und damit ewiger wird, dass jeder Moment die Möglichkeit zur Kapsel hat, zur Kapsel, in der man einen Teil von sich hinterlässt und sich erinnernd später danach sehnen wird, weil man sich erinnernd langsam auf der Welt verliert. Aber so war es nicht, damals war ich genervt von Frankreich, weil mein Walkman kaputtgegangen war, und von Spanien, weil es kein deutsches Fernsehen gab. Vielleicht ist die Verlorenheit, die man spürt, wenn man sich an einen alten Moment erinnert, schon damals in den Moment eingeschrieben gewesen, weil man eben nicht ganz anwesend war, weil man sich eben nicht an dem Moment gesättigt hat, und so erinnert man sich nicht nur an einen Moment, den man verloren hat, sondern man erinnert sich auch an seine Verlorenheit in dem damaligen

Moment. So wie ich hier ständig große Netze mit Erinnerungen einhole und doch nicht genau weiß, was sich in meinem Erinnerungskescher windet und was durch die Maschen geschlüpft ist.

Ich atme das Lavendel-Pinien-Nachtgemisch in der kühlen Luft, und diese Nachtabstiege sind ausnahmslos schöne, vielleicht lebenspoetische Momente für mich, doch wenn es jetzt gerade nach mir ginge, wäre ich dennoch nicht an diesem Ort, er ist ein müder Ausgleich für den Mangel, den ich empfinde. Beinahe wäre ich jetzt an egal welch anderem Ort, vorausgesetzt, mein Herz schlüge dort nicht allein. Aber es gibt ihn nicht, es gibt diesen Ort nicht, er ist zerrieben wie der Lavendel zwischen meinen Fingern. Nur der Duft dieses Orts ist noch vernehmbar, doch gerade seine Anwesenheit bedeutet die Manifestation der Zerstörung seines Ursprungs.

Ich bleibe einen Moment auf meinem Weg stehen und lausche dem endlosen Verkehr. Ja, natürlich, ich will weg. Auch wenn ich mir nicht schlecht die Fiktion glaubhaft machen konnte, dass ich hier etwas zu tun habe, dass ich vorankomme – voran, wohin? –, komme ich nirgendwohin als nur weiter weg von meinem Ursprung mit, ja, natürlich, mit dir, immer nur mit dir. Was mich traurig macht, was mich hier auch zukünftig abwesend macht, ist die Ahnung, nein heute ist es eine Gewissheit, dass es irgendwann eine Zeit geben wird, aus der heraus ich an heute denken werde, an das golden und rot fließende Funkeln der Lichter des 405 zwischen den dunklen Netzen der Bäume, und dass ich mich dann nach diesem Moment hier sehnen werde, dass ich alles tun würde, hierher zurückzukommen, nur für einen kurzen Moment. Ein wenig hat meine heutige Verlorenheit auch schon damit zu tun, dass ich weiß, es wird ein Später geben, irgendwo anders, aus dem heraus ich mich jetzt gerade beobachte, ohne zu mir sprechen zu können, ohne mich greifen zu können, ich wünschte, ich könnte mir von hier aus zuwinken und sagen, hier bin ich, schaue noch hin, vergiss dich nicht.

Für einige Wochen gehe ich jeden Tag auf den Gettyberg, und der Papierstapel von Blackshawiana wird unter meinen Fingern kleiner, ich schlafe immer noch wenig, bin aber morgens weniger abgezehrt. Ich esse nicht viel, schlage mich mittags mit Peanutbutter Snaps, kleinen Brezelchen mit Honiggeschmack und Sodas aus den *vending machines* durch. Ich trinke fast keinen Alkohol mehr, bin aber eigentlich nicht glücklich darüber. Meine Tage sind schaler, belangloser, *egaler*. Aus Routinen werden Sordinen.

BLACK COFFEE · MARIANNE FAITHFULL

Irgendwann pendelt der nächste *Scholar's Coffee* über mir, ohne dass ich davon wusste. Wurde diesmal keine Erinnerungsmail verschickt, oder hat man mich schon aus dem Verteiler gelöscht? *Inconnu au régiment.* Ich sitze im Reading Room, als um halb elf von der Bibliothekarin wortlos kleine Aufsteller, wie die Reserviert-Dreiecke in Restaurants, auf jeden Tisch platziert werden, und auf diesen kleinen Pappeckchen befinden sich die Details der Forschungskaffee-Veranstaltung. Mein Herz schlägt wie ein gefangener Vogel in meiner Brust, aber ich entscheide mich, hinzugehen. Sicherlich trinken zumindest auch einige weibliche *scholars coffee*. Ich habe in meinem beinahe schon ein Vierteljahr andauernden Aufenthalt noch keine von ihnen näher kennengelernt.

Die Veranstaltung findet in der lichtgetränkten *Community Lounge* statt, die ich bisher nur vom Ende eines Gangs aus betrachtet habe, wie die Cafés nach Ladenschluss in der Nacht. Ich hatte angenommen, die Lounge sei dem *perma-nent staff* vorenthalten. An mir ist hier alles alles andere als *permanent*.

Trotz der neurotischen Beschilderung finde ich in dem labyrinthischen Gebäude nicht sofort zur Lounge, und als ich einen Bibliothekar, ein Gettypass baumelt von seinem Hals über seinem Polohemd, nach dem Weg frage, bietet er mir hilfsbereit an, mich zu begleiten, wir hätten denselben Weg.

Weil ich mich etwas flaschenfiebrig fühle und keine Lust habe zu reden, frage ich auf dem Weg durch den verglasten Gang nur mich, ob ich auch außerhalb dieser Institution als *extended reader* gelten könnte. Wie ließe sich der Begriff überhaupt übersetzen? Ausgedehnter oder längerer Leser, wie *extended period of time*, längerer Zeitraum? Starker Leser, wie der *extended trot* im Reitsport, der starke Trab? Oder wie die *extended family*, die Großfamilie: der Groß-leser? Was würde einen solchen Großleser auszeichnen? Ein tägliches Buch, wie die Bibliophagie es wünscht, jeden Tag ein Buch, mein tägliches Buch gib uns heute, jeden Tag eines verschlingen wie eine täglich wiederkehrende Mahlzeit (oder ein täglich wiederkehrender Stuhlgang)? Oder ein wöchent-liches Buch, wie Richard Ford vielleicht realistischer beteu-ert? Ich glaube nicht, dass ich dieses Epitheton verdient hätte, da ich zurzeit ohnehin sehr wenig lese, weil ich wieder die meiste Zeit betrunken bin. Allerdings meine ich, viel-leicht war ich einmal ein Großleser, in der Anfangszeit der Dissertationsphase, als das damalige Projekt noch offen war, ungeschrieben und daher ungebunden. Einmal vor Jahren, als meine erste Beziehung zu Ende ging – nichts Besonderes, kaum drei Monate, kein *Ich-liebe-dich*, nur mit Kondom und nie von hinten, aber als es vorbei war, endete dennoch eine ganze Welt –, als es vorbei war, stürzte ich in ein Loch aus Lethargie. Eine damalige Bekannte, der ich damals davon erzählte, war verwundert darüber, dass ich während der Zeit der Beziehung so viel las und schrieb, dass ich es manchmal sogar vorzog, keine Zeit mit meiner damaligen Freundin zu verbringen und stattdessen allein zu Hause zu bleiben, um mich in Texte einzugraben. *Wie komisch eigentlich,* sagte sie, *dass du die Zeit mit ihr gar nicht genutzt hast, aber dass du scheinbar jemanden bei dir brauchst, um überhaupt irgendwas zu machen.*

Um überhaupt irgendwas zu machen.

Der Mann mit dem kurzen Haar und dem Gettypass über dem Polohemd fragt mich mit lächelnden Augen, ob ich einer der neuen Fellows sei.

Nein, antworte ich, als schämte ich mich, *ich bin nur extended reader,* und ich versuche nicht zu erklären, was der DAAD ist. Ich hasse es, Fragen – mittlerweile beinahe egal, welche Fragen – nicht mit einem einfachen *Ja* beantworten zu können. Er nickt zurückhaltend verständnisvoll, beinahe so, als wäre jetzt er derjenige, der sich etwas schämte.

Die lichtgeflutete Lounge ist wie eine kleine Kantine oder eine große Küche in einer schönen Wohnung eingerichtet, Stühle, Tische, mehr *vending machines* und zwei der großen Industriekaffeemaschinen, die es in amerikanischen Diners gibt, wo die Kaffeekannen, mit denen freundliche unterbezahlte Menschen endlose Refills bringen, immer krebsrote oder karamellfarbene Henkel haben. Bevor ich die anderen Leute überhaupt wahrnehme, frage ich meinen menschlichen Ariadnefaden mit dem Polohemd, ob die Kaffeemaschinen nur für die Veranstaltung da seien, während ich beobachte, wie sich eine Frau beim Gespräch mit einer anderen die herrlich dampfende bauchige Kanne nimmt und sich eingießt, samtig steigt der Dampf ins kalifornische Sonnenlicht, das durch die Glasfront der Community Lounge fällt.

Der Bibliothekar neben mir sieht mich an, als hätte ich etwas Abwegiges gesagt und meint: *You haven't been here much, have you?* Einige Personen stehen draußen in diesem zarten Licht, wo ein kleiner Außenbereich, völlig abgeschlossen vom Museumspublikum auf der anderen Seite des Gettybergs, auf Downtown Los Angeles und auf den Pazifik hinausblickt, und vor diesem Blick befinden sich Sitzgelegenheiten, wie in einem kleinen laubigen Gartencafé, mit sieben Zitronenbäumen. Ihr sattes Grün ist mit falterweißen Blüten durchsetzt, und aus ihrem Laubwerk flattern einzelne weiße Schmetterlinge, sodass ich einen Moment lang meine, aus dem Baum segelten Blüten, die jedoch nach einigen Sekunden erneut an die Zweige zurückwachsen, nur um ein weiteres Mal loszufliegen, seidig und leichthin wie – Schneeflocken vielleicht.

Mit einer Tasse Kaffee gehe ich nach draußen, doch anstatt mich mit irgendjemandem zu unterhalten, spaziere ich zwischen den Zitronenbäumen wie ein Träumer in einem Henry James-Roman und atme ihre Luft. Blicke ich nach oben, verschwinde ich von hier und schaue zwischen dem Blattwerk auf in die weiße, stachelige Sonne. Ich könnte auch ein Kind sein, woanders, aber ich lasse meinen Blick über das unermessliche Raster der Stadt gleiten, linkerhand der Büschel Hochhäuser von Downtown, über dem sich eine dunkle Aura Smog bildet, und rechterhand der flache Streifen von Santa Monica, und dahinter das immense Ozeanblau des Pazifiks, über dem ein weißer Glanz zu schweben scheint, und ich wünschte, ich wäre dieses Kind, das naiv und beeinflussbar hier und dort gepackt werden kann von einer Sache, unberechenbar, launisch. Ich bin nirgendwo anders, ich bin hier, über Los Angeles. Doch gerade ist mir das nicht unangenehm.

Etwas ungelenk komme ich ins Gespräch mit einer Forscherin aus San Diego und einem Forscher aus Toronto. *You guys have a lot of snow up there*, rutscht mir plump heraus und muss sich willkürlich und dümmlich angehört haben, wie wenn im Bus jemand völlig kontextlos ein Wort wie *Wurst* oder *Gurke* sagt. Ich bemerke, dass ich die Frau während des Gesprächs mit den beiden weniger ansehe als den Mann, vielleicht weil sie mir gefällt, und ich schaue sie eben nicht an, weil es mir nicht gefiele, wenn sie genau das über mich wüsste.

Elizabeth (Liz), Anfang 40, Theaterwissenschaftlerin, dunkles Haar mit einem weißen, breiten Haarband, das ihr etwas verleiht, was mich an die Siebzigerjahre erinnert, alles kommt wieder, ich will doch nicht in dieser Zeit sein. Sie hat ein freundliches, offenes Gesicht mit einem niedlichen Tick, sich auf die Lippe zu beißen.

Matthew (Matt), vermutlich auf der dunklen Seite der 40, arbeitet zur Theorie der Fotografie, wie sich herausstellt, ist er Liz' Ehemann, *Matt's my partner*, natürlich, einen Kopf größer als ich, kräftig, doch im Körperbau die Konturen einer sportlichen Vergangenheit, und von vornherein spüre ich die kanadische Freundlichkeit, von der, manchmal unfreundlich spottend, überall, außer in Kanada, die Rede ist. Ich denke mir, Matt ist bestimmt die Art von Typ, der auf Partys immer eine gute Zeit hatte. Wenn in einer Pause der Wind und die Gespräche der anderen Leute hörbar werden, kontextualisiert Matt für mich freundlicherweise die Erzählung seiner Frau, und ich stelle mir die Frage, ob das Ausbleiben von Kontext bei Liz ein Zeichen dafür ist, dass sie mir eigentlich gar nichts erzählen will, sondern lediglich im akademischen Networking-Modus lustlos einige Fäden zieht. Trotzdem erfahre ich, Elizabeth arbeitet zur Rolle der starken Frau im frühen Vaudeville-Theater, aber während sie erzählt, drifte ich ab und denke komischerweise daran, wie ich am Anfang unserer Beziehung, vor fast sieben Jahren, schon sehr früh, etwas wie tiefe Liebe für dich empfand, ohne das Wort dafür sagen zu wollen, und wie ich aber immer wieder von mir selbst aus diesen Gefühlsmomenten herausgerissen wurde und dachte, dass ich paradoxerweise gerade *durch* meine Gefühle für dich etwas zwischen uns zerstören oder *für* meine frühe Liebe zu dir bestraft werden könnte. Seltsam, dass mir hier dieser Gedanke kommt, obschon nicht selten für mich, weil sich die Zeiten bei mir meistens verschieben oder überlagern, wie Erdplatten vor oder nach einem Beben, weil ich oft, wenn ich hier bin, und hier kann dann überall sein, eigentlich doch immer auch woanders bin. In zwei Zeiten gleichzeitig und in keiner Zeit gleich, bin ich womöglich einer von jenen geworden, die die Zwischenräume bewohnen, für die aber doch in der Welt nicht viel Platz zu sein scheint.

Weil jetzt wohl ich derjenige war, der die Gespräche der anderen Leute und den Wind hörbar machte, fragt Liz mit einem selbstverständlichen Lächeln und einer Selbstsicherheit, die mir in akademischen Kontexten fremd ist und in den meisten Fällen nicht wie Selbstsicherheit, sondern wie Aufschneidertum vorkommt: *What's your project?*

Was meinen Sie?, frage ich. Matt bläst leise in seinen Kaffee.

Wozu forschen Sie?, fragt sie. *Sie sprachen über Schnee. Ist das ein Thema, zu dem Sie arbeiten?*

Ich bin beeindruckt, sage ich, *das ist genau richtig. Dass Sie das bemerkt haben, überrascht mich.*

That's Liz for you, sagt Matt, der mich sofort etwas zu nerven beginnt, auch wenn er es nicht nervig gesagt hat. *Meistens sickert das, wozu die Leute forschen doch irgendwie in ihre Fragen oder* – Liz biss sich ganz kurz beim Überlegen auf die Unterlippe – *oder auch einfach nur in ihre Sprache, in ihre Metaphern zum Beispiel, selbst wenn sie von etwas ganz anderem reden.*

Exakt, sage ich und denke, dass ich mich mit Liz gut verstehen würde, wenn nur ihr freundlicher Kanadier nicht wäre. Ich merke, wie mich ein leises Gefühl von Erregung durchfließt, noch nichts Sexuelles, eher ein Zustand von aufgeregter Zufriedenheit, hier mit diesem Kaffee in einem Zitronenhain über einer glänzenden Sonnenstadt zu stehen und von einem Menschen verstanden zu werden. Zu diesem Zeitpunkt habe ich aber noch nicht ihre Frage beantwortet, und diesmal füllt sich die Stille nicht nur mit dem Wind und dem Brummen der verschwommenen Stimmen, sondern auch mit dem enervierenden Kaffeegepuste von Matt, das er von mir aus äußerst gerne hätte in Ontario lassen können.

Ich erzähle kurz von *meinem Projekt*, und im Sagen höre ich einmal mehr meine dürftigen Ideen und frage mich, wie oft ich das Zentrum meines Lebens hier noch zu einer einfachen Idee herabwürdigen will: *Es soll ein Buch über Schnee sein, aber keine wissenschaftliche Studie über Schnee und auch kein Roman oder so etwas, eben kein Buch* über *Schnee, auch kein Essay und kein Memoir, das durchschneit ist. Irgendwie eben ein Buch, das doch auch all diese Dinge sein könnte. Und es soll auch Fotografie und besonders Musik darin vorkommen. Ich bin eigentlich Musikwissenschaftler.* Was nicht ganz die Wahrheit ist, aber das interessiert mich jetzt nicht. Ich lache etwas nervös und ein Schluck Kaffee schwappt aus meinem Becher auf den kalkweißen Marmorboden. Die beiden sehen mich an, als hätte ich eine andere Sprache gesprochen, und ganz kurz durchzittert mich eine Ungewissheit, ob ich das Ganze nicht vielleicht auf Deutsch gesagt habe.

Mit ernstem Interesse sagt Liz aber: *Interesting*. Die Kategorie des Interessanten hat mich nie interessiert, doch bei Liz stört mich das nicht. Nachdenklich beißt sie sich auf die Lippe, und ich habe seltsamerweise den Gedanken, wie ein Sonntagabend im Bett bei den beiden wohl aussehen mag, oder eine lange Autofahrt in den Urlaub, oder ein Einkauf im Supermarkt, wenn die beiden alt sind, Momente, in denen Liz immer noch schön aussehen wird, so wie jetzt mit ihren rehbraunen Augen, dem Band in ihrem leuchtenden Haar, den hohen Wangenknochen und den leichten Augenfalten, die ihr etwas Lächelndes geben, selbst wenn sie ernst schaut – während Matt nur aussieht wie ein alternder Mann, dem der Bauch in die Hose rutscht und die Stirn länger wird. *Planen Sie das Ganze mit einer Art Erzählung zusammenzuhalten?*, fragt Liz.

Ja, genau so habe ich es mir vorgestellt, und mit einem Lachen verschütte ich wieder etwas Kaffee. *Ich habe grade das Gefühl, Sie stecken in meinem Kopf.* Stört es mich manchmal, dass immer sexuelle Gedanken da sind?

Matt, den Kaffee jetzt ausagierend widerlich schlürfend, guckt mich aus den Augenwinkeln an. Als mein Blick auf seinen trifft, lächelt er gelassen. Ich stelle keine Bedrohung für ihn dar, auch wenn ich nicht speckig bin und noch keinen Kopfbesuch vom Herrn Geheimrat hatte. Doch es scheint, meine dürftige DNA dringt mir aus allen Poren. *That's interesting*, sagt Matt, und dasselbe Wort hat hier ein Loch, verweislos bedeutet es nichts als seine Leere.

Aus den Bäumen bringt der Wind den Duft der Zitronenblüten. In einer kleinen Entfernung sehe ich in einer Gruppe den ziegenbärtigen IT-Mitarbeiter aus dem *Badging Office*, der, in ein fensterloses Büro eingeschlossen, ausschließlich dafür verantwortlich ist, die Fotoausweise fürs Archiv anzufertigen. Er sieht mich und nickt mir ohne zu lächeln zu, was mir unangenehm ist, als hätte ich hier lieber populärere Bekanntschaften. In seiner Hand hält der Mann die verkehrsrote Tontasse, deren Henkel abgebrochen ist und die ich schon damals auf seinem Tisch bemerkt hatte, wo sie neben einem R2-D2-Bleistiftspitzer stand. Ich weiß nicht, warum mich diese Details jetzt einsam machen. Vielleicht, weil sie mir ins Bewusstsein rufen, wie lange ich schon hier bin und wie sehr ich die Illusion habe, dass damals, als ich diese Tasse und diesen Spitzer zum ersten Mal sah, alles doch noch ein bisschen besser war, einfach nur, weil es nicht heute war, weil die Vergangenheit sicher in ihrem Zeitbernstein eingeschlossen schwebt, sicher darin, dass ich sie verloren habe, so wie du sicher darin sein müsstest, dass ich dich verloren habe. Ich könnte dich beinahe wie den Bernstein, mit den insektengleich darin eingeschlossenen Tagen, vor den Himmel halten und im Glänzen des heutigen Lichts vor meinen Augen drehen, ich könnte dich ausgiebig betrachten, aber ich werde dich nie mehr berühren, du bist weg, verschwunden in meinen Augen.

In die momentane Stille bringt Liz ihren Mann ein, indem sie etwas von seiner heutigen Anstellung erzählt, nicht Fototheorie, sondern irgendein Medien-und-Kommunikations-Blabla, und es wird mir eine akademische Dynamik der beiden deutlich, wie etwas aus dem Leben des anderen vorgeschoben wird, um sich aus einem Gespräch zu retten, das einem langweilig oder nervig geworden ist, und ich merke, wie ich durch die Annahme, ich könne Liz nerven oder langweilen, sofort etwas wütend auf sie werde, dabei war sie es ja, dir mir eine Frage stellte.

Während Matt redet, geistere ich längst irgendwo in Gedanken in Zeiten herum, in denen immer noch alles weniger wird, in denen die Liebe sich lichtet, Zeiten, die auch in meinen Gedanken weniger werden, Fetzenmomente mit dir, die isoliert in der Landschaft meiner Erinnerung herumliegen und die auf eine direkte Weise qualvoll sind, gerade weil ihre Konturen verschwommen sind, weil die Kontexte, denen sie entrissen wurden, weggebrannt sind, und jetzt nur noch wie die mageren, komprimierten Rückstände einer ganzen beendeten Geschichte in mir liegen, die harten Kerne eines gemeinsamen Lebens, Momente, wie jener Moment an einem Wintermorgen, es schneite nicht, mit Socken an den Füßen und Begräbnis in den Augen standst du da, in der Küche, vor mir, und du sagtest: *Du machst uns morgens gar keinen Kaffee mehr.*

FRÜHLING

WHITE CEDAR · THE MOUNTAIN GOATS

In Blackshaws Papieren seines schlimmen Jahres steht der Satz: *In der Farbe des Schnees liegt Erkenntnis.* Der Satz wäre auch übersetzbar mit den Worten: *Die Farbe Schnee weiß etwas.*

Doch was genau weiß sie? Welche Erkenntnis liegt in der Farbe Schnee? Was sagt der Schnee, was seine Farbe weiß – oder verheimlicht sie ihr Wissen? Der Schnee weiß von einer anderen Zeit, in der eine Herkunft beginnt, aus der seine Farbe heraus lautlos zu mir herunterspricht. Allerdings liegt dieser Zeitgehalt des Schnees doch nicht im Wesen seiner Farbe. Auch der Regen ist zeitgesättigt. Aufsteigen des Wassers als Dampf, die Dichtung des Wassers in den Wolken. Dies allein macht den Schnee noch nicht einzigartig. Jedes Wetterphänomen ist ein Träger von Zeit, der Regen, auch der Wind, der ein Reisender ist, und die Sonne, die, anders als Regen, Schnee und Wind, mit jedem Strahl reinste Fremde auf die Erde schickt, jeder Lichtstrahl ein Schuss unüberbrückbare Weite, erdenfremde Ferne.

Ich weiß nicht, was Blackshaw mit seinem Satz über die Farbe zu wissen meint. Vielleicht ist es der Eindruck, die Farbe auf diese Weise ausschließlich im Schnee finden zu können, der Eindruck, es gebe kein Weiß, das schneeweißer ist als Schnee. Vielleicht findet er eine Reinheit in der Farbe Schnee, das Weiß am reinsten im Schneekristall und dort zum letzten Mal ohne Ideologie von Reinheit. Doch wenn der Schnee etwas weiß, dann erklärt er es nicht, genau wie

Blackshaw. Auch hat der Schnee viele Schattierungen und Abstufungen. Weiß ist eben nicht nur Weiß, sondern eine Farbe, und wie eine Farbe kennt das Weiß Ton und Intensität.

Vielleicht ist das Wissen des Schnees aber ein trügerisches Wissen, eben kein Wissen, das der Schnee selbst von sich besitzt, sondern eines, mit dem er seine Leere kaschiert, vielleicht ist dieses Wissen eben eine Lüge. Oder eine Fiktion. Vielleicht liegt es allein in der Idee von Weiß. Würde es weiß vom Himmel regnen, wäre dieser Regen dann auch Schnee?

HATE IT HERE · WILCO

Ich hatte nicht gewusst, wie regnerisch und windig es in Southern California sein kann, doch oft höre ich nun nachts lauten Frühjahrswind, und bin ich auf der Straße, fliegt mir der Staub der Stadt ins Gesicht und beißt in den Augen, ich brauche keinen Grund für Tränen, *thanks*.

Morgens steckt der Bus jetzt manchmal noch länger im Verkehrssumpf, weil Teile der Freeways wegen Überschwemmungen gesperrt sind, und die Pendler früher und ungeduldiger in die Stadt strömen. Wie traurig sie alle sind, wie einsam, jedes Auto trägt einen Menschen, wie einen Gefangenen, wie ein Herz in einem Körper, die meisten reden mit ihren Smartphones, gebärtete Hipsterbübchen und pferdeschwänzelnde Frauen, die im Automatikauto mit der freien Schalthand ihre Telefone hochhalten, als läge ein Stück Pizza auf ihrer Handfläche, während sie hineinplappern, als hätten sie etwas zu sagen.

Man erzählt sich, dass die vielen Verkehrsstaus in der Stadt dadurch verstärkt werden, dass die meisten Autos Automatikgetriebe haben. Denn während ein Fahrzeug mit

Schaltgetriebe die Möglichkeit erlaubt, im Leerlauf auf der Straße zu stehen oder im Standgas ganz gemächlich zu rollen, ohne mit dem Bremslicht zu schwänzeln, fährt ein Wagen mit Automatikgetriebe automatisch langsam, aber dezidiert los, sobald die Bremse gelöst wird, und besonders im stockenden Verkehr ist der Fahrzeugführer oder die Fahrzeugführerin fortwährend genötigt, auf die Bremse zu treten, um nicht in den Vorderwagen zu krachen. Dieses plötzliche Bremsen führt für den Wagen dahinter wiederum zu einem kurzen Schreckmoment, Bremssignal ist Bremsbefehl. Auf diese Weise wird ein jedes Bremsen im Stadtstau von LA wie eine Staffelung von Schreckmomenten nach hinten weitergereicht, setzt sich über die geschwungenen Freeways fort bis ins Unendliche, wo der Smog die Sicht verwischt.

Ich frage mich häufig, was die Leute alle an ihren Telefonen machen, wenn sie im Verkehr stehen. Mein Telefon behalte ich nun die meiste Zeit über in meiner Hosentasche, wo es meine Zeugungsfähigkeit überwacht, während ich vom Staat überwacht werde, und ich beobachte die Menschen, als säßen sie alle einzeln in kleinen, fahrenden Aquarien, die von einem seltsamen, fremden Wesen beim Alltäglichsten beobachtet werden. Kaum einer schaut jemals zurück in den Bus, der brummend neben ihnen steht. Sie müssen die Beobachtung gewohnt sein, wie die Fische die plattgedrückten Nasen an der Scheibe, sie müssen alle von hier sein, oder perfekt assimiliert, um die fremden Lauerblicke nicht auf sich brennen zu spüren. Mein Beobachten der Menschen von LA ist ein Zeichen meiner Fremdheit an diesem Ort. Wer beobachtet, ist fremd. Künstler, Wissenschaftler, sie sind alle Fremde im Moment ihrer Tätigkeit als Beobachtende. Doch beobachte ich nicht nur, weil ich hier fremd bin. Auch das Busfahren selbst verleitet zur Beobachtung. In die Passivität gedrängt, ist man auf eine andere Weise auf die Stadt und auf die Beobachtung angewiesen, als man es wäre, säße man in seinem eigenen Wagen. Mit einem Wagen würde mir diese Stadt gehören. Ich muss an Blackshaw denken, der einmal schreibt, er habe keinen Führerschein gehabt, und all seine Reisen an die Schneeorte des Kontinents unternahm er mit dem Zug und fotografierte selbst vom Zug aus den Schnee auf fernen Bergen, verschleiernde Fensterspiegelungen inklusive. Ein Beobachter, überall fremd. Selbst in seiner Einsiedlerhütte war er, der fortwährend den Vorhang des weißen Fallens vor seinem Fenster beobachtete, noch ein Fremder.

Dennoch, auch das ewige Head-Down ist ein kleiner Moment des Fremdelns, auf seine egologische Weise ein Ausbruchsversuch, ein Mikromoment des Teleportierens. Wo wollen alle diese Menschen hin, die hier in ihren Autos sitzen? Ich genieße es, Bus zu fahren, auch wenn ich dort gerade so einsam bin wie die Autopendler. Aber nein, eigentlich bin ich das nicht, denn ich bin weniger einsam, wenn ich beobachten kann, ich habe eine mir wertvolle Beschäftigung, ich lerne sehen, wie Rilkes Malte im Museum, in meinem Menschenmuseum von LA.

Und manchmal, wenn man durch die belaubten, ausscherenden Kurven des UCLA-Campus gefahren ist, und die vielen undokumentierten Arbeitenden in Bel Air ausgestiegen sind, kommt der Bus auf dem Weg zum Getty zur Ruhe, und manchmal kann ich dann ein wenig lesen, nicht viel, aber behutsam, als wollte ich es nicht übertreiben, ein paar Zeilen Lyrik, ein wenig Schnee.

Lange konnte – wollte – ich nicht lesen, und ich bezog meine Unlust am Text auf dich, auf wen sonst. Würde es dich eigentlich schmerzen zu wissen, wofür ich dich alles verantwortlich mache? Es entgeht mir nicht, dass meine neuerliche

Lust am Lesen ein Zeichen dafür ist, wie weit ich mich schon von dir entfernt habe.

Obwohl ich vor mir selbst das Gegenteil behaupte, in meinen Gedanken vehement meine Abhängigkeit beteuere, werden die Gedanken an dich weniger, die Reflexe, die noch vor wenigen Wochen aus Assoziationen Erinnerungen an dich wiederbrachten, werden seltener, fremder. *Étrange?*

Eine Weile schlagen die schwächer werdenden Gedanken an dich noch ein Echo ihres Gegenteils in mir an und vergegenwärtigen mir in einem freien Moment, dass ich nicht an dich denke. Eine Weile schließt sich noch die Schlinge der Schuld, doch ich bemerke, wie mir das immer wiederholte Denken an dich und dich und dich etwas langweilig wird. Die Eintönigkeit des Erinnerns? Gelangweilt vom Leiden?

Ich habe bemerkt, wie die Leerstelle schon deutlich gefüllt ist, zugeschüttet mit Interpretation, nicht allein mit Erinnerung. Die Schneebrücke über der Lücke zwischen mir und dir schneit sich zu mit dieser schrecklichen, langsam das Vergessen ansammelnden Trauerarbeit. Lässt es mich noch hoffen, dass ich irgendwann einmal auf dieser Brücke stehen kann, wenn sie makellos und fertig ist, und dass ich dann unversehens in ein neu aufgerissenes, altes Nichts stürzen könnte? Oder langweilt mich auch dieser Gedanke längst?

IN THE SUN/THE GALAXY EXPLODES · MEKONS

Allerdings ist die Zeit ohne meine Gedanken an dich ebenfalls langweilig. Die Tage sind monoton, ich trinke wieder mehr, verliere mich oft in der Woche, denke mittwochs, es sei Freitag. Nachts wache ich auf und weiß nicht, wo ich bin. Ob es einen Zusammenhang gibt, weiß ich nicht, ich weiß nur, dass ich hier immer noch viel verliere, jeden Tag gehe ich einen Schritt weg von dem, der ich einmal war.

Bald wird schon der ärgste Monat gekommen sein. Ich hatte gedacht (gehofft?), mit Liz und Matt vielleicht einmal etwas trinken zu gehen, doch es fällt mir nicht leicht, sie anzusprechen, zu sehr möchte ich vermeiden, ihre Gesichter zu sehen, wenn sie vielleicht ablehnen. Wenn ich sie auf dem Gang von der Toilette zurück in den Reading Room sehe, wenn meine Hände nach Marzipanseife riechen, grüßen sie mich, ohne stehenzubleiben.

Einmal redet ein halbglatziger, mittelalter Mann in einer Bar in West Hollywood länger mit mir. Er hat eine kleine Brille mit dicken Gläsern, isst Prosciutto und Oliven mit den Händen und gibt mir zwei doppelte Scotch aus. Auf der Fußstütze des Barhockers sehe ich im Lichtkeil, der immer fällt, wenn sich die Toilettentür öffnet, dass er Schuhe mit Klettverschluss trägt. Ich gucke ihm danach ins Gesicht, als suchte ich dort eine Erklärung für diese Kinderschuhe an den Füßen eines erwachsenen Mannes. Arnold erzählt mir, er designe Spielzeug, worauf ich lache, aber sein Gesicht – die schmalen, fahlen Lippen, die traurigen Augen – alles bleibt ernst. Auf seinem Telefon zeigt er mir trist ausgeleuchtete Fotos von einem Pinocchio-artigen Tier, aber ich meine, ich sehe die Bilder nur noch verschwommen. *Interesting.*

Als wir aus der Bar in die kühle Nachtluft mit dem Rauschen der Autos und dem Rascheln der Palmen stolpern, sage ich, es werde schon hell, worüber Arnold lacht und sagt, ich müsse noch viel über LA lernen, das sei die *light pollution* der Stadt.

Ich muss an einen Moment denken, als wir beide zusammen in Brüssel waren, es war im Sommer, und in einer Bar nicht weit vom Place de Brouckère lernten wir eine Gruppe von Belgiern kennen, mit denen wir Gordon Scotch aus Gläsern tranken, die mich an eine Sanduhr erinnerten. Einer der Männer war älter als die anderen, trug einen hellbraunen Cordanzug und hatte einen Mittelscheitel, und als wir aus der Bar kamen, sprachen wir von Literatur. Der Mann war distanziert, in seiner zurückhaltenden Reaktion steckte eine lange Zeit von frustrierenden Gesprächen über Bücher, die man ertragen muss, wenn man Literatur liebt, mit Leuten die einem sagen: *Also, den Harry Potter fand' ich schon auch richtig gut.* Ich fragte ihn, wer sein Lieblingsschriftsteller sei. Abwesend, genervt, als erwartete er nichts als einen leeren Blick, sagte er mit vergelterischer Härte als wäre er es leid, auf eine Smalltalk-Frage mit einer Smalltalk-Antwort zu reagieren und tiefzustapeln, er sagte: *James Purdy.* Ich lächelte und sagte nur die Worte: *In a Shallow Grave.* Und dann geschah etwas, das ich nie vergessen habe und das mir danach nie wieder passierte. Es war das erste und einzige Mal in meinem Leben, dass ich für eine literarische Vorliebe umarmt wurde, von einem Fremden, in einer Sommernacht in Mitteleuropa. Er erzählte mir, dass er Purdy einmal in der Brüsseler Metro gesehen habe, gut angezogen und schon älter, während seiner Zeit, als der Autor in Belgien lebte.

Zurück in West Hollywood lacht Arnold – Arnie – mich noch immer aus, weil ich glaubte, die Nacht sei schon vorbei, die Lichtverschmutzung sei der Morgen: *The night isn't over, man. It's never night in* LA.

Actually, West Hollywood isn't in LA, sage ich und erkläre stammelnd, dass West Hollywood eine eigene Stadt mit eigener Stadtverwaltung sei.

No, you're alright, sagt Arnold und klopft mir kumpelhaft zweimal auf die Schulter, doch beim zweiten Mal bleibt seine

Hand neben meinem Hals liegen und macht mit seinen stummeligen, weichen Fingern Bewegungen, als würde er mich dort massieren oder streicheln. Plötzlich scheint mir sein Gesicht sehr nah vor meinen Augen, und mir ist alles etwas zu eng, ich rieche den Prosciutto in seinem Atem.

So freundlich ich das jetzt noch kann, wische ich seine Hand weg, und sofort erhebt Arnold seine Hände, als hätte ich ihn mit einer Waffe bedroht. *Whoa, whoa*, macht er, und ich glaube, dass ich seine Hand überhaupt nicht freundlich weggewischt, sondern stattdessen weggeschlagen habe.

Ich glaube, du hast irgendwas missverstanden, sage ich. Ich merke erst jetzt, da Nüchternheit gefragt ist, wie betrunken ich eigentlich bin, und ich wäre jetzt gern in meinem Zuhause, ganz gleich, in welchem.

Look, sagt Arnold, *nicht jeder in West Hollywood ist schwul, okay? Ich weiß auch nicht, was du gegen Schwule hast.* Ein junges Paar läuft an uns vorbei, die Frau trägt ein großzügig kurzes Kleid und darüber eine winzige Jeansjacke, und das macht mich aus irgendeinem Grund traurig. Ich sehe Arnie hinter seinen dicken, einsamen Brillengläsern, und als er sagt: *Wir hatten doch einen guten Abend, oder?*, renne ich einfach los, die Schritte meiner Schuhe auf den Betonplatten sind wie Schläge, die mich verfolgen. Ich sehe die Straße vor mir, als wäre ich eine verwackelte Kamera. Einen Moment lang höre ich noch etwas wie ein Rufen, dann bin ich frei und allein in der palmenfarbenen Nacht. *I am a camera* (CHRISTOPHER ISHERWOOD). *I am a broken camera* (JAN WILM).

Mein Herz schlägt, als wollte es brechen. Ich kann Arnold nicht mehr sehen, und auf eine Weise tut er mir jetzt plötzlich leid, wie er da stand, trist vom Licht beleuchtet wie sein Pinocchio-Tierchen auf dem Foto, umgeben von der isolierend leeren, hellen Nacht, mit seinen Klettverschlüssen und den erhobenen Händen. Ich drehe mich um und gucke, ob ich ihn noch einmal hinter mir sehen kann, eine kleine Figur am Ende des flussbreiten Boulevards, die mir winkt. Doch dort steht nichts.

Ich rufe mir ein Uber, die Stadt gleitet an mir vorbei wie Alphaville. Diese Metropole scheint nicht aufzuhören, die Wüste wächst. Ich gucke raus auf das graue Gras und die kleinen Büsche der Verkehrsinseln, den grauen Sand, der dazwischen zu sehen ist. Ich fange an zu weinen, weil diese Büsche und das Gras und der Sand noch lange nach mir hier sein werden und weil alles egal ist, weil es niemanden interessiert, wenn meine Augen dies alles nicht mehr ansehen werden.

Ich schaffe es gerade rechtzeitig in meine Casita, die Tür lässt sich immer noch nicht ohne Kraftaufwand öffnen, gerade rechtzeitig, um mich ins Waschbecken zu übergeben. Mein Gesicht im Spiegel, unter dem weißen Licht, ist blass wie der Bauch eines Fisches. Das Gesicht eines Gefangenen, oder das Gesicht eines Mörders, wild und zerrissen.

Ich bin allein, und draußen explodieren die Sterne. Die Planeten kühlen aus und verlangsamen ihre Rotation, und irgendwo fällt der Schnee in noch leerere Tage, und niemand ist da, der von ihm weiß.

Ich verbringe den nächsten Tag mit einem Kopfschmerz und einem Buch im Bett. In der Nacht muss ich einige Sätze in ein Worddokument getippt haben. Es beginnt mit dem Wort *Hello*, über das Weiß sind wie ein zerrissenes Gedicht banale Worte gestreut, gezeichnet von merkwürdigen JɪrgĽ-schen Ortographie-Eingriphen, und es endet mit der Zeile: *Es ist egal wei,l es micjh nichjt gi bt.*

APRIL FOOL'S DAY MORN · LOUDON WAINWRIGHT III

Die aufsprießende Zeit, in der jede Wärme nichts zählt, und auf jedem Wort schmilzt der Schnee, bis zum Winter, schreibt Blackshaw im Spätapril seines letzten Jahres. Ich bin oft nicht sicher, ob er von seiner Gegenwart oder einer Vergangenheit schreibt. Sein Biograf Leyton Waters schreibt, Blackshaws Tochter wurde im April geboren, und seitdem galt dem vierten Monat Blackshaws ganzer Hass. Woher weiß Waters dies? Andernorts schreibt er ebenso allwissend: *Bis an sein Lebensende war der Schnee in Blackshaws Seele untrennbar verbunden mit einer glücklichen Kindheit und auch mit seinen Eltern.* Ich bewundere den Mut, mit dem Waters über Blackshaws Lebensende schreibt, von dem nichts bekannt ist, und wie seine Mutmaßungen in Blackshaws Kindheit zurückreichen, über die beinahe ebenso große Unklarheit herrscht.

Ich lese mich zum zweiten Mal durch Blackshaws Papiere, und auch wenn ich mich darin mittlerweile ein wenig zurechtfinde, deutet wenig Konkretes auf Blackshaws kindliches Gefühlsleben oder eine *glückliche Kindheit* hin. Häufig ist es mir nicht erkennbar, worauf seine Referenzen abzielen. Manchmal spricht er kontextlos von einem YOU, das ich nicht zuordnen kann, manchmal von einem SHE, ebenso verweislos. Die Anhaltspunkte fehlen, sein Leben hat keinen Index. Waters ist keine große Hilfe. Er wusste von diesen Papieren nichts, oder beruft sich nicht auf sie, und so bin ich mit meinen Interpretationen allein. Allein, interpretieren heißt, mich selbst in diesen Text hineinlesen, und dennoch bin ich noch immer nicht selten überrascht, dass es vorstellbar wäre, diese Worte hätten alle auch über mich geschrieben werden können.

Bin ich aus diesem Grund bei der erneuten Lektüre begeisterter als beim ersten Mal? Bin ich mehr bei der Sache, wenn etwas von mir zu handeln scheint, auch wenn es das nur in meiner Vorstellung tut, oder sind die tiefen Lektüreerlebnisse alle immer auch Betrachtungen eines Spiegels dieser Art, eines eingebildeten Ich-im-Text?

Jeden Tag bringe ich seitenweise Notizen mit zurück in meine Casita, staple gelbes Papier. Jedes Mal, wenn ich die Papiere aus dem Reading Room bringe, werden sie von einem Staff Member durchgeblättert, als wollte ich etwas stehlen. Ich möchte, wenn überhaupt, etwas loswerden. Was soll ich mit diesen Notizen anfangen, es wird kein Buch geben. Ich sollte meine Papiere dem Getty anbieten, als Vorlass, als Andenken, als Addendum zu Gabriel Gordon Blackshaws Nachlass. Auch meine Aufzeichnungen verdichten sich bald zu einer eigenen Art *Tagebuch im Jahr der Pest*, einem *Tagebuch im Jahr des Winters*. Zaghaft vermische ich meine Blackshaw-Exzerpte mit Notizen über mein persönliches Empfinden, und bin überrascht, wie klar meine Papiere wissen, was ich zu fühlen scheine, während ich in Gedanken über mich wie in einem Nebel schwebe. Meine Notizen geben mir ein vorsichtiges Gefühl von Ernsthaftigkeit, als wäre ich ein legitimer Forscher. Wenn ich nur daran festhalten kann, wenn ich nur nicht wieder aufgebe, den Stift wieder weglege und das Schriftleben verkümmern lasse, wenn es mir nur gelingt, etwas bleistiftstrichdünne Kontinuität aufrechtzuerhalten, dann kann ich vielleicht weitermachen, vielleicht leben, auch ohne dich.

Abends empfinde ich manchmal etwas Lust auf Lyrik, seltener auf ein bisschen Theorie, richtungslos und ohne auf ein Denkziel hinlesend. Es kommt die fruchtige Luft des Abends in mein offenes Fenster, *A Love Supreme* hallt seinen anspornenden Refrain durch den Raum, ich halte ein Buch in der einen und einen Stift in der anderen Hand, und in mir zuckt der Gedanke, dass ich gerade nicht unzufrieden bin, obwohl ich bis vor kurzem noch Blackshaws Aussage unterschrieben hätte, dass es Zufriedenheit immer nur gestern gab.

Seltsamerweise bemerke ich aber gerade jetzt, dass ich diesen Gedanken nicht aufschreiben möchte, weil ich mich vor der Veränderung des Gedankens fürchte, wenn ich ihn verschriftliche, weil ich weiß, dass die Schrift ihn verwandeln wird, auch wenn ich das vielleicht nicht möchte, und ich habe Angst, dass diese Verwandlung ein Abschiednehmen bedeutet von einem Moment, der verletzlich ist, einem Moment ganz dünner Zufriedenheit. Werde ich so jemals schreiben können? Müsste ich mich nicht von der Wirklichkeit verabschieden? Müsste ich mich dann nicht zuerst endgültig von dir verabschieden?

Irgendwo in meinen Blackshaw-Exzerpten schreibe ich: *Ich hasse alles Schreiben, was kein Schreiben über dich ist.* Oder stammt dieser Satz doch von ihm?

THERE IS NO THERE · THE BOOKS

Mein tägliches Leben in der *Los Angeles Times*. Die schmalformatige Zeitung, das grobe Papier. Die Druckerschwärze färbt anders ab als zu Hause, und weil ich zu Hause schon so lange keine Zeitung mehr gelesen habe, habe ich das Gefühl, ich sei an diesem Ort inniger zu Hause als zu Hause, und in einer ganz anderen Zeit. Ich lese die lokalen Neuigkeiten, das tägliche Wetter, die täglichen Lokalberichte über die Angelenos, die tägliche Empfehlung der besten Surfbedingungen. *Surf and Sea.*

Freitags freue ich mich wie ein Kind darauf, die kostenlose LA *Weekly* hinter einer der quietschenden, schmutzigen Klappfenstertürchen der hier überall aufgestellten Zeitungsautomaten herauszufischen. Ich lese die Kritiken über Restaurants, in die ich nicht gehe, und Berichte über Sportarten, die mich nicht interessieren, und jede Woche gibt es eine zynische Kolumne über den Verfall des Landes.

Jeden Sonntag gehe ich nur aus zwei Gründen aus der Casita und in den kleinen Liquor Store auf dem Wilshire, für eine kleine Flasche Jameson und für die *Sunday Edition* der *Times*. Die Sonntagsausgabe ist so fett, so vollgefüllt mit Filmkritiken und Immobilienangeboten, dass sie mit einem weißen Band verschnürt ist, wie ein Geschenkpaket. Neben der aktuellen Ausgabe von *La Opinión* stehen immer genau zwei Exemplare der *Times* auf einem Notenständer vor dem Liquor Store, die Ecken ihrer Seiten züngeln jeweils im Wind unter einem großen Schlagring hervor. Mir gefällt dieses Detail, denn ich stelle mir vor, diese Ausstellung und Verwendung von Schlagringen bedeutet ihre völlige Wertlosigkeit als Waffe, wie ein Tellereisen, das mit Vergissmeinnicht durchwachsen ist. Gleichwohl weiß ich, dass irgendwo hinter der Theke, wo die beiden freundlichen mexikanischen Männer bedienen, eine geladene Waffe versteckt sein muss. Die Schlagringe werden nicht als Beschwerer verwendet, weil man keine Waffen mehr braucht, sondern weil sie für die Gewalt in diesem Land als Waffe nicht ausreichen.

Ganz gleich, zu welcher Tageszeit ich komme, immer sind es zwei Exemplare der *Times*. Gibt es immer nur zwei, und bin ich der einzige, der in einem Alkoholladen eine Zeitung kauft, wie das Brötchen beim Metzger, oder besteht ein ausgeklügeltes Revolversystem, durch das sofort eine neue *Times* nachgelegt wird, sobald ich ein Exemplar gekauft habe, so als wäre ich gar nicht dagewesen, so als wäre niemand vor mir dagewesen, als wäre ich immer der erste und der letzte Leser der Sonntagszeitung?

Einmal stehe ich im Zitronenhain über dem Stadtkessel, sehe dem Himmel zu, wie er sich für den Abend umkleidet, und frage mich: Lese ich nun wieder mit so zielloser Begierde, mache ich nun wieder so unübersichtlich viele Notizen, nicht weil ich mir eine echte Form von Leidenschaft zurückerobert hätte, sondern weil meine sprachliche Überfülle nur eine andere Ausformung jenes Übermaßes ist, das mich eimerweise Alkohol trinken und wie ein dicker Teenager Fastfood fressen lässt? Weil jede Form von Unersättlichkeit eine Form von Ablenkung ist? Versuche ich mich paradoxerweise sogar durch die Reflexionstätigkeiten des Lesens und Schreibens abzulenken von dir und viel mehr noch von mir? Wer sagt aber, dass Leidenschaft nicht auch aus Ablenkung entstehen könnte, und dass Ablenkung nicht auch in Form von Leidenschaft daherkommen mag? Ist nicht vieles im Leben nichts als Ablenkung, und deshalb aber nicht weniger wertvoll? Vielleicht lebt man ausschließlich, um sich von seinem Leben abzulenken.

THAT LEAVING FEELING · STUART A. STAPLES

In Wahrheit ist es nicht leichter geworden, an irgendetwas anderes zu denken als an sie. Es ist schwer, Konzentration zu finden, die Assoziationen fliegen frei und zerren mich weiter ins Vergangene. Gleichzeitig ist es nicht die Wahrheit, zu sagen, ich dächte nur an dich.

In Wahrheit merke ich, wie mir die Reflexe, die noch vor einigen Monaten immer zu ihr geführt haben, langsam abhandenkommen. Wäre ich ehrlich zu mir, würde ich feststellen, dass ich traurig darüber bin. Ich sage mir zwar, wenn ich in dem zitronenumflorten, windgeschützten Garten vor der Community Lounge stehe und mit warmer Sonnenluft auf der Haut über die Stadt schaue, ein Hubschrauber kreiselt über dem dichtbefahrenen Freeway, ein Kolibri saust lautlos von einem Baum zum nächsten, ein Fliegen wie ein Tauchen durch Wasser, dann sage ich mir, dass ich dies alles mit dir teilen möchte, aber ich weiß, ich würde jetzt vielleicht nicht hier stehen und diesen Blick auf die Stadt haben und fühlen, wenn du bei mir wärst, es wäre derselbe Anblick, aber ich würde nicht dasselbe sehen, es hätte jetzt das Stadtbecken nicht diesen schwungvoll majestätischen Ausdruck, tief und eindrucksvoll unter mir, die Häuser schneeweiß in der Mittagssonne und das Meer metallblau im Licht, wenn ich nicht mit diesem speziellen Blick darauf schauen würde, wenn ich nicht mit diesem peinlichen Verlangen nach Schönem, diesem verzweifelten Suchdrang nach Schönheit, schauen würde, und die Schönheit, die ich hier finde, sie würde nicht so tiefgründig in mir widerhallen, wenn dort nicht diese bestimmte Leere wäre, es wäre nicht dieselbe Schönheit, wenn ich diese Schönheit nicht auch als Schmerz empfände und ein wenig als Strafe.

Paradox: Ich sehe gleichzeitig, wie hässlich alles ist. Der gewaltige, monotone, siruphafte Fluss der kleinen Metallsärge in endloser Kette auf den grauen Adern, die durch die Stadt führen. Die gleichförmig gebauten Häuser des Skyline-Gestrüpps in der Mitte, graue Spiegelstelen wie überdimensionale Grabmonumente. Die von der ständig scheinenden Sonne bis beinahe in die Farblosigkeit gebleichte Stadt.

Du sagtest: *Ich weiß auch nicht, irgendwas stimmt nicht,* und der Februartag verdunkelte sich, und alle Tage darauf blieben Februar, verhüllten sich hinter einem staubschwarzen Nebel, einem Nebel, der aus deinen Worten zu steigen schien, ein Schleier, der seine Nebelkerze bis heute und bis hier über diese sonnengrelle Stadt wirft. Du kannst es nicht mehr wissen, doch wir standen in der Küche, ein Sonntag, nicht lange nach dem Aufstehen, als das Ende anfing, bald wussten wir nicht warum, wir wussten nur dass.

Es schneite nicht. An jenem Küchensonntagmorgen. Ich schaute aus dem Fenster, in dem die kleine Kristallkugel hing, die damals, winzig und auf den Kopf gestellt, uns beide gezeigt haben muss, wie wir zu Fremden wurden, zu Besiegbaren, die wegen einander nicht mehr vergessen können, dass sie sterblich sind. Ich blickte durch die kalten, vom Regen pechgeschwärzten Äste der großen Kastanie im Hinterhof über die sattgeregneten Dächer hinauf in einen morgenroten Himmel, als hätte ein Kind ein grellbuntes Lampionpapier geradewegs über die Breite unseres Fensters geklebt. Ich schaute zu dir zurück in den plötzlich viel dunkler wirkenden Raum, meine Augen gewöhnten sich langsam an das neue Sehen. Ich sah, wie auf deinem Gesicht ein seltsam zuversichtliches Lächeln verschwand. Ängstlich fragtest du: *Was ist denn?* Ich antwortete: *Ich habe Angst, dass das traurig ist.* Tränen verwackelten dich. *Was denn?*, sagtest du und auch deine Stimme wackelte. *Dass ausgerechnet heute der Himmel so schön sein muss.*

SEASONS (WAITING ON YOU) · FUTURE ISLANDS

Im Himmel gab es einst einen Spiegel, und dieser Spiegel war nicht bei Gott, sondern beim Teufel. *Eines Tages war er recht bei Laune, denn er hatte einen Spiegel gemacht, welcher die Eigenschaft besaß, daß alles Gute und Schöne, was sich darin spiegelte, fast zu nichts zusammenschwand, aber das, was nichts taugte und sich schlecht ausnahm, hervortrat und noch ärger wurde.* Als der Spiegel zur Erde fiel, zerbrach er *in hundert Millionen Stücke. (…) Einige Spiegelscherben waren so groß, daß sie zu Fensterscheiben gebraucht wurden,* andere waren zu einem so feinen Scherbenstaub zerrieben, winzige sandkorngroße Scherben *flogen rings herum in der weiten Welt, und wo sie die Leute in das Auge bekamen, da blieben sie sitzen, und da sahen die Menschen alles verkehrt, oder hatten nur Augen für das Verkehrte bei einer Sache* (HANS CHRISTIAN ANDERSEN).

An diesem Tag im Februar sind deine Worte, in denen ich mich und mein Leben immer am ärgsten widergespiegelt sehe, zu einer sinnlos gewöhnlichen Phrase zerbrochen, *Ich weiß auch nicht, irgendwas stimmt nicht,* und eine kleine sandkorngroße Scherbe dieser Phrase ist mir ins Auge und ins Herz gesplittert, und alles, was ich heute betrachte, betrachte ich so, als würde es jeden Moment sterben, als würde es vor meinen Augen zerbrechen, wie der Spiegel zerbrochen ist, durch den ich alles betrachte, und welchen Namen, was denkst du, trägt dieser Spiegel bis heute?

Wie muss es damals für dich gewesen sein, in dieser Küche zu stehen und diese zerbrochenen Worte zu sagen, wie war es für dich, dich damals in mein Herz zu brechen, wie sehr spürtest du, dass *irgendwas nicht stimmte,* wie fühlte es sich für dich an, ich habe es dich nicht fragen können an diesem Tag, der eigentlich schon der letzte Tag eines WIR war, die letzten Stunden, in denen die Wahrheit nur in dir lauerte und in dir wuchs, ohne versprachlicht worden zu sein, und erst durch diesen Sprechakt brach der Spiegel, so scheint es, ein letzter Tag WIR, und nicht einmal ein ganzer halber Tag (doch der letzte Tag ist ohnehin immer der kürzeste). Wie lang aber wirkte das Ende, wie lange wirkt noch dieser letzte Tag und alle folgenden letzten Tage, wie quälerisch langsam alles zerbrach, Wirrwarr in Zeitlupe, ein Zerbrechen so langsam wie dieser schreckliche Verkehr sich über den 405 schleppt.

Ich wende mich zurück zu den Zitronenbäumen, die jetzt im Schatten des weißen Gebäudes liegen und trostlos ergraut wirken.

Verlassen fällt die Tür der Community Lounge hinter mir zu, ich nehme mir einen weiteren Kaffee, es ist niemand hier. Bald wird es Abend. Der verlassene Mensch zwingt sich, an die verlassende Person zu denken, da jeder Gedanke, der frei von ihr wäre, ein Verrat wäre an dem Pakt des Erinnerns, den er mit seinem letzten Blick in ihre Augen geschlossen hat. Der verknotete Muskel, der in meiner Brust pumpt, ist nichts als ein widerstandsfähiger, heimtückischer Trick, darauf trainiert zu leben, das Leben von der Geburt an ausschließlich Richtung Tod zu drängen, das Herz schlägt nur, um einmal nicht mehr zu schlagen, und ich fühle mich ständig gezwungen, an dich zu denken, und mit jedem Gedanken schleife ich meine Gedanken an sie ab. Mit anderen Worten, ich vergesse.

Ich verbringe jetzt mehr Zeit im Fotoarchiv im Untergeschoss des Instituts, ein großer spiralförmiger Raum, dessen äußerster Rand von Tischen umsäumt ist, die die Bücherregale des offenen Magazins in der Mitte umgeben. Vor jeder Regalreihe sind schmale schwarze Metallstangen angebracht, die sich hochklappen lassen. Während meiner Bibliotheksführung in der ersten Woche meines Aufenthalts wurde erklärt: Sie dienen den Büchern zum Schutz vor Erdbeben.

Während ich tagträumend diese Erdbebenschutzstangen betrachte, stört mich an mir, dass ich sofort in Gedanken in die Spuren des Klischees gerate und wie ferngesteuert diese kleinen, dünnen Stangen auf mich beziehen will – gibt es etwas Ähnliches in meinem Leben, was könnte es sein, besaß ich in meinem Leben einmal etwas damit Verwandtes? Aber natürlich, ja – dich.

Ich kann meine Gedanken an dich nicht mehr ertragen. Ich habe meine Gedanken an dich übertrieben, ich habe dich übertrieben. Auch eine Art zu verlieren. Auch eine Art, sich zu bestrafen: Sich selbst in alles in der Welt einspeisen und alles in der Welt, durch die Reduktion auf die eigene Rest-spur, zu der man verkommen ist, zu sich selbst zu ver-kleinern, bedeutet, alles in der Welt klein zu machen, auf kleinlichste Weise alles in der Welt und die Welt selbst zu zertreten, weil man sich selbst zerfleischt sehen will. Weil die Welt mich nicht liebt, räche ich mich an mir, denn ich bin die einzige Welt, die ich kenne. *Good creatures, do you love your lives/And have you ears for sense?/Here is a knife like other knives,/That cost me eighteen pence.//I need but stick it in my heart/And down will come the sky,/And earth's founda-tions will depart/And all you folk will die* (A. E. HOUSMAN).

SNOWFLAKE · KATE BUSH

Ich kann die Einzigartigkeit nicht mehr finden. Das Sin-guläre schwebt nicht mehr. Ich bin wie alles und alle anderen auch. Seltsamerweise habe ich dieses Gefühl des Besonderen erst verloren, seit ich wieder auf mich allein zurückgeworfen bin, denn ich meine, die letzten sieben Jahre habe ich mehr damit verbracht, mich von mir abzulenken, als mit irgend-etwas anderem. Dieses Gefühl, *das bin ich, das ist es, was nur mich ausmacht*, bricht mir deutlicher weg, je eingehender ich mich beobachte. Jede Angst, die ich habe, jede Merkwürdig-keit, die mir so eigen erscheint, dass ich meine, sie könne nur mich betreffen, gibt es längst, und meistens steht sie schon irgendwo im Web. Ich google und stelle fest, wer ich bin, und wie wenig ich bin, bloß, weil ich ich bin. *Everything you can think of is true* (TOM WAITS). *Everything you can think of is online.* Zumindest hat das Web meine Gedanken so verbogen, dass ich das glaube. Das Web und der Schnee.

Jede Schneeflocke, die aus dem Klischee fällt, rieselt einzigartig, ein Unikat, ein besonders kleines Bübchen, das in den Wolken großgezogen und dann zum Fliegen in den Fall befreit wurde, um endlich auf Erden auf den Zungen der Kinder zu verschmelzen und vom Fenster aus in die Zimmer zu lächeln, so wie die Schneeflocke für den kleinen Kai in Andersens Schneemärchen. Die Einsamkeit der Schneeflocke? Jede ist verurteilt, allein durch die Wolken zu schneien. Verwirbelt vom Wind und gebeutelt vom Verhalten der Temperaturen, ist jede allein, jede ist immer die erste und die letzte ihrer Art, ein Endling, ungewiss in einen Abgrund taumelnd. Ob sie weiß, dass sie allein ist, ob es der letzte Dodo wusste, ob es Martha wusste, die letzte Wandertaube? Endling, oder: unbedeutende Hürde für die Erfüllung des Nichts.

Ich möchte meinen Reflex, mich mit einsamen Zuständen und Gegenständen auf der Welt zu vergleichen – mit Dingen und Wesen, die ich für einsam halte – infrage stellen. Es hilft mir nichts, mich in Vergleiche und Metaphern hineinzulügen, die mich nur noch einsamer zurücklassen. Der Vergleich als Beschreibung meiner Situation stört mich, er nervt mich wegen seiner Einfachheit, seiner Wahllosigkeit. Zwei nicht zusammengehörende Enden verknüpfen, die nicht zusammenhalten wollen, warum sollten sie auch, sie sind sich Fremde, das erscheint mir nun wertlos. Ich habe den Verdacht, Wahllosigkeit ist rational für mich bedeutungslos, affektiv allerdings die Standardeinstellung. Trotzig halte ich also an ihr fest, vielleicht auch weil manche Wissenschaften die Wahllosigkeit negieren oder vorgeben müssen, sie abzulehnen, um noch Wissenschaft zu bleiben. Gleichzeitig weiß ich, die Wahllosigkeit macht mir Angst, weil sie schließlich mich negieren wird, das aus dem Himmel fallende Flugzeug, der Schlaganfall im Schlaf. Warum ich? Warum nicht?

Umgeben von Menschen bin ich allein, dagegen hilft kein Vergleich. Es hilft mir nicht einmal, mich mit jemandem zu vergleichen, der noch schlechter dran ist als ich, zum Beispiel die arme Frau, die draußen in der grellen Mittagssonne den Sunset Boulevard auf und ab geht und einen Einkaufswagen voller Plastikflaschen vor sich herschiebt, ihr Haar umflogen von einer Aura von Fliegen, ihre Hose zerschlissen und verschissen. Ich würde mich missachten, wenn ich dächte, wenigstens bin ich nicht so schlecht dran wie die, auch wenn es mein geheimer Gedanke ist, dass ich eigentlich noch schlechter dran bin als sie, gut, dass niemand ihn hören kann.

Der Vergleich rettet nicht. Er verbindet zwar, aber stiftet keine Verschmelzung. Die beiden durch das listige, lästige WIE verbundenen Komponenten sind beieinander, aber sie sind nicht verschmolzen und nicht ineinander gegossen, sie gehören einander nicht, sie vermischen sich nicht. Ihre Aggregatzustände verändern sich nicht, der Vergleich lässt sie verloren zurück, oder schlimmer: nacheinander zurück. In Wahrheit ist es oft erst der Vergleich selbst, der die Dinge vereinzelt und auflistet, das kleine WIE zwischen ihnen wie ein Zaun. Menschen, die Menschen mit Schneeflocken vergleichen, haben keine Achtung vor Menschen und keine Ahnung von Schneeflocken.

Ich bin wie eine Schneeflocke? Ich bin wahrscheinlich nicht einmal wie ich.

Wo eine Verbindung versucht wird, wird die Notwendigkeit zur Zusammenführung offenbar, ihr Kontrast bricht auf, vereinzelt bei wertloser Gemeinsamkeit. Allein, die Dinge sind nicht einmal so einsam, wie der Vergleich sie macht. Eine Schneeflocke ist in Wahrheit das Gegenteil von Einzelhaftigkeit, keine Schneeflocke fiel jemals für sich.

In *Meyers Konversations-Lexikon* von 1910, das mein Großvater aus den Papierbränden des Pogroms gerettet hat und das in unserer gemeinsamen Wohnung die Regalböden durchbog, heißt der Schnee, *atmosphärischer Niederschlag*, er bilde *sich nach denselben Gesetzen (...) wie der Regen*: millionenfacher Zusammenstoß von Wassertropfen im Wolkengewinkel, wo sich in der Kälte feste Körper bilden, die *Schneekristalle*, jeder einzelne hexagonal, sechseckig, winzige weiße Wesen, *die meistens die Gestalt von sechsstrahligen Sternchen besitzen.* Die großen anonymen Autoren des *Konversations-Lexikons* finden für Wachstum und Organisation der Schneesternchen eine beschreibende, aber poetische Sprache, ohne häufig Vergleiche bemühen zu müssen, als wäre das Simile das Zeichen einer minderen Rhetorik: *Körperhafte Gebilde entstehen entweder durch Verbindungen mehrerer Schneesternchen nach den Gesetzen der Zwillingsbildung oder nehmen auch die Form von Prismen und Pyramiden an.*

Gab es einmal einen Moment, als ein einzelner Wassertropfen vor einem großen Regen ganz allein war, so muss es auch einen winzigen Moment geben, da die erste Schneeflocke eines großen Schneesturms mit ihrer sanftweißen Pfote den Weltboden berührt, stets eine Rückkehr in veränderter Form, und es wird einmal einen Moment geben, da das letzte weiße Tapsen auf die Welt kommt. Es gibt diesen Moment sogar jetzt schon, konserviert in der Zeitglocke der

Zukunft, dort steht er längst bereit, ungesehen und unwirklich wartet er darauf, vom Verstreichen der Gegenwart abgeholt und mitgenommen und zu Wirklichkeit zu werden, und nach dieser letzten Flocke wird jede weitere nur noch in der strafenden Luft verdampfen, ohne die viel zu heiße Erde zu berühren. Niemand wird die Schneeflocken vermissen, kein Auge wird weinen. Lange vor den Schneeflocken werden die Menschen verschwunden sein.

Warum der so häufige Vergleich zwischen Flocke und Mensch? Weil sie beide nicht begreifbar sind, nicht greifbar, da man sie im Akt des Fassens, des Erfassens, verändert? Beide folgen sie der regelmäßigen Harmonie einer Gattungszugehörigkeit bei gleichzeitiger Singularität. Trotzdem bin ich mir nicht mehr sicher, aus Trotz oder Dummheit, dass jeder Mensch und jede Schneeflocke wirklich einzigartig sind. Vielleicht hat es einen Menschen wie mich schon einmal gegeben. Ich weiß nicht, wie sehr sich die Menschen bei allen Unterschieden nicht doch gleichen. Die Wahrscheinlichkeit, es gebe zwei identische Menschen zur selben Zeit, ist gleich null, doch die Möglichkeit, es gäbe zwei identische Menschen unter allen möglichen Menschen und allen unmöglich gewordenen Menschen, gestern heute morgen – ich stelle mir vor, aus Dummheit oder Trost, dass diese Möglichkeit besteht. Vielleicht könnte man dies als religiösen Gedanken bezeichnen.

Kein Mensch gleicht dem nächsten, keine Schneeflocke der ersten. Wenn nichts weiter die zu erreichende Schwelle der Gemeinsamkeit darstellt, dann lässt sich der Mensch mit jedem letzten Winkel der Welt, jedem Weltenwesen und jedem Weltending, vergleichen, mit der Grille, dem Germanium und der Gischt. Alles ist innerhalb seiner zugehörigen Gruppe oder Serie oder Spezies dem andern gleich, und dabei gleicht keines darin exakt dem andern. Ich bin so einsam wie ein Halbmetall? Ich bin so traurig wie ein Insekt? Ich bin so flüchtig wie ein Nebel? Von mir aus, aber ich bin auch nach der rhetorischen Bearbeitung noch genauso hier wie davor, so sehr ich wie ich.

Wer hat den Vergleich, den großen Gleichmacher, nötiger, die Schneeflocke oder der große Einebner selbst, der Mensch? Darf eine Flocke aus Kristallmaterial nicht einfach sein, was sie ist? Ist der Vergleich ein Spiegel, den ich brauche, um mich zu erkennen, wahrhaftig und ganz? Brauche ich erst den Umweg zum Nächstliegenden hin, oder gebrauche ich den Vergleich nicht einfach nur zur Umkehrung, zur Täuschung? Ist nicht jeder Spiegel eine einzige Blendung? Wer in einen Spiegel sieht, sieht nicht den Spiegel. Wer in einen Spiegel sieht, sieht nicht sich selbst, sondern etwas *wie* sich selbst, einen Ich-Vergleich, durch das das Ich als die Täuschung erscheint. ›*Wie*‹ *und* ›*wie*‹ *und wieder* ›*wie*‹ – *was aber ist es, was unter dem Anschein der Dinge liegt?* (VIRGINIA WOOLF).

Wann hat dieses Denken eingesetzt? Seltsamerweise fühle ich mich verdoppelt, seit ich allein zurückgelassen bin. Doch vielleicht liegt es nicht an ihr, sondern an ihm. Ich lese Blackshaw und lese mich selbst. Dennoch liegt darin nicht vordergründig nur der Schrecken, sondern tiefer auch ein Wunsch. Denn nicht einzigartig sein bedeutet doppelt sein, und ist dieser oberflächlich so selbstlose Wunsch nicht eigentlich nur die höchste Form von völliger Ich-Bezogenheit? Mein Ich gibt es öfter.

Ist der Vergleich, der mir scheinbar so große Probleme bereitet (seit Tagen vergeht die Sonne, ohne dass ich deutlicher an etwas anderes denke, überall begegne ich dem Vergleich) – ist der Vergleich nicht einfach der beschissene Selfiestick unter den Stilmitteln?

Im Übrigen: Zwar heißt es, jeder Schneekristall sei einzigartig, da selbst die kleinen von ihnen aus rund einhundert Trillionen Wassermolekülen bestehen. Die Wahrscheinlichkeit, dass jedes Wassermolekül in der exakt gleichen Anordnung in zwei Kristallen vorkommt, ist so gering, dass sie vernachlässigt werden könne. Allerdings gibt es noch viel winzigere Kristalle, bestehend bloß aus einer Handvoll von Wassermolekülen, und mit der sinkenden Anzahl der Moleküle steigt die Wahrscheinlichkeit von Gleichheit. Also gibt es winzige Schneeflocken, die glücklich sind. Oder sind diese einfacheren Gebilde anfälliger für ihre Auslöschung, für das Einlöschen in andere Kristalle, von denen sie verschlungen werden, oder für das Verschmelzen? Manchmal meint man, der Schneevergleich diene ausschließlich der Erniedrigung der menschlichen Komplexität. *Was sind wir Menschen doch! ein Wonhauß grimmer Schmertzen?/Ein Baal des falschen Glücks/ein Irrlicht dieser Zeit/Ein Schauplatz aller Angst/ unnd Widerwertigkeit/Ein bald verschmelzter Schnee/und abgebrante Kertzen* (ANDREAS GRYPHIUS).

YOU CAN NEVER HOLD BACK SPRING · TOM WAITS

Der Mensch ist das Tier, das allein ist. Deshalb vergleicht er und vermenschlicht noch das fremdeste und kleinste Ding. Das einsame Tier hat seine Sprache bevölkert mit Gesellschaft, und die Idee der winzigen weißen Flocke als Gegenspieler der Einsamkeit ist sogar im Urgrund des Wortes enthalten, mit dem er sie bezeichnet, vom Himmel in die Sprache geholt hat.

Die Grimmbuben sehen im Wort FLOCKE Restspuren von *Fliegen* und von *Volk*. *Ein fliegendes Volk.* Doch wie jedes Volk ist es auf Wanderschaft, und wie jedes Volk wird es irgendwann verfliegen, verschwinden: *es musz also offen bleiben, dasz* flocke *ein urdeutsches wort und im lat.* floccus *der überrest eines verbums enthalten sei, das unserm* fliegen *entsprochen habe, wiewol auch* flectere *und* plectere *in betracht kommen.* daneben mag das altn. flockr, engl. flock cohors, caterva *erwogen werden, das sich vielleicht mit* folk populus *berührt, denn die vorstellung der menge flieszt aus dem zusammenwehen oder schneien.*

Komm doch, mein Herz, wir wehen zusammen, wir schneien dahin.

Vielleicht ist es alles sehr einfach, und es ist nur die professionelle Verformung, die Delle, die ich mir selbst zufügte, indem ich zu lange in den Schnee starrte. Apophänie. Das Halluzinieren von Mustern. Man kauft ein rotes Fahrrad, und auf der Straße fahren ausschließlich rote Räder. Vielleicht liegt in meiner wissenschaftlichen Schneefixierung bloß eine andere Form der Schneeblindheit, die mich hier auch Schneeflocken in kleinen weißen Narzissen sehen lässt und bewirkt, dass ich zu viel Bedeutung ins Detail lege, dass auf der Armatur meines Wasserhahns in meiner Casita das warme Wasser mit dem Symbol einer aufgelockerten Sonne mit welligen Sonnenstrahlen dargestellt ist, und das kalte Wasser mit einer ins Metall gravierten Schneeflocke. Man sieht nur – wie der Grüne Soße liebende Geheimrat wusste –, was man weiß und was man längst versteht, und so sehe ich nur, was ich sehen will, und so kann ich überhaupt nicht das sehen, was ich gerne sehen würde, aber eben noch nicht weiß. Eigentlich gibt es das Neue für mich gar nicht mehr.

Meine Wut auf den Vergleich ist womöglich nichts als eine Wut darüber, dass ich mich hier unter diesen Palmen und diesem Licht mit Schnee beschäftigen muss, oder dass ich hier sein muss unter Wahrnehmungsvoraussetzungen, die in diesem Hier nicht einzulösen sind und daher glaube, diese Stadt habe irgendetwas mit Schnee zu tun, wenn auf einer Icebox die Buchstaben übereist sind. Vielleicht gilt meine Wut der Tatsache, dass ich mich hier in einem Wahrnehmungskäfig gefangen fühle, den du mir sogar noch eingeengt hast, indem du hier bei mir bist, obwohl ich dich längst verloren habe. Vielleicht ist alles auch ganz anders.

Wenn ich erneut durch meine früheren Gedanken tappe, empfinde ich Fremde. Und Scham. Vielerorts im Wurzelwerk meiner Erinnerung bin ich so verloren, wie ich es bin, wenn ich in meinem Blackshaw lese. Vielleicht gefällt mir das ja insgeheim. Ich frage mich, ob ich Gefahr laufe, mich aus den Augen zu verlieren, so wie Blackshaw eines Tages einfach im Schneegewirr verschwand. Aus den Augen, aus dem Sinn? Das Gegenteil trifft zu. Ob ich Gefahr laufe, mich aus der Sprache zu verlieren? Und wäre das so schlimm? Bin ich überhaupt noch in einer Sprache, wenn ich mit niemandem mehr spreche, oder bin ich gerade aus diesem Grund viel heftiger in sie eingeschlungen, weil ich mich im Innern an sie klammern muss, um sie nicht zu verlieren? Notizen mache ich mir ausschließlich auf Englisch, und ich frage mich, ob man an irgendeinem Punkt in meinen Aufzeichnungen eine Stelle in der Spur meiner Handschrift wird erkennen können, an dem alles kippt, an dem die Formen ihre Kontur verlieren, an dem die Bewegung der Hand wichtiger wird als die Bewegung der Gedanken, wie das dicht beschriebene Notizbuch eines Geisteskranken, seitenweise monochrome Netze der Monotonie.

Ich sehe meine Notizen über Schneeflocken durch. Jede Seite ist durchschneit von erbärmlichen Vergleichen mit dir, von Versuchen, dich zu greifen, und durchweg begreife ich weder dich noch den Schnee. Jetzt erscheint es mir so, als wären die Dinge, die nebeneinanderstehen, noch am weitesten voneinander entfernt, da sie erst im Kontrast ihre Isolation offenbaren. Die innigsten Dinge sind durch die Ferne miteinander verbunden. Als Kind hatte ich Angst, von zu Hause weg zu müssen, und meine Mutter sagte einmal zu mir, im warmen Bernsteinlicht eines Wohnzimmerabends, *manchmal ist man sich näher, wenn man voneinander entfernt ist.* Aber ist das nicht auch ein schrecklicher Gedanke? Gilt er auch für die Toten? Mama, wo hörst du heute meine Frage ins Nichts fallen?

SAME OLD MAN · JOANNA NEWSOM

Der Schnee ist eine Frage, auf die ich eine Antwort weiß, schreibt Blackshaw einmal. Doch welche Frage ist der Schnee? Welche war er für ihn? Für mich wäre er folgende Frage: Warum ist der Schnee für mich du? Doch ich stelle sie mir nicht, so wie sich Blackshaw in seiner Einöde nie die Frage beantwortet, warum er dort ist, warum er im Schnee ist. Zumindest lässt er die Antwort nicht in sein Pestjahrbuch hineinschneien. Allerdings sind viele seiner Sätze Fragen ohne Fragezeichen, selbst die seltsamsten. Sie hängen in der Schwebe und kommen ebenso wenig vom Fleck wie ich.

Aus der Nacht kam der Schnee. [Warum aus der Nacht?]
  Die letzte Hand ist die kälteste.
  Falls es Schnee nicht nur auf dem Papier gibt (Velox [ein Fotopapier?], onionskin [pergamentdünnes Schreibmaschinenpapier], LP [Legal Pads, jene gelben Blöcke, auf denen er schrieb?], *etc.) – gibt es mich nur im Schnee (Beatrice* [vlt. Beatrice Peak, Kanada?], *Arrowhead* [in Kalifornien!]*).*

›128‹

Vielleicht gibt es eis-zerbrochene [?] Menschen.

Muss ich im Angesicht der Angst aufgeben.

Schnee ist ein Sprung in ein Ende, Schnee springt, ohne Ende. Der Schnee weiß keine Ablenkung, keine Umleitung, kein Abfedern, er prahlt nicht, er sinkt, prallt nirgends ab, durch nichts wird er zurückgestoßen, er konserviert seine Kraft durch den Fall, er saugt sich in die Erde, endend in einer völligen Implosion, sein Ende ist er immer schon. Wasser, das fließt oder spritzt, prallt in perlenden Tropfen davon und springt durchs Licht und die Luft, das Licht ist reflektierbar durch eine weiße Fläche oder selbst eine Hand, und selbst Klang prallt ab und verändert seine Richtung, wenn er auf ein Hindernis stößt. Nur der Schnee vermag das nicht, er fängt den Fall, er absorbiert, er haftet, er bleibt. Oder: Sein Abprallen ist ewig verlangsamt, als Schneeschmelze. Der Schnee ist unsterblich.

Der Schnee ist ein Spiegel im Voraus [mirror in advance].

Unter dem Schnee sind die Sterne stiller.

Sie ist in der Vergangenheit verstreut wie in sprachlosen Ländern. [languageless lands] [Ist SIE seine Frau?]

IN OTHER WORDS · BEN KWELLER

Ich hätte mich manchmal gerne gefragt, ob ich anders leben könnte als in Sprache, als in einer einzigen Ich-Sprache. Doch wo könnte man beginnen, wenn die Räume des Kopfes von innen mit einer Sprache beschrieben sind, die sich wandelt wie huschende Schatten? Wie, wie, wie.

In der Metapher des Vergleichs liegt Verlogenes, ein Weg ohne Widerstand, weil bald alles mit allem vergleichbar wird und sich so die Dinge gegenseitig ausschleifen oder auflösen. Doch was, wenn das nicht so schlimm wäre, wenn ein Teil der Versprachlichung der Welt auch die Auflösung der Welt wäre? Wieso darf die Sprache nicht dabei helfen, alles zu überwinden, die Welt in die Gräber der Worte oder zwischen den Worten zu legen, und es wäre geschafft, es wäre abgeschlossen?

Zwei Effekte des Schnees: Auslöschung (Schneedecke, Schneeschleier, Schneeblindheit). Ansammlung (Schneesturm, Schneestieben, Schneeflocke). Vergleich oder nicht. In der Sprache gibt es Entsprechungen für ebendiese gegenläufigen Bewegungen.

Ich habe Angst, dass mir nicht zu helfen ist, und die Sprache verstärkt diese Angst, dass ich mich im Fall nicht selbst greifen kann und ins ungewisse Nichts falle, wo die Worte wie mit Typenhebeln einer dunklen Schreibmaschine auf die Oberfläche meines Lebens hämmern und Löcher in mein Dasein stoßen, und nur ein einziges Wort würden sie mit erbarmungsloser Gewissheit wieder und wieder wiederholen, eines der kürzesten Worte der Sprache.

In den Tagen, in denen ich mir diese Gedanken mache, beginnt sich, als kränge sich ganz langsam ein schweres Schiff auf eine Seite, eine große Langeweile über mich niederzusenken. Das Problem ist natürlich nicht die Sprache, nicht der Vergleich. Das Problem ist, wie immer, ich. Ich weiß nicht, worum ich meine Gedanken rahmen soll, ich weiß nicht das Ziel, auf das ich zuschweben will, weiß nicht, was ich will, nicht betreffend Blackshaw und noch weniger betreffend mein aberwitziges Projekt.

Ich weiß aber eines, ich bin nicht der, der hier jeden Tag verkatert mit einer Tarantel im Mund aufwacht und die Zeit aussitzt, bis zum nächsten Kater. Das heißt: Naturgemäß weiß ich genau, dass ich genau der bin, der genau hier ist. Nur wäre ich lieber der andere, der, der ich einmal war, der,

der nachts unter der knisternden Bettdecke eine Hand finden konnte, wenn er Angst hatte, der, der im Bett nachts zur Seite sehen konnte und deine Augen beim Träumen pulsieren sehen konnte. Das frühere Ich beneiden. Sich als einen Toten denken.

Es ist aber sehr einfach, banal zu sein. Ich brauche keinen Vergleich, um hier festzustellen: Ich mochte den, der ich war, als er bei dir war. Mehr nicht.

AT THE FIRST FALL OF THE SNOW · HANK WILLIAMS

An Schneeflocken interessiert mich nicht ihre Einzigartigkeit bei gemeinsamer Gleichheit. An Schneeflocken interessiert mich eigentlich nicht einmal am meisten ihre Form oder ihre Farbe. Am bedeutendsten ist für mich ihr Fallen. Die vollkommene, kindliche Unbegreifbarkeit des endlos sinkenden Federschwebens, dieses anhaltende, unabwendbare Sinken, und das anschließende, unumstößliche Liegen. *Ist ein Fluss gefroren, und es schneit darauf, so liegt Wasser auf Wasser* (BLACKSHAW).

Dass es festes Wasser gibt, das weich und leicht aus dem Himmel durch die Welt schwebt, diese alleinige Gegebenheit, diese ständig irgendwo auf der Welt erlebte Tatsache scheint mir in manchen Momenten so wunderbar und so unglaublich schön, dass ich darüber verzweifeln könnte.

Betrachte ich mir das Fallen des Schnees, spiele ich mir irgendeinen beliebigen MEMORY BANK MOVIE aus meinem Leben vor, die Adaption meiner Vergangenheit im Theater meiner Erinnerung, dann bin ich, wenn es schneit, jedes Mal ein Kind. Denke ich an das Sinken des Schnees, an das langsame, gravitätische und doch leichtfertig gleitende, sich immer wieder aus sich selbst heraus erneuernde Sinken, dann bin ich einen Moment lang beruhigt. Stelle ich mir zwei Flocken vor, die quer durch die Zeit fallen, deren Flugbahnen sich in der Luft einen Moment lang exakt gleichen, die einen Moment lang beieinander sinken, dann bin ich ganz kurz beinahe glücklich.

Würde mich heute aber jemand fragen, warum ich über Schnee schreiben will, würde ich vermutlich nichts zu sagen wissen als: Weil ich sonst nichts habe. Automatismus. Ablenkung.

Vor mir glänzt jetzt wieder die gigantische Ader von kriechendem Metall, der Freeway, der sich bis zum Horizont fortschneidet, wo der Smog die Konturen aufweicht. Das Licht ist seidig, und die Sonne grell. Es schweben Schmetterlinge und Kolibris wie kleine Gesandte von Zitronenbaum zu Zitronenbaum.

Von den Leuten, mit denen ich hier spreche, Uber-Fahrer, Service Personal, Library Staff, von ihnen geht keine Gefahr aus, was das WARUM betrifft. Mir erscheint meine Art des Lebens hier äußerst uneuropäisch, auch wenn ich nicht genau weiß, was das eigentlich heißt. Ich habe meine gesamte Zeit über hier noch nicht ein annäherndes Gespräch über Persönliches, über Innerlichkeit geführt. Wäre es mir in Deutschland anders gegangen? Wie oft kommen mir die Teilnehmer von Gesprächen auch dort so vor, als würden sich zwei Spiegel gegenüberstehen. Innerlichkeit, gefiltert durch Sprache, eine Illusion. Auch wenn mir dies erst so erscheint, seit ich hier bin, seit ich mich von dem entfernt habe, was die Illusion ermöglichte.

Weit entfernt in meiner Kindheit schneit es noch aus der Kindheit. Wenn ich an damals denke, denke ich an Schnee, schönstes weiches Weiß, das aus dem Himmel geleert wurde, als wollte sich der Himmel nach der Erde hin aufgeben.

Wenn man sich nach oben wandte, schienen die Flocken sich aus dem Nichts zu bilden, als kämen kleine Sterne zum Flackern in den Abend und verglühten schon gleich darauf wieder, und die ständige Erneuerungsschleife der Flocken, wie ein stiller Applaus, ein raunendes Knistern, wenn in meiner Nähe die Kristalle in einen Busch oder ins Gras fielen. Als Kind war die Welt noch leiser, und die Dinge der Natur hatten eine andere Sprache.

Ich meine, wenn ich an meine Kindheit als eine Zeit mit Schnee denke, dann vielleicht auch aus dem Grund, weil der Schnee für mich damals nichts Gefährliches hatte. Wäre ich im nördlichsten Russland oder in Alaska aufgewachsen, würde ich mich dann an meine Kindheit erinnern, als bestünde sie aus endlosen Sonnenstrecken, einzelne wenige Tage, die ich über Jahre angesammelt und zusammengenäht hätte, als wären sie ein einziger langer Sommer?

Wenn ich mich versuche, in konkrete Schnee-Erinnerungen zurückzufinden, sträubt sich mein Geist, es fehlt die Spur, die mich zurückführt, es scheint, als hätte es immer schon geschneit, als hätte es nie einen ersten Schneemoment in meiner Kindheit gegeben. Das macht mich jetzt fürchterlich traurig, weil es den Schnee aus der Zeit meines Lebens heraushebt und zu etwas Unzeitlichem macht, etwas, das also gar nichts Wirkliches sein kann.

War einmal ein erster Moment, in dem ein erster Mensch, unter allen Menschen der Erde, zum allerersten Mal eine Schneeflocke sah? Diesen Moment muss es gegeben haben, nicht? Irgendwo muss er aufbewahrt sein. Wenn auch im Vergessen (BLACKSHAW).

Irgendwo im Theater meiner Erinnerung gibt es jedoch einen leeren Punkt auf der Bühne, der von einem Scheinwerferring ausgeleuchtet ist, und umgeben von Dunkelheit schneit es in dieser Stele aus Licht für alle Zeit, und dieser Lichtort ist der Moment in meinem Leben, als das erste Mal vor meinen Augen Schnee fiel. Ich stelle mir vor, dass ich diesen Punkt einmal wiederfinden und noch einmal wiedersehen könnte, wenn auch diesmal als Beobachter des Kindes, das ich war, und ich würde diesen Moment bewusster erleben, wenn auch nicht wie das erste Mal. Doch dieser Ort ist ortlos und sprachlos. Wie könnte ich dann jemals wieder an ihn zurückkehren?

Ich sehe ein Kind in einem Schneeanzug, er ist dunkelblau oder braun, ich trage eine Kapuze oder eine Mütze und Fäustlinge, die aussehen wie die Piktogramme eines Fisches. Ich muss gelächelt haben. Gab es diesen Moment vielleicht als Fotografie? Ich werde traurig, wenn ich mir vorstelle, dass ich lächelte und dass dieser Moment verschwunden ist. Ein Knall, ein Schlag, der Scheinwerfer ist aus.

ENJOY YOUR WORRIES, YOU MAY NEVER HAVE
THEM AGAIN · THE BOOKS

Eines der wenigen Bücher, das sich in der Blackshaw-Sammlung befindet, ist das dünne Bändchen der evangelikalen Anonymen, das ich bereits einmal faksimiliert-digitalisiert lesen durfte: *Snow-Flakes: A Chapter from the Book of Nature.* In diesem Buch, das ein Kapitel aus dem Buch der Natur sein soll, befindet sich vor dem ersten Kapitel eine Predigt, die ein verkündigendes Preisen des Schnees darstellt, und jeder einzelnen Schneeflocke wird darin eine gottgesteuerte und gottgewollte Bewegung untergejubelt: *Was außer unendlicher Macht wäre befähigt, all die Wirkung und die Werkzeuge zu erzeugen, die notwendig sind für die Erschaffung einer einzigen Flocke Schnee?*

Jetzt liegt das von Blackshaw mit Bleistift annotierte Buch in seiner Ausgabe im Original, angeschrägt und gehalten von zwei kleinen schwarzen Schaumkeilen, vor mir auf dem Tisch und unter meinen Augen. Die Seiten werden gehalten von jenem kleinen samtenen Stoffwürstchen, in dessen Innern sich eine Bleischnur befindet, gehalten von jener behutsamen Seitenbeschwererin, der *book snake*.

Vor jedem Kapitel des Buches gibt es zwei weiße Seiten, die Blackshaw jeweils mit wilden, assoziativen Notizen übersät hat. Vor dem Kapitel über die Erschaffung der Schneeflocke durch Gott schreibt er: *Idee, dass G[ott] die S[chnee]F[flocke] erschuf = großartig! Wenn ohnehin alles von G[ott] kommt, wäre dieses Argument unnötig. Dass G[ott] aber in dieser kleinen weißen Sache wirkt, kann nur 2 Dinge bedeuten: G[ott] ist so groß, dass er in allem, auch im Kleinsten ist – – – oder, G[ott] ist so unbedeutend, dass noch das Kleinste zur Rechtfertigung beigeholt werden muss.* Hinter die Notiz hat er kleine Schneeflöckchen gemalt.

Wann hat er diese Notizen angefertigt? Als er schon alternd und allein in seiner Hütte im Schnee war? Passen diese Schneeflöckchenzeichnungen dazu? Ist man irgendwann zu alt für derartige Kritzeleien? Und warum hatte er gerade dieses Buch bei sich? Nach allem, was ich bisher über ihn herausfinden konnte, war Blackshaw kein gläubiger Mensch. Seine sonstigen Notizen sind religionsentleert, die Dimension des Heiligen scheint ihm fremd oder scheint ihn nicht zu interessieren. Auch Waters bleibt, was Blackshaws Religion betrifft, größtenteils vage.

Blackshaws Vater hieß A. Dougal Blackshaw. Einer der winzigen Punkte, an denen Blackshaws Biograf Leyton Waters eine eigene Unsicherheit aufscheinen lässt, betrifft die Initiale A. im Namen von Blackshaw *père. Sein Rufname*

›135‹

war Dougal, schreibt Waters, mutmaßt dann aber, ohne zu erklären, was die Gründe für seine Vermutung darstellen könnten: *vermutlich aber stand das A. für Ailpein, eine gälische Variante des königlichen Namens Alpin. Bis ans Ende seines Lebens wird diesen König eines Vaters nichts mehr vom Thron der Wichtigkeit stoßen, die Ailpein Dougal für seinen Sohn darstellte.*

Den Stil der Passage nicht einmal kommentierend, erstaunt mich, dass er auch hier wieder in das Schlupfloch der Schlussfolgerung über das Lebensende abtaucht, und erneut glorifiziert er, ohne irgendeine Quellenlage zu erläutern, die Bedeutung des Vaters für Blackshaws Leben. Woher weiß er all das, wenn er keinen Zugang zu diesem Nachlass besaß, den ich hier vor mir habe? Selbst diese reiche Anzahl an Papieren erhellt viel zu wenig über Blackshaws Leben. Allerdings kommt mir sofort der Gedanke: Vielleicht war Waters ja gerade deshalb in einer besseren Position, um über Blackshaw zu schreiben. Sein häufig banaler Behauptungsstil geht mir trotzdem auf die Nerven. Er sieht erratische Verbindungen, wo sie nicht offenbar sind, und zieht vorschnelle Schlüsse, wo ich mir mehr Offenheit gewünscht hätte, um anders ins Denken über Blackshaw zu kommen. Sicherlich ließe sich eine Erforschung betreiben und eine Geschichte erzählen, warum Waters genau auf diese Weise über Blackshaw schrieb. Allein, Blackshaws Geschichte zu erforschen genügt mir für dieses Frühjahr. Ich brauche nicht noch einen weiteren toten Menschen für meine schlaflosen Nächte, vielen Dank.

A. Dougal Blackshaw war ein Presbyter, der aus Schottland nach Troy, eine Stadt am östlichen Ufer des Hudson River im Staat New York, gekommen war. Dort hatte er eine Tochter von Aschkenasim geheiratet, die als erste amerikanische Generation von Juden im Chicago der 1840er Jahre aufgewachsen war. Seine Ehe mit Hannah Glazer schien Dougal Blackshaw – nach Waters' Einschätzung – auch eingegangen zu sein, um nach Aberdeen einen Brief schreiben zu können, der wochenlag unterwegs und durch Dutzende von Händen gegangen war, nur um dann mit einem einzelnen kleinen Briefpapierchen in Schottland anzukommen und bei Kerzenschein in einer modrigen, knochenkalten Stube geöffnet und gelesen zu werden. Waters erzählt, der Brief habe *eine seitenlange Schilderung des miserablen Wetters im Winter von Chicago umfasst*, nur um dann mit den Worten zu enden: *Nevertheless: I married a Jew. Yours Aye, Dougal.*

Ihren einzigen Sohn, Gabriel Gordon Blackshaw, zogen die beiden scheinbar nicht religiös auf. Ich frage mich, ob dies in Verbindung mit Kalifornien steht, wo die jungen Eltern bereits vor Gabriel Gordons Geburt hingezogen waren. Kalifornien wirkt auf mich größtenteils unreligiös, obwohl ich die Wahrheit darüber schlicht und einfach nicht kenne und daher nicht mutmaßen werde wie Waters. Kirchen gibt es genügend, statt Glocken haben manche in den Glockentürmen lediglich zwei gut ausgerichtete Lautsprecher, sie hocken in den Ecken des Turms wie Fledermäuse und schreien Glockenschläge vom Band über die Palmenboulevards hinaus. Vom Bus aus sah ich vergangene Woche auf einem Schild vor einer lutherischen Kirche auf dem Sunset Strip die Worte GOD DOESN'T BELIEVE IN ATHEISTS ... THEREFORE ATHEISTS DON'T EXIST. Letzter Strohhalm.

Wer kann es einem schottischen Händler, der in die Neue Welt auswandert, verübeln, gegen genau diese kleindenkerische und halsstarrige Positur in die alte protestantische Heimat zu melden: *Nichtsdestoweniger: Ich habe eine Jüdin geheiratet.*

Umso erstaunlicher ist es, dass Dougals unreligiöser Sohn

in seinem Pestjahrbuch an einer Stelle keine anderen Worte als religiös flektierte findet, als er an einem sonnigen Tag im ärgsten Monat plötzlich von einem *Glitzerregen vor dem Sonnenlicht* überrascht wird, während er gerade vor seiner Hütte Holz gehackt hatte. *Zuerst hörte ich ein Knistern in der Luft, als wäre die Luft selbst so kalt und trocken, dass sie aus ihrer Unsichtbarkeit heraus- und auseinanderbräche, und ich vernahm das leise Tappen auf dem Schnee selbst, der mich umgab, doch ich schrieb es einem der kleinen Tiere zu, die mich hier besuchen kommen. Erst als ich mich umdrehte, um mir die Schneekristalle aus Bart und Brauen zu wischen, sah ich, wie durch den sonnenhellen Tag der Schnee glitzerte. Es schneite! Während die Sonne schien! In fast fünfzig Jahren habe ich nie etwas Vergleichbares gesehen, und ich konnte nicht anders als zu denken: Ein Wunder! Ich schaute nach oben und sah, dass einige Wolken gerade über mir hingen, ohne jedoch die Hütte in Schatten zu legen, und ein leichter, tonloser Wind muss die Schneeflocken sanft zu mir herübergeweht haben. Mich überkam mit einem Mal ein tiefes Gefühl von Verbundenheit mit diesen Goldkörnchen, die durch die Luft geflackert kamen. Als ich ihnen lange beim Fallen zusah, schien es mir, als hörte ich aus ihnen eine seltsame Musik singen, und jedes unmerkliche Aufkommen jeder Flocke aus dem Nichts schien den festen Boden, auf dem wir gefangen sind, endlich aufzuschmelzen, und es geschah etwas, das aus dem Himmel kam.* [Das von Blackshaw verwendete Wort für *Himmel* ist hier nicht das säkulare *sky*, sondern das religiöse *heaven*.] *Es schien, als stünden die Schneeflocken eine lange Zeit still, gleich einer Fotografie, doch als könnte ich jetzt in dieser Fotografie umhergehen wie durch einen Raum, und dabei endlich alles, was am vergänglichsten scheint, in größter Ruhe und mit größter Genauigkeit betrachten. Ich wagte*

›138‹

nicht, mich zu bewegen, und beobachtete sehr lange den Stillstand dieser Goldkörnchen des Schnees. Die Zeit stand still, und danach kommt der Tod.

Waters vermutet, Blackshaw habe im Laufe seines letzten Jahres den Verstand verloren. Der in dieser Passage zwei Mal auftauchende Ausdruck der *Goldkörnchen* erscheint mir wie ein Echo eines Kapitels aus dem Schneeflockenbuch der American Tract Society, wo die Rede von Wasserdampf ist, der von der Erde in den Himmel steigt, um sich dort zu Schnee zu verwandeln. Die Transsubstantiation des Wassers. Die Tröpfchen des Wasserdampfes werden beschrieben als Dunst, der aufsteigt *like gold, in grains and nuggets*. Der Philologe in mir (gibt es einen Philologen in mir?) möchte dieses Echo des Buches *Snow-Flakes* zur Beweisführung hochargumentieren und nachweisen, dass Blackshaw das Buch während seiner Zeit in den Selkirk Mountains bei sich hatte und studierte und vielleicht deshalb zu diesen Beobachtungen kam.

Doch wem wäre damit gedient? Wen interessiert es, was irgendein vergessener eingeschneiter Sonderling, der für die Verlaufsgeschichte der Welt gänzlich unbedeutend ist, während seiner Zeit der *snow-seclusion*, der Schnee-Abgeschiedenheit, auf seine sich langsam zersetzenden Legal Pads geschrieben und in sein sich langsam auflösendes Hirn hineingelesen hat?

WHAT WE DO MATTERS · THE MANTLES

An einem verkaterten Tag schleppe ich mich, einen Smoothie und einen Salat auf meinem Tablett balancierend, durch die Kantine, und als ich meinen Blick durch die lauten Reihen der Mittagessenden schweifen lasse, sehe ich am Ende des

Raums, vor dem Fenster, Matt sitzen, sein Fellow-Ausweis rot glänzend auf seinem kleinen Bauch liegend, das Smartphone vor dem Gesicht.

Ich entdecke einen freien Tisch etwas entfernt von ihm und schlängle mich durch die Polohemd tragenden Mitarbeiter mit ihren Turnschuhen, alle tragen sie Turnschuhe, und die meisten Khakihosen, meine Augen auf Matt gerichtet, mein Rucksack verfängt sich an einem Stuhl, es fällt mir mein Besteck vom Tablett, als ich, chaplinhaft, nach der umfallenden Smoothieflasche greife. Außer Matt guckt fast niemand, und er winkt mich lächelnd zu sich herüber. Als ich vor ihm stehe, schiebt er mir mit dem Fuß unter dem Tisch den Stuhl zurück.

Er hat einen Burger mit *curly fries* vor sich und eine geöffnete Dose Bier. Vielleicht ist er doch ganz nett. Harmloser Smalltalk, nichts über Schnee. Er sagt, Liz habe sich erkältet. *Wir sehen uns hier seltener als zwischen San Diego und Toronto.* Er lacht, aber wirkt seltsam hoffnungslos ohne Liz, sein Haar ist zerzaust, er ist unrasiert und sieht müde aus.

Wie kriegt Ihr das überhaupt hin?, frage ich.

Mit dem Flugzeug.

Jede Woche?

Ja. Er hat die obere Hälfte des Burgers aufgeklappt und fummelt jetzt etwas widerlich die Tomate aus der Mayonnaise. *Viele Bücher im Flugzeug. Und Podcasts.* Der Burger schließt sich. *Manchmal standen wir aber hier schon länger im Stau, als wir im Flugzeug saßen, um den andern zu besuchen.* Ich lache, kann es mir aber nicht vorstellen. *Für Liz ist es schlimmer als für mich. Immer in irgendwelchen Verkehrsmitteln zu sitzen, nie richtig angekommen sein. Außer die paar Monate über den Sommer. Mir macht es nicht so viel aus.* Er zuckt mit den Schultern, aber so, als zucke er sie in sich hinein. *Mir ist das egal, ich kann stundenlang rumsitzen, tagelang. Das ist für Männer sowieso leichter, oder? Wir verbringen unser ganzes Leben auf unserem Hintern, oder? Aber Liz hat schon darüber nachgedacht, sich einen anderen Job zu suchen. Erwachsenenbildung.* Er sieht mich beim Reden fast nicht an, was nicht unhöflich wirkt, sondern eher so, als wäre dieser oberflächliche Einblick in das Leben der beiden die Andeutung einer viel tieferen Kluft, die zwischen ihnen schon sehr oft mit Sprache überdeckt wurde.

Er schmiegt seinen großen Mund um das Brötchen, es sieht aus, als greife eine dickfingrige Faust um das Maul eines Pferds, eine Assoziation, die sich mit seinen Worten verbindet, *we literally spend our entire lives on our butts, eh?* Zögerlich frage ich, ob er schon einmal von dem Fotografen Gabriel Gordon Blackshaw gehört habe.

No, never heard of him, und ich sehe, was der Mund kaut. *Lebt er hier?*

Sein Werk, sage ich. *Er ist tot.*

Mit beiden Händen hält er, Ellbogen auf dem Tisch, den Hamburger vor sein Gesicht, doch beim Reden scheint er damit auf mich zu deuten. *Hat er auch was mit Schnee zu tun?*

Ja. Es entsteht ein unbehagliches Schweigen. Aus einer Ecke der Kantine meine ich, einige Worte Deutsch zu hören. Ich sehe mich um, aber sie kommen nicht wieder.

Matt sagt: *Wie machst du das mit dem Schnee? Guckst du dir auch Filme und Serien an? Jon Snow?* Ich schüttle einmal leicht den Kopf. *Game of Thrones?* Ich reagiere nicht. *Er hat deinen Namen.*

Nein, ich heiße Jan, nicht Jon. Er nickt, als wäre es ihm egal. In der Mitte seines dunkelblauen Shirts, vorm Brustbein, hat sich ein kleiner Schweißfleck gebildet.

Als es still ist, und sich unsere Blicke treffen, lächelt er mit einem lieben Blick. LA *Crash, den musst du aber kennen, oder? Da schneit es. Hier in LA.*

Ich antworte schmallippig, einsilbig, stochere in meinem Salat herum.

Er fragt, wo aus Deutschland ich herkomme. Er habe Bekannte an einer Kunsthochschule, aber er wisse nicht, wie die Stadt heiße, irgendwo in der Mitte. Habe ich die Gelegenheit zum Lügen, dann lüge ich, ich lüge, wenn man mich nach meinem Beruf fragt, ich lüge, wenn man mich nach meinem Wohnort fragt, ich lüge manchmal sogar, dass ich meine Doktorarbeit noch nicht fertiggestellt habe, wenn ich Wissenschaftsfeindlichkeit spüre, und ich lüge über meine Herkunft. Es sind nie größere lebensverändernde Lügen, nur kleinere Spurkorrekturen, Details, die, hätte ich aus ihnen heraus mein Leben leben müssen, selbstverständlich zu einem anderen Leben, einem anderen Selbst geführt hätten. Ich lüge, ich komme aus dem Norden, vom Meer. *Deshalb fühle ich mich hier auch so wohl.*

Nach dem Essen besorgt sich Matt einen Zahnstocher.

Später geht mir durch den Kopf, dass er auf meine Frage, woran genau er gerade arbeite, geantwortet hatte: *Mehr desselben, wie immer, oder?* Während ich durch die schneckenförmig gerollten Gänge zurück runter ins Fotoarchiv gehe, frage ich mich, ob ihn auch grundlegende Fragen beschäftigen und nicht bloß Forschungsfragen, die mir mehr und mehr wie Ablenkungsfragen vorkommen, ob ihn auch alles überfliegende Fragen interessieren, Fragen, deren erste existenzielle Station ist, was man überhaupt in einer wissenschaftlichen Disziplin sucht, was man dort zu suchen hat, Fragen, die in der Abwärtsspirale manchmal mit der Frage enden, was man überhaupt am Leben soll. Mein erster Impuls ist zu denken, dass jemand, der sagt, sein nächstes

Buch sei *more of the same*, diesen Fragen vermutlich nicht allzu viel Aufmerksamkeit widmet. Wissen kann ich das aber nicht. Vielleicht geht es ihm gerade so schlecht wie mir, und es gibt allein keinen Weg, darüber zu sprechen, schon gar nicht zwischen zwei Männern, die sich auf ihren Hintern gegenübersitzen, der eine mit seiner Zunge auf Tiefenbohrung zwischen seinen Zähnen gehend, der andere mit einem Kopfschmerz, als hätte man ihn in der Nacht verprügelt.

Trotzdem frage ich mich, wann es anfängt, dass die Menschen so leidenschaftslos werden, dass eine Art Häutung einsetzt und sie ihr einstiges Brennen, ohne das sie es doch nie geschafft hätten, eine Abschlussarbeit, ein Buch, fertigzustellen, wann sie ihren Sinn fürs Staunen, die erratische Begeisterung, ablegen und nur noch wartende Maschinen werden oder, wie vielleicht Matt, Kreaturen des Kopierens. Ist der Anteil dieser Menschen in wissenschaftlichen Berufen höher? Sicherlich nicht. Doch ihr Auftreten fällt hier deutlicher ins Gewicht. Die Asche, zu der sie werden, rieselt schwerer im wissenschaftlichen Feld. Weil ohne Feuer Wissenschaft völlig unmöglich ist.

Manchmal verknotet sich etwas in meinem Innern, wenn ich über den Zustand der Geisteswissenschaften nachdenke, über den Zustand der Geisteswissenschaften in mir, denn ich bin kein Gewinner der wissenschaftlichen Welt, und ich werde traurig, wenn ich bedenke, dass ich eigentlich nie etwas anderes wollte, als unter Geisteswissenschaftlerinnen und Geisteswissenschaftlern zu leben, da ich sie immer als Geistesverwandte betrachtet habe, die Geistesmenschen im Allgemeinen, Menschen, die ihre Zeit ins Stundenglas der Lektüre gehen lassen, die sich der Erforschung von Ästhetik widmen. Warum aber sind in der Praxis so viele von ihnen bloß so entsetzlich gelangweilt, so zaghaft und so unglücklich?

Forschung braucht neben Mut für die großen Fragen, ohne Aussicht auf einfache Antworten – oder auf Antworten überhaupt –, auch Kurzsichtigkeit und Konzentration, und vieles bleibt eben lange – oder für immer – versteckt oder verloren, verhüllt oder verkannt, wenn es nicht durch den Lupenblick der Obsession betrachtet wird, und die Obsession braucht an der Hand eben leider häufig die Neurose. Dabei gilt es nicht zu vergessen, dass Neurosen das Ergebnis von Verletzung sind – und es gibt so viel Traurigkeit an wissenschaftlichen Orten, ausgekehrte, ausgekühlte Büros, in denen ausgekühlte, ausgekehrte Menschen sitzen, schlecht bezahlte und sogar unbezahlte Verlorene, die ihre Traurigkeit unterdrücken zu Angst, anstatt sie zu kanalisieren in Richtung Leidenschaft oder Zorn. Während die Welt in den Zorn wegbricht. Vielleicht bräuchte es eine wütende Wissenschaft, so wie es einst hieß, es bräuchte eine fröhliche. In den Instituten, in denen ich arbeitete, fand ich in jedem Fall weder Fröhlichkeit noch Freude noch Wut oder Zorn.

DON'T INTERRUPT THE SORROW · JONI MITCHELL

Alles, was man weiß, kann sich so schnell entstauben, wie es verpuffen kann. Der Schnee schmilzt plötzlicher als er fällt, und je weniger es in Zukunft schneien wird, desto schneller wird der gefallene Schnee in die Luft zurücktauen. Der gefallene Schnee auf den Bergen und den schrundigen von Gletschern glattgeriebenen schwarzen Steinen reflektiert das Licht, und im Schnee ist die Kälte, und im Licht ist die Wärme, und wird es weniger schneien, liegen größere Steinflächen wie schwarze Moränen zwischen kaltem Weiß.

Der schwarze Stein verschluckt die Wärme, er nährt sich an ihr und verdrängt immer weiter den Schnee. So wie es in der Jugend der Welt einen Moment gegeben haben muss, als die ersten Schneeflocken aus dem Himmel in die Zeit fielen, in eine unvorstellbare Zeit, die nur in Stein und Sediment gemessen werden kann, als der Schnee aus einem unvorstellbaren Himmel fiel, gefärbt wie in einer anderen Welt, als auf der kühlenden Kruste der Erde ringsum noch nicht ein einziges Herz schlug – so muss es einmal einen Moment geben, wenn die letzte Schneeflocke gefallen sein wird. Wird es bald sein? Wird es Menschen geben, die sie fallen sehen? Wird es Augen geben, ungeheuer dunkle und geduldige Augen, von Tieren, die sich wider alle Möglichkeiten anpassen konnten, das Hermelin, der Polarbär, werden sie schwarz geworden oder werden sie Relikte einer verlorenen Erinnerung sein, die niemand mehr vergessen kann, weil es nichts mehr gibt, was das Ende des Schnees erleben wird, werden die letzten leisen Flocken zu Boden taumeln wie müdes Konfetti in einem leeren Ballsaal, bis nur noch die geduldigen Pflanzen sich im brennenden Wind der nachkommenden Zeit schütteln und warten, bis letztendlich auch sie fallen?

Der Planet wird geiziger mit seiner Kälte. Seit 1850 ist die Hälfte des Gletschereises auf dem europäischen Kontinent geschmolzen. Wer mit mir meine heutige Zeit teilt, wird enorme und erschütternde Massen von Schnee und Eis verschwinden sehen, solange unsere Herzen noch nebeneinander hinschlagen. Erst nach der Stille unserer Herzen wird der Planet vielleicht heilen. Und der Schnee? Wird er zurückfallen, bis die Sonne die Erde verschluckt? Dann wird der Schnee nur noch in anderen Galaxien fallen. Wundervoll und fremd – *seltsam* – muss er dort sinken, wo ihn niemals ein Auge der heutigen Erde wird sehen können.

Bis es so weit ist, wird die erstaunliche Halsstarrigkeit des Menschen die Schneekanonen durchladen und den bläulicheren sogenannten *technischen Schnee* über die Olympischen Winterspiele schießen, damit sich Werbung und Doping bis auf Weiteres lohnen.

Einige Wissenschaftlerinnen und Wissenschaftler sehen für den aufgewärmten Planeten allerdings zunächst sogar eine Zeit des extremeren Schnees bevor. Der wärmere Planet setzt den Atlantik wie auf eine Herdplatte, und wärmere, feuchtere Luft steigt in die Atmosphäre. Diese befeuchtete, aufgewärmte Luft erschafft bei Kollision mit kälteren Luftmassen einen Himmel im Himmel für unerschöpfliche Schneemengen, die sich über den Städten und Dörfern entleeren, wie die Bewohner der amerikanischen Ostküste in den letzten Wintern schon erschreckend erleben mussten, als die weißen, gehärteten Wassermassen wie endlos wachsender Schaum die Straßen übertürmten, die Flughäfen zum Stillstand zwangen und parkende Autos in ausgebeulte, kissengleiche Gebilde verwandelten. *The World in Winter*.

Und wie die Menschen in John Christophers apokalyptischem Science-Fiction-Szenario in die wärmeren Regionen Afrikas flüchten, um der neuen Eiszeit zu entkommen, werden die Bewohner der wärmeren Länder in die Schneeländer fliehen. Die Zukunft der Menschheit ist, wie ihre Vergangenheit, eine Zeit von Flucht. Wenn es die Weißen sind, die fliehen müssen, wird man etwas unternehmen, als hätte man nicht gewusst, dass es längst zu spät ist, und ein wenig geschieht es ihnen dann beinahe recht. *Good riddance*. Mir werden die Menschen nicht mehr leidtun. Ich werde sie nicht vermissen, ich werde mich nicht vermissen. Die fürchterlichste Spezies der Erde ist meine Spezies. In einem der Frisch-Fragebögen heißt es: *Sind Sie sicher, dass Sie die Erhaltung des Menschengeschlechts, wenn Sie und alle Ihre Bekannten nicht mehr sind, wirklich interessiert?*

Während ich diese Gedanken durch mich hindurchgleiten lasse, schaue ich von meinem Krähennest im Zitronenhain erneut über das bräunliche Smogband über dieser Stadt, die jetzt seit mehr als fünf Monaten mein Zuhause ist. Ist sie das, mein Zuhause? Kann ein schöner Ort ein Zuhause sein? Ist dieser Ort schön?

Etwas Wind durchknistert die Zitronenblätter und bringt mir den lieblichen Duft der Blüten in die Nase. Ein wenig fühle ich mich, als tue mir etwas leid.

Wie viel grüner diese Stadt ist, als ich immer geglaubt hatte. Die Autos funkeln die hellen Schneisen der Freeways bis zum Horizont davon. Es wird enden. Dies. Dies hier. Alles. In Ordnung. *Bring it on.*

Ich gehe auf den sonnendurchströmten Glaskasten der Community Lounge zu, der Schotter knistert unter meinen Schritten. Ich bemerke, dass mir nichts leidtut und ich stattdessen wütend bin. Ich empfinde Wut und sogar Hass auf diese Welt, meine Welt, aus der du dich zurückgezogen und mich allein gelassen hast. Weil der eine Mensch meine Welt war – verabscheue ich deshalb nach diesem Menschen die Welt in Gänze? Vielleicht. *Nach diesem Menschen.* Traurige, beinahe obszöne Worte, und Worte, die nicht ganz richtig sind, doch wie oft soll ich noch *nach uns* sagen? Diese Worte sind *nicht ganz richtig.* Ein Ausdruck, mit dem man auch Wahnsinnige bezeichnet. Wahnsinnige Worte. Alle Worte. Und noch bevor ich die Tür zur Community Lounge aufmache, fällt mir plötzlich ein, als schlösse ich damit diese Gedankenrunde hier draußen ab, es fällt mir ein, dass mir naturgemäß doch etwas leidtut, nämlich ich selbst, und dass ich mich jetzt dafür hasse, und mit mir alles, was ich aus mir heraus wahrnehme. Frisch fragt: *Wem gönnen Sie manchmal Ihren eigenen Tod?*

Wie schön es wäre, diese Welt zu überwinden, wie schön es wäre, mich zu überwinden, mich auf das in der späten Sonne leuchtende Kacheldach von Richard Meier zu stellen, mich auf den gekalkten Vorplatz zu stürzen und zwischen irgendeinem fetten Touristen und seinem Selfiestick zu Tode zu kommen. Zu aufwändig: Ich könnte einfach eine Haltestange im 734er Bus ablecken oder mich in eine der Heroinspritzen am Venice Beach fallen lassen. Vor der Glasfront der Lounge bleibe ich stehen, bewege meine Hand durch die warme Luft, als bewegte ich mich in dieser Wärme langsamer. Das goldene Licht in einem Schnipsel Sonne vor der Glastür gleitet über meinen Handrücken, funkelt durch die kleinen Haare, ich sehe die blasse Spiegelung meiner Hand im Türglas, wie sie nach dem Griff greift und zögert, in der Luft einfriert, gerade so wie in Blackshaws Vorstellung der Schnee. Ich stehe still. Denn der Blick ist längst weiter. Hinter meiner fahlen Spiegelung im Glas zur Community Lounge bewegt sich, gespenstisch stumm und scheinbar ohne mich zu bemerken, eine junge Frau. Ihr lockiges Haar ist hochgesteckt. Zuerst denke ich, es sei Liz, und greife nach dem Türgriff, doch als hätte sich etwas von Liz entschleiert, sehe ich, sie ist es nicht. Diese Frau sieht sehr schön aus, es ist eine andere Frau, und wieder stehe ich still, scheinbar noch stiller als gerade zuvor.

Sie trägt eine schwarze Buddy-Holly-Brille und unter einem langen Jeans-Hemd eine enge schwarze Hose und schwarzlederne Ankle Boots. In einer Hand hält sie einen der weißen Pappbecher aus der Lounge und mit der anderen Hand streicht sie sich mit dem Daumen einmal gelassen über die Unterlippe, geht zur Kaffeemaschine und gießt sich Kaffee in den Becher, begibt sich im Anschluss wie auf ritualisierte Weise in die Hocke, ihre Beine sind schön gespreizt in ihrer engen Jeans, und öffnet mit einer flüssigen Geste eine Schranktür in meine Richtung, sodass ein kleines mit einer Etikettiermaschine gestanztes Schildchen sichtbar wird, PANTRY UTENSILS, sie greift eine rohrpostbüchsengroße Streudose heraus, zwei Lockensträhnen rollen wippend aus ihrem Haarnest, sie steht aufrecht, und aus der Dose rieselt, durch denselben Sonnenschnipsel, in dem vor der Lounge auch meine Hand liegt, feiner puderweißer Schnee, zeitlupengleich und sanft sinkt das geflockte Pulver in ihren Kaffeebecher. *There ain't no snow around here, you know?*

Die Eleganz und das vollkommene Selbstverständnis ihres Körpers, diese einfachen, schönen Bewegungen. Niemals war es mir möglich gewesen, einen solch einfachen, natürlichen Bezug zu meinem Körper zu empfinden, und wenn ich mir dafür für die Zukunft die Daumen drücken würde, würden sie doch eigentlich gedrückt von einem Fremden. Ich bin in meinem Körper ein Obdachloser, während diese Frau in ihrem schönen Körper wohnhaft wirkt, zu Hause in sich, und sie scheint auch zu Hause in diesem Gebäude des Instituts, die Community Lounge wirkt auf einmal wie ihre Küche, wenn sie mit diesem Raum und seinen PANTRY UTENSILS auf eine so lässige, selbstgewisse Weise umgeht. Auf eine seltsame Art macht dieses Alltägliche etwas Besonderes aus ihr und bringt auch mich ein wenig gedanklich in diesen Raum hinein wie in ein Zuhause, auch wenn ich von draußen nur hineinschaue in diesen Lichtkasten, in dem ich ein solch schönes Geschöpf sehen darf, das sich beinahe niemals zeigt. Als wäre sie nur ganz kurz aus einem Versteck gekommen in diesen Schaukasten, der durchfiltert ist mit dem letzten Licht des langen Tags.

Ich habe während dieses Ereignisses meine Hand aus der warmen Luft vor der Tür genommen, in meine Tasche gesteckt und mit einer beruhigten Genugtuung zugesehen, wie andere vor einem Gemälde oder einer Landschaft stehen. *The male gaze*: Der Blick eines Außenseiters, eines hässlichen Gnoms, der aus der verpilzten Bracklandschaft die Blumen betrachtet. Und in diesem Moment entdeckt sie mich. Ich meine, ich mache eine Bewegung wie ein Voyeur, der ertappt ist, aus der Reglosigkeit heraus auf die Glastür zu, ich will meine Hand zur Tür strecken, doch sie verfängt sich in der Tasche, und ich muss in diesem Moment hinter dem Glas der Tür ausschauen, gerahmt von den Zargen der Tür, wie ein Freak in einer Ausstellung auf einem Jahrmarkt in einem alten Jahrhundert, ein Geistesschwacher, der PUSH und PULL nicht unterscheiden kann.

Erneut leichtfüßig elegant schiebt sie die Schranktür der PANTRY UTENSILS mit ihrer Stiefelspitze zu und springt mir zur Glastür entgegen. Sie lächelt nicht und sagt, mit einem kristallenen britischen Akzent, nur: *I was sure this door opened from the outside.*

Ich bedanke mich behände, die Hände weiter in den Taschen und nehme mir auch einen Kaffee, riesele ebenfalls erstmals Coffee-Mate-Schnee in mein Getränk und beobachte die Frau aus dem Augenwinkel, die leichten Sitzfalten in ihrem Hemd leicht über dem Po, die zwei geraden Linien der Muskeln ihren Rücken rauf, das weichflaumige Babyhaar im Nacken. Sie setzt sich selbstversunken an einen der Tische, die in der Sonne liegen, im Bernsteinbraun ihrer Augen verfängt sich gläsern einen Moment lang das Licht, und sie liest im California-Teil der LA *Times*. Wieder streicht sie mit der Spitze ihres Daumens nachdenklich über ihre Unterlippe. Beinahe freue ich mich, vielleicht einen Tick erkannt zu haben, was sie, statt einer angenommenen Unvollkommenheit, noch schöner macht und ein wenig so, als würde ich sie kennen.

SOMMER

WINTER DIES · MIDLAKE

In den nächsten Wochen nehme ich an allen möglichen Veranstaltungen am Getty teil, um die schöne Coffee-Maid wiederzusehen. Ich mache bei einer Touristentour der hängenden Gärten von Getty mit, einer ArchitecTour (mit deutschen Touristen, vor denen ich mich in Schweigen verstecke) und einer Tour durchs Konservierungslaboratorium, wo die Archivalien aufgearbeitet werden (mit Matt). Ich lerne sogar das Fitnessstudio für Fellows kennen, in dem eine einzelne Frau in einem bürohaften Raum in einer langen Reihe von Fitnessgeräten auf einem Laufband trainiert. Doch ich kann sie nicht wiederfinden, und auch denke ich nicht, dass sie in geschlossenen Räumen eine Schildmütze auf der Treadmill tragen würde.

Ich stehe jetzt früh auf, wenn der Himmel noch dicht bewölkt ist, um schon morgens auf den Sonnenberg über der Stadt fahren zu können und in der Community Lounge die LA Times zu lesen. Nachdem ich zuvor wie ein junger King Lear durch die dunklen, rundgebauten Gänge mit den Regalreihen voller Fotokataloge geirrt bin, bewege ich mich nun unbewusst etwas sicherer durch die Räume, lerne Abkürzungen zum Café und zur Lounge kennen, kenne die Namen der früheren Fellows, deren Schwarzweißportraits die Wände der Gänge zieren. Christa Wolf kann ich allerdings nirgendwo finden. Und niemals kann ich sie finden, die Frau mit den Locken, deren Namen ich nicht weiß und die daher alle Namen hat. Es kommt mir vor, als fehlte sie mir, obwohl ich sie nicht kenne, und einmal stelle ich mit Schrecken fest, dass ich öfter an sie denke als an dich.

Mittags unter der Sonne lese ich erneut in Christa Wolfs *Stadt der Engel*, wie sie sich in Chandlers Kalifornien ein bisschen vorstellt, selbst in einem kleinen Krimi zu leben (sie liebte Krimis), selbst bald auf Indizien ihres Lebens stoßend, die sie vergessen, verdrängt hatte und erst in der Fremde wiederfand. Weil sie hier eine andere war, und das Urteil über andere fällt leichter.

Es ist, wie es immer ist, wenn ich lese – als wäre noch jemand bei mir. Ich lese bei Wolf, wie sie sich berauschte *an dem Licht, das ich nie, niemals vergessen wollte und von dem ich mir doch nur noch einen schwachen Abglanz heraufrufen kann.* Für einen kurzen Moment wünschte ich, dieses Licht könnte auch mich beleben, doch ich merke, mich lähmt es jetzt. Dennoch, wie ich die kleinen, tief unterschattigen Wolken im Himmel liegen sehe, mit meiner Los Angeles-Playlist in den Ohren und Wolfs Worten über diese Stadt in meinen Gedanken, könnte ich mir beinahe vorstellen, hier zu leben. *Who needs health insurance when you're in a city upon a hill?* Ich verbinde diese Gedanken mit ihr.

HAPPINESS WILL RUIN THIS PLACE · SAN FERMIN

Ich sehe sie das nächste Mal während eines Scholar's Coffee-Treffens im Juli, und finde heraus, dass sie Kunsthistorikerin ist, an einem Genderprojekt arbeitet und aus London kommt. Ihr Name ist Lavinia, sie muss ein paar Jahre älter sein als ich.

Als ich sie stolz frage, ob sie den Song mit ihrem Namen von den Veils kennt, rollt sie auf eine hübsche Weise selbstgefällig mit den Augen. *Of course.* Sie hört mir aber aufmerksam zu – mit ihren wunderschönen Augen –, als ich von Lavinia Greenlaw spreche, von der sie nichts gelesen hat. Ich schwärme von *The Importance of Music to Girls*, schweife ab und liefere einen Exkurs über das Genre des Memoirs: *Als das Buch damals veröffentlicht wurde, wusste niemand, es zu vermarkten, weil es irgendwie etwas zwischen Roman, Essay und Memoir war, aber man es einfach als Non-Fiction angeboten hat. Und es erkannten zu wenige, was die Neuerungen daran waren. Später ist es dann noch mal aufgelegt worden, als das Memoir zum neuen Roman geworden war.*

Ich kann nicht aufhören zu reden, vielleicht weil ich sie in meinem Monolog einfangen will, sodass nicht wieder das Übliche geschieht, *well, it was nice to meet you, but* – doch während ich spreche, wirkt sie nicht uninteressiert, ihr Blick aus ihren rehbraunen Augen fällt zwei Mal auf meinen Mund, und ich frage mich, ob sie dort vielleicht etwas sieht, was ihr gefällt. Als ich fertig bin, sagt sie: *Es ist erstaunlich, dass du gar keinen Akzent hast.*

Flattery. Ich bin hingerissen, sage: *Es ist erstaunlich, dass du einen so schönen Akzent hast.* Plump, denke ich später, die Worte eines andern aufzunehmen, sie als leicht modifiziertes Echo zurückzuspielen in der Hoffnung, sprachlich Verbindungen herzustellen, wo es keine gibt. Es ist dennoch erstaunlich, wie viel leichter und flüssiger Komplimente in der Fremdsprache aus dem Mund fließen, wie wenig die fremde Sprache von Klischee beschwert ist, während Schmeicheleien in der eigenen Sprache so kantig auf der Zunge liegen, als müsste man Worte aus Holz sprechen. Es ist erstaunlich, wie schön sie aussieht, wenn sie lächelt.

Ihr Daumen ist ein kleines Insekt, das auf ihre rosaglänzenden Lippen sinkt, dort einen Moment lang reglos verweilt, sich einem leichten Zittern ergibt und wieder verschwindet.

Ein Tick, den ich in diesen neuen Wochen des Sommers öfter sehe, und gerne würde ich den Ort dieses Ticks küssen, die Stelle, wo dieses kleine Insekt so leichtfertig tun kann, was mir dort verboten ist.

CALIFORNIA ENGLISH · VAMPIRE WEEKEND

Aus irgendeinem Grund ist sie nicht abgeneigt, mit mir an einem Samstagmorgen nach Downtown zu gehen, wo wir an der saisonal geschlossenen Angels Flight vorbeigehen. Die kleine Standseilbahnstrecke steht noch still bis September, die keilartig angeschrägten Waggons, rotbraun und schwarz in der Sonne leuchtend, sehen seltsam leblos aus – ein Vergnügungspark im Winter. Der Maienschein filtert durch die Blätter und besprenkelt leopardengleich die Gehwege mit Sonne und Schatten. Es ist noch nicht zu heiß, und sie trägt eine Jeansjacke über ihrem hellblauen Leinenkleid, eine große Anna Karina-Sonnenbrille sitzt in ihrem lockigen Haar.

Ich zeige Lavinia das Bradbury Building von 1893, und sie erinnert sich an *Blade Runner*, den ich nie gesehen habe. Das kühle Licht, das durch die Dachfenster scheint, das glänzende Holz und die dunklen Stahlaufzüge. Eine ganze Stadtkultur, die hier aussieht, als käme sie aus Raymond Chandlers Schreibmaschine. *Feels nice to live in the past for a little bit, doesn't it?* Ich sage, ja, bin mir aber nicht sicher.

Draußen, in der warmen Luft des Tages, kaufen wir bei einer Latina mit einem Obststand eiskaltes Wasser, und Lavinia fragt mich, wo ich lebe.

Hier oder zu Hause?, frage ich. Sie lächelt mit leicht wissendem Blick. *Hier in* LA *oder in Deutschland? Ich habe einen kleinen Bungalow in Santa Monica.*

Also nicht in LA, sagt sie, und nach einem Moment: *Ich bin noch nie in Santa Monica gewesen.*

Ich schnappe sofort zu und biete ihr eine Führung durch Santa Monica an, sage, man könne dort viel besser zu Fuß gehen als in LA, worauf sie nur sagt, man komme doch hier in Downtown auch ganz gut zurecht.

Der Tag wird bald heißer, sie zieht ihre Jeansjacke aus und dehnt dabei ihren jungen Körper, sodass ich sehen kann, sie trägt offensichtlich keinen BH unter ihrem Kleid. Ich spüre ein leises Zucken im Schritt. Auf der Innenseite ihres Unterarms, gerade von der Armbeuge bis oberhalb ihres Handgelenks verläuft ein Tattoo, ein einfacher schwarzer Balken, zwei Fingerbreit, wie eine Zensurlinie in einem schönen Text. Welch ein Mensch hat ein solches Tattoo? Wie ließe sich ein solch schwarzer Streifen in der Haut lesen? Versteckt sich etwas darunter, der Name eines Exfreunds? Oder das Geständnis eines Verbrechens? Wie liest man einen Text, der geschwärzt wurde?

Der Balken übt eine geheimnisvolle Faszination auf mich aus, immer wieder verhakt sich mein Blick daran. Doch ich weiß nicht, ob mir die Tinte in ihrer Haut gefällt. Ein flüchtiger Gedanke: Würde ich mich dafür schämen, wenn ich sie meinen Freunden vorstellen müsste? Erst viel später: Welchen Freunden?

Lavinia erzählt, sie wohne hier bei Bekannten in Silver Lake, in einem silbernen Airstream, den ihre Freunde im Garten zu einer Airbnbleibe umgewandelt haben.

Was ist das, Airstream?

Ein Camper eben, sagt sie und klingt dabei etwas genervt, allerdings könnte das auch nur an ihrem britischen Akzent liegen. *Ein Trailer, ein Caravan.* Sie summt leise Van Morrison, fällt aber nicht ins Singen. Ich fühle mich wie ein Kind, ein Fremder, dem zu laut sprechende Einheimische mit Synonymen aushelfen müssen. Bisher habe ich alles hier verstanden, weil ich ja fast ausschließlich mit mir selbst spreche.

Während wir Richtung Osten driften, zeigt sie mir auf ihrem iPhone, das Glas hat einen spinnwebhaften Sprung, Fotos eines herrlich in der Sonne glänzenden Wohnwagens im Stil der 1960er, sprudelnd umwachsen von grellen Bougainvilleen-Büschen. Jetzt fällt mir auf, dass ihr Lächeln auf der linken Lippenseite intensiver ist als auf der rechten. Gefällt mir das nicht? (Ist es wichtig, ob es mir gefällt oder nicht?) Sie wird entscheiden, ob es mir gefallen darf oder nicht.

Wird es darin nicht wahnsinnig heiß im Sommer?

In Wahrheit eher das Gegenteil, sagt sie. *Ich bin froh, dass jetzt endlich Sommer ist. In der Nacht war es immer so kalt. Im Winter war es fast unerträglich, weil es darin keine Heizung gibt. Ich bin schon seit Oktober in der Stadt.*

Klingt nach nem super Deal, sage ich.

Nun, fängt sie an, langsam, als gefiele ihr das Wort auf ihrer Zunge, *jetzt werde ich ja gewärmt.*

Von wem?

Sie zieht behutsam ihre Stirn kraus, ein leichtes Lächeln: *Von was?*

Bitte?

Von was?, sagt sie, höflicher, als ich es erwartet hätte. Ihr Blick wirkt mit einem Mal offener, vielleicht beinahe etwas verletzlich, oder etwas naiv. *Du fragtest* von wem, *aber es muss heißen* von was. *Von der Sonne.* Das kleine einseitige Lächeln.

Okay, sage ich, an meinem Ton bemerkend, dass ich etwas genervt bin von ihr, obwohl das Ergebnis ihrer Korrektur mir gefällt.

Ich muss einen verlorenen Anschein machen, denn sie sagt: *Du hast grade überhaupt keine Ahnung, wovon ich rede, oder?* Ich schüttle leicht lächelnd den Kopf. Sie lacht mich aus. *Wie schaffst du es alleine durch die Welt?*

I don't.

Der Tag ist heiß, die Sonne liegt schwer auf meinem Kopf, als wir in Richtung Grand Central Market gehen. Einen Moment lang höre ich nur mit halbem Ohr zu, während Lavinia mir von sich erzählt, denn in einer kleinen Entfernung vor uns sehe ich einen Mann apathisch neben einem Einkaufswagen sitzen, der meine Aufmerksamkeit erregt. Sein Einkaufswagen ist vollgetürmt mit leeren Plastikflaschen, eine Mosaik-Burg bunter Farben. Der Mann, barfuß, sitzt auf einer Apfelkiste, vor seinem traurigen Gesicht hält er mit beiden Händen einen Pappbecher. Ich beobachte Lavinia aus dem Augenwinkel und krame als Zeichen meiner Großmut, mit cooler Gelassenheit, einen Quarter aus meiner Hosentasche. Während wir dem Heimatlosen näherkommen, drehe ich das Vierteldollarstück ein paar Mal zwischen meinen Fingern, wo es die Sonne aufnimmt und in Lavinias Gesicht blitzt. Sie lenkt ihren Blick darauf, und beinahe fällt mir die Münze herunter, doch ich überlasse nichts dem Zufall und halte sie ganz fest, bis wir an dem Mann auf seiner Apfelkiste vorbeikommen. Ich blicke auf die schwarzen Ränder seiner Fingernägel, die den Pappbecher umklammern, mein Blick steigt anschließend auf den schlierigen Schmutz in seinem Gesicht, dann wieder runter auf seine dreckigen Füße, und ich lasse meinen Quarter, aus halber Höhe und für Lavinias Augen sichtbar, in den Pappbecher des Mannes plumpsen, wo er dumpf von der Stille verschluckt wird. Sie lächelt mich an, hurra.

Für einige Schritte lang schweigt sie. Hat sie ihre Meinung

über mich korrigiert? Wir gehen einige Schritte weiter, vor uns das Marquee des Grand Central Market und die Hipster-Schlangen vor den Essensständen, als ich bemerke, wie sich auf einmal die Stille verändert hat, ohne dabei von einem einzigen ungewöhnlichen Geräusch gefüllt worden zu sein, eine Enge hängt im Tag. Und dann kann ich plötzlich etwas ausmachen. Schräg hinter uns herrscht jetzt eine harsche Unruhe, eine Art Reißen, das die Luft zusammenzurrt. Es kommt mir jetzt seltsam vor, dass der Quarter so stumm von dem Pappbecher verschluckt worden war. Plötzlich wird mir klar, dass das Reißen in der Luft ein Schrei gewesen sein muss, und hinter uns erhebt sich jetzt eine kehlige, kratzige Stimme: *Motherfucker! My fucking coffee, man!*

Schon steht der Mann bei uns, sein hinter Schmutz und Wut noch immer traurig wirkendes Gesicht ist jetzt ganz nah an meinem, sein fettiges langes Haar hängt wie nasse Algen in seine Stirn. Ich sehe ganz deutlich die rilligen, schmutzigen Fingernägel seiner rechten Hand meinen Oberarm umklammern, und er belehrt mich schreiend, dass er sich gerade erst den Kaffee gekauft habe, und dann kommt da so ein verdammter *hipster fuck* entlang und wirft ihm einen völlig verdreckten Quarter in seinen Kaffee.

And only one, keift er noch nach, mich verwirrend, was nun mein größeres Vergehen darstellt. Ungelenk versuche ich, mich zu entschuldigen, stehe wie festgefroren durch den Klammergriff seiner Hand, und meine Entschuldigung führt nur dazu, dass er noch aggressiver und lauter wird. Aus seinem Mund weht ein süßlich-warmes Geruchsgemisch aus Alkohol und Tabak und Fäulnis zu mir herüber. Seine Zähne sind dick belegt und gelb und einer schwarz. Ich will mich von ihm wegbewegen, worauf seine dreckigen krallenhaften Finger mich nur noch fester umklammern, und da sage ich noch einmal, wie leid es mir tue und dass ich ihm gerne noch etwas mehr Geld anbieten könne. Ein Fehler, auch wenn mich der Mann zunächst sofort loslässt. Allerdings verzieht er jetzt seinen Mund, als läge etwas Säuerliches auf seiner Zunge, was, wie ich gleich herausfinde, auch der Wahrheit entspricht. Denn mitten in mein Gesicht spuckt er mir nun einen dicken, klumpigen Schleim. Ich spüre, wie mir etwas körperwarm und gallertartig über die Oberlippe und in meinen vor Verblüffung geöffneten Mund läuft.

Zum Abschluss zischt er noch einmal: *Motherfucker!* Ich sehe ihn kopfschüttelnd zu seiner Apfelkiste zurücktrotten, sein fettiges Algenhaar schlottert über seinen Schultern, und mit seinen dreckigen Fingern rührt er in seinem Pappbecher herum und fischt meinen Quarter heraus, den er kurz darauf – unfassbar – ableckt und in die Hosentasche steckt.

Ohne ein weiteres Wort zu Lavinia zu sagen, renne ich mit dem Schleim in meinem Gesicht in den Grand Central Market, stürze durch das Geschlinge aus Touristen und Hipstern und Händlern in die verdreckten Toiletten im Keller der Markthalle und wasche mir mit lauwarmem Wasser das Gesicht. Der Ekel ist unsichtbar und bleibt. Einsam stehe ich im Spiegel. Ich habe meinen Mund so wundgewaschen, dass er ganz rot in meinem Gesicht steht. Es wirkt, als ergäben die Mundfalten zusammen mit meinen Lippen ein großes rotes A.

L. A. · ELLIOTT SMITH

Mein Hemd und mein Haar sind noch nass, als Lavinia und ich durch den unklimatisierten Grand Central Market gehen, wie Liebende, selbstvergessene Wesen ohne Zeit. Doch ich fühle mich nicht richtig anwesend, kann nur daran denken, mir irgendwo eine Mundspülung zu kaufen, habe den

Eindruck, der Ekel stünde mir buchstäblich ins Gesicht geschrieben. Der Tag wirkt alt und leer, als hätte ich am Morgen einen Schmerz erlitten, als wüsste ich, es stünde mir am Abend ein Abschied bevor. Als wäre etwas aus mir entfernt worden, gucke ich alles um mich herum genau an, als suchte ich Halt im beobachtenden Blick, die Neonschilder, unter denen wir gehen, Vitrinen wie in einer alten, in die Zeit gefrorenen Fotografie, die Metzgerstände mit den blut- und perlmuttfarbenen Auslagen und die lange Schlange von übernächtigten, engelsköpfigen Hipstern, die vor der Eggslut auf Eier-Sandwiches von tätowierten Verkäufern warten, während ihre Finger über Smartphones schnicken.

Nach einer Weile finde ich mich etwas in den Moment und in diesen Innenmarkt ein, und das Gefühl, ein Aussätziger zu sein, das seit der Spuck-Attacke an mir haftet wie der Obdachlosen-Aids-Rotz, ist ein wenig vergangen. Es ist beruhigend, Lavinias Körper neben mir zu spüren, selbst, wenn ich zu ihrem Körper keinen Zugang habe. Aus dem Augenwinkel beobachte ich sie manchmal, wie schön sie ist, wenn sie selbstversunken vor den Ständen steht und etwas lächelt. Ich kenne diese Frau nicht, und doch gibt sie mir etwas Ruhe, sie macht mich sicherer, der Raum gehört mir etwas mehr, weil sie bei mir ist, weil ich das feine Haar auf ihrem Arm glitzern sehe, wenn er sich unter dem grellen Licht eines Neonschilds bewegt.

Sie fragt mich, ob ich an dem Stand *Berlin Currywurst* essen möchte, und als sie die deutschen Worte spricht, klingt sie noch britischer als im Englischen. Obwohl ich es mir nicht eingestehen möchte, freue ich mich ausgesprochen, dass auf der Speisekarte die Umlaute richtig gesetzt sind. *Leberkäse. Nürnberger.* Als ich wieder zu Lavinia schaue, bemerke ich, dass ich unbemerkt von ihr beobachtet wurde, wieder fällt ihr Blick auf meinen Mund, obwohl ich nichts sage. Sie lächelt nicht. Vermutlich prüft sie nur, ob dort noch der Hepatitis-Schleim von meinem Philtrum pendelt. Undenkbar, dass sie mich jemals auf diesen versauten Mund küssen könnte. Weil sie mir jetzt noch unerreichbarer erscheint, dabei aber noch ganz nahe bei mir ist, bin ich noch wilder vor Verlangen, sie zu berühren und so irgendetwas in mir durch sie zu löschen.

Auf der Straße sehe ich mich paranoid um und erspähe in der Ferne den mosaikbunten Einkaufswagen des Obdachlosen, der selbst aber nicht mehr daneben sitzt. Der leere Käfig eines Raubtiers, das man im Zoo besucht, und plötzlich springt es aus einem dunklen Winkel hervor, und man zerfällt zu Schrecken.

Lavinia sagt, sie lade mich jetzt zu Nudeln bei *Maccheroni Republic* gegenüber ein. Ich frage mich, ob sie vielleicht so einsam ist wie ich. Schönheit als Käfig. Ich sage, sie müsse mich nicht einladen, sie sagt, ich hätte nichts zu sagen. Stimmt.

Unter wangenroten Schirmen in einem kleinen Vorgarten, die Bäume sind berankt mit Lichterketten, die auch am Tag leuchten, trinken wir Weißwein, der in stiellosen (stillosen?) Gläsern aus einer kleinen Karaffe serviert wird. Das italienische Essen ist ausgezeichnet, die Kellner sprechen untereinander Spanisch.

Ich schaue ihr zu, wie sie sich Wein nachgießt, eine kleine Tropfenkugel rollt vom Glas und explodiert auf ihrem Finger, sie leckt ihn ab und sieht dabei unvermittelt über ihre Hand zu mir herüber. Mein Schritt findet heute keine Ruhe.

Sie wirkt nicht wie jemand, der einsam ist, zumindest nicht hier. Mag sein, dass Einsamkeit etwas ist, das sich in den Charakter bohrt, oder etwas, das einem übergestülpt wird wie eine Glasglocke, und nach der Befreiung ist man nicht einfach wieder man selbst, die Löcher bleiben sichtbar, wenn auch zugewachsen, muschelglatt wie Narben. Als ich Wein trinke, wird ein Gedanke stärker: Ist sie aus Mitleid mit mir hier? Macht es einen Unterschied? Ich nehme gerne ihr Mitleid. Noch lieber würde ich mich einmal richtig von ihr im Bett bemitleiden lassen, besten Dank, *cue rimshot*.

Wir unterhalten uns gelangweilt über das Getty. Die etablierte gemeinsame Langeweile macht mir Hoffnung, dass uns etwas anderes verbindet als die gleichzeitige, wenn auch völlig zufällige und wahllose Anwesenheit an einem Forschungsinstitut. Wir sprechen auch über die scheinbar weltumspannende Schwierigkeit, einen Job in der Wissenschaftswelt zu finden. *I'm not worried,* sagt Lavinia, selbst, wenn ihr ablehnender Ton vielleicht auf das Gegenteil verweist, was weiß ich schon von ihr.

Ich frage sie nach ihrem Forschungsprojekt, habe aber den Eindruck, es sei ihr lästiger und langweiliger, davon zu reden, als es mir war, danach zu fragen. Das überrascht mich. Networking, eroslos. Sie klingt ungerührt, teilnahmslos, erzählt, sie habe einfach *irgendwas* in den Antrag geschrieben, weil sie unbedingt einmal ans Getty wollte. Ich begreife, was mich so überrascht an ihrer Art, von sich zu sprechen: Sie wirkt müde, als wäre unser Gespräch ein Automatismus, nicht mehr als eine notwendige Routine, wie Zähneputzen oder Onanieren.

Ihre gelangweilte Art zu sprechen färbt einen Moment lang auf mich ab, und ich frage mich, ob ich auch von ihr gelangweilt bin, ob sie mich mit ihrer Langeweile langweilt.

Ein Kellner räumt die Teller ab, automatisch lehnen wir uns beide nach vorne auf den Tisch, wo nun wieder mehr Platz ist, und sind uns unversehens etwas näher. Die kleine

Intimität nach dem Essen. Nach der dritten kleinen Karaffe finden einige Lacher in unser Gespräch, und mir entgleist ein Witz: *Wenn du willst, kannst du mir ja auch mal ins Gesicht spucken.* Seltsamerweise stört sie sich daran aber nicht, und es gibt einen kurzen Moment, in dem mir mit einem Schlag bewusst wird, dass außer uns niemand hier ist, und nach meinen Worten sehe ich wie mit einer kleinen Verzögerung, wie Lavinia ein Gesicht voller Mitleid macht. Der schwarze Balken entlang ihres Unterarms bewegt sich langsam auf mich zu, sein dunkler Fluchtpunkt führt meinen Blick geradewegs auf ihren schönen Oberkörper, ihre Brüste, den kleinen Halbmond eines Schweißflecks am Saum ihres Kleids unterm Arm, und ganz sanft, *astonishingly*, streichelt sie mit dem Daumen, der den ganzen Tag schon ihre schöne Unterlippe berührt hat, zart über meine Wange. Ich friere fest und bekomme unangenehmerweise sofort eine Erektion, weil mir jedes Mal mein Schwanz im Weg ist. *Poor thing*, sagt sie. Ja, ich will dein Mitleid.

Willst du Dessert?, fragt sie, als wir schon beinahe vier Weißweinkaraffen getrunken haben. Ihre niedliche, leicht schwere Zunge, die mich ans Lecken erinnert. Ich zögere, ich will kein Dessert. *Aber es ist Samstag*, sagt sie beinahe vorwurfsvoll. *Ein Tag fürs Trinken und Feiern.* Sie ist plötzlich zu ernst für einen Witz. *Ich kann nicht alleine was Süßes essen. Dann werde ich fett und das will niemand sehen. Kannst du mir glauben, ich war ein dickes Kind.*

Ich habe in der Tat Schwierigkeiten, dir das zu glauben, sage ich, und weil sie nicht gleich antwortet, rutscht mir heraus: *Außerdem liebe ich dicke Kinder.* Sie guckt sofort von unten zu mir rüber und zieht einen Flunsch. Sie hebt eine Hand: *Ich glaube, wir brauchen auf jeden Fall schon mal zwei separate Löffel.*

Nein, ich liebe dicke Kinder natürlich gar nicht.

Was? Sie reißt den Mund auf. *Die armen dicken Engel?*

I give up. Ich bin sicher, dass ich dich auch als dickes Kind gemocht hätte.

Lügner, sagt sie mit einem Kopfschütteln, doch als sie wieder auf die Dessertkarte schaut, sehe ich das einseitige Lächeln.

SNOW SONG, PT. 1 · NEUTRAL MILK HOTEL

Der Schnee ist sehr weit weg, doch ich will ihn nicht weitergehen lassen, ich will, dass der Schnee in mir weitergeht, schreibt der alte Blackshaw in seinem Bergversteck am Anfang des Sommers. *Ich glaube, ich fürchte mich vor der Leere, die dort sein wird, wo in mir der Schnee war.* Was meint er mit den Worten, *in mir der Schnee?*

Er schreibt weiter: *Vielleicht ist in meinem Innern heute aber auch ausschließlich Schnee, nichts sonst, und deshalb bin ich innerlich so leer. »It is the emptiness of the white that is more disturbing, than even the bloodiness of red.«* (MELVILLE) *Vielleicht muss ich aufhören, mich mit etwas zu beschäftigen, wovon ich nichts weiß. Dann blieb mir nicht einmal mein Leben. Man hat doch keine andere Wahl, außer man selbst zu sein.* Und eines Tages hat man nicht mal mehr das.

Manchmal erinnere ich mich, dass der fallende Schnee Schneeschatten warf, und dass diese flaumigen, fast durchsichtigen Schatten nur zu einer ganz bestimmten Zeit entstehen konnten, wenn die Witterung günstig war, die Luft beruhigt war, das Licht gerade hell genug, um den glasgrauen Flocken einen dunklen Wurf zu geben, doch auch nicht grell genug, um den Schatten selbst zu löschen. Ich saß einmal, mit dem Hinterkopf nach draußen, vor einem kalten Fenster, ich sah die Silhouette meines kleinen Lebens auf dem Boden liegen, und neben meinem Schatten herrschte eine leise Unruhe, ähnlich dem Rauschen, das früher das Fernsehprogramm ersetzte in der Nacht, das monochrome Flimmern wie in einem Wespenstaat, die Körnung der weißen Luft, von einer Wirrnis umzittert, ich hätte dem Schauspiel vor meinen Füßen stundenlang zuschauen können. Meine Hände griffen in die kleinen Fransen am Ende der Decke, auf der ich saß, die Schneeschatten schneiten in die Silhouette meines Kinderlebens, die sich an der sanften Schraffur des Schnees nährte. Dann drehte ich mich nach draußen um, und der Schnee schien gewöhnlich dagegen, ich sah ihn wirklich und verlor ihn. Denn als ich zurücksah, war es nie wieder so wie zuvor. Nur der falbe, blasse Schatten eines Kindes, das vor einem Schneefenster sitzt und nicht weiß, was morgen kommt. *Ich habe mich gewöhnt an dieses Fenster/und daß der Schnee durch meine Augen fällt,/aber wer ist den Verlorenen nachgegangen/durch das offene Gartentor,/wer besiegelte, was da war* (ILSE AICHINGER).

Auch mein Schnee ist sehr weit weg. Ich frage mich, ob er mir jemals nah war. Warum gelingt es mir dennoch nicht, das Projekt sein zu lassen, den Schnee den Schnee der anderen sein zu lassen, den Schnee den Schnee von gestern sein zu lassen. Warum nehme ich mich so entsetzlich ernst? Verantwortung? Gegenüber wem? Die Leinen zu allen Betreuern sind längst zerschnitten, eigentlich wäre ich frei. Schuld? Gegenüber wem? Ich schulde niemandem meine Zeit. Die Welt weiß nichts von meinem Schnee, dem Schnee ist mein Lob so einerlei wie meine Ablehnung. Dem Raben ist es gleich, ob er dir Unglück bringt.

In der amerikanischen Lyriktradition musste der Schnee oft einstehen für die weite, auf lange Zeit seelenlose und lebensfeindliche Verlassenheit dieses gigantischen Landes, dabei aber auch für eine Entleerung, die neue Perspektiven ermöglicht, eine Weiträumigkeit der reinen Potenzialität. *A clearing.* Die Wahrheit wie ein Gerüst in den ausgeflachten Geist hineinbauen.

Der gefallene Schnee wäscht die Konturen der ungeordneten Welt aus den Kanten und glättet die Landschaft zu einer Tabula rasa, *a clean slate.* Die geebnete Welt kann so durch Wahrnehmung und Empfindung, durch den Ausdruck des Dichtergeists schließlich betreten und mit neuen Spuren durchschrieben werden. Vielleicht ist es der wenig gewaltvollen Romantiktradition des Landes zu verdanken, dass die weiße Leere weniger als metaphysisches Aufklaffen des Nichts empfunden wurde und mehr als eine formbare, weiche Wachswelt, ein unendliches Papier, das sich prägen oder beschriften lässt.

Selbst das modernistische Gepräge der Lyrik von Wallace Stevens bildet sich zuweilen aus derselben Empfindung. Wenn Stevens seinen *Snow Man* mit den Worten beginnen lässt: *One must have a mind of winter/To regard the frost and the boughs/Of the pine-trees crusted with snow*, dann mag die europäische Tradition häufig etwas Bitteres aus dieser Leseschale getrunken haben, eine Bitterkeit, die in dieser Weise bei Stevens vielleicht nie vorhanden war.

Sein Winterverstand sieht die Welt als stillgestellte, angehaltene und anhaltende Klarheit, die in ihrer Überfrierung die Möglichkeit des Verstehens bereithält. *Ich weiß jetzt etwas vom Schnee.* Eine Klarheit, die nur der Winter kennt, wenn die Weltfülle behutsam gemildert worden ist, wenn der Schnee seine Daunenflügel auf die Hügel und Felder abgeschleiert hat, wenn die Welt leise und langsam unter dem kaltweißen Gefieder des Schnees liegt. Der im deutschen Idealismus wie in der Zenphilosophie belesene Justitiar der Hartforder Unfallversicherung Stevens unterschlägt unterdessen nicht ganz jene Perspektiven, von denen aus in der weißen Leere nichts als existenzielle Einsamkeit und metaphysische Stille zu erkennen ist. Daher ist das Schneemann-Gedicht so wenig ein Gedicht über einen dreikugligen Wintermann mit Karottennase wie T. S. Eliots Flusspferd-Gedicht nur eines über einen schweren, schwimmenden Paarhufer ist. Wo Eliot den reaktionären Weg des geringsten Widerstands geht und Gott findet, geht Stevens ins weiße Nichts hinaus und findet in der Schneeleere ein Weltverständnis, das modern und romantisch zugleich ist.

Der Mensch, so scheint das Gedicht anzudeuten, ist ein Schneewesen, unterworfen einer entropischen Schmelze. Der Mensch befindet sich schon längst auf dem Weg ins Nichts, doch das heißt nicht, dass alles Menschliche Nichts ist. Denn das Nichts des Menschen, durchaus absurd, ist ein Nichts voller Möglichkeiten, ein wachsweicher Schnee, der betreten, beprägt, beschrieben werden kann. Stevens endet mit den Worten: *For the listener, who listens in the snow,/And, nothing himself, beholds/Nothing that is not there and the nothing that is.*

Hier wie anderswo ist Stevens' als schwierig empfundene Sprache ein Zeichen von Lebendigkeit. Warum? Weil der Tod so einfach ist. Das kaltgeweißte *land*, das vom Schnee klanglich und bildlich in Stille gelegt wurde, das ganze weißgeglättete Land nichts als ein paar raschelnde Blätter, bringt das sprechende Ich der Strophen zum Schauen (*re-*

gard, behold) und zum Hören (*the listener, who listens in the snow*) – der Stillstand gerät in Bewegung durch die Form, die zu einer Abspiegelung der Innerlichkeit des lyrischen Subjekts wird. Denn innen haben gerade die wenigen Eindrücke dieser weiß-weißen Welt den Empfindungsapparat zum Laufen gebracht. Wo nichts ist, findet man nicht nichts.

Die Syntax strömt die Strophen entlang, wie der Schmelzvorgang des Schneemenschen, während die penetrante Wiederholung des Wörtchens *and* den Fluss immer wieder abfedert, als wäre das Absterben des Schneemannes für einen kurzen Moment keine ganz ausgemachte Sache, als gäbe es hier und dort doch noch Hindernisse auf dem Weg ins Nichts. Diese Hindernisse sind in der Summe schließlich nichts als das Leben selbst, denn der Weg aller Menschen ist immer der gleiche, vorgezeichnet, erbarmungslos jeder Zelle eingeschrieben. Allein, auf dem Weg zur Erfüllung des Zellcodes, der Auslöschung lautet, auf diesem Wege stehen Hürden: Die Umstände unseres Daseins.

Könnte jedes Hindernis der Existenz, jedes Problem, das nach einer Lösung und jeder Schmerz, der nach seiner Linderung sucht, betrachtet werden als Lebenszeichen, losgelöst von moralischen Kategorien und stattdessen als Hinweis auf Anwesenheit, als Rettungslinie, die auf meinem Weg mit mir fließt, könnte ich jeden noch so schlimmen Tag und jeden noch so verzweifelten Moment betrachten als die abschweifenden Abwege, die mich glücklich daran hindern, geradewegs in meine Auslöschung zu treiben, als Umleitungen auf meinem Weg ins Nichts, dann stünde meinem guten Leben nichts im Weg.

Allein, so kann ich nicht denken. Nicht nur weil es mir wehtut, hier allein zu sein, sondern auch weil eine solche

Betrachtung doch die Angst vor dem Schmerz aufweicht und den Gedanken ermöglicht, den Schmerz aller Leidenden abzutun, sollen sie doch glücklich sein, sie sind ja schließlich am Leben. Das Leben ist nicht das größte Gut.

Es ist Nacht. Ich schlafe nicht. In meinem Blut fließt Alkohol, in meinen Gedanken flimmern Fetzen von Lavinia. Es ist heiß, und der dichte, grünliche Vorhang spielt leicht in der schlappen Luft, ich höre alte Worte, die sie sagte, ich sehe Bewegungen im Relais verblassender Wiederholungen. Ich denke an den Moment, als Humbert Humberts rationale Stimme und sein Verstand für einen kurzen Moment kollabieren, als die Maske kurz verrutscht und der Text monoton nichts als ihren Namen wiederholt, Lolita, Lolita, Lolita, Lolita, Lolita, Lolita, und Humbert Humbert die Druckerei anweist, ihren Namen zu wiederholen, bis die Seite damit gefüllt ist. Lavinia, Lavinia, Lavinia, Lavinia, Lavinia. Die weiße Seite reiner Potenzialität. Nur solange Lavinia nicht bei mir ist, besteht die Möglichkeit, dass sie irgendwann einmal bei mir sein könnte. Wären meine Gedanken ein Blatt Papier, könnte ich sie überfüllen mit ihrem Namen und wäre immer noch allein. Weil es aber nicht so ist, bin ich allein.

Erst nachdem ich an sie gedacht habe, denke ich an dich. Ein Fortschritt. Einige Nächte darauf lese ich Stevens' Gedicht erneut, draußen der dunkle Duft der lavendelfarbenen Nacht, grillendurchzirpt und schwer. Die Nächte sind jetzt umarmend warm, und ich stelle fest, dass ich keine Lust mehr auf diese Schneelyrik habe, dass es mir nicht mehr reicht, mich mit Kälte zu befassen, dass mir der Sinn nach Sommer steht.

Am nächsten Morgen kreist mir der Gedanke an die Winter-
leere erneut durch den Kopf, als ich auf der ausgebleichten
Weite des Sunset Boulevard durch Brentwood in Richtung
Getty gehe. Es ist nicht spät, aber die Sonne liegt schon schwer
im Tag, und hinter meiner Sonnenbrille erscheinen die stillste-
henden Bäume der Vorgärten beinahe dunkel wie Silhouetten.

Nach der Logik der letzten Nacht, der Logik des Schneemanns, sollte ich doch offen sein für die absolute Möglichkeit des Neuen, und doch habe ich Angst davor, das Offene
in mir zu füllen, denn das Offene ist nichts als das Loch, das
du in mir gelassen hast, mein Winterherz.

To see emptiness full, that's all I ever tried to do (BLACK-
SHAW). *[Die Leere voll, ganz zu sehen ...,* oder: *Die Leere
gefüllt zu sehen, mehr habe ich nie zu tun versucht.]* Doch
die Frage bleibt, wo mich das zurücklässt. Denn *meine* Leere
interessiert mich nicht, sie deprimiert mich nur, stellt mich
vor mir bloß, es fehlt ihr jede Poesie, ich will sie weder sehen
noch von ihr hören, warum sollte ich das beschreiben, *quis
leget haec?* Ich will doch auch von niemandem lesen, dass er
die Abende damit verbringt, vor dem Computer eine Dose
Schlitz in der einen und seinen Schwanz in der anderen Hand
zu halten, während irgendwelche Fremden aus Licht das
Tier mit zwei Rücken machen und als Pixel-Schimmer in
eines andern Nacht hineinflimmern. Es überrascht mich, ich
schäme mich auch dafür, aber ich weine noch oft.

SUMMER BABE (WINTER VERSION) · PAVEMENT

Die Unterführung unter dem Santa Monica Pier ist dunkel,
sandig, es riecht nach Salz, und über einem knarren die

Autoreifen über das Holz, ein Geräusch wie im Bauch eines Segelschiffes, selbst wenn man noch nie auf einem Schiff gewesen ist. Es ist die Bemalung der Seitenwände, die die Sinne täuscht, Krustentiere, Fische, Seesterne, seltsamerweise Bullaugen. Ich weise Lavinia darauf hin, sie schaut sich um. Gelangweilt sagt sie dazu nur: *Hast du mich hier runtergebracht, um mich zu befummeln?* Sie benutzt den Ausdruck *fondle me*, der mich in ihrem britischen Akzent leider erregt.

Aber ich lache: *Ich dachte, darauf hattest du's angelegt. Ich hatte gedacht, du wüsstest, dass man das im LA-Slang so ausdrückt. Ich würde gerne mal Santa Monica sehen. Ich zeig' dir mein Santa Monica, du zeigst mir deins.*

Sie hört amüsiert und stirnrunzelnd zu, nimmt eine Hand aus ihrer winzig wirkenden schwarzen Jacke und zeigt mir damit den Mittelfinger. Wir treten ins grelle Sonnenlicht zurück, und einen Moment lang kommt mir der Samstag schon wie vorbei vor. Unsichtbar irgendwo in der Himmelsferne der Motor eines Propellerflugzeugs.

Wir werden von Familien mit Fahrrädern überholt, Jogger laufen uns entgegen, in der Ferne trainieren ein paar Leute mit schweißglänzenden Körpern am alten Muscle Beach.

Lavinia ist einsilbig, sie scheint erneut gelangweilt, müde, vielleicht, bilde ich mir ein, heute sogar traurig. Interpretiere ich ihre Distanz mir gegenüber als eine Tiefe, die von mir entdeckt werden will? Ich lese die Welt, wie ich sie mir einbilde. Sie sagt nicht viel. Andererseits, ich kenne sie nicht, vielleicht ist ihre desinteressierte, abgeklärte Haltung ihre Art, Interesse zu zeigen, vielleicht sogar, mit der Zeit, Liebe – warum, frage ich mich, würde sie sonst ihren Samstag mit mir verbringen?

Ich sehe, wie sie ihren Daumen zur Unterlippe führt und

darüber streicht. Ich habe diese Geste so oft so intensiv beobachtet, dass sie ihre Bedeutung verloren hat und dabei für
alles stehen könnte.

Weit weg das Rauschen des Meeres. Ich fühle den Druck,
sie unterhalten zu müssen, schließlich habe ich vorgeschlagen, ihr mein Santa Monica zu zeigen, und jetzt spiele ich
einen schlechten Tourguide.

Wollen wir uns die Freaks in Venice anschauen gehen?,
frage ich.

Was ist immer mit dir und irgendwelchen Freaks?

*Ich glaube nicht, dass immer irgendwas mit mir und
irgendwelchen Freaks ist.*

Doch, doch. Du bist der größte Freak-Fan, den ich kenne.
Sie nervt mich jetzt wieder, ihre gekünstelte, dumm-distan-
zierte Art.

Was ist eigentlich dein Problem, sage ich, unsicher, ob die
Emphase auf *dein* richtig war, ob ich nicht vielmehr *Problem*
betonen wollte.

I've got no problem at all, sagt sie. *Entspann' dich doch
einfach mal, es ist ja nicht so, als wären wir verheiratet.*

Sei froh, dass wir nicht verheiratet sind, sage ich, *sonst
müsstest du ja mit mir schlafen, und das wäre doch wirklich
schrecklich.*

Sie lächelt, ihre Stirn liegt über der Sonnenbrille in Falten:
*Wenn wir verheiratet wären, wäre das letzte, was wir machen
würden, miteinander zu schlafen.*

Mit meinen Händen mache ich die Drumbeat-Bewegung
zum Rimshot nach dem schlechten Witz.

Wir gehen nach Venice zwischen deutschen Touristen, die
lächerlicherweise auf Segways, mit Helmen und Kniescho-
nern, die Promenade entlangfahren. Sie stehen steif, leicht
nach vorn gebeugt wie biedere Galionsfiguren. Manche von

ihnen tragen sogar Fahrradhandschuhe ohne Fingerkuppen, wie Obdachlose, die im Winter in der Fußgängerzone Bratsche spielen. Das Schweigen mit ihr fällt mir schwer. Ich würde gerne einen Witz über die teutonische Segway-Kompanie machen, aber ich muss mich ja entspannen. Warum ist alles ein Wettkampf, alles Kampf, alles Taktik – selbst (gerade!) – zwischen einem uninteressanten Mann und einer interessanten Frau? Warum sollte aber Liebe – ja, Liebe! – frei sein von Taktik, Kampf und Wettkampf, wenn ansonsten nichts davon frei ist – und ist nicht das gerade, was manchmal die größte Lust bereitet?

Ich gucke mich um im hellen Tag, als suchte ich etwas und sage: *Hier gab es irgendwo mal ein Wandgemälde, das Venice im Schnee zeigte.* Ich bemerke, dass mein Umgucken nichts als Affektiertheit war, denn ich weiß, wovon ich rede, als ich sage: *Aber man hat einfach ein anderes Gebäude davorgebaut, und jetzt wird man es nie wieder sehen können.* Lavinia reagiert nicht auf meine Worte, und auch scheint sie unbeeindruckt von den übrigen *murals*, die die Hauswände zieren.

Was ist eigentlich mit deinem Buch?, fragt sie mich, nachdem wir uns jeder eine Flasche mexikanische Coke gekauft haben, die süßer schmecken soll als die amerikanische.

Was soll damit sein?

Well, sie trinkt aus einem roten Strohhalm, *was willst du damit machen?*

Ich muss etwas lachen. *Ich will es in jedem Fall erst mal schreiben.*

Sie schaut mich an und lächelt freundlicher, als ich erwartet hätte. Die Sonne liegt leicht auf ihrer blassen Haut, sie sieht in diesem Moment trauriger aus, und ich frage mich, ob mich Freundlichkeit traurig macht, und die (angenommene)

Traurigkeit in ihrem Blick setzt mich jetzt beinahe noch mehr unter Druck, auch wenn sie an ihr eine leise Schönheit besitzt. Ich möchte zurückfragen, was mit ihrem Buch sei, als sie weiterredet: *Manchmal wünschte ich, wir müssten nicht schreiben.* Sie wirkt abwesend, nachdenklich, ganz fokussiert auf ihr schwarzes Getränk.

Wie meinst du das?

Naja, ich hasse es einfach, andauernd erklären zu müssen, was ich tue, während ich es tue und mich dabei zu rechtfertigen, was ich wann tue und mit welchem Ziel. I just ... despise it so much sometimes. Es ist so, als verlangte man von mir, mich selbst zu verhören. Writing gives me a lot of anxiety.

Ich widerspreche halbherzig, um das Gespräch in Gang zu halten. Doch ihre Worte nehmen mir auch etwas Halt. Denn vielleicht hat sie ganz recht, vielleicht sehe ich das genauso. Eine Illusion verlieren. Nach etwas gehender Stille sagt sie: *Spielt eigentlich auch Schnee in der Kunst eine Rolle?*

Ja. In der Literatur.

Nein, ich meine, in der bildenden Kunst? Ich erwarte noch einen ironischen Nachtritt, aber ihre Worte stehen ernsthaft in der Palmenluft und verschwinden in der entsetzlichen, volksfesthaften Sinnwelt des Ocean Front Walkway von Venice, dem Fahrradklingeln, dem Lachen, der Musik, dem nach Marihuana duftenden Wind, einer Möwe. Wieso so milde, liebe Lavinia? Vielleicht war sie vorhin nur unterzuckert.

Sie erzählt von einem schwedischen Maler namens Gustaf Fjæstad – sie weiß nicht mehr, ob Gustav mit F oder Gustaf mit V –, der sehr häufig Schneelandschaften gemalt habe, in fauvistischen Farben, auch wenn er selbst kein Fauvist gewesen sei. Wann immer mir jemand etwas sagt, was meinem

Projekt hilfreich sein könnte, wird mein Drang, gemocht zu werden, so stark aktiviert, dass ich mit japanischer Begeisterung reagiere, ah und oh. Ich nehme mein kleines Ringbuch hervor und schreibe mir den Namen auf. Die Metallspirale des Büchleins glüht vom heißen Tag. Auf meinen Überschwang reagiert Lavinia schließlich wieder nur mit Gleichgültigkeit, so als wäre ihr meine Begeisterung peinlich oder fremd. Immerhin hat mir heute noch niemand merklich in den Mund gespuckt.

Ein Schulterzucken: *Vielleicht führt es dich auch einfach in eine falsche Richtung. Ich habe ja keine Ahnung, was du machen willst.* Ist Begeisterung für sie ein Problem? Weil Begeisterung zu sehr wie Pathos schmeckt? Weil Pathos, weil Begeisterung, verletzlich macht? Aber wenn, dann bin ich doch der, der verletzlich ist. Vielleicht kann sie mit Verletzlichkeit von anderen ja noch schlechter umgehen als mit ihrer eigenen, vielleicht weil meine Verletzlichkeit ihr eine Reaktion abnötigen könnte.

Ich frage: *Gibt es irgendwas am Schnee, das dich ganz spontan interessiert, oder etwas, das dich schon immer gewundert oder bewegt hat, wenn du an Schnee denken musst?* Ich frage in ihren Rücken, denn wir versuchen, uns durch eine Menschentraube zu drängen, die aufgehalten wird von einem hageren Mann, der nichts als eine weiße Unterhose trägt und auf einem rachitischen Fahrrad wacklig von einem Verkaufszelt abfährt. Die Behinderung, die er für die Passanten darstellt, untermalt er mit einem Voice Over: *Careful, careful, liftoff, we have a liftoff.* Als er schließlich ein wenig Fahrt aufgenommen und etwas mehr Balance gefunden hat, guckt er in die Menschentraube hinter sich zurück, streckt die Zunge raus, lacht dann röchelnd und ruft hämisch: *I'm gonna go get cocaine!*

Es ist das erste Mal an diesem Tag, dass ich Lavinia auf eine unbefangene Weise lachen sehe, ihr verschlossenes Gesicht explodiert zu einem weiten Grinsen, ihr Mund ist offen und auf ihrer schönen Zunge glänzt diamantweiß das kalifornische Licht. In diesem Moment möchte ich mich bei dem Cokehead bedanken. Doch schnell ist die Dankbarkeit verschwunden, verqualmt. Die Weiße des Lichts ängstigt mich schon wieder, ich fühle mich allein. Woher kommt das immer? Die Empfindung gründet vielleicht in einem Tausch: Lavinias Lachen über diesen Kokskopf ist so unverblümt und frei, macht sie auf eine so schöne Weise zugänglich, dass mir ihr ironisches Wesen wie eine undurchdringliche Maske erscheint, und macht sie zu einer Fremden. Die sie ja ist.

Den Typen musst du nach Schnee fragen, sagt sie lächelnd.

Erst als wir weiter durch Venice gehen, entlang der kleinen Kanäle zwischen dem Wasser und den Terrassen, auf Wegen, die so schmal sind, dass wir meist hintereinander gehen müssen, dreht sie sich zu mir um, ihr Haar flirrt vor ihrem Gesicht, und erzählt mir etwas von ihrem Schnee: *Ich habe über deine Frage nachgedacht, und ich glaube, es gibt nichts, was mir an Schnee am besten gefällt.* Sie geht ein paar Schritte, dreht sich erneut zu mir um und sagt weiter: *Außer eben der Schnee selbst.*

Auf einer der kleinen buckligen Brücken bleiben wir stehen und schauen auf das grünliche Wasser des Kanals, auf die kleinen Boote vor den Häusern, die kleinen rotweißblauen Fähnchen und Windrädchen, die hin und wieder ein Haus oder einen Garten verzieren, immer Blau-Weiß-Rot, als verhüllte das ständige Unterstreichen eine Selbstversicherung und die Selbstversicherung eine Unsicherheit. Sie steht neben mir, die Hände in den Taschen und weist mich darauf hin, dass winzige Fischchen silberglänzend aus dem Wasser in die

›178‹

Sonne springen. Weil sie neben mir steht und mich beim Reden nicht ansieht, sondern aufs Wasser hinausschaut, wirkt es, als müsste sie mir etwas gestehen, als endete hier etwas, als wären wir ein Paar, das nach einem Streit einen Spaziergang macht, noch einmal über alles reden, als wären wir nicht allein hier, als spielten wir uns selbst für eine Szene in der Filmadaption des Buches unseres abgerissenen Lebens.

Wir haben nicht viel Schnee in Südengland. Aber es gab Zeiten in meiner Kindheit, als wir durchaus weiße Winter hatten. Vielleicht ist ja jede Kindheit voller Schnee, aber ich fand es immer brillant, dass es überhaupt schneit. Dass es das gibt. Sie schluckt einmal trocken. *That the world is able to do this. To do snow.* Jetzt springt ihr Blick zu mir rüber, und ihre Augen lächeln ein bisschen. Ganz leicht sehe ich darin meine kleine gespiegelte Silhouette. *Weißt du, was ich meine?*

Ich sehe sie kurz an, ohne etwas zu sagen. Es ist, als hätte sich einen Moment lang etwas verdunkelt, um sich gleich nach ihren Worten wieder aufzuhellen, wie wenn ein Vogel tief über die Sonne streicht und sich ein riesiger Schatten über die Welt wischt.

»*Dass die Welt in der Lage ist, das zu machen. Schnee zu machen.*« Das ist sehr schön.

Naja, musst dich nicht gleich in mich verlieben oder so etwas. Ihre Augen wirken leer, sie schaut wieder zurück aufs Wasser.

Ich schaue mit ihr raus und verdrehe die Augen, ohne dass sie es sieht. *Also findest du es nicht schön.*

Sie scheint überrascht, sagt: *Doch.*

Das Herz des Schnees ist auch Schnee, schreibt Gabriel Gordon Blackshaw einmal. Schnee ist wie Schnee, mehr nicht.

Wer ist das? Blakeshaw?

›179‹

*Irgendwann wird die Welt nicht mehr in der Lage sein,
Schnee zu machen. Dann kannst du dich* darüber *freuen.*

Sie lacht etwas. *Weißt du, dass du ein sehr seltsamer Typ
bist, Jan Wilm?*

Es strengt mich an, aber ich gehe nicht darauf ein. Ich
höre, wie sie etwas Luft durch die Nase stößt, ein bisschen
freut es mich, dass sie sich über mich ärgert. Ich sage: *Diejenigen, die es der Welt abgewöhnt haben werden, sind* wir.
Du und ich nicht weniger als alle anderen. Eine Möwe ruft
vom Meer her. *Was glaubst du, wie die Welt dann sein wird,
ohne Schnee?*

Was weiß ich? Wärmer.

In jedem Fall wird sie nicht kälter sein als jetzt. Ich sehe sie
direkt an, lächle nicht. *Jetzt gerade, meine ich.*

Hat das dieselbe Bedeutung auf Deutsch?

Ich zucke mit den Schultern. *Ich spreche kein Deutsch.
Willst du jetzt gehen?*

Okay, sagt sie und geht weiter, aber langsam, als wollte sie
mich jetzt plötzlich neben sich haben.

Wir spazieren den Abbot Kinney Boulevard rauf, vorbei an der Reihe von eleganten Restaurants, aufgehippten
Eiscafés und spartanisch eingerichteten Kleiderboutiquen.
Warum muss eigentlich immer alles minimalistisch sein?,
frage ich und deute auf einen der Läden. *In diesem Laden
hängen drei Kleider. So wie jedes Hemd heute scheinbar*
slim fit *sein muss.*

Take it easy, Seinfeld.

Die Läden sind gelegentlich von kleinen, verwitterten
viktorianischen Wohnhäusern unterbrochen, die den geleckten Glanz der Gentrifizierung durchs Gegenteil unterstreichen.

Auf dem Abbot Kinney blüht Lavinias Blick auf, sie erzählt von einem Bruder, der in Irland lebt und bald Vater wird. Als ich sie frage, ob sie sich darauf freue, sagt sie mit einem Lächeln und einem Schulterzucken: *It's a baby.*

In einer Papeterie kauft sie sich pastellbunte Postkarten, die LA im Saul Steinberg-Stil darstellen. In einer Weinbar trinken wir Weißwein, und sie sagt, dass ihre Halbschwester auch in Kalifornien lebt. Als ich frage, was sie hier mache, wechselt sie das Thema, sagt, sie liebe diese Straße, auf der wir uns befinden, und sagt sogar *cheers*, dass ich mit ihr hergegangen sei.

Als ich das zweite Glas Wein getrunken habe, sage ich: *I don't know who you are.* Ich schaue sie vielleicht wehmütig an, aber ich muss darüber lachen.

You're truly a very weird dude, Jan. Du weißt nicht, wie seltsam du rüberkommst, oder tust du das? Warum glaubst du, du müsstest Leute kennen, warum entspannst du dich nicht einfach, trinkst hier mit mir diesen Wein. Wie spricht man das aus? Wir sagen Reisling.

Riesling.

So ist es. Und scheinbar mit Schrecken fragt sie mich auf einmal: *Sind wir jetzt schon wieder in Santa Monica?*

Nein, sage ich, *das ist noch* LA.

Es ist eine lange *Straße*, sagt sie, korrigiert sich aber: *Boulevard. Wir haben keine eigentlichen Boulevards in Großbritannien. Ich gewöhne mich nur langsam daran, Straßen als Boulevards zu bezeichnen.*

Da sind wir uns ganz ähnlich, sage ich begeistert. Wie erbärmlich, wie verzweifelt ich versuche, uns über die belanglosesten Gemeinsamkeiten zueinander hinzureden. *Dein Landsmann Reyner Banham*, sage ich weiter, *er liebte die Boulevards von* LA.

Ist das der Typ, über den du schreibst?

Nein, sage ich, Banham war ein Architekturkritiker aus England, der LA *auf eine Weise angeschaut hat, wie die Stadt vorher noch nie gesehen wurde.* Ich klinge wie ein Voice Over, aber es ist mir egal: *In England fuhr er immer nur mit dem Fahrrad, aber als er nach* LA *kam, hat er hier das Auto-fahren gelernt, um die Boulevards zu erkunden. Der Wilshire war sein liebster. Wie manche Dante-Forscher Italienisch lernen, um Dante im Original zu lesen, sagte Banham, habe er das Autofahren gelernt, um* LA *im Original zu lesen.*

Für mich ist die Stadt immer noch in einer anderen Sprache geschrieben, obwohl ich hier jeden verstehe. LA *funktioniert für mich einfach nicht wie eine europäische Stadt.*

Sie ist ja auch keine. Ich lächle. Sie nicht.

UNDERDOG (SAVE ME) · TURIN BRAKES

Zurück auf dem Abbot Kinney ist in meinen besoffenen Ge-danken die Frage, ob wir uns lieben könnten. Ich will sie mir nicht stellen, sie ist mir einerlei (oder peinlich), aber da ist sie. Ich sehe Lavinia im kalten Mitteleuropa in einer Altbauwoh-nung, die ich nicht habe, sonnendurchflutete Zimmer, verknit-terte Laken an einem Sonntagmorgen im Herbst, der Duft von Kaffee und ihre nackten Füße auf den Dielen und wie jeder Schritt am Parkett kleben bleibt. Ein Katalogleben für einen Katalogmenschen, eine Reklameversion einer Beziehung, die Fernsehfassung eines Mannes mit gebrochenem Herzen. Die Unmöglichkeit, dieses Katalogleben mit ihr zu leben, macht die Gedanken daran überhaupt erst möglich. Reaktanz. Eine Krankheit bekommt auch nur der, der sie nicht schon hat.

Durch den Wein habe ich noch viel mehr Lust, mit ihr zu schlafen. Wie ernüchternd, ganze Leben gehen aufs Konto von vergorenem Fruchtsaft.

Wir gelangen an einen Flohmarkt auf einer eingezäunten Wiese. Auf einem Schild am Zaun steht ARTISTS + FLEAS. Laut schwebt Rockabilly-Musik über den kleinen weißen Partyzelten, die durch Wimpelfähnchen in Grundfarben miteinander verbunden sind.

Wir essen Avocado-Toasts mit Olivenöl, die aus einem umgebauten roten VW-Bus heraus verkauft werden, man entschuldigt sich bei uns für die erhöhten Preise heute, doch es herrsche leider gerade eine *avocado shortage*, und die Früchte müssten in diesem Jahr aus Südamerika importiert werden, um den Mangel auszugleichen.

Lavinia probiert eine Jeansjacke an, die so ähnlich aussieht wie jene, die sie manchmal im Getty trägt. Einmal setzt sie mir einen kleinen Hut auf und lacht (mich aus?).

Es wundert mich, wie begeisterbar sie für oberflächliche Dinge ist, während sie Menschen gleichgültig zu begegnen scheint – oder vielleicht auch nur mir. Sie schwärmt von dem Flohmarkt, er erinnere sie an einen Markt in Spitalfields in London, den ich nicht kenne und nicht kennenlernen möchte. Ich bin genervt von der Veranstaltung, mir tragen zu viele Frauen Flapper-Hüte aus Filz und zu viele Männer Bärte und Hosenträger, zu viele saugen am Vapor-Fläschchen wie Babys mit Dad bod. Es stört mich, dass die Verkaufenden gelangweilt unter ihren Zelten über ihren Smartphones hängen.

An den Ständen sind die Waren derartig pittoresk ausgestellt, dass es scheint, man gebe lediglich vor, Verkäufliches anzubieten, als wäre es unerheblich, ob man Umsatz macht oder nicht. Eine Social-Media-Kulisse für Fotos, die von hier aus gepostet und mit Herzen und Smileys versehen werden von Leuten, deren Lächeln voller Gleichgültigkeit sind, ihre Herzen voller Rauch.

Alles ist widerlich glattgebügelt. Eine Ausstellung, kein Flohmarkt, nichts Rohes, Rauschiges, Ramschiges, kein Durcheinander, keine Poesie. Was fehlt, sind die auf dem Schild versprochenen *fleas*, und auch von *artists* keine Spur.

Trotzdem kaufe ich eine kleine Charlie Brown-Figur aus Holz (vielleicht nur, um von Lavinia als niedlich befunden zu werden?) sowie eine alte Polaroid-Kamera mit zwei Filmen und mache ein Bild von Lavinia, maskiert hinter ihrer Sonnenbrille, die Hände in ihrer schwarzen Jacke, die Schultern leicht nach vorn gebogen, als wollte sie sich in sich selbst verstecken, so friere ich sie fest, so wird sie in meinem Leben sterben.

Dir gefällt es hier nicht, oder?, fragt sie mich, als sie uns Ingwerlimonaden spendiert, die in einem mit *crushed ice* gefüllten alten Hot Dog-Cart gelagert werden. Die Limonade ist so sauer, dass ich einen stechenden Schmerz im Ohr fühle.

Doch, doch, es ist gut hier. Aber irgendwie ist mir hier zu viel Berlin. Als Übersprungshandlung lache ich, weil es mich wahnsinnig stört, dass ich jetzt an sie denke. Sie hat mir hier doch gerade noch gefehlt, sie fehlt mir hier nicht. Was eine Lüge ist.

Nach einer Weile des inneren Zerfleischens, das zusammenfällt mit dem Crash nach dem Hoch des Weins, begreife ich, dass ich mich nicht von diesem flohlosen Flohmarkt und seinen entlausten, pomadierten Hip-Hip-Hooray-Hipstern gestört fühle, sondern eigentlich von Lavinia. Es stört und stimmt, dass ich sie mir und mich vermutlich nur in einem katalogfertigen Oberflächenleben vorgestellt habe, weil ich eigentlich *nicht* in einem solchen Leben leben möchte, und nicht mit einer so oberflächlichen Person. Einen flüchtigen

Moment wischt etwas über ihr Gesicht, und ich sehe sie, als steckte mir ein Spiegelsplitter im Auge. Ich sehe von ihr weg, trinke meine Ingwerlimonade und tauche in eine tiefergelegene Erinnerung, in der ich bis eben nicht mehr gewesen bin und die vielleicht also eben erst zu einer Erinnerung im eigentlichen Sinn geronnen ist, hervorgespült aus dem Schaum der Vergangenheit, aus der Scham des Vergangenen, eine Erinnerung an Angst vor meinem eigenen Handeln von damals und die Angst, dieses Handeln (durch das Erinnern?) hier zu reproduzieren.

SAVE ME · AIMEE MANN

Kurz nachdem ich sie kennengelernt hatte, lange bevor wir zusammenlebten, übernachtete ich oft bei ihr. Sie lebte mit ihrer älteren Schwester zusammen, und es war ein bisschen so, als hätten wir schon ein gemeinsames Leben. Das Kochen am Abend zu einer Jazzplatte in der Küche, eine Flasche Wein zwischen uns, und nach dem Essen der leise Sex. Sie kam immer härter, wenn wir still sein mussten. Morgens das geschäftige laute Treiben im Frühlicht, ich machte Kaffee, ihre Schwester ging zuerst in die Dusche, kam mit einem Handtuch um die Brust zurück, das Radio lief, und ich trank mit ihrer Schwester Kaffee, während du duschen gingst, ein paar Witze, einfache Unterhaltungen, frei von jeglichem Druck, beeindrucken zu müssen, ihr hohes Lachen, ihre weißen Zähne, der gesenkte Blick, wenn sie die Kaffeetasse zum Mund führte. Im Winter wärmte sie ihre Hände an der Tasse, schürzte die Lippen und blies in den Kaffee, der samtene Schlangentanz des Dampfes, der sich ins Morgenlicht erhob – all das muss mehrere Male vorgekommen sein, auch wenn ich die Details jetzt in mir sehe, als wäre es ein einziger

Morgen. Allein, meine Erinnerung hat die geronnene Dichte einer Singularität, die immer das Ergebnis einer Serie ist. Die beiden gingen zur Arbeit, ich winkte ihr, ihnen, vom Fenster aus. Dann die harte Stille in ihrer Wohnung, die später unsere Wohnung werden würde.

In diese Stille sprang jeden Morgen, ich konnte es nicht verhindern, ein einziger, schiefliegender Gedanke, der sich langsam aber aufwändig aufblies und all meine Aufmerksamkeit aufsaugte, bis sich bald ein einziger Gedanke verfestigte: Sie sei nicht so hübsch wie ihre Schwester, sei in Wahrheit ein hässlicher, oberflächlicher Mensch, während ich mich mit ihrer Schwester viel tiefgehender unterhalten könnte, am Morgen überm Milchkaffee. Wie mit kurzen Filmschnitten zeigte mir mein Geist eine Montage ihres Gesichts, das ich liebte, wie es sich seltsam verzog, wenn es lachte, es verzog und verschmierte sich, wie ein Francis Bacon-Gesicht, wenn es mich ausdruckslos ansah, und ihr semmelblondes Haar war aschfahl und spröde, ihre grünen Augen schienen zu schielen, oder es gab irgendetwas anderes an ihr, was mir nicht gefallen sollte. Ich reagierte darauf immer mit größter Panik, als hätte ich einen kleinen perfiden Steuermann in mir, der mich ins Verderben lenken wolle – und dieser hämische Zwerg war niemand anderes als ich selbst.

Ich fürchtete, aus diesem Gedanken könnten sich allmählich Handlungen ergeben. Ohne dass ich es wollte oder merkte, würde ich sie betrügen (mit ihrer Schwester, wenn sie Lust hätte, hätte ja sein können), oder ich würde sabotieren, was die eine gute Sache in meinem Leben war. Ich konnte das Gedankenspiel nicht aufhalten und versuchte mich abzulenken, erst mit Musik und Text, dann mit Whiskey und Bier, wie Dylans Moonshiner. Doch ich blieb erfolglos und fühlte mich pausenlos prophylaktisch schuldig. Wenn ich sie abends wiedersah, war ich auf eine devote Art dankbar dafür, wenn der Gedanke nicht wiederkam, bis zum Morgen.

Allerdings entwickelte ich bald eine panische Angst, sie überhaupt anzusehen, fürchtete, verzweifeln zu müssen, wenn ich in ihrem Gesicht bestätigt finden würde, was meine flimmernden Visionen mir vorhielten. Ich schämte mich für meine Oberflächlichkeit, meine Neigung zum Engherzigen, und als Ausweg, altbekannt, erniedrigte ich mich selbst, hoffend, meine Gedanken mit mir niederzudrücken. Allein, die Erniedrigungen fütterten meine schlechten Gedanken nur noch: Weil ich ein schlechter Mensch war, war es nur folgerichtig und gerecht, dass ich eine hässliche, dümmliche Freundin ansehen musste, und weil ich so dachte, war ich ein schlechter Mensch. Irrkreis.

Während dieser Zeit glich meine Gedankensphäre einem finsteren, hämischen Lachen. Es war eine kalte, winterliche Zeit. Jeder Morgen entleert, silbern und luftlos. Ich sagte mir, ich schämte mich, bei irgendjemandem Rat zu suchen, doch ich wusste auch, dass ich mir niemals Hilfe suchen würde, weil ich verliebt bin in mein Selbstmitleid und mein Scheitern.

Nach einer Weile reagierte ich darauf auf die einzige Weise, die mir zu bleiben schien, nicht mit Weigerung und Widerstand, sondern mit Hingabe zur Akzeptanz, und ich reagierte mit Freundlichkeit und Liebenswürdigkeit als paradoxer Schlag gegen mich selbst. Ich antwortete mit mehr Güte und Gelassenheit ihr gegenüber und so gut ich konnte auch gegenüber mir selbst. Abgesehen von dem Punkt, an dem ich sie verloren hatte, liebte ich sie während dieser Zeit vielleicht am meisten, es war eine Krisenzeit, von der sie nie erfuhr und nie erfahren wird.

Eignet sich diese Erinnerung zur Lektion? Begegne Hass mit Freundlichkeit? Hässlichkeit der gelesenen Oberfläche ist immer Hässlichkeit des lesenden Auges? Oder taugt diese Erinnerung als Einsicht in meinen Geist, in das, was man früher Seele nannte? Ich habe kein Talent zum Glücklichsein? Mein Wille zum Umweg über die Angst des Verlierens ist der einzige Weg zu meiner Liebenswürdigkeit, zu meiner Liebe? Ich brauche die Gewissheit über meine Niederträchtigkeit, um mir das zuzugestehen, was mein Leben lindert?

Stille Gesänge der Erinnerung. Über den Umweg durch diese Erinnerung verstehe ich, hier im fremden Licht einer anderen Zeit, wie sehr ich diese Frau, diese Fremde, jetzt schon mag, wie sehr ich bereit bin, für sie gegen mich zu agieren, um sie vor meinen schlechten Gedanken zu schützen.

Es war derselbe Spiegelstachel in meinem Auge, als ich sie eben angesehen hatte, dieselbe Art eines Blicks, der Zerstörung sucht. Die Gefahr eines Blicks der absolutesten Möglichkeit? Allein, ich gab mich der Zerstörung auch diesmal nicht hin und tat, immer mehr Hippie als Hipster, was ich mir beigebracht hatte, ich sah kurz weg und kratzte alles an Güte und Give-peace-a-chance zusammen, was ich in mir hatte, lächelte, und jetzt spendiere ich *ihr* eine Ingwerlimonade – lecker, nicht? Es schüttelt mich.

AFTER SANTA MONICA BOULEVARD · DIRTY PROJECTORS

Am Abend ist der Himmel über dem Santa Monica Pier pflaumenfarben, die Lichter der Amüsierbrücke stehen gläsern glänzend davor, das Riesenrad ein leuchtender Lampion. Vielleicht begreife ich jetzt zum ersten Mal, dass es nun viel später dämmert als zu Beginn des Jahres.

Lavinia zieht ein kleines schwarzes Kästchen aus der Tasche und fragt: *Do you want to get high?*

Längst ist die Sonne wie eine blutrote Münze hinter den Schlitz des Horizonts gefallen, um für die Nacht zu zahlen. Wir sitzen auf dem Sandpolster des Strandes, ihr Vaporizer liegt heiß gelaufen in meiner Handfläche. Als ich daran ziehe, leuchtet ein kleines rotes Lichtchen. *Das Ding ist tot.*

Gib mal her, sagt sie und saugt, atmet kurz darauf einen samtweißen Nebel in die Nacht. Ich sehe ihr dabei zu, wie sie ihre Ankle Boots auszieht. Darunter trägt sie grüne Socken, und ich frage mich, ob ihre Unterwäsche sich farblich darauf reimt. Eine empfundene Ewigkeit drifte ich diesem Gedanken hinterher, folge ihm in einen verborgenen Gang, auf der Suche nach etwas ganz Bestimmten, das sich mir aber gerade nicht erschließt, wie in einem Traum, und ich frage mich die ganze Nacht, warum ich keinen anderen Gedanken haben kann, warum mein Körper ein Gefängnis für diesen einen Gedanken war, was war er noch gleich?

Stunden sind vergangen, aber erst jetzt stehen die beiden kleinen Ankle Boots neben ihr, sie streift die Socken ab und ihre Fußnägel sind lackiert, entweder in Rot oder Schwarz, auf eine laszive Weise spreizt sie entspannt diese Zehen, ich hätte gerne jeden mit meiner Zunge berührt, selbst hier im Hepatitis-Sand von Santa Monica. Sie muss mich schon ebenso lange angesehen haben, wie ich auf ihre Zehen gestarrt habe, Tex Averys Big Bad Wolf, aber erst jetzt, als wäre ich in einen neuen Tag geworfen, kann ich auf ihren Blick reagieren: *I'm really high.*

Gut, sagt sie mit einem lasziven Lächeln, stützt sich zurück auf ihre Ellbogen, und als sie mich ansieht, sind ihre Augen dunkel, wie der Blick eines selbstvergessenen Tieres, auf eine lustvolle Art müde.

Also, beginnt sie und schmatzt zweimal leise, wie manche Leute nach dem Gähnen, *was ist hier los bei dir? Hast du eine Freundin … hier in Santa Monica, oder was?*

Ich sage sofort *nein*, mit einer Pose, als wäre das etwas so Abwegiges, dass mir jedes Lächeln aus dem Gesicht fallen und jede Ernsthaftigkeit mich aushärten müsste, und wenn dahinter auch das eindimensionale Bedürfnis stand, ihr unmissverständlich meine Verfügbarkeit mitzuteilen, frage ich meinerseits nicht zurück, aus Angst vor der möglichen Gewissheit ihrer gegenteiligen Antwort. Stattdessen frage ich: *Was hat dich bewogen, hierherzukommen, nach* LA *meine ich?* Sie sagt lange nichts, ich beobachte sie beim Nachdenken. *Bist du vor was davongelaufen?*

Ruckartig wirft sie ihren Blick auf mich; so muss sie aussehen, wenn sie sich streitet. Sie macht mich nach: *Bist du vor was davongelaufen?* Ihre Stirn ist zu Falten geknittert, sie streicht sich umständlich ihr Haar aus dem Gesicht, streckt sich anschließend umstandslos und seufzt leicht, ihr Arm bleibt um ihren Kopf gelegt, als hätte man sie beim Räkeln eingefroren. *Meinst du nicht, es gibt einfachere Arten abzuhauen, als einfach einen weiteren Antrag für ein Stipendium zu schreiben?* Sie lacht einmal, ihre Haltung entspannt sich.

Ich weiß nicht, sage ich. *Vielleicht ist es nicht der schlechteste Weg. Und die Wiederholung des Gleichen ist doch auch meistens nichts anderes als eine Flucht.* Sie schweigt einen Moment. Ich höre den Wind in den plastikharten Palmenblättern, das stauchende Stöhnen der Brandung.

Sie beginnt: *Ich bin einfach –*, unterbricht sich aber, was ungewöhnlich für sie ist. In Wahrheit hatte ich eine solche Unsicherheit überhaupt noch nicht an ihr erlebt. Besser keine Hoffnungen. Sie muss wieder ein bisschen lachen, ein Kichern, das man für eine Sekunde lang auch mit einem

Schluchzen verwechseln könnte, und dann sagt sie mit müder Stimme: *What's your deal? Who are you?*

Ich dachte, man soll solche Fragen nicht stellen, sondern entspannen.

Aber du *stellst solche Fragen andauernd. Entweder sind deine Fragen vollkommen speziell oder wahnsinnig allgemein. Eine Person redet nicht so.*

Ich muss über ihre Formulierung lachen, obwohl sie im Englischen gewöhnlicher ist. *Vielleicht bin ich dann keine Person. Außerdem warst du es, die gerade die Frage der Raupe gestellt hat.*

Was soll das heißen? The caterpillar's question? Ihr Haar züngelt leise im Wind, eine dunkle Flamme neben dem Ohr.

Alice im Wunderland, sage ich. Erinnerst du dich nicht? Who are you? Das ist die Frage, die Alice von der rauchenden Raupe gestellt bekommt? Heute hätte die Raupe statt einer Hookah einen Vaporizer, wie du.

Weiß Alice was auf die Frage zu antworten?

Ich kann mich nicht erklären. Weil ich nicht ich selbst bin.

Lavinia schaut wieder raus aufs Meer. Sie lächelt: *Du vergleichst mich also mit einer Raupe. Cheers,* denke ich. Dann guckt sie mich an, als wäre ihr etwas eingefallen. *Und dich vergleichst du mit einem kleinen Mädchen.* Für einen Moment lang schweigen wir, die Ruhe geht in Wellen durch meinen Körper, und dieselbe Ruhe geht auch durch ihren Körper, wo sie eine andere Ruhe ist. Gerne würde ich die Ruhe unserer Körper miteinander sprechen lassen.

Vielleicht bist du auch keine Person, sage ich.

Was sind wir denn dann?

Ich weiß nicht. Romanfiguren.

Warum Romanfiguren?

Es wäre nicht das Schlechteste, in Sprache spazieren zu

gehen, und alles, was man tut, wäre ein Zeichen. Es ist lange still. *Ich bin wirklich sehr stoned.* Ich fange an zu lachen, und Lavinia lacht mit mir, wie Kinder, die ihre Stimmen aufeinander abstimmen, bis sie gleichklingen. Dann sagt sie irgendwann: *Alles bedeutet doch schon immer irgendwas.* Sie rollt eine Haarsträhne hinter ihr kleines Ohr. *Auch wenn das hier kein Roman ist. Dieser Tag und das blinkende Riesenrad dort und die dunklen Wellen des Meeres. Ich finde es anmaßend zu denken, dass hier alles nichts bedeutet. Wie arrogant! Das Meer dort – jede Welle bedeutet etwas, aber die Welle bedeutet eben* Welle *und nichts anderes als* Welle. *Jeder Schlag sagt* Welle *–* Welle *–* Welle, *wie ein Mantra. Die richtige Frage ist: Warum meinst du aber, dass das alles nichts ist? Entweder bist du ein Snob oder du hast Angst.*

Jetzt redest du *wie eine Romanfigur,* sage ich.

Na, dann hast du's endlich geschafft. Du bist in deinem Roman angekommen. Oder im Oculus Rift. Sie sieht mich an, lächelt und zuckt einmal langsam mit ihrer Schulter, holt erneut ihren Vaporizer heraus. *Willst du noch einen Zug?* Ich schüttle den Kopf, schaue lange auf das dunkle Meer raus. Es sagt nichts, keine Welle sagt etwas anderes als ihr wahlloses, zwanghaftes Rauschen, ein zu flüssigen Scheiben gemachtes Nichts, das sich gravitätisch über die Welt schiebt und darauf wartet, in das Nichts zurückzutrocknen, aus dem es hervorgeboren wurde. Ich fühle, wie etwas mich umklammert, eine qualmige Hand von innen, die sich nach außen stülpt und langsam zudrückt. Die Bedeutungslosigkeit, bin ich das?

Warum sagst du, ich hätte Angst?

Ich weiß nicht, ob du Angst hast. Schläfrig schaut sie mich an mit ihren glasschwarzen Augen *(mich würde nur interessieren, meine Augen zu sehen, wenn sie dich ansehen)* (BARTHES). Langsam und gewichtig breitet sich ihr Blick auf mir aus, in Wellen strahlt ihre Stille schubartig in mich hinein. In ihrer kleinen Hand unter unseren Blicken liegt der Vaporizer und schaut aus wie ein Mikrofon, oder ein Aufnahmegerät, und wartet. Unter mir knistert der Sand, als ich mich zu ihr rüberlehne und sie sehr langsam auf die Lippen küsse. Genüsslich lenke ich meine Zunge aus meinem Mund heraus und spüre damit eine Härte. Dann geschieht etwas ganz plötzlich, ein Riss, der durch die Nacht geht, und danach ist es, als ob in meinem Körper etwas sehr Schweres ganz tief abstürzte.

Sie hat sich nach hinten gelehnt, in die Luft geklemmt, und schaut mich an. Die kleine Hand, die das schwarze Kästchen hält, hat sich an meine Schulter bewegt, das Gerät hält sie mit zwei Fingern darin, sie berührt mich gleichgültig, nebensächlich, wie man etwas anfasst, während man noch spitzfingrig einen Stift festhält. *Was?*, fragt sie nur noch, ihr Gesicht verschließt sich, und dann bricht es. Abgestoßen schaut sie mir direkt in die Augen.

Mich umschließt ein Mantel aus Scham, ich glaube, eine lange Zeit gar nicht reagiert zu haben, bis ich irgendetwas Flapsiges sage, ich lächle, greife noch einmal nach ihrer Hand im Sand. Sie schließt ihre Augen und windet sich. Noch nachdem meine Hand sie nicht mehr berührt, scheint sie mich abschütteln zu wollen. Ihr Ausdruck ist erstaunt, fast bestürzt, und sie schließt noch ein, zwei Mal leicht kopfschüttelnd die Augen, als wollte sie sich etwas begreiflich machen – war es wirklich so abwegig, was gerade passiert ist? Was soll ich denn sonst machen, bei allem, was mir passiert ist?

Der Fehler, den ich mache, ist, dass ich etwas sage, was meinen Gedanken entspricht, ungefiltert, etwas wie: *What else was I going to do?*

Naja, sagt sie aus ihren dunklen Augen, *zum Beispiel: Nicht mich küssen.* Sie schüttelt indigniert den Kopf. *Du wirst mich jedenfalls niemals nackt sehen.* Danach ist es lange still, und das Meer schlägt ungeheuer traurige Wellen ans Ufer. Die automatische Monotonie dieses Moments. Wie einsam man plötzlich ist, obwohl ich es vor ein paar Sekunden noch nicht war, vor ein paar Minuten befand sich alles noch im glücklichen Vorstadium der absoluten Möglichkeit, ein jugendlicher Moment. Während jetzt alles veraltet und verhärtet feststeht – *So it goes. There are accomplished facts* (CARL SANDBURG). Wie klein und eng ist plötzlich alles, besonders ich selbst, stumpf und dumm. Ich fühle mich nackt, und es erscheint mir jetzt besonders ironisch, dass sie genau diese Worte wählte, *du wirst mich jedenfalls niemals nackt sehen.*

Warum hast du das gemacht?

Ich denke kurz nach, sage: *Warum nicht?* Wegwerfend setze ich hinzu: *So schlimm war das jetzt auch wieder nicht, oder?*

Du kennst mich überhaupt nicht.

Ich wollte dich kennenlernen.

Wie wär's mit einem Handschlag, sagt sie. *Warum musst du die Leute immer gleich küssen?*

Später werde ich mich fragen: Warum sagte sie *immer,* sie kannte mich doch gar nicht. Aber jetzt noch nicht. Jetzt begleite ich sie zu einer Bushaltestelle am Wilshire, an die sie ein Uber bestellt, und während wir warten, gedehnte, gestundete Momente, spreche ich ungelenk an, ob ich sie noch einmal wiedersehen könne.

Keine Ahnung, sagt sie schulterzuckend, klammert sich dabei an ihrem Smartphone fest, das sie vor ihre Brust hält, wie ein Schild. *Du bist ja auch immer im Getty,* und dann

›194‹

hält sie sich die Stirn, als käme sie grade erst runter. *Weißt du –*, beginnt sie und seufzt einmal theatralisch. *Ich hatte Spaß mit dir, aber – ich weiß nicht, du bist eher wie eine Schwester für mich.*

Mensch, das hättest du aber jetzt auch für dich behalten können, oder? Sie bleibt einen Moment still, schaut auf ihr Handy, wann das Uber kommt. Ich kann das nächste nicht nur denken, und sage: *Schwestern sehen einander aber schon auch mal nackt.* Ich grinse. Sie schüttelt den Kopf, mehr zu sich selbst als zu mir. Dann verschwindet sie, kusslos, grußlos, in einem verspiegelten weißen Wagen. Als sie in das Auto hinein zu dem Fahrer spricht, hat sie eine andere Stimme, die freundlich klingt.

Das Alabasterleuchten des Wagens wird vom Dunkel des Boulevards gänzlich verschlungen. Lavinia gehört mit einem Mal ganz zu den neuen Koordinaten dieses Moments, der sie von mir entfernt.

Auf meinem Weg unter den schwarzen Silhouetten vor dem schlammgrauen Himmel nach Hause habe ich nur einen Gedanken: wie gerne ich dich jetzt anrufen würde, um dir alles zu erzählen, was passiert ist, obwohl es der Inbegriff der reinen Unmöglichkeit ist. Ich sage mir: Es ist nichts passiert, ich habe lediglich verloren, was ich nie hatte. Ein trostloser Gedanke. Vielleicht ist es aber auch so, dass sich das, was man verloren hat, sofort so anfühlt, als hätte man es niemals gehabt.

In meiner Casita schaue ich nach, wie zu Hause das Wetter ist und trinke ein langes Glas Bourbon. Würziges, flüssiges Licht wie ein öliges Feuer. *Du wirst mich jedenfalls niemals nackt sehen.* Die Scham ist wie eine zweite Haut, ich tätowiere sie mir von innen auf meinen Körper, mit den peinlichen Geschichten meines Lebens.

I WILL NOT SAY YOUR NAME · THE DECEMBERISTS

Nach deinem Verschwinden warst du noch da. Wir lebten noch zusammen in unserer Wohnung, doch ich war allein dort, und die Kastanien vor den Fenstern fingen erbarmungslos schön an zu blühen, und entsetzlich herrlich duftete das Frühjahr in das geöffnete Fenster und die geöffnete Erinnerung hinein. Du warst ein Gespenst, eine Überblendung, es gab keine Worte, dich zu erreichen. Vorgehalten und vorenthalten. Lernen, dass du verschwunden warst, während du da warst. *Zudringlich werden durch Abwesenheit* (ILSE AICHINGER).

Nach dem Sonntag deines Verschwindens bestellte ich in der kleinen Buchhandlung an der Ecke drei Bücher: Peter Handkes *Wunschloses Unglück*, Gerhard Roths *Winterreise* und S. J. Agnons *Liebe und Trennung*. Handke las ich in einem Zug an einem Abend, mich selbst umarmend. In den ersten Kapiteln von Roth unterstrich ich viel, aber ich fand nicht richtig ins Buch. Agnon habe ich nicht ein einziges Mal aufgeschlagen. Was, wenn alle Lösungen darin standen?

Ich kaufte die Bücher damals allein der Titel wegen und hatte geplant, ihre Namen wie schöne Intarsien in ein Buch einzulegen, das ich damals schreiben wollte als Reaktion auf dein Verschwinden, ein Buch, das ich nicht geschrieben habe und nicht schreiben werde. Tut es weh, einen Schmerz zu erfahren, der einem die Kulissen einreißt, aber schon beim ersten Anschreiben, bei den ersten Notizen darüber, auf dem Papier zerfällt, weil dieser Schmerz nicht besonders, nicht einzigartig genug war, um im Gefüge der Literatur zu bestehen, zu banal, zu bedeutungslos, wie Pensionäre, die plötzlich anfangen, von ihrem Leben bei der Berufsgenossenschaft zu schreiben, *und dann wurde unser erster Sohn Rüdiger gebo-*

›196‹

ren, ein properes Bürschchen. Kurzum, bei allem, was gewesen ist, nicht schmerzhaft genug und vielleicht gerade deshalb nicht schmerzhaft genug, weil ich Angst hatte, alles aufzuschreiben, was die Wahrheit war, aus Scham, am meisten aus Angst, den Schmerz durch das Aufschreiben zu verlieren, mich zu therapieren, meinen Schmerz über dich in die Welt der Sprache hineinzuverlieren, weil mein Schmerz der Platzhalter geworden war für dich, tut das weh, ja, aber vielleicht nicht weh genug, um Literatur zu heißen. Was für ein schrecklicher Ort die Literatur eigentlich ist, muss jeder Schmerz auf seinen Höhepunkt hinaufästhetisiert werden, um als Kunst zu gelten und nicht nur als Schmerz. Oder lag es nur an mir, war ich es, der zu pauschal Literatur mit Verletzung gleichsetzte? Welcher Sache machte ich mich schuldig, wenn ich die Literatur lediglich als Schmerzgefäß betrachtete? *Ich will nicht darüber sprechen, weil ich fürchte, es wird Literatur daraus* (BARTHES).

Zu Beginn von *Wunschloses Unglück* schreibt Handke in Folge der Mitteilung vom Selbstmord seiner Mutter: *Es ist inzwischen fast sieben Wochen her, seit meine Mutter tot ist, und ich möchte mich an die Arbeit machen, bevor das Bedürfnis, über sie zu schreiben, das bei der Beerdigung so stark war, sich in die stumpfsinnige Sprachlosigkeit zurückverwandelt, mit der ich auf die Nachricht von dem Selbstmord reagierte.*

Nach dem Tod von Henriette Barthes im Oktober 1977 fasst ihr 62 Jahre alter Sohn Roland bald den Entschluss, dem *Überdruss, der sich auf alles erstreckt, was ich tue und denke* ein Ende zu machen und der endlosschleifenden Monotonie im Trauern ein neues Leben entgegenzusetzen und doch wieder zu schreiben: *Vita Nova* sollte sein neues Buchprojekt heißen. Warum greift der Semiotiker, der Essayist, der

Wissenschaftler im Angesicht des Verlusts durch den Tod seiner Mutter nicht zum Essay oder zur wissenschaftlichen Abhandlung, nicht einmal zum Memoir, und stattdessen zum Roman?

Man kann über die Wissenschaften sagen, was man will, so besessen vom Tod wie die Literatur sind sie nicht.

Barthes' Bedürfnis der Erneuerung durch die Fiktion geht weit über ein gemeinplätzlich beschriebenes *Verarbeiten* hinaus. Es muss Fiktion sein, was diese Erneuerung bringt, denn nur die Fiktion liefert auf direkte Weise nicht eine Überwindung des Wirklichen, sondern ein Überschreiben der Wirklichkeit, eine Form des Ersetzens im Angesicht des Entsetzlichen. Wie in einem Revolver der Ontologien schiebt sich die Kugel der Fiktion in die leergeschossene Kammer des Wirklichen nach. Auf wen zielt das Projektil der Fiktion? Auf mich? Auf dich? Auf sie?

Schnee als Schnee und Wellen als Wellen und Literatur als Literatur? Mir gelingt diese Lesart der Dinge einfach nicht.

Während wir WIR waren, schrieb ich, statt von dir zu schreiben nicht mal von mir, kümmerte mich stattdessen um meine Dissertation, immerhin. *Die Lyrik der Lyrics – Beiträge zu einer Ästhetik des Songtextes*, darin nicht ein einziger Satz aus der Schwebe der Innerlichkeit, warum auch, jeder Gedanke am Hilfsgeländer der Sekundärliteratur geführt. Doch ich stellte das Manuskript fertig, bezahlte meinen Druckkostenbeitrag, wurde in einer Fachzeitschrift für Musikwissenschaften besprochen, gar nicht schlecht, bekam aber im darauffolgenden Jahr die VG WORT-Ernüchterung, *für den gemeldeten Titel kann die Bibliothekstantieme nach § 45 Abs. 1 u. 2 des Verteilungsplans nicht vergütet werden, da die dort geforderte Verbreitung in wissenschaftlichen Bibliotheken der Bundesrepublik Deutschland nicht gegeben ist. Um in angemessenem Umfang entliehen werden zu können, benötigen Bücher und Buchbeiträge mindestens fünf leihverkehrsrelevante Standorte.* Getting known!

Mit Schuldgefühlen sah ich während dieser Zeit manchmal die Ordner im Regal stehen, großspurig mit Projekttiteln und Genrebezeichnungen versehen. Die Leidenschaft, abgeheftet. Du tatst meinem Schreiben nicht gut, nicht während du bei mir warst und erst recht nicht, seit du fort bist.

Und jetzt noch einmal von vorne? Wie bemitleidenswert hilflos, die Hoffnung, es noch einmal versuchen zu müssen. Ich habe dem Bedürfnis zu schreiben nicht rechtzeitig nachgegeben, habe zu lange gewartet und bin jetzt eingekapselt in meine stumpfsinnige Sprachlosigkeit, aus der ich nicht mehr herausfinde. Der Schmerz ist alt und verhärtet, ich kann aus ihm nichts mehr herauslösen, es ist keine Sprache mehr im Stein.

Ein Mensch, der noch nach Jahren nur an den einen Menschen denkt, der nicht mehr da ist, wie wenig unterscheidet der sich vom Betrunkenen in der Nacht, der immer wieder dasselbe Bild, denselben Namen »in Anführungszeichen« googelt, von dem Lauernden, der noch nach Jahren den Namen auf einem Klingelschild sucht, dem Stalker unterm Schlafzimmerfenster im Sommer, der wartet, bis das Licht gelöscht wird, und nach dem Stöhnen der Verlorenen lauscht, während er in die Hortensien masturbiert.

TO THE GHOSTS WHO WRITE HISTORY BOOKS ·
THE LOW ANTHEM

Häufig habe ich mich gefragt, welche Form von Trost (Heilung?) in der Abstraktion durch Schreiben liegt. Liegt Trost in der Theorie? Schrieb ich deshalb keine Fiktionen, während wir WIR waren, eben nicht, weil allein das Schreiben von Fiktion tröstet, sondern weil wissenschaftliches Schreiben eigentlich denselben Zweck erfüllt? Und würde es dann nicht auch genügen, wenn ich, *wie es mir gerade entsprechen würde, mit der Schreibmaschine immer den gleichen Buchstaben auf das Papier klopfe?* (HANDKE).

Ich kenne die Antworten nicht, die ich brauche, doch ich weiß, was ich eigentlich will, ist ein Ertränken durch Textmasse, ein zerstörerisches Rauschen, durch Sprache erreicht, ein *drowning out*, das verwandt ist mit der Stille des Todes. *White noise*. Weil mir dies durch Theorie und Interpretation verwehrt blieb, meine ich heute, dass mein Ziel am ehesten in der übertünchenden Welt der Fiktionen erreichbar sein muss, wo alles hinter zerstreuenden Bedeutungsspuren versteckt liegt. Mit jedem Wort, das man schreibt, tritt man Sinnspuren in die Welt, und unter ihnen geht man langsam selbst verloren. Ein Weg, sich auszulöschen, sich langsam durch Sprache ins Nichts zu sprechen.

Heute möchte ich anfangen, von dir zu schreiben, um dich loszuwerden, um euch alle loszuwerden, dich und mich und uns. Sprache, um die Sprache zu überwinden, um wieder die Stille herzustellen, die herrschte, bevor wir WIR waren, und mit diesem Bedürfnis ist plötzlich wieder der Schnee in meinem Sommer. Ein Buch aus uns und allem, was jetzt ist, und wenn ich es abgeschlossen habe, wird alles, was jetzt war, vorbei sein.

SKYWRITING · EELS

Ich denke an dich, und wenn ich an dich denke, denke ich WARUM, und wenn ich WARUM denke, denke ich an den Winter.

Der Winter im letzten Jahr dauerte beinahe bis April, und eigentlich dauerte er noch das ganze alte Jahr. Im weißen Februar verschwandst du, im bunten Mai zog ich um, den Sommer habe ich verloren, und im Oktober war es schon wieder weiß. Die Scheiben der Autos auf den Straßen waren übersilbert am Morgen, und das Gras war weißgereift und starr, beim Betreten hätte es zersplittern müssen.

Zahllose schlaflose Nächte und zahllose namenlose Weinflaschen später ging ich den ganzen Winter über schon früh vor der Arbeit an der Universität spazieren, sah meinem Atem zu, wie aus ihm Gespenster wurden, hörte lebensgefährliche Musik. *Die Winterreise, I See a Darkness, Your Funeral ... My Trial, Sea Change, 50 Words for Snow, Hospice, Get Lonely.* Chronik eines angekündigten Selbstmords, den ich nur aus Feigheit nicht einlöste, mein Soundtrack, der die Verzweiflung begleitete und den Schmerz vom Bedeutungsdrang befreite, weil die Hintergrundmusik mein bescheidenes, schmerzendes Dasein ästhetisierte. Auch in Zeitlupe wäre mein Leben leichter. Durch die Wiederholung des Soundtracks hoffte ich, mir meine Hemmung zu entplomben und mir die Tränen aus dem Körper zu holen, die ich damals nicht weinen konnte. Ich hoffte, diese Zeit würde intensiv erfahrbar und deshalb schneller zu einer Gewohnheit, die schließlich nicht mehr wehtat, sondern lediglich langweilte.

Als ich weinen konnte, wurde es nicht besser, der Mythos vom *Ausweinen* blieb Mythos, und mit der Zeit wurde durch das Weinen das Leben nicht erträglicher, sondern Weinen wurde leichter, als hätte ich mir lediglich beigebracht, wie ein beschissenes Leben eben läuft.

Jeder Spaziergänger ist allein. Ich war es damals, am Rande der Stadt, wo ich aus meiner neuen Wohnung floh, und ich bin es hier. *Kein Ort. Nirgends.* Aus dem Fenster meiner Wohnung blickte ich von weit oben auf das Nachtdepot der Straßenbahnen, die in der Dunkelheit gelagert wurden wie Särge, in denen nach und nach das Licht ausgeschaltet wurde.

Die Wohnung war klein, alt, durch den Boden stieg der Zigarettenrauch des Trinkers, der im Stockwerk darunter wohnte und langsam an seinem Leben starb. Die Fensterscheiben waren foliendünn und zitterten mit jeder Tram, die zum Schlafen kam, und winterlang waren die Fenster morgens von innen kristallüberfroren, quecksilberne Eisblumen wie im Märchen, wo es niemals so deprimierend war wie hier, und an mein Fenster kam nie ein freundlicher Bär mit Schnee im Pelzwerk, der mir den garstigen Zwerg, der mir im Herzen saß, mit einem Tatzenhieb zerschlug.

Ich schreibe ausführlich die Details der Wohnung aus meiner Erinnerung in mein rotes Notizbuch, hoffend, dass ich so alles von hinten an auslöschen kann, aber ich breche ab und gehe nicht weiter zurück in unsere Wohnung, denn wenn ich mir vorstelle, wie deine Kleidung auf dem kleinen Biedermeier-Sessel im Schlafzimmer lag, scheint es mir auf einmal, als könnte ich ihre Stimme von dort bis hierher hören. Ich bleibe einen Moment lang in der Mitte des Wohnzimmers meiner Casita stehen, über mir kreiselt der Deckenventilator, darüber ein Hubschrauber, sonst ist es still, das Fliegengitter wellt sich leicht im Wind. Beinahe höre ich sie jetzt lachen. Aus einer Echokammer am Rande des Traums. Doch die Kammer verschließt sich und das Lachen entstirbt.

GLACIER · JAMES VINCENT MCMORROW

[I]n truth, i am not well here [in wahrheit geht es mir hier nicht gut], tippt Blackshaw am 27.9.1949 mit seiner Schreibmaschine auf ein Blatt eines gelben Legal Pads, inmitten einer langen, zunehmend erratischen Passage, in der er das Innere seines Körpers als Schnee begreift und darlegt, dass der Schnee die einzige Substanz ist, die auf der Erde existiert und für alle Zeit existieren wird, und dass der innere Schnee seines Körpers zum Inbegriff der Zukunft der Welt wird, bis er mit den schlichten Worten endet: *i am snow*, der ganze absatz, jedes wort in kleinbuchstaben … ohne Punkt. Die beiden Seiten, über die sich diese Passage erstreckt, sind, ungewöhnlich für das Konvolut von Blackshaws Aufzeichnungen, über die Fläche der Seiten verteilt, als wären sie ein Gedicht, verslos, reimlos, aber fast in Versform gesetzt, gelegentlich im Zeilenstil reißen sich die Phrasen das Kliff der Seite entlang. Am Ende der ersten Seite dann die Worte: *schnee ist über allem und in allem/denn der schnee ist das wasser/das in allem schmilzt/pulsschlag/in allem ist der wasserschnee/allein auf einer anderen ebene der zeit*, kein Punkt, und anschließend eingelegt eine kurze Reflexionspassage in Prosa, die zerfressen ist von großen leeren Flächen:

in wahrheit geht es mir hier nicht gut

ein Mensch allein unter Schnee [among snow]   *weiß ich*

nicht   *nicht mehr*   *warum ich hier bin*

als hätte ich meine Spuren im Schnee selbst verwischt

kann ich den Grund nicht wieder finden   *warum*

ich hier bin   *und*   *warum*   *geht ein*

Mann in den Schnee   *wenn er doch besser*   *ins*

Wasser gegangen wäre. Kein Fragezeichen.

Mir gefällt diese Passage, weil für einen kurzen Moment

die Maske rutscht, die vielleicht eine Hamlet-Wahn-Maske ist, eine Humbert-Nabokov-Maske, und für einen Lidschlag lang habe ich den Eindruck, ich bin bei ihm in dieser kleinen Thoreau'schen Blockhütte mit dem Ofen und dem Topf, in dem er Schnee schmolz, um mit dem Wasser Kaffee zu kochen. Doch woher weiß ich, welche Stimme die authentische ist, die rationale oder die des Wahns?

Vielleicht gefällt mir die Passage, weil wir, wir beide, lieber Gabriel Gordon Blackshaw, an der Kinderfrage leiden, sie ist ein Gefäß, in das ich neue und neue Erlebnisse hineinwerfen kann, wie die Szene am Strand von Santa Monica, als die Wellen nur Wellen sein durften und heute alles andere sind als sie selbst.

Erst viel später wird mir klar, dass der 27. September Blackshaws Geburtstag war. Der Tag, an dem er an Selbstmord denkt.

SLEEP ALL SUMMER · CROOKED FINGERS

Ich schreibe kein Wort. *Ich schreibe immer weniger über meinen Kummer, doch in gewissem Sinne ist er stärker, hat sich verewigt, seit ich nicht mehr schreibe* (BARTHES). Ich entscheide mich, auch schon mittags anzufangen zu trinken. Ich gehe nicht mehr wegen der *Times* in den Liquor Store.

Meistens ist das einzige Gespräch, das ich am Tag führe, eines mit dem Lieferjungen, der mir mein Essen bringt. Ich gebe so viel DAAD-Geld (God love it) für Junk Food und Alkohol aus wie Elton John für Blumen, bestelle oft so viel auf einmal, dass ich, wenn der Lieferant mit den prallen Tüten in der Tür steht, manchmal in das andere Zimmer etwas rufe wie: *Yeah, I'll get it this time, love.* Das Zen-Kōan meines Sommers: Ist es auch dann eine Lüge, wenn niemand da ist, der sie hört?

DEAD OF WINTER · EELS

NOTIZEN EINES VERLORENEN SOMMERS IN EINEM ROTEN
NOTIZBUCH.

August.

Wie viele Menschen sind heute am Leben, die sich an mich
erinnern?

Die schönsten Erinnerungen sind immer auch die traurigsten.

Wenn ich nicht mehr wichtig bin.

Die Zeit von dir weg ist auf meiner Seite, doch mein Weglauf
ist ein Lauf gegen mich, gegen die Zeit, auf zum Tod.

Vermissen, ist das nicht manchmal noch ein bisschen so wie
haben. (Blackshaws Variante: *Vermissen ist Besitzen in Abwesenheit.*)

Der kleine Moment zusammen und die ganze Welt voneinander getrennt, man lebt ein Leben und ist für immer tot.

Das Liebesbisschen, das ich nicht erkannt habe, als es da war.

Ich bleibe im Schatten im Spiegelhaus. (BLACKSHAW)

Was nicht in die Erzählung gelöscht wird, ist nie geschehen,
was erzählt wird, ist gelogen.

Erinnerung: Rückstand von Scham und Bedauern. (BLACK-SHAW) [*Memory: Residue of shame and regret.*]

Rückstand von Bedauern: Ich. (BLACKSHAW) [*residue of reg[r]et: i*]

(*Reget.* Zurückholen. Rückstand von Bedauern.)

Überall, wo ich gehe, lege ich deinen Schatten nieder wie einen Kranz aus Staub.

An einem Tisch für zwei sitzen zwei völlig verschiedene Welten.

Ich hätte noch Träume für dich übrig.

Ich sehe deinen Garten, doch ich gelange nicht dorthin. (*Alice's Adventures in Wonderland?*)

Kitsch, Pathos: Der Ausweg, wenn es eigentlich auch egal ist.

Die traurigste Sorte Sätze ist jene der wunschgesteuerten Zukunftsrichtung: Ich möchte gerne glücklich sein, etc.

Bis ans Ende einer alten Zeit.

Ich will anschreiben gegen die Verdunkelung unserer Gemeinsamkeit und dich gleichzeitig loswerden. Doch ich könnte dich auch einfach durch Warten auslöschen.

Meine Spuren verfolgen mich.

Alles das zu ertragen, wer hat dazu die Tage?

Für den Fall, dass ich aufgeben muss, darf ich auf keinen Fall aufgeben.

Foolishness. Suicide, doing death's dirty work. (BLACKSHAW) [*Torheit. Selbstmord, dem Tod die Drecksarbeit abnehmen.*]

Wenn ich die Kraft zum Tode hätte, hätte ich mich längst in die Schwäche des Todes geworfen.

ICH ist ein persönlicheres Fürwort als DU.

Und am Ende kann man schließlich nur das wegwerfen, was man hat.

Ich komme mit Worten auch nicht von dir weg. Auch die Sprache baut nur Spinnennetze.

Unverändert in einer veränderten Welt, verändert in einer verendenden Zeit.

Weil du mich aus meinem Trauerleben aufgetaut und mich ins Leben zurückgewärmt hast mit deiner gelogenen Liebe.

Meine elende Lebensscherbe.

Warum ist in diesen Räumen so viel Staub, wo hier so wenig Leben ist?

Die herrenlosen Tiefen meines Selbstmitleids.

Das Herz wird eine Schale bilden, die keine andere durchbricht.

Wir werden sehen, in welchen Betten wir landen und nicht in welchen Särgen wir enden.

Alles kommt aus Winter./Alles ist gemacht aus Winter (BLACKSHAW) [*All is of the winter.*] (?)

Die Welt als Stille und Vorstellung.

Als meine Welt einmal auf Spinnenbeinen dem Tod nachlief.

Ich komme von meinen Problemen nicht los. Viele von ihnen lerne ich gerade erst kennen.

Objects in America are closer than they appear.

Wenn sich selbst der Samstag wie ein Sonntag anfühlt.

Am besten stirbt man mit vollem Magen und leerem Sack.

Die Tage, die erst lange nicht vergehen und dann für immer nicht mehr zurückkehren.

Alles ist verloren, und ich weiß nicht mal, was alles war.

In den Glasräumen des Regens, in den Federräumen des Schnees. (BLACKSHAW) [*In the glassy spaces of the rain, in the feathery spaces of the snow.*]

Schnee ist bloß kristalline Zeit. (BLACKSHAW) [*snow is merely crystalline time*]

Wie weit die Tiere am Meeresgrund von den Sternen entfernt sind.

Ein Weg im Schnee, der nicht mehr bleibt. (BLACKSHAW) [*A path in the snow no longer remains.*]

Schnee ist das Wetter, das sich mit Schweigen sagt. (BLACK-SHAW) [*Snow is the weather speaks itself in silence.*]

Und wenn ich Schnee sage, dann meine ich Freiheit. (BLACK-SHAW) [*And when I say snow I mean it to mean freedom.*]

Am glücklichsten bin ich in der Vergangenheit.

Wenn ich nach dem Saufen aufwache mit Schnitten im Gesicht und blauen Flecken auf meinem Körper, frage ich mich, ob mich selbst meine Träume verletzen.

Und wenn ich SPRACHE sage, dann meine ich AUSLÖSCHUNG.

Wenn der Schnee seinen weißen Mund über der Erde geschlossen hat. (BLACKSHAW) [*When the snow has closed its white mouth over the earth.*]

Jeder Tag eine Mauer. (BLACKSHAW) [*Every day a wall.*]

Ich höre mich wie eine Stimme ohne Ort. (BLACKSHAW) [*I hear myself as a voice without place.*]

Ich sehe euch noch durch mein lichtes Herz. (BLACKSHAW)
[*I still see you th[r]ough my thinning heart.*]

Manche Sterne überschneien ihren Tod. (BLACKSHAW) [*Some stars snow across their death.*] (?)

Ich schreibe jetzt Schnee. (BLACKSHAW) [*i'm writing snow now*]

Aus manchen Dingen wird niemals Vergangenheit. (BLACK-SHAW) [*some things never become the past*]

Schneeflocken wie zarte Blüten, Früchte, die in der Schwebe (?) wachsen. (BLACKSHAW) [*Snowflakes like soft petals, fruit growing in the float–*] (?)

Schnee fällt am besten nachts. (BLACKSHAW) [*Snow falls best at night.*]

Snows are the opposite of tracks. (BLACKSHAW) *Die Schnees haben keine Spuren.* (Im Deutschen hat der Schnee keinen Plural. Im Deutschen ist der Schnee immer allein?)

Was wir verlieren ist alles, was wir haben.

September.

INVISIBLE INK · AIMEE MANN

Mein Sommer im Schnee mit einem Toten. Endloses Durch-klicken von Fotografien seiner Legal Pad-Notizen. Nach dem Aufwachen manchmal der Eindruck, er sei in meiner

Casita gewesen oder ich in seiner Hütte. Stammen die Schnitte, die blauen Flecken vielleicht von ihm, was hat er mir angetan? Ich meine, das Klackern seiner Schreibmaschine wäre auch in meiner Casita zu hören gewesen, das rhythmische Geräusch, das damals von Schneehase und Hermelin in der leblosen Dunkelheit der kalten Nacht gehört wurde. Hatten diese Wesen davor Angst?

Wie füllte Blackshaw die leeren Stunden? Hatte er die Möglichkeit, ausreichend Alkohol zu kaufen, was machte er an den Tagen, wenn er nicht schrieb? Die Notizen geben keinerlei Antwort auf irgendein WARUM, obwohl er sich manchmal, leicht klagend fragte, warum ist er hier, warum ist er verzweifelt, warum schreibt er über diesen Schnee, warum wird er ins Weiß gehen? Doch bei allem fehlenden Warum, bei aller fehlenden Antwort darauf, sind seine Aufzeichnungen auch auf eine enervierende Art befreit von jeglichem WIE. Er schrieb zwar Schnee, aber er war kein Schriftsteller, es fehlt den Texten an Form, Ordnung, Systematik und am treffenden Detail der Beschreibung eines Lebens oder auch nur eines einzigen Lebensmoments, die Beschwörung des Alltäglichen, der Umgebung, ganz speziell dieses Raumes, in dem er seine Zeit auf diesem Berg verbrachte. Ohne diese Einzelheiten ist die Vorstellung seines Lebens und seiner Erfahrung, bei allem vorhandenen Textmaterial, beinahe unmöglich. Ist sie aber beinahe nicht möglich, weil Blackshaw keine schriftstellerische Fantasie hatte, oder weil ich sie nicht habe, weil mir der Muskel für die Überbrückung der Leerstelle fehlt, der Muskel für das bisschen behutsame Fiktion, die nötig wäre, um mir die Schritte vorzustellen, die in den Spuren standen, von denen ich lesen kann, die Schuhe und ihre struppigen Schnürsenkel, die dunklen Flecken auf dem Leder, das kauende Knirschen jedes Schritts, wenn die Kristalle sich stauchten.

In seiner Biografie schreibt Leyton Waters, Blackshaw hätte Mitte Dezember seines letzten Jahres noch einmal Proviant im Main Street Market, dem kleinen *chain store* im Dorf an der Spitze der Talsohle, gekauft: 8 Dosen Patsy Smoked Sardines, 4 Dosen Lookout Smoked Sardines, 4 Laibe Brot, Zwiebeln, Kartoffeln, 1 Dose Hills Bros. Coffee, 1 Dose Milchpulver, 1 Dose Aspirin. Er wäre regelmäßig in den Main Street Market gekommen, wo man ihn und seinen stetig wachsenden Bart bald kannte, ohne Näheres über ihn erfahren zu haben. Er beschreibt ihn wie einen Ansel-Adams-Abklatsch. Bei seinem letzten Besuch habe ihn ein Ranger, der auch einen *Vollbart* hatte, in ein Gespräch verwickeln wollen. Der Ranger, *halb so alt wie Blackshaw*, habe den älteren Mann vor Lawinen gewarnt. *Es ist Lawinensaison*, hätte der bärtige Ranger zu Blackshaw gesagt. In seinen Papieren im Getty-Archiv ist an keiner Stelle die Rede von einem vollbärtigen Ranger, von irgendeiner Warnung, irgendeinem Bewusstsein über die Lawinensaison, und nicht von irgendwelchen Details über Blackshaws Proviant.

Blackshaw beschreibt nicht einmal seine Hütte genauer, kein Wort über die Ausstattung – gab es zum Beispiel eine Toilette, hatte er eine Abwassergrube? Hat er dort oben masturbiert? Er beschreibt nicht einmal den Sommer in seiner Hütte. Seinen Notizen zufolge glaubt man, das ganze Jahr wäre durch unerlässlichen Schneefall gezeichnet gewesen, was meteorologisch unmöglich und mit den vorhandenen Wetterdaten widerlegbar ist. Für das Jahr 1949 sind eindeutig wärmere Temperaturen in den Selkirk Mountains verzeichnet, mit enormer Schneeschmelze im ganzen Nordosten der USA, selbst wenn die südlicheren Staaten des Landes, Texas, Arizona, Kalifornien, in Folge kälterer Witterungen enorme Ernteverluste einfahren mussten. *Avocado shortage?* Die

Nahrungsmittelpreise stiegen folglich in jenem Jahr unerwartet stark an. Doch auch vom Wetter spricht Waters nicht, obwohl die meteorologischen Daten allgemein zugänglich gewesen wären, während die penibel genauen Nahrungsmittellisten auf irgendeiner Spitzfindigkeit fußen müssen, auf irgendeinem Geheimarchiv, dessen Spuren heute verwischt sind. Waters gibt keinerlei Quellen an, nicht einmal darüber, warum er genau weiß, Blackshaw habe zwei ganz spezielle, unterschiedliche Sardinenmarken bezogen und vielleicht bevorzugt.

Das Onlineverzeichnis von Blackshaws Konvolut im Getty weist darauf hin, dass sämtliche hinterlassenen Papiere des Mannes hier versammelt sind. Woher hat Waters die Informationen gehabt, die mir nun nicht zugänglich sind, und warum weist er sie nicht aus? Hatte er Zugang zu einem Archiv, das er nach der Auswertung zerstörte, um eine zukünftige Änderung oder Korrektur des Lebens dieses Mannes, Gabriel Gordon Blackshaw, unmöglich zu machen, um seine Biografie (die gelebte und die geschriebene) in Stein zu meißeln, anstatt in den Schnee zu treten? Verbranntes Papier, verbrannte Erde? Wer war Leyton Waters? *Writ in Waters?*

In der Danksagung seines Buches erwähnt er Betty Claire Blackshaw, die Tochter des Verschollenen. Er erwähnt sie allerdings nur insofern, dass sie dem Biografen einige Fragen per Telefon beantwortet habe. Diese Fragen und die implizierten Antworten, was immer ihre Natur waren, können unmöglich die Spezifik gehabt haben, die Waters suggeriert, denn Blackshaws Tochter war ebenfalls nicht mit ihrem Vater auf dem Berg, er hatte sie verstoßen. Genau darin liegt vielleicht eine mögliche Beantwortung der Frage WARUM, der Kinderfrage. Sie liegt womöglich in Blackshaws Kind.

MORNING IN LA · WHITE LIES

Ich flüchte mich von ihr zu ihm, schreibe kein Wort von ihr. Nachdem ich lange getrunken und lange geweint und lange gar nichts gemacht habe, außer Blackshaw zu lesen, Avocado Toasts zu essen, sie zu googeln und mich selbst zu befriedigen, gehe ich schließlich an einem Morgen, unbefriedigt, ins LiteratiCafe, trinke einen Kaffee nach dem anderen, mein Herz hämmert hörbar in meinem Körper. Doch auch hier lese ich nur wieder in den Texten, die ich während meiner Wrackzeit aus dem Archiv auf dem Gettyberg gehoben und in mein Leben am Boden der Stadt runtergetragen habe.

Ich klicke mich durch meine Fotografien seiner Texte und Bilder. Die Bilder habe ich eilig im Reading Room geschossen, wie ein Dieb. Obwohl das Fotografieren erlaubt war, spürte ich immer den Puls eines leicht schlechten Gewissens unter der Überwachungskamera hinter dem Desk der Bibliotheksangestellten, immer so, als hätte ich schon damals gewusst, dass ich bald schon nicht mehr an diesen Ort zurückkommen könnte.

Meine Fotografien seines Archivs sind zweifach entfernt von jenem Archiv, zu dem nur Blackshaw Zugang hatte, seinem Körper und den darin enthaltenen Gedanken, und doch sind meine Bildkopien keine Blindkopien, sondern eingelegt in mein Leben, und vielleicht in meinen noch zu schreibenden Text, kleine Spiegel, in denen etwas den unsichtbaren Versuch unternimmt, Blackshaw ans Licht und in mein Leben zu lenken. Während ich die Fotografien auf meinem Laptop durchklicke, sehe ich dabei die ganze Zeit mein mattes Gesicht im Bildschirm gespiegelt und frage mich, wie sich dies in meiner Wahrnehmung des Blackshaw-Materials niederschlägt.

Während ihrer Zeit bei den Schimpansen in Tansania teilte die Primatenforscherin Jane Goodall mit ihren tierischen Freunden Dinge, die die Schimpansen in ihrer freien Wildnis niemals gesehen hätten: den Rasierspiegel ihres Fotografen und späteren Partners Hugo, Spielzeugaffen aus Plüsch und Ausgaben der Zeitschrift *National Geographic*, für die sie gerade über dieselben Primaten schrieb. Doch nicht nur der Rasierspiegel, nein jedes dieser Objekte ist auf seine eigene Weise ein kleiner Spiegel, und in jedem könnte man sowohl die Tiere, die Leserinnen und Leser dieser Spiegel, als auch die Autorin der Spiegel, Jane Goodall, wiederfinden, wenn man nur genügend Zeit hätte, wenn der Interpretationsmuskel und der Fiktionsmuskel nur genügend trainiert wären. Welche Spur hinterlasse ich in Blackshaws Papieren? Vielleicht ist bereits eines meiner Haare zwischen die Blätter gefallen, und ein Teil von mir lebt weiter im Archiv.

Immer wieder bleibe ich nun bei Blackshaws Fotos aus der Sammlung des Getty hängen, die ich bisher nicht mit größerem Interesse betrachtet habe. Erst durch die materielle, mediale und zeitliche Distanz, vielleicht aber auch, weil ich von gestern noch ein bisschen besoffen bin, erscheinen mir die Fotografien jetzt erstaunlich und beeindruckend.

Bevor Blackshaw in seine Hütte in den Selkirk Mountains ging, hielt er sich für einige Monate im Osten Kaliforniens in der Nähe von Lake Arrowhead auf, um bei seinem alten Vater zu sein. Ein kleiner Archivordner im Getty mit dem Titel EPHEMERA beinhaltet einige Briefe und verstreute Tagebuchnotizen. Darin schreibt Blackshaw einmal: *Heute ist Freitag. Vater und ich leben eine einfache Geschichte aus. Wir ernähren uns von Hamburgern und Keksen, etwas Wein (er) und etwas Whiskey (ich), wie zwei Bahnarbeiter oder Tagelöhner, gestrandet an einem unbelebten Ort, an dem es nichts zu tun gibt, außer auf die vorhandene Welt zu starren [other than to look at the present world], nur weil sie vorhanden ist. Wir sind Männer ohne Frauen. Manchmal sehe ich mir die Umgebung an wie ein anderes Land. Wir erzählen uns Geschichten von meiner Mutter und wir lachen, manchmal, bis uns die Tränen kommen, und hinter den Tränen weiß ich, dass der Tod kommt, und ich verliere alles, was Lieben heißt, in all seinen Formen. Das Ende von etwas. Aber heute lachen wir noch.*

Nachmittags geht er mit seiner Kamera in das nahegelegene Dorf und isst zu Mittag im Pinecrest Diner, das schon damals von der Zeit verbrannt schien (*smoldered away by time that seems to pass heavier here, somehow heavier*), und hier beginnt er, auf seinen Wanderungen durch die buschige, nadelhölzerne Landschaft Hunderte Fotografien zu machen, auf denen nichts zu sehen ist als Verkehrsschilder. Schilder im Wald und auf Landwegen, Wegweiser, Warnungs- und Verbotsschilder. Es scheint, er habe jeden Tag ausschließlich diese Schilder fotografiert, und durch die Schilderbilder blätternd, sieht man, wie sich allmählich die Landschaft verändert, vom trockenen Sommer in einen struppigeren Herbst wächst, wie die Blätter fallen, bis am Ende der größte Teil der Schildersammlung eingeweißt steht von Schnee. Wie zum Abstecken eines Terrains stehen die Schilder in Schneehügel gesteckt. Nichts als krümeliger, dicker und wolliger Schnee – und Schilder, die in ihrer Zeit untergegangen scheinen, endlose Schilder, die neue Wege schaffen und gewohnte versperren, und dabei vielleicht ein Augenzwinkern bei Fotos von Schildern, die zum STRAWBERRY PARKWAY oder zum GOLD DIGGER'S CLUB ihre ungegangenen Wege weisen. Manchmal werden Distanzen in ½-Meilen-Schritten angegeben, auf manchen Ortsschildern führt der Weg nach LAST CHANCE oder zur PARADISE LANE.

Die Bilder erinnern entfernt an Robert Adams' Foto einer leeren Interstate in Colorado, Wüstenlandschaft unter wolkenbestrichenem Himmel, und im Zentrum das große Schild EDEN RIGHT LANE, bloß mangelt es Blackshaws Fotos an einer Ästhetik. Sie sind schludrig, gehetzt, manchmal unscharf oder verwackelt, skizzenhaft, wie seine Notizen.

Viele der Schilder sind rechteckig, manche in Formen und Stilen, die es heute nicht mehr gibt. Schilder für Gehende, Schilder einer anderen Zeit. In einige sind Lacklöcher mit Schrotgewehren geschossen, kleine Meteoritenkrater, und immer sprachliche Hinweise, die mit diesen Bildern von Blackshaws toten Augen gelesen oder von seiner stummen Zunge gesprochen wurden, bevor der Klickmoment des Fotografierens jeden Klang und jede Sprache in die Stille seiner Bilder hineinsaugte: HELP PREVENT FIRES. BEWARE SNOW DRIFTS. GO BACK. Bis in sein letztes Jahr auf dem Berg wird er endlose Konvolute von Schildern fotografieren, dann schließlich ausschließlich schneebedeckt, so wie er sein Leben lang eine Faszination für eingeschneite Autos gehabt haben muss. Man verfolgt über sein Leben hinweg den wandelnden Fortschritt der Technologie des Automobils und wie der Schnee immer gleich auf den veränderten Stilen und Formen der Wagen liegt.

Aus meinem offenmundigen Tagtraum bin ich kurz herausgezogen durch eine Frau, die um meinen Tisch im Café herumschleicht und etwas hinter oder neben mir zu suchen scheint. Ich versuche, sie nicht zu beachten, fühle mich beobachtet, bin genötigt, mich nervös am Ohr zu kratzen, meine Haltung zu verändern.

Den Schilderbildern ist ein kleines Logbuch beigelegt, ein winziges Notizheftchen mit vertikalen grünen Linien auf angegilbtem Papier, und darin verzeichnete Blackshaw jedes dieser Schilder mit einer genauen Zuordnung durch Zahlen, die auf den Rückseiten der Fotografien angegeben sind. In seinem Logbüchlein vermerkt er anfangs stets das Datum und das Wetter (zu Beginn schreibt er oft einfach, selbst im Juli, *not snowing*), und manchmal fügt er eine knappe Beschreibung des Schilds oder der Umgebung hinzu, später heißt es dann seitenlang nur noch SNOW. Wem gilt dieser Katalog? Dachte er (hoffte er?), dass einmal ein Mensch wie ich den Spuren dieser Art von belangloser Aufzeichnungsmanie folgen würde, vielleicht aus seiner eigenen Forschungsmanie heraus? Oder aus Langeweile? Vielleicht gilt alles das niemandem, und es ist nichts als eine Verortung im Moment und ein Fingerzeig in eine weißgelöschte Zukunft.

Vielleicht verbirgt sich dahinter sogar ein Zweifel an der Fotografie als Konservierungsmaschine, und vielleicht misstraute er zum Ende seines Lebens (wusste er, dass es das Ende seines Lebens war?) – vielleicht zweifelte er misstrauisch an der fotografischen Technik oder an seinen eigenen mnemotechnischen Fähigkeiten.

Andere Fotografien aus dieser Zeit bestehen zu fünfundneunzig Prozent aus weißen Flächen. Überschneite Felder und Hügel, die Konturen ausgeweißt, gelöschte Kanten, menschlose Flächen, als einziger Klammerpunkt für den Blick schattige Schraffuren, wo ein Schneehügel etwas Weißlicht verschluckt oder doch etwas letztes Gras durch die Schneedecke hervorguckt. Im Schwarz-Weiß dieser kleinformatigen Bilder ist die Farbe des Schnees identisch mit der Farbe des Himmels. Manchmal erkenne ich erst, indem ich in ein Bild bis zur Verpixelung hineinzoome, wo die Welt aufhört und der Himmel anfängt. Außerhalb der Fotografien ist im Himmel wahrscheinlich einfach nur mehr Welt.

Ob er versuchte, mit diesen Fotos zu zeigen oder zu verbergen? Oder ob er das Verbergen, das im Alltäglichen steckt, sichtbar machen wollte? Die Fotos scheinen keinen ästhetischen und keinen sonstigen Zweck zu verfolgen. Sie besitzen eine ruhige Gefälligkeit, denn sie wirken, als wollten sie nie etwas festhalten, als wollten sie keine Spur legen und nichts Lebendes fotografisch zu etwas Totem machen und stattdessen bloß einen Moment lang im Vorbeigehen hinschauen, so als folgten sie einer Ästhetik der Auslöschung.

Weite Felder wie ungemachte Laken eines Hotelbetts. Es ist kaum etwas zu erkennen, auch nicht die Intention des Fotografen, und vielleicht haben mir diese Fotografien deshalb lange nicht gefallen, weil ich nach etwas suchte, um mich sinnlich von mir selbst abzulenken, hier aber bloß einen weißen Spiegel finde. Jetzt sind es diese Fotos, die mich in seinem Werk aus eingeschneiten Straßen und Schildern und kleinen Tieren, die mit Schnee leben, beinahe am meisten berühren. Undramatische Landschaften, als hätte er unaufdringlich versucht, seine Innerlichkeit auf diesen Landschaften der Möglichkeit auszufalten, und so geht es in diesen Fotos scheinbar auch um mich, da ich von dem gelichteten Gelände gerufen werde, als sollte auch ich darauf meine Innerlichkeit ausfalten. Nichts als Schnee, Schnee als Nichts, weiße Echos.

Jedes Foto ein winziger *gelatin silver print*, jedes Bild kaum größer als eine Visitenkarte. Und in Wahrheit ist jedes Bild eine Visitenkarte, die Visitenkarte eines Menschen aus einer vergessenen Zeit. Als Kind band man manchmal kleine Zettelchen an einen Luftballon und ließ ihn in den blauen Himmel davonschaukeln, immer in der Hoffnung, es würde einmal jemand zurückschreiben. Das Kind fand niemanden, der ihm schrieb.

Jetzt glaube ich, jedes Mal, wenn man mit einer Stiftspitze

die Oberfläche eines Papiers berührt, kitzelt man ein bisschen die Zukunft, fordert ein bisschen die Möglichkeit der Zeit heraus, hofft, vielleicht nicht bewusst, irgendwann gelesen zu werden. Digitale Kommunikation potenziert diese Tatsache nur, auf schöne, manchmal auf schreckliche Weise, weil man auch dann noch gelesen und gesehen werden wird, wenn man nicht mehr mag, wenn man nicht mehr mögen kann, weil man nicht mehr da ist, um Einspruch zu erheben. Das Web ist ein Chaos aus Geistern.

Im Englischen ist SNOW nicht allein ein Substantiv, sondern auch ein Verb, TO SNOW, das jedoch nicht allein *schneien* bedeutet, sondern auch *betrügen*. TO BE SNOWED INTO BELIEVING SOMETHING. TO SNOW SOMEONE INTO BELIEVING SOMETHING. Vielleicht hätte ich jeden Moment deines Körpers fotografieren sollen, um mich zu belügen, dass ich dich aus den verstreuten Fetzen irgendwo wieder zusammensetzen könnte, dass du irgendwo noch für mich vorhanden wärst.

Eine Sache, die man im Körper behalten will, ein Körper, ein Schnee, ein Mensch, existiert unmöglich in zu mannigfacher Form, es kann nie genügend Abbilder, nie genügend Darstellungen geben. Man müsste die Welt überspülen mit der Mitteilung dessen, wovon man nicht lassen kann, und die Worte darüber, die Bilder davon müssten flüssig werden, wie eine alles überfressende, weiße Tinte, ein langsam alles zersetzendes Gift, die Worte müssten sich ausbreiten über die gesamte Welt, bis nur der Autor selbst sich vorstellen könnte, was darunter verborgen liegt.

Vielleicht habe ich das von Blackshaw gelernt, von seiner manischen Beziehung (seiner letztlich vielleicht selbstvernichtenden Obsession) mit dem Schnee. Halte die Sache fest, die in deinem Herzen quersteht und warte auf die Auslöschung, die du somit erwirkst, warte darauf, wie du dich ersetzt mit den Worten und Bildern deiner Feier der dir äußerlichen Sache, der dir fremden Menschen. Ich betrachte diesen Ausgang heute als einen rein produktiven Schluss. *To snow myself into believing that you're all still here.*

Excuse me? Ich schrecke aus den Blackshaw-Bildern heraus. Die Frau ist zurück. Sie hat einen Pferdeschwanz und schlechte, überschminkte Haut, ihre Ärmel sind über die Handgelenke gezogen, ein Detail, was mich aus irgendeinem Grund deprimiert. *Dürfte ich mir dein Ladegerät des Laptops ausleihen? Ich habe meins vergessen. Ich komme nicht oft her, ich lebe in Hollywood.*

Ja, natürlich. Sie bedankt sich, als hätte ich ihr das Leben gerettet und setzt sich einen Tisch weiter, ihre Akkunabelschnur führt an meinen Füßen zur Steckdose neben meinem Tisch.

Die Menschen in LA erzählen einem, aus welchem Stadtteil sie kommen, als wäre er eine eigene Stadt. Vielleicht liegt darin weniger Lokalstolz als eine Art der Selbstvergewisserung in einer Stadt, in der die verschiedenen Bezirke nahtlos ineinanderfließen und doch wie eigene, getrennte Welten scheinen. Ich weiß, gerade bin ich in West-LA, aber eigentlich komme ich ja aus Silver Lake, eigentlich komme ich aus dem Valley, eigentlich komme ich aus Bel Air. Was eigentlich nichts bedeutet als: Ich will nach Hause.

Ich transkribiere einige der Fotos, die ich von Blackshaws abgetippten Seiten gemacht habe. Ich stelle fest, dass ich unwillkürlich etwas schneller tippe, dass ich, seit die Frau neben mir sitzt, die Rolle eines Tippenden spiele, die Rolle eines Schreibenden. Auch schaue ich bewusst nicht nach links, wo sie sitzt, ohne mich zu beobachten.

Empfand Blackshaw jemals Heimweh? Die einzige Stelle, die in seinem Pestjahrbuch in der eingeschneiten Einöde darauf schließen ließe, deutet eher auf ein Heimweh nicht für einen Ort hin, sondern für eine Zeit. Es ist eine zerrissene Passage, zerrissen auch auf der Seite, interpunktionslos und assoziationsvoll, eine Passage, die unbegreiflich für mich bleibt, wenn er andeutet, er sehne sich nach der Zeit mit seinem Vater, als sie über seine bereits verstorbene Mutter sprachen. Ich tippe:

Sie sind hier alle bei mir als baute ich sie mir jeden Tag im Traum aus Schnee und der Tag schmilzt sie zurück in ihren Tod aus dem sie mir hier heraufwehen

einmal ihre Stimmen noch hören jedes Bild muss daneben verblassen wenn es irgendwo noch einmal so röchelnd lachen könnte wie Vater

Jedes Bild hat seinen Klang doch man hört ihn nicht mehr deswegen ist jedes Bild wie die Erinnerung Musik ist nicht Erinnerung sie ist Leben

Bild = ein anderes Wort für Stille noch ein anderes dafür ist Schnee noch ein anderes dafür ist Tod

Wonach sehne ich mich wenn ich mir ihre Fotografien anschaue

Ob ich will oder nicht ich sehne mich nach dem Ort an dem sie war dem eingesperrten Ort im Rahmen des Bildes nach dem eingefrorenen Ort dem Gespensterort nach einem Ort der heute im Tod ist im Tod des Damals wo die Geliebte wie eine Kinderpuppe sitzt

Werde ich ein Gespenst werden können das heimsucht wie sie muss ich die Kamera wie eine Waffe gegen mich selbst richten

Ich bin fassungslos über die Reichweite seiner Gedanken, selbst wenn sie hier in erratischer Art auf die Seite geprasselt sind. Ohne eine Spur in seinen Aufzeichnungen und den EPHEMERA finden zu können, die andeutet, er wäre auf irgendeine Weise mit der Theorie der Fotografie in Berührung gekommen, schreibt er sich hier auf diese heimliche Weise in bekannte Fotografie-Diskurse ein, in die Ideen von Fotografie als fixierte Zeit, in die Idee des Fotos als ein Reich der Gespenster wie Siegfried Kracauer es verstand, für den ein Mensch auf einer Fotografie so etwas war wie *ein archäologisches Mannequin, das der Veranschaulichung des Zeitkostüms dient.* Oder in eine Idee von Barthes, nach der das fotografische Bild etwas sein kann, *das den* TOD *hervorbringt, indem es das Leben aufbewahren will.* Selbst die vergröbernde Gleichsetzung *deswegen ist jedes Bild wie die Erinnerung* findet einen Anklang bei Barthes, da Blackshaw die Fotografie mit der Erinnerung gleichsetzt, dabei aber dasselbe Misstrauen gegenüber der Idee von *Fotografie als Erinnerung* andeutet, das auch Barthes hegte. *Nicht nur ist das* PHOTO *seinem Wesen nach niemals Erinnerung*, schrieb Barthes, *es blockiert sie vielmehr, wird sehr schnell Gegen-Erinnerung.*

Erneut bereitet mir auch diese Passage von Blackshaw Unbehagen, denn es wird mir deutlich, wie viel verschwendetes Wissen, wie viele verschwendeten Gedanken hier liegen, in einem Nachlass, für den sich niemals irgendjemand interessiert hat, und durch Blackshaws Aufzeichnungen wird mir klar, dass die ganze Welt voller solcher vergessener Archive stecken muss, voller Archive, die verdeckt sind, verhüllt, vergraben, unsichtbar, weil man wegsieht.

Über die Welt verstreut liegen in den großen Bibliotheken und Forschungsinstitutionen und in den Kellern und Dachböden von Privatleuten von Glendale bis Groß-Gerau noch ganze verschüttete Welten versteckt, in Ausmaßen vielleicht

nicht geringer als die Bibliothek von Alexandria, die Ruinen-
stätte von Qumran, das Benediktinerkloster von Fulda, längst
vergessene Sammelstätten subjektiver Welten. Ist es nicht
beinahe dasselbe, ein Archiv achtlos an die Ungelesenheit
hinzuschenken, wie dieses Archiv zu verbrennen? Vielleicht
ist selbst unser unaufhaltsames Aufbewahren ein Verdecken
mit anderen Mitteln, ein Verstecken in Masse, eine große
Täuschung durch Fülle. *To snow.*

Blackshaws Archiv hat beinahe siebzig Jahre lang kleinere
Umzüge hinter sich, von dem bescheidenen kanadischen
Dorfmuseum hinter der Grenze, wo seine Hütte stand, zum
feuchten Dachboden oder Keller seiner Tochter in Maine,
über die Bibliothek der University of Wisconsin-Madison,
bis hier zum Getty vor einem halben Jahrzehnt. Während der
gesamten Zeit hat es die Rose nicht zum Blühen geschafft,
während der ganzen Zeit warteten Bild und Papier auf geöffnete Augen. Und müssen jetzt mit mir Vorlieb nehmen.

Ich lasse meine Augen noch einmal über die Passage gleiten, und diesmal ist mein Gedanke über sie ein anderer, denn
ich merke jetzt kurz ein Empfinden in mir aufsteigen, dass
die Passage irgendwie falsch klingt, irgendwie *gemacht*, nicht
wie die Aufzeichnung eines Irren, der Fotograf war, sondern
wie das Werk eines Fotografie-Theoretikers, der eine Handvoll halbgare Aphorismen zusammencollagiert hat, das
Ganze mit genügend Insistenz aufgegossen und abgesichert
hat, um realistisch und angemessen *untheoretisch* zu klingen.
Ich fühle mich für den Moment *snowed* durch einen Menschen, der die Biografie eines Einwandererkindes entwarf
und ein Archiv parodierte, das er in eine der renommiertesten
Forschungsanstalten der Welt einschleuste. Erst nachgelagert
kommt mir der Gedanke, dass dieser von mir imaginierte
Theoretiker, wenn es ihn gäbe, selbst ein Irrer gewesen sein

müsste, und schließlich ist auch die Parodie eines Archivs ein Archiv, die Aufzeichnungen einer Zeit und eines Körpers, nur eben einer anderen Hand in einer anderen Stunde.

Eigentlich macht es gar keinen Unterschied, wer Blackshaw war, denn die Papiere und die Fotografien sind hier, die Tritte eines Lebens im Schnee der Zeit. Niedlich, diese Formulierung, mir kommt beinahe ein Tränchen, mir schmilzt beinahe ein Tränchen aus dem Gletscher meines aberwitzigen Kopfes.

L. I. F. E. G. O. E. S. O. N. · NOAH AND THE WHALE

Als mir die freundliche, dicke Latina mit den lila Smokey Eyes den nächsten dampfenden Kaffee auf den Tresen stellt, frage ich, ob sie auch *coffee creamer* habe. Sie sieht mich mit leerem Blick an, als spräche ich Worte in einer falschen Sprache. *Like CoffeeMate?*

Sie sagt: *Nur Milch, honey.* An ihrem Revers hat sie einen kleinen silbernen Pin mit den Worten HOW MAY I HELP YOU? Sie lächelt mich immer mit derselben Vertrautheit an, als lächle sie, weil sie weiß, dass manche Gäste manchmal auf dieses Lächeln angewiesen sind.

Mit dem Kaffee unter Mund und Nase bin ich in einer seltsam aufgehellten Stimmung, und das Blackshaw-Material fängt mich wieder wie die Aspern-Schriften, beinahe so, wie es ganz kurz ganz am Anfang war, als ich hier angekommen bin, vor tausend Jahren.

Vielleicht kann auch ich es doch irgendwie schaffen, etwas aus diesem Material zusammenzucollagieren, mich auf eine andere Weise an mir vorbeizulügen, *to snow myself into believing I can live.* Vielleicht gelingt es mir, mich zumindest zu parodieren, wenn ich schon nicht ich sein kann.

Während ich eine Frau mit ihren zwei Kindern beim Lunch beobachte, frage ich mich, ob es mir besser geht, ob mein Sommer, vielleicht meine ganze Zeit nach dir, jetzt hart genug gewesen ist und ich den sprichwörtlichen *rock bottom* schon erreicht habe, ob ich durch ihn hindurchbrechen kann, alles dreht sich auf den Kopf, und ich stehe in einer anderen Welt auf anderen Füßen. Start auf neu, ab jetzt wird es leichter?

Einer der kleinen Jungen der Frau, er ist rot be-T-shirtet und hat eine Beatles-Frisur, *Let It Be,* nicht *A Hard Day's Night,* er hat eine lange Pommes frites in der Hand und zeigt seinem kleineren Bruder, dessen T-Shirt auf dem Rücken die Platten eines Schildkrötenpanzers imitiert, er zeigt ihm mit dieser Pommes frites wie man schreibt, er wedelt den frittierten Kartoffelstift flugs durch die Luft und bewegt dabei die Hand von links nach rechts, mehrere Male, und dabei macht er ein pferdelanges Gesicht, eine Grimasse von Louis de Funès, die mich einmal auflachen lässt. Rasch schaue ich mich verschämt um, ob mich jemand gehört hat. Als habe sie mich ertappt, guckt mir die Frau, die an mein Ladekabel angeschlossen ist, direkt ins Gesicht. Mit einem Lächeln nicke ich freundlich und widme mich wieder dem wunderbaren langhaarigen Burschen mit seiner Schreibkartoffel. Seine Mutter stochert mit ausgelaugtem Ausdruck resigniert in ihrem Salat herum, während die Jungs sich vor Lachen kaum einkriegen können.

Ich gehe in Gedanken noch einmal zu meiner Frage zurück: Geht es mir heute besser? Eine naive Frage. Besser als was, besser als wann? Zweifellos geht es mir besser als damals, unmittelbar nach ihr, weil mich der Pfeil der Zeit weitergeschossen hat, zweifellos geht es mir heute besser, doch was bedeutet besser, wenn ich heute näher bin an meinem eigenen Tod?

Der kleine Junge gegenüber schreibt noch einmal seine unsichtbaren Buchstaben ins Nichts des Raumes, das vor ihm schwebt. Diesmal bringt es mich seltsamerweise nicht mehr zum Lachen. Nachdenklich sehe ich dabei zu, wie die Geste und der Moment jetzt losgelöst von Bedeutung wirken und durch ihre Wiederholung zu einem zwanghaften Reflex der Sinnlosigkeit geworden zu sein scheinen. Der resignierte Blick der Mutter hingegen scheint mir jetzt sehr bedeutungsvoll.

Geht es mir heute besser? Ich fürchte, ich werde die Frage heute nicht beantworten können. Sicherlich werde ich einmal auf die heutige Zeit zurückblicken, auf den Jungen mit seiner Schreib-Pommes und die Frau mit der schlechten Haut an meinem Ladekabel, Nabelkabel, neben mir, und dann werde ich sagen (denken): Ja, damals, da ging es mir besser. Doch werde ich dann meinen, besser als das Damals, das heute für mich damals ist, oder besser als heute, was dann für mich damals sein wird, oder besser als zu einer ganz anderen schrecklichen Zeit in der Zukunft, die heute noch völlig unausdenklich ist? Überhaupt scheint doch die größte Schwierigkeit darin zu liegen, dass man erst erkennt, dass es einem besser geht, wenn es einem schon länger gut gegangen ist, und eben meist noch nicht in dem Moment, wo das Bessere gerade beginnt.

Im Raum hat sich etwas verändert, ohne dass ich es gemerkt hätte, als wäre ein unsichtbarer Schatten übers Licht gelaufen, ich fühle die Veränderung, aber ich sehe sie nicht, bis ich mich kurz darauf zur Seite wende, meinend, die Veränderung meiner Blickrichtung geschehe grundlos, als ich sehe, dass die Veränderung, die Verschiebung meiner Wahrnehmung, unmittelbar neben mir ausgelöst wurde. Der Mund der Frau mit der überschminkten, schlechten Haut

›227‹

bewegt sich unter meinem Blick, stimmlos wie hinter Glas, und in ihrer Hand hält sie das Ladekabel wie eine herausgerissene Wurzel. Ich nehme meine Kopfhörer aus dem Ohr. *Ich bin jetzt wieder ganz frisch aufgeladen*, sagt sie und redet kurz ein wenig mit mir. Erst jetzt bemerke ich, wie stark ihr Valleyspeak durchkommt, ein mit einer welligen, zungenschlagenden, mundoffenen Satzmelodie durch ihre Betonung kurvender Akzent, *like, oh my gawd, um, like, te-oe-tally,* und es klingt beinahe sexy, auch wenn mich die Betonung nervt und es mich stört, wie sie ihre Sätze ständig mit dem bedeutungslosesten Füllwort des Englischen durchsiebt – ein *»like«-ridden girl* (PHILIP ROTH) –, so anstrengend, wie wenn im Deutschen andauernd jemand *irgendwie* sagt, oder zur Selbstbestätigung nach allen zwei Sätzen *genau* sagt, oder, noch besser, die Auslautverhärtung durch verhärtete Gehirnzellen, *ebent*. Misstrauen gegenüber sich selbst, Misstrauen gegenüber sich selbst *in* seiner Sprache.

Ich habe keine Lust, mich mit ihr zu unterhalten, dabei habe ich mir die gesamte Zeit über hier gewünscht, mit einer Frau ins Gespräch zu kommen – in eine Konversation zu *fallen*, wie man im Englischen sagt. Ich suche sie nach Gründen ab, warum ich so angestrengt bin und nicht mit ihr reden will, obwohl sie nett wirkt, obwohl sie nicht schlecht aussieht, wenn man ein Stück weiter weg sitzt, und ich denke, es ist diese gar nicht so unreine Haut, die sie mit Foundation bedeckt hat, was mich stört. Aber was muss sie von mir denken, für mich gibt es keine Foundation, die ich auf das kleistern könnte, was man ein Gesicht nennt. Einen Moment lang tut sie mir leid. Oder tue ich mir nur wieder selbst leid? Ich fühle etwas Mitleid mit ihr, wenn ich sie mir im weißen Licht eines kleinen Badezimmers vorstelle, wie sie, eingeschlossen in die Ausführung eines Zwangs, aus Angst vor der Verurteilung einer hässlichen Gesellschaft, vor dem Spiegel steht und sich dieses sandfarbene Make-Up aufträgt. Die Suche nach Fehlern an ihr ist die Suche in einem Spiegel, und sie dauert nicht lange. Nein, diese Frau ist nicht unattraktiv und alles andere als unfreundlich. Auf eine liebe Art überschwänglich bedankt sie sich erneut für das Kabel. Doch irgendwie stimmt irgendetwas mit ihrer Selbstachtung nicht, wenn sie sich scheinbar gerne mit mir unterhält, und irgendwie stimmt etwas mit meiner Selbstachtung nicht, wenn ich jede Frau, mit der ich rede, immer nur mit ihr vergleiche. Genau. Ich bin in ihr gefangen wie diese Frau – Bianca – in ihrem Weiß-licht-Spiegel und ihrer Make-Up-Manie. *You pick your poison.*

Einen Moment lang scheint es in dem Café gespenstisch still. Wenn sich zufällig alle Stimmen in einer Pause zum Schweigen treffen. Bianca ist aber noch nicht fertig mit ihren Worten, und sie wirkt zerfahren und atemlos, sagt auf eine nervöse Weise wie nebenbei, während sie immer wieder ihren Blick zwischen meinem Blick und meinem Laptop wechselt: *Are you writing something?*, und daraufhin schaut sie selbst sofort wieder zurück auf ihren Laptop, die Hände murmeltiergleich vor der Tastatur wartend. Ich meine, in diesem Agieren mich selbst zu erkennen, spielend zwischen Interesse und Indifferenz pendeln, weil man gelernt hat, dass man seine Begeisterung besser hinter einer Maske zeigt.

Ich spreche ein bisschen über mein Schneebuch, was ich nicht schreibe, und einmal sagt sie: *Ich könnte wirklich deine Hilfe gebrauchen, sozusagen* mentoring *oder so was – ich muss grade meinen* Prospectus *schreiben* – und sie seufzt und erklärt, dass sie Psychologie an der UCLA studiere und jetzt die Möglichkeit habe, eine Doktorarbeit zu beginnen, allerdings hat sie *keine Ahnung*, wie das jetzt alles irgendwie weitergehen soll. *Ich könnte jetzt echt total deine Hilfe gebrauchen.* Mein Blick wird glasig, mein Körper friert ein, ich lasse das Gespräch abdriften, wende mich wieder meinem Mann auf seinem Berg zu.

Ich finde in seinem Tagebuch des schlimmen Jahres immer wieder Sätze, die mir Angst machen, manchmal erst, wenn ich sie das zweite oder dritte Mal lese. Gewährt mir das eine Einsicht in den Text, oder in mich selbst? Diesmal sind es vielleicht weniger die Worte selbst als die Art und Weise, wie ich auf sie stoße, zufällig und im flüchtigen Überfliegen, und ich – magischer Denker, ich – glaube, nicht ich habe sie gefunden, sondern diese Sätze haben mich gefunden, und weil sie sich jetzt so fest mit meinem Herzen vernähen, frage ich mich, ob Blackshaw eigentlich dieses ganze Jahr ausschließlich über mich geschrieben hat, ob ich durch irgendeinen magischen Schluckauf in der Weltwirklichkeit irgendwie dieses Leben ablaufen und nachleben muss.

Einzigartig ist mein Leiden nicht. Verletzt das meinen Stolz, anstatt meine Traurigkeit zu mildern? Was fragen Sie nach meinen Schmerzen.

In meinem hochmütigen, einsamen Wahn meine ich tatsächlich, diese alten Aufzeichnungen handelten irgendwie von mir, und auch wenn vielleicht jedes intensive Lesen diesen Eindruck zu vermitteln vermag, komme ich mir jetzt so vor wie der arme Verlorene, der einmal in John Lennons Garten lebte, und der, als der Beatle ihn fragte, *warum*, lediglich antwortete, nun, weil er, Lennon, seine Songs doch alle über ihn geschrieben habe. Lennon nahm den Drifter zum Mittagessen mit ins Haus, sehr nett, auch wenn Lennons authentische Freundlichkeit durch die Anwesenheit der Kameras natürlich unaufrichtig gewesen sein könnte.

Worüber würde ich mit Blackshaw beim Mittagessen

reden? Würde ich mit ihm zu Mittag essen, Räuchersardinen mit einer Zwiebel, darf's noch etwas Milchpulver zum Kaffee sein? Sehr gern. Hätte ich den Mut, ihn auf diese Aufzeichnung anzusprechen, können Sie mir das Warum beantworten?

Ich werde zu meinem eigenen Grab, ich werde zu meinem eigenen Tod. Alles fällt, gerade so, wie es fallen muss. Gestern Nacht war ein Tier unter meinem Fenster, seine Pfoten knirschten im Neuschnee, ich fragte mich im Tod der Nacht, ob ich mich wehren würde, wenn es mich holen käme, doch nach einem Moment antwortete ich mir mit einem tiefen Zug von Genugtuung: Nein. Ich werde in diesem Körper sterben. In keinem anderen. Alles, was ich je verloren habe, jeder Schmerz und jede Trauer, ist in diesen Körper hinuntergesaugt worden, in die Fäden seiner Muskeln, in die Klumpen seines Bluts. Ich werde das Grab sein für den Kummer und die Verzweiflung meiner Zeit. Ich werde mich nicht wehren vor der Entleerung eines Kummerkastens.

Ich gestehe, ich fürchte mich vor dieser Eintragung im Pestjahrbuch im November. Dieses Ende, die Selbstaufgabe, bereitet mir Angst, als könnte ich mich durchs Lesen mit ihr identifizieren, infizieren, weil sie mir aus dem Innern spricht, wie eine zweite Stimme. Was mich aber tiefer trifft, ist, wie es zwei Tage später weitergeht. Was zwischen diesen beiden Tagen geschah, ist unergründbar, es existieren keine Aufzeichnungen: *Neuer Schnee. Ein Vogel schreibt seine Spuren auf dem Brett vor der Hütte, das mein Fensterbrett ist, kleine wie von Atem gelegte Spuren im Weiß. Ich muss die Zeit weiter einfrieren, wie bisher. Alles sonst kann vernichtet werden. Man möge mich in ein Grab tief unter dem Schnee legen, oder in ein Grab voller dichtem Schilf, sodass die Stimmen des Windes und des trockenen Strohs mich immer übertönen.*

Oder verbrennt mich und pisst in meine Asche. Verbrennt alles, was ich hinterlassen habe und streut es in den Wind, bis sich die Asche mit dem Schnee verbindet und ich als dickes, dreckiges, schwarzes Wetter auf die einsame Weite der Welt falle. Soll doch die Zeit der Schnee sein, der die Spuren füllt, die mein Leben gelegt hat. Ich werde weiterhin in die Bilder und in die Seiten hineinsterben, als füllte ich die Spuren, die endlich verwischt werden dürfen. Die Spuren und die Füllungen der Spuren sind mein Leben. Danach soll ein großes, alles verschlingendes Feuer kommen und meine Spuren schmelzen, ohne sie zu fressen. Ich habe es fast geschafft.

Als ein Arzt Ludwig Wittgenstein mitteilte, dass er nur noch wenige Tage zu leben hätte, soll Wittgenstein ausgerufen haben: *Gut!* Blackshaws Äußerung an die Nachwelt, man möge in seine Asche pissen, aus irgendeinem Grund verletzen mich diese Worte besonders. Die Selbstverachtung, aber noch mehr die darin auch schon enthaltene Verachtung meiner selbst, das bedrohliche Gefühl, dass ich etwas Ähnliches sagen könnte, und dass damit etwas wegbricht, etwas Essentielles, etwas, das mich hier noch hält.

Als ich wieder zu Hause bin, suche ich in Leyton Waters' Biografie von Blackshaw noch einmal gründlicher nach möglichen Antworten auf die in der wenigen Forschungsliteratur über den Fotografen gestellte Frage: Hat er Selbstmord begangen?

Die Beantwortung dieser Frage zieht Waters nie ernsthaft in Betracht, obwohl er häufig erwähnt, dass er überzeugt war, Blackshaw sei auf seinem Berg wahnsinnig geworden. Dennoch, im letzten Kapitel seiner Biografie, das immerhin den nicht schlechten Titel *Into White* trägt, scheint er sich zumindest bewusst, dass der Selbstmord für den Alten im Bereich des Möglichen lag. Durchweht von Worten wie *viel-*

leicht und *vermutlich* und *könnte*, ist Waters' Prosa im letzten Kapitel besonders schwach: *So könnte er ein letztes Mal ins Dorf gestapft sein. In der Hütte fanden sie zwei Dosen seiner heißgeliebten Lieblingssardinen auf dem Tisch, leer wie alte Pantoffeln, drei vertrocknete Kartoffeln und einen Wollschal. An dem Schal? Handgeschrieben ein Preisschild. Vermutlich hatte er seinen alten Schal auf einer seiner Wanderungen verloren. Vielleicht war er verwirrt. Er muss wohl ziemlich allein gewesen sein.*

Die Frage, warum er den neuen Schal nicht trug, muss aber vielleicht für immer unbeantwortet bleiben. Es ist möglich, dass er losging, um Brennholz für den Ofen zu holen. Im Haus fanden sie nach seinem Verschwinden keine Axt, nirgends. Er hinterließ kein Wort des Abschieds, keine Kamera und keine Aufzeichnungen, gar nichts. Nichts kündet von seinen Plänen oder seinen Wünschen an diesem letzten Tag in der Hütte.

Die Antworten auf die letzten Fragen des Schneemanns von Kalifornien hat er mitgenommen ins Weiße.

Die alberne Wortwahl *des Schneemanns von Kalifornien* und der wackelnde Stil, die hinkende Pantoffel-Metapher (Pantoffeln auf dem Tisch?), der seltsam abschweifige Nachtrag: *Er muss wohl ziemlich allein gewesen sein* – all dies verdunkelt mehr, als Waters damit zu erhellen glaubt. Warum scheut er sich so vor der naheliegenden Selbstmord-These? Oder liegt sie nur mir nahe, weil ich Blackshaw aus mir heraus lese? Vielleicht ist der Lawinentod tatsächlich wahrscheinlicher, bedenkt man besonders Blackshaws Wunsch nach einem *Grab tief unter dem Schnee*. Wenn es aber ein Lawinentod war, vielleicht war auch dieser Tod kein Unfall, sondern eine Erfüllung, wie jeder Tod eine Erfüllung ist, selbst ein Unfall, die Füllung der Seinsleere durch die langsame Ansammlung der Sterblichkeit in jeder einzelnen Zelle. Meine Gedanken sind Blackshaws Echo. Finde ich das gut?

Vermeidet Waters die naheliegende Selbstmordthese, um Blackshaw im immer politisch korrekter werdenden Amerika der 1980er Jahre nicht zu diskreditieren und ihn stattdessen aus dem gerüchtehaft zusammengesetzten Eindruck eines schrulligen und vielleicht irren alten Eremiten zu befreien? Und um ihn als *all American artist* zu rehabilitieren, wie er ihn an anderer Stelle nennt, als Künstler, der *durch sein Interesse für Nebensächliches Walter Evans und Robert Frank in wenig nachstand und als rechtmäßiger Wegbereiter von Winogrand, Arbus und Eggleston gelten sollte, denn das ist er allemal*? Humpelprosa – und bei allem Wohlwollen haben Blackshaws Fotografien wenig der eleganten Größe oder der verzauberten Schroffheit der Künstler, die Waters aufzählt, ob sie nun vor ihm oder nach ihm kamen. Selbst Straßenschilder haben andere besser gemacht als er, *next slide, please*: Ed Ruscha.

Passte es Waters nicht ins von ihm propagierte Bild des großen Fotografen von Americana, dass dieser ur-amerikanische Künstler auch ein Selbstmörder war? Wenn ja, was ist dann mit Arbus, in deren Tagebuch vor ihrem Suizid die letzten Worte lauteten: *Last supper.*

Ist es nicht mehr als wahrscheinlich, dass ein Mensch, der als *seine* letzte Eintragung in sein Tagebuch am 2. Januar des jungen Jahres 1950 schreibt: *Das neue Jahr beginnt als altes –* dass dieser Mensch ganz bewusst in die Schneewüste hinausgegangen ist und sich resolut der Kälte und dem Nichts ausgeliefert hat? Und warum ist dies nicht amerikanisch, hat ein Amerikaner weniger Recht auf Selbstmord als ein Deutscher oder ein Japaner?

ANOTHER MAN'S DONE GONE · BILLY BRAGG & WILCO

Erst einige Tage später, als ich gerade durch einen Whole Foods schlendere, von der Neonwelt der Warenwelt geblendet, zirkeln meine Gedanken wieder zu Blackshaws möglichen letzten Momenten zurück, und mir fällt ein, wie seltsam es ist, dass Waters dieses Buch überhaupt schreiben konnte, ohne eine nennenswerte Quellenlage, ohne sich bewusst auf irgendwelche Aufzeichnungen von Blackshaw berufen zu können.

Vor mir an der Kasse ist ein so morbid übergewichtiger Mann, dass er von zwei jungen, verkatert und verkifft aussehenden Whole Foods-Mitarbeitern mit Fleshtunnels seinen riesigen Einkauf nicht nur aufs Band gelegt und in Tüten gepackt bekommt, sondern auch den gesamten Verkaufsprozess samt Pineingabe an der Kasse von den Gehülfen durchführen lässt, während er auf einer kleinen Bank vorm Fenster zur Straße sitzt und sich völlig erschöpft den Schweiß mit einem Paisley-Bandana von der Stirn wischt. Auf seinem wulstig-gewölbtem schwarzen T-Shirt steht in großen Lettern TEMPUS FUCK IT. *I feel you, mister.* Mir dauert das alles hier arg lang, und es wundert mich, dass man in der schnelllebigen Kapitalwelt seltsamerweise auch mit der Zeit verschwenderischer umgeht als an deutschen Supermarktkassen, die immer kürzer zu werden scheinen und der Kaufvorgang immer gehetzter, als wären heute nicht nurmehr die Verkäufer die Maschinen, sondern auch die Käufer. Die Kapitalisierung des Kapitalismus.

Als ich zurück zu Hause bin, blättere ich mich noch einmal gründlich durch Waters' Buch. Warum kannte Waters die Blackshaw-Papiere nicht, wenn er Blackshaws Tochter für sein Buch konsultierte? Nach der Information eines Zeitschriftenartikels über Blackshaws Nachlass, befand sich das Konvolut zur Zeit, als Waters an seiner Biografie arbeitete, eindeutig im Besitz von Betty Claire Blackshaw. Allerdings stammt der Artikel aus dem Jahr 2007, sodass Waters auch für diesen Text nicht mehr befragt wurde, und nichts deutet darauf hin, dass Blackshaws Tochter für ein Interview kontaktiert wurde.

Nachdem ich getrunken und masturbiert habe und der Abendhimmel lavendelfarben wird, masturbiere ich noch einmal, muss aber abbrechen, weil mich die Waters-Frage nicht loslässt. Es stimmt etwas nicht, aber ich kann meinen Finger nicht auf das legen, was es ist. Was erfuhr Waters von Blackshaws Tochter? Warum erwähnte sie die Papiere ihres Vaters nicht, die sie bei sich hatte? Wo ist Blackshaws Pestjahrbuch im Lebensbuch über Blackshaw? Die Frage ist also eigentlich: Wo ist in Waters' Biografie eigentlich Blackshaw? Wer ist er darin? Er deckt sich nicht mit dem Blackshaw, den ich hier kennengelernt habe.

In den folgenden Tagen vertiefe ich mich wiederholt in Blackshaws Papiere. Ich vergesse zu duschen, manchmal ist mir den Tag über sehr übel, ich fühle mich etwas schwindlig, glaube, ich sei ein kranker Mann, glaube, es müsse meine Leber sein, doch ich verändere nichts. Je tiefer ich in Blackshaws Nachlass einsinke, desto weniger sicher fühle ich mich darin, desto weniger habe ich den Eindruck, ich kann diesen Menschen greifen. Je näher ich ihm komme, desto fremder ist er mir.

SUMMERSONG · THE DECEMBERISTS

Wenn ich etwas lese, fürchte ich manchmal, die Zeichen auf dem weißen Papier könnten vor meinen Augen zerfließen, die Worte könnten sich dehnen und zergliedern, bis sich jeder Buchstabe, langsam wie eine zähflüssige Zelle unter dem Mikroskop verformt und schließlich wie die weiche Masse in einer Lavalampe auseinanderteilt, um sich langsam, aber unheimlich und unaufhaltsam neu zu verbinden. Kein Wort, das ich erkenne, entspräche dann dem Wort, das wirklich auf der Seite stünde, und ich müsste derartig übergenau und ununterbrochen auf ein einziges Wort starren, dass ich mich nur noch dem Wahn hingeben könnte, um sicherzugehen, dass sich ein Wort, zum Beispiel das Wort SCHNEE, im Laufe eines Lidschlags nicht verwandelt, zum Beispiel in das Wort TOD.

Ist dies das Ergebnis von einer Unlust an Sprache, dass sie sich gegen einen wendet, sich verschließt wie eine Blume vor der Nacht?

Ich vertraue der Sprache nicht, aber mehr: Ich vertraue meinen Augen nicht, denke manchmal, sie seien Nadeln, feine Fühler von Insekten, aber hart wie Kristalle oder Diamanten, die jedes Wort abtasten und dabei mit jedem Fall des Blicks nicht nur aufnehmen, sondern abnutzen, die schwarzen Worte vom Weiß der Seite herunterkratzen.

Während ich aber meiner Wahrnehmung eines mir bekannten, eines mir mittlerweile nahestehenden Texts nicht vertraue, vertraue ich meinen Wahrnehmungen an anderer Stelle auf eine wahnhafte Weise. Wenn ich nachts nicht schlafen kann und im blauen Licht meines Laptops vor irgendeinem hirnzellenzersetzendem Blödsinn sitze, *Naetflixia fowleri*, höre ich seit einigen Wochen irgendwelche Typen mit testosterongestärkten Stimmen aus einer Wohnung gegenüber, irgendwelche klischierten Santa Monica Bros, die dort neu eingezogen sind. Man hört das Öffnen von Bierflaschen, schlechten Autotune-G-Funk, ein Philister-Klistier für meine

Ohren, *aw, dude* und *I'm so stoked, man*, und man riecht den nicht unangenehmen Duft von Gras, der zu mir herüberweht, wenn sie auf dem Balkon sind, der mich aber wahnsinnig stört, wenn ich es nicht bin, der ihn abgibt.

In einer grillenstillen Nacht höre ich ein Stöhnen, erst entfernt, dann etwas anschwellend, dann bricht es plötzlich ab. Ich stelle meinen Computer leise und bin sofort sicher, dass einer der Santa Monica Bros Sex hat. *Got lucky.* Ich stelle mich an die geöffnete Tür der Casita hinter den haushohen Lattenzaun, der mich vor direkten Blicken schützt, es geht kein Wind, nichts raschelt in den Bougainvilleen, mein Herz schlägt fest, ich atme durch den offenen Mund, um die Atemgeräusche meiner Nase nicht zu hören. Das Kind, das nachts im dunklen Flur steht, wenn die Eltern sich streiten. Die Straße ist still, und plötzlich höre ich es erneut. Ein tief aus dem Körper kommendes Stöhnen einer Frau, zwei, drei Mal hintereinander ihr rhythmisch anstachelndes Hecheln, das sich in seinem halbdebilen Call-and-Response mit einem röchelnden Männerton abwechselt, ein Stöhnen, das letztlich abrupt die Tonart verändert, in einem dunklen, brünstigen Seufzen endet, das zum Ende hin eine bronchiale, schleimige Färbung annimmt. Dann die mich einkapselnde Stille. Ich habe alles genau gehört und habe Mitleid mit der Frau. Was muss sie für eine Frau sein, die sich mit einem surfenden Vollidioten abgibt, der seine Bier-Rülpser unterdrückt wie andere Leute ein Gähnen. Aber vielleicht projiziere ich zu viel, vielleicht ist dieser Surfer Dude genau das, was sie gesucht hat und sie bekommt von ihm alles, was sie braucht, Ambien vorm Ficken und Zystitis hinterher.

Du bist eher wie eine Schwester für mich.

In den nächsten Tagen denke ich darüber nach, zu einer Prostituierten zu gehen. Ich google *Santa Monica Escorts* und schaue mir hübsche, sich am Strand räkelnde Frauen an. Eine sitzt komischerweise auf einem antiken Spielzeug-Schaukelpferd, und es heißt, sie habe einen *PhD in French*. Ich könnte mir nicht einmal eine Stunde Leihverkehr mit ihr leisten.

WHITE ON WHITE · CASIOTONE FOR THE PAINFULLY ALONE

Waters' Buch ist durch und durch dürftig. Je mehr ich mich allerdings in der Blackshaw-Waters-Welt verliere, desto deutlicher wird die Blindheit von Waters' Buch gegenüber seinem Subjekt zu einem Rauschen, das die ganze Sache vielleicht so zeigt, wie sie sein muss. Wo hört Waters auf, wo fängt Blackshaw an? Keiner der beiden kannte den anderen. Wenn sie zu mir sprechen, sprechen sie in Spiegeln auch den anderen mit, und immer lese ich und verliere auch den, der ich war, bevor ich las. Jedes Lesen ist durchs Einsaugen von Erkenntnis ein Verlassen des Menschen, der ich war, als ich diese Erkenntnis noch nicht hatte.

Waters' Biografie ist ein Buch, das sich verläuft und verliert, das in seinem Vorangehen mehr und mehr in eine ausgediente Landschaft vorstößt, sich ausweißt, ein Buch das, je weiter es vorangeht, das Leben von Gabriel Gordon Blackshaw mehr und mehr loslässt, es mit trivialen Abschweifungen durchstößt, bis dieses Leben selbst in diesem schlechten Buch vom Nichts durchwachsen ist, wie jedes Leben, und vielleicht ist deshalb dieses minderwertige Buch von Waters eigentlich genau das Buch, das einem Mann wie Blackshaw gerecht wird. Am Ende bleibt das Bild eines alternden Mannes, dessen langer Bart im eisigen Wind weht wie ein lethargisches Seegras, die tiefliegenden weißgrauen Augen schwarz umrandet, er hat nichts in den Händen und sieht in eine kleine Ferne, während das weiße Nichts um ihn herum herandrängt, ihn langsam überhaucht, in fast unbemerkten, festen Schüben überweißt es ihn. Und er ist weg.

Die Sicherheiten lösen sich auf. Wenn der Knecht Nikita und der Herr Brechunow in Tolstois Erzählung in die Schneewüste aufbrechen, verflüchtigen sich langsam die Koordinaten ihres Weges und ihres Lebens, und auch Tolstois Sprache zerstäubt sich allmählich. Aus einem dreidimensionalen Raum wird ein Kreis, den sie mit ihrer Kutsche hilflos abfahren, die Schneeblindheit setzt ein. Ungewollter, ungekonnter, als beim großen Russen, entsteht bei Waters eine ähnliche Wahrnehmungsauflösung. Eigentlich können ausschließlich schlechte Biografien der schönen Komplexität des Lebens eines Menschen das Wasser reichen. Eigentlich lässt sich ein Leben nur falsch erzählen. Lang leben die Laien.

Warum sich aber überhaupt mit diesen Menschen befassen, mit Waters und auch mit Blackshaw, warum? Ist es wichtig, etwas von diesem bisschen Leben und von diesem bisschen Schnee zu erfahren, von Blackshaws oft knochenharter und erratischer Prosa und den häufig vergesslichen und vergessbaren Bildern?

Ich sehe Blackshaw, wie er vor mir auf einem nach dem Frost und dem Schnee verkarsteten Weg geht, wie auf dem Sockel eines Gletschers. Allein, ich kann seine Schritte hören, als träten sie in den krustigen, eisigen Schnee. Er ist von mir weggewendet, sein Gesicht ist nicht zu erkennen. Die Landschaft ist still, kein Laut eines Tieres, ein absterbendes Atmen des Windes, kein Schneefall. Doch ich höre auch sein Lachen, wie es mich irgendwoher schallend verspottet. Für das Abschmelzen meiner Zeit, die ich mit seiner verschwende.

Ich versuche, mir aus einem seiner Portraits eine Bewegung vorzustellen. Dann steht er erst leicht gebückt oder gebeugt am Stativ, seine Rolleiflex in der Hand, neben ihm steht aufrecht eine Apfelkiste, auf der Kiste Papiere, beschwert mit einem Ziegel oder einem rechteckigen Stück Holz, die Ecken der Papiere eingefroren in einem Flattern durch einen leichten Wind. Sein Blick ist nicht auf die Kamera und ihren Sucher, sein Blick ist auf diese Papiere gerichtet. Wer hat ihn fotografiert, den Auslöser betätigt und diesen Moment gestohlen, *auf bildern sind nur immer zwei/zu sehn, weil einer knipsen muß* (NORBERT HUMMELT), oder war es Waters, Waters' Geist, Waters' ungeborene Seele? Es ist ein klarer, sonniger Tag, auf den Bäumen im Hintergrund liegt etwas Schnee.

Dann bewegt er sich. Die silberne Härte des Fotos zerschmilzt. Langsam regt sich sein Körper, die Bewegungen sind flüssig. Er dreht sich aus der gebückten Pose weg, sein Blick löst sich von seinen Papieren und geht leicht zurück hinter sich zum Schnee. Ich sehe, wie sich seine Schulterblätter unter der dünnen Jacke zeigen, und sie verschwinden wieder in dem Moment, wenn er sich ganz aufgerichtet hat. Für einen Moment lang bleibt er so stehen. Ich sehe immer nur diese unbedeutende Bewegung, und ich höre immer nur seine Schritte vor mir. Weiter nichts. Eine Vorstellung, die wie eine bedeutungslose Wiederholung gleichgültig durch meinen Kopf läuft.

Was ich sehe, ist wieder nur ein Spiegel, weniger noch als das sogar, nichts als die schwarze Folie hinter dem Spiegelglas, und dort in dieses tintenschwarze Nichts falle ich hinein, nichts hält mich.

Sie trägt wieder zolldick Make-Up. Ich mag Make-Up nicht, doch mich mag niemand, und so bin ich hier und blicke auf diese Foundation-Landschaft. In einem kleinen verkitschten Thai-Restaurant in West Hollywood. Der glatzgeschorene Kellner, der Blickkontakt vermeidet, als schämte er sich. Die lange Schlange der wartenden Hippen in den bunten Nacht-lichtern vorm Fenster. Immer Vaporizer mit Smartphone ge-paart, als könnte man nur vapen, während man dabei auch ins iPhone glotzt. Denkt man darüber nach, bewirken beide Maschinen etwas Ähnliches.

Bianca, 33, aufgewachsen in Sylmar im San Fernando Val-ley, offensichtlich aus gutem Elternhaus, hat manchmal die wegwerfende Abfälligkeit von Ärztekindern. Ihre kostbare Wochenendzeit verbringt sie mit einem selbstmitleidigen, Singha-Bier aufstoßenden Deutschen. Auch irgendwie eine eigene Art von Kapitulation.

Das Gespräch ist schleppend, sie scheint keinen Spaß zu haben; was mich angeht, sind die Geschworenen noch drau-ßen. Ich frage ungelenk, ob sie eine schlechte Kindheit hatte, was sie überrascht, aber nach einer Handvoll Übersprungs-handlungen erzählt sie von ihrer Valley-Vergangenheit, *ich hatte die beste Kindheit*, und der Grund dafür scheint ein Olivenbaum im Garten und ein Terrier in der Hundehütte gewesen zu sein. Doch wie erzählt man einem Fremden von einer Zeit, die einem mit ihrem Vergleiten selbst zu einer anderen Welt geworden ist, von einer Zeit, in der es wirkt, als hätte man eine andere Sprache gesprochen, obwohl sich an den Worten nichts geändert zu haben scheint?

Biancas gelbe Margarita scheint beim Trinken von unten ihr Gesicht anzustrahlen, wie beim Butterblumenspiel. Gibt es dieses Spiel auch im San Fernando Valley? Irgendwie schäme ich mich, von Deutschland zu erzählen, will nicht für einen provinziellen *bumpkin* gehalten werden. Sie stellt keine Fragen über meine Herkunft, vielleicht schämt sie sich, etwas Falsches zu sagen, wie die Leute, die fragen, ob man in Deutschland auch Mikrowellen kennt oder: *How do you guys think of Hitler over there?* – Fragen, die wohl selbst durch die erratische Güte des Web nicht auszumerzen sind. Weil das Web kein Lexikon der Erkenntnis ist, sondern ein Spiegel der Gegenwart und also ein Archiv der maßlosen Dummheit.

Aber meine Eltern leben schon lange nicht mehr im Valley, sagt sie, und ich zwinge mich dazu, nicht traurig zu werden, wie leichtfertig, wie frei sie von ihren Eltern erzählen kann.

Ich trinke mehr Bier und höre manchmal nicht genau zu, wenn sie redet. Auch fällt es mir zwischen dem Geräuschgewebe nicht leicht, jedes Wort auszumachen. Ich verlaufe mich in Gedankenwüsten, aber vergesse nicht zu nicken oder an den richtigen Stellen zu lachen.

Der hier scheinbar übliche Brauch, verschiedene Gerichte zum Teilen zu bestellen, *für den Tisch,* was mir eigentlich wie die kapitalisierte Form von Knausrigkeit vorkommt oder wie die Unlust, elaborierte Trinkgelder bei getrennten Rechnungen auszurechnen, führt am heutigen Abend dazu, dass man sich und seinen Körper etwas näher zur Mitte des Tisches hin orientieren kann und ein bisschen das Gefühl hat, dies sei eben die lästige, aber notwendige Sache mit vier Buchstaben, die bestenfalls auf die Sache mit den drei Buchstaben hinausläuft, und wenn man sich genital gut versteht, in der unaussprechlichen anderen Sache mit vier Buchstaben endet, so lange, bis einen die unaussprechliche andere Sache mit den drei Buchstaben scheidet.

Als sie sagt, von den gebratenen Knoblauchnudeln, die sie für den Tisch bestellt hat, müssen wir unbedingt beide essen, gefällt sie mir plötzlich sehr, und ich habe Lust, mit ihr zu schlafen. Ich freue mich, dass sie bei dem gnatzigen, glatzigen Kellner noch eine weitere Margarita bestellt, obwohl sie mit dem Auto gekommen ist, auch wenn sie nur ein paar Boulevards weiter wohnt. Ich weiß immer noch nicht, was hier wie fußläufig ist und was nicht, das Boulevardvokabular ist mir immer noch nicht geläufig.

Sein Herz hängt auch nicht an dem Job, oder?, sage ich, als der Kellner verschwindet.

Oh my gawd, du würdest nicht glauben, wie viel Traurigkeit es hier in LA gibt. Sie justiert ihre Essstäbchen in den Händen nach. *Like, totally. Es hängt auf jeden Fall mit der Filmindustrie zusammen.*

Ich muss kurz an sie denken, daran, wie ich ihr immer von meiner alten Traurigkeit erzählen konnte, und sie mir nie zeigte, wie langweilig meine Zeit vor uns beiden für sie gewesen sein muss. Keine Planung eigener Kinder, sondern Erzählungen von meiner Kinderzeit. Gerne würde ich Bianca von mir erzählen, davon, was mich heute traurig macht, wie die alte Trauer durch meinen Verlust von ihr noch überlagert wurde und wie sich in diesem Morast bis heute meine Räder durchdrehen, gerne würde ich sogar von ihr erzählen, und vielleicht könnten wir uns so sogar unsere Narben zeigen. Aber ich wage es nicht, zögere, mir die Brust aufzureißen, vielleicht weil mir Bianca noch fremd ist, vielleicht aber auch, weil ich sie vielleicht ein bisschen mag und mir das Ganze jetzt noch nicht ruinieren will.

Du bist eher wie eine Schwester für mich.

Ich frage sie: *Hast du selbst mal in der Filmindustrie gearbeitet?*

Nein, lacht sie, und aus einer ihrer käferglänzenden Haarspangen löst sich dabei eine kleine Strähne, was nicht schlecht aussieht, und das scheint mich seltsamerweise zu überraschen. *Aber hier kennt eben jeder irgendwelche Leute, die irgendwas mit dem Kino zu tun haben.*

Aber ist das auch wirklich so?, frage ich. *Oder ist das eines der vielen Vorurteile, die Leute wie ich über LA haben?*

Nein, nein, sagt sie, ihre Hand schwebt durch einen Streifen eines rötlichen Neonlichts hinter der Plastikpalme, unter der wir sitzen, ihre Hand wirkt blasser, schöner, als sie aus dem Licht hervortaucht, um die hervorgerollte Strähne sanft hinter ihr Ohr zu streifen. Die Bewegungen ihrer Finger gefallen mir. *Ich meine, vielleicht ist das irgendwie schon auch eben ein Klischee, aber so ist die Stadt halt auf irgendeine Weise einfach auch.*

Der Kellner legt uns die Rechnung auf den Tisch mit einem: *Whenever you're ready,* was aber so viel heißt wie: *Get the fuck out.* Als wir gehen, gieren die wartenden Gesichter wie auf einem Otto Dix auf unseren Tisch.

Vor Biancas Prius in einer Seitenstraße sinkt meine Stimmung, meine Stimme fällt in einen Verabschiedungston. Doch sie fragt, ob ich noch irgendwo etwas trinken wolle, sie kenne eine gute Bar in Sawtelle, in der donnerstags abends meistens nicht viel los ist.

Im Auto bekomme ich eine Erektion, wie ein Schuljunge, und ich rutsche etwas zur Tür in Richtung des Schattens. Während wir durch das grünliche Nachtlicht fahren, unter Palmen, Ampeln und Billboards, muss ich an Augustinus denken, wie sich die *inquieta adulescentia* zeigte, und in diesem Gedanken bin ich einen Moment lang zu Hause. Wenigstens kann mich mein Vater dabei nicht beobachten. In Stille schaue ich zu, wie das Science-Fiction-Licht der Nachtstadt über eine um den Rückspiegel geschlungene, dunkelrote Perlenkette gleitet, die aussieht wie eine Kette von einem Mardi Gras-Umzug.

Nach einem Moment spricht sie mich auf mein Buch an. Ich bin ich erleichtert, dass sie sich erinnert, aber auch entmutigt und ertappt, weil es kein Buch gibt. Die Unlust, erneut die zurechtgelegten, langweiligen Satzfetzen von der Zunge zu spulen.

Was machst du, wenn du dann eben mit deinem Buch fertig bist?

Ich fange erst mal an, es zu schreiben, sage ich mit einem affektierten Lachen. Sie versteht nicht. Ein Gedanke, der sich nicht aufhalten lässt: Wahrscheinlich ist sie ein Mensch von übersichtlicher Intelligenz. Denkt der Arsch, der nicht mal sein übersichtliches Pimmelchen im Griff hat. Ein Ständer bis weit hinter Beverly Hills.

In der kleinen dunklen Bar, die wie ein britisches Pub aufgemacht ist, wenn auch ohne Teppichboden und erstaunlicherweise noch stilloser als in England, bestellt Bianca jedem einen doppelten Maker's Mark.

Bourbon girl, sage ich, *ich bin begeistert.*

Du bist leicht zu begeistern, sagt sie, ohne zu lächeln. *Bourbon boy.* Für einen Moment dreht sie sich zur Seite weg, während ihre Hand über ihren Nacken streichelt.

Gehst du wieder zurück nach Deutschland?, fragt sie über ihrem Bourbon. Das kühle, dämmrige Licht gibt ihr jetzt eine plötzliche Melancholie. *Ich meine, wenn dein Roman fertig ist.*

Nein, es ist kein Roman, es ist … gar nichts eigentlich. Ein paar Gedanken über Schnee und über einen Mann, der Schneebilder gemacht hat.

Über Schnee, fragt sie in der Stimme eines Kindes. *In LA?*

›246‹

Hatte ich davon gar nicht erzählt? Es hat hier mal ge-
schneit. Aber das ist lange her.

Ihre Augen sind einen Moment lang blicklos, bis sie sagt:
*Weißt du, was du dir anschauen musst, wenn du Schnee gut
findest? Like totally?* Sie nickt zur Pointe, noch bevor sie es
gesagt hat: *Game of Thrones.*

Okay. Das Gespräch schlendert davon, vorbei am Schnee,
wir trinken jeder noch einen doppelten Maker's Mark, und
dann fährt sie irgendwie mit ihrem Prius viel zu schnell
und viel zu dicht an den Seitenspiegeln der parkenden
Autos nach Santa Monica, ich mache bei offenem Fenster
viel zu laut *Thrust* an, und endlich kann ich sie küssen, aber
leider hat sie so schlimm Mundgeruch, dass ich die Erinnerung an den spuckenden Obdachlosen aus Downtown
nicht aus dem Kopf bekomme. Als wir endlich zum Ficken
kommen, immerhin von hinten, ist der Alkohol so sehr in
mein Blut gemischt, dass ich nicht kommen kann. Ihre
Knie auf den hart gestärkten Laken werden etwas wund,
und wir müssen mittendrin abbrechen. Ich versuche sie zu
lecken, schmecke Schweiß, und dann bemerke ich, dass ich
nichts von dem Kondom schmecke, weil ich vergessen
habe, eins anzuziehen. Ich schlüpfe heimlich hinein und
versuche verzweifelt, mich oder sie zum Kommen zu bringen, aber da bist du ja, was soll das, wie bist du hergekom-
men, warum lässt du mich nicht endlich allein. Ich bin
völlig nassgeschwitzt, *Spank-a-Lee* ist schon gleich am
Höhepunkt, einmal klingt es so, als komme sie, aber ich
kenne sie nicht und höre zu früh auf. Hoffnungslos. Billard
mit Seil. Dann ist es entsetzlich still in der Casita. Selbst die
Grillen schämen sich.

THAT SUMMER, AT HOME I HAD BECOME THE INVISIBLE BOY ·
THE TWILIGHT SAD

In Los Angeles dauert der Sommer länger als ein Jahr.

Es ist sehr ironisch, dass es dem Schneemann von Kalifornien im Winter seines letzten Jahres wahrscheinlich am schlimmsten ging, er war sehr allein (WATERS). *Sommer ist die längste Zeit, Sommer ist die ärgste Zeit* (BLACKSHAW).

In seinem letzten Sommer schreibt Blackshaw am 17. Tag des Kaisermonats: *Namen haben für mich nur die Straßen, an die ich mich erinnern kann.* Ich mag diesen Satz, auch wenn Blackshaw ihn vermutlich in einem schlimmen Moment verfasste, auf demselben Blatt, das er benutzte, um eine Liste aller Orte zu erstellen, an denen er einmal *länger als eine schlaflose Nacht* wohnte. Nach dem Abbruch der von den Eltern gewünschten Law School beginnt er ein Reiseleben. Ich sehe ihn als eine Steinbeck-Figur erst durch Kalifornien driften, dann fleckt sich die Landkarte seiner Stationen aus in Richtung Mittleren Westen, wo seine Eltern vor seiner Geburt lebten, dann immer nordöstlicher an die amerikanische Küste. Einmal lebte er sogar für einige Monate auf Neufundland, schließlich länger in Kanada, Alaska und zum Ende seines Lebens in den Staaten Washington, Oregon und wieder Kalifornien, bis er sich in den Selkirk Mountains befand, wo es seine Liste auf 34 Umzüge bringt.

Unter die Auflistung zieht er mit einem Kohlestift einen breiten, etwas zittrig ausgeführten Strich und schreibt in Großbuchstaben HOMELESS.

Ebenfalls am 17. August 1949 verfasst er einen seiner nicht abgeschickten Briefe, die nach meiner Information alle erst am Getty geöffnet wurden, an einen früheren Kollegen, der für LIFE fotografierte: *Diese fürchterliche Sommerendlosigkeit, so lang wie eine unendliche Belichtungszeit – doch das Foto lässt sich nicht entwickeln. Das grelle Licht und die dunklen Wälder, die alles Licht verschlucken, der schwarze Stein der Berge, der alles aufsaugt. Man müsste den Schnee bei sich haben können wie ein Zimmer, meinst du nicht, lieber Walter? Dann könnte man hineingehen in den fallenden Schnee, der nicht nur diese flüchtig fallende Zeit wäre, sondern ein Ort, in den man sich einspuren könnte [?] [track into]. Vielleicht werde ich irgendwann einmal in den Schnee hineingehen können. Wenn sie mir einen Grund dafür gäben, würde ich dort bleiben.*

Ich frage mich, ob dieser Walter, wie auch die anderen Adressaten, die keine der verfassten Briefe erhielten, ob sie wirklich existierten, oder ob Blackshaw sich Beziehungen zu Menschen herbeisprach, wie Emmanuel Boves Victor Bâton in *Meine Freunde*, ein Freunschaftsfiktionär.

Mit diesen nicht gesendeten Briefen Blackshaws unter den Augen, erscheint mir jetzt jedoch jeder Brief wie eine etwas traurige, adressatenlose Ansprache, ein DU, das in die Leere blüht und sofort zerfällt, ein Ereignis der Flüchtigkeit, das im Moment der Gegenwart allein ist, verletzlich und etwas naiv, dabei hoffnungsvoll hingeordnet auf einen Zukunftsmoment von Zusammensein, und eine Weile lang fliegt die Sendung als reines Zeichen, bis das DU einem ICH entspricht, das für sich ebenfalls in einer Gegenwart allein ist und in den Worten vergeblich nach einer längst verblühten Vergangenheit greift. Jeder Brief, jede Anrede, als Pixel oder Papier, ist ein Zeitgeflecht aus Momenten des Verpassens, und somit als Sendung immer eine Fiktion, ein Roman.

Im Sommer dieser letzten Einsamkeit schreibt Blackshaw auch in seinem Pestjahrbuch von einem imaginierten Haus im Schnee: *an den Wänden meines Schnee-Hauses sehe ich sie stehen, meine Eltern, deren Kind ich geblieben bin und das*

Geister-Kind, und all ihre Gesichter sind flach, wie die Gesichter der Ikonen-Heiligen (…), sie starren mich an, ohne mich zu sehen. Reden nicht mehr. Ich schulde ihnen allen mein gelebtes Leben. Und gelebt habe ich mit ihnen nur als Kind, nur als ich ein Kind sein konnte. Gelebt habe ich nicht mit ihr. Ich hätte kein Kind zeugen dürfen.

Auch in dem Brief vom 17. August 1949 an Walter erwähnt er anfangs seine Eltern, wenn er von dem gemeinsamen Freund Jack spricht, von dem er glaubt, er sei verstorben. Auch hier formt er etwas Abstraktes zu etwas Räumlichem um: *Aus einem unklaren Grund fällt es mir seit einiger Zeit nicht schwer, mich in die Vorstellung von den Toden der mir nahen Menschen hineinzubewegen, und es fällt mir noch leichter, mit den Toten meines Lebens zusammenzusein, viel leichter als während ihres Lebens. Hast du etwas derartiges auch erlebt, Walter? Jeder Tod ist ein leeres Zimmer, jeder Tod ist ein weißes Haus, an den Wänden muss man das zu Spuren machen, was von ihnen geblieben ist, Schatten, langsam die Umrisse der Schatten nachziehen und aus ihnen Formen herauskratzen, die mir das Gefühl von Menschen als Negativ geben. Ich meine, ich habe dort auch Jack gesehen. Doch dabei bleibt alles ganz weiß, auf eine knochige Art weiß, ohne ihre Augen, ohne einen Mund, aufrecht stehende Schnee-Engel mit einem schrecklichen, glatten Gesicht. Wie zugenähte Masken.*

Lieber Walter, ich bin daheim in ihrem Tod, und du kannst mir auch sicher nicht erklären, was das für mich bedeutet. Hast du etwas derartiges auch schon einmal erlebt?

CHAIN OF MISSING LINKS · THE BOOKS

Anders als Waters vermutete, war nicht der Winter seines letzten Jahres Blackshaws schlimmste Zeit. Nach den Wetteraufzeichnungen schneite es den Sommer über auch in den Bergen nicht. Blackshaws Aufzeichnungen belegen, dass es der Sommer war, der für ihn am schwersten zu überwinden (überwintern?) war. Nicht enden wollende Tage in langen Monaten, in denen er am wenigsten nach draußen geht, am intensivsten nach innen schaut. *Ich leide an Wärme*, heißt es im September, unklar, ob wörtlich oder metaphorisch, oder beides.

Das Blackshaw-Sommermaterial ist beinahe zwei Mal so umfangreich wie die Aufzeichnungen des restlichen Jahres. Ironisch ist das nicht. *Summer is the longest time.* Dabei findet sich in seinen Sommeraufzeichnungen so gut wie keine Beschreibung der äußeren Welt. Stattdessen Listen mit Geisteszuständen, Ängsten, Gedanken über die Fotografie, Worte aus der Vergangenheit, Namen, Sätze über seine Eltern, nicht zugeordnete Zitate, etliche zerrissene Worte und Sätze, die immer wieder durch die Papiere schneien, Entwürfe von Briefen, einige erratische Beschreibungen von Träumen, Geräuschen von Tieren, die wochenlang in der Nacht in die Nähe der Hütte kommen, und mehr als zuvor immer wieder Einfälle über Schnee.

So findet sich, datiert auf den 30. August 1949, ein Papier, das sich mit dem Vermissen des Schnees beschäftigt, unerklärt verfasst in halber Dialogform, und eine seltene Passage, in der er die Frage der Ideologie des Schnees berührt, ohne sich einer Antwort zu versuchen:

– Wirst du den Schnee auch in der Stadt lieben?
  – Ja, ich will ihn auch in der Stadt lieben. Besonders in der Stadt werde ich ihn lieben.
  – Warum besonders? In der Stadt ist der Schnee schmutzig und alt. Ich kann ihn halten.

– Der schmutzige Schnee ist der eigentliche Schnee. Die ganze alte Zeit ist in ihm festgefroren. Fingerabdrücke der dreckigen Zeit, wenn der Staub und der Sand und das Öl in ihm stecken. Weißer Schnee ist auch politischer Schnee, neu und noch nicht ganz kalt. Wenn die Häuser und die Bäume und die Straßen und die Menschen doch nur von schwarzem Schnee zugedeckt werden könnten, bibelschwarzer Schnee, schwarze Flocken wie Asche, und ich bin sicher – – – – Liebst du es denn gar nicht, dear x, wenn das WETTER *auf der Straße liegt, die wulstigen, wuchtigen Schneewürste? Und die Menschen schaufeln das* WETTER *auf die Gehwege auf und die Kinder formen aus dem Wetter Bälle und werfen einander mit dem* WETTER *ab. Wie könnte mir da wichtig sein, ob dieser Schnee schwarz ist! Für den Schmutz ist der Schnee Halt, die Kristalle suchen den Staub.*

Auf seinen fremden Bergen wie auch in LA, das Blackshaw gut kannte, ist der Sommer struppig und grell, die Hügel trocken und wüstenfarben. Bis heute ist die Stadt von der Sonne gebleicht. Auf den Bergen ist kein Schnee mehr zu sehen, kein Tuch wie hingefaltet auf den Spitzen. Manchmal frage ich mich, was passieren würde, wenn es nun in LA wieder anfangen würde zu schneien. Es fällt mir nichts ein.

Wie Matt mir empfahl, habe ich mir mittlerweile LA *Crash* angesehen. Der Schneefall in der südkalifornischen Stadt am Ende ist noch das realistischste an diesem unaufrichtigen Lügenhumbug. Ein Film über LA, in LA gedreht, der absolut nichts mit dieser Stadt zu tun hat, dessen Fiktionen wie verachtende Parodien der Angelenos wirken. Nicht einmal das Gefühl des Sommers wird ernsthaft transportiert. Ich vermisse die Zeit, in der ich diesen Film noch nicht kannte.

Blackshaw: *Was ich hier vermisse: trockene Kälte, den*

›252‹

Atem vor meinem Mund, das mehlige Rieseln von einem
Kiefernzweig, der zurückschnellt, wenn ein unsichtbarer
Vogel auffliegt, das Cornflake-Knirschen der Schritte [the
cornflake crunch of the steps], Flaschen in Schneeröhren zu
kühlen, die kleinen Spuren von Vögeln im Morgenweiß, die
Lachfalten der Vogelkrallen im Schnee, die freundliche Kälte
an den Fingern, die weiße Härte in dem schwarzen Kasten
meines Suchers, die rhythmischen Rieseltänze, die der Wind
sichtbar macht, wie sonst die Bäume der Blätter, dass der
Schnee ein gelassener weißer Regen ist, die Langsamkeit des
Schnees, im Fallen und im Verschmelzen. Schnee. Außer
Schnee vermisse ich hier nichts. <u>NICHTS</u>.

Das letzte NICHTS ist zwei Mal unterstrichen, einmal durch
die Schreibmaschine, einmal durch den Kohlestift, als wolle
sich damit eine Selbstversicherung unterstreichen oder etwas
beiseitewischen, eine Sache damit hinterrücks und heimlich
zum Schnee von gestern machen. Was? Die Tochter?

Waters schreibt, Blackshaw habe sich bei der Trennung
von seiner Frau, einer Trennung, über deren Gründe auch
Waters wenig Auskunft gibt, darauf verständigt, das Kind
solle bei ihr bleiben, sie solle die hilfsbedürftige Tochter
allein aufziehen, sodass er sich auf seine *Arbeit und die Foto-*
grafie konzentrieren kann. Ein weiteres Mal frage ich mich,
ob Waters' Ausdruck hier lediglich auf einem Stilfehler be-
ruht, da die Aufzählung impliziert, zwischen Blackshaws
Arbeit und seiner *Fotografie* habe ein Unterschied bestan-
den, oder ob Waters etwas anderes andeuten will. In jedem
Fall scheint seine Interpretation von Blackshaws Vaterschaft
und dem Verhältnis zu seiner Tochter äußerst wohlwollend,
sowohl gegenüber Blackshaw als auch gegenüber sich selbst,
denn diese Antwort heuchelt Erklärbarkeit, wo ein Dickicht
des Unklaren wuchert. Unmöglich kann Waters die Frage

beantworten, warum Blackshaw sein Leben aufgab und in die Einsamkeit, in den Schnee und in den Tod ging. Es gibt keine Möglichkeit, dass er diese Offenheiten mit Antworten schließen könnte. Und trotzdem gibt er Antworten oder äußerst selbstbewusste Interpretationen. Seine Koordinaten sind zu klar und zu schlüssig, so wie es die Koordinaten eines Lebens meist nicht sind.

GOOD MORNING, CAPTAIN · SLINT

Am Morgen wachen wir von einem Krachen auf, das sich langsam, mechanisch, irgendwie hydraulisch, durch die Stille schrappt. Ein gestiefelter Kater hockt auf meinem Kopf. Bianca sieht mich verschlafen an. *Was ist das?*, fragt sie.

Die Müllmänner, sage ich. *Die Mülltonnen stehen hier gleich vorm Fenster.*

Sie gähnt einmal, streckt sich etwas, auf ihrem Gesicht sind die Knitterfalten des Kissens, auf dem Kissen ist Make-Up. Weil ich gerne etwas Liebliches am Morgen hätte, lege ich meine Hand auf ihre Wange, in meiner Handfläche fühle ich ihr Lächeln und könnte anfangen zu weinen. Wir küssen uns kurz, es muss für sie so fürchterlich schmecken wie für mich. Ich bin erregt, aber es passiert nichts, sie streichelt mich ein bisschen und lächelt auf eine liebevolle Weise. Nahe vor meinem Gesicht fragt sie: *Bist du jetzt glücklich?*

Ich lächle und sage: *Mit dir.* Doch die Betonung ist mir verrutscht, und es klingt wie eine Frage mit zu deutlicher Betonung auf *dir: Mit dir?* Verunsichert fragt sie: *Was, warum nicht?* Ich verstehe nicht sofort, und erst nach längerem Hin und Her klärt sich das Missverständnis auf.

Sie duscht lange, ich mache Kaffee. Draußen höre ich das Gequäke eines Santa Monica Bros, der wieder mit einer Frau redet, diesmal ohne zu stöhnen. Die Stimmen klingen näher, und scheinbar arbeiten diese Leute überhaupt nichts und können nur in ihrer Klitsche rumhängen. Nachgedanke: Wie ich. Der Duft des Kaffees und das Gurgeln der Maschine geben mir einen Moment lang ein gutes Gefühl, obwohl ich ein unbändiges Schuldempfinden in mir aufkommen fühle. Ich mache mir Sorgen wegen des Kondoms, auch wenn ich nicht gekommen bin, habe Angst, durch ein Kind für immer an sie gefesselt zu sein. Ich will nicht in den Schnee gehen. Vielleicht könnte ich versuchen, eine gut durchdachte Lügengeschichte zu erfinden, erzählen, in meiner Familie gäbe es eine lange, vererbbare Geschichte von Geisteskrankheiten, für den Fall, dass mein Wunsch nach einer Abtreibung bei ihr zu einem Kinderwunsch führt.

Ich gieße mir Kaffee ein, die Tasse steht genau unter der Kante des Sonnenflecks, der morgens immer auf der gefliesten Arbeitsplatte steht, die Hälfte der Tasse im Schatten, der Kaffee matt, die Hälfte der Tasse in der Sonne, der Kaffee glanzvoll samtig dampfend, mein eigenes regloses Yin und Yang.

Während ich nachdenklich bin, fällt mir auf, wie still es ist. Die Dusche hat aufgehört zu plätschern, und der Müllwagen schweigt, obwohl er sonst lange hörbar die schnurgerade Alley herunterpoltert und mit seinem riesigen Roboter-Greifarm laut die Mülltonnen packt, anhebt und in seinen stinkenden Schlund ausschüttet.

Ich öffne die Tür zu der Holzterrasse mit dem kopfhohen Lattenzaun, der mich vor direkten Blicken von der Straße schützt und höre, wie eine bronchiale, tief aus dem Körper kommende Stimme in dem halbdebilen Bro-Ton sagt: *Some fuckhead parked his car right there, dude.*

Herzschlagend gehe ich nach draußen in die Wärme des

Morgens, klettere leise auf einen der Holzstühle und spähe vorsichtig zwischen den Bougainvilleen über den Zaun, wo ich den sehe, den ich beim Ficken gehört haben muss, einen halblockigen, flip-gefloppten Schlaks-Lulatsch mit kantigen Wangenknochen und einem Achselshirt, auf dem eine untergehende Sonne abgebildet ist, darunter Brustmuskeln, die durch die Träger eines Rucksacks deutlich zur Geltung kommen.

Neben ihm sehe ich eine niederschmetternde und beschämende Präsentation meiner nächtlichen Unternehmungen. Das elektrische Garagentor des Hauses gegenüber ist leicht geöffnet und steckt mit der rechten Spitze tief im Kotflügel eines Wagens, der, ein Rad auf dem Gehweg, schräg über die Abgrenzung der Garageneinfahrt geparkt steht. Der Schlaksige ruft irgendwelche Anweisungen in den geöffneten Spalt der Garage hinein, worauf sich das Tor in stockendem Nicken ein paar Mal auf und ab bewegt und dabei den Wagen durchschüttelt. Die rote Mardi Gras-Perlenkette baumelt fiebrig in der Sonne, eine Schlaufe löst sich nach einigem Rütteln vom Rückspiegel und knallt einmal laut gegen die Windschutzscheibe. *Fuck.*

Eine Dame mit Sonnenbrille, einem grellgrünen Getränk und einem kleinen Hündchen schaut zu, wie sich das Tor noch ein paar Mal schrappend, schwerfällig hoch und runter bewegt. *Steckt fest*, sagt sie, und als der Santa Monica-Schlaks sich genervt zu ihr dreht, zuckt sie einmal mit den Schultern.

In der Zwischenzeit werde ich von Hitzewallungen überschauert. Es kommt eine rothaarige, junge Frau mit wippendem Pferdeschwanz und einem gürtelbreiten Höschen aus dem Haus hinzu, ihre Flip-Flops schnalzen auf der Straße. Sie redet mit dem Lulatsch und macht dabei ein Gesicht wie von ewiger Gleichgültigkeit, gelangweilt, und doch seltsam genervt. Sie erklärt ihm, dass es nicht funktioniert. Mit einer verärgerten Geste reißt der Bro seinen Rucksack runter und wirft ihn gegen einen Reifen von Biancas Prius.

Mein Stuhl knarrt unter meinen Füßen, und es entsteht Blickkontakt zwischen der Rothaarigen und mir, die nun ein von lila Bougainvilleenblüten gerahmtes, verschlafenes Mondgesicht im Gebüsch hängen sehen muss, ein pausbackiges Baby in einem Foto von Anne Geddes. *Ist das Ihr Auto?*, fragt mich der ehemalige Rucksackträger, nachdem die Augen seiner Freundin seinen Blick auf mich gerichtet haben.

Bianca steht mit nassem Haar und barfuß neben ihrem Wagen in dem sich aufheizenden Tag. Alle eben Anwesenden sind weiterhin anwesend. Es wird beraten, wie man den Wagen zurücksetzen könne, ohne dass die zwischen Reifen und Blech steckende Spitze des Garagentors den Reifen beschädigt. Die Dame mit dem Hündchen googelt hilfsbereit in ihrem Smartphone und zieht immer mal ihr Hündchen mit der Leine zurecht. Es ist eine Leine mit Strass.

Ich sehe noch, wie es passiert, aber kann nichts mehr tun. Das Hündchen hat schon sein Hühnerbeinchen angehoben und einen winzigen safrangelb in der Sonne glänzenden Strahl gegen den Rucksack geschossen.

Oh, my God, ruft das Frauchen theatralisch, lässt alles fallen und macht sich sofort an die Säuberung des Rucksacks. *Emma, how could you?* Man hätte sich denken können, dass auf ein Hündchen namens Emma kein Verlass ist. Der Santa Monica Bro, den die Rothaarige, die gelangweilt das Haar ihres Pferdeschwanzes dreht, ein paar Mal Kyle genannt hat (*you fucking cliché!*) – Kyle fährt mich mit seiner kehligen Stimme an: *This is all your fault, dude.* Sein riesiger Adamsapfel bewegt sich wie der Kopf einer Straßentaube beim Gehen.

Mein Fehler, sage ich und nicke. Ich wünschte, all das wäre vorbei, und ich wäre allein. Komischerweise möchte ich jetzt ganz besonders Bianca, die in der blendenden Sonne nervös an der Haut an ihrem Hals zupft, loswerden.

Als das Auto schließlich freigeparkt wurde, ist der Kaffee kalt, der Sonnenfleck ist weitergezogen, Yin und Yang aus dem Ruder. In einem Diner auf dem Wilshire kaufe ich Bianca und mir Frühstück. Sie lächelt milde über ihrem French Toast und sagt: *Das einzig Gute daran ist, dass wir uns jetzt viel öfters sehen können. Bis irgendwie alles geklärt ist.*

Ich sehe sie einen Moment schweigend an, schlucke dann ein Stück Omelett runter. Irgendwo streicht ganz, ganz langsam der tiefste Ton auf der tiefsten Seite eines Cellos.

HERE COMES THE SUMMER KING · DIRTY PROJECTORS

Im Neuen Testament ist der Schnee von gestern. Während der Schnee im Alten Testament zum Metaphernmachen taugt (*weiß wie Schnee*, oder toll: *aussätzig wie Schnee*), scheinen Niederkunft und Abflug des Nazareners den Schnee beinahe völlig aus der Welt geblasen zu haben. Im Neuen Testament ist der Schnee aussätzig wie Schnee. Wenn es nach dem Heiligen Sohn ginge, wären alle Menschen gerade so aussätzig wie der Schnee: *Wenn jemand zu mir kommt und haßt nicht seinen Vater, Mutter, Frau, Kinder, Brüder, Schwestern und dazu sich selbst, der kann nicht mehr Jünger sein* (LUKAS 14,26). *The original grifter.* Zunächst einen Mangel aufschwätzen und dann die Lösung andrehen. Die Grundsteine der westlichen Zivilisation.

Mit 29 Jahren machte sich Siddhartha Gautama auf und wanderte als asketischer Priester durch die Welt. Seinen Sohn und seine Frau hatte er verlassen; Fesseln waren sie, banden sie ihn doch erbarmungslos an die leibliche Welt. Die leibliche Welt, keine andere, ist aber die Welt, in der die Kinder leben, in der die Geliebten leben, die Väter, Mütter, Frauen, Brüder, Schwestern. In der Welt der Blumen und des Windes, nirgendwo sonst, nicht in den weltreligiösen Schriften und in ihren Lügen vom Paradies, nicht unter der Pappelfeige und nicht auf dem Schneeberg riecht es nach Salzwasser oder Zitronenblüten, und weder in der Hölle noch im Paradies wird es jemals schneien.

Was sind Buddha und Jesus nichts anderes als Männer, die ihre Mitmenschen verlassen, und macht es einen Unterschied, ob diese Männer glauben, sie gehen für Gott oder sie gehen für den Suff? Es blitzt und donnert nicht bei diesen Gedanken. *God is offline.* Die Kinder, die die Propheten verlassen haben, hätten vielleicht ein Paradies im Leben haben können, wenn ihre Väter sich nur noch einmal umgedreht hätten, mit der fieberhaften Unwiderstehlichkeit des Orpheus, und wenn die Hände der Kinder sich ausgestreckt hätten in die Sonne und die Propheten zu ihnen zurückgekehrt wären, vielleicht wäre die Welt heute eine andere. Die Welt kann retten, wer bleiben kann. Nur Mohammed hatte Kinder, die er nicht verließ, doch starben sie alle vor ihm. Wie seltsam: Die Geschichte der Weltreligionen ist vor allem eine Geschichte von Männern, die keine Väter sein konnten. Und glaube nicht, dass der Prophet der Juden, wenn er schließlich kommt, Anstalten machen wird, sich in einem Vorort einzurichten und im Haushalt zu helfen. Wer weiß.

Blackshaw sitzt in seiner Schneehütte wie Heidegger im Schwarzwald, und beide haben ein dunkles Geheimnis bei sich. Während Blackshaw am Abend in einem Topf über dem Ofenfeuer Schnee für Kaffeewasser schmilzt und sich am Morgen mit dem übrigen Schneewasser wäscht wie Hiob, und so wie Hiob zum Fluch anhebt, würde ich Blackshaw gerne selbst verfluchen, wenn es Flüche gäbe. Er verschwindet, ohne seiner Tochter die Gelegenheit zu gewähren, ihm irgendwann noch einmal in die grauen, beinahe weißen Augen zu schauen und zu fragen, warum er sie verlassen wird, warum er in den Schnee gehen wird.

Ich sehe mir wieder die wenigen Fotos an, die in Waters' Biografie von ihm abgedruckt sind. Er lächelt nie. Allerdings kenne ich kaum Fotografen-Portraits, die die Bildermacher mit einem Lächeln zeigen. Er hat ein hartes Whitman'sches Gesicht, das karg und später verlebt und kränklich aussieht. Er steht im Schnee neben einigen Holzscheiten mit einer Axt, oder in der sommerleeren Weite eines Waldes und scheint nicht in die Welt zu gehören, als habe sich die Welt hier für diesen Menschen unterbrochen, oder als habe er sie für sich unbewohnbar gemacht – Fotos wie aus dem 19. Jahrhundert, Fotos, die den Eindruck erwecken, als hätte sich ihr Subjekt von dieser Welt abgewendet, um eine andere Welt zu suchen, hätte sie aber, wie alle anderen, nie gefunden und trieb nun, dem Jäger Gracchus gleich, durch ein Limbusleben.

Er warf sich manisch in seine Schneewelt, und diese Welt musste für ihn eine Gegenwelt sein, eine fiktive Welt, und in ihr sollte der Schnee fallen, wie er niemals in der Welt fallen kann, in der er eine Tochter hatte, denn diese Tochter sollte es für ihn nicht geben, wie den Schnee im Sommer in der wirklichen Welt. *Schnee. Alles von vorn.* So schreibt er am Ende des letzten Tages im September, als es wieder anfängt zu schneien.

Alles von vorn. Er sucht im Schnee die Tabula rasa, das ausgetünchte Nichts, in dem selbst die Flecken auf seinem Charakter ausgeweißt sind, die Scheiße seines Lebens, die er lieber zugeschneit sehen wollte – und nach dem Tauen ist er einfach weg, und mit der zurückgebliebenen Scheiße beschäftigt sich ein anderer.

Im Frühling, als mir mein Sommer mit Blackshaw erst noch bevorstand, mein *Sommerschnee* (ERNST MEISTER), habe ich mich manchmal nicht zu fragen gewagt, warum ich so lange diesen Menschen und sein Archiv mied, seine Papiere nur rasch abfotografierte und ungesehen wegspeicherte. Ich muss mir bewusst gewesen sein, die Antwort müsste lauten: Weil ich er bin, weil ich glaube, ich sei so sehr Gabriel Gordon Blackshaw wie Gabriel Gordon Blackshaw glaubte, er sei Schnee. Betrachte ich mich näher im Vergleich zu ihm und betrachte ich mich in seinem Verlassen dieses einen, besonderen Menschen in seinem Leben, ist die treffende Antwort, die vielleicht jetzt noch schlimmere Antwort, aber eher eine andere. Doch auch diese Antwort scheue ich, denn nach ihr gibt es nur noch mich, ohne Hoffnung, ohne Möglichkeit eines letzten Blicks in die Augen, eines letzten Ausstreckens der Hand in die sonnige Kälte eines leeren Tages. Ich wollte nichts von seinem asketischen Akt des Entbehrens und von diesem Weltabwenden wissen, weil sie schließlich endgültig sind und in die Leere führen, die er suchte, da Blackshaw damit einer eigenen Logik zu folgen schien, die sich seiner Tochter ebenso wie mir niemals entschlüsseln würde. Jetzt aber weiß ich: Ich bin nicht wie er, nicht der Verlassende, natürlich nicht. Ich bin der Zurückgelassene. Ich bin nicht der Schneemann von Kalifornien. Ich bin seine Tochter. *Du bist eher wie eine Schwester für mich.* Und ich nehme etwas Abschied, meine Liebe, wenn ich erkenne, nicht ich bin Blackshaw, sondern du.

GET BACK · MEMORYHOUSE

Es ist ein Mythos, dass Verstehen Befreiung bringt. In Wahrheit bohrt es einen bloß in die Erkenntnis der eigenen Innerlichkeit und also der eigenen Wertlosigkeit hinein. Man wächst dort wie eine Larve zu einer dicken Raupe seiner eigenen Verzweiflung heran und metaboliert dort zu einem äschernen, okkultblutschwarzen Falter der Einsamkeit. Für mich beginnt nach dieser Erkenntnis keine gute Zeit, die schlechte Zeit geht einfach weiter, knöchern von Woche zu Woche. Wenn einen selbst das Selbstmitleid meidet, bleibt nur ein Selbst zurück, eine papierne Puppenhülle, die im auskühlenden Wind erzittert und bei der leichtesten Berührung davonweht.

Ich trinke wieder viel, versuche, mich von Blackshaw fernzuhalten, doch auch das tut mir nicht mehr gut. Es scheint mustertypisch für mein Leben, dass sich das, was mir Halt gibt, Halt für den Staub, der ich bin, nach kürzester Zeit bereits wieder auseinanderstäubt und davonfliegt, und ich schwebe erneut und schon wieder auf einer Schneebrücke über einem tiefen Loch in der Welt. Was immer mir gut tut, tut mir komischerweise nicht gut.

Ich frage mich, ob ich mich mit diesem Schnee-Schrat überhaupt noch weiterhin beschäftigen will: Ein mittelmäßiger Kamera-Amateur, dessen Aussagen über Schnee wahrscheinlich die Worte eines zerbröckelnden Verstandes waren. Die Frage ist, ob die Welt unbedingt von ihm wissen muss, oder ob er weiter in seiner Verdunkelung verbleiben soll, als verblichenes Papier eines Archivs, das sich für eine Nachwelt nicht lohnt.

Ich wünschte, ich hätte den Mut, ins Archiv zu gehen und seine Papiere zu verbrennen oder sie mit einer schwarzen Tinte zu bedecken, die mit endgültiger Schwerfälligkeit über jedes einzelne Wort läuft und alles zudeckt, sich in die Fasern jedes Papiers seiner Legal Pads einfrisst und dort alles verdunkelt, die Seiten miteinander verklebt, bis nichts als eine

›262‹

dicke, pappige, schwarze Klumpmasse zurückbleibt. Unter der man mich dann begraben könnte.

Diesen Mut gibt es nicht. Dennoch bin ich in mir angemessenem Maße parasitär. Wenn auch auf die ungefährliche, unkreative Weise des Interpreten. Wenn ich etwas zu Schnee zu sagen hätte, bräuchte ich nicht das Geländer eines Korpus. Das Gleiche gilt, wie immer, auch für sie.

Die Gedanken an sie alle lassen mich nicht los. Sie suchen mich heim, weil ich nicht zu Hause bin, weil ich in der Fremde anfälliger für Heimsuchungen bin, glaubend, ich könnte mich an ihnen festklammern und aufrichten, in ihnen einrichten. Selbst wenn ich Blackshaw loswerden wollte, ich bin mir nicht sicher, ob es nicht längst schon zu spät ist, schon jetzt ist er an so vielen Stellen in mir festgemacht, dass ich ihn nur loswerden könnte, wenn alles in sich zusammenfiele. Und das Gleiche gilt, immer wieder, auch für sie. Sie alle loszuwerden könnte nur bedeuten, mich selbst loszuwerden. Handlungsspielraum.

WHERE DID YOU SLEEP LAST NIGHT? · LEADBELLY

Die nächsten Wochen dieses überhitzten Sommers hätten genauso gut nicht existieren können. Löcher im Jahr. Ich habe begonnen, durchgängig alle Staffeln von *Star Trek: The Next Generation* zu schauen, doch ich denke dabei längst nicht mehr an Christa Wolf. Ausschließlich: Nachdenken über Jan W.

Der September vergeht schleppend, und ich raffe mich auf, mir im Hammer Museum eine Ausstellung zum Thema *Politische Jahreszeiten* anzusehen, viele junge Künstlerinnen und Künstler, viele, die für mich keine Namen haben, viele Fotografien, einige Skulpturen. Eine etwas dickliche junge

Frau lächelt mich während der spärlich besuchten Führung durch die sterilen weißen Räume an. Daraufhin konzentriere ich mich nicht mehr auf die Kunstwerke. Ihre Jeans sind an ihrem drallen Hintern abgewetzt vom dicken Sitzen. Ich habe, noch bevor ich den kleinen Button bekommen habe, der mich für die Führung qualifiziert, im kleinen Museumscafé im Innenhof zwei Gläser Chardonnay getrunken, und ich merke jetzt den Zucker des Weines, den ich nicht mehr gewohnt bin.

Ein einziges Gemälde bleibt mir in Erinnerung, das auf einer riesigen Julian-Schnabel-großen Leinwand einen Winterweg durch eine Allee mit Hunderten Birken zeigt. In den Fluchtpunkt der Allee hinein sind die wie Rahmkuchen weißgefleckten Birkenstämme in steigernder Intensität mit Blut bespritzt. Menschen sind auf dem Bild nicht zu sehen. Nur die Bäume. Der Schnee. Das Blut. Das Gemälde trägt den Titel HIDDEN CHILDREN. Den Namen der Künstlerin habe ich aus verschiedenen Gründen nicht in die Erinnerung retten können.

Als ich im Museumsshop bin, um mir einen Katalog und ein paar schöne Postkarten, unter anderem des bewunderten Gemäldes zu kaufen, steht nach einem Moment wieder die angedickte Frau neben mir, und ich bin zwar müde, aber spreche sie an und habe nach einem Moment die Gelegenheit, in einer dunklen, nach geschmolzenem Käse riechenden Bar, mit ihr weiter Weißwein zu trinken.

Wie endet man an einem Ort wie diesem? Vielleicht passen die Orte, an denen man sich befindet, irgendwann perfekt zum eigenen Leben, auch wenn es einem so fremd bleibt wie diese Orte selbst.

Sie arbeitet als Script Girl für irgendwelche Fernsehshows, die mir nichts sagen, und sie beschwert sich, dass sie immer öfter für den Job nach New Mexico und Kanada reisen müsse. Sie kommt irgendwo aus dem kalten Norden (Minnesota vielleicht). Bald habe ich so viel Wein in mich hineingeschüttet, dass meine Zunge so schwer ist wie ein dickes Stück Fettleber, an dem ich irgendwie meine Worte vorbeilenken muss.

Wirklich benommen bin ich aber von ihrer unvorstellbaren Frage, wie viel im öffentlichen Leben in Deutschland heute eigentlich auf Englisch ablaufe. Ich verstehe erst nicht ganz, und sie führt aus: Ob Englisch heute auch schon eine offizielle Sprache in Deutschland sei, wolle sie wissen. Neben dem Deutschen, meint sie. Dünnlippig sage ich, nein.

Irgendwann fange ich an, von Blackshaw zu erzählen, ohne zu erklären, wer er ist, und ich sage mit einem undeutlichen Lallen: *He just left her.* Einmal schlage ich mit der flachen Hand, vielleicht etwas zu fest, auf den Tisch und sage. *Seine eigene Tochter. He left me.* Sie sieht mich verwundert an. *Also ... das hat* sie *gesagt. Wahrscheinlich.*

Es war dann auch bald besser zu gehen, und nach einer langen Fahrt in einem Uber bin ich jetzt in einem kleinen Erdgeschoss-Studio, dessen Eingangstür sich, wie in einem Motel, direkt auf dem Parkplatz befindet, wo ich über eine Parkplatzbegrenzung aus Beton stolperte. Im Appartement sind die Fenster mit Vorhängen aus buntem Sarapestoff verhangen, was der Wohnung etwas Kavernenhaftes verleiht. Es gibt mehr Wein, und sie hat eine kleine Haschpfeife aus Porzellan, die aussieht wie ein Kazoo, und als sie schon gestopft ist, finde ich es zunächst sehr lustig, in die Pfeife hineinzublasen, anstatt daran zu ziehen, und einige kleine grüne Grasflocken wirbeln wild durch die Luft, sie wird etwas böse. Schließlich aber geht doch noch alles gut, und der würzige, fichtenharzige Geruch bauscht sich warm durchs Zimmer. Ich stimme merkwürdigerweise die ersten Zeilen von

Von mir und meiner Dicken in den Fichten an, aber die Ironie ist hier verschwendet. Sie sieht mich auf eine Art an, wie Leute Heimatlose beobachten, die nicht aufhören, das Kopfschütteln einzusehen, womit man ihrem Betteln begegnet.

Trotzdem kommt es dazu, dass ich sie ficken soll, und obwohl niemand außer uns hier ist, flüstert sie beim Sex, der sich für mich anfühlt wie ein Sturz durch eine Dunkelheit, ich sehe schlecht, und der Raum bricht bruchstückhaft durch meinen Kopf. In einem Bühnenflüstern stöhnt sie einige Male meinen Namen, den sie nicht richtig aussprechen kann, *Yawn, Yawn, oh, Yawn,* was mich, obwohl ich mich überhaupt nicht konzentrieren kann, trotz allem wahnsinnig stört. Außerdem habe ich, diesmal gleich mit Kondom, dieselben Schwierigkeiten wie mit Bianca, ein Zustand, der auch, wie ich später lerne, bekannt ist unter dem *mot juste Whiskey Dick.* Beruhigend, wie einem die Sprache dabei hilft, sich kennenzulernen.

Während der gesamten Angelegenheit behält sie ihren BH an, der sehr eng spannt, und ich bin abgelenkt davon, wie die Träger in ihren Rückenspeck schneiden und von den Druckstellen, wie Narben, wo eben ihre Hose war, tut das nicht weh?

Weil sich von meiner Seite nicht mehr viel tut, bittet sie mich, wieder in diesem nervigen Flüsterton, sie zu lecken, und ich knie mich vor die Couch, während sie, wie man früher sagte, *a tergo* bleibt. Ich gebe mir so heftig Mühe, dass es dieses Mal meine Knie sind, die aufgescheuert werden von dem grobgeknüpften Bastteppich. Ausgleichende Gerechtigkeit. Es kommt mir fast ein bisschen hoch, während ich ihrer geflüsterten Wunschäußerung nachkomme, denn sie riecht fast so schlimm aus dem Arsch wie die andere aus dem Mund. Liebes Tagebuch.

Das Morgenlicht holt mich aus dem Schlaf, ich habe hämmernde Kopfschmerzen, neben mir schnarcht leise diese fremde, dicke Frau, und es geht mir wirklich nicht gut.

Ich schleiche mich aus ihrem Appartement, höre sie verschlafen etwas sagen, als ich die Tür hinter mir zuklicke. Ich bestelle mir ein Uber in eine Straße einen Block weiter, für den Fall, dass sie mir nachgeht, warte neben einer Straßenlaterne, mit meiner Papiertüte aus dem Museumsshop in der Hand, darin der Katalog der vier Jahreszeiten, meine Postkarten, und ich bin kurz davor, anzufangen zu weinen, als das Uber kommt und mich einlädt.

Erst im Auto bemerke ich, wie betrunken ich noch bin und denke noch, dass ich wünschte, ich wäre gestern einfach noch ein paar Minuten im Museums-Innenhof geblieben, hätte mir noch ein paar Gläser Chardonnay und anschließend eine Handvoll *hot dogs on a stick* gekauft, bevor ich mit einer Rolle Toilettenpapier in der Hand auf der Couch in meiner Casita eingeschlafen wäre.

Ganz ohne Umweg schaffe ich es aber noch nicht dorthin, denn mir ist so übel, dass ich mich manisch aufs Schlucken konzentriere, um mich nicht übergeben zu müssen. Während die morgenhelle Stadt an mir vorbeisplittert verschlucke ich mich an meinem eigenen Speichel. Ein paar Male muss ich heftig husten.

Der Fahrer, ein schwarzer, älterer Mann mit silbergrauem Haar, der eleganten Blues laufen hat, fragt mich, ob mit mir alles in Ordnung sei. *I'm alright, I'm alright,* sage ich und füge hinzu: *I dig ... your ... Blues Delta*, worauf ich noch das Licht irgendeiner Sonnenreflektion über seinen skeptischen Blick im Rückspiegel huschen sehe, bevor mich mein lästiger Hustenreiz erneut packt. Ich muss jetzt, hilflos, so sehr aus der Tiefe meines Körpers heraus bellen, dass das Husten zu einem feuchten Rülpsen und Würgen wird, bis ich nicht mehr anders kann, als mich laut aufstöhnend in meine Souvenirtüte aus dem Hammer Museum zu übergeben.

Mitten auf irgendeiner riesigen Straße hält der Fahrer den Wagen abrupt an, worauf mir meine Tüte in den Fußraum fällt und vielleicht ein bisschen was daneben schwappt. Ich werde höflich, aber bestimmt irgendwo in Downtown aus dem Wagen geworfen und suche mir eine Busverbindung nach Santa Monica.

Ich finde bei einem *twentyfour-seven* Seven Eleven einen dünnen Kaffee und versuche, ein paar Schlucke zu trinken, während ich in der Nähe von Skid Row auf den Bus warte. Die Straße sieht verwüstet aus, es riecht nach Pisse, die Menschen wohnen in Zelten und scheißen in Eimer. Die Stadt als Wunde. Vor einem noch geschlossenen Pfandleiher auf der gegenüberliegenden Straßenseite steht ein leerer Einkaufswagen, den jemand mit einem Fahrradschloss an ein Stoppschild gekettet hat.

Beinahe läuft eine alte, gebrechlich wirkende Frau mit einem quietschenden Rollator in mich hinein, aber sie entschuldigt sich mit einer düsteren Stimme, ohne mich anzusehen. Ihr Haar steht strohdürr in einem Nimbus von ihrem Kopf ab, sie trägt eine Jogginghose und ein Football-Jersey mit der Nummer 10, und hinter ihr trottet ein löwenhaft kräftiger Hund mit räudigem Fell. Grundlos folgt ihr mein Blick, vielleicht, weil sie ganz alleine unterwegs ist auf einer Straße, die ausgebombt wirkt.

Nach einigen Schritten wabern die Räder ihres Rollators, sie dreht ihn zur Seite, richtet ihn zur Straße aus, stellt dann die Bremse fest, und es vollzieht sich eines der merkwürdigsten Schauspiele, das ich je gesehen habe.

Mit tapsigem Schritt bringt sie sich in Stellung, um ihre Jogginghose herunterzulassen. Es entblößt sich eine papierne

Haut, die Frau geht in eine wacklige Hocke und scheißt mitten auf den Gehweg, wobei die Frau ein Geräusch aus sich herausdrückt, das sich etwa mittig zwischen Genuss und Qual befindet. Als sie fertig ist, schüttelt sie einige Male ihren Körper, es fällt noch etwas aus ihr heraus, und dann zieht sie, ohne sich abzuwischen, die Hose hoch und geht weiter. Und es gibt ein Und. Denn es gibt einen Hund, und dieser Hund geht unbegreiflicherweise, wie magnetisch angezogen, zu dem Kothaufen seines Frauchens und, ich schütte mir einen Schluck meines heißen Kaffees über die Finger, fängt an, davon zu fressen, ein großes Stück davon, ruckartig den Kopf zurückwerfend, um das verdaute Futter einfacher ins Maul hineinzuschlingen.

Ich muss mich fast wieder übergeben, stelle den Kaffee irgendwo auf der Straße ab und steige ins erste Taxi, das ich finden kann, um mich aus diesen tiefen Straßen fahren zu lassen.

Unbedacht habe ich meine vollgekotzte Tüte die ganze Fahrt bis nach Santa Monica mitgenommen. Ich schaue hinein, schade, und werfe sie jetzt erst weg, allerdings mache ich mir die Mühe, sie in einer der Mülltonnen der Santa Monica Bros von gegenüber zu entsorgen.

CEILING GAZING · MARK KOZELEK & JIMMY LAVALLE

Der Bodensatz des Sommers. Ich verbleibe in meinem Pestjahr. Manchmal kommt eine Nachricht von Bianca und dann immer dasselbe: Mein Puls schnellt hoch, die Angst, sie könne schreiben, sie wolle mich sehen oder sie sei schwanger. Meistens ist es ein Update, was sich mit ihrer Versicherung ergeben hat, manchmal schreibt sie spät abends, ob ich noch wach sei. Ich antworte immer knapp, unverfänglich, aber nicht zu knapp, um Interesse zu erwecken und nicht unhöflich, aus Angst, sie könne im Falle einer Schwangerschaft das Kind dann nur aus Boshaftigkeit bekommen, um mich ewig an sich zu binden.

Der absterbende Sommer geht schwerfällig seinen Gang, und während die Tage noch warm mit reifem Blütenduft in meiner Casita stehen, mache ich jetzt in der Nacht schon wieder manchmal die Fenster und Türen zu. Mir gefällt die Symbolik dieser Veränderung nicht. Zwar höre ich nachts nicht mehr das Gequäke der Bro-Boys und ihres Damenbesuchs, doch beinahe wäre es so, als würde ich sie vermissen, falls ich mir das eingestehen könnte.

Alles ist schon sehr lange her.

Ich fange die letzte Staffel *The Next Generation* an.

Immerhin rauche ich nicht.

Als ich einmal vergesse, Adrian auf dem Weg zum Müll aus dem Weg zu gehen, erwähne ich nebenbei die neuerliche Kühle der Nacht, und er stellt seine Plastiktüte ab, um mich freundlich zu rügen, warum ich denn nichts gesagt hätte, warum ich auch im Winter, als ich hier angekommen sei, nichts gesagt hätte. *In LA spürt man nur an der Nacht, in welcher Jahreszeit man sich befindet*, sagt er. *Sonst sind es eigentlich immer 72 Grad Fahrenheit.* Er versichert mir, er werde den Haupthahn der Gasheizung aufdrehen.

Sofort darauf schlafe ich nachts mit etwas mehr Wärme durch die Gasheizung, die in der Wand zwischen dem Wohnzimmer und dem Schlafzimmer verbaut ist. Einmal werde ich nachts wach durch die Schlussmelodie von *Star Trek* und erschrecke, weil aus der Lüftung am unteren Ende der Wand ein kleines Licht auf das Parkett fällt. Als ich in die Lüftung schaue, leuchten darin vier kleine Zündflammen, verborgen hinter Metallverstrebungen, Licht in einem Käfig, sie brennen wie etwas, das unter dem Eis glüht und nach mir ruft.

Ich hebe die Metallverstrebung an, sie ist sehr heiß, und ich lege die Flammen frei, sehe, wie sie nebeneinander im Rhythmus wiegen. Ich puste sie an. Die hypnotischen Bauchtänze aufgescheuchter Flämmchen. Sie beruhigen sich, sehen mich an, wie entblößte Küken, deren Mutter mit Nahrung ans Nest kommt. Doch ich habe ihnen nichts zu geben und nichts zu sagen. Ich gehe zurück ins Bett, wo ich plötzlich nicht mehr kann und anfange zu weinen, weil ich unmittelbar überkommen bin von einer Angst vor diesen Flammen in der Wand. Ich google Wandheizungen, mit denen ich von zu Hause nicht vertraut bin, und lese mich ein in Pilotlichter. Ich schaue die Flammen noch einmal an. Herausfordernd werden sie angestoßen von einem Luftzug, ich weiß nicht, von wo. Ich kann schließlich nichts tun, als zu schlafen und zu hoffen, meine Träume mögen nicht zu heftig atmen und die Flammen ausblasen, sodass sich anschließend unsichtbare Laken von Gasnebel in meinem Schlafzimmer aufschütteln und mich unter sich ersticken.

Am nächsten Tag bin ich seit langem das erste Mal wieder bewusst glücklich, das konturlose Licht von Kalifornien zu sehen. In dem Walgreens, in dem ich mittlerweile fast jeden Tag spazieren gehe, manchmal auch, wenn ich nichts einkaufe, nehme ich mir heute vier Kohlenmonoxid-Melder mit, die ich an strategischen Plätzen in der Casita aufstelle. Ich lese eine Kundenrezension über den Melder auf Amazon: *Hat das Leben unseres Sohnes gerettet: 4 von 5 Sternen.*

Ein guter Tag, ein gutes Zeichen, denn die Melder, weiße, eintönige Geräte, geben noch von etwas anderem Meldung. Denn offenbar – so verstehe ich ihre überwachende, schweigende Anwesenheit – will ich leben.

WHERE DO WE GO NOW BUT NOWHERE? ·
NICK CAVE & THE BAD SEEDS

Die Stille ist schwer erträglich. Sie frisst sich in meinen Körper und wandelt sich darin in Nichts oder, schlimmer, in Vergangenes, und die Erinnerungen schreien durch die Stille, drehen sich laut durch die Leere wie eine hypnagoge Akustik, wie die farbigen Würmer und Explosionen, die sich formieren, wenn sich das geschlossene Lid endlich für die Träume wappnet. Und während dies geschieht, während ich in die warme Flüssigkeit des Traumes sinke, spricht in meinen Ohren immer irgendwer weiter, eine Streaming-Serie, ein Podcast, ein Radioflüsterer in einem Nachtstudio, eine monoton fließende Musik. Wie ein Kind, das ein Nachtlicht braucht, das die Stimmen der Eltern im Wohnzimmer hören muss, um zu spüren, dass es das Leben noch gibt, wenn die Stille sich schließt. Dass die Eltern noch da sind, wenn das Kind in den Schlaf muss, bedeutet dem Kind, dass das Schlafen nicht Sterben heißt. Das Kind, dessen Eltern tot sind, stirbt jedoch jede Nacht. Manchmal ist es morgens ekstatisch begeistert, wie die Sonne auf den Chromklinken glänzt und die Vögel es ins Leben zurücksingen, wenn es auferstanden ist aus dem Reich von Asche und Knochen. Manchmal ist das Kind einfach erschöpft vom Sterben der Tage, vom täglichen Sterben.

Es wundert mich nicht, dass ich hier und jetzt, von der Heimat entfernt, wieder häufiger an meine Eltern denke, und mit ihnen wieder mehr an sie. Vielleicht kann ich, will ich, sie, dich, auch deshalb nicht loslassen, weil sie an jenem Tag im Februar einen Schritt machen musste in die Gruppe der Verlorenen, eine mit Schatten bestäubte Gruppe, die den verheerenden Feuern des Vergessens entgegensteht, ohne

›272‹

dass ich etwas dagegen anrichten könnte, und wenn ich dich bewusst den Feuern opfern wollte, würde ich sie alle auf dieselbe Art verlieren. Ich kann mir den Luxus nicht leisten, mir auszusuchen, wen ich von euch vergesse, ihr seid zusammengehalten durch meinen Verlust.

Im kommenden Winter, schreibt Blackshaw nach seinem Geburtstag, *kündigt sich schon die Stille an. Jeden Tag wächst die Zahl des Schnees in meinem Register. Jeden Tag ein Inch, manchmal zwei. (...) Weiße Lippen schließen sich über das Land. Die Stille wächst weißer. Es fällt hier alles so leise, dass ich es hören kann. Jede Flocke wie Filz, jede Flocke ein Wurf gegen meine Scheibe, gegen meine Tür. (...) Die Stille fällt vom Himmel, weiß.*

Vielleicht ist es schlicht nicht mehr als das. Die Sehnsucht nach der Stille in einem Leben, das aus der Spur und laut war? Was aber genau das Laute in seinem Leben darstellte, bleibt verborgen. Was war das Geschrei, dem er entkommen musste? Ein Leben, das er sich größer vorgestellt hatte, vielleicht sogar lauter, aber eben beschallt durch Lob und Lachen und Erfolg? Oder war die Flucht *in* die Stille, die er in seinem letzten Jahr vollzog am Ende eine Flucht *vor* der Stille? Am Ende wird alles ganz anders gewesen sein.

Diese enorme Stille. Sie scheint plötzlich einzusetzen. Mit einem Knall. Dann ist sie da. Sie erlöst die innere Stille durch eine Stille, die von außen drängt, eine äußerliche Stille. Blackshaws Ausdruck ist *external silence,* den er allerdings noch einmal weiter wendet und in Großbuchstaben hinzusetzt: ETERNAL SILENCE – ewige Stille. Mit diesen Worten bewegen wir uns auf die letzten dreißig Seiten seines *Tagebuchs im Jahr der Pest* zu, und auf die letzten Monate bis zu Blackshaws Verschwinden und vielleicht seinem Tod, dem Tod seines Sprechens, bis zu seiner Stille als Text.

Vielleicht lebte er aber auch weiter im Schnee, an einem anderen Ort, vielleicht ist er gestorben, als das neue Jahr begann. *Vielleicht.* Das so oft von Waters verwendete Wort VIELLEICHT zur Beschreibung von Blackshaws Leben scheint mir nun selbst ein Wort aus Schnee zu sein, fragil und schmelzig. Die Schneewelt, in der er leben wollte, in der er vielleicht sterben wollte, musste eine Welt aus VIELLEICHT bleiben. Vielleicht oder vielleicht auch nicht war alles am Ende ganz anders, vielleicht schrieb er die Worte, die ich in der Chronologie seines vielleicht letzten Jahres verorte, zu einer ganz anderen Zeit und lockt mich auf eine ganz falsche Fährte. Würde man die Papiere des Pestjahr-Konvoluts umsortieren, ergäben sich die Spuren eines ganz anderen Lebens. So ist das Leben, das man aus diesem Nachlass herauslesen kann, auch bloß ein Mutmaßungsleben, ein Leben als Möglichkeit zur Interpretation, eben ein Leben aus Vielleicht, vielleicht aus Schnee.

Vielleicht hinterließ er mit diesen Papieren weniger ein Zeugnis als eine ausgeklügelte Akte des Verwischens von Spuren, da er wusste, dass die Pest, die in diesem Jahr an ihm fraß, universell und übertragbar wäre, falls irgendein zufälliger Leser seine Papiere in die Hand nähme, ganz gleich, wer, denn jeder Mensch kennt seine eigene Pest.

Mein Hadern mit diesem Pest-Text ist ein Beispiel dafür, dass kein geschriebenes Wort, kein Buchstabe, der erhalten bleibt, ohne Zukunft ist, ohne Wirkung. Ohne mich kennen zu können, kannte Blackshaw mich. Er kannte diesen Sommer und er kennt dieses Jahr. *It'll be a long year/I'll be a long year* (BLACKSHAW).

Es ist noch nicht vorüber, ich habe es noch nicht geschafft, und im nächsten Jahr wird alles vielleicht noch viel schlimmer. Dass man manchmal schon ans nächste Jahr denkt, ängstigt mich etwas. Wovor habe ich Angst?

Wird er auch im neuen Jahr noch da sein, ein weiterer, der fort ist und dabei bei mir bleibt? Ich sehe ihn vor mir. Er hat seinen Mantel angezogen, den er im Laufe des Jahres manchmal abends beim Licht des Kamins und seiner Öllampe nähte. Die Nähte der Taschen waren immer wieder aufgegangen. Irgendwann nähte er sie ein letztes Mal. Wie sah er aus, als ihn niemand zum letzten Mal sah? Er trug vielleicht seine Mütze, er hatte vielleicht seine Rolleiflex bei sich und ging, wie jeden Tag, nach draußen, *in die vergebende, wechsellose Welt des Schnees.* Die Türe ist geschlossen, die letzte Glut im Ofen pulsiert noch, doch die Dunkelheit frisst längst an ihren Rändern und faltet sich bald in das gesamte Zimmer auf. Draußen das leise Knistern seiner Schritte auf dem Schnee, wie er früher das Tier zu hören meinte, das vor seinem Fenster war und nie einen Namen bekam. Die Dunkelheit im Raum wird flüssig, sirupartig drängt sie gegen die Ecken des Raumes, sickert schlickig durch die Schlitze der Hütte und schlängelt langsam, aber haltlos über den Schnee, wie Tinte über Papier. Die Dunkelheit holt ihn ein, das hatte er gewünscht. Bald ist es zu spät, um zurückzukehren, und wenn es Tag wird, ist es das Weiß, das ihn verschluckt hat.

Die Schwierigkeit, die ich damit habe, Blackshaw als unglücklichen Selbstmörder zu betrachten, liegt darin, dass er bei all der entgleisten Hoffnungsverlorenheit doch sehr häufig gerade nicht verzweifelt wirkt, nicht so ausweglos entmutigt und nicht so aussichtslos selbstmitleidig wie beispielsweise ich. Täglich katalogisiert er stoisch den Schneefall auf diese leise, sorgsame, aber unbedeutende Weise. Es stört ihn nicht, er klagt nicht, sondern unternimmt auf diese seltsame, asketisch-puritanische Art in seinem kauzigen Luddismus eine kleine unbedeutende Feier seiner Zeit in der *Welt des*

Schnees. Manchmal, nicht häufig, finde ich ihn in seinen Aufzeichnungen als einen kleinen Jungen, der in den Fäustlingen, die an seinem Kamin trocknen, zwei Fische liegen sieht, und dann stellt er sich vor, wie es wäre, wenn sein Interesse dem Schnee in flüssiger Form gälte und er an einem See oder am Meer lebte. Einmal notiert er, er lausche dem Knistern des Schnees, während einzelne Flocken in seinen Mund fallen. Ein treffendes Bild für einen in den Wahnsinn ausgleitenden Kauz? Vielleicht. Oder muss ich ihn mir während seines letzten Jahres vorstellen wie einen Bub, der beim ersten Schneefall nach draußen in die Stille des Schnees rannte, die Augen schloss und die kirschrote Zunge dieser Weißwelt rausstreckte, das Gesicht Richtung Himmel, wartend auf *die Flocken, die wie aus einem auf dem Kopf stehenden Wasserglas*, wie Luftbläschen, *aus dem Nichts zu perlen scheinen* und schließlich auf *der Zunge ihre Kälte verlieren*?

Wenn ich ihn nun auf diese Weise vor mir sehe, dann lächelt er ein bisschen, und ein wenig tut er mir auch leid. Bloß warum? Warum bedauere ich ihn, er war doch freiwillig dort. Ich bemitleide ihn, weil ich auf seinem Gesicht manchmal eine Spur meines Gesichts zu erkennen glaube, meines vorgestellten, alten Gesichts. Weil über alles auf diesem Berg eine Folie liegt, die der Titel seiner Papiere darstellt: MEIN TAGEBUCH IM JAHR DER PEST. Manchmal beschlägt diese Folie, sie verdunkelt oder verschwimmt, und mit ihr verschwindet auch das Bild von Blackshaw in der *wechsellosen Welt des Schnees*, und ich kann ihn nicht mehr sehen. Mir scheint, als möchte ich ihn mir nicht als glücklichen Menschen vorstellen. Wenn ich in ihm aber mich selbst erkennen kann, heißt das folgerichtig, ich möchte nicht glücklich sein?

Selbst die Notiz über den Schneewirbel, der ihm auf die Zunge sinkt, verschleiert schnell hinter dieser Folie, er ist umwirbelt von einem weißem Stäuben – ein Schemen, ein Phantom, das fragend (flehend?) zu mir zurückblickt, schließlich aber ganz schnell einfach verschwunden ist. Reglos liegt das Nichts hinter dem Wimmeln des Schnees.

Für Blackshaw war die wechsellose Welt des Schnees auf eine eintönige Weise flüssig, undurchsichtig, möglicherweise gefährlich. Dennoch, für ihn war sie die einzig stabile Welt: *Aber trotz allem eine ewige Welt. Zeitlose Welt. Hart. Klar. Wie die Welt der Zahlen. Die Rotation der Sterne.*

Vielleicht ist es treffend, dass er diese Welt, die er selbst für *flüssig und vibrierend* und andernorts für *veränderlich wechsellos*, dabei *konkret weich* hält, schließlich bloß mit paradoxen Worten zu fassen weiß. Sterne rotieren nicht.

SNOWY IN F# MINOR · TINDERSTICKS

Alter September. Monat im Tal der Knochen. Monat, der nicht enden will und endlich fast endet. Noch drei Monate. Dann ist es vorbei, dann ist es geschafft. Was? Es kommt mir beinahe so vor, als müsste ich dieses Blackshaw-Pestjahr parallel miterleben, nachahmen, die Schritte fast in Echtzeit nachgehen, und erst dann ist es vorüber.

Ich lese noch einmal alles von Lavinia, ihre E-Mails, jedes wort konsequent in kleinschreibung, ihre textnachrichten,in denen sie,lavinia,nicht ein einziges mal nach einem komma ein leerzeichen setzte. Damals hielt ich diese Eigenheiten für etwas Schönes, Spezielles, heute erscheinen sie mir enervierend maniriert oder einfach nur befremdlich. Ich schaue mir das Polaroid an, das ich von ihr gemacht habe. Sie sieht aus, als wolle sie überall sein, nur nicht in diesem Moment, nicht in diesem Foto. Ich werfe sie weg.

Gleich einem Aufgeben schaue ich mir aber anschließend

die Bilder auf ihren Social-Media-Seiten an, Instagram-Ipsationsinspiration, und ich finde eines, auf dem sie über ihre Schulter zurück in die Kamera guckt, als ginge sie langsam fort, eines, auf dem sie in Jeansshorts vor einem kleinen Koalabären hockt. Doch ich verliere mich schnell in diesen Bildern und falle dann in einen Kaninchenbau der Fotos von ihr, von dir, die mehrfach auf meinem Computer archiviert sind. Bilder, die ich seit Anfang des Jahres nicht mehr angesehen habe.

Stillgelegte Augenblicke, manche, bei denen ich im Augenblick dieser Fotos anwesend bin als Geist, und andere, die ich nie als lebendige Momente mit angesehen habe. Sie, sitzend auf einem Stein, rausschauend auf ein Wasser wie die Caspar David Friedrich-Frauen – sie, in einem Schneeanzug in Schweden, eine Sonnenbrille im Gesicht und eine grüne Flasche in der Hand, beim Besuch ihrer Freunde außerhalb von Stockholm, Winterpicknick im Schnee, am Feuer, mit Wein, der auf dem Weg in der Flasche anfing zu frieren. Es ist, als hätte ich mir die Augen herausgeschnitten und durch irgendein wütendes, technisches Hilfsmittel ihre Bilder, in deren abgeschlossenen Welten ich sie einst angesehen hatte, zu Fotografien verwandelt. Die meisten Bilder sind lauter als meine Erinnerungen, und jetzt scheint es mir beinahe so, als wären sie in der Lage, die Erinnerungen zu löschen.

Gesichter, die so schnell zu fernen Ländern werden. Körper, fremde Landschaften. Ein Körper, den ich versucht habe, aus allen Winkeln zu betrachten und zu berühren, zu küssen, zu kosten, und der jetzt für immer unter diesem Schneeanzug aus Licht vergraben liegt.

DON'T LET THE SUN GO DOWN ON YOUR GRIEVANCES ·
DANIEL JOHNSTON

Der gigantische Himmel über der Stadt. Ich gehe den Sunset
Boulevard im dunkelnden Licht nach Silver Lake rauf, hinter
mir liegt Hollywood und vor mir Downtown, die Autos
schieben sich zäh neben mir her, diese enorme Blechwelle,
wie auf einem Parkplatz, der sich langsam bewegt, ein Blech-
gletscher, aufschwellendes Gelächter und der beißende Geruch von Benzin, Kendrick Lamar aus der geöffneten Scheibe
eines Wagens, und immer neben mir das Auf- und Abblin-
ken der fiebrig roten Bremslichter. Ich habe die Kuppe des
Hügels erreicht und sehe die lange portweinrote Lichter-
kette in Richtung des Hochhäuserdickichts entlangperlen,
die einzigen Hochhäuser dieser flachen Stadt, eine Gruppe
von Oasenpalmen in einer Wüste, und wie sie gegen den
wässrigen Tintenhimmel des Frühabends schon lichterhell
glänzen wie die Glitzertürme der Smaragdstadt von Oz.

Mein Herz schlägt schnell. Ich habe zwei Gläser Gewürz-
traminer in einem Hollywood-hole-in-the-wall getrunken.
Im Mund rolle ich das unhandliche Wort vor mir hin, wie ich
es mir von dem jungen, schwarzen Kellner sagen ließ, nachdem ich auf der Karte darauf gedeutet hatte: *Gewordsdramina*. Seine Augen leuchteten, als ihm das Wort von der
Zunge rollte, und beim zweiten Glas musste ich darüber
lachen, und er lächelte zurück. Ich habe mich nicht zu erkennen gegeben. Als er mich fragte, woher ich komme, log
ich mich rückwirkend in eine Kindheit aus Kanada.

Jetzt wäre ich gerne noch einmal bei ihm, an der kühlen
Marmortheke, in der noch beinahe leeren Bar. Stattdessen
hier. In einem *Silver Lake Hotspot*, wo sich *viel young Hollywood rumtreiben soll*, findet eine Abschiedsfeier des aktuel-

›279‹

len Fellow-Jahrgangs statt, der nächste Woche seine Arbeit abschließt. Zu diesem Jahrgang gehört Lavinia.

Ich habe ihren Namen in der Einladungs-E-Mail gelesen und sehe mich mit verstohlener Neugier um, als ich den halbdunklen Bar-Raum betrete. Eine Schwere umschließt mich. Eine kleine Treppenreihe führt rauf zur Theke, dahinter befindet sich ein kleiner Außenbereich, der mit einem brillanten Lichterteppich übernetzt ist. Der Raum ist tatsächlich überfüllt mit Hollywood-Hipness, jeder Mensch umgeben von einer wegwerfenden Selbstgefälligkeit, und doch zittert in allem eine verzweifelte, übertünchte Unsicherheit, da die Dunkelheit auch hier von allen Seiten große Stücke aus dem Leben frisst. Ich sehe sehr viele schöne Menschen, frage mich, wo die Getty-Scholars bleiben.

Niemand sieht mich an, ich bestelle Bourbon und schwebe durch die Geräuschschichten des Raumes, als drehte ich mich durch verschiedene Radiosender – *and they were like, really? – oh my God, Stephanie, you're, like, such a bitch – dude, that's the kind of thing they do way better in Oakland, man – and I was like, if you don't want them on this shoot you can go fuck your mother – don't bet on it if the climate keeps changing – one Moscow Me-ule, please – is there anyone who still smokes cigarettes these days? – well, I mean, they got free health care over there, so, you know* – und ich bin draußen und schaue nach oben in die Lampenketten, die verschränkend über den Außenbereich gespannt sind. Weder innen noch unter den Rauchenden hier draußen finde ich ein bekanntes Gesicht.

In der Ferne das Tiefblau des Himmels, davor das dunkelnde Netz der Stadt, gerastert die beleuchteten Straßen und die enormen Häuserblocks, Downtown wie ein Bündel gigantischer, glänzender Orgelflöten. Verbunden mit dem lichtsprenkelnden Netz aus Glühlampen über mir besitzt dieser Moment beinahe eine geträumte Stimmung, sodass es hier eigentlich schön sein könnte. Ich nippe an meinem Bourbon und warte einen Moment, niemand sieht mich. Vielleicht bin ich sogar schon gar nicht mehr hier.

Gewordsdramina.

Das Innere des Bar-Raumes wie ein Spiegelkabinett, und irgendwo zwischen den Wachsfiguren steht Liz, unterhält sich mit einer Frau. Die gespenstische Bewegung ihrer Münder hinter Glas. Ich gehe zu ihnen.

Yawn, höre ich, *wir haben uns schon gefragt, ob dir was zugestoßen ist*, sagt Liz zu Begrüßung. *Wir haben dich den ganzen Sommer nicht am Institut gesehen.*

Mir ist eine ganze Menge zugestoßen. Aber das ist nicht der Grund, warum ich nicht am Institut war. Ich hätte mein Buch auch zu Hause schreiben können.

Wo ist zu Hause?, fragt die etwas kleinere Frau, die ich meine, schon mal am Getty gesehen zu haben, ein leichter Akzent, vielleicht Französisch.

Um ehrlich zu sein, ich habe nicht die geringste Ahnung. Mein Lächeln verwirrt sie.

What's your project?, fragt mich die Frau, die sich als Natalie herausstellt, und hält sich dabei klammernd an einer Clutch fest, *to clutch a clutch.*

Snow, sage ich und erzähle, lästig und lügend, etwas von meinem Schnee. Blackshaw erwähne ich erst gar nicht, es ist egal, ob es ihn für sie gibt oder nicht. Es gibt ihn nicht. Blackshaw ist tot, *to begin with.*

Sie lächelt, verschmitzt und kulturwissenschaftlich: *Dann interessierst du dich bestimmt auch für Jon Snow und das Königreich des Nordens, oder?* Keine Reaktion. *Hast du* Game of Thrones *gesehen?*

Ihr Lächeln verschmilzt, als ich sage: *Weißt du, ich interessiere mich eigentlich nicht für* Game of Thrones, *wo als Formelbruch völlig formulaisch die Leute abgeschlachtet werden und die Frauen im Mittelalter rasierte Achseln haben, und um ehrlich zu sein, finde ich Leute, die sich dafür interessieren, eigentlich auch völlig uninteressant.*

Naja, sagt Natalie diplomatisch lächelnd, *für jemanden, der sich nicht dafür interessiert, weißt du aber doch eine ganze Menge darüber.*

Weißt du, eigentlich nicht. Mich beunruhigt eher, dass heute jeder die gleichen Koordinaten hat, als gäbe es nichts anderes mehr außer Netflix. Jeder hat den gleichen Referenzrahmen. Kein Wunder, dass niemand mehr miteinander reden muss, wenn jeder denselben Scheiß kennt.

Vielleicht hätte daraus ja sogar ein nicht uninteressantes Gespräch werden können, doch am anderen Ende des Raumes entdecke ich jetzt Lavinia. In einem leichten Sommerpullover und einer schwarzen Jeans, und obwohl sie steht, hat sie ihre Beine überkreuzt, mädchenhaft, neckisch, die Hose so eng, dass man das gefaltete Ypsilon des Stoffs an ihrem Schritt erkennt. In der Hand hat sie ein ölig-leuchtendes Glas Weißwein, das ihre schlanken Finger am Kelch halten, aus irgendeinem Grund sexy, und einmal lacht sie mit einem leicht zurückgelegten Kopf und offenem Mund, dass man etwas Licht auf ihrer Zunge glänzen sieht. Mein Herz ist ein gefangener Vogel.

Was sie so orgastisch zum Lachen gebracht hat, kam von einem dieser großen, schlanken, amerikanischen Männer mit kantigen Gesichtern, die muskulös und doch nicht kräftig sind, Haarschnitt wie ein Nachrichtensprecher oder ein Wettermoderator, und für ihn lacht sie jetzt ein weiteres Mal so. So muss es aussehen, wenn sie kommt. *D'you ever*

›282‹

have the feeling that you oughta go?/D'you ever have the feeling that you oughta stay?/Well, I know a man who's gonna have a last say,/who else, but the weather man. Als der Weather Man noch etwas sagt, berührt Lavinia ihn einmal am Oberarm und sagt ihm etwas mit einem spielerisch lasziven Blick. Ihre überkreuzten Beine wirken jetzt so, als wollte sie ihre Fotze zügeln, bevor sie diesen Typen anspringt. Verschwunden die Lavinia, die melancholisch auf die Kanäle von Venice hinausschaute und lange schwieg. Vielleicht war ich es, der sie melancholisch gemacht hat. Es kommt mir vor, ich spürte wie ein Stechen ihre alte Berührung an meiner Wange.

Mitten im Gespräch mit Liz und Natalie drehe ich mich weg und gehe an die Bar für den nächsten Bourbon. Hinter mir höre ich: *Yawn. Yawn?*

Draußen schaue ich wieder auf die Oase von Downtown in der ausgeschwärzten Nacht, trinke meinen bitteren Bourbon unter dem dunklen, trockenen Wind des kommenden Oktobers. *Fire season is upon us*, stand in der *Times*. Brennt mich bitte einfach weg.

Irgendwo aus der Luft findet mich der Duft von Sonnencreme, der sich mit dem Zigarettenrauch mischt. Das Stimmengewirr, eine dunkle Flüssigkeit, die mich gänzlich umschließt. Ich drehe mich zurück zu den Leuten des Patio-Bereichs und sehe in der whiskeyfarben beleuchteten Tiefe des Raumes noch Lavinias weißen Pullover, der wie ein Gespenst auf dem Gemisch aus Unerkennbarem schwebt. Eine Figur, die verschwindet. Ein Schritt fort von mir und sie wäre weg, die Dunkelheit des Raumes würde sie verschlucken, doch sie bleibt, wie um mich zu verspotten.

Aus dem Innern des Raumes erscheint eine Frau und schließt mit genervtem Gesicht die Trennscheibe zum Außenbereich, und alles Innere ist verspiegelt. Dort in der Scheibe ist die dunkle Nacht, und darübergelegt sind die Lichter und die flüssige Masse der Menschen, die wie in Trance wiegen und ineinanderschmelzen, und in der Mitte, klein und weit weg, bin ich, reglos stehe ich in der Scheibe, halb abgespiegelt, halb durchsichtig, wie ein aufkopiertes Bild, selbst schon längst gefangen in einer langsamem Gespenstwerdung.

Einen kurzen Moment lang kommt es mir so vor, als sähe ich hier Blackshaw stehen, und das Glas, das ich in der Hand vor meinem Körper halte, die kleine Rolleiflex, die er auf jenem einen Bild in Bauchhöhe vor sich hält, als er einmal als junger Mann einen körperlangen Wandspiegel in den Schnee mitgenommen hat, es muss in einer Stadt gewesen sein, und sich in diesem Spiegel fotografierte, während große baumwollbauschige Flocken ihn umtosten. Man erkennt darauf kaum mehr als einen Schemen, schraffiert und verschwommen durch die festgefrorenen Flocken, die den leeren Raum zwischen Spiegel und Blackshaw sichtbar werden lassen. Leere, die durch Leere fällt. Hinter dem Gazevorhang des Schnees ist sein Gesicht verschwommen. Durch einen glücklichen Umstand wurde der Auslöser in einem Moment betätigt, als sich gerade dort, wo die Kamera diese Aufnahme macht, keine einzige Flocke vor der Linse befand, als hätte jemand ein Loch in den Schneevorhang, als hätte jemand ein Loch in den Schnee geschnitten.

Es ist ein sensationelles Foto, das einzige Foto, das ich von Blackshaw kenne, von dem ich sagen würde, es ist ein Meisterwerk und nicht allein ein Abbild von schlappem Schnee, der toupethaft auf einem Auto oder einem Straßenschild hängt. Eine Nachricht auf meinem Telefon, von Bianca. *Good news!* Ich fühle mich durchschauert von Angst. Ich werde Vater. Erst beim zweiten Lesen, lese ich, dass nichts passiert ist, außer dass ihre Versicherung den Schaden an ihrem Wagen übernehmen wird. Sie möchte mich gerne sehen, mit mir darauf anstoßen. Ich schalte das Telefon aus. Es ist mir egal. Soll sie doch ein Kind haben. Ich werde es verstoßen.

Ohne nachzudenken, drehe ich mich zu einer schwarzen, hübschen Frau, die neben mir gerade eine Zigarette im Aschenbecher ausgedrückt hat und aus einer kleinen Kapsel eine bläuliche Flüssigkeit trinkt. Ich bitte sie um eine Zigarette, doch sie lächelt nur, auf eine leicht beschämte Weise, als hätte meine Frage uns beide erniedrigt, und mit einem *Sorry* geht sie in die Welt hinter der Scheibe.

You want one?, fragt eine Stimme aus der anderen Richtung neben mir. Als ich mich ihr zuwende, sehe ich eine junge Frau mit kurzem roten Haar, eine Zigarette in der einen Hand, in der anderen Hand ein Smartphone. Sie sieht mich einen Moment lang nicht an, saugt dann an ihrer Zigarette, der Moment wird pointiert von dem absaugenden Geräusch einer versendeten Textnachricht. Dann sieht sie mich an, hält mir einen Softpack gelber American Spirits hin und sagt: *Here, kill yourself.*

Ich stocke einen Moment, stoße lachend etwas Luft aus der Nase, ziehe dann langsam eine Zigarette heraus. *Ich habe jetzt seit fast zehn Jahren nicht geraucht.*

Wow, sagt sie und steckt den Softpack in die Brusttasche ihrer Yankees-Jacke, was mir in LA ganz gut gefällt. *Was also heißen muss, heute ist entweder ein Tag zum Feiern oder ein Tag zum Trauern.*

Ich sage: *Vielleicht bricht ja gleich die Zeit zusammen, wenn ich mir die Zigarette anstecke, und ich bin wieder genau dort, wo ich war, als ich meine letzte damals angezündet habe.*

Wow, das wäre doch großartig!, sagt sie.

Meinst du?

Sie zuckt mit den Schultern. *Ich weiß ja nicht, wo du vor zehn Jahren warst.* Sie hält mir ihr Feuerzeug hin. Auf eine liebe Weise lächelt sie bis in ihre grünen Augen.

Ich stecke mir die Zigarette an, der Kräuterduft des verbrannten Tabaks strömt mir wie rufende Hände in die Nase, der heiße Rauch füllt meine Lungen, und als ich ausatme, spüre ich den Schlag des Nikotins im Blut. Ich schaue in die grün schimmernden, großen Augen der rothaarigen Frau. Sie lächelt, zwei Grübchen bilden sich in ihren Wangen: *You're still here.*

Ihr Name ist Ada, was in meiner Vorstellung sehr zu ihren grünen Augen passt, und sie erzählt mir, dass sie gerade einen Umzug koordiniere, sie lebe nicht weit von hier, *noch*, und um eben diesen Umzug zu feiern, sei sie mit zwei Freundinnen verabredet, die im Verkehr stehen. Mein Herz sinkt ein wenig bei dem Gedanken, dass sie gleich gehen wird, doch diesmal lasse ich mich nicht von meinem müden Herzen traurig machen wegen etwas, das noch nicht passiert ist und unterhalte mich mit Ada.

Sie erzählt, dass sie es sich nicht mehr leisten könne, alleine in Echo Park zu leben, die Miete sei wegen der Gentrifizierung angestiegen, und ihr Vater wolle sie nicht mehr finanziell unterstützen. Ich frage nicht nach dem Vater und nicht, ob sie einen Partner hat, sondern wohin sie ziehen werde.

Hancock Park, sagt sie und fügt mit einem wehmütigen Lächeln hinzu: *Was bedeutet, von einem Park in den andern.*

Als ich sage, ich wisse nicht, wo Hancock Park sei, scheint sie etwas anderes verstanden zu haben, denn sie erklärt auf beinahe entschuldigende Weise, dass die Gegend eigentlich *super teuer* sei, dass sie dort aber immer noch ein günstigeres

Studio gefunden habe als das Appartement direkt am Echo Park Lake. Dann fragt sie mich, wo ich herkomme. Als ich sage, aus Deutschland, sagt sie erst *shut up*, lächelt sich wieder die Grübchen in ihre Wangen und setzt hinzu: *You are so lying right now, aren't you?*

Ich sage auf Deutsch: *Ich würde niemals den nettesten Menschen anlügen, den ich in diesem beschissenen Jahr kennengelernt habe.*

Sie sieht mir einen Moment nachdenklich in die Augen, holt ihr Smartphone aus der Gesäßtasche hervor und tippt etwas ein: *Dann kannst du jetzt gleich einmal was für mich übersetzen.* Ich denke, es werde mir gleich irgendein offizielles Schreiben oder etwas Ähnliches gezeigt, doch stattdessen hat sie ein Gedicht aufgerufen.

Wie sich herausstellt, ist es der Songtext eines Liedes mit dem Titel *Nice* von LiLiPUT, als LiLiPUT noch Kleenex hießen. *Oh, sie sind so hübsch/oh, sie sind so nett/Rosarot das mögen sie/hellblau das tragen sie/Die kleinen weichen Pudel/oh, so naiv im Rudel.* Ich muss erst mal laut auflachen, dass sie mir das hier in der letzten Septembernacht über dem silbernen See zeigt.

Ich sage, wie bizarr ich es finde, dass sie Kleenex kennt, und übersetze ihr die erste Strophe. Erst kann sie nicht glauben, was sie seit Tagen zu singen versucht, aber dann hat sie plötzlich ein echtes und offenes Lächeln, das als etwas Beseeltes in ihre Augen spielt: *Das ist fantastisch.*

Und dann geschieht etwas für diesen Moment Kosmisches. Wie das Loch im Schneetreiben in Blackshaws Spiegelbild scheint einen Moment lang eine Lücke ins Stimmengewirr dieser Nacht zu reißen und sich alles auf einen kleinen, klaren Punkt zu zentrieren. Die Glühbirnen über uns wiegen im Wind, und die kalifornische Nacht scheint einen Moment lang den Atem anzuhalten, als Ada, ganz kurz selbstvergessen wie ein Kind, ihre Stimme mit einem Mal fremd und dennoch nah, die Tonlage verändert und die ersten beiden Zeilen des Liedes singt. Dazu bewegt sie ganz sanft ihre schmalen Schultern unter dem blauen Glanzstoff ihrer Jacke und zeigt mir ein letztes Mal an diesem Abschiedsabend ihre hübschen Grübchen.

HERBST

WHEN I WAS DONE DYING · DAN DEACON

Ich sitze am See von Echo Park, Hunde spielen ungestüm im Gras, kleine Tretboote mit sonnenbebrillten Pärchen wippen über das Wasser, die Palmen schneiden harte Schatten in die Wege, und ich lese *Orlando*. Als ich das Buch jetzt erneut erlebe, während die warme, sandige Luft mir über die Haut weht, bin ich überrascht, wie viel Schnee darin fällt, wie zentral er für das Narrativ und die Figuren scheint.

Anders als auf einer Fotografie, fällt der versprachlichte Schnee niemals nur hintergründig. Der Augenblick des gelesenen Wortes macht ihn zentral und schneit ihn beinahe in den lesenden Geist selbst hinein. Ich lese langsam, meine Augen berühren sorgfältig jedes Wort, und ich verspüre wieder eine allmählich zurückkehrende Lust am Text, an der Sprache, die mir den Schnee auch in diesen warmen Tag bringt, mit seinen Palmen, die gemächlich im Wind gehen, wie ölig-unwirklich schimmernde Wasserpflanzen. Ich sehe sie an, als sagten sie mir etwas, als wären ihre Blätter Finger, die mich bedeutend heranwinken, als schrieben ihre Blätter mit grünen Federn in den wässrig-blauen Himmel, geschrieben im Wasser. *Die Bäume sind Alphabete, sagten die Griechen. Unter allen Buchstaben-Bäumen ist die Palme am schönsten. Vom Schreiben, wie es überfließt und sich abhebt dem Wurf ihrer Wedel gleich, hat sie die größere Wirkung: das Herabsinken* (BARTHES).

›291‹

SNOW ANGEL · RON SEXSMITH

Ich nehme meine Kopfhörer aus den Ohren, als ich sie sehe, *fade out* Alice Coltrane, *fade in* das Palmensäuseln im Wind, und unter ihrer Bewegung, mit einer kurzen Hose und einem Schlüssel in der Hand, der beim Winken einen Sonnenglast fängt und zu mir herüberblitzt, ihr Lächeln, das einen eigenen Klang haben könnte.

Erst als ich die Straße überquert habe, sind auch ihre Augen voller Sonne und leuchten in einem Unterwassergrün. *Danke fürs Kommen*, sagt sie und umarmt mich leicht. Sie duftet nach einer Pfirsichseife und ganz leicht nach Schweiß, was mir Lust macht, mit ihr zu schlafen. *Es ist auch nicht mehr viel, I promise.*

Mit einer anderen Bekannten von Ada, die ständig Nachrichten auf ihrem Smartphone abschickt, aber sich freundlich mit mir unterhält, als Ada kurz aus dem Zimmer ist, tragen wir ein paar Kisten aus einem wunderbaren verwinkelten Appartement im spanischen Missionsstil. Orangenbäume vor dem Fenster verdunkeln das Bad, schaut man aus dem Schlafzimmerfenster, wiegt ein weißer Oleander ratlos im Wind. Auch Ada fährt einen Prius, was mich beim Tragen der ersten Kiste kurz verunsichert.

Als ich einmal auf die Toilette gehe, schicke ich mit einem heißen Schwall eines Schuldgefühls eine kurze Nachricht an Bianca und frage, ob sich mit ihrem Auto alles geklärt habe, und wie es ihr gehe. Sie liest die Nachricht sofort. Ich bekomme keine Antwort. Durch die Tür höre ich, wie Gwyneth zu Ada sagt: *Naja, gestern haben wir uns viel getextet. Vielleicht gibt's noch mal eine Chance.* Ich glaube, Ada antwortet: *Ich wünschte, ich hätte dein Glück, Gwynnie.* Sie könnte aber auch etwas ganz anderes gesagt haben.

Als wir die Kisten im Auto haben, stehe ich mit Ada und Gwyneth in der Tür, und Ada schaut mit nachdenklichem Blick in die ausgeleerte Wohnung. Eine einzelne Agave in einem Tontopf steht allein im staubdurchglitzerten Sonnenlicht auf dem Boden in der Nähe der Wand. Adas Augen funkeln etwas, als sie sich umsieht, und Gwyneth umarmt sie tröstend, worauf ihr eine schöne Träne langsam und ungeheuer silbern aus dem Auge gleitet. Wie es manchmal erst die Zeit des Trostes ist, in der man erkennt, wie traurig man war, und dass man Trost überhaupt nötig hatte. Gerne hätte ich sie umarmt, aber nachdem wir ihre Kisten in ein kleines Studio gebracht haben, frage ich, ob ich sie vielleicht, falls sie Lust und Zeit hätte, auf ein Glas Wein einladen könne, nur ganz kurz, vielleicht gibt es etwas um die Ecke, nur wenn sie überhaupt Zeit hätte. Wie ungelenk ich bin, wenn es mir wichtig ist.

Don't be silly, sagt sie. *Ich lade dich natürlich ein,* und wir gehen zu Fuß nach Larchmont, auf eine kleine Straße, die aussieht wie ein Filmset, das eine belebte Einkaufsstraße in einem verschlafenen Vorstädtchen geben soll, alte kleine Klinkerhäuschen, die Straße viel schmaler als die parkplatzbreiten Boulevards, belaubte Stimmung unter Platanen, anstatt unter Palmen, kleine Cafés, ein Bagelshop und ein schöner Buchladen.

Es ist ein angenehmer, noch warmer Spätnachmittag, die Sonne malt ein smogrotes Spätlicht über die Häuser, ein herbstfarbenes Leuchten. Im Winkel meines Blickes sehe ich Adas rotes Haar, das, mit der Sonne aufgeladen, nur noch viel satter wirkt, während sie mir etwas über die Shops und die malerischen Old-LA-Schilder erzählt. Ich muss lächeln, aber trotzdem fühle ich mich seltsam verloren, ungewohnt, ohne Grund zum Verlorensein. Und etwas entfernt, hinter dieser neuen Verlorenheit, ist da trotzdem auch noch ein Schuldgefühl. Warum?

Vielleicht wegen der leeren Zimmer mit dem wässrigen Licht darin, dem schillernden Holzboden, der kleinen Agave, wohin wird sie kommen? Die ausgehöhlte Wohnung, als wäre sie umgestülpt worden, weil der Mensch, der einen Raum verlässt, dort in jedem Winkel festgenäht war und beim Gehen alles mit rausgezerrt hat. Ich nehme an, sie wohnte dort mit einem Partner, aber ich traue mich nicht zu fragen.

Damals war das letzte, was ich aus der Wohnung ausräumte, ein Kaffeebecher aus Pappe, den ich am Nachmittag auf den Boden gestellt hatte. Dieser Pappbecher mit einem kleinen angetrockneten Kaffeefleck außen. Ich hatte ihn mitgebracht wie ein Gast, die eigenen Zimmer waren schon wie Besuchsräume, und nahm ihn auch wieder mit, wie ein Fremder, der seinen Müll aus einem Museum mit nach Hause trägt. Eine Zeit lang habe ich ihn sicher noch in der neuen Wohnung aufbewahrt, ein kleines Archiv des Alltags. Noch lange roch er nach dem Kaffee dieses toten Nachmittags.

Ich habe ihn vielleicht immer noch irgendwo, eingelagert mit meinen Möbeln oder abgestellt irgendwo in meinem Körper. Wie alles Verlorene tot ist, wie alles Tote verloren ist und ewig lebt, solange ich lebe. Sie bleiben für immer, sie sind alle hier, allein, *als* etwas, was weg ist. Es ist lange her, dass ich an Liebe gedacht habe, wenn ich an dich gedacht habe.

Über einem Glas *Gewordsdramina* (mein Vorschlag), den Ada lecker findet, und über Guacamole *für den Tisch* (mein Ausdruck), erzählt Ada davon, warum sie umziehen musste. Während sie davon spricht, wirkt ihr Gesicht schmaler, auch ihr Lachen manchmal traurig.

Sie deutet an, dass sie sich Anfang des Jahres von einem Partner getrennt habe. Mein Mitgefühl steht im Widerstreit mit meiner Erleichterung, für die ich mich gerne entschuldigen möchte.

Echo Park und Silver Lake sind jetzt gentrifiziert wie verrückt – auf der englischen Tonspur sagt sie *gentrified as fuck* – *und mit meinem Praktikumsgehalt kann ich mir das allein einfach nicht mehr leisten.*

Aber du studierst auch noch, oder?, frage ich dazwischen, als hätte ich Angst, sie habe mich neulich Abend belogen – wem traue ich eigentlich nicht zu, mich zu täuschen? Und liefe ich davon, wenn eine Frau, für die ich mich interessiere, nicht studierte? Was enthüllt das über mein Bild von Wissenschaft, was über mein Bild von Frauen, was über mein Bild von mir selbst?

Ich habe einen Bachelor gemacht, sagt sie, *aber über den Sommer habe ich eben dieses Praktikum angefangen.* Eine Pause vergeht, in der ich noch ein Glas nachbestelle. Ada zögert kurz, sagt dann aber: *Hey, heute muss ich nicht mehr fahren. Yay, alcohol!* Dann sagt sie: *Anyway, ich konnte es mir in den letzten Jahren nur leisten, in der Wohnung zu leben, weil wir uns die Miete geteilt haben.* Sie dreht ihr Weinglas, als wäre sie in einer Erinnerung allein, ganz gleich, wer noch mit am Tisch sitzt. *Und danach nur, weil mein Vater mich unterstützt hat.*

Aus einem unklaren Grund bin ich einen Augenblick lang aus dem Moment genommen, es gibt etwas, das quer liegt, sich in meinen Gedanken verhakt hat. Erst denke ich, es ist ihr WIR, das mich stört, weil es weit weg führt von diesem neuen Wir, das noch keines ist, doch darin liegt mein Unbehagen nicht. Phasenverzögert und erst rückwärtig, als Ada von etwas anderem spricht, merke ich, was es war, das sich wie ein Eishaken in mir festgehakt hat. Ich erkenne es, als ich bemerke, wie ich erneut eine seltsame Erleichterung verspüre, als sie sagt, dass sie gerade mit ihrem Vater keinen Kontakt habe, und ich stelle fest, dass es mir unangenehm war, dass Ada – war es wirklich das? –, dass sie Eltern hat.

Was für ein merkwürdiger Mensch ich bin. Ada tut mir in diesem Moment noch mehr leid, hinter dem leeren Weinglas, das sie mit ihren blassen Fingern auf dem Tisch dreht, über ihre Haut rollt etwas Kerzenlicht, und weit hinter diesem Mitleid für sie, weit weg, schon in einem anderen Raum, *Ecken hinter Ecken,* das ist vielleicht die einzige Wahrheit, habe ich das meiste Mitleid eigentlich immer nur für mich selbst. Kurz ist Ada weg, als wäre sie hinter den Raum gerutscht, doch es liegt an mir, weil mir die Gedanken entlaufen sind, verflüchtigt wie Atem in der Kälte, Grau auf Grau. Ich konzentriere mich zurück in den Raum, ich will ihr zuhören, noch nicht verlieren, was ich noch nicht kennengelernt habe.

Später erzählt sie genauer von ihrem Vater, sie benutzt das Wort *Narziss,* es fällt in ein Loch des schlechten Gewissens in mir selbst. *Was nicht heißt, dass ich das nicht gewohnt bin. Er verhält sich ja schon mein ganzes Leben lang so.* Sie nimmt einen Schluck Wein. Ich kann nicht anders, als mich zu fragen, ob ich sie einmal nackt sehen darf, auch wenn der Gedanke unendlich banal ist. Ich möchte sie nicht beschmutzen mit … mir. Trotzdem ist auch das vielleicht nichts als ein Trick der Gedanken. Ich bin kein guter Mensch. Denn ich glaube, wenn ich jetzt denke, dass es nicht dazu kommt, Ada irgendwann einmal nackt sehen zu dürfen, ist die Wahrscheinlichkeit, dass es irgendwann einmal dazu kommt, eigentlich höher, weil mir meistens eher die Dinge passieren, mit denen ich nicht gerechnet habe.

Mein Vater wollte sich schon immer meine Liebe erkaufen.
Sie sagt, er sei ein *capitalist of love*, was in dem Moment so
wirkt, als habe sie schon öfter Grund zu diesem Ausdruck
gehabt, er wirkt zurechtgelegt und deshalb etwas affektiert.
Vielleicht ist sie einfach nur verletzt. Vielleicht sollte sich
niemand entschuldigen müssen für das, was man fühlt, auch
wenn der Ausdruck dafür nicht ganz richtig klingt. *Er unterstützt mich mit Geld und will Dankbarkeit. Was ja vollkommen okay ist, aber wenn ich etwas an seinem Leben kritisiere
oder an seinen bizarren Frauengeschichten, dann droht er
mir damit, mich nicht mehr zu unterstützen. Was ich für die
schlimmste Art halte, sich unverwundbar zu machen. Sich die
Meinungen seiner Kinder zu erkaufen.* Sie stellt das Glas
etwas zu fest ab. Sie sieht schön aus in ihrer Mischung aus
Wut und Traurigkeit, und als sie ihre großen präraffaeli-
tischen Augen wieder auf mich richtet, bin ich einen Moment
überrascht, als wäre ich bei etwas ertappt worden. *Was auch
nichts Neues ist, er hat mir früher schon meine Pläne ruiniert,
und dann irgendwann war er doch wieder da, um mir zu helfen. Was mich die Frage stellen lässt, warum ich immer wieder
Geld von ihm nehme.*

Naja, sage ich, *er ist dein Vater.* Ich spüre das bekannte
Stechen hinter den Augen vor den Tränen, und weil sie nicht
gleich antwortet, sage ich: *Er denkt vielleicht –* ich zögere,
aber sage es trotzdem, als spräche ich über mich – *er denkt
vermutlich, dass er nur dann etwas wert ist, wenn er einen
wirklichen Wert anzubieten hat, und der einfachste Wert ist
wahrscheinlich Geld. Leider. Und man kann dir doch gar
nichts vorwerfen, weil du durch sein Verhalten eben auch das
Gefühl hast, du könntest nur einen Vater in deinem Leben
haben, wenn du Geld von ihm annimmst. Du denkst vielleicht ebenfalls, du müsstest ihn dir auf eine symbolische Art*

erkaufen, aber eben, indem du Geld von ihm annimmst. Weißt du, wie ich das meine? Indem du auf den Handel eingehst. Weil er sich dir gar nicht als Vater zeigt, den es ohne Geld gibt. Vielleicht kann er das nicht. Sie sieht mich nachdenklich an. *Macht das Sinn? Tut mir leid, ich weiß nicht, ob das auf Englisch irgendwas bedeutet hat.*

It did. Sie lächelt, ein leises Zeichen des Verstehens. Ihr Blick geht einen kurzen Moment durch mich hindurch, klart dann aber auf, sie nickt und sagt: *Anyway, das ist die Story meines Lebens. Zumindest im Moment. Mein Bruder kommt besser damit klar als ich. Womit ich sagen will, er nimmt einfach das Geld und hält den Mund.* Plötzlich lächelt sie wieder offener, die Flügel eines weichen Falters, die feinen Grübchen ihrer Wangen. Ich würde sie gerne berühren, und ich spüre erneut den Schmerz, den ein schöner Mensch mir verursacht. Doch ich weiß auch, dass dieser jetzige Moment des langsamen Aufeinanderzubewegens einer der schöneren Momente dieses verlorenen Jahres ist.

Manchmal habe ich mittlerweile den Eindruck, ich hätte keine Vergangenheit, als wäre ich stattdessen gerade eben erst in diesem Moment angekommen, ohne Schatten oder Ahnung, als geschähe alles, was ich erlebe, gerade zum ersten Mal und ganz neu, ohne mein Wissen, was zu tun ist, und das ist im Moment ganz in Ordnung. Ich weiß nur, dass ich die blasse, schöne Haut ihrer Hand streicheln möchte, die mir eine Zigarette gibt, bevor wir vor der Tür in den auskühlenden Abend rauchen, die Luft scheint wieder dieses samtgraue Hintergrundrauschen zu haben, das ich nur von hier kenne. Die Straße ist nicht belebt, ein ländliches Dorf in der Mitte der Metropole. In der ich wieder rauche, für ein Mädchen. Alles wiederholt sich zum allerersten Mal.

Je nachdem, wie ich mich in diesem Jahr fühlte und in welcher Gesellschaft ich mich befand, stellte ich mir das menschenleere erste Weltalter abwechselnd als teufellose Hölle oder als seliges Paradies vor. *Und wie steht es mit Ihnen? Ist das nicht ein wunderschöner, reiner Gedanke, eine Welt frei von Menschen, nur glatte Wiesen mit einem Hasen drauf?* (D. H. LAWRENCE).

Für Milliarden von Jahren sprach keine Stimme, und kein Gerede füllte die mit Feuer und Glut überwältigte Erde, nicht ein einziges Gesicht schaute in das augenlose Inferno dieser ersten Ewigkeit, dem Hadaikum. Es gab kein Lachen, aber auch keinen Schmerz. Eine erinnerungslose Wirklichkeit.

Es gab keinen Schnee. Erst viel später, wenn sich die Atmosphäre wie ein unsichtbarer Mantel um die Erde legt, werden sich Wassermoleküle erstmals bei den Händen nehmen und sich zu Eiskristallen zusammentanzen. Während der ersten Milliarden von Jahren, in denen nicht ein einziger Herzschlag die Erdenstille durchschlägt, werden die Zeiten des verheerendsten Feuers sich abwechseln mit Perioden von alles erstickendem Eis. Auf das archaische Eiszeitalter vor 2300 Millionen Jahren folgen weitere Vereisungen, während derer schwerfällige Gletscherkontinente von den Polkappen der Erde bis zum Äquator vordringen. Hätte ein Lebewesen der lebensfeindlichen Kälte standhalten können, hätte es problemlos vom Südpol zum Nordpol wandern können.

Ein vereister Planet. Die sogenannte Schneeball-Erde.

Für Millionen von Jahren schneit es, und kein Auge sieht das Flockensinken über den Landschaften öd' und leer, keine Hand fühlt das kalte Lecken der winzigen weißen Zungen, keine Zunge kostet den sterilen, metallischen Geschmack des kalten Kristalls.

Der Mensch erscheint im Pleistozän.

Eine Kälteepoche folgt erdenschwer auf die nächste, und der Mensch lernt während dieser Abfolge der Glaziale seine Beziehung zum Schnee, zum Eis kennen, so wie er seine Freundschaft mit dem Feuer schließt.

Ich stelle mir diese früheste Vorform des heutigen Menschen wie ein Kind vor, vielleicht nicht unglücklich ohne Worte, aber vielleicht gefangen ohne Schrift, und vielleicht ist die viel spätere, viel prosaischere Entdeckung der Feder, des Stifts, gerade so monumental wie der erste Schlag mit dem Faustkeil und dem Feuerstein.

Ich stelle mir dieses Kind – diese Urväter und Urmütter – an einem lichten Feuer in der Kälte vor, leicht geschützt am Mund einer Höhle, die Felswände mit dem Blut der Verschwundenen bemalt, die Anfänge der Abbildung. Dort sitzt der Mensch und lernt leben, so wie wir aufgeklärte Tiere heute nur noch sterben lernen können.

Die stille, hallende Welt ist durchröhrt von bellenden Urkreaturen, von den nachklingenden Schreien des Kampfes und des Überlebens, vom Knistern und Krachen der verbrennenden Welt und vom Ausheulen des unhaltbaren Windes.

Die Welt dieses Kindes ist schon jetzt eine sehr alte Welt, doch sie ist jünger, etwas weniger vernarbt als die unsrige. Sie blutet Feuer und weint Eis.

Wir leben auf einem erzählenden Planeten, und diesem Kind erzählt dieser Planet jetzt eine Welt, und in einem Moment in der leeren Stille des Tages, wenn die Luft erfüllt ist vom harzigen Geruch brennenden Kiefernholzes und kalter Feuchte aus der Ferne, findet sich das Kind plötzlich von etwas gerufen, das noch keinen Klang kennt – ein weißer, sich ewig wiederholender Überfall aus dem Himmel.

Das Kind, es ist allein, es springt von seiner Feuerstelle auf und hört nun die weißen blinzelnden Plättchen im Feuer verknistern. Der Schnee kann jetzt vom Sterben sprechen.

Der Blick des Kindes in die weißende Weite ist nun ein alternder Blick, die Kiefern werden bleich, beinahe unsichtbar, und die Tiefe der Landschaft wird sichtbar durch das gleichgültige Sinken der wattigen Weiße, die leere Ferne wird aufgefüllt und erkennbar, ausgehöhlt und einsam.

Das Kind, es steht mit offenem Mund in der Welt. Weint es oder leuchten seine Augen vor Freude? Das Kind, es fragt jetzt ohne Wort, ohne Schrift und ohne Antwort, stumm in diese Leere hinein: WARUM?

HE DOESN'T KNOW WHY · FLEET FOXES

Eines der wenigen gleich erkennbaren Anzeichen des sterbenden Jahres sind, neben den sich kürzenden Tagen und den sich kühlenden Nächten, die welkenden Blätter an bestimmten Bäumen, selbst hier, wo das ganze Jahr in voller Blüte zu stehen scheint. Im Oktober sind am Getty, in das ich jetzt wieder hin und wieder hingehe, ich plaudere morgens mit dem Sicherheitspersonal an der Schleuse zur Tram auf den Berg hinauf, als hätte ich dort einen Job, eine Aufgabe, dort sind im zehnten Monat mit dem achten Namen die Blätter der kalifornischen Eichen eingekraust wie kleine Fäuste, die sich ballen wollen. Auch die Touristengruppen haben sich etwas ausgedünnt, der Betonplatz zwischen Institut und Museum ist manchmal verlassen und leer wie ein Salzsee, und dort liegen jetzt vereinzelt Blätter in Braun und Rot und Gelb, hingesplitterte Herbstscherben. Ich bin überrascht, dass es hier diesen subtilen Herbst überhaupt gibt und frage mich, ob ich ihn sehe, weil ich nun vollkommener hier bin oder weil ich nun vollständiger von hier weg will. Ich meine, es gehe mir nicht schlecht, doch ich weiß, ich sehe längst mit dem gehenden Blick.

Ich entdecke wieder ein wenig mehr, schaue genauer in die Stadt und sehe Dinge, die mir gefallen und vorher nicht aufgefallen sind, die Sukkulentenlandschaften, wie zahllose Echsen mit Schildpanzern, in den Vorgärten von Hancock Park das dürre Pampasgras, das mich im Wind an die welligen Strandhafermeere auf den Dünen der Nordsee erinnert, im Winter mit den Eltern. Doch, noch immer, jedes Erkennen hat ein Echo im Erinnerungsraum: In der Ferne ruft eine Frau nach ihrem Hund unter dem weiten Himmel mit den Wolkenschäfchen von Poussin, verhallendes Möwenlachen und sanftes Salz, das quecksilberne Glitzern der weißen, schwachen Sonne am Saum der See. Einen Moment lang schmerzt mich diese Erinnerung nicht, und dafür bin ich nicht undankbar. Ich kann die beiden ganz deutlich vor mir sehen, ihre Mantelenden flattern im Wind, lange, an den Körper gelegte Flügel von Engeln, der Hund rennt bellend durch den hinter seinen Schritten explodierenden Sand der Gruppe schreiender Möwen nach, sie brechen in die Luft auf und stehen eingefroren im Wind, wie die bunten Drachen von Kindern in der Ferne. Ich lecke mir unter Palmen die Lippen und stelle mir vor, ich schmecke Salz, ungestraft. Die Tage sind immer noch windig, in den Nachrichten Berichte von Jahrhundert-Waldbränden im Norden des Bundesstaats, abends blutet der Himmel mit dem Leuchten von Glut. Das Totholz der Palmen liegt wie die Rückstände gehäuteter Reptilien überall auf den Gehwegen.

Ich frage mich, ob ich richtig liege mit meiner Idee des

gehenden Blicks, oder ob sie eine Behelfs-Idee war, die ich mir immer dann zurückerzählte, wenn es mir wirklich beschissen ging, um nicht glauben zu müssen, ich lebe in einer stillgelegten Zeit, in einem unproduktiven chronischen Schmerz, Asche, die einfach nicht zu einem Diamant verhärten will.

Ich lerne ein bisschen Sehen in dieser Stadt, wie hier die Wiesen der Gärten und Grünstreifen und Gräber sich erst im Herbst langsam von der Dürre erholen. Vielleicht werden sie im Winter satt und schön sein. Ich werde es nur erfahren durch ein anhaltendes Sehen, einen bleibenden Blick, der nicht zu müde ist, um sehr lange auf dieselbe Sache zu starren, der sich nicht zu verletzt weiß, um sich aus Trotz wegzuwenden. Vielleicht lerne ich so einen liebenden Blick, begreifend, aber wundernd, griffig und mehr als der trauernde Blick, der eigentlich doch ganz genau weiß, dass die Zeit des Festhaltens vorbei ist und der nur das Entgleiten registriert, das Zerfließen und Verschwinden. Vielleicht ist der gehende Blick eben kein Liebesblick, weil er eigentlich ein Reflex auf eine Verletzung ist, denn vielleicht braucht Liebe den Zukunftsaufbruch, als radikale Hoffnung, als verzehrenden Hinwurf nach Morgen, und eben deswegen ist Liebe auch eine Zerstörerstimme der Vergangenheit, die das Gestern überdeckt und übertönt, die Rillen nachschreibt und im Nachschreiben auslöscht, *an overdub of yesterday*.

Gleichzeitig die altbekannte Angst, ich habe eine Sache erst wirklich bei mir, wenn sie fort ist, eingekerbt ins Herz, Abdruck im Wachs, Fußspur im Schnee, ich glaube, ich könne sie festhalten, während ich sie gerade verliere – denn vielleicht ist das tiefe Einwühlen ins Verschwundene, das Stolpern über jede längst verwehte Spur, eben nichts als die Trauerarbeit, die sich das Herz und der Geist ausgedacht haben, ausdenken mussten, weil man verinnerlichen muss, was nach draußen soll.

Vielleicht habe ich diesen eingeschleierten Prozess des Loslassens missverstanden als die eigentliche Arbeit der Liebe. Vielleicht sind Schneespuren nicht die eingeschnittenen Wegskizzen zu etwas Verlorenem zurück, sondern eigentlich die wahren Gefäße für den neuen Schnee, für den anderen Lebensmenschen, der die anderen nicht ersetzt und dabei doch ihre Leerstellen füllt. Dem Schnee ist es einerlei, ob er Schneespuren füllt.

THE MEETINGS OF THE WATERS · FIONN REGAN

Abends treffe ich Ada. Über einem Glas Happy Hour-Hauswein und Pizzabrot mit Fenchel sitzen wir im Kettle Black auf dem Sunset Boulevard in Silver Lake. An der Wand hinter Ada wächst ein vertikaler Garten, Moos und Flechten und Gras – Wüstenflora. Ada sagt, es sei schon vor dem Wein so, als wäre man umgefallen. Hinter mir, über der Bar am anderen Ende des Raumes hängt ein Meer aus Edison-Glühlampen an unterschiedlich langen Kabeln tief in den Raum hinunter. Ada trägt eine schwarze Brille, enge schwarze Jeans und ein schwarzes Hemd fast ohne Ärmel. Einmal sitzt sie seitlich und hat die Beine überschlagen, und ich sehe einen kleinen Splitter Rot, einen schmalen Schlitz ihrer Socken. Ich hätte Lust, ihr diese Socken auszuziehen, diese vom Tag gewärmten Socken, den glatten Stoff über der geschwungenen Fläche der Ferse zu streicheln und ihre Füße zu küssen, ihre Zehen in den Mund zu nehmen – aber ich sage, Weinglas in der Hand wie auf einer Vernissage, *very civilized*: *Nimm dir bitte unbedingt das letzte Stück Pizzabrot.*

Sicher?

Auf jeden Fall. Ich habe in diesem Jahr so viel Junk Food gegessen, es ist schade, dass es hier keinen Winter gibt, in dem ich mich in einem dicken Mantel verstecken könnte.

Rags to riches. Sie nimmt das letzte Stück Pizzabrot. *Wenn man von der High School kommt und dann aufs College geht, sparen die meisten hier natürlich am Essen und geben es für billigen Kram aus, und so kriegen die Freshmen dann meistens erst mal fünf Kilo im ersten Jahr drauf. Was man freshman five nennt.*

In meinem Fall trifft es eher Mister Five by Five. Sie lacht, aber ich weiß nicht, ob Jimmy Rushing ihr etwas sagt. Nach einer kurzen Stille, in der Ada isst, frage ich: *Was ist es genau, das du dort machst, in deinem Job?*

Beim Department of Water and Power?, fragt sie, sich einen ihrer Finger von Tomatensoße ableckend, meinen Schritt ansprechend, bevor sie weiterspricht: *Im Moment mache ich nur ein Praktikum. Was bedeutet, dass ich alles in der Abteilung kennenlerne. Viele verschiedene Projekte zur Bewässerung der Stadt.*

Kennst du den Essay Holy Water *von Joan Didion?*

Natürlich, sagt sie mit einem breiten Lächeln, und weil ich nicht gleich antworte: *Was so viel heißen soll wie: Ja, natürlich* weil *ich aus Kalifornien komme.*

Wie schön es eigentlich ist, sagen zu können, man komme aus Kalifornien.

Naja, genauso schön, wie zu sagen, man komme aus Deutschland.

Du warst noch nie in Deutschland, oder? Es entsteht eine Pause. *Ich glaube aber auch, dass es viele Leute gibt, die aus Kalifornien kommen und noch nie von Joan Didion gehört haben.*

Ach so, nein, sagt sie. *Das meine ich nicht. Ich meine,*

Didion ist klasse, versteh mich nicht falsch, aber ich meinte, dass wir hier eben ein anderes Verhältnis zu Wasser haben als anderswo in den USA.

Weil LA *eine Wüste ist.*

Richtig. Wir sollten eigentlich gar nicht hier sein. Womit ich meine, dass die Stadt künstlich ist. Also, natürlich ist jede Stadt künstlich, aber hier ist sogar der Fluss künstlich. Es lebten ursprünglich keine Stadtmenschen hier. Ich meine, ganz egal, was man über LA *heute sagen kann, früher war jeder einzelne hier ein Farmer.* Sie lacht, es gefällt mir, wie sie sich über ihren kleinen Witz freut. *Aber ich meine, der Job ist gut, ich lerne eine Menge über die Stadt, in der ich schon so lange gelebt habe und keine Ahnung von ihrer Geschichte hatte. Ich meine, erst als Öl hier gefunden wurde, wurde wirklich eine Stadt aus* LA, *weil das ganze Land hergeströmt kam, und erst so um* 1900 *hat man Wasser nach hier unten gebracht. Also ist* LA *eigentlich nicht durch das Öl zu einer Metropole geworden, sondern durch das Wasser.*

Ich hab' das Gefühl, ich sollte das mitschreiben.

Sie nimmt ihr Weinglas und sagt: *Ich glaube, heute kommen die Leute eher hierher, weil sie wissen, dass sie gerade nicht das finden werden, was sie eigentlich suchen.* Sie trinkt einen Schluck. *Sich über* LA *zu beschweren ist ein* LA-*Hobby, weißt du? Was nicht heißt, dass* LA *nicht schon Hobby genug wäre.* Plötzlich verdunkeln sich Adas Augen, wie durch einen Schrecken: *Was dich alles höllisch langweilen muss, oder? Mir zuzuhören?*

Langsam, als wäre ich unter Wasser, leicht lächelnd, sehe ich vielleicht freundlich aus, wie ein Mensch, der ein Leben hat und in einem Moment schwebt mit einem Menschen, den er mögen möchte. *Ada or Ardour.* Ich sage: *Mich langweilt gar nichts, was du sagst.*

›306‹

Mit einer angenehmen Ernsthaftigkeit sagt sie: *Erzähl mir aber mal etwas mehr von deinem Buch. Über Schnee?* Ich muss leicht den Kopf geschüttelt haben, denn Ada fährt fort. *Nein?*

Nein, beginne ich, *also, ja, doch, das ist schon das Buch –* ich rette mich an mein Weinglas *–, ich bin nur überrascht, dass jemand mal nicht reagiert, als wäre ich aus dem Kuckucksnest abgehauen, wenn ich hier davon erzähle.*

Warum? Weil sie glauben, LA *habe nichts mit Schnee zu tun?*, sagt sie. *Was nur einmal mehr zeigt, dass die meisten Leute keine Ahnung von* LA *haben – sogar, wenn sie in* LA *leben. Besonders dann.* Sie lächelt mit leicht geöffneten Lippen und lehnt ganz leicht ihren Kopf zurück, und das Lichtmeer der Deckenlampen spiegelt sich einen Atemzug lang in ihren Brillengläsern, als hätte sie einen Sternenhimmel über ihre Augen gelegt.

Oder es zeigt, sagt sie weiter, *dass sie gerade die Stadt nicht genau genug anschauen, die sie meinen, am besten zu kennen. Ich denke, jeder, der hier lebt, könnte den Schnee kennen, der auf den Bergen der Umgebung liegt. In den letzten Jahren lag um diese Zeit jetzt meistens schon viel Schnee, aber dieses Jahr war es zu lange zu heiß.* Sie nimmt einen weiteren Schluck Wein und sagt dann: *Für dich ist dieses Jahr wärmeres Wetter hier.* Der Wein hat ihre Stimme verändert, hat sie erfrischt vielleicht, so als wäre sie aus etwas aufgetaucht. Aus dem Wasser, in dem ich gerade mit ihr schwebte. Es steigt in mir ein vorübergehendes Gefühl von Sorge auf.

Vielleicht ist wegen mir auch der Waldbrand hier, sage ich.

Warum sagst du so was Dummes? Ihre Stimme ist ernster, fast genervt.

Wir stehen draußen zum Rauchen – es gefällt mir, dass Ada ihre nicht-rauchende Hand in ihrer Gesäßtasche hat, während die andere die Zigarette hält –, und sie sagt: *Warum hast du aufgehört zu rauchen?*

Ich muss lachen: *Ich weiß nicht, ich glaube, ich habe zu oft an den Tod gedacht.*

Sie reagiert darauf nicht, fast so, als wäre dies keine seltsame Antwort gewesen: *Und jetzt nicht mehr?*

Nein, sage ich, *irgendwie jetzt gerade nicht mehr.*

Sie atmet den Rauch aus, nimmt ihre Hand von ihrem Hintern und zupft etwas von ihren Lippen, während ihre Augen dabei auf mir liegen bleiben. Diese Hand zu berühren, die gerade diese Stelle berührte. *Gut,* sagt sie dann mit einem nickenden Lächeln.

Eine Stille breitet sich um uns aus, und darin können wir die kalifornische Nacht hören, wie sie dunkel in der samtig zitternden Luft liegt, das Stadtlicht, wie es wässrig den Himmel aufweicht und die Sterne versteckt.

Der Schnee ist natürlich auch sehr wichtig, um die Umgebung hier in Südkalifornien zu bewässern, sagt Ada, während wir wieder zurück ins Restaurant gehen, wo das Stimmenfließen ihre Worte verschluckt, und ich sie nicht ganz verstehen kann, auch weil ich beim Reingehen die Stelle an ihrem Körper anstarre, die eben noch von ihrer Hand berührt wurde. Als wir am Tisch sitzen, das Nikotin flutet kribbelnd durch meinen Körper, den ich mit Weißwein kühle, sagt Ada: *Meine Freunde zum Beispiel haben keine Ahnung vom Schnee in Kalifornien. Sie wissen nicht, dass er ganz wichtig ist, um von den Bergen herunter die Flüsse zu füttern.* Mir gefällt der Ausdruck *feeding the rivers. Aber die meisten meiner Freunde sind sowieso der Meinung, das Department of Water and Power ist das schlimmste, korrupteste Unternehmen, für das man überhaupt arbeiten kann.*

Ich mag es, dass sie redselig ist, denn ich meine, es deute

auf ein impulsives Wesen hin, und durch ihre Impulsivität lässt sie sich vielleicht ja mit mir ein.

Warum denken deine Freunde das?

Well, wegen William Mulholland.

Meinerseits sicher ein halbglasierter Blick, ein höfliches Nicken, ich kannte den Namen, nicht genau das, wofür er steht. Ada erklärt höflich, ohne gönnerhaft oder herablassend zu wirken, Mulholland habe den Aquädukt von Los Angeles vor dem Ersten Weltkrieg gebaut und so dafür gesorgt, dass Wasser aus dem nördlichen Owens Valley nach LA geleitet werden konnte, da die Stadt ihre Wasserreserven in den Zeiten der Metropolisierung erschöpft hatte.

It's Chinatown, sage ich, als wäre ich auf Wasser gestoßen.

Forget it, Jake. Sie lacht einmal leise. *Was in der Hinsicht eben auch keine Fiktion ist – ich meine, der Film. Die Wasserkriege gab es hier eben wirklich, weil man einfach Wasser gestohlen hat. Das Department kümmert sich heute darum, die ganze Sache aufzuarbeiten und bereitet immer noch Entschädigungen vor und so weiter und so weiter. Ohne Schnee in Kalifornien würde es LA jedenfalls nicht geben.*

Ich glaube, wir müssen uns vielleicht einfach noch einmal treffen, dass du mir das alles einmal in ein Diktiergerät sprechen kannst.

Sie schmälert ihre Augen, färbt ihre Stimme mit Ironie: *Für dein Buch,* gefolgt von einem Zungenschnalzen. Sie schüttelt leicht lächelnd den Kopf und lässt noch einmal die Edison-Sterne über ihre Brille fließen.

COMING INTO LOS ANGELES · ARLO GUTHRIE

Schläge, dumpfe, nicht sehr laute, aber erkennbare Schläge höre ich während meiner ersten Nacht in der Engelsstadt, in der ich mein Gehör einmal nicht abdämpfe durch andere amorphe Geräusche. Kein allnächtliches Netflix-Fix, kein Bob Ross-Raunen, kein Deutschlandfunk-Geflüster, das halbstündlich mit dem Flatline-Piepsen der Nachmittagsnachrichten unterbrochen wird, wenn bei mir noch Nacht ist.

Stille.

Ich höre nichts, und deshalb kann ich alles hören. Keine ferne Boulevard-Brandung, die hier die familienfreundliche Stille stört, stattdessen irgendwo zwei gemächlich geschlossene Autotüren, niemand ist allein, das Bellen zweier kleiner, hochtöniger Hunde, Grillengruppen und diese Schläge, vielleicht vier in dieser Nacht, in dieser ersten angstlosen, doppelt geatmeten Nacht.

Beim ersten Schlag lag ich wie vom Donner gerührt, doch danach folgte nichts, und seltsamerweise regte sich in mir keine Angst. Beim neuerlichen dumpfen Fallen über mir, das jetzt gefolgt ist von einem Rollen, fahren meine Augen im Halbdunkel eine vorgestellte Klangbahn des Objekts das angeschrägte Condo-Dach entlang.

Stille.

Es muss ein Baum sein, etwas zwischen Avocado und Zitrone. Kurze, hölzerne Schläge, dann das tippelnde Rollen, als renne raschelnd ein kleiner Nager zurück in die Sicherheit der Nacht. Ich denke jetzt, in jener ersten Nacht, in jener Nacht, die sich anfühlt, als wäre ich das erste Mal in dieser Stadt, ich denke jetzt schon, ich werde diese klangvolle Klangfolge mit nach Hause nehmen, wo immer das dann sein wird, und es wird irgendwann ein Geräusch geben, das ich in einer anderen Zeit hören werde, ein Geräusch in einer anderen Sprache, das mich mithilfe der Erinnerung hierhin zurückübersetzt, und ich werde alles dies hier dann wiedersehen, als etwas Verlorenes, wie etwas, das von einem Staub

›310‹

oder einem Schnee übernebelt ist, vom Schnee der Zeit, der in mir fällt – muss es so sein? Muss ich dieses Geräusch hören, wenn ich allein bin, wenn es fester klingen wird, einsamer in irgendeiner verwinterten Stadt am anderen Ende meiner Welt und meiner Zeit, muss es das? Oder kann ich hier bleiben, mich hier in diesem Moment einfrieren wie auf einer Fotografie, neben dem Echo ihres Atems liegenbleiben, der mich einhüllt wie eine wärmende Umarmung?

Und plötzlich ist die Nacht schließlich wieder enger, kälter, grauer. Ich weiß mit einem Mal, dass unsere erste Nacht bereits vorbei ist, dass wir uns schon geküsst und berührt haben, dass der Moment schon in eine andere Grammatik übersetzt wird. Die Worte WIR und UNS sind jetzt andere Worte, die andernorts Wurzeln geschlagen haben, zu anderen Spiegeln geworden sind, weil sie andere Menschen zeigen, ein anderes Wir und auch ein anderes Ich.

Oder ist es doch Angst? Weil das Stundenglas zwei Seiten hat, aber schon auf der falschen Seite steht, weil der Sand des Zusammenseins schon begonnen hat abzurieseln. Während dieses Verrieselns wird es einen Moment geben, in dem sich in beiden Seiten exakt gleich viel Sand befindet, in dem die gemeinsamen Sandstunden dem Glas exakt gleichviel bedeuten – und dieser Moment, nur dieser einzige zeitlose Moment, heißt Liebe in seiner ideellen Form, und in diesem Moment müsste man das Glas auf die Seite kippen können wie einen matt gesetzten König und aufgeben, alles anhalten und aufbewahren. Doch wenn es nicht vergehen könnte, dann wäre es nicht das, was das verspiegeltste aller Worte in allen Sprachen bezeichnet.

In der Stille flüstere ich, mit dem Geschmack von Tabak im Mund, ihren Namen. Ich flüstere ihn als Frage, schon jetzt. Vielleicht ist es doch Angst, weil es die Worte so wollen, die Gedanken. Ich frage noch einmal mit ihrem Namen. Sie bewegt sich im Schlaf, ein Zeh ihres Fußes findet meinen, und so, als hätte diese kleine Berührung etwas aktiviert, rollt sich ihr warmer Körper an mich, als Umarmung in einer fremden Stadt, die über neun Monate lang mein Zuhause war.

OCTOBER · BROKEN BELLS

Was wohl mit ihrer gemeinsamen Zeit passieren wird? Die Puppenfäden, die den Marionettenmann an sie banden, wie lange ist das her, dass sich die Schere schon angelegt hatte, die Klinge beglänzt, und unter ihm die unbestimmbare Tiefe – noch einmal im dunklen Zimmer sein, wo sie fickten, wo sein Körper in ihrem Körper war, wo die gestärkten Laken knisterten wie Papier in der Nacht –, in der Nacht, in derselben Nacht, schärfte die Zeit schon ihre Klinge, und in seinem Auge blendete schon das weiße Licht – doch er kann bis heute noch fühlen, wie sie an warmen Oktobertagen vor den herbstbunten Bäumen auf ihrem kleinen Stadtbalkon saßen und *über alle Maßen eisgekühltes Bier* (BARTHES) tranken, und als es schon kühler wurde, die Luft aber noch die letzte feuchte Wärme des absterbenden Sommers gespeichert hatte, tranken sie auf demselben Balkon, der längst ein anderer Balkon war, gezuckerten Milchkaffee, während der weiche Regen auf der kleinen monochrom gestreiften Markise tapptappte wie Vogelfüße, auch das fühlt er bis hier, und selbst noch ein wenig die weiche Haut der Wange der anderen, wenn er ihr etwas ins Ohr flüsterte und ihm darauf ein Stöhnen mit seinem Namen mit feuchtem Atem ins Ohr drang – ich fühle es alles, ich habe es in Worten vor mir, ich könnte es schreiben, aber ich kann es nicht mehr sehen, die

Worte sind wie Wasser, das über die Eindrücke fließt und mir meine Bilder verwischt, die Worte sind ein wässriger Pinsel, der vielleicht nachziehen wollte, was gewesen war, doch stattdessen übermalt. Ich bewege mich in Worten schon von ihr weg, warum tue ich das? Warum immer: *die Kinderfrage:* warum? (BARTHES).

SOON GOODBYE, NOW LOVE · TOM ROSENTHAL

Am Morgen ist die geschwächte Nacht noch auf deinen Lippen, als ich dich küsse. Neue Liebende, so scheint mir heute, küssen vor dem Zähneputzen, alte Liebende erst nach der täglichen Routine gegen das Verrotten.

Als ich aus der Dusche zurückkomme, hast du die Fenster geöffnet, und ein friedlicher, pazifischer Wind geht warm durch deine Wohnung. Als ich die Tür öffne, flattert von einem Karton eine Reihe von Papieren zu meinen Füßen, und auf dem dunklen Parkett sind sie sehr weiß, wie zerstreute Schneeflocken.

Ich hebe sie auf und halte einige Blätter mit bunten Schriftzügen und Emblemen wie Wappen in den Händen, mit Buntstiften oder Wachskreide abgeriebene Reliefs, rillige Formen, wie aus den Farben eines Quilts, Figuren und Schriftzüge in fremden und unbekannten Schriften. Auf einem steht TELEPORT über Piktogrammen von Wellen, wie die Bögen, aus denen Kinder Vögel malen. Auf einem anderen steht in einer kräftigen Serifenschrift in Blau THAMES WATER, und auf einem weiteren sind in Schwarz auf weißem Grund kleine Sterne um sechs Löcher gruppiert, wie Krähenspuren im Schnee oder Schneeflocken, denen ein Beinchen fehlt.

Was sind das für tolle Zeichnungen?, frage ich.

Das sind keine Zeichnungen, sagt Ada. *Das sind meine*

Abreibungen, und als ich sie ihr zurückgebe, greift sie sie wie ein Kind, das eine Handvoll Spielzeug nimmt und sich damit in seine kleine Welt zurückzieht, etwas selbstvergessen, etwas stolz und etwas verlegen.

Sie erzählt, dass sie mit ihrer Mutter, die heute an der Ostküste lebt, immer mit Buntstiften Kanaldeckel abpauste, wenn die Familie im Urlaub war, und seitdem habe sie diese Tradition beibehalten. Ihre schönsten seien von der Victoria & Albert Waterfront in Kapstadt, weil darauf ein kleines Segelschiff zu sehen sei, und aus Tokio.

Ich war auch schon in Tokio, unterbreche ich sie, als wären die Selbstvergessenheit und die Verlegenheit, das Kindliche, einen Moment lang etwas ansteckend gewesen. *Sorry*, sage ich, *ich war halt schon da.*

Ihr Gesicht erweicht sich zu einem sanft reuevollen Lächeln: *Warum hast du mir nicht Bescheid gesagt?* Sie schüttelt dünnlippig den Kopf. *Tsk, tsk, tsk.*

Du hast dich ja auch nicht gemeldet, als du in London warst. Wenn bei ihr alles nach charmantem Witz klingt, klingt bei mir alles nach Vorwurf.

Kann ich ja das nächste Mal machen.

Als sie mich fragt, wie die Kanaldeckel bei mir zu Hause aussehen, weiß ich ihr nichts zu antworten. Sie gibt mir nicht das Gefühl, dass ich unaufmerksam in meiner Welt lebe, doch den Eindruck habe ich trotzdem. Der Ausdruck *back at home* verunsichert mich. Mit einer Spur von Verteidigung sage ich: *Du hast auch keine Abreibung von einem Kanaldeckel aus Los Angeles.*

Worauf sie antwortet: *Mein ganzes Leben ist eine Abreibung von Los Angeles.*

Wie oft hast du diese Antwort schon gegeben?

Was denn? Ich lebe schon lange hier.

Sie streichelt mir durch mein nasses Haar, und was mich überrascht: Sie wischt ihre feuchte Hand danach ab, indem sie sich anschließend durch ihr eigenes kurzes Haar fährt.

Sie schenkt sich Kaffee ein. *Von manchen dieser Städte, Oklahoma City zum Beispiel oder Montreal, sind diese Abreibungen alles, was ich habe. Ich habe keine einzige Erinnerung mehr daran. Nur diese bunten Kinderpapiere. Aber sie beweisen, dass ich einmal da war.* Sie kommt von der Küchenzeile wieder zu mir aufs Sofa. *Vielleicht bin ich ja auch einfach dazu verdammt, meine Stadt zu kennen, aber eigentlich nichts von ihr zu wissen.*

Ich sage: *Jetzt redest du wie ich. Das geht mir ja eigentlich mit* meiner *Stadt so. Du weißt viel über deine Stadt.* Und nachgelagert: *Fast so viel wie ich.*

Sie lacht spöttisch, trinkt danach aus ihrem Kaffee, ihr ostentatives Schlürfen bringt mich zum Lachen. *Okay, los, erzähl mir mal was von meiner Stadt.*

Jetzt fällt mir grade nichts ein.

Sie schmälert ihre grünen Augen zu dünnen Schlitzen. *Was nur beweist, dass du eigentlich nie hier warst.* Sie macht ein schmatzendes Geräusch mit ihren Lippen. *Du bist ein Engel* – worüber ich spöttisch lachen muss – *oder ein Geist.* Womit sie richtig liegt. Ich frage mich, ob man sich durch dieses frühliebende Geplänkel kennenlernen kann, oder ob zum Kennenlernen schon nicht mehr genügend Zeit bleibt, und wir uns längst verpassen.

Als ich Adas Worte später übersetze – *dazu verdammt, meine Stadt zu kennen, aber eigentlich nichts von ihr zu wissen* – und ich die Stadt, die Heimat, mit den Worten *von ihr* bezeichne – vielleicht wäre *über sie* besser gewesen? –, frage ich mich noch einmal, ob dasselbe auch auf Menschen zutrifft. *Von ihr* – Worte, die jetzt in zwei Richtungen gehen.

Bevor ich ihre Worte aber übersetze, sage ich zu Ada hinter ihrer Kaffeetasse in ihrem Sonnenfleck auf dem Sofa: *Wollen wir spazieren gehen? Dann können wir rauchen, und ich kann meine Haare in der Sonne trocknen.*

That was very Los Angeles of you, sagt sie mit einem Lachen.

NOT A ROBOT, BUT A GHOST · ANDREW BIRD

Wir gehen durch den Hancock Park vorbei an Joggern und Frauen, deren Wasserflaschen größer sind als ihre Cupdogs.

Ada sagt: *Ich weiß, dass du ein Geist bist, Jan Wilm.* Ich stoße ein schnaubendes Lachen aus. *Ich hab' meine Zigaretten vergessen, kann ich eine schnorren?*

Geister rauchen nicht, sage ich.

Beetlejuice schon.

Ich gebe ihr eine meiner Dunhills. Sie sagt: *Du hast immer diese schicken, teuren Zigaretten. Ich habe nur meine schnöden American Spirits. Was nur beweist, dass du nicht mal ein richtiger Raucher bist.*

Ich lache. *Weißt du, du kannst sie mir auch echt gerne wieder zurückgeben.* Wir gehen einen Moment und werden merkwürdig angeschaut. *Du hast recht, die gucken ganz komisch. Weil sie eine Raucherin sehen, neben der eine angesteckte Zigarette durch die Luft schwebt.*

Sie gucken uns an, weil wir die Aussätzigen sind. Weil wir rauchen.

Ich habe gesehen, es ist sogar verboten, in manchen Parks zu rauchen. Obwohl man ja draußen ist.

Es ist ein heißer trockener Tag. Im Norden der Stadt, Richtung Glendale, mussten Wohnhäuser wegen des anhaltenden Feuers evakuiert werden. Gibt es dort Archive, sind sie in Gefahr. Natürlich gibt es dort Archive, es gibt dort ja Menschen. Wir rauchen weiter. *Warum sagst du immer, ich sei ein Geist?*, frage ich mit ein bisschen zu viel Ernst in der Stimme.

Weil es stimmt.

Nein, ernsthaft.

Ja.

Ich schüttele den Kopf, muss auch wieder etwas lächeln: *Das macht dir viel Spaß, oder?*

Lachend stößt sie ein *Ja* aus. Nach einer kurzen Stille sagt sie: *Du kommst überhaupt nicht aus Deutschland. Du kommst von hier, richtig?*

Soll ich dir noch mal den Pudel-Punk übersetzen, um es dir zu beweisen?

Das hättest du ja googeln können.

Du hättest es auch googeln können.

Was ich ja vielleicht auch getan habe.

Warum hast du es mich dann übersetzen lassen?

Um dich zu testen. Nein, du kommst von hier. Was so vieles erklärt. Sie zieht an ihrer Zigarette, spricht einen Moment, wie wenn man nach dem Auftauchen erst tief Luft holen muss: *Eine College-Freundin und ich haben früher in Bars auch manchmal so getan, als wäre sie eine französische Austauschstudentin, weil sie ein bisschen Französisch sprach.*

Naja, sage ich, *mit einem deutschen Postdoktoranden ist, glaube ich, nicht so viel zu holen wie mit einer französischen Austauschstudentin.*

Hey, ich hab' dich doch auch mit nach Hause genommen.

Aber ich komme ja auch nicht aus Deutschland.

I knew it, sagt sie, und nimmt einen Zug ihrer Zigarette. *Du kommst nicht von dort, und du gehst auch nicht dorthin zurück. Deine Story ist nicht plausibel.*

Ich lächle, und plötzlich wird mir auf seltsame Weise der Klang meiner Schritte auf dem Schotter bewusst – wie einsam sie klingen, selbst wenn Adas etwas leisere Schritte bei mir sind, und ich werde für einen Moment nachdenklich. Diese Schritte, ihre und meine, sie sind nicht konservierbar, sie sind reine Flüchtigkeit, werden getätigt, jetzt – jetzt – jetzt, und dann kehren sie nie wieder. Ich werde mich nicht mal an sie erinnern. Sie gehen weg durch das, was sie sind. Mit allen anderen Dingen ist es exakt dasselbe.

So vieles, sagt Ada munter vor sich hin. *Es erklärt so vieles.*

REACHING FOR THE BOOK AND TIME,
WHILE STORMS FORM ON THE LEFT · TOM ROSENTHAL

Vor über siebzig Jahren am heutigen Tag – sofern der Datierung des Manuskripts zu trauen ist – tippt Blackshaw mit der Schreibmaschine auf eine gelbe Seite Legal Paper: *Ich war immer glücklich im letzten Jahr. Vor zehn Jahren glücklicher als vor neun Jahren. Vor fünf Jahren glücklicher als vor vier Jahren. Letztes Jahr selbst glücklicher als dieses Jahr. Alles, was vorbei ist, war gut.* Es gibt eine schöne Klangkorrespondenz zwischen *gone* und *good*, die in der Übersetzung verloren geht.

Mit seiner amerikanischen Mittjahrhundert-Handschrift, ein Spinnenkrakel aus dünnen, dürren Ästen, die ich oft nur schwer entziffern kann – das große i sieht für mich immer aus wie ein kleines L –, fügt er dann einige Kommentare unterhalb der Maschinenschrift hinzu. Eines davon lautet: *Ihre Frage stelle ich nicht mehr. Ich habe sie genommen und sie in meinem Geist weggebacken. [I have taken it and baked it away in my mind. (?)]*

Ich finde es beruhigend, dass Blackshaw das Thema einer

Frage anschneidet, auch wenn er keine Antwort gibt und nicht erklärt, um wessen Frage es sich handelt. Einige Seiten später gibt es jedoch eine längere Passage, die man mit etwas Interpretationsgeschick als Antwort auf eine Frage betrachten könnte, die er an keinem Punkt seines Pestjahrbuchs direkt behandelt, die Frage, was mit ihm geschehen ist, warum er hier ist. Paradox ist auch diese Passage, besonders wenn man sie als Antwort betrachtet, denn dass es diese Passage gibt, negiert das Verschwinden, das sie bezeichnet:

Wenn ich nach draußen gehe, fühle ich mich, als ob ich die Welt hinter mir gelassen hätte. Ich denke mich herum und drehe mich zurück und schaue ein letztes Mal zur Hütte. Dort sehe ich ihn, gerahmt von seinem Fenster. Er sitzt an seiner Kerze, ihr Schein übergießt sein Gesicht. Das ist er, wie ein winziges Ablicht einer Person, leuchtend im Käfig eines Lichtbildes. Mit einer Maske wie meiner. Und er gibt vor, mich nicht sehen zu können. Ich lache ihn verächtlich aus. Und trotzdem: Mitleidig drehe ich mich wieder in das kristallene Licht, das vor mir liegt, und schwimme in der schwindelerregenden Wiederholung des wirbelnden Schnees. Wenn ich zurückkomme, betrete ich einen mit Ruß gefüllten Raum. Ich ersticke. Ich atme vor Schreck. Ich falle aus einem Traum hinauf. Ich falle von zu Hause weg, als wäre ich vor die Frage gestellt worden und gezwungen, in diesem Haus voll Ruß nach etwas zu tasten, was es hier nicht gibt. Als ob mein Herz nichts gefunden hätte. Nicht einmal den Grund der Frage.

As if my heart had come up empty. Dieser seltsam unamerikanisch schreibende Mann, der so amerikanische Fotos machte, ist hier einen Moment lang ungewöhnlich selbstmitleidig in dem Moment, da er von einer Frage ergriffen scheint, die als Antwort und als Frage vage bleibt. Der Ton der Passage wirkt larmoyant, auch wenn er beteuert, das

Ich-Phantom, das er von draußen in seiner Hütte sitzen sieht, keinesfalls zu bemitleiden. Sein Mitleid, so scheint es, gilt *der schwindelerregenden Wiederholung des wirbelnden Schnees.* Allein, zu dieser Zeit betrachtet er sich selbst eben nicht mehr als Menschen, sondern als eine Leitung, einen Kanal, ein Gefäß für nichts anderes als Schnee.

Dennoch bleibt offen: Nach welcher Frage versuchte er, auf diese räumliche Weise zu tasten? Antwortlos. Waters erwähnt kein inneres Dilemma und ist stattdessen der Meinung, Blackshaw habe seine Frau und seine Tochter in vollkommener Überzeugung verlassen und seine Entscheidung bis zuletzt akzeptiert. Vielleicht hat Waters nicht unrecht, denn auch in den Papieren wirkt Blackshaw oft seltsam distanziert und gleichgültig. Sein innerer Kampf scheint etwas anderem zu gelten als einer konkreten Frage, deren Spur zu einer direkten Ursache zurückverfolgt werden könnte. Das hier angesprochene *Ihr* in *Ihre Frage stelle ich nicht mehr,* im Original die Pluralform *their,* könnte auf alle möglichen Personen verweisen, konkret oder viel allgemeiner, eine Frage der Gesellschaft, eine Frage des Landes, eine Frage der Menschen.

Die Frage, die *ich* mir stelle, lautet: Was mache ich hier, in dieser Hütte, in diesem Schnee, im verworrenen Kopf dieses Mannes? Was suche ich, wonach taste ich? Warum gelingt es mir nicht, so wie Blackshaw aus dieser Hütte herauszutreten, in den Schnee, raus aus diesem Manuskript, rein in mein eigenes?

Trotz seiner großen Reflexionsbereitschaft über den Schnee, in dem er wohnt, ist es häufig ein seltsam unreflektiertes Tagebuch, vielleicht weil sein Verfasser krank ist. Die Aufzeichnungen sind, besonders gegen Ende, sonderbar körperlos, merkwürdig fraglos, außergewöhnlich selbstlos. So, als wäre Blackshaw eigentlich schon gar nicht mehr anwesend, so, als wäre er sein eigener Geist, sein eigenes Phantom.

Was war das Leitprinzip bei der Auswahl des Aufzeichnenden, gab es ein System, nach dem er vorging, eine Ordnung, die ihn erkennen ließ, was wichtig war – oder sind dies die wahllosen Aufzeichnungen eines langsam aus der Spur laufenden Geistes? Vielleicht wählte er überhaupt nicht aus, oder er wählte zu radikal aus, vielleicht fehlt schlicht und ergreifend etwas, das von Hand zu Hand über die Jahrzehnte seit seines Verschwindens abhandengekommen ist. Ein Rätsel, zufällig, nicht methodisch?

Interessanterweise enthalten die Aufzeichnungen beinahe gar keine Streichungen, keine ausgeschwärzten Notizen, kaum X-Zeilen, die wie Stacheldraht durch Getipptes reißen, wenige Kritzelkorrekturen, und manchmal, wenn ich nur lange genug auf diese Papiere starre, fühle ich mich betrogen, *snowed*, als wäre all das eine große Täuschung, als wären die hier lagernden Papiere *nichts anderes* als eine Auswahl, eine Auswahl voller Leere, die nur durch ihre Anwesenheit darauf hinweist, dass der Großteil seiner Papiere fehlt – ein Archiv, das seine Auslöschung bezeichnet. So wie das Bellen eines Hundes oder das gespenstische Brummen eines Hubschraubers in der Nacht oft erst hervorheben, wie totenstill es eigentlich ist.

Seine Papiere lesend – seine Schrift versuche ich durch den Computer-Zoom in die Fotografien seiner Papiere hinein zu entziffern –, werde ich immer unmittelbar mit einer Traurigkeit konfrontiert, die mich weit in meine Kindheit zurückführt, die Traurigkeit, die früher eine ganz aufgeblühte Angst war, eine Angst davor, eine Sache, eine Zeit, einen Zustand, einen Moment nicht aufbewahren, niemals festhalten zu können, und die Angst, nichts, weil sich alles weiterbewegt und weiterschiebt, nichts jemals ergründen oder begreifen zu können. Warum hat ein Kind eine derartige Angst? Verstehen stand für mich an erster Stelle, ich war eingeschlossen in dem Wunsch, verstehen zu wollen, ein hermetischer Hermeneutiker, lange bevor ich den Begriff verstand – ich verstehe ihn bis heute nicht ganz, jage ihn in seinem eigenen Zirkel wie ein Hund seinen Schwanz.

FADEAWAY TOMORROW · JOHN CALE

Ich fürchtete mich schon sehr früh vor dem Aufreißen der Dinge, vor dem Auseinanderbrechen der Verhältnisse, ich hatte Angst davor, dass die Welt und seine Wesen nicht alle miteinander verbunden sind, denn wären sie es nicht, gähnten zwischen allen Dingen und allen Menschen klaffende Gräben, schluchzende Schluchten, die so vieles auf der Welt verschlucken würden, was damals noch vor mir war und noch mehr von allem, was noch unvorstellbar war, was ich erst viel später kennen, lieben dürfte, nur um es dann zu verlieren. Meine ganze Kindheit über führte ich Listen, füllte Vokabelhefte mit Sammlungen von Komponisten, Malern, Schriftstellern, mit Insekten und Tieren, Museen und Theatern, in denen ich mit meinen Eltern gewesen war, Listen mit Farben, Listen mit Autos und Fotoapparaten, Filmlisten und Liedlisten, Bücherlisten, Listen mit allen Namen der Menschen, die ich kannte, und am häufigsten Wortlisten. Seit ich schreiben konnte, hatte ich ein Tagebuch. Meine erste Eintragung stammt vom Abend des 6. Dezember, als ich sechs Jahre alt war. Ein Foto der Liste ist archiviert auf meinem Computer. Jetzt kann ich mir das Abbild des Abbilds des damaligen Tages anschauen. Es ist eine Liste, neben der ein Sticker mit zwei lächelnden Delfinen klebt:

NIKOLAUS
Buch
Lesezeichen
Stift
Schokolade
Rätselbuch
Cd
Mc
Tagebuch

Ich war der Meinung, dass diese Liste mich später an alles erinnern müsste, wenn ich mich nur an das dünne Geländer dieser Worte halten würde. Heute sind die Worte dieser Liste für mich jedoch nicht einmal richtige Worte, denn sie scheinen, weil ich sie beim Lesen nicht mit konkreten Bildern *aus meinem Leben* verbinden kann, auf nichts zu verweisen, Zeichen ohne Zeichnung, Bezeichnendes ohne Bezeichnetes.

Die Erosion, das Wegbrechen der Verbindungen, vor der ich mich so gefürchtet hatte, und weshalb ich diese Listen führte, scheint mir heute durch diese Liste selbst erst in Gang gekommen zu sein, da ich meine Worte und die Handschrift heute wie die eines Fremden lese, wie die Papiere dieses Blackshaws, nicht anders als die Worte in seinem *Tagebuch im Jahr der Pest*. Ich lese mich und verliere mich.

Und doch wird hier eine Spur erkennbar. Im Handzeichen dieser Schrift sitze ich noch heute, eingeschlossen im Bernstein der Zeit, und meine kleine Kinderhand fährt noch immer über das Papier, meine Augen sehen immer noch zum ersten Mal, was ich heute sehe, das Papier wie ein blinder Spiegel, durch den ich mir vorstelle, wie ich mir über die Jahrzehnte hinweg zuzwinkere. An ihrem Ende sagt diese

Vorstellung fast so etwas wie: *Irgendwann kommen immer auch die Toten wieder.*

Die Spur eines Abdrucks in der Zeit, eines Moments, durch den ich weiß, es gab einmal ein Kind, das einen Moment aus irgendeinem Grund so wichtig oder so brüchig empfand, dass es einen Stift in die Hand nehmen und etwas in ein kleines, buntes Büchlein mit einer seltsamen Polsterung unter dem Einband schreiben musste: *Ja, ich war hier, es hat mich gegeben, hinter diesen Worten bin ich nicht vergessen, aber verspiegelt und verhüllt, vielleicht verschneit, bis zur großen Schmelze des Vergessens.* Und dennoch und gegen alles: *Ja, ich war da.* Vermutlich ist das alles, worauf ich hoffen kann.

Und doch, wenn ich mir mein kleines Büchlein heute ansehe, wie viel größer muss es damals unter meinen Händen gewesen sein, diese kleinen Hände, die meine Hände waren und es heute nicht mehr sind, Handschuhe, denen ich entwachsen bin, die sich in mir versteckt haben und als Vergangenheit in meinen Körper hineinverschwunden sind. Ein Kind in der Zeit hatte einmal meine Hände. Wenn ich diese Liste ansehe, wird mir augenblicklich bewusst, dass sich die Zeit zwischen mir damals und mir heute *im Moment des Betrachtens* auflöst. Durch die Erinnerung an die Vergangenheit – selektiv, lückenhaft, brüchig –, nur deshalb verliere ich die Vergangenheit, der Erinnerungsmoment überschreibt das damalige Jetzt der Ereignisse, löscht es in die Erfahrung, löscht die Erfahrung in die Erinnerung. Ich halte mir das Zeugnis meines Vergessens vor, trage in meinem Körper, *als meinen Körper*, die Toten, die ich früher einmal gewesen bin. Der Austausch des Sandes aus der Kammer der Erfahrung in die Kammer der Erinnerung, und niemals zurück.

Das Kind weiß noch nichts von dem dem Schreiben innewohnenden Pendelschwung zwischen der schöpferischen und der zerstörerischen Dimension der Sprache. Ich sage ICH und bin es nicht.

Das Kind weiß vom Schreiben nur, was alle wissen: Schreiben als Spiel, Schreiben als Festmachen, Memoria als Machen. Ja, da liegt's: Im Machen verwischt die Spur, Veränderung der Formen, Löschung der Quelle.

Ich gestehe, dass ich vielleicht erst in diesem Jahr wirklich begriffen habe, dass die Sprache nichts festhält, dass die Worte nicht schnell genug sind für die Wirklichkeit, dass die Worte selbst die Transportmittel des Realen sind, die es langsam davonfahren. Ein Text ist ein Schiff, das eine Arche sein soll und schließlich nur ein Archiv ist.

Ich habe das, meine ich heute, noch nicht einmal verstanden, als ich meine Eltern verloren habe, obwohl ich damals glaubte, ich wüsste es. Heute aber erkenne ich, dass ich das bewusste Verstehen meiden musste, weil Verstehen damals schon Verlieren hieß. Als ich dich verlor, wusste ich nicht mehr, wie viel ich schon verloren hatte. Ich hatte das Verlorene vergessen, ich hatte es verloren, und durch dich war es wieder da, lediglich ohne dich. Verlieren lernte ich erst durch sie, als ich sie zu einem Wort machte.

Ich verstehe, so war das, aber ich meine, ich verstehe nicht, oder nicht ganz, warum.

WHY · DAVID BYRNE

Vielleicht ist die Kinderfrage eben nichts als die falsche Frage, vielleicht gibt es die Antwort nicht, warum ein Mann in eine Schneehütte geht und nie wieder zurückkehrt, und vielleicht gibt es auch die Antwort nicht, warum ein Mensch sein Leben mit einem anderen Menschen verbringt und dann irgendwann einfach allein ist. SOMETIMES A PERSON NEVER COMES BACK (IDA APPLEBROOG).

Warum Gabriel Gordon Blackshaw in den Schnee ging? Weil er Gabriel Gordon Blackshaw war. Genügt das nicht?

Am Ende von WARUM liegt entweder das Verstehen oder der Wahn, weil auch das Verstehen nur die Antwort hat, die man nicht verstehen will, und deshalb weitersucht. Vielleicht ist es klüger, die Kinderfrage endlich loszulassen und zu beherzigen, was Kurt Vonneguts Billy Pilgrim zu hören bekam, und auch damals schon damit leben musste: *Und, da haben wir's, Mr Pilgrim: im Bernstein dieses Augenblicks gefangen. Es gibt kein Warum.*

AUTUMN'S CHILD · CAPTAIN BEEFHEART
AND HIS MAGIC BAND

Manchmal, in diesen Herbstnächten, liege ich jetzt neben Ada und denke an einen Menschen, für den ich lange keinen Gedanken hatte. Ich versuche, mich in Gedanken zu ihr hinzubewegen, doch wo ist dieser blicklose Ort, an dem meine Vorstellung wartet, dieser Ort, von dem ich nichts weiß, der sich mir nicht durch einen Menschen erschließt, den ich kenne.

Ich stehe vor einem Fenster und schaue auf die mondfarbene Straße der Nacht von Hancock Park. In meiner Hand klingelt wie ein verträumtes Windspiel die kleine, unbedeutende Musik der Eiswürfel, wie Wattebällchen liegen sie matt in der Bernsteinfarbe meines Getränks. Ich habe keine Angst vor der Stille heute Nacht, keine Angst vor dem Bellen eines Hundes oder dem gespenstischen Brummen eines Hubschraubers, keine Angst vor den Geräuschen, von denen ich nicht weiß, warum sie mir sonst immer Angst machen.

Illusion. Zu glauben, ich könne an einem Ort, in einer Zeit, in einem Menschen, in einem nicht von mir gelebten Moment anwesend sein, nur weil ich diesen Menschen einmal gekannt hatte. Als hätte sich während unseres Nebeneinanders etwas von mir auf diesen Menschen abgespiegelt, und wann immer er etwas sieht, sehe ich es mit (BLACKSHAW). Der Gedanke gefällt mir, so wie ich es immer mochte, mir vorzustellen, ein Gemälde habe Augen, und die kleine Infanta oder der winzige Meeresmönch hätten schon Millionen Staunender und Lächelnder vor sich gehabt und sie dabei beobachtet, wie sich die meisten von ihnen ein wenig verändern, wenn ihre Augen auf ein Gemälde fallen, und wie manche, seltener, vor ein Kunstwerk treten, als wären sie Kinder, nur um im nächsten Moment wieder zurückzustürzen in die Erwachsenen, die sie sind.

Allein, ich weiß, es ist nicht so, so wie ich weiß, dass es das DU nicht mehr gibt, das ich während dieses Jahres in Gedanken in die leere Welt gesprochen habe, dass es dich, wie du es hören könntest, für mich nicht mehr geben darf. Zeit. Mehr nicht. Wenn aus einem Nebeneinander ein Nacheinander wird.

Allein, ich bin noch hier und belege dieses Wort mit einem anderen Namen, ja, DU heißt jetzt anders, und es ist jetzt an der Zeit, mich von dir zu verabschieden. Ich tippe mit meinem Finger gegen die Scheibe. Sie ist nicht so kalt, wie ich es, mit meinem Winter im Sinn, erwartet habe, und jetzt gibt mir das ein kleines trostvolles Gefühl. In Wahrheit habe ich mich das gesamte Jahr über schon von dir verabschiedet, aber immer nur *auf Wiedersehen* und bisher noch nicht *goodbye*. Allein, ich vergesse manchmal, dass mein Abschied kein Ereignis war, sondern ein Verlauf. *Nichts erscheint so sehr Heimat als das, wovon man Abschied nimmt* (ILSE AICHINGER).

WINTER · DAUGHTER

Die Frage, was sie jetzt gerade tut, wo sie sich jetzt gerade, in der verschobenen Zeit, an dem anderen Ort, befindet, ob sie schläft oder vielleicht auch das Mondlicht in ihren Augen trägt, ob es darin flackert wie ein Tränensterchnen, weil auch sie an einen Menschen denkt, der sehr lange nicht in ihren Gedanken war. So lange hat sie nicht an ihn gedacht, dass sie nun glaubt, sie habe ihn, bis eben, vergessen. Mit ihrer plötzlich in sie zurückschnellenden Erinnerung schwappt auch ein Schuldgefühl in sie hinein. Dein eigen Fleisch und Blut. Die Heiligung derer, die weg sind, egal, was sie dir angetan haben.

Betty Claire Blackshaw ist heute älter, als meine Eltern es je waren. Sie ist älter, als ihr Vater es je war. Ist auch an ihrem Bein ein Strick befestigt, dessen anderes Ende unter die Erde führt in ein Grab?

Blackshaw selbst schreibt wieder und wieder von seiner gesunden, glücklichen Kindheit, wie sehr er seine Eltern verehrte, wie sehr sie ihm *alles gegeben haben, einschließlich mich selbst*. Hinter der Plattitüde scheint jedoch die Attitüde einer wahrhaftigen Dankbarkeit zu stehen, die er besonders während dieses letzten Jahres immer wieder aufkommen lässt in seinem vom Tode gezeichneten Pestjahrbuch. Warum aber, gerade wo er beteuert, ein so vorbildhaftes Verhältnis zu seinen Eltern gehabt zu haben und sie so schmerzlich zu vermissen, selbst (oder gerade?) als älterer Mann – warum fiel es ihm dann so leicht, sein Kind zu verlassen? Fiel es ihm überhaupt leicht, oder ist dieser ganze *snow exit* nichts anderes als ein Zermartern, eine Selbstgeißelung, auch wenn seine Worte nicht eindeutig darauf hindeuten?

WARUM? Die mich immer noch nicht loslassende Frage,

›328‹

die mich trotz allem in der Heimatlosigkeit heimsuchende Frage. Meist kommt sie nachts, wie ein Traum, aber nicht, wenn ich schlafe, sondern wenn ich schlafen will. Manchmal mache ich nachts jetzt leise Geräusche und hoffe, Ada wacht auf, auch wenn ich sie nicht direkt wecken will, und hoffe, wir könnten miteinander schlafen.

Auch ein gewöhnliches Verlassen – kein Verlassen ist gewöhnlich – hat eine Verwandtschaft mit dem Sterben und dem Tod, und auch der Sturz der Überlebenden, der Sturz der Zurückgelassenen zurück ins Leben allein, hat den sauren Beigeschmack des Todes, wenn man zurückstürzt in ein Leben, aus dem plötzlich ein Mensch herausgebissen wurde, in ein Leben, in dem man festgebunden verbleiben muss wie eine gespiegelte Marionette, eine Puppe im Negativ, wartend, bis die Zeit die Knochen entweiht, wenn man, mit einem Ruck wie an Marleys Kette, Richtung Grabort gezerrt wird, gemahnt wird an die Logik der Reihung, erst der eine, dann der nächste und dann du, wenn die Wahrnehmung, die Fantasie, das gesamte Bewusstsein verengt sind und man mit der Nase ins Grab gedrückt wird, da!, schau!, so wie man einem Hund die Schnauze in die Pisse drückt, die er nicht mehr halten konnte. Das Wunder des Lebens.

Vielleicht stülpte Blackshaw den Verlust seiner Eltern – ich konnte nicht genau erforschen, wann sie starben – über das von ihm verschuldete Verlieren seiner Tochter und erlaubte sich so, über sie zu trauern. Vielleicht erlaubte er sich auf diese Weise allerdings auch lediglich Absolution.

Ich lese mich noch einmal durch die längst abgegoogelten, verschiedenen Varianten ihres Namens – B. C. Blackshaw, Betty C. Blackshaw, C. Betty Blackshaw, Betty Blackshaw, Claire Blackshaw – ich suche sie in Augusta, wo Waters sie zuletzt verortet, ich suche sie in ganz Maine, wo ich eine in der Politik tätige Betty Blackshaw finde, ich google sie »in Anführungszeichen«, wodurch ich sie überhaupt nicht finde und auch sonst niemanden mit ihrem Namen. Es führt nicht weiter als zur Wiederholung, und durch die Wiederholung zum Verlust. *Du hast diese Seite oft aufgerufen.* Die Seiteneinträge sind vom tiefen Blau ins späte Fliederfarben abgeblüht, ich weiß nicht mehr als zuvor und habe weniger Lust als vorher.

Einige Tage später fragt Ada mich, sie zerkaut gerade einen Eiswürfel aus einem Old Fashioned, der Tag ist warm und ein sanfter Nachmittagswind blättert durch die *LA Times* auf ihrem Küchentisch: *Wer ist Betty Claire Blackshaw?*

Das ist genau die richtige Frage, sage ich, und ich schmecke ihren Bourbon-Geschmack auf meinen Lippen. Ada legt danach fragend den Kopf schief. *Sie ist keine andere Frau*, sage ich. *Also natürlich ist sie eine andere Frau, aber –* ihr Blick nimmt etwas Verunsichertes an, vielleicht etwas gespielt Erschrockenes. Ich lese sie gerne, aber noch nicht gut.

Warum hast du mich geküsst, als ich nach ihrem Namen gefragt habe?, sagt Ada, auch wenn es mich nicht erleichtert, dass sie lächelt. *Look*, sagt sie dann, *ich ärgere dich nur. We never said we were exclusive.*

Was soll das denn heißen?

Genau das, was es heißt, sagt sie. *Wenn du jemand anderen datest, kannst du das natürlich machen. Was nicht heißt, dass mich das nicht treffen würde.*

Datest du jemand anderen?

Nein.

Ich auch nicht.

Okay.

Die Stille zerpflückt etwas zwischen uns, der Raum ist durchflackert von einer seltsamen Stimmung, ich habe kurz

Angst, dass alles kippen, langweilig, banal und alltäglich werden könnte.

Etwas genervt, als müsste man den Tonfall erst von einem Streit wieder herunterreden, sage ich: *Betty Claire Blackshaw ist heute eine alte Frau*, und ich erzähle ihr von den Blackshaws, deren Name – jetzt erschreckt mich das – bis jetzt vielleicht noch nicht zwischen uns gefallen ist. Bedeutung? Bin ich Blackshaw doch nicht so nah, wie ich fürchtete? Schlimmer? Bin ich Ada doch nicht so nah, wie ich hoffte?

Verkürzt und vergröbert klingt das Leben von Gabriel Gordon Blackshaw, seine beinahe perfekte Unbekanntheit, seine seltsame Schneeexistenz, das Verlassen seiner Tochter, das Einsiedlertum und ungeklärte Verschwinden, die Papiere voller rätselhafter Bedeutung, wie eine gut erzählbare Geschichte, und Ada ist fasziniert davon, wie auch ich es anfangs war.

Du musst sie unbedingt finden, sagt sie. Ich antworte nicht gleich. *Oder willst du das nicht?*

Mir fallen nur Phrasen ein: *Ich finde sie nicht. Ich habe alles versucht. Sie ist so verschwunden wie ihr Vater. Sie ist der eigentliche Geist.*

Alles *wahrscheinlich nicht*, sagt sie. *Weil du sie sonst gefunden hättest.* Ich bin nicht sicher, ob ihr Lächeln freundlich oder vorwurfsvoll ist.

Wir sitzen auf der Außentreppe über den stacheligen Tentakeln der Aloe, und ich bemerke, dass ich gehofft habe, das Thema könnte sich verflüchtigt haben wie der Rauch, der im weißen Licht des Tages gleichgültig verfliegt. Als Ada es mit ihren leuchtenden grünen Augen erneut erwähnt, spüre ich etwas Überdruss, und wie traurig ist dieser Schwellenmoment, wenn die Angst wahr wird, dass es jetzt schon überkippen kann in die Einförmigkeit des Gewöhnlichen.

Ich finde, du solltest nach Maine fahren, sagt Ada. *Und sie interviewen. Denkst du nicht?*

Als Ausweg – ich stelle fest, ich bin genervter von mir, dass ich mit ihr nicht mehr darüber reden will, als ich von ihr genervt bin, dass sie darüber mit mir reden will, mich zu etwas überreden will – sage ich: *Hummer und Leuchttürme? Und Stephen King?* Ich rauche, um zu pointieren. *Und dann wäre ich nicht hier bei dir, oder?*

Nach einer kurzen Pause, sagt sie: *Look*, atmet Rauch aus, der, obwohl er sofort verschwindet, ihren Körper neben mir ganz kurz wie mit einem Schleier umhüllt, *es ist natürlich dein Buch. Aber ich denke, dass* sie *viel interessanter ist als der Mann. Als der Vater.* Sie zieht an ihrer Zigarette, die Wangen hohl, wie wenn sie meinen Schwanz im Mund hat: *Was nicht heißen soll, dass du nicht über ihn schreiben solltest.*

Warum meinst du, die Tochter ist interessanter als der Vater? Meine Augen gleiten prüfend über ihr Gesicht.

Naja, fürs Erste, weil sie noch lebt. Übersprungslachen. Schulterzucken. *Er ist tot, oder?*

Meinst du?, frage ich, mittlerweile wieder mit einem Lächeln, aber jetzt einem überlegenen.

Ja, sagt sie, etwas ernster, und kurz missverstehen wir uns wieder, in der Sprache und in der Zeit. *Also, ich meine, ja*, er *ist tot*, sagt Ada. *Oder? Und* sie *lebt noch. Richtig?*

Ja, sage ich, *er ist tot. Leider.* Für einen Moment wirkt sie mir so fremd, dass ich ebenso gut alleine hier sitzen könnte mit meiner Zigarette an der Zunge, meinen Augen auf der Aloe.

Ich warte nicht ab, bis sie gesprochen hat, sondern sage, ohne sie anzusehen: *Für mich sind vielleicht die Toten die eigentlich interessanten Menschen.* Mit einem Mal wirkt die

Stille einen Moment lang absolut. Ein Vakuum aus Schweigen, das noch härter wirkt, weil weit weg eine Sirene geht. Am Ende des Innenhofs meine ich, einen Kolibri sehen zu können, der durch die Luft taucht, und ich bin kurz davor, mit aufgeberischem Gestus darüber traurig zu werden, dass dieser Moment nicht uns beiden gehört. Doch dann kommt Adas Stimme ganz sanft zurück: *Mit ihr könntest du eben über ihn sprechen. Was nichts anderes heißen soll, als dass es in jedem Fall ein Buch wäre, das ich gerne lesen würde. Sehr gerne.* Einfache Worte. Doch mich überraschen sie, und der Tag wirkt wieder befreiter, der *court yard* größer, der Himmel heller. Ada hebt fragend, lächelnd ihre Augenbrauen.

Danke, sage ich.

Als sie danach an ihrer Zigarette zieht, sieht ihr Gesicht aus, als hätte es kurz davor nicht gelächelt.

Ich verstecke ein Seufzen in einem Ausstoßen von Rauch, aber Ada hat es gehört, fragt, wieder lächelnd, was los ist: *Why so glum, chum?*

Ich bin mir nicht mal sicher, ob ich ein Buch schreiben kann. Ich sehe sie inniger an, suchend, als hoffte ich aus der Tiefe ihres Gesichts auf irgendeine Antwort auf ein Flehen. *Das ist das erste Mal, dass ich das ausgesprochen habe. Ein Buch über irgendeinen Unbekannten, der in einer Hütte lebte, wie der scheiß Unabomber. Irgendwie habe ich das Gefühl, dass ich das Buch nur deshalb schreiben will, weil ich es nicht schreiben kann, und es zu schreiben, würde es eigentlich wertlos machen. Und ich fühle mich schuldig, das überhaupt auszusprechen.*

Befreit es dich, dass du darüber sprichst?

Nein, sage ich und muss darüber lachen. Ich spüre ein Kribbeln in mir, vielleicht vom Nikotin, das mir durchs Blut rauscht, vielleicht aber auch aus Erleichterung – oder als Ankündigung des Scheiterns. *Es wäre einfach ein so seltsames Buch. Nicht mal ein Buch, sondern die Idee eines Buches, weißt du? Ich bin verliebt in die Idee, ein Buch zu schreiben. A real book. Über Schnee. Aber in Wahrheit will ich es nicht schreiben.*

Warum fühlst du dich deswegen schuldig?

Ich hatte gedacht, ich könnte ein Sachbuch über Schnee schreiben, darüber, was ein Künstler über Schnee zu sagen hatte. Aber ein Buch über *Schnee? Das* über *stört mich wahnsinnig. Das Buch müsste aus Schnee sein, aus Schnee gemacht, was auch immer das heißen soll. Aber überhaupt* über *irgendetwas zu schreiben, das wirkt so lächerlich, so banal und auch so unnötig. Wie langweilig, zu versuchen zu beschreiben, wie einmal jemand versucht hat, Schnee zu beschreiben. Warum etwas abbilden, anstatt es neu zu erfinden? Warum soll man denn Wirklichkeit haben, wenn man Fiktion haben könnte?*

Wie meinst du das?

Ich lache: *Ich weiß selbst nicht genau, worüber ich rede.* Ich drücke meine Zigarette auf der Treppenstufe aus. *Ich hatte mir das Buch einfach so vorgestellt, dass es von diesem Mann erzählt, wie er sein Leben lang den Schnee wahrgenommen hat, welche Funktion – oder nicht Funktion, sondern welche Bedeutung der Schnee für ihn in seinem Leben hatte. Und indem ich das Leben dieses Menschen erzählen würde, könnte ich dann irgendwas Neues über den Schnee sagen.*

Was fantastisch klingt.

Ja, aber so ist es nicht. Mich langweilt der Schnee einfach zu Tode. Ich habe nichts zum Schnee zu sagen, und ich kann das Leben dieses Menschen nicht erzählen, weil er überhaupt nicht echt *wirkt. Man weiß viel zu wenig über ihn, und sein Leben ist auch wahrscheinlich gar nicht interessant genug.*

Also müsste ich sein Leben erfinden, und was hat das dann noch mit einem wissenschaftlichen Text über Schnee zu tun? Schon wieder dieses über. *Ich habe keine Ahnung, was ich mache, und eigentlich mache ich auch gar nichts. Es gibt kein Buch. Ich kenne keines, was etwas Ähnliches versucht, und das macht es für mich irgendwie schwieriger.*

Well, there's always no one, until you're the first.

Ich sehe sie schnell an, als wollte ich schauen, ob diese Worte von ihr kamen. *Es gibt immer erst niemanden, bis du der erste bist. Das klingt toll*, sagte ich und füge wegwerfend hinzu: *Du solltest ein Buch schreiben.*

Später am Tag muss ich noch einmal daran denken, was ich gesagt hatte. Wenn mir die Sache so unmöglich vorkommt, so unnötig, warum lasse ich das Projekt dann nicht los? Aus Stolz – oder eher Spott (gegen mich?) – aus Gehässigkeit? Wegen eines schlechten Gewissens, weil ich dafür bezahlt werde? Weil es in einem Antrag steht? Wie groß ist die Anzahl der Bücher, die bei einer ähnlichen Gesamtlage nicht geschrieben werden und die niemand vermisst? Man kann nichts vermissen, was unbekannt ist, und jedes ungeschriebene Buch ist nicht nur unbekannt, es ist unvorstellbar.

Bedrückender ist der entgegengesetzte Gedanke: Wie viele Bücher werden bei einer ähnlichen Gesamtlage geschrieben? Wäre ich ehrlicher zu mir selbst, müsste ich mir dann nicht eingestehen, dass einer der Gründe, warum ich nicht schreibe, darin liegt, dass ich meinte, ich müsse SIE in meinem Buch haben, und dass ich SIE eigentlich nicht in meinem Buch haben will? Heute meine ich, das stimme, wenn auch nicht aus dem Grund, den ich mir wünschte, denn ich bin zu keinem Entschluss, zu keinem Abschluss gekommen, zu keiner Befreiung, nein, ich will SIE, wenn ich ehrlich zu mir bin, einfach nur nicht in diesem Buch haben aus Angst, SIE endgültig zu verlieren, SIE als Zeichen zu ersticken. Selbst heute noch. Dabei macht dieses *aberwitzige Projekt*, mit dem Ausdruck lag die Wolf schon ganz richtig, dabei macht das Projekt ohne sie überhaupt keinen Sinn mehr. Doch das hat es vielleicht nie.

CHAMBER OF REFLECTION · MAC DEMARCO

Neun ganze Monde habe ich hier gesehen, und am Ende knacke ich doch wieder nur eine Dose Bier auf und werde heute kein Wort schreiben, weil mir die Idee des Schreibens besser gefällt als das Schreiben selbst, weil mir die Idee eines Buches besser gefällt als das Buch selbst. Mein Leben wird platonischer. Ich bin heute allein, Ada ist mit einigen Freundinnen unterwegs. Wiederholung: Mein Leben wird platonischer.

So wie manchmal die Vorbereitungen und Vorfreuden aufs Reisen – und aufs Ficken – schöner sein können als die Sache selbst. So wie auch der Kaufprozess einer Sache viel elektrisierender sein kann als das Besitzen derselben Sache.

Langweilt mich der Schnee wirklich zu Tode? Ich brauche keinen Spiegel, ich bin der Spiegel. Vielleicht lag es an der Fremdsprache, die mich etwas sagen ließ, was ich so nicht meinte, doch nun habe ich es einmal in die Welt gesprochen und muss damit leben. Vielleicht hatte die Sprache Schuld, die fremde und die eigene. Allein, die Fremdsprache ist mir beinahe gar nicht so fremd wie meine Muttersprache, und vielleicht sage ich nur in der Fremde die Wahrheit, weil mich meine eigene Sprache darin nicht hören kann. Als hätte ich hier einen Doppelgänger, der mehr ich ist als ich. Die Fremdsprache als Trunkenheitszustand, in dem man, wie man sagt,

nur die Wahrheit sprechen kann? Allein, jede Sprache ist
fiktional. Wahrheit und Sprache schließen einander doch
aus. Die Sprache weiß mehr als ich, sie spricht mich aus der
Welt der Wirklichkeit ins Land der Fiktionen herüber, sie
übersetzt mich.

DIRTY SNOW · THE OCCASIONAL FLICKERS

Einige Tage darauf hole ich Ada am Los Angeles Department of Water and Power ab. Das Gebäude sieht aus wie ein
auf die Seite gelegtes, gigantisches Akkordeon, riesige Stock-
werklamellen, die ich vom Bus im Verkehrsstillstand schon
aus der Ferne sehe.

Los Angeles scheint mir, stärker als andere Städte, ein
Ort, an dem die Spannung zwischen runden, gebogenen
und harten, kantigen Räumen sofort ins Gewicht der urbanen Raumerfahrung fällt. Die ausschweifenden Serpentinen
zum Griffith Observatory rauf, die ballrunden Kuppeln
des Observatoriumsgebäudes, das hart gerasterte Gitter der
nächtlichen Stadt, die behutsamen Schwünge der Koordinaten der Art Deco-Architektur und die langgestreckten
und kerzengeraden Boulevards, die von den gekringelten
Flyover-Überführungen der Freeways durchschnitten sind –
ein Stadtbild, das häufig verkannt wird als eklektizistisch
und banal, *bland*. Ein Stadtbild, das mir heute in Wahrheit
vorkommt wie eine verstreute Versammlung urbaner Möglichkeit, eine sich horizontal ausstellende und ausweitende
Versuchsanordnung des Stadtpotentials, eine sich ständig
verändernde und erneuernde Urbanität, die gleichzeitig archiviert und auslöscht.

In dieser Metropole des Vergessens, der man idiotischer-
weise immer wieder vorgeworfen hat, sie habe keine Erinne-

rung, sie sei eine geschichtslose wie gesichtslose Stadt, finde
ich gerade die Kollision von Vergangenem und Zukünftigem
im Angesicht der Kombination des kantigen und kurvigen
Raumbildes wieder. Und zwischen diesen Kollisionen klaf-
fen neue Leerstellen auf, die zwar konfrontativ und katastro-
phal sein mögen, doch sie sind die Lücken, in die man seine
Erinnerungen und Sehnsüchte hineingießen muss, wie der
Tag sein unvergleichliches Licht in die Straßen.

Die Sonne steht tief in den Abend, schräggolden zwischen
den Häusern, doch einige Straßen wirken schon wie mit
dunklem Samt ausgelegte Taschen einer hellen Nacht. Was
war der Grund, dass die Dunkelheit oder auch das Licht auf
mich oftmals absoluter, vollkommener wirkten, wenn sie unmittelbar neben ihr angedachtes, nicht ihr genaues, Gegenteil
gestellt waren und sich selbst aber nicht vollkommen oder
absolut verdeutlichen konnten? Manchmal wirkten die Lichter in Fenstern zu Hause, an Winterabenden, gerade dann am
grellsten, am leuchtendsten, wenn der Himmel noch nicht
nachtschwarz war, sondern jenen tintentiefen Blauton besaß,
der alles wirken ließ, als schiene ein Kerzenlicht oder eine
Glut durch eine schwarzgerußte Spiegelfläche? Taugt diese
Beobachtung, die mir hier deutlich im Kopf schwebt, weit
weg vom Ort ihrer Erkenntnis, zur Diagnose meines Charak-
ters? Interesse an einer *weichen Gegenteiligkeit*?

MAY IT ALWAYS BE · BONNIE ›PRINCE‹ BILLY

Ich warte vor dem Akkordeongebäude und rauche. Ein Si-
cherheitsbeamter kommt aus dem Gebäude und weist mich
auf ein Schild hin, das ich nicht gesehen hatte: NO SMOKING
WITHIN 25 FEET OF BUILDING. Anders als die meisten Sicher-
heitsangestellten in meiner Heimat wirkt der Mann, dick-

lich, schnurrbärtig, durch seine Uniform nicht autoritär, sondern beinahe reumütig. Er wirkt kaum älter als ich, und es wischt kurz ein Ausdruck von Scham über sein Gesicht, das vielleicht die Pedanterie seiner Uniform und dieses Schilds zu mildern versucht. Ich frage, warum der Sandaschenbecher dann direkt vor dem Gebäude stehe. Er zuckt gelangweilt mit der Schulter, als wolle er sagen, manchmal ergebe etwas keinen Sinn und man müsse dennoch damit leben. Stattdessen hakt er nur seine Daumen unter seinen Gürtel und sagt: *Alles, was ich weiß, ist, dass ich Sie bitten muss, Ihre Zigarette dort drüben zu rauchen.* An seinem Gürtel klingelt ein großer Schlüsselbund, als er zurück in das Gebäude geht. Beinahe habe ich ein bisschen Heimweh nach Deutschland.

Ich trotte 25 Schritte vom Gebäude weg und rauche in der warmen Abendsonne meine American Spirit aus. Wie einfach das Rauchen wieder ein Teil von mir geworden ist, die Zigarette in der Hand kein Fremdkörper, sondern gewohnter sogar als ein Stift.

Leise sage ich zu mir selbst, als würde ich etwas wiederholen: *Manchmal ergibt etwas keinen Sinn, und man muss dennoch damit leben.*

Eine Sekunde lang habe ich das Blitzverlangen, anstatt dieser Zigarette einen Bleistift in der Hand zu halten und damit auf einer weißen Fläche eines spurlosen Papiers zu wildern. Dann vergeht das Verlangen. Leben können, ohne schreiben zu wollen.

Genügt ein gelegentliches Verlangen, um zu schreiben? Die Antwort: Um zu leben, genügt es. Um zu schreiben natürlich nicht. So wenig, wie es genügt, ein gelegentliches Verlangen zum Ficken zu haben, und es aber nie dazu kommen zu lassen.

Es muss dazu kommen, oder es bleibt ein Verlangen und als Verlangen ein Mangel. Und weder Ficken noch Schreiben bestehen nur aus dem, was zu ihrer Ausführung am Notwendigsten erscheint. Seltsam, dass mir das Ficken heute viel leichter, viel möglicher vorkommt als das Schreiben, obwohl es früher wie das exakte – nicht das angedeutete, nicht das weiche – Gegenteil schien. Beinahe schien es früher, dass ich schrieb, weil ich nicht ficken durfte, weil niemand mich ficken wollte.

Ich bin in einer seltsamen Stimmung, als Ada aus dem Gebäude kommt, angezogen für die Klimaanlage, nicht für die Stadt, eine schwarze Jeans und ein dunkelgraues Jackett, das sie gleich auszieht, und als sie sich dafür zurücklehnt, um aus den Ärmeln zu gleiten, drücken sich ihre schönen Brüste gegen ihr weißes enganliegendes Hemd. Ich spüre nur einen einzigen Mangel, nur ein einziges Verlangen, das immer im Weg ist. Mit Sprache hat das nichts zu tun.

Ist Sex, ist mein Sex das Gegenteil von Sprache? Gedanken, die hier nicht hingehören, in diesen Tag, in diese Stadt. Ich sollte meine merkwürdig europäischen Gedanken ungedacht lassen.

Wir nehmen den Bus in meine Casita, wo Ada einmal wieder hinwollte. Gefällt es ihr in ihrer Wohnung nicht? Erst im Bus bemerke ich, dass ihr Rucksack praller gepackt scheint als sonst.

Die Straße ist überfüllt, und der Bus muss immer wieder über lange Phasen stehen bleiben, doch mir ist nicht langweilig, weil der Bus in dieser Stadt wie ein Zirkus ist, eine Manege des Wahnsinns und eine Melange aus Verrückten, Heimatlosen, Hipstern, Kriegsveteranen und Schulkindern, *screenagers* und Drogensüchtigen. Zwei heroindünne schwule Schwarze, die großartige Lederkleidung und schwere Stiefel

›340‹

tragen, sie sehen auf eine verwahrloste Weise elegant aus, teilen sich mitten unter einer Reihe von Schulkindern eine kleine Flasche Wodka, und einer von beiden isst aus einer großen Tüte Sonnenblumenkerne.

Auf dem rilligen Boden des Busses fährt ein Flecken Sonne mit. Dasselbe Licht, das vor vielen Minuten aus dem Zentrum des Planetensystems losgeschickt wurde, um auf dem Boden eines Red Bus in der großen Stadt des Vergessens zu liegen. Grund zur Traurigkeit, vielleicht. Doch ich habe den gegenteiligen, einen schönen Gedanken. Denn in diesem weitgereisten Sonnenlicht steht ein Schuh, wie eine kleine rote Barke, die, vom Sturm schräg in den Wind gerissen, leise hin und her wiegt. Wo der Schuh, der Ankle Boot, der *Angel Boot*, endet, ist wieder ein kleiner rosa Streifen, wie ein geöffneter Mund, wie geöffnete Schamlippen, ein kleiner rosa Schnitzer ihres Sockens, und mein Gedanke ist ganz bei der Trägerin dieses Schuhs, dieses Mundes, dieser Lippen – und einen Moment lang, für die längste Dauer dieses kürzesten Moments, kann ich dieses Glück nicht glauben, dass ich wirklich hier bin, unter Palmen, immer noch ungestraft, mit einer Frau an meiner Seite, als wäre die Vergangenheit eine Lüge gewesen und ich hier glücklich, als wäre ich eine Fiktion in diesem ausgedachten Moment, an dem das Buch noch nicht gekippt ist.

Ich sehe neben mich, und dort ist sie ganz, die grüne Pigmentierung in ihren Pupillen durchschimmert vom Universum durchglittenen Sonnenlicht, ihre Augen malachitgrün leuchtend wie junge Blätter. Ihr Augenwinkel vernimmt meinen Blick, und sie sieht mich an. Weil der Bus überfüllt ist, lächelt sie leise, ihre Augen sind wie eigenständige Lächelmünder. Schweigend nimmt sie meine Hand, als wären wir beide ein Geheimnis.

Mit mir, mit mir, mit mir, mit niemandem außer mir, im gesamten Universum, in aller Zeit, geht sie heute nur mit mir nach Hause, nach Hause, mit einem gepackten Übernachtungstäschchen wie Grace Kelly im *Fenster zum Hof*, für mich hat sie vor ihrem Kleiderschank gestanden und etwas ausgesucht, was an ihr heute niemand sieht, außer mir. Und in diesem Moment ist mir die Sentimentalität scheißegal – hier gibt es den Tod nicht, hier hat er keine Klauen, ich habe keine Angst, es gibt kein Verlieren, keine Vergangenheit, hier in diesem Bus gibt es nicht den Verkehrslärm von draußen, nicht das Smartphone-Gepiepse und nicht den Schweißgeruch, hier gibt es nur Ada.

Der rosa Mund schließt sich, als ein kleiner Junge zum Aussteigen an ihrem Fuß vorbeigeht, und wir fahren aus der Sonne, *stop requested.* Die sonore Männerstimme, die den Halt ansagt, klingt melodisch gelassen, und abschließend, als wäre sie dankbar, einen sicher ans Ziel gebracht zu haben: *For your safety, watch your step when exiting the bus.*

SWEET LITTLE MYSTERY · JOHN MARTYN

Nachdem wir miteinander geschlafen haben, mache ich uns auf meinem Laptop Musik. Aus dem Badezimmer schneidet das Licht des Mondes ins Schlafzimmer, und ich sehe Splitter von Adas Körper im Spiegel.

Die Luft ist durchgeatmet und warm. Wie man nun nachts das Fenster nur noch zum Lüften aufmachen muss, statt es ständig geöffnet zu haben.

Mit Joanna Newsoms Harfe als Klangkulisse sage ich ins geöffnete Bad: *Du hattest doch mal vorgeschlagen, dass wir vielleicht einmal zusammen wegfahren könnten.*

Mein Tonfall hatte einen Frageklang, der vielleicht entstand, weil der helle Spiegel im Badezimmer gerade leer war. Ich hatte bemerkt, dass meine Stimme im Englischen immer etwas höher klang, und mit Ada nahm sie erneut eine neue Färbung an und bekam häufig etwas Fragendes. Ich frage mich, ob sich dies auf meinen Charakter abfärbt, ob es verändert, was ich sage, wer ich bin. Welche Sprache, welcher Klang meiner Worte ist nun näher an mir selbst, an meinem Wesen? Wenn ich so einfach in eine andere Sprache hinein austauschbar bin, ist mein Charakter dann ohne die zweite Sprache immer ein geteilter Charakter, bin ich dann nur mit einer zweiten Sprache vollständig, und erlaubt mir die Fremdsprache, mein eigener Doppelgänger zu sein, Dinge in der fremden Sprache zu tun, die in der anderen unmöglich, weil undenkbar, weil unsagbar, sind?

Ich bemerke, dass ich plötzlich von einem Gefühl der nachdenklichen Melancholie überkommen bin, die ich zunächst auf die Musik zurückführe, dann aber mit dem Ficken in Verbindung bringe, da ich jetzt nicht zum ersten Mal bemerke, wie mich diese Nachdenklichkeit oft besonders nach dem Sex ergreift, *post coitum omne animal triste est*, als wäre mein Geist beim Sex neidisch auf meinen Körper gewesen und müsste hinterher aufholen durch eine übersteigerte Reflexionstätigkeit, die unweigerlich in Richtung Schwermut gleitet.

Ada erscheint in der Badezimmertür und verdeckt einen Moment lang das Licht, macht sich zur Silhouette, sie hat ein Kleenex in der Hand, wischt sich völlig ungeniert zwischen den Beinen ab und wirft das Tuch dann hinter sich in die Toilette, spült. Sie ist schön, und ich würde am liebsten gleich noch einmal mit ihr schlafen. Jeder Schnee, jeder alte Mann auf dem Berg, ist hier bedeutungslos.

Wohin willst du abhauen?, fragt sie und kommt zurück zu

mir aufs Bett. Sie sitzt im Schneidersitz neben mir, ich kann verstohlen zwischen ihre Beine auf die leicht geöffnete Muschi schauen, als wollte ich so den Körper wieder aktivieren, um die Gedanken abzudämmen. *Wir könnten nächstes Wochenende irgendwo hinfahren.*

Dann ist der Oktober schon fast vorbei, sage ich, meine Stimme klingt plötzlich tiefer, beinahe deutsch.

Ada streichelt mich am Hinterkopf, und diese Intimität macht mich jetzt wirklich traurig. Vielleicht hat Ada etwas in meiner Stimme gehört, das ich nicht hören konnte, weil mein Ohr in einer anderen Sprache und an einem anderen Ton geschult wurde. Denn dort gab es etwas in meinem Tonfall, das Wegfallen des Jahres, das hier vielleicht zum ersten Mal zwischen uns beiden angesprochen wurde, und kurz fühle ich mich schlecht, weil ich es erwähnt habe, als hätte ich es herbeigeredet, wie mit einem Zauberspruch. Das Jahr wird enden, die Sonne schaut bloß gleichgültig zu, wie wir vorbeigleiten und uns in die Falte des Schattens drehen. Der Winter beißt mit großen Stücken die Wärme aus Europa, und bald wird irgendwann einfach eine Nachricht in meinem Posteingang landen: *Ihr Flug steht jetzt zum Check-In bereit.*

Wollen wir ein bisschen Schnee anschauen?, fragt sie, ihr Kopf knistert sich aufs Kissen neben mich, und die Worte, die sie nicht anfügt, höre ich wie die Spur eines alten Geistes, *bevor du gehst.*

Ich weiß nicht, sage ich. Mein Daumen streichelt sanft über ihre Augenbrauen, die sich seidig und rillig zugleich anfühlen, wie die feinen Härchen einer Feder. Sie schließt unter meiner Hand ihre Augen.

Wir könnten bis ins Death Valley fahren. Die tiefen Töne von *The Book of Right-On* ertönen, und Ada unterbricht sich selbst: *Ich liebe dieses Lied.*

Ich weiß.

Ihre Stimme fällt zurück in ihren ruhigeren Ton: *Wenn wir Glück haben, finden wir auf den Bergen dann Schnee. Father Crowley, glaube ich. Oder noch weiter nördlich in der Eastern Sierra. Es hat dieses Jahr nach dem Ende der Dürre zwar mehr geregnet, aber wir müssten einfach etwas nördlicher fahren, um richtigen Schnee zu sehen.*

Ich bemerke, wie sich in mir etwas versteift. Ada singt einen Moment lang leise das Lied mit: *And even when you touch my face/ You know your place.* Dann sagt sie: *Das würden wir gut übers Wochenende schaffen, aber ich könnte mir auch noch zwei Tage freinehmen.*

Ja, sage ich, *vielleicht. Ich war allerdings auch noch nie im Joshua Tree. Ich habe überhaupt noch nie einen Joshua Tree gesehen.*

Wüste oder Berge, sagt Ada schulterzuckend. Sie fährt mit ihrer Hand die merkwürdige wurmartige Ader nach, die sich vom Daumen über den vorderen Handrücken und den Knöchel meines Zeigefingers zum Mittelfinger hin schlängelt, und für einen Moment lang glaube ich, dass erst ihre Berührungen meinen Körper entdecken, ihn entstehen lassen, ihn wie durch eine *technē* langsam durch Tasten aus einer Verhüllung hinter einem Schatten freilegen.

In diesem Augenblick bin ich nur eine Hand, nur ein Teil meiner rechten Hand, mit der ich nichts schreiben und nichts anständig halten kann, und doch habe ich das Gefühl, diese Hand, dieser kleine berührte Fleck Hand sei ganz ich. Um uns die dunkle Hülle der Nacht, der einmantelnde Klang der Musik. Adas Atem. Der Mandelduft ihrer warmen Haut. Ich sage: *Es gibt einen Film, in dem kommt eine Schauspielerin in ein dunkles Zimmer – irgendeine bekannte Schauspielerin, eine der großen Stummfilm-Diven, Garbo oder Louise*

Brooks oder so, und sie schaltet in jeder Ecke des Zimmers nach und nach die Lampen ein, eine nach der anderen, und erst so sieht man das ganze Zimmer und den ganzen Raum, und natürlich auch die Schauspielerin selbst. Und ich hatte damals, als ich den Film sah, das Gefühl, dass diese eine Szene eigentlich alles über das Leben ausdrückt, zumindest so wie ich mir das Leben vorstellte. Das Leben ist dieser große Raum mit dunklen Lampen, und nach und nach macht man Erfahrungen und hat Erkenntnisse, man bringt ganz wörtlich Licht ins Dunkel – sagt man das auf Englisch, Licht ins Dunkel bringen? Man tastet sich so entlang, wie man sich auch im Beruf oder im Forschen oder im Schreiben vorantastet. Alles, was man berührt, macht Licht. Erst weil diese Schauspielerin die Lampen einschaltet, werden sie einem bewusst. Sonst wären sie einfach nur unbedeutende Requisiten in einer Ecke gewesen. Aber jetzt sind sie handlungstragend, sie erleuchten den Raum und mit ihm auch diese Frau. Durch die Sachen, die ihr Leben umgeben, erleuchtet sie auch sich selbst.

Adas Augen tragen schon das liebevolle Lächeln, das in ihre Worte spielt: *Das hast du alles über das Leben erfahren, aus dieser einen Szene?* Es ist fast so, als würde ihr Blick mich dafür etwas bedauern.

Ich nicke: *Das Wichtigste an der Analogie ist aber, dass ich keine Ahnung habe, wie der Film heißt.*

Ada muss lachen, ihre Brüste zittern mit jedem Atemstoß. *Womit du sagen willst, die Lady, die Stummfilm-Diva in deinem Leben ist …?*

Weiß ich ja nicht, sage ich lächelnd. Sie schlägt mir einmal spielerisch auf die Brust.

Nach einem Moment gräbt sie ihr Gesicht zwischen das Kissen und meinen Hals. Ich kann meinen Puls spüren, wie er gegen Adas Stirn schlägt, unterhalb meines Schlüsselbeins fühle ich ihren warmen, feuchten Atem. Ich meine zu spüren, dass sie lächelt. *Was ist?*, frage ich. Leicht schüttelt sie ihren Kopf. Sie sagt nichts, aber ich habe den Eindruck, dass ich spüren kann, was sie denkt, und das ist in diesem Moment wie die Umarmung, die ich mir nicht selbst geben kann.

EASY · LAURA MARLING

Ich glaube, es wurde irgendein Code geschickt, sagt Ada und rollt mit dem Finger über ihr Smartphone im grellen Sonnenlicht des weiten Tages. Ich schaue auf das blickdichte, rostige Tor. Nach einem Moment zieht sie ihre roten Espadrilles wieder an, die sie ausgezogen hatte, als wir aus dem Auto stiegen. Sie lächelt: *Too hot.* Ihr rotes Haar glänzt in der weißgoldenen Sonne. Ich küsse sie auf die Stirn, während sie in ihr Telefon schaut. Ihr leichtes abwesendes Lächeln.

Die flache Weite, die ich an Los Angeles fürchtete, ohne zu wissen, dass vielleicht in ihr die Quelle meiner Angst lag, als wäre der Himmel in die Welt hineingewachsen, hier ist diese Weite noch übersteigert. Die Mehrheit der Welt scheint Himmel, und die Menschheitserde ist reduziert auf einen schmalen Streifen Sand, durchpunktet mit Flachdachhäusern und stoischen Steinen und den stacheligen Palmlilien, die diesem Ort ihren Namen geben.

Hier gefällt mir diese drängende Weite des Himmels sehr gut. Sie scheint mir weniger entleert als über dem Kontrast der Stadt, erscheint mir wie ein Bild der ausgesprochenen Möglichkeit. Hauchdünne Fadenwolken über allem. Vielleicht werden sie auskühlen und schließlich abschneien über einen anderen Ort, und ich finde bald die kalte, klare Nacht, aus der sie gekommen sind.

Ada gelingt es, uns Eintritt zu verschaffen, und als dann das blickdichte, schwere elektrische Tor mit einem Quietschen zur Seite fährt, bekommen wir einen Blick auf einen großen, sandigen Innenhof eines Motels im 1960er Jahre-Stil, ein kleiner Goldfischteich, in dem wie safrangelbe Kiesel die kleinen Fische im querstehenden Sonnenglast leuchten, ein großer Baum über einer Feuerstelle und vor jeder Zimmereinheit des einstöckigen Flachdachkomplexes eine kleine überdachte Terrasse. Wir knistern leise Adas Prius über den Schotterweg in den Hof, und hinter uns schließt das schwere Tor. Wir sind für uns.

Das gesamte Gebäude scheint aus Stahl, dunkel und rostig, obwohl das Motel offensichtlich modernisiert wurde. Wo hatte ich hier in Kalifornien schon einmal den Eindruck, ich befände mich in einem Schiff, unter Wasser, unter der Wüste, wo früher Ozeane waren? Die Sonne scheint durch die Scheiben in die dunklen, leeren Zimmer, höhlt sie mit Leere aus, als blickten wir in die Schaufenster geschlossener Läden in einer verlassenen Stadt an einem Feiertag.

Unser Zimmer ist ebenfalls dunkel, doch auf der Hälfte des Betts liegt Sonne, und in diesem Sonnenkaro liegt kurz darauf Ada, ihre Beine gespreizt über meinen Schultern und meine Zunge an ihren leuchtenden Lippen, der Geschmack des Tages zwischen ihren Beinen. Einige Male nehme ich meinen Kopf zur Seite, nur um das Sonnenlicht auf ihrer schönen elisabethanischen Haut sehen zu können, die glutglänzenden, feinen Schamhaare, der glitzernde Strich ihrer Pussy, der zusammen mit ihrem kleinen Arschloch ein Ausrufezeichen zu bilden scheint. Es ist mir jetzt wichtiger, ihre ungeheure Nacktheit, ausgebreitet vor meinem Mund, anzusehen, als sie zu schmecken, als müsste ich Fotografien mit meinem Gedächtnis machen.

Dass es dazu gekommen ist, hier bei ihr zu sein, scheint mir mit jedem Moment unwirklicher. Es hätte dies hier, all dies, sehr leicht niemals existieren können, wie immer. Ich fasse deine Hand, verschränke meine Finger mit deinen, und ich lege meinen Schatten über dich und lecke die Tiefe deines Körpers in meinen Mund, und ich tue es auf eine behauptende und bestätigende Weise, vor einer ganzen zuschauenden Welt, die ich seit langer Zeit gegen mich empfunden habe, als wäre ich hier mit dir gegen alles außer uns. Diesen kurzen Moment, diesen einzigen Moment, werdet ihr mir nicht mehr nehmen, ihr Geister und Verlorenen. Hier werden wir, ich und Ada, auf eine Weise immer bleiben, in der Dunkelheit dieses ewigen Zimmers, das so klein und so düster ist wie eine Berghütte, dieses Wüstenzimmer, in das die Sonne ihre goldenen Finger steckt, hier wird es nur uns gegeben haben. Schnitt in der Welt. Kerbe in der Zeit.

HAPPINESS · JÓNSI & ALEX

Der Abend sickert langsam in die Sandweite des High Desert. Wir fahren runter in den Ort mit dem Namen des drachenspitzen Baumes. Wie Kristalle an einem Zweig liegen die Lichter der Häuser, ihr bereits erleuchtetes Glänzen schnurgerade aufgeperlt an der langen, geraden Straße. Wir kaufen Käse, Trauben, Orangen, Bier und Wein, dessen ölige, melonengelbe Farbe im letzten Sonnenlicht des Abends im Fußraum neben Adas roten Schuhen leuchtet.

Als wir in unserem leicht über der Stadt gelegenen Motel angekommen sind, hat sich die Sonne schon aus dem Wüstental gesaugt, und ein neonrotes Licht glänzt glühend gegen den noch vom Horizont glashellen Himmel sein MOTEL als Zeichen unseres Hierseins in den Abend. Wir bleiben einen

Moment lang unter dem großen Baum stehen und schauen wortlos auf die ausgebreitete Weite der Wüste.

Das High Desert ist ein Ort der Stille, und hier fällt es mir nicht schwer zu schweigen, auch weil Schweigen mit dir nicht dasselbe ist wie allein, wenn sonst stets aus der Stille die Angst quillt wie der Futterstoff aus den Nähten eines aufgeplatzten Plüschtiers.

Seit wir hier angekommen sind, haben wir wenig gesagt, und mir kommt der Gedanke, dass es vielleicht das ist, was mir am Reisen früher immer gefiel, die durch die Ablenkung des Neuen aufkommende Ruhe, das Staunen, und dass es so ist, als sagte man seiner Begleitung Dinge, ohne sprechen zu müssen, als genügte es, gemeinsam etwas zu sehen, und spricht man, sagt man die Dinge anders als zu Hause. Ich weiß, dass Adas Gedanken neben mir gerade so am Feuern sind wie meine, zwei Geister, die nebeneinander an sich arbeiten, zwei Tonspuren, die stummgeschaltet, aber doch miteinander gleichlaufen, und ein bisschen wäre in diesem Gedanken sogar auch dann noch etwas Trost, wenn man nicht mehr nebeneinander wäre, wenn sich die beiden Spuren längst gespreizt und dann langsam abgezweigt, wenn sie sich nach vollkommen anderen Sphären dieser Welt hingesungen hätten.

Ich frage mich, ob Südkalifornien heute zu einem Statthalter meines Zuhauses geworden ist, und kurz durchzittert mich ein Gefühl von Beklemmung, dass jedes gerade geformte neue Zuhause schon die Markierung bedeutet, wo der Schnitt angesetzt wird. Warum denke ich immer alles von seinem Ende her, wer hat mir meine Gegenwart genommen?

Hier oben auf dem Plateau über der Wüste von Kalifornien sehne ich mich nach meinem Zuhause, doch dieses Zuhause ist nicht exakt der Ort, an dem ich zu Hause bin, sondern die Stadt am Ende des Westens, wo die Welt plötzlich in den Pazifik abbricht, und genauer noch Santa Monica, wo ich mich eigentlich nie wohlgefühlt habe und eigentlich nicht zu Hause bin. Mit Sehnsucht in den Augen sehe ich meinen Blick nach Westen gleiten, er fällt zurück über die schrundige Wüstenwelt, ihre sandigen Bergfurchen sind wie hingefaltet in die Landschaft gelegt, bis sich die Häuser verdichten, die Straßen sind dunkle, geduckte Flächen, durchflockt mit unendlichen Lichtpunkten, doch mein Blick und ich, wir fliegen weiter, bis die weißen Schaumsäume der Wellenkämme sich wie Meerjungfrauenhaar ans Land streichen, und wir schweben raus aufs Meer, und von dort schaue ich zurück und sehe uns beide stehen, Ada und Jan, und ich denke noch, ich will niemals mehr von hier weg, bevor alles verschwindet und die Nacht sich verdunkelt, die Nacht, die längst gekommen ist. Doch jetzt bin ich noch hier.

ABOUT A BRUISE · IRON & WINE

Du kniest vor dem kleinen Kühlschrank in der Ecke des Raumes, öffnest seine Tür, deine roten Espadrilles im Lichtfall, der honiggelbe Wein. Ich weiß, wie weh mir diese Farben tun werden, wenn die Zeit über dir und mir ihre Türen geschlossen hat, aber ich werde mich daran erinnern, hörst du, ich erinnere mich schon jetzt, ich habe unsere Zeit nicht vergessen, auch wenn sie noch ihren Lauf nimmt, ich weiß nicht, wohin. Ich knie mich hinter dich, und ich umarme deinen warmen Körper, küsse deinen Hinterkopf in dein Haar, das nach Blüten duftet, ich weiß es noch, ich weiß es schon.

Ada ist überrascht und dreht sich zu mir um, ich sehe sie noch lächeln, doch weil sie vor dem Kühlschrank kniet, kommt sie durch die Drehung aus dem Gleichgewicht, und weil ich sie festhalte, fallen wir zusammen um und liegen lächelnd im kalten Licht auf dem kühlen Boden. Ich streichle ihren Kopf, der in meiner Hand sehr klein wirkt, ich schließe mit meinem Daumen sanft ihr Lid und spüre die Bewegung ihres Auges darunter, ihre Lippen spalten sich zu einem Lächeln, und ich wünschte, ich könnte dir die drei Worte sagen, die drei Worte der Argo, aber ich schweige bloß mit einem Kuss.

EMILY SNOW · M. CRAFT

Ada trinkt Weißwein aus Napa, das Glas schwebt wie eine große goldene Blume vor ihrer Brust, ich trinke ein Red Eye November, betrachte die Flasche, die mit warnschriftartigen Zeichen versehen ist, wie ein Lösungsmittel. Der Abend ist noch etwas warm, aus der offenen Tür unseres Zimmers singt uns Jim Croce, er müsse die drei Worte in einem Song sagen, gelegentlich schallt der Motor eines Wagens weit durch die flache Landschaft. Es ist so ruhig hier, dass man flüstern möchte. *Gibt es keine Vögel in der Wüste?*, frage ich Ada.

Doch, sagt sie, *na klar.* Ihre Stimme klingt heiser, nachdem sie gerade einen Schluck Wein genommen hat. *Es gibt sogar einen besonderen kleinen Vogel, den Inyo California towhee. Der ist nicht größer als eine Amsel, und er wäre fast ausgestorben, aber jetzt ist er wieder überall hier oben an den wenigen Mojave-Gewässern.*

Warum ist er fast ausgestorben?

Ada macht mit ihrer Hand eine Pendelbewegung zwischen uns, sich und mich einschließend.

Was haben wir getan?, frage ich. Ich lächle.

Sie nicht. *Alles.* Für einen Augenblick sieht ihr Gesicht

dunkel aus und leer, auf eine wehmütige Weise nimmt sie einen weiteren Schluck Wein, und ich meine, ich könne sehen, wie es ist, wenn sie sich verzweifelt fühlt. Seltsamerweise beruhigt mich dieser Anblick. Die Musik, die aus dem Zimmer nach draußen spült, verstärkt diese Empfindung.

Nach einer Weile breitet sich die Stille nach der Musik, so wie die Musik davor, aus dem Motelzimmer zu uns nach draußen aus, ein samtener Nebel, der an die Luft weht und uns erst verzögert einnimmt. Ich gehe rein und lege die B-Seite auf dem kleinen *Electrohome* auf, in meinem Kopf hallt noch die wichtigste Zeile des Lieds nach.

Wir teilen uns Adas letzte Zigarette. Ich frage: *Willst du eigentlich Kinder?*

Mit einem Lachen sagt sie: *Whoa, easy, buster.*

Verstehe. Das heißt also, du willst keine wunderbaren Babys mit einem wildfremden Deutschen, den du erst seit ein paar Monaten kennst? Das ist schade. Ich hätte die Green Card gut gebrauchen können.

Jesus Christ! Sie lacht. Erst jetzt bemerke ich, dass es kälter geworden ist. *Und was ist mit dir?*, fragt sie. *Wenn du es schon so genau wissen willst. Was sollte denn dein Baby in Kalifornien anfangen? Es könnte hier noch nicht mal einen Schneemann bauen.*

Ich weiß nicht. Der leichtmütige Moment liegt längst im Rückspiegel. Wie wenig die Kanten dieses Ortes an meine Kanten passen, dabei war ich es, der die Fremde in unser Gespräch gebracht hat. Die Angst, hier mit einem Menschen zu sitzen, den ich auch schon wieder verloren habe. Doch ich konzentriere mich und versuche es noch einmal mit etwas Leichtigkeit, nicht gleich alles aufgeben, auch wenn mir das nicht leicht fällt. Ich weiß nichts von Wüsten, habe keine Ahnung, wie ich hier hingehören könnte.

Get out as early as you can, sage ich, worauf Ada mich verwundert ansieht, *and don't have any kids yourself*. Eine Pause. *Philip Larkin*, sage ich, worauf Ada leicht nachdenklich lächelnd nickt.

Sie zieht an der Zigarette und hält sie mir anschließend hin. Dann sagt sie: *Es gab mal eine Person, mit der ich ein Kind haben wollte.* Ihr Schulterzucken. *Aber heute ist es besser, dass es dieses Kind nicht gibt.*

Es dauert sehr lange, bis ich etwas sage. *Ich wäre trotzdem irgendwie glücklich, wenn es dieses Kind gäbe, auch wenn es hieße, dass ich wahrscheinlich gar nicht mit dir hier sein könnte.* Sie sieht mich etwas erschreckt an. *Es wäre nicht das Schlechteste, wenn es noch mehr von dir gäbe.*

Sie berührt mich leicht am Arm, aber sieht mit einem schmerzhaften Gesicht von mir weg auf den großen Baum, in dem eine dunkle Bewegung geht, geräuschlos, ein schmelzendes Wischen in den harten, laublosen Schattenblättern, die wie sich ständig neu formierende Nadeln aussehen.

Als Ada mich wieder ansieht, sind ihre dunklen grünen Augen glasig. *Ich hätte früher gerne ein Kind gehabt, aber heute nicht mehr. Was sich für mich jetzt so anfühlt, als wäre mir ein Kind gestohlen worden.* Kurz, knallend, hört man sehr weit weg ein Motorrad, das hart geschaltet wird und rasend die stille Landschaft durchteilt. Das Geräusch ist mir willkommen, ich schweige einen Moment, dann höre ich Ada trocken schlucken. *Weißt du, so als wäre dieses Kind gestorben. Weil die Vorstellung davon nicht mehr lebt.*

Ich verstehe, doch ich sage: *Aber es ist kein Kind gestorben. Und das ist immerhin tröstlich.* Ada denkt einen Moment nach, und erstmals wird mir jetzt bewusst, dass hinter ihrem Kopf der Himmelsbaum der Sterne behangen ist mit seiner nachtsilbernen Frucht.

›354‹

Du hast natürlich recht. Ihr Blick schaut während dieser Worte nicht überzeugt aus, wirkt stattdessen so, als hätte sie dieses Gespräch schon öfter geführt, mit anderen und vor allem allein, und als wäre sie zuvor auch immer nur zu diesem Ergebnis gekommen.

Weißt du, dass gestern sein Geburtstag war?, fragt sie, schüttelt nach einem Moment selbst den Kopf und rettet sich in einen Schluck Wein. Das Glas beschlägt von innen. *Was für eine dumme Frage. Natürlich weißt du das nicht. Es ist auch nicht wichtig.*

Vielleicht ist es das aber eben leider doch, sage ich. Erneut höre ich ihr trockenes Schlucken. *Es ist ein seltsamer Tag, oder?*, sage ich. *Erst will man diesen Geburtstag jahrelang nicht vergessen, und dann versucht man sich jedes Jahr an diesem Tag nicht daran zu erinnern.*

Sie schaut mich mit traurigen Augen an, ihre Stimme klingt leiser, gebrochener, aber wie die Stimme eines Kindes: *Wann hatte sie Geburtstag?*

Im Sommer. Nun schlucke ich trocken. Es ist mir unangenehm, wie sehr mich meine Worte bewegen. *Alles Schlechte ist im Sommer.*

Das stimmt nicht, sagt sie. *Dein Geburtstag ist auch im Sommer. Und der von deinem Blackshaw doch auch.*

Ich stoße ein kleines Lachen aus. *Nein, am Anfang des Herbstes*, sage ich. *Aber dein Geburtstag ist auch im Sommer, das ist mir viel wichtiger.*

Siehst du.

Aber der Sommer ist vorbei, und wir können unseren Geburtstag nicht mehr zusammen feiern.

Hier ist der Sommer nie vorbei.

Ich nehme ihre Hand, fühle die weiche Innenseite ihrer Handfläche, berühre den Ort, mit dem sie andere Menschen berührt hat, die sie einst lieber bei sich gehabt hätte als mich.

Nach einem Moment sage ich: *Ich hasse diese Person, weißt du?*

Sie lächelt mich mit einem leicht müden Blick an und nickt, ihre Lippen teilen sich mit einem kleinen Geräusch, als sagten sie etwas wie *Danke*, doch es ist nichts zu hören. Danach muss sie leicht lachen, und durch dieses Lachen fängt sie an zu weinen. Erst jetzt fällt mir auf, dass die Platte schon lange still ist.

THE DESPERATE KINGDOM OF LOVE · PJ HARVEY

Ein Kind ist in der Wüste, in der es seine Sprache nicht gibt, in der es glaubt, sprechen zu können, da es die Mundbewegungen der längst toten Erwachsenen imitiert, und das Kind bemerkt selbst nicht, wie hoffnungslos es sich belügt. Das Kind ist ein Sprudeln, ein Fließen, das sich hier verlaufen hat, das hier versickert, ohne sich dabei selbst zuhören zu können.

Warum ist das Kind so seltsam, so selten, so allein, warum ist es das fremde Kind, warum ist es überhaupt noch ein Kind? Warum ist das Kind ein Kind, das sich selbst nicht auf die Welt gebracht hätte?

Das Kind sitzt in einem Raum aus Sand, einem Haus, einer Hütte, vielleicht aus verhärtetem Ton. Das Kind trägt zerschlissene Kleidung, sein Haar ist lang und filzig. Das Sandhaus hat ein Fenster, das hinausblickt in eine kaltgebliche Welt. Das Kind hat keine Eltern, es ist ganz Kind, und es weiß nicht, warum man es hergebracht hat, es erinnert sich nicht mehr an die Orte, durch die es ging, um hierherzugelangen.

Es ist, als wäre das Kind gerade erst in sein Leben erwacht,

›356‹

doch es weiß, dass es ein Gestern gab. Das Kind kann gehen, es kann sich selbst versorgen, es wächst auf. Es weiß, dass es eine Sprache gibt, die es nicht spricht. Das Kind hat kein Wort, um sich mitzuteilen, keinen Ton zum Rufen, keine Stimme zum Weinen. Sein Mund ist stumm und scheinbar selbst gefüllt mit dem Sand der Landschaft. Wenn es sprechen will, entfährt ihm nichts als ein trockenes Keuchen. Der Wunsch zu sprechen wird so groß, dass das Kind in der kargen Hütte hin und her irrt, schneller und manischer, der Drang nach Sprache wird zur körperlichen Qual, zu einem Drang, den Körper zu zerteilen, um die Sprache aus ihm zu befreien. Wäre jetzt jemand bei ihm, würde das Kind nach dieser Person schlagen, in seinen Augen würde ein blutiges Flehen zittern. Den Schmerz in seinem Körperkäfig und seinem Sandgefängnis nicht ertragen wollend, bricht sich das Kind schließlich nach draußen, es sieht auf in die eintönige Weite des Himmels, unter dem die einförmige Landschaft wie ein einzelnes Sediment erscheint. Die dürre, unfruchtbare Welt ruft mit ihrer Stille nach dem Kind, lockt den stummen Mund des Kindes, es liegt ein Zittern in der Stille, ein eisiges Flirren, als verbiege sehr heiße Luft den Blick. Allein, die Luft ist kalt und trocken, und die Ödnis der Landschaft bedrängt das Kind von allen Seiten.

Es läuft los, bis es an den Ort gelangt, an dem die Landschaft gefaltet liegt, und das Kind Schutz findet in einer Spalte, die es vor der Leere bewahrt, eine kleine Kuhle in der kargen Weite, wo die Steine wie Vorsprünge wirken und das Kind sich versteckt weiß vor dem blanken Starren des Himmels. Und doch gibt es da noch etwas Weiteres, das den Blick auf das Kind lenkt. Das Kind bückt sich vor einer kleinen Wasserstelle, die fest überfroren ist, eine zugewachsene Wunde im Boden, glatt wie die empfindliche Haut einer Narbe.

Mit hektischen Bewegungen wischen die kleinen, schmutzigen Hände den Sand vom Eis, und in der rilligen spröden Oberfläche sieht das Kind endlich mein Gesicht. Es versteht nicht, warum ich es bin, und sein Wunsch zu schreien wird stärker, doch weint es bloß lautlose Tränen, und jetzt nichts sagen zu können ist sein eigentlicher Schmerz. Doch als das Kind den Mund schließlich öffnet, fällt auf das Eis nur mehr erneut der Sand, und ich verschwinde.

Das Kind wendet sich weg von der blinden Fläche des Eises und huscht unter der blinden Fläche des Himmels mit alten Schritten zurück zu seinem Haus aus Sand. Wie eine trostlose Erniedrigung wartet die Hütte in der Ferne, vom Sand überweht, wie ein Hünengrab mit seinem offenen Maul, der dunkle Gang ins Innere, in die Stille, wo die Einsamkeit wartet.

Das Kind geht geduckt seinen Weg zurück, als es anfängt zu schneien, und nun meint das Kind, es könne dieses schwerfällig fallende Weiß, dieses lautlose Seufzen, selbst in seine eigenen Augen hineingespiegelt sehen, gerade so, als hätte das Kind noch andere Augen hinter den Augen.

Das Kind steht am Eingang zu seiner Grabwohnung und sieht ein letztes Mal auf in den Himmel. Seine Wimpern fangen die kalten Flocken wie das Schilf den Tau, und das Kind stellt sich vor, das Blinzeln, das Schmelzen der Flocken sei wie ein Weinen, das Weinen für den verstorbenen Vogel des Schnees in seinem unsichtbaren Wolkennest. Das Kind verschwindet in dem Mund seiner Hütte, und die Welt verblasst sich ins sinkende Weiß.

SNOW CRUSH KILLING SONG · THE MOUNTAIN GOATS

Der Morgen ist bereits sehr heiß. Wir hören Knirschen auf dem Kies, und als wir kurz darauf Kaffee aus Tonbechern auf der kleinen Veranda in der grellen Landschaft des Sandes trinken, sagt uns eine junge Frau, die aussieht wie Kim Gordon, *good morning*, während sie einen Staubsauger ins Zimmer neben dem unsrigen schleppt. Sie erzählt uns, es stehe ein Country Music Festival an, und am Abend komme ganz Kalifornien nach Joshua Tree, darunter auch schon die ersten Snowbirds. *Snowbirds*: Menschen aus Kanada und dem Nordwesten der USA, die in den warmen Wintertemperaturen des High Desert auf den Frühling warten.

Ada sagt später zu mir, die Frau hätte ausgesehen wie die typische Mojave-Aussteigerin. Auf meine Nachfrage, woran sie das erkenne, sagt sie, das Outfit habe etwas Zusammengewürfeltes, aber Hippes gehabt, so wie hier auch die Häuser aussähen. *Desert living is makeshift living*, sagt sie. Man nehme, was vor Ort sei und setzte es irgendwie in Szene. *Upcycling. Hast du nicht gesehen, wie sie in ihrem kleinen Rezeptionsbüro ganz viele alte Gürtelschnallen an ein Brett genagelt haben, wo die Schlüssel für die Zimmer drangeklippt waren?*

Ich habe es nicht gesehen und bin einerseits gerührt, aber auch etwas besorgt, dass Ada es ist, die die poetischen Details erkennt, und dass sie die Dinge gleich erklären und benennen kann. Ich frage mich, was mir sonst noch alles entgangen ist, was mir noch alles entgeht, und ich habe den altbekannten kindischen Gedanken, dass ich nichts von dem teile, was ich mit schreibenden Menschen assoziiere (und daher von ihnen verlange): Die Fähigkeit eines anerkennenden Blicks.

Wir frühstücken in einem kleinen Diner, in dem alle Besucher außer uns dick sind. Auf den Pfannkuchen, die ich bestelle, liegt eine Kugel Butter. Danach besuchen wir einige der kleinen Antikläden des Orts, die von außen alle geschlossen aussehen. Der Wind quietscht durch die hängenden Schilder. In einem Laden finde ich ein weißes EXIT-Schild, das im Dunklen rot leuchtet. Ich kaufe es, um es zu Hause über mein Bett zu hängen. Die Gedanken an Pläne für das nächste Jahr kommen von alleine, ich habe keine Wahl.

Wir fahren eine endlos lange, schnurgerade Straße steil wie eine Skischanze aus dem High Desert herunter, die vorbeifliegende, steinige Sandlandschaft zu beiden Seiten, der weiche, ewig weite, wolkengescheckte Himmel darüber. Ada sitzt am Steuer. Ich hänge etwas meinen Gedanken nach, zu meinen Füßen liegt das EXIT-Schild, das ich nach einem Moment noch einmal auf meinen Schoß nehme und betrachte. Ich drehe es um und lese gleichgültig das kleine gelbe Etikett, eine Warnung in Großbuchstaben: CAUTION RADIOACTIVE MATERIAL. REMOVAL OF THIS LABEL IS PROHIBITED.

Plötzlich habe ich das Schild in Händen wie ein verseuchtes Objekt. Ich halte es etwas von meinem Schritt weg. *Wusstest du, dass eure EXIT-Schilder radioaktiv sind?*

Was? Sie lacht.

Hier steht's. Ich zeige ihr das Etikett auf dem Schild.

Halte es mir doch bitte am besten beim Fahren vor die Nase, sagt sie.

Tritium, lese ich ihr vor. 20 *Curie.*

Well, throw it out then.

Kann ich nicht, sage ich, *es verseucht die Landschaft.*

Was nicht so schlimm wäre, wie wenn es uns verseucht. Weißt du nicht, dass die Papiere und Briefe der Curies immer noch radioaktiv sind?

Ich hab' keine Ahnung. Aber vielleicht sind 20 Curie ja auch nicht viel. Ich wusste nicht, dass ich mich mit Radioaktivität beschäftigen muss, wenn ich in Kalifornien ein Schild kaufe.

Ich ergoogle mir das Nötigste und erzähle Ada, man müsse beim Ausführen dieser Schilder eine Zollgebühr zahlen oder sie von einem speziellen Lizenzinhaber entsorgen lassen. Wir halten an, ich stelle das Schild an den Straßenrand, und wir fahren schnell davon. Ich drehe mich noch einmal um und sehe die struppigen, kleinblumigen Sträucher der Vegetation und davor das Wort EXIT. Ich sehe, dass auch Ada es im Spiegel noch einmal angeguckt hat.

Weißt du, was das bedeutet?, fragt sie.

Of course. No exit.

HERE TIL IT SAYS I'M NOT · DIRTY PROJECTORS

Ich weiß mittlerweile, dass ein Ort, ein einziger Ort, nicht einzig an diesem Ort allein gesehen werden muss, und vielleicht nicht einmal gesehen werden kann. Ich weiß, dass Sehen, wie ich es mir vorstelle – als Schreiben – nur wie das allmähliche Entstehen einer Kontur und eines Schattens auf einem Fotopapier in einem Entwicklungsbad gedacht werden kann, und dass jedes Sehen, wie ich es mir denke, eigentlich mit reinem Hingucken sehr wenig gemein hat, und am ehesten mit einem Hinüberretten aus dem viel zu kurzen Ort der Gegenwart in den langsam sich konturierenden Ort der Fiktion, wo die Dinge in ihre eigentliche Form gebracht werden, ein Hineinretten in den Ort, an dem die Sachen selbst endlich sichtbar werden, wenn auch nicht für einen selbst.

Ich weiß jetzt, dass mein Sehen ein langsames Sehen ist, ein viel späteres Sehen, vielleicht ein verspätetes. Die Frage, was ich gerade noch alles nicht sehen kann, besorgt mich vielleicht noch, aber beunruhigt sie mich auch? Ich hoffe nicht, denn ich muss mich glauben machen, dass ich später alles werde sehen können – erst durch das Später werde ich alles in meinem Blick finden. Allein, die Frage, die mir tatsächlich Angst macht: Wie werde ich ohne diese Frau leben, die ein ganz anderes Sehen kennt als ich, die die Dinge schnell erfasst und sie zu Worten bringt, diese Frau, die Kalifornien so kennt wie ich glaube, Deutschland niemals kennenzulernen? Zweifellos ein Gedanke, der mir deshalb wahr erscheint, weil ich Kalifornien eben nicht kenne – aber trotzdem, wie werde ich leben, ohne sie?

Die Sonne scannt langsam über ihre Hände am Lenkrad, als wir wieder die Megastadt vor uns haben und der Verkehr auf dem Freeway sich verdichtet. Die Kinderfrage ist die falsche Frage, auch wenn sie mich nicht loslässt. Die wichtige Frage war niemals *warum*, sondern *wie*.

VISIONS OF LA · SLOWDIVE

Das Buch, das ich hier nicht geschrieben habe. Vollendete Gegenwart. Es erschreckt mich, wie natürlich mir die Zeitform vergangen ist. Ich bin überrascht, dass ich nicht heftiger darüber erschrecke, wie lange ich nicht mehr an dieses Buch gedacht habe, wie ein Zeitpunkt vor einer Ewigkeit, der Moment meiner Beschäftigung mit Blackshaw ist auf den heutigen Moment gelegt, und die Zeit dazwischen immateriell.

Das Buch ist vorbei. Noch bevor es begann. Oder ist es nur vorbei, wenn ich es aufgebe? Ich gebe es noch nicht auf.

In Sawtelle sehe ich mich in einem Schaufenster auf der anderen Straßenseite gespiegelt, durchlöchert von der Stadt. Menschen gehen durch mich durch, hinter meinem Abbild sehe ich zwei Frauen in dem kleinen Kleiderladen, als befänden sie sich in meinem Körper. Der Bus hält und schneidet mein Spiegelbild weg, bringt es anschließend aber näher in den roten Lack des Busses hinein, in die Scheiben der Türen vor meinen Augen, sie öffnen sich, teilen mich in der Mitte, und ich gucke in die graue Leere des Busses wie ins Innere eines ausgeräumten Schranks.

Auf das Konto meiner Fiktion geht von heute an eine Lüge, die ich gleich erzählen werde. Von Schlaglöchern durchgeschüttelt fahre ich den Santa Monica Boulevard entlang, tiefer hinein nach Hollywood, wo die Straßen dreckiger, die Heimatlosen zahlreicher und die Flachdachhäuser größer und gesichtsloser werden. Es werden keine Illusionen für die Fassaden verschwendet. In Hollywood findet die Illusion hinter der Bühne statt.

Ich denke an Adas Satz, von dem ich einmal sagte, ich wünschte, sie würde ihn mir auf ein Kissen sticken: EVERYONE PUTS ON A FUCKING PERFORMANCE IN THIS TOWN, BABE.

Ich fühle mich etwas schuldig, doch dahinter scheint nun noch ein weiterer Gedanke: Ich fühle mich gut, ein bisschen aktiver, ein bisschen selbstbewusster.

Mein Herz schlägt schneller, doch die Aufregung ist nicht unangenehm, als ich durch die Seitenstraßen von Hollywood geistere, Wahrsagersalons in heruntergekommenen Gebäuden, vor denen Taco Trucks das Hackfleisch fürs Mittagessen braten, und chromglänzende Film-Trailer mit kleinen ausfahrbaren Stahltreppchen wie an Privatflugzeugtüren und vorhangverschleierten Fensterchen, die mir aus deutschen Kleinstadthäusern bekannt sind. Die Hollywood-Backlots wirken verlassen hinter ihren Maschendrähten, wie Schulsportplätze am Wochenende.

Ich habe noch etwas Zeit und denke darüber nach, ob sich die Fiktionen in einem einzigen Teil des Lebens auch auf alle anderen Teile dieses Lebens und sogar auf den Geist abspiegeln können, und ob das gut oder schlecht wäre.

Ich habe meistens keine Ahnung, welche Rolle ich für wen spiele, doch ich weiß, dass ich immer ein Figurenleben führe, dass es keinen Moment gibt, in dem ich nicht eine Variation der Rolle JAN WILM spielen muss, jener Rolle, die es nicht gibt, die von niemandem geschrieben wurde, und die es doch aus irgendeinem Grund gilt, mit einem Anschein von Menschsein und Wirklichkeit zu versehen.

Einen kurzen Moment lang denke ich an Lavinia, an den Airstream, in dem sie wohnte. Sie ist schon lange abgereist, zurück in London, in der Kälte des Novembergrau, wo auch ich bald hin muss, nur leider nicht einmal nach London. Die Stadt hat keinerlei Notiz genommen von ihrer Abreise. So wird es auch sein, wenn ich verschwunden sein werde, nicht nur aus der Stadt, sondern auch aus der Welt. Es wird sich neuer Staub ansammeln, es werden die immergleichen und die immerneuen Vögelchen über die Orte jagen, an denen sich die Spuren meines Blicks versammelt haben, es wird ein neuer Wind gehen und Kälte durch die Blätter und Zweige, und die Zweige werden nichts von mir wissen, und schließlich wird der Himmel unter einer großen Erschöpfung wie mit einem weißen Seufzen den immerneuen und den immergleichen Schnee fallen lassen, und er wird auf einer anderen Welt liegen, für die der Schnee egal sein wird. *I know that I have died before –/once in November, once in June* (ANNE SEXTON).

Einigen großen Dichterinnen und Dichtern ist es gelungen, Schnee zu schreiben, den Schnee schreibend für alle Zeit so zu verändern, dass der Schnee der Wirklichkeit nie wieder so fallen kann wie vor ihren Worten – Emily Dickinson, Robert Frost, Horaz, Louis MacNeice, Marina Zwetajewa. Ist Schnee, der in der Literatur fällt, nicht auch eigentlich Kunstschnee?

Ich habe schon lange nicht mehr an Schnee gedacht. Geschmerzt hat mich das nicht. Wer hätte das gedacht. Aber hier bin ich, auf einem Backlot an einem warmen Novembertag in Hollywood, ein neu wirkendes Schild in der sonst ausgebleichten Kulisse kündigt an, was ich mir erlogen habe: SNOW FICTIONS. Auf jedem einzelnen Buchstaben liegt gemalter Schnee.

Ich bleibe einen Moment an der Straße stehen und beobachte zwei Latinos in schwarzen Shorts und Shirts mit demselben Logo, wie sie gerade ein schwarzes, panzergroßes, doch scheinbar nicht schweres Fahrzeug in den Schatten schieben.

Everyone puts on a fucking performance in this town, babe. Das Wort BABE klang liebevoll, aber bevormundend, wie etwas, das man zu einem Kind sagt. Ada hatte die Worte zum Abschluss eines Gesprächs verwendet, vielleicht, weil sie genervt war von meinem Selbstmitleid, als ich sagte, ich sei ja kein Journalist.

Ich hatte einige Male davon erzählt, dass ich die Idee hatte, für mein Buch – mein nicht geschriebenes Buch – mit einem Hersteller von Kunstschnee sprechen zu wollen, und hatte vermutet, in der Filmstadt dürfte das sicher kein Problem darstellen. Als ich Ada aber erzählte, dass einige Firmen, die ich schon von Deutschland aus angefragt hatte, eine Bereitschaft für ein Gespräch verweigert hatten, empfahl mir Ada, ich sollte doch einfach sagen, ich wäre Journalist. Ich solle sagen, ich schriebe für eine deutsche Tageszeitung einen Artikel über Kunstschnee in Hollywood, es würde niemand merken, und es würde niemand zu Schaden kommen. Zugegeben, nur wegen des Namens kontaktierte ich SNOW FICTIONS.

Mit einem Kaffee warte ich in einem Warenhaus auf den

Leiter und Gründer der Firma. Umgeben bin ich von deckenhohen Regalen, vollgefüllt mit Geräten, die wie Turbinen oder Windmaschinen aussehen, auf der anderen Seite Regalreihen voller Plastikkanister in verschiedenen Größen, jeder gefüllt mit derselben klaren Flüssigkeit, als wäre ich in den Keller eines Tierpräparators geraten.

Der Tisch vor mir, lang wie eine Obduktionsbahre, darauf in ansteigender Größe kleine Plastikbeutel und Gläschen mit verschieden grobkörnigen Formen von Kunstschnee, daneben eine akademisch ausschauende Broschüre, auf der ich erkenne, dass die Buchstaben W und F im Logo von SNOW FICTIONS mit winzigen Kristallästchen versehen und wie kleine Schneeflocken gestaltet sind. *Aber das ist doch nur ein FernsehSchnee, praktisch ein gelogener, einer der, so der wackere Professor De, die sog. Phantasie tot macht* (RAINALD GOETZ).

Für einen Moment bin ich durchschossen von einem Gefühl des Unheimlichen, als wäre ich hier schon einmal gewesen, in diesem industriell anmutenden Warenhaus, und vielleicht so, als wäre hier schon einmal etwas Schreckliches passiert. Sind die sich durchbiegenden Regale gut gesichert, oder werde ich, Ironie der Ironien, gleich von ihnen erschlagen wie der arme Leonard Bast vom Bücherregal? Ein katholischer Gedanke. Sofortige Sündensühne.

Als ich Daniel Shore, den Zauberer von Oz hinter SNOW FICTIONS, treffe, erfahre ich, dass dies kein Ort von Alchimie oder Taxidermie ist, sondern ein Ort der Illusion, der Fiktion, und ich frage, affektiert mit meinem Reporterblock in der Hand, der angespitzte Bleistift darüber schwebend, wie es zu dem Namen seines Unternehmens kam.

Fiktion ist, was mich mein ganzes Leben begleitet hat, sagt Daniel, *länger als der Schnee. Ich wollte früher Regisseur*

›366‹

werden, Drehbücher schreiben und sie selbst verfilmen. Ein echter Auteur. So drehte ich bald einen Kurzfilm. Wahnsinnig ambitioniertes Projekt, aber lächerliche Geschichte über einen Mann, der in einer Schneewelt einen mystischen Schatz sucht und nicht findet, und darüber seinen Verstand verliert. Sollte eine Sierra Madre-Nummer sein oder so was. Mit ein paar Freunden auf einem Parkplatz in Cranshaw habe ich das gedreht. In schwarz-weiß. Anyway –

Ich unterbreche ihn, frage, ob aus dem Film nichts geworden sei.

Nein, nein, der Film wurde gedreht. Aber die Story – die Fiktion – war lachhaft. Das einzige, was an dem Film gut war, war eben der Schnee. Sagenhaft. Hat großartig ausgesehen. Er glänzte gut, er fiel gut, nicht zu schnell, nicht zu langsam. Im Schnee war ich schon damals gut.

Als ich ein paar Notizen mache, fällt eine Ecke des Raumes in meinen Blick, in der auf dem Boden einige kleine papierfetzengleiche Schnipsel liegen, eine Fiktion von Schnee.

Aber ich dachte noch lange, ich müsste Geschichten erzählen, etwas kreieren, Fiktionen machen. Er streicht sein halblanges, halbblondes Haar hinter sein Ohr. *Ich hab' den Film bei einem Amateur-Filmfestival hier in der Stadt gezeigt und die Leute sind gegangen, obwohl die Drinks umsonst waren.* Er muss lachen. *Aber es kam ein Typ von einer Produktionsfirma auf mich zu und fragte mich, wie ich den Schnee gemacht habe und ob ich nicht Lust hätte, für den Piloten einer Fernsehserie den Schnee zu übernehmen. I said yes, I did, and here I am.*

Entspanntheit liegt in seinem ganzen Wesen, in seinem leicht geöffneten Leinenhemd, seinem Dreitagebart, seinem freundlichen Lächeln und seiner Lust am Erzählen. Einmal ruft er einen seiner Mitarbeiter von draußen rein und bittet

ihn um *some air*. Kurz darauf wird ein schwarzer Industrie-
ventilator auf unterster Stufe neben Daniel und mich platziert,
und wie die kühle Luft in seinem dichten Haar und seinem
Hemdkragen spielt, wirkt er für mich wie ein Priester, ein
Magier, irgendein großer Vorsitzender oder ein Sektenführer,
der einem unbedeutenden Reporter eine Audienz gibt. Einen
Lidschlag lang bin ich erinnert an die Interviews mit Terroris-
ten in Wüstenverstecken im Hinterland aggressiv heißer Länder.

Daniel erzählt mir von seiner Arbeit für den Film, fürs
Theater und dass er niemals einen Auftrag ablehnt. *Selbst
wenn man Schnee für eine Bar Mitzwa oder eine Cocktail-
party im Vorgarten will. Das ist von Anfang an meine Einstel-
lung gewesen, weil ich damals dachte, ich dürfe keine Gelegenheit für ein bisschen Fiktion ablehnen, und heute ist daraus halt
so etwas geworden wie Erfolg.*

Er berichtet, sie legten Schneelandschaften für Vergnü-
gungsparks an, besorgten Schneefall für die verschiedensten
Film- und Theaterproduktionen, Schnee aus Papier, weißes
Konfetti, das man seit Jahrhunderten schon als Schnee im
Theater und in der Oper verwende, Schnee aus Polyamid,
Schnee aus Maisstärke und sogar echten Schnee aus echtem
Eis, der in eigens erfundenen Maschinen aus riesigen Eis-
blöcken gehäckselt werde, und Schnee aus Schaum.

*Bei Snow Fictions ist es immer wichtig gewesen, dass die
Illusion, die Fiktion perfekt ist, und ich habe früh beim Filmen
gelernt, dass unechter Schnee im Film lustigerweise echter
aussieht als echter vom Himmel fallender Schnee.*

Ich weiß, was er sagt. In Wahrheit ist es so, als spreche er
mit meinen Worten, doch ich spiele die Rolle des Journalisten und bitte um Erläuterung.

Naja, sagt er mit leicht wehendem Haar, *ich hab' kein*

Interesse an Realismus, und das eignet sich ganz gut fürs Filmgeschäft. Wenn es um Schnee im Film geht, ist Realismus fehl am Platz. Natürlich kann man echten Schnee filmen, aber wenn er fällt, muss er zum Beispiel immer von hinten beleuchtet werden, wie Regen, den man sonst auf Zelluloid ebenfalls nicht erkennen kann. Wenn ich einen Film mit Schnee drehe, muss ich den Schnee so behandeln, als gäbe es in der Realität keinen Schnee, ich muss ihn komplett neu erfinden, jedes Mal von vorne und immer angepasst an die individuellen Bedürfnisse des Films, der Story, der Fiktion. Ich muss Schnee lügen, damit er wahr wird.

Ich schreibe viel mit und habe den kurzen Gedanken, dass all das ein bisschen abgedroschen, ein wenig auswendig gelernt klingt und vielleicht auch in der Broschüre gestanden hätte, vermutlich sogar konziser und weniger selbstgefällig. Aber hier bin ich, und Daniel wartet auf meinen Stift, bis er sagt: *Do you want to make it snow a little bit?*

Ich antworte: *I've been waiting all year.*

50 WORDS FOR SNOW · KATE BUSH

Ich darf die verschiedenen Schneearten berühren, das papierne Trockene des aus Stärke gemachten Schnees, wie weiche Cornflakes, *so leicht wie Styropor, aber essbar*, sagt Daniel und legt mir eine flache Flocke in die Hand. Vorsichtig nehme ich sie und lege sie mir wie eine Hostie auf die Zunge. Die Transsubstantiation des Schnees. Auf meiner Zunge löst sich die falsche Flocke auf, schmeckt mehlig und hat einen leichten Nachgeschmack von Mais. Ein Lächeln von Daniel, wie ein Pusher, der einem das LSD verabreicht hat.

Sein Lächeln fällt in eine unangenehme Ernsthaftigkeit, als er sagt: *Das war ein Fehler, Mister Bond.* Er lacht über seinen Witz wie ein Kind und klopft mir mit der Hand auf die Schulter.

Als ich den Schnee berühre, den Papierschnee, den Stärkeschnee, den Plastikschnee, bin ich für den Moment überkommen von der Überzeugung, dass ich mich immer weiter vom Schnee wegbewege. Habe ich denn wirklich den Eindruck, diese Beschäftigung mit Kunstschnee erlaube mir eine tiefere, innere Wahrnehmung von sogenanntem echten Schnee? Ich erzählte mir alle Zeit, ich liefe auf den Schnee zu, dabei laufe ich schon so lange vor ihm weg. Ich weiß so wenig vom Schnee, und ich will so wenig davon wissen. Es genügt mir, dass es an manchen Orten der Welt Fenster gibt, vor denen der Schnee fällt, dieses Sehen des Sinkens genügt mir. In Wahrheit weiß ich sehr viel vom Schnee und will gar nicht mehr von ihm wissen. In Wahrheit hat mir das Näherkommen den Schnee nur fremder gemacht, in Wahrheit war es ein Fehler, dem Schnee auf die Spur kommen zu wollen, in Wahrheit wollte ich den Schnee nicht berühren, die Verhaltenslehren der Kälte interessieren mich nicht, ich will den Schnee bloß sehen, und deshalb ist es vielleicht auch einerlei, ob er echt ist oder künstlich, und falls man den Schnee tatsächlich besser, wahrer sieht, wenn er gelogen ist, dann nur zu.

Für mich ist Schnee immer auf eine Weise Installationskunst, sagt Daniel, als wir draußen im sonnengrellen Tag von Hollywood stehen, während mir von seinen Mitarbeitern so etwas wie ein Jetpack aufgesetzt wird, eine Rucksack-Konstruktion, in der eine große Plastikflasche der klaren Flüssigkeit, die ich im Warenhaus gesehen hatte, geladen ist, und aus dieser Flasche führt ein meterlanges schnorchelartiges Rohr, das in einem schnabelspitzen Samtsäckchen endet, wie eine winzige Schlafmütze. Ich bekomme das Rohr in die Hand, und dann ist es einen Moment lang ganz still, und in dieser Stille ist wieder sehr weit weg ein Hubschrauber zu hören.

Plötzlich rauscht ein Motor auf meinem Rücken, der durch meinen ganzen Körper vibriert, jede Gliedmaße anspricht, als erwache hinter mir etwas zum Leben. Der Klang erinnert mich an das laute Gebläse eines Hochdruckreinigers, und nach einem kurzen Moment bilden sich an dem Samtzipfelchen kleine weiße Schaumpartikel, und komischerweise, während diese Männer um mich herum den Schnorchel für mich in Stellung bringen und mit dieser seltsam rührenden Ernsthaftigkeit das Gerät auf meinem Rücken bedienen, fühle ich mich einen Augenblick lang sehr zu Hause in der fremden Stadt.

Mit einem Rauschen, das sogar den Hubschrauber überdeckt, ein lauter Schweigebefehl, der alles überhaucht – *schneit es*. Ein wildweißer Taumel über Hollywood. Robert Walser hatte Unrecht, denn der Schnee fällt *doch* hinauf, er tanzt millionenmottenfach vor dem chagallblauen Nachmittagshimmel, wird vom Wind aufgestäubt und in die Höhe gefüttert, schwebt Pusteblumenschirmchen gleich über den ausgebleichten Backlot, über die chromglänzenden Autos, über die Studiogebäude und die Palmen und bald über die Boulevards und die gesamte Stadt. *I counted till they danced so/Their slippers leaped the town –/And then I took a pencil/ To note the rebels down –* (EMILY DICKINSON).

Könnte man jetzt so fliegen wie dieser Schnee, würde man einen kleinen Mann sehen, der wie ein Kind inmitten eines großen, eingezäunten Platzes steht, eine seltsame Maschine auf seinem Rücken, während aus einem schwarzen Rohr eine nicht endende Schneewolke von ihm weg blüht, ein sich ausweitender weißer, windhosenförmiger Schleier, der sich über Los Angeles knäult und sich anmutig in die Weite zerstreut. *They said that it was snowing/In astounded tones upon the news* (SANDY DENNY).

SOMEHOW THE WONDER OF LIFE PREVAILS ·
MARK KOZELEK & JIMMY LAVALLE

Zurück in dem halbschattigen Warenhaus schaue ich noch immer nach draußen, wo der Schneeschaum weiter und weißer auf dem Boden liegt, das weiche Laub des Winters im Sommerherbst von LA. Ich bin außer Atem wie ein Kind, das eine Achterbahnfahrt überstanden hat.

Daniel packt die verschiedenen Päckchen Kunstschnee, die auf dem Tisch aufgereiht liegen wie der Fund einer Drogenrazzia, in eine schwarze Plastiktasche mit einer großen, weißen Schneeflocke, und währenddessen fragt er mich nach literarischem Schnee. Meine Backstory war, ich schriebe ein Buch über Schnee in der Literatur und arbeitete nebenbei als Journalist. Ich sehe mich um, als wollten meine Augen nach einer Rettungsleine im Raum greifen und stammle ein bisschen darüber, dass der Schnee in der Literatur häufig wie ein unbeschriebenes Blatt fungiert, worauf Daniel mich mit wartendem Blick ansieht. Sein leerer Gesichtsausdruck bezeugt vermutlich sein Unwissen, ich aber lese darin sein Erkennen meiner Unwissenheit.

Nervös und zappelig sage ich die Namen Elizabeth Bishop und Emily Dickinson, bringe bei Robert Frost ein leichtes Lachen heraus und sage, Frost habe die Kälte natürlich schon im Namen. Es fällt mir nicht der Titel eines einzigen Gedichts ein.

Daniel sagt: *Es gibt natürlich das lange Gedicht von Frost, das einfach* Snow *heißt, oder?*

Als Übersprungshandlung krame ich aus meinem Rucksack das kleine tintenschwarze Buch heraus, das mit veloursweichem Stoff überbezogen ist, im Zentrum des Covers der Titel umgeben von weißgesprenkelten Punkten, die in variierender Größe den Anschein von Schnee geben. Ich blättere darin und erzähle, dass dies eine Anthologie deutschsprachiger Schneegedichte sei, und halte ihm einige unterstrichene Seiten hin, wie das Kind, das mit dem krakeligen Wachsmalbild zur Mama läuft.

Daniel nimmt das Buch und durchblättert die fremde Sprache, bis er auf einer Seite hängenbleibt. Fragend hält er mir die heftig annotierte Seite hin, und mein Blick richtet sich in dem Gedicht *Nennt sich das Winter?* auf zwei Zeilen, die von mir mit gelbem Highlighter markiert wurden, Zeilen, die ich heute längst vergessen habe. Die Zeile: *Dass man den Winter so sehr suchen muss,* und die Zeile: *Ich zählte Schnee.* Ich übersetze ihm die zweite und Daniel sagt mit einem souveränen, abschließenden Lächeln: *Naja, ich zähle Schnee jeden Tag.* Ich lache, und er fügt hinzu: *Aber das meinte ich nicht. Sondern das hier.* Er deutet auf das zittrige Kinderkrakel im Rand und sagt: *Hier, das hier. Ist das* der *Blackshaw?*

Ich muss ihn entgeistert angeguckt haben, denn er blickt zurück, als wäre ich aufdringlich geworden. *Kennen Sie den Namen?*

Natürlich, sagt er mit beinahe genervter Selbstverständlichkeit. *Woher kennen Sie denn Gabriel Gordon Blackshaw?*

Woher kennen Sie *Gabriel Gordon Blackshaw? Sie sind fast der erste, den ich treffe, der überhaupt schon mal den Namen gehört hat.*

Nun, er ist ja auch nicht bekannt gewesen, und eigentlich bedeutet er nur etwas für Schneeleute wie Sie und mich. Haben Sie sich mal seine Fotos angeguckt? Einige davon sind hier im Getty, dort könnten Sie noch hin, wenn Sie Zeit haben. Ich glaube, jeder kann dort forschen.

Darüber schreibe ich ja mein Buch, sage ich, doch es folgt keine Fanfare. Bloß Stille, in der Daniel nur verstehend lächelt. Ganz kurz fühle ich mich in einer ausgeklügelten Falle, die zugeschnappt hat, und jeden Moment springt irgendein Freund hervor, deutet mit dem Finger auf mich und schreit: *Reingelegt, reingelegt, es war alles gelogen!*

Ich habe aber keine Freunde. Trotzdem entscheide ich mich, ihn zu testen.

Ich habe mir seine Papiere im Getty schon angeschaut. Aber ich fand seine Fotos gar nicht so interessant und bin eigentlich mehr begeistert von seinen Texten, seinen Tagebucheintragungen. Wiederum macht Daniel bloß ein stoisches Gesicht, keine Zustimmungsgesten, keine Füllpartikel, kein Nicken, kein Jaja, und so spreche ich weiter: *Er hat ja diese seltsame tagebuchartige Sammlung* My Diary of the Plague Year. *Geschrieben in seinem letzten Jahr, nachdem er seine Tochter verstoßen hat.* Keine Regung, oder doch vielleicht sogar ein kleines Senken der Augenbrauen, das ich mir auch eingebildet haben könnte. *Kennen Sie das?*

Daniel steckt die Hände in die Taschen. Der Luftzug des Ventilators bewegt flüssig und anmutig sein Haar, als stünde er an irgendeinem Gewässer und schaute raus in die Weite. Er sieht aus, wie ich mir Gatsby am Wasser vorstelle, doch statt Weite sieht er nur mich. Er leckt sich kurz über sein überlegenes Lächeln: *Sie haben zu viel Leyton Waters gelesen, richtig?* Er schüttelt leicht den Kopf. *Blackshaw hat seine Tochter nicht verstoßen.* Mit diesen Worten ist sein Lächeln leerer: *Seine Tochter ist gestorben. Polio.*

Manchmal stürzen die Kulissen ein. Der Raum füllt sich mit Enge. Das Licht, das von draußen ins Halbdunkel filtert, wirkt weißer und kälter, und durch meinen Körper läuft ein heißer Schauer.

Zum ersten Mal zeigt sich in Daniels Gesicht jetzt jedoch eine Geste des Fragens: *Sie meinen aber seine Aufzeichnungen der Zeit kurz bevor er verschwand, richtig?* Er nickt sich selbst zu, noch bevor ich etwas gesagt habe.

Ich dachte, seine Tochter lebt in Maine.

Er lacht: *Ja, wahrscheinlich in Cabot Cove.* Er schüttelt den Kopf. *Schreibt er in seinen Papiere nicht davon, dass seine Tochter starb?*

Nein, sage ich. *In der Biografie von Waters steht, dass er seine Frau verlassen und seine Tochter verstoßen hat. Und Waters erwähnt Blackshaws Tochter ja sogar in seiner Danksagung.*

Nun, er war eben ein miserabler Journalist. Aber er war ein ziemlich cleverer Fiktionär.

Einen Moment ist Daniel mir unsympathisch, doch auch wenn er etwas gesagt hat, was ich nicht glauben kann, wirkt er auf mich nicht unglaubwürdig. *Sie scheinen eine ganze Menge über ihn zu wissen,* sage ich. *Wahrscheinlich wissen Sie auch, wohin er verschwunden ist.*

Er hat sich umgebracht, oder?

Das steht jedenfalls nicht in Waters' Buch.

Er zuckt mit den Schultern. *Das spricht schon mal dafür.*

Ich gehe nach draußen zurück in den Tag. Meine Augen gewöhnen sich nur langsam an die Helligkeit. Der Schaumschnee, der wie Blüten, wie Laub, wie kleine Wolken auf dem Boden im weißen Licht des Mittags lag, ist verschwunden.

AVALANCHE (SLOW) · ZOLA JESUS

Wer sind die Menschen, und warum sieht man sie nicht, warum sind sie das, was sie im Innern sind, mehr als das, was sie nach außen hin zeigen, warum ist das, woran sie so schwer

tragen, ihre Schatten, ihre Schleier, ihre ausgehärteten Ver-
gangenheiten, warum sind sie so flüchtig für mich, warum
scheint jeder von ihnen von mir gesehen gegen eine bren-
nende Sonne, warum sehe ich sie nicht? (GABRIEL GORDON
BLACKSHAW, MY DIARY OF THE PLAGUE YEAR, 29. NOVEM-
BER 1949).

FROZEN NOTES · WARREN ZEVON

Shore sagte nicht, Waters wäre ein guter Schriftsteller gewesen, er nannte ihn einen *guten Fiktionär*. Als ich zum Bus
gehe, fällt mir auf, dass mich zwei Sachen beschäftigen. Dass
ich auf Daniel wütend bin, weil er zusammengeschmolzen
hat, was für mich seit einem Jahr feststand. Es stört mich,
dass er mir so einfache Antworten gegeben hat, obwohl ich
doch beinahe zur Hälfte in die Idee verliebt war, dass es
keine Antworten gibt.

Während ich wieder durch die Stadt holpere, erscheint mir
die andere Sache aber die bedeutendere, nämlich, dass es mir
gefällt, wie mir meine Wut auf Shore jetzt unmittelbar und
ganz bewusst an mir auffällt, dass ich mir erlaube, sie jetzt
bereits zu erkennen, noch bevor sie vergangen und verschüt-
tet ist, dass ich sie im Moment ihres Erscheinens empfinde,
anstatt erst später auf sie zurückzuschauen mit dem gehenden Blick, als nur eine weitere Erfahrung, von der ich mich
einmal mehr abgelenkt habe durch eine Zigarette oder ein
schnelles Glas Wein. Es erscheint mir jetzt neu und gut, dass
ich auf diese Weise in mich hineinlausche. Denn für einen
Menschen mit so viel Innerlichkeit komme ich mir doch
immer noch erstaunlich fremd vor.

Zur Feier über meine Feststellung steige ich etwas früher
aus dem Bus und gehe im Brühaus auf dem Wilshire ein

Schönramer Festbier für acht Dollar fünfzig trinken. Ich sitze auf dem überdachten Holzpatio vor der Bar und schaue dem vorbeikriechenden Verkehr zu. Shores Wort schwappt mir schwerfällig durch den Kopf. *Fictioneer.* Es stört mich auf eine seltsame Weise, wie sehr jetzt alles zusammenzupassen scheint, wie nett verpackt es wirkt, dieses rätselhafte Blackshaw-Leben, das mir so knorrig und kantig vorgekommen war.

Mit einem Mal ergibt es einen ganz neuen, verständlicheren Sinn, dass Blackshaw von einem *Geister-Kind* geschrieben hatte, dass er darüber reflektierte, wie beim Betrachten des Gespensterorts einer Fotografie ein schmerzliches Sehnen einsetzt und auf dem Foto die *Geliebte wie eine Kinderpuppe sitzt.* Vermutlich müsste ich meine Übersetzung korrigieren, den Ausdruck *the loved one* nicht übersetzen mit *die Geliebte,* sondern schlichter mit *der liebe Mensch, der geliebte Mensch.* Vermutlich schrieb er nicht von einem Foto seiner Frau, sondern von einem Bild seiner toten Tochter.

Später lese ich noch einmal in meinem roten Notizbuch. Im Sommer dachte ich, wenn Blackshaw schreibt, *I still see you th[r]ough my thinning heart,* dann verweise er mit diesem YOU auf eine Reihe verlorener Menschen seines Lebens, und weil er kurz davor von ihnen schrieb, war ich mir sicher, er meine ganz konkret seine Eltern. Doch auch hier ist meine Übersetzung nur eine Möglichkeit unter vielen, und es müsste vielleicht eher heißen: *Ich sehe* DICH *noch durch mein lichtes Herz.* Und vielleicht war auch dieses DU das verstorbene Mädchen.

Stört es mich, dass das tote Kind die Trauer und das Chaos von Blackshaws Leben so vollständig anzieht, weil es mich an meine eigene Traurigkeit über ihr konkretes Verschwinden erinnert?

Es fügt sich etwas zusammen, es gerinnt etwas. Selbst die Tatsache, dass die Fiktionen von Waters, wenn sie auch keine Entsprechung in meiner Begegnung mit Daniel Shore hatten, dass sie doch auf eine seltsame Weise einen Anklang darin zu finden scheinen, dass jenes *fictioneering* von Waters bestens ins Thema von Shores Leben und seinem Beruf mit seinen Snow Fictions zu passen scheint.

Warum erleichtern mich diese Erkenntnisse nicht? Es gefällt mir nicht, dass diese Art von Entsprechungen, von Anklängen eigentlich nicht ins Leben, nicht in die Wirklichkeit gehören, sondern in, nun, eben in die Fiktion. Es überrascht mich, aber gefällt mir ganz und gar nicht, dass mein Jahr hier, das im letzten Akt läuft, mehr und mehr den Anschein einer Fiktion annimmt, dass es sich zu einer durchschaubaren Form verdichtet.

Mein Jahr, mein Leben in diesem Jahr, ja, es zerrinnt mir eben nicht mehr nur, es gerinnt auch, es wird fester, es steht fest. *Ich* bin nicht in der Lage, mir mein Leben umzuschreiben, es in eine andere Richtung zu biegen, wie Waters sich Blackshaws Leben zurechtgebogen, zurechtgeschrieben hat, es ist mir nicht mal möglich, Daniel Shore und seine finale Aussage über Blackshaws Tochter infrage zu stellen, selbst den Namen seiner dummen Schneefirma muss ich akzeptieren, und hinnehmen, dass er auf diese beinahe motivische Weise zu dieser ganzen, mir entgleitenden Blackshaw-Affäre passt, zu den Fiktionen dieses Jahres, das sich selbst mehr und mehr fiktional anfühlt und dabei bedauernswert real bleibt.

Seit meiner Begegnung mit Shore fürchte ich, wieder ins Wanken zu geraten, wie ich einst wankte, als ich Blackshaw in seinen Papieren begegnete. Verändert all dies nur mein Verständnis von Blackshaw, oder verändert es auch mein

Verständnis von Wahrheit? In Wahrheit sehe ich mich nicht erst seit meinem Treffen mit Daniel Shore mit Waters' und Blackshaws losem Wahrheitssinn konfrontiert, denn es erschien mir vorher bereits häufig so, dass Blackshaws Auslassungen Formen einer Lüge waren, wenn auch auf eine heimliche und unsichtbare, dabei aber nicht weniger unmoralische Weise. Blackshaws Lücken waren immer schon ein Faktum, bloß glaubte ich nicht, dass die Lücken so viel Bedeutung hatten.

Allein, ich bin nicht ganz ehrlich zu mir selbst, denn mein empfundener Sinn von Immoralität bezieht sich eigentlich nicht auf Blackshaw, könnten seine Auslassungen doch sogar im Gegenteil von Immoralität begründet gewesen sein – das vermiedene Sprechen von einem toten Menschen nicht aus Leugnung, sondern aus Respekt. Dennoch bleibt mein unverrückbares Gefühl von etwas Unmoralischem bestehen, von etwas Unmoralischem, dessen Quelle ich in mir selbst nicht ausmachen kann. Um Immoralität ausmachen zu können, müsste ich die Wahrheit ausmachen können, und die Wahrheit hat kein Zentrum mehr. Vielleicht hat Waters Blackshaw mit Fiktionen deformiert, vielleicht hat Blackshaw sein Leben selbst bereits mit Fiktionen verformt, und Waters tastete sich nur an den Verformungen entlang, verfolgte sie bis in die Übertreibung des Überlieferten. Vielleicht ist der eigentliche Fiktionär Shore selbst, der Mann, der eine Firma hat, die das Wort FIKTION im Namen trägt. Ein Schneehersteller mit einer Fiktion im Betriebsnamen! Wie lächerlich, wie unwirklich das alles wirkt.

Doch diese Wirklichkeiten sind es, die ich unmittelbar vor mir habe. Also müssten die Unwahrheiten andernorts liegen. Welche Teile von Waters' Blackshaw-Biografie sind überhaupt die Wahrheit? Wo ich ständig nur einen schlechten

Journalisten vermutet hatte, ist in Wahrheit ein Lügner versteckt. Oder?

Welche Teile von Blackshaws Leben sind überhaupt die Wahrheit? Vielleicht hat Waters Blackshaws Papiere verfasst und sie irgendeinem leichtgläubigen Antiquitätenhändler untergejubelt, und hier sitze ich und grüble ernsthaft über eine große Hochstapelei, wie die armen Kunsthändler, die ihre Zeit damit verschwenden müssen, einen Han von einem Jan unterscheiden zu lernen.

Shores Version von Blackshaws letztem Jahr wirkt allerdings alles in allem am stimmigsten. In den späten 1940ern wurden die USA, wie viele Länder der Erde, tatsächlich von einer schweren Polio-Epidemie heimgesucht, und während die meisten Betroffenen, größtenteils Kinder, schwere Lähmungen erlitten und dennoch überlebten, fanden durchaus auch Tausende von ihnen durch die Krankheit den Tod.

Als ich mit Ada darüber spreche, nagelt sie mich darauf fest, warum ich deshalb so missgelaunt bin, und erst antworte ich, dass ich den Grund nicht genau wisse, doch sie lässt nicht nach und setzt mich unter Druck, sodass ich genervt und aus Affekt antworte: *Es stört mich, dass ich jetzt die Antwort weiß.*

Sie sieht mich einen Moment lang stumm aus ihren großen grünen Augen an. Ein etwas schelmisches, aber nicht mitleidloses Lächeln spielt über ihre Lippen. *Was also bedeutet*, sagt sie, *du musst dir eine neue Frage ausdenken.*

Ich sehe mir noch einmal die Fotos von Blackshaw und Waters an, klicke zwischen ihnen hin und her, bis ich auf meinem Bildschirm zwei der wenigen Portraits, die es von den beiden gibt, nebeneinanderschiebe. Ich weiß nicht, was ich dabei zu sehen erhoffe.

Ähnlichkeit oder Abweichung? Gemeinsamkeit über den

Stoff und über die Sterblichkeit hinaus? Alle Toten sind gleich tot. Fahre ich mit den Augen über die beiden Bilder in der Hoffnung, sie könnten sich beim Blinzeln und mit der Zeit einander annähern, bis ich irgendwann zwei Fotos desselben Menschen vor mir habe? Finde den Fehler. Glaube ich, Waters trägt auf dem Portrait von Blackshaw eine Maske, jenen Scherzartikel mit dem Groucho-Schnurrbart an der Brille? Vielleicht trägt Blackshaw auf dem Foto von Waters einen Pferdeschwanz und ein Hawaiihemd, hat den Bart rasiert. Wird es mir beim Starren auf die Bilder vorstellbar, man könnte einem von beiden die Maske herunterreißen wie dem Bösewicht am Ende eines alten Scooby-Doo-Cartoons? *Want to kiss me, ducky?* Vielleicht hätte man auch Gelegenheit, darüber nachzudenken, dass die Masken, die die Menschen tragen, gerade so sehr Enthüllungen sind wie die Verkleidungen.

Doch ein anderer Mensch ist weder Verkleidung noch Enthüllung. Blackshaw ist so wenig Waters, wie ich Blackshaw bin. Und dennoch spannen sich durch die nebeneinandergelegten Fotos Fasern zwischen den beiden auf, als entstünden dort Nerven, und diese Fasern, diese Nerven, wachsen in mir, während ich nichts tue, als zu schauen. Ähnlich muss es auch dem jungen Journalisten gegangen sein, als er sich in den 1980er Jahren in das Leben des Älteren, des Fotografen hineingrub, als er sich auf dieses fremde Leben einließ, in dieses Fremdleben einlas, als er sich selbst mit so viel fremder Stille umgab.

Eigentlich scheint mir dies der Kern des Schreibens. Das Ausbreiten, das Ausarbeiten der Stille, Nervenstränge von Nichts zu Nichts wachsen zu lassen. Und genau das tue ich nicht, weil meine Stille voller Geister ist, die ich nicht zu hören ertrage und nicht zu verstummen weiß.

Man verbringt also ein Jahr damit, Spuren abzugehen, die Tote gelegt haben. Und jeder Schritt der Spuren ist ein Loch, in das man stürzt. Reingefallen. Blackshaw, Waters, Shore. Für mich ist das heute eine einzige Person. Wie reagiert man auf einen solchen Fall? Einen Fall aus der Fiktion in die Wahrheit? Nun, wenn man könnte, nur mit mehr Fiktion.

SUNKEN TREASURE · WILCO

Die Stadt ist Feuer. Sandsteinrot hängt der gigantische Himmel mit den Farben der verheerenden Brände aus den Hügeln des Nordens über dem Stadtkessel von Los Angeles. An den urbanen Rändern, wo die Besiedlung ins Ländliche ausflockt und die schmalen Sporen von kleinen Holzhäuschen dennoch beharrlich in die Natur auswachsen lässt, mussten ganze Gegenden wegen des Feuers evakuiert werden. Die Bilder in den Zeitungen und Nachrichten zeigen rollendes Feuer, das von schwarzem Rauch durchwachsen ist, sich neben den Freeways aufbläht, während die Abende über der Stadt fuchsrot leuchten. Weil sich Ausläufer der Brände bis an die Ränder von Bel Air gefressen haben, bleibt das Getty, wie mir per E-Mail mitgeteilt wird, heute geschlossen.

Die Tage sind kurz und die Zeit vergeht schnell, so lange ich noch hier bin, wenn auch nicht allein, wofür ich dankbar bin und trotzdem verloren. Der Grund, weswegen ich bald noch verlorener sein werde als zuvor, liegt hier, liegt darin, dass ich nicht allein bin.

Einmal sitze ich in der klimatisierten Metro von Downtown zurück nach Santa Monica, vorbei an vergitterten, gedrungenen Bungalows, die unbewohnt wirken und bald größeren Häusern und den vielen Krankenhäusern von Santa Monica weichen. Das Licht, das ich nicht mehr vergessen

will, wird bald verschwunden sein und andere Gesichter
wärmen, und die Palmen werden für andere Ohren ihre Blätter aneinanderschlagen wie ein hölzern-hohler Applaus, der
Duft von Zitronen und Marzipan in der Seife muss hier von
anderen und anderswo von mir gerochen werden. Wo werde
ich dann sein, wenn ich mich an all das hier erinnere, an welchem kalten Tag werde ich glauben, ich spüre noch immer
die zu heiße Sonne auf meinem schwarzen Hemd in diesem
Metro-Wagen? Es wird hier niemanden interessieren, dass
sich jemand an all das hier zurückerinnert, so wie ich es jetzt
nicht spüren kann, dass sich Tausende Erinnerungen gerade
in diese Richtung stürzen. Die Stadt wird nicht weniger
durch die Tatsache, dass sich Menschen an sie erinnern, Menschen, für die sie verloren ist.

Welch härtere Gewissheit, erinnere ich mich an ein Zitat
aus einem Roman, *gibt es über den abgeschlossenen Verlust
als die Erinnerung? Es gibt sie nicht.* Mich macht das Zitat
nachdenklich, traurig macht es mich nicht. Ich versuche mir
diesen Ort hier, diesen exakten, unter der Sonne fahrenden
Ort, *ohne mich* vorzustellen, und ich bin erstaunt, wie leicht
mir das fällt und wie ich jetzt glaube, dass ich lernen werde,
an einem anderen Ort zu leben, an dem alten Ort, der meine
Heimat ist und irgendwann vielleicht einmal mein Zuhause.
Mit der Zeit werde ich mich daran gewöhnen, selbst wenn
Gewöhnen abstumpfen heißt, und abgestumpft werde ich
existieren, bis es einmal einen Moment gibt, in dem die Sonne
rauskommt, wie jetzt hier, so stark, als wollte sie in meinen
Körper eindringen, und es wird weitergehen.

Was ich will, ist nicht die Vergangenheit, sondern die Vergangenheit mit dem Bewusstsein von heute und ein bisschen
auch mit der Tünche des Verlorenen. Und ich werde diese
Färbung des Verlorenen erkennen, wenn ich mir diesen

Moment und diesen Ort hier genau vorstelle, als Vergangenheit, als Fiktion. Ein leerer Metro-Waggon, klimagekühlt und mit den automatisierten Ansagen, die zu niemandem sprechen, wird nach Santa Monica gleiten, wird am Ende der Strecke kurz vor dem Meer entgleisen, auf den Ozean hinausschweben und langsam hinter dem Horizont verschwinden, wie eine weiße Sonne.

WINTER

SANTA MONICA · THE WEDDING PRESENT

Die Engelsgegenden, die Heiligenorte an dieser größten, der friedlichsten See des Planeten, sind keine gesichtslosen Betonhöllen, keine besiedelten Parkplätze, wie diejenigen meinen, die vierzehn Tage herkommen und in einem Hotel in Beverly Hills oder einer Autorenvilla in Pacific Palisades absteigen, mit dem Mietwagen durch Hollywood fahren und wegen des glänzenden Rasens und der Stoßstangen-Schlangen hier nichts als Uniformität vorfinden.

Wer in Los Angeles nur Monotonie erkennt, schaut ungenau hin, hat nicht das fürsorgliche Auge, nicht den gehenden Blick, und den gehenden Blick hat nur, wer von hier nicht mehr weg will, und vielleicht ist das wegwerfende Urteil über einen so schönen Ort so wertlos wie sich wegzuwenden, wenn eine Tragödie im Gang ist. Wer nichts sieht, hat hier nichts verloren. *On the turning away* (PINK FLOYD).

Die Unterschiede der verschiedenen Stadtteile von Los Angeles, die sich mal stärker zeigen, mal feiner abgestuft wirken, die Verschiedenheiten zwischen LA und anderen Orten, die kleinen Binnenstädte, die von LA umschlossen sind, wie Santa Monica und Culver City, ich habe nur sehr langsam gelernt, einige behutsame Unterschiede zu erkennen, eher nebenbei, wenn man im Bus einen stadtlangen Boulevard entlangfährt, die Palmen aufgefädelt wie an einer Schnur, wenn man in die längs am Blick vorbeipendelnden Querstraßen schaut und sieht, dass sich die Straßenschilder plötzlich verändert haben, von dem coolen, klassischen Preussischblau mit feinweißer Schrift mit weißfeinem Rand in Los Angeles zu der dicken Schrift auf einem helleren Blau in Santa Monica, wo sich am unteren Rand jedes nicht umrandeten Schilds ein schmaler sattorangener Streifen querzieht, als schöbe sich von unten in das Blaufeld des Himmels eine warme Sonne. Ein Einheimischer sagte mir einmal, dieser Streifen verweise auf die Strände der Stadt.

Mir gefällt, wie sich mir dieser Ort langsam ins Herz geschoben hat, ganz allmählich und leichthin, und jetzt, da ich die samtwarme Luft und das weißklare Licht auf mir spüre, habe ich das Gefühl, hier sind überall schon Erinnerungen ausgestreut, als müsste ich mir diesen Ort schon zurückholen, indem ich ihn mir vorstelle, obwohl ich ihn noch vor mir sehe. Ist das schon der gehende Blick, ist das schon der letzte Blick?

Die Antworten sind nicht wichtig. Doch daran, wie ich diesen kalifornischen Küstenflecken verteidige, in Gedanken vor eingebildeten Gegenstimmen und also vor mir selbst, daran kann ich erkennen, wie sehr hier alles kurz vor dem Ende ist, kurz vor vorbei.

Ich nehme einen Umweg zurück in die kleine Casita, und lange bevor ich dort bin, weiß ich genau, wie der Duft und das Licht in den Räumen sein wird, und ich schlendere über die Third Street Promenade, wo viele ältere Touristen durch die Fußgängerzone strömen, Bermudashorts und Schildmützen. Wie hässlich hier alles aussieht, die Ladenfronten alle im selben Monoton-Beton mit Glas, die Ligusterdinosaurier, die Wasser speien, ihre Skelette aus Metall, ein 90er Jahre-Kitsch aus einer Zeit, als *Jurassic Park* die Kinderwährung war.

Vor einem dieser Topiary-Dinosaurier sitzt ein Mann im Rollstuhl hinter einem Mikrofon und beschallt zu MP3-

Begleitung die Fußgängerzone mit einer zittrigen Version von *That's Life*. Er trägt eine Lederjacke, und das Mikrofon ist an einen winzigen Marshall-Verstärker angeschlossen, der auf einem kleinen Perserteppich steht und mich wahnsinnig traurig macht. Ich begutachte sehr genau seinen kleinen Dunkin' Donuts-Geldbecher und stecke ihm einen gefalteten George Washington hinein. Ich sehe ihm dabei nicht in die Augen.

Ich gehe zum Strand runter, vorbei an dem Riesenrad, das schon läuft, ein großes, rollendes Auge in der fallenden Sonne, Fahrradfahrer in allen Sprachen, kleine Palmoasen im Sand, verloren in der Ferne. Ich denke nicht an sie, nicht an die verschiedensten Verschlingungen meiner Erinnerung hinein ins Leben von Verlorenen, ich erzähle mir keine Geschichte über diesen Ort oder über die Orte, an denen ich war, bevor ich hier war, ich schaue einfach aufs Meer, auf die silberschimmernde Flüchtigkeit. Ein neues Gefühl für mich.

Obwohl ich es schon öfter gesehen habe, fällt mir erst jetzt auf, dass das Schild, das den ursprünglichen Ort des MUSCLE BEACH bezeichnet, wie eine Inversion der Schilder von Los Angeles aussieht, schneeweiß mit blauer Schrift: THE BIRTHPLACE OF THE PHYSICAL FITNESS BOOM OF THE TWENTIETH CENTURY. Ich denke dabei nicht an eine gewisse L., mit der ich einmal hier war. Ganz klein am unteren Ende des Schildes steht geschrieben: MUSCLE BEACH ALUMNI ASSOCIATION.

Am 4. Februar 1943 schreibt Christopher Isherwood in sein Tagebuch: *Ging am Morgen nach Santa Monica runter und spazierte an der Meereslinie entlang. Der kühle Wintersonnenschein. Die großen maroden Hotels, die heute von der Navy übernommen worden sind. Der Gestank von Hamburgern, Popcorn und sauren Gurken. Die baufälligen Bade-*

häuser, etwas von alten Männern, Schweiß und Urin. ›Muscle Beach‹ mit den mexikanischen Jungs, die Salto rückwärts machen. Die großen Maschinen des Amüsements, die stillstehen. Die Pelikane und die menschlichen Angler. Auf Wiedersehen. Auf Wiedersehen. Ich werde euch wohl öfter sehen – aber, ich vermute, anders.

Seit einigen Tagen habe ich Isherwood im Kopf, und vielleicht bin ich deshalb, mit dem Eindruck von nachdenklicher Sehnsucht, die mir seine Sprache bereitet, noch einmal hierhergekommen, vielleicht schon wie zum Abschied? *Auf Wiedersehen. Auf Wiedersehen.* Ich denke an Isherwood wie an einen Bekannten. Die zeitlupenruhigen Momente der Verlorenheit in *A Single Man*, Isherwoods kindisches Lachen in aufgezeichneten Interviews, oder die Geschichte in den *Diaries*, als Greta Garbo bei einer Gartenparty in LA auf einen Feigenbaum klettert, um für ihn einige der reifen Früchte zu pflücken. Wie muss damals alles hier ausgesehen haben, als alles, fast alles, hier anders war, als jeder Mann noch rauchte und einen Hut trug, selbst in der warmen Kaliforniensonne – und dennoch alles in dieses weiche klare Licht gelegt war. Ich habe ein wenig Isherwood gelesen, als ich die Zusage bekam hierherzukommen. *Du musst dich unbedingt bewerben.*

Auch die hässliche Third Street Promenade will ich heute nicht vermissen, eben weil auch sie in dieses samtige, schneehelle Licht getaucht ist. Und die Millionen Seelen, die in diesem Licht gelaufen, gelebt, geliebt haben, alle sind sie fort, ausnahmslos. *Das Licht! Ja, das Licht, würde ich zuerst sagen, wenn jemand mich fragte, wonach ich mich sehne, wenn ich zurückdenke* (CHRISTA WOLF). Ich wünschte bloß, man könnte aus Licht ein Leben machen, aus ihm so viel Energie und Dynamik schöpfen, wie Wolf es zu können glaubte – oder glaubte, glauben zu müssen, weil sie hier doch so viel von zu Hause vermisste, wo das Licht viel, viel dunkler war als hier. Ich weiß nicht einmal, ob man sich an Licht erinnern kann. Oder ob alle Erinnerung Licht ist, das alte Licht, das, vormals durch die Augen in den Körper gefiltert, ausglüht im Entwicklungsbad des Geistes und sich auflöst.

An den riesigen Sonnenstühlen am Strand, durch deren Röhren der Wind heult, spielen zwei Kinder auf Deutsch. Als sie mich sehen, wie ich sie stumm beobachte, hören sie mit dem Spielen auf und werden still, reglos wie Fotografien. Eines der Kinder, ein Junge, durch dessen braunes Babyhaar der Wind spielt, guckt nach einem Moment zu seinen Eltern, die in einer Umarmung aufs dunkelnde Meer hinausschauen. Die junge Mutter bemerkt die plötzliche Stille ihrer Kinder und schaut zu ihnen zurück. Als die Frau mich entdeckt, fragt sie mit einem aufrichtigen Lächeln: *Will you use zis tschairs?* Ich gebe mich nicht zu erkennen. Ich habe keinen Akzent.

Ich gehe etwas weiter und schaue der Familie noch einen Moment beim Glücklichsein zu, zumindest von außen beim äußersten Glücklichsein, eine immer dunkler werdende Silhouette, von der ich ein Foto machen könnte und dann irgendwann die Umstände dieses Moments vergessen hätte. Vielleicht wäre ich dann einen Moment lang selbst in einem Moment dieses äußeren Glücklichseins, so wie diese kleine Urlaubsfamilie. Ihr Lachen klingt, als hätte es einen deutschen Akzent, der mich anspricht wie eine bekannte Stimme, die ich mit dem Körper erkenne.

Die Filmstadt, die Betonstadt, die Einwandererstadt, die Autostadt, die Sonnenstadt, die Sonnengestade. Ich habe jetzt kein Problem mehr damit, das aufgeladene Wort zu verwenden, das hier LOVE heißt, wenn ich an diesen Ort denke, LOVE ANGELES, LOVE ANGELES COUNTY, falls es möglich ist,

etwas wie LOVE über einen Ort zu blenden, über die palmen-
bestickten Prachtboulevards und die Food Trucks, durch deren *Speakeasy*-Verkaufslöcher die Leute lächeln, etwas wie
LOVE zu empfinden für das rieslingweiße Licht am Nachmittag und für das geisterhaft blühende Licht der Neonnächte.
*In Wahrheit und in meinen geistig gesunden Momenten liebe
ich dieses Land. Ich liebe es, weil ich ihm nicht angehöre.
Weil ich nicht verwickelt bin in seine Traditionen, nicht geboren wurde unter dem Fluch seiner Geschichte. Ich fühle
mich frei hier. Ich bin für mich. Mein Leben wird das sein,
was ich daraus mache.* So schreibt Isherwood am 31. März
1940, und: *Ich liebe den Ozean und die Orangenhaine und
die Wüste und die fernen Berge um Arrowhead, wo der
Schnee bis an die Ufer des Flusses hinunterreicht und man
oben die Adler kreisen sieht.*

Alles kann man lieben, einen Stein, eine Stadt – für den
Fall, dass man noch lieben kann. Manchmal kann man eine
Stadt gerade dann lieben, wenn man gerade nicht alles lieben
kann, was man lieben will, wenn man nicht lieben darf, weil
es ein Mensch nicht wagen will, nicht wagen kann, nicht
wagen darf, geliebt zu werden. *Believe it or not, we don't
have a choice/In matters of the heart, just gotta be brave
enough/To love and let yourself be loved* (EELS).

Diese Stadt und ihre Orte liebst du dann einfach, du liebst
das Licht und den Orangenduft und die Boulevards und die
Space-Architektur von John Lautner und Frank Lloyd
Wright und Gin Wong, und vielleicht liebst du diesen Ort
auch einfach nur, weil es hier einen Menschen gibt, der dein
Wort für LOVE verdient hätte, obwohl dieser Mensch dein
Wort dafür nicht versteht (oder gerade deshalb), auch wenn
ihr euch dieses Wort nicht gesagt habt, und euch dieses Wort
nie sagen werdet, weil ihr es euch vielleicht nicht sagen wollt,

weil ihr wisst, ihr wollt es nicht in der Sprache einklemmen, oder weil ihr glaubt, dass man etwas nicht sagen muss, um es zu fühlen, dass man es sich manchmal sogar nimmt, wenn man es sagt, weil man mit Sprache entwürdigt, weil ihr wisst, dass man etwas bezeichnen kann, ohne es zu benennen, weil ihr wisst, dass man etwas eigentlich erst bezeichnen kann, wenn es weg ist.

FLIGHTLESS BIRD, AMERICAN MOUTH · IRON & WINE

Eine Woche vor Weihnachten sagt Ada zu mir: *Diesmal hat er sich ganz schnell wieder anders entschieden.*

Wir sind in ihrer Küche und machen Tacos, trinken dabei braunen Tequila. Ich würze gerade das Hackfleisch in der Pfanne und sage: *Wovon sprichst du?*

Mein Vater. Ich habe dir vorhin davon erzählt, dass ich zu meiner Halbschwester fliege. Über die Feiertage. Mit einem Löffel schält Ada das gummigrüne Fruchtfleisch einer Avocado aus der Schale. Aufgewachsen in der Nähe von Avocados. Ich kann mich nicht erinnern, dass sie mir vorhin etwas Derartiges erzählte, doch ich erinnere mich an einen Moment, da sie mit mir sprach, während ich in Gedanken ganz weit weg war, weit in einer Zukunft, in die ich nicht hin will. Ich lüge und sage, ich erinnere mich, *of course*, aber ich hätte nicht ganz verstanden, dass ihr Vater auch da sein werde.

It's that time of year again. An Weihnachten spielt er immer Familienvater. Was, wie er sagt, damit zu tun hat, dass er ohne Vater aufgewachsen ist. Father knows best, you know.

Ich stelle fest, dass ich von ihrem Vater genervt bin, als wäre er nicht ihr Vater, sondern einfach ein anderer Mann. Die belanglose, unbekümmerte Art, die Väter von Töchtern oft haben, die mich an eine Gleichgültigkeit gegenüber allem

Weiblichen erinnert. Väter, die auch ihre erwachsenen Töchter noch spielerisch auf den Arsch schlagen, sollten die Töchter zurück und ins Gesicht schlagen.

Ist es in Ordnung für dich, ihn zu treffen?

Schulterzucken, sie leckt etwas Avocado von ihrem Daumen, eine Geste, die mir bekannt vorkommt. *Ich meine, das ist ja alles nichts Neues. Jetzt wird er sich mal wieder irgendwie in mein Leben reinkaufen. Was dann nur bedeutet, dass er sich irgendwann wieder aus meinem Leben rauskaufen wird.*

Ich sage einen Moment lang nichts, denke an den Luxus, einen Elternteil hassen zu dürfen, sage dann, geistesabwesend in der Pfanne rührend: *Wann wird das sein?*

Bald. Sie lacht ein bisschen, schneidet die Avocado in dünne Streifen. Wie man beim Kochen miteinander redet, ohne sich anzusehen, wie kurz nach einem Streit. *Nein, ich meine, ich habe keine Ahnung, aber leider wahrscheinlich bald.*

Ich muss daran denken, dass dieses BALD auf eine Zeit verweist, wenn ich nicht mehr für sie da sein kann. Ich spreche es nicht an, aber versuche, ihr zu bedeuten, dass es mir leidtut, was sie mit ihm erlebt, dass ich weiß, wie schmerzhaft es für sie sein muss, einen Vater zu haben und doch keinen Vater zu haben. Ich rede zu viel, aber ich habe auch schon zu viel getrunken.

War das, beginnt sie und wäscht sich ihre Hände ab, aber setzt dann neu an: *Hattest du ein ähnliches Verhältnis zu deinem Vater?*

Nein, das war ganz anders. Es ist immer ganz anders, oder? Ich mache die Tür zum Lüften auf. Mit ironischem Ton sage ich: *Du wirst bemerkt haben, dass ich nicht darüber reden will.* Ich lache etwas zu affektiert, und unser Gespräch verliert sich im *Reichst-du-mir-mal-dies-und-das* der Kochroutine. Würden wir öfter miteinander kochen, wüssten wir stillschweigend die Handgriffe voneinander und hätten Zeit, uns auf tiefergehende Gespräche einzulassen, bis wir uns dann bald gar nichts mehr zu sagen hätten.

Ich habe übrigens noch einmal überprüft, ob ich meinen Flug nicht doch umbuchen kann, sage ich nach etwas Schweigen.

Und?

Es geht nicht. Es ist der günstigste Tarif gewesen.

Tut mir leid.

Der 31. ist also mein letzter Tag hier. Mein letzter halber *Tag.*

Sie küsst mich auf die Wange und sagt, wir werden uns jetzt einfach jeden Tag sehen und nach Weihnachten sei sie ja auch bald wieder da. Bald.

Ich habe keine Lust auf die Zeit hier, wenn du nicht da bist. Ich schäme mich nicht, dir das zu sagen.

Ich weiß. Aber die Zeit wird sehr schnell vergehen. Wie alle Zeit. Wir teilen ein Lächeln. *Das sagst du sonst immer.*

In Deutschland nennt man die Zeit von Weihnachten bis Silvester between the years.

Hier sagt man das nicht. Ada beginnt, die Taco-Zutaten auf der Arbeitsplatte aufzureihen, sie zu einer Taco-Theke zu machen. *Was soll das heißen?*

Ich habe keine Ahnung. Aber es passt doch fast, oder? Weil es sich so anfühlt, als sehe ich dich drei Tage lang ein ganzes Jahr nicht. Und dann nie wieder.

Sie schlägt mich auf den Oberarm. *Wovon redest du? Wir skypen jeden Tag.* Sie schaut wieder auf die Arbeitsplatte, doch diesmal weiß ich nicht, ob sie meinem Blick nicht auch aus dem Weg geht. Nach einer Pause, in der wir anfangen, die Tacos zu befüllen, fragt sie: *Warum hast du eigent-*

*lich damals deinen Rückflug ausgerechnet für Silvester ge-
bucht?*

*Weil ich damals keinen Tag länger als nötig hier bleiben
wollte. Ich wusste ja damals nicht, dass du hier lebst.*

Was ich dir auch wieder nicht mitgeteilt habe.

Exactly, sage ich und kneife meine Lippen zusammen,
*und außerdem dachte ich, dass ich auf diese Weise vielleicht
einmal im Leben ein Feuerwerk von oben sehen könnte.*

Ada sieht mich an, streichelt mir über die Wange: *You're
so sweet, you don't even know it.*

TYING UP LOOSE ENDS · CASS MCCOMBS

Am 23. Dezember steht das Jahr still, jeder Tag könnte von
jetzt an der letzte sein, ohne dass ich es bemerkte.

Am Liquor Store auf dem Wilshire sind die Fenster mit
Weihnachts-Schnick-Schnack dekoriert. Ein plüschiger Rahmen aus Sprühschnee fasst die Tür ein. Die Sonne scheint so
hell und so unverändert wie während meiner ersten Tage
hier. Das Jahr, das ein Kreis wird, in dem ich eingekapselt
sein werde.

Aus manchen Läden hört man Weihnachtslieder. An Adrian und Sarahs Tür hängt ein Kranz, in dessen Lochmitte ein
Rentierkopf aus Stoff lächelt. Manche Vorgärten sind noch
aufdringlicher überdekoriert als zu Halloween.

Am Morgen schlief Ada noch einmal mit mir, doch es störte
mich, dass sie dabei abwesend wirkte. Ich erinnere mich, dass
ich diesen Gedanken schon hatte, als sie noch auf mir saß und
sich mit geschlossenen Augen einmal mit der Hand durch ihr
frisch gewaschenes, nasses Haar streifte, sodass ein sehr feiner
Nebel ins Sonnenlicht perlte, es kam mir vor wie eine Geste,
die sie sonst eigentlich alleine vor dem Spiegel machen musste,

Getty, greife mir vor dem Reading Room eines der immer stapelweise ausliegenden Legal Pads und betrete den *air-conditioned nightmare*. Nach einer kurzen Wartezeit werden mir die Blackshaw-Papiere gebracht. Aufgeregt, aber sorgfältig gehe ich sie alle noch einmal durch. In Blackshaws letzter Woche schrieb er deutlich mehr auf als in den vorherigen Wochen, annähernd so viel wie während der schlimmen Sommermonate.

21 *December* 1949: 4 Seiten maschinenschriftlich, 1 Seite handschriftlich.

22 *December* 1949: 2 Seiten maschinenschriftlich mit handschriftlichen Ergänzungen.

24 *December* 1949: 4 Seiten maschinenschriftlich.

25 *December* 1949: 4 Seiten maschinenschriftlich.

Dazwischen klafft das Loch des heutigen Tages.

Ich bringe den Archivkarton mit dem Pestjahr-Material zurück auf den Bibliothekswagen mit den übrigen Kartons. Er steht unter einer der Kameras. Ich nehme mein Legal Pad und meinen Laptop und gehe damit zum Bibliothekarstisch. Die junge Mitarbeitern, beim Lachen wippt ihr Namensschild ALLIE an ihren großen Brüsten, merkt an, ich sei wohl ein sehr schneller Leser.

Ich sage ja, ich müsse gehen und endlich ein paar Sachen zu Papier bringen. Automatisch öffne ich beim Reden meinen Laptop, ihr prüfender Blick, Nicken, und ich präsentiere ihr mein Legal Pad, blättere langsam durch die Seiten. Sie nickt sofort und sagt:

Danke, ich sehe schon, das ist nur gelbes Papier.

Ich lächle, zu ihr und in mich hinein, und ich frage, ob sie morgen auch arbeiten müsse.

Yup, sagt sie, *ich habe die graveyard shift.*

Vielleicht sehen wir uns dann ja morgen, sage ich, und erwähne nicht, dass sie den Begriff falsch verwendet hat.

Ja, sagt Allie und wartet einen Augenblick lang, während unsere Blicke sich fixieren, bis sie sanft blinzelt: *Vielleicht.*

Sie drückt unter dem Tisch den Knopf, ein Brummen ertönt, und die Sicherheitsglastür lässt sich öffnen. Als ich draußen bin, wechselt ein weiteres Lächeln zwischen Allie und mir. Wie einfach es ist, wenn es einem egal ist.

In einem riesigen Staples in Westwood knie ich auf dem Teppichboden, mein Smartphone ist neben mir, Ada ist *en route*, mein Laptop steht geöffnet vor mir auf dem Boden, ein Foto einer Seite von Blackshaws Pestjahrbuch auf dem Bildschirm.

Eine schwarze Mitarbeiterin, rotes Poloshirt, eine Etikettiermaschine in der Hand, erscheint neben mir. Ich schaue auf in ihr hübsches Gesicht, das gerahmt ist von üppigem, dunklem Haar. Mit einem verwirrten Lächeln fragt sie, ob ich Hilfe brauche. Wie ein Kind in seinem unaufgeräumten Zimmer, zwischen Modellautos und Straßenteppich, sage ich: *Nein, danke, ich muss nur etwas ausprobieren.*

Okay, sagt die Frau mit skeptischem Ton und driftet aus dem Gang. Kurz darauf höre ich das rhythmische Klackern ihrer Etikettiermaschine.

Nach und nach nehme ich verschiedene Marken von Legal Pads aus dem Regal und halte sie neben die Fotografie. Die meisten sind viel zu grell, safrangelb oder goldgelb, nicht das Gelb, das ich suche, den blassen Ton der Flügel heller Zitronenfalter. Nach einigen Versuchen wird meine Suchbegier belohnt. Ein Block, dessen Leimbindung von einer Leiste in Lederimitat gehalten wird. Die Farbe scheint zu passen. Zur Sicherheit vergleiche ich sie noch mit einem Foto auf meinem Smartphone. Ich kaufe ein Set von fünf Blöcken und frage mich zum ersten Mal, ob es eigentlich bedeutend ist, dass der Schneemann von Kalifornien ausschließlich auf gelbem Papier schrieb.

Ich habe keine Zeit mehr für solche Gedanken und rufe mir ein Uber nach Beverlywood, wo ich in einer Strip Mall einen Pawn Shop finde. Die Fenster sind vergittert, doch ich gelange hinein und betrete den kühlen Kauf- und Verkaufsraum des Pfandleihers. Der Raum ist größer als das gedrungene Haus von außen gewirkt hat, und die Angebote reichen von hochwertigen Gitarren über Elektrogeräte, die brandneu aussehen, bis zu einer Ducati, die in der Ecke steht, ein großes, gelbes Preisschild, das mit spitzen Zacken umgeben ist, kündigt den Preis eines Jahresgehalts an.

Ein älterer Mann mit einem über seine Oberlippe reichenden, gepflegten Schnauzbart in einem lilafarbenen Ralph Lauren-Polo fragt, wonach mir der Sinn stehe. Er hat seine Hände flach auf dem Ladentisch liegen. *Lassen Sie mich raten? Ein last minute Weihnachtsgeschenk?* Seine Frage begleitet er lächelnd mit einem leichten Klopfen seiner Handflächen auf den Ladentisch.

Ja, sage ich, ich sei spät dran dieses Jahr. Ein wissendes Nicken. Aber ich suchte etwas ganz Besonderes. *Für meinen Vater*, sage ich und bemerke, wie schwer mir das Lügen fällt. *Leider kann ich mir die Ducati dort hinten nicht leisten.* Ein höfliches Lachen. *Aber ich bin auf der Suche nach einer Schreibmaschine.*

Der Mann kneift seine Lippen zusammen. *Leider keine Schreibmaschinen im Moment*, sagt er. *Tut mir sehr leid.*

Wahrscheinlich gibt es heute gar keine Schreibmaschinen mehr, sage ich mit einem sinkenden Gefühl von Enttäuschung.

Doch, doch, sagt der Mann, *bei uns kommen sie wieder mehr und mehr rein. Aber die sind eben auch genauso schnell wieder weg. Ich denke, junge Leute wie Sie haben ihre Computer satt, das denke ich. Gerade letzte Woche habe ich zwei sehr schöne von IBM verkauft, mit diesem kleinen Kugelkopf, wissen Sie? Wird heute alles nicht mehr hergestellt. Aber alles kommt wieder, denke ich. Ich kann Sie gerne anrufen, wenn wieder welche reinkommen.*

Dankend, nein, verabschiede ich mich und fahre mit einem Uber in einen Pawn Shop, den ich weit südlich des Pico Boulevards ausgemacht habe, wo ich vermutlich erstochen werde. Meine Uberfahrerin lässt mich raus, verriegelt die Türen und rauscht rasch davon. Ich habe eine falsche Adresse angegeben und muss noch einige Blocks zu Fuß laufen. Ich bin erschüttert, dass in dieser bunten, blühenden Stadt eine so trostlose Gegend existieren kann, und dass ich mein ganzes Jahr über nicht ein einziges Mal hier gewesen bin.

Müll liegt überall verstreut auf den Gehwegen und der Fahrbahn. Doch anders als nördlich des Pico sind hier viel mehr Menschen auf den Straßen, stehen an Mini-Märkten, an Bushaltestellen, sitzen in übergroßen T-Shirts auf den Gehwegen und trinken aus riesigen Bierflaschen und Getränkebechern. Ich fühle mich nicht gut dabei, mich von meinem Smartphone leiten zu lassen, versuche mir schnell den Weg einzuprägen und stecke es weg. In den Straßen bin ich der einzige Weiße. An jeder Ecke sind Kirchen. Es gibt Geschäfte, die Schecks auszahlen und versprechen, bei Kreditproblemen zu helfen. Es riecht nach gegrilltem, verbranntem Fleisch.

Inmitten von Strip Malls mit Fastfood-Läden und Reinigungsgeschäften stehen winzige heruntergekommene Wohnhäuser, jedes Fenster vergittert, mit kleinen, vertrockneten, sandigen Vorgärten, maschenumzäunt. Die meisten der kleinen Bungalows sind geschmückt mit den Fahnen eines Landes, das die Bewohner dieser Häuschen vergessen hat.

Einmal fährt ein Mann an mir vorbei, der keine Beine hat. Seine Hüften sind in eine Plastiktüte eingeschlagen, und er sitzt auf einem Skateboard, in den Händen hält er Objekte, die wie Bügeleisen oder Kettlebells aussehen, mit denen er sich vom Boden abstößt und so fortbewegt. Er trägt ein Hemd der US Army.

Ich bin schockiert und überkommen von einem niederdrückenden Gefühl der Hoffnungslosigkeit. Die Sonne steht nur noch leicht über dem flachen Dächerhorizont der Stadt, als schämte sie sich hier. Wen interessiert in dieser Trostlosigkeit ein kleines Büchlein über Schnee? Die Antwort: Niemanden. Nicht einmal mich. Hier frage ich mich selbst, was mich immer alle fragten, *warum Schnee?*

Doch dann finde ich die Strip Mall, die ich suche, der Bau flach wie ein Karton, und darüber prangert ein gigantisches Werbeschild, auf dem eine Anwältin verspricht, eine Anzeige wegen Fahrerflucht abzuwenden: 100% SUCCESS GUARANTEED!

Der Laden ist heftiger vergittert als jener in Beverlywood, viel kleiner, und durch die Scheiben wirkt das Ladeninnere dunkel und verlassen. Ich ziehe an der Tür und ärgere mich schon, dass sie nicht zu öffnen ist, als ich durch die Scheibe eine korpulente, ältere schwarze Frau mit grauen Locken sehe, die mich gelangweilt zu sich heranwinkt. Danach ertönt ein Summen, und die Tür lässt sich öffnen.

Erst jetzt sehe ich, dass die Frau hinter einer Front aus Panzerglas sitzt, eine kleine Öffnung, wie auf einem Postamt, über dem Ladentisch. Ihre Hände behält sie unterhalb dieses Tischs versteckt, als hätte sie dort eine Waffe. Über den Gläsern ihrer Lesebrille guckt sie mich wartend, wertend an. *Got anything you'd like to sell, son?*

Ich lache und sage, nein, ich möchte etwas kaufen. Ungerührt informiert sie mich, dass es keine Rückerstattung gebe und ich alles, was ich nicht gebrauchen könnte, nur wieder zurückverkaufen könne. *Immer mit Verlust.* Ich solle mir also gut überlegen, wofür ich mich entschiede. Man übernähme keinerlei Garantie für die gekauften Produkte. *And no refunds*, sagt sie noch einmal, und deutet dabei auf ein Schild über dem Glaskasten, in dem sie sitzt. Cremeweiße Schrift, roter Grund: NO CHECKS CASHED. NO REFUNDS.

Ich nicke einverständig. Eine kleine Pause entsteht. Der Raum riecht nach Staub und altem Holz, wie das Innere eines antiken Schranks, ein Geruch von Leere. Ich sehe mich kurz um. Kein Ausstellungsraum. Durch das Panzerglas erkenne ich hinter der Frau Quergänge mit Regalen, auf denen die Pfandware gelagert wird.

You still in the buying business, son? Oder möchten Sie *etwas stöbern?* Der letzte Satz hatte einen feinen Hauch von Spott.

Nein, sage ich und muss etwas kichern. Jetzt lächelt auch die ältere Dame, ein abgeklärtes, überlegenes Lächeln, das subtil bleibt und nur kurz über ihren Mund wischt, dabei trotzdem schwer und etwas müde wirkt, als hätte sie sich dieses Lächeln verdienen müssen und gebrauchte es nicht oft, nicht an diesem Ort. Fast außer Sichtweite liegt ein aufgeschlagenes Magazin und darauf ein geöffneter roter Sharpie. Ich frage mich, ob die Frau Enkelkinder hat und ob sie mit ihnen anders lächelt als mit mir.

Ich bin auf der Suche nach einer Schreibmaschine, sage ich vorsichtig, *aber ich fürchte, es gibt heute gar keine mehr.*

A typewriter?, spricht es in sonorer Stimme aus dem runden Körper der Frau, und darauf folgt erneut ein abgeklärtes

Lachen. *Wir haben so viele Schreibmaschinen, dass wir heute keine mehr ankaufen. Jeder benutzt heute Computer.*
Ich würde gerne eine kaufen.
Mhmh, macht die Frau in einem genervten, tiefen Brummen.

Nach einem Moment wird von einem jungen Mann, eher ihr Enkel als ihr Sohn, an seiner Hose klimpert eine Kette, ein Rollwagen durch eine Stahltür in den Vorraum geschoben, darauf eine traurige Kollektion verstaubter, verschmutzter Schreibmaschinen. Erst jetzt fallen mir zwei Kameras an den Wänden und der Decke auf, und ich trete einen Moment aus mir heraus, als wäre ich selbst in der Lage, mich durch diese Kameras zu beobachten, wie einen Verbrecher.

Ich erfahre nicht viel über die Provenienz und das Alter der Schreibmaschinen, doch ich darf sie mit alten Quittungszettelchen ausprobieren. Ich entscheide mich für eine gelbe Reiseschreibmaschine, deren Farbband fast unbenutzt scheint. Alle Typenhebel funktionieren einwandfrei.

Als ich bezahlt habe, die Quittung wird mit einem Stempel besiegelt, sagt die Frau: *Schreiben Sie mir ja keine Erpresserbriefe damit, verstanden?*
Versprochen.
Ein zurückhaltendes Lächeln. *Happy holidays.*

I'LL BE AROUND · YO LA TENGO

Am Vorabend von Heiligabend ist ein kühles Tackern, ein Klackern wie Musik aus meiner erleuchteten Casita bis raus auf die Straße zu den Santa Monica Bros zu hören. Der Rauch meiner Zigarette steigt ins Licht, Neil Young singt von der Ernte in die abkühlende Nacht, und für einen Moment an einem meiner letzten Abende fühle ich mich wie ein Autor.

Ich fertige etwa zwanzig Seiten an. Die Gelenke in meinen Händen schmerzen, die Haut spannt.

Ich nehme die Batterien aus meinen Feuer-und-Kohlenmonoxidmeldern, nehme die Entwürfe und die am besten, am saubersten aussehenden Papiere und verbrenne sie in der Spüle in der Küche. An einem der Papiere zünde ich mir eine Zigarette an und freue mich darüber. Auf YouTube laufen zahlreiche Anleitungen von Bastelbegeisterten, die mir den Weg weisen.

Die nähere Auswahl meiner Werke tauche ich unter Wasser, stecke einige der Papiere in den Ofen und übergieße eines mit altem Kaffee, eines mit Rotwein. Die Ofen-Papiere nehme ich heraus, nachdem sie ganz leicht nachgedunkelt sind. Das Rotwein-Papier trägt eine seltsam bläuliche Färbung, das Kaffee-Papier ist zu dunkel, ich verbrenne sie beide in der Spüle, nehme die restlichen Papiere und trete einige Male auf ihnen herum, bügle sie und wähle das beste aus.

Ich stecke es ans Ende eines Legal Pads, halte den Block unterm Arm und schaue mich damit von allen Seiten vor dem Spiegel an. Ich beschwere das Legal Pad über Nacht mit meinen Büchern und balanciere oben auf noch einen Plastikkanister mit einer Gallone Wasser.

Ich schlafe schlecht, bin noch etwas betrunken, als ich am Heiligabend-Morgen im Bus durch die Stadt wackle. *Willkomm' am Getty.*

Mein Herz schlägt so fest, dass ich glaube, man müsse es schlagen sehen, als ich den langen Gang zum Reading Room entlanggehe. Allie ist wieder da, ich vergesse, auf ihr Namensschild zu gucken, schaue, ob die Papiere noch auf dem Bibliothekswagen für mich bereitstehen. Als ich den Raum betrete, hebe ich einmal das Legal Pad an, das ich unter meinem Arm habe, sie nickt lächelnd.

Ich nehme die maximal erlaubte Anzahl von Blackshaw-Ordnern mit an meinen Platz, breite sie aus, beobachte Allie aus den Augenwinkeln, wie sie pinteressiert auf ihren Bildschirm starrt, twittert oder instagrammt, und ziehe irgendwann mit einem Zug mein Papier aus dem Legal Pad auf den Tisch. Es macht kein Geräusch, es macht keinen Unterschied. Ich lese noch etwa eine Stunde, ohne mich konzentrieren zu können, sammle dann alle Papiere zusammen, und lese noch einmal das meinige:

23 December 1949

I believe I live a ~~liff~~ not uncommon life of low aspirations
and mediocre afflictions. I have lost her, and I have left her
ghost. In coming into snow I have sought to follow the path
most ~~likxlxxix~~ suitable to my condition. As I move about my
sarcophagous of a room the floorboards ~~xrxxk~~ creak and
piercing air of ice howls through the cracks in the wood, but
I live, I live as the anchor of her memory. I pace about the
room, the smell of tarthick coffee, and I learn to content
myself with the steady snowfall, flakes fat as leaves, they
sink and swirl, they billow and tumble, and they all come
home to me. I sit and the oven is tightening the air, I am
wrapped in my red and black checkered wool blanket and I am
getting ~~cur~~ over myself, ~~over~~ my moment of sending the ~~arrows~~
of questions toward my past. My child, I ~~wish I had~~ heard more
days of your voice, it was to grow only sweeter, a voice like
the petals of gardenias, like ~~pxxkxy pxxkix~~ papery petals of
snow, you would have spoken ceaselessly, snowed down the silence.
Your death was the hole around which I have come here, around
which I have lived here, around which I have written here, around
which I will die here. I step to this hole, it is white as snow,
I see you there, and I stand before it in my heavy leather boots,
darkened by the ~~xkx~~ world of snow, my thich leatherlaces sway
taillike in the wind and I take my step, just one step as the small
step ~~xf~~ of a child, and I descend into you. You are everywhere I
am I will lose you if I will not lose myself. I too need to take
your ~~xxxrx~~ death into eternity. Let them say I did go to do death's
dirty work up here, where the air is clean and the light is young.
If I am ~~sxxx~~ gone, let them not persuade you of my being an
accident. I live ~~xxwhxrx~~ somewhere in the snow with her, and
let them not convince you of my misfortune. I have died with
you in my heart.

Ich hantiere ostentativ die Papiere, spiele umständlich Sortierbewegungen vor, füge jedes ein, wo es hingehört. *Everyone puts on a fucking performance in this town, babe.* Ich räume die Ordner zurück auf ihren Bibliothekswagen und gehe zum Bibliothekarinnentisch an der Tür. Ich zeige Allie mein Legal Pad, auf dem nicht eine einzige Seite beschrieben ist, ich blättere es vor ihren Augen durch, als sie fragt, ob ich den Block von hier genommen hätte. Ich sage, ich wisse es gar nicht genau, aber: *Ich lasse ihn gerne hier.*

Sie entschuldigt sich, sagt, sie habe es nicht so gemeint.

Wie hast du es gemeint?

Mit einem etwas verlegenen Lächeln sagt sie: *Ich wollte nicht die überkorrekte Bibliothekarin sein.*

Die steht dir jedenfalls nicht schlecht. Ich nehme einen der Bleistifte von ihrem Tisch, strenge mich ungeheuer an, das Zittern meiner Hand zu verstecken, und schreibe meine Telefonnummer auf das gelbe Papier. *Wenn du Lust hast, dich mal auf einen Kaffee zu treffen, würde ich mich sehr freuen.*

Ja, sagt sie, plötzlich ernster, und ich meine, ihre Hand zittere selbst ganz leicht, als sie mir das Legal Pad abnimmt. *Vielleicht im neuen Jahr? Bist du dann noch hier?*

Ja, na klar. I'll be around.

Happy holidays. Buzz. Lächeln. All out.

DISGRACED IN AMERICA · OUGHT

Der letzte Gang durch das Innenleben des Getty-Instituts ängstigt mich, ich bin völlig leer, vollkommen erschöpft, zittere gefühlt bis in die letzte Zelle, und dieser Ort ist wie ein Gedärm, durch das ich mich wie ein Wurm bewege, wie ein Parasit, der sich eingeschleust hat und den es nun gilt, wieder loszuwerden. Ein Parasit, der selbst raus will, auch wenn er weiß, es ist das letzte Mal, auch wenn er weiß, dass er nur noch jetzt Gelegenheit hätte, alles in sich aufzusaugen, was hier ist, alles zu sehen. Man hat nie lange genug, nie genau genug hingesehen. Der gehende Blick.

Durch die Scheiben liegt hell und glänzend das sanfte Licht auf den Eukalyptusbäumen, als ich in die Eingangshalle zum Rezeptionstisch gehe. Mein Herz schlägt schnell. Der Latino mit dem Melville-Bart in seiner gewohnt förmlich-distanzierten Haltung steht auf und nimmt mit hypnotischer Langsamkeit meinen Ausweis aus der Plastikhülle an ihrem Lanyard, scannt den Barcode darauf ab und behält die Plastikkarte mit meinem Lächeln darauf ein.

Ich frage ihn, ob ich den Ausweis behalten dürfe, was er mit zusammengepressten Lippen verneint. Mich macht der Moment traurig, sein Gesichtsausdruck, dass hier eine kleine Unbeugsamkeit des Systems symbolisch wirkt, endgültig. Der Verlust eines Alltagsobjekts, das besonders wird, wenn es verschwindet. Bereue ich, dass ich nie herausgefunden habe, wie dieser Mann hier heißt? Er trug nie ein Namensschild, und ich habe mich nie mit ihm unterhalten, auch nicht in diesem Vornamenland. Alles macht mich hier jetzt traurig, was nichts Neues ist. Man kann nichts betrachten, ohne sich selbst zu betrachten. Doch etwas wundert mich dennoch: Wo ist die Schuld?

I'm sorry, sagt er, *leider müssen Sie alles hierlassen.*

Mein Herz schlägt jetzt so fest, dass ich Angst habe, einen Herzschlag zu bekommen. Ich frage ihn: *Könnten Sie nicht eine Ausnahme machen und mir einfach den Ausweis mitgeben und sagen, ich hätte ihn gestohlen?* Er sieht mich fragend an, er lächelt nicht. *Als Andenken?*, füge ich noch hinzu.

Tut mir leid, sagt er und presst die Lippen so fest zusammen, dass sich die Barthaare nun beinahe ganz um seine Lippen schließen. *Keine Andenken.* Er nimmt den Ausweis und legt ihn in eine Schublade. *Sie können das Lanyard behalten, wenn sie möchten.*

Ich ärgere mich und würde am liebsten diskutieren, doch wie er jetzt vor mir steht, mit den wieder hinter seinem Bart versteckten Lippen, dem Hemd, das etwas über seinem Bauch spannt und seinen Händen, die unbeholfen neben seinem Körper hängen, wie funktionslos dort angeklebt, ist mir eigentlich eher nach Tränen und nach einem Drink.

Draußen auf dem anschuldigend weißen Vorplatz fühle ich mich immer noch nicht schuldig, aber ich schwimme. Ich nehme nicht die Bahn runter zur Bushaltestelle und gehe stattdessen zu Fuß durch das kleine Waldstück, dahinter tost der Sturm des Freeways.

Das Lanyard an seiner Plastikhülle werfe ich irgendwo zwischen die Bäume, kehre aber nach wenigen Schritten wieder um und klettere über die Leitplanke. Aus dem nadeligen, weichen Waldboden kommt ein letzter, warmer, harziger Geruch. Meine Füße versinken ein wenig, als ich auf das Lanyard zugehe, wie die Hautreste einer blauen Schlange liegt es auf einen Holzstumpf. Ich bücke mich danach, und durch die Bewegung meines Blickes verändert sich meine Perspektive auf den 405, eine Spalte zwischen zwei Bäumen entfaltet sich, und ich erkenne die unerlässliche, in beide Richtungen schiebende Bewegung dieser Straße, vollgespült mit einer Halde aus Blech und Licht, rot in die eine, weiß in die andere Richtung. Wie traurig sie aussehen, die schon erleuchteten Scheinwerfer, während die Sonne noch nicht ganz versunken ist, eine seltsam wehmütige Untergangsstimmung, eine Form eines kleinen Eingeständnisses, als schaute ich dabei zu, wie sich Konstellationen in eine einzigartige Anordnung schieben wollten, stattdessen aber unentwegt weiterglitten. Doch nichts liegt in diesen Lichtern, alles liegt in mir. In diesem Moment hätte mich auch ein Lachen zum Weinen gebracht.

Die letzte sublime Sonne steht in gleichgültiger Schönheit über dem weißgekalkten, elfenbeinernen Gebäude. Ich sehe die letzte Spitze, die letzte Rundung seines Daches hinter dem durch meine Schritte steigenden Horizont versinken, das Gebäude ist durch sein Verschwinden einen kurzen Moment lang nur noch anmutiger, feenleuchtend im Abendlicht und stoisch schön.

Dann ist es einfach weg, und es bleibt nur der tintentiefe blaue Himmel. In letzter Zeit habe ich ihn seltener betrachtet, denn mein Blick war noch nicht der letzte.

Zwei Momente, die Enden eines Papiers, man legt sie aufeinander und dazwischen die immer immaterielle Zeit, eingefaltet in eine Tasche des Vergessens.

THAT WAS THE WORST CHRISTMAS EVER! · SUFJAN STEVENS

Eine halbe Woche Wüste. Die Tage bleiben in mir stehen, sie sind verloren in der Falte, wie alter Staub, man schlägt ihn einzig und allein ein, um ihn nicht zu verwehen, bevor man ihn wegwirft.

END OF THE YEAR · OTHER LIVES

Der letzte Tag ist immer der kürzeste.

Seltsam geschäftig und sortiert packe ich meinen Koffer, als wollte ich weg. Allerdings würde ich auch nicht bleiben können, wenn ich meinen Koffer lustloser packte. Ich finde die kleine hölzerne Charlie Brown-Figur und werfe sie in den Müll.

Mit dem Schlag eines unwesentlichen Schuldgefühls lege ich meinen Ordner mit dem Gettymaterial und mein rotes Notizbuch auf die gefaltete Kleidung in meinen Koffer, darin die Zeit. Obenauf schließlich lege ich dieses eine kleine seltsame Objekt, das zufällig eine besondere Wichtigkeit erhalten hat, als läge darin die Spur dieses ganzen Jahres geschrieben.

Würde mein Koffer während meiner Rückreise verlorengehen, würde man mich nach meiner Ankunft in Deutschland am Schalter der Gepäckermittlung fragen, was das erste ist, das zu sehen wäre, wenn man meinen Koffer öffnete, vielleicht ein Buch, ein markantes Kleidungsstück, an dem man erkennen könnte, es wäre mein Koffer, manche Reisende legten sogar einen Zettel mit ihrem Namen und ihrer Adresse als letztes auf die gefaltete Kleidung. Ich würde sagen: Als erstes sehen Sie ein dünnes blaues Band aus Stoff, und an dem Band befestigt eine kleine Plastikhülle, ausweislos. Daran erkennen Sie meinen Koffer. Daran erkennen Sie mich.

Ein Koffer ist kein Ort für ein Jahr. Und MORGEN ist ein Wort, das mir alles nimmt, was ich haben will. Der Tag, der wirklich letzte Tag, war schön, und jetzt singen die Abendvögel auf eine erschütternd schöne und gleichgültige Weise. In der gewohnten Ferne schraubt ein üblicher Helikopter am Himmel, die Sonne sinkt stumm, bald sinkt sie für andere. Ich bin bei meinem zweiten Glas Weißwein, aber ich finde nicht richtig in den Geschmack hinein.

Jeder Moment ohne Ada macht mich jetzt nervös und etwas schwerelos, auch wenn ich es war, der gesagt hatte, ich bräuchte den Nachmittag zum Packen, wir sähen uns ja am Abend. In meiner Hand ist Panik, jeden Moment will ich nach dem Telefon greifen und sie anrufen, so als hätte sie mich verlassen, als hätten wir uns schon verloren. Nach Hause fliegen zu müssen wie in ein Exil.

Auf dem Marmortisch der Kücheninsel, an der ich aß und saß, liegen noch die kleinen, kokainweißen Päckchen Kunstschnee. Ich höre Musik und warte das letzte Mal auf meine Ada. Die Sonne ist vielleicht hinter dem Horizont explodiert.

Dann steht sie in meiner offenen Tür, kontaktlinsenlos trägt sie ihre schwarze Brille und ihre glänzende Yankees-Jacke, die im Licht über der Tür schimmert, als wäre sie glänzend gemacht von Wasser, Tränen oder Schnee. Sie lächelt sich die kleinen Grübchen in ihre Wangen. Es ist, als hätte ich sie viel länger nicht gesehen, als hätten sich die Stunden in ein Jahr aufgebläht, doch auch so, als wäre dieses Jahr aus mir herausgeschnitten worden, und ich hätte es verloren oder vergessen, nur den Schmerz über das Vergessen, das Verlieren selbst nicht.

Als wir später zusammen essen, und ich sie ansehe, frage ich mich kurz, ob ich längst schon von hier fort bin und mein vorheriges Gefühl, ich hätte Ada sehr lange nicht gesehen, eigentlich ein viel späteres Gefühl war, eines, das ich aus einer kalten Zukunft heraus als Erinnerung an meine kalifornische Zeit hier und heute habe. Ich meine kurz, um mich herum bräche alles auseinander, die Wände der Casita klappen weg und falten sich in den Boden, und der Tisch steht verloren unter einem blinden Himmel, wo eine längst abgeglühte Sonne neben seelenlosen Planeten steht, und die Zeit brennt furios wie Feuer über alles hinweg, und die kleinen Schneepäckchen auf dem Tisch explodieren und zerstäuben in die Luft der Nacht, wo die Palmen einsichtslos rauschen, bevor auch sie selbst verschwinden. Wenn es so weit ist, wird nichts von uns gewusst haben, kein Auge wird noch den Eindruck dieser beiden Menschen sammeln können, die hier mit Weingläsern sitzen wie in einem Puppenhaus, kein Gehirn wird noch die Erinnerung an zwei Menschen haben, die sich nur einmal auf der Erde gefunden haben, es wird sein, als wäre alles das hier nur eine Fiktion gewesen. Allein, es wird auch keinen Unterschied machen, dass all das heute doch Wirklichkeit gewesen ist. Denn gegen die gesamte kosmische Gleichgültigkeit, inmitten derer wir existieren, existiert zwar ein Gegenmittel, doch es kann allein prophylaktisch verabreicht werden. Das ist die Schwierigkeit dieser großen ontischen Impfung, mittels derer die galaktische Gleichgültigkeit der Zukunft nur aus ihrer alten Gegenwart heraus besiegt werden kann, die Krankheit zum Tode vorbeugend von heute aus geheilt. Die Zukunft und nicht die Vergangenheit ist die tote Zeit. Ich habe sie heute überwunden, weil es sie noch nicht gibt, als wäre sie eine dekonstruierbare Fiktion. Die Gegenwart besiegt den Tod mit jedem Sekundenschlag, jedem Lidschlag, jedem Herzschlag, immer nur die Gegenwart, jetzt und jetzt und jetzt. Ich spüre unsere Herzen aneinanderschlagen, als ich dich heute Abend fest umarme, ich atme den Duft der Sonne in deiner Haut und entfernt den Duft von Tabak, egal, egal, heute ist alles egal, der Tod kommt immer erst morgen, immer später kommt der Tod, bis es zu spät ist, aber heute noch nicht, denn heute ist es noch nicht zu spät.

Eigentlich bräuchte man gar nichts tun, nicht aus dem Bett in den Tag steigen, keine Kleidung aussuchen und anziehen, keine Sätze sagen oder Worte finden, keinen Beruf wählen, keine Karriere und kein Werk machen, zu allem nur *I would prefer not to* sagen oder einfach schweigen, man könnte sich allem verweigern. Man wäre trotzdem heftigst am Leben, und das würde genügen. Zu mehr wird nichts geboren, in Wahrheit ist alles Tun, alles Arbeiten bloße Ablenkung vom Leben, vom bloßen Sein. Allein, niemand, der heute mit mir am Leben ist, scheint dieses bloße Sein finden zu dürfen, finden zu wollen.

Meursault, der in seiner Zelle zum Tode hin diesen einen Gedanken hat, in dem alles steckt: *Da ist mir klargeworden, daß ein Mensch, der nur einen einzigen Tag gelebt hat, mühelos hundert Jahre in einem Gefängnis leben könnte. Er hätte genug Erinnerungen, um sich nicht zu langweilen.*

Ich mache die nächste Flasche Weißwein auf, und wir hören John Martyns *Grace and Danger.* Die Planeten und die Sterne sind im Fenster wieder dort, wo sie hingehören.

Wir trinken und reden, Ada erzählt von ihrem Vater, gelegentlich kritisch, aber jetzt auch öfter mit einem liebevolleren Klang in der Stimme, was mich manchmal etwas stört, als machte es mich neidisch, als hätte ich Angst, sie weniger für mich zu haben. Ich schiebe den Gedanken fort, dass ich sie morgen gar nicht mehr bei mir haben werde, dass sie morgen in meinen Körper einzieht wie ein einfacher Gedanke, ein gefährlicher Teil meiner Erinnerung.

Wir reden und trinken, rauchen draußen im auskühlenden Abend, und ich will nicht aufhören, sie anzufassen und anzusehen, ich umarme und küsse sie oft, es sitzt etwas Dunkles auf allem, und doch meine ich, ich wäre schwerelos, trittlos und schwebend in einer kalten, metallischen Zwischenwelt, die eigentlich doch nichts mit diesem warmen, sandbleichen Ort gemein hat, als säße ich schon im Flugzeug über der Welt, wo ich die Zeit verlöre.

Wir spielen uns abwechselnd Songs auf YouTube vor, ein Video ich, ein Video du. Einmal schaue ich dich dabei von der Seite an, wie du unbeobachtet, leicht lächelnd, ein Lied im Licht meines Laptops suchst, das blauweiße Leuchten auf deinen schönen Wangen mit den kleinen Grübchen, dein

Kinn in deine geöffnete Handfläche gelegt wie ein kleiner Vogel, dieser liebe Mensch, den ich gar nicht kenne, dieser Körper, mit dem ich einen Moment noch hier zusammen bin. Und in diesem Moment, im selben Moment, wird mir klar, wie fest eingewurzelt sie hier ist, wie sehr sie hier lebt, wie gelassen für sie der morgige Tage ist, wie gewöhnlich er sein wird, wie banal, während für mich hier eine Welt zu Ende geht. *And how a careful man tries/To dodge the bullets/While a happy man takes a walk* (EELS).

THE BOOK OF LOVE · THE MAGNETIC FIELDS

Weißt du, sage ich später zu Ada im Bett, *ich wollte eigentlich ursprünglich einfach ein Buch über Schnee und Musik schreiben. Über* Schneemusik. *So schreibt einmal Yvan Goll.* Ada antwortet nicht, sondern streichelt mir sehr langsam mit ihrem Daumen ganz sanft über meine linke Augenbraue. *Ein deutsch-französischer Dichter.*

Warum hast du das nicht gemacht? Ihre Stimme klingt etwas belegt, wie sie, wie ich jetzt weiß, immer klingt, wenn sie sehr müde ist.

Wie ein hilfloses Kind sage ich: *Ich wünschte, ich müsste morgen nicht zurück.* Der Satz fällt mir schwer, aber er erleichtert mich auch. Ich verstehe, dass ich weinen könnte, selbst wenn das auch nichts hilft.

Sie nickt. Es ist lange still, dann sagt sie leise: *Ich auch.*

Meine Stelle an der Uni lief letztes Jahr aus. Vorletztes Jahr jetzt fast schon. Und ich bin mit meinem Projekt nicht fertig geworden und musste mir was anderes überlegen. Und als ich dieses Stipendium beantragt habe, habe ich einfach gesagt, ich hätte schon immer zu Blackshaws Arbeiten geforscht und müsste sie nun aber endlich vor Ort untersuchen.

Kennst du es, dass man Angst vor etwas Neuem hat, auch wenn es bedeutet, dass etwas Altes endlich vorbei ist?

Ada fragt: *Wie meinst du?*

Ich war schon lange nicht mehr glücklich damit, an der Uni zu arbeiten, aber ich hatte furchtbare Angst davor, was danach kommen könnte. Ich kannte ja sonst nichts.

Was nur bedeutet, dass du in der Welt zu Hause bist.

Diesmal ich: *Wie meinst du?*

Im Halbdunkel sehe ich die Grübchen eines leicht fragenden Lächelns, es tastet sich zu etwas vor, zu mir hin. *Weil du mal gesagt hast, du fühlst dich oft gar nicht wie jemand, der in der Welt zu Hause ist, weil du meistens nicht genau weißt, was du fühlst oder was du willst, so als würdest du einfach von der Zeit mitgerissen.*

Das habe ich gesagt?

Sie lacht. *Hörst du dich nicht geradezu diese Worte sagen?*

Weil sie so pathetisch klingen?

Ja, sagt sie und muss noch einmal lachen, und danach vibriert das Zimmer vor Stille. Nach einem Moment: *Du bist natürlich genauso in der Welt zu Hause wie jeder andere Mensch auch, und das kannst du gerade dadurch erkennen, dass du nichts Besonderes bist.*

Danke, sage ich ironisch.

Womit ich nur meine, dass damit eine Erleichterung verbunden ist. Weil es ganz schrecklich ist, etwas Besonderes zu sein. Denk' mal nach. Wie schrecklich wäre es, ein Gefühl zu haben, dass noch niemals jemand vor dir gehabt hat. Das wäre wie der Boy in the Bubble zu sein. Niemand weiß, was los ist, du am allerwenigsten, und keiner kann dir helfen. Allein, etwas zu googeln und man findet keine Treffer! Aber die Angst, die du beschrieben hast, ist doch ganz normal, und wahrscheinlich haben alle Menschen vor dir, zu jeder Zeit, sie auch schon ähnlich empfunden. Und alle Menschen nach dir werden es auch tun.

Aber hilft mir das? Für mich allein macht das doch überhaupt keinen Unterschied, zu wissen, dass alle allein sind.

Was ich eben nicht glaube, sagt sie. Ich spüre eine befremdliche Distanz zwischen uns, als wollte sie mich von etwas überzeugen, doch nicht um uns einander anzunähern, sondern um mich loszuwerden, wie wenn mir jemand sagt, es sei besser für *mich*, dass wir uns nicht mehr sehen. In Wahrheit trennt sich immer nur einer. *Eigentlich verbindet einen auch ein Gefühl großer Einsamkeit mit anderen Menschen. Weil Menschen eben einfach einsam sind.* Sie zuckt die Schultern und die Bettlaken knistern laut. Sie klang so, als wäre sie traurig, weil auch sie diese Distanz gespürt hat. *So habe ich mir das zumindest für mich erklärt. Was mir dann immer geholfen hat.*

Ihre Worte sind wie Holz, auch wenn sie ganz leise spricht, und einen Augenblick lang wünsche ich mir nicht, dass sie die Worte nicht gesagt hätte, sondern dass sie ihren kleinen Mund und ihr Leben gar nicht mit diesen Worten beschweren müsste. Dabei wird mir klar: Diesen Wunsch zu Ende zu denken würde bedeuten, niemals bei einem anderen Menschen zu sein, weil Menschen in Leid und Trost leben, und es würde bedeuten, ihr kein Leben zu wünschen, zu negieren, was vor mir mit ihr und nach mir mit mir oder ohne mich mit ihr sein würde. Einen Moment lang mag ich es, dass ich nur Leichtigkeit für sie will, bevor mich ein Gedanke beschwert: Bei allen lamentierenden Fragen, warum niemand so mit mir leidet wie ich selbst, *was fragen Sie nach meinen Schmerzen, was fragen Sie nach meinen Schmerzen*, habe ich vergessen, nach ihren Schmerzen zu fragen, und wie kann ich glauben, einen Menschen kennengelernt zu haben, wenn ich nicht weiß, wie diesem Menschen wehgetan wurde? So wie ich eine Stadt nicht kennen kann, ohne zu wissen, welche Viertel ihre Wunden sind.

Ich suche in meinem Kopf nach einer Frage, wie ich darüber sprechen könnte, wie es Ada geht, ohne mit einer Generalität in einen Gemeinplatz abzurutschen, als Ada sanft sagt: *Hat es damals geschneit?*

Ich weiß sofort, wann DAMALS war, doch ich weiß nicht, was damals alles passierte, was von damals an und von damals aus bis heute noch alles in mich hinein passiert, ich weiß nur, dass es mir immer gelungen ist, am DAMALS vorbeizutänzeln, wenn ein Gespräch mit Ada in die Nähe von DAMALS kam. Diesmal nicht, denn diesmal ist es so spät, im Tag und im Jahr und in uns, dass es diesmal auch egal ist, was ich sage oder nicht sage.

Nein, sage ich, meine Stimme fremd. *Sie sind beide im Sommer gestorben.* Es ist das erste Mal, dass ich in der anderen Sprache über ihren Tod spreche, es ist überhaupt wahrscheinlich das erste Mal, dass ich darüber spreche, seit ich mit ihr darüber sprach, es ist das erste Mal, dass es mir leichter fällt. *Leichter* – immer erst spät kann es leichter fallen, meistens später, meistens wäre es leichter, wenn es am spätesten wäre, wenn es aber naturgemäß zu spät ist. Das erste Mal kann noch nichts gesteigert und also nichts leichter sein, und vielleicht war ich damals, als ich mit ihr darüber sprach, nicht fair zu ihr und nicht fair zu mir selbst. Aber als ich sage: *Sie sind beide im Sommer gestorben*, klingt meine Stimme im Englischen so tief und so bitter wie in meiner Muttersprache, meiner Vatersprache, meiner Elternsprache – ich habe sie in dieser Sprache verloren, und immer wenn ich diese Sprache spreche, verliere ich dann vielleicht ein Stück mehr von ihnen, oder behalte ich ein altes Stück von ihnen zurück? Wem aber galt diese Bitterkeit in meiner Stimme?

Ada sagt länger nichts. Unsere Laken knistern so laut, als bräche Eis, als schöben sich die Ebenen eines heimlichen Gletschers zusammen.

Es ist schon so lange her, sage ich, *aber ich weiß natürlich immer noch nicht, wie sich darüber sprechen lässt.* Ich streichle das weiche, aber prickelnde Haar über ihrem linken Ohr. *Obwohl ich manchmal denke, dass meine ganze Sprache voll von ihnen ist – außer hier in einer anderen Sprache, wo ich –* ich zögere, aber ich weiß genau, was ich sagen will –, *wo ich eben frei bin.* Ich drehe mich mit einem leichten Seufzen auf den Rücken und schaue den Deckenventilator an, der stillsteht wie die Rotorenblätter im *Homo Faber*-Flieger. *Hier muss ich nicht andauernd an sie denken, weil sie eigentlich nicht in diese Sprache passen. All meine Gedanken an sie gehören in eine andere Sprache, und eigentlich fühle ich mich nur hier nicht schuldig, wenn meine Gedanken nicht um sie kreisen. Und irgendwie bleiben sie deshalb bei mir, weil ich sie nicht verliere, indem ich an sie denke.*

Aus der folgenden Stille lese ich, dass dies genau das war, was ich dachte. Die Sprache war nicht im Weg auf ihrem Weg vom Gefühl über den Gedanken in den Mund in dieses Zimmer. Auch wenn sich meine Gedanken hier gar nicht alle in der anderen Sprache vollzogen haben, ist es dennoch die andere Sprache, in die ich getaucht bin wie in ein schönes, abdämpfendes Wasser, eine leicht ölige Flüssigkeit, in der ich mich verlangsamt habe und doch leicht bewege. Meine Worte klangen darin, als hätte ich sie geschrieben.

Was meinst du damit, dass du sie verlierst, indem du an sie denkst?, fragt Ada.

An jemanden zu denken bedeutet doch auch, diesen Menschen irgendwie zu verarbeiten. Habe ich jedenfalls den Eindruck. Weil ich Ada nicht in die Augen sehe, meine ich, ich könnte ernsthafter reden, könnte eher sprechen, wie ich denke, weil es keine Rolle gibt, die ich sein möchte, weil es keine Augen gibt, für die ich sprechen soll. *Wenn man etwas denkt, nutzt man es vielleicht ab, wie sich eine Schallplatte beim Spielen abnutzt.*

Aber wenn du die Schallplatte nicht spielst, ist es so, als hättest du überhaupt keine Schallplatte. Sie muss etwas lachen, ich spüre die ausstoßende Luft ihres Lachens an meiner Wange.

Später, wir sitzen mit Decken in der kühlen Nacht und rauchen.

Ich finde es irgendwie niedlich, dass wir nicht schlafen können, sage ich.

Ich finde das nicht niedlich, ich finde das ein bisschen romantisch.

Nach einem Moment, in dem das trockene Knistern des verbrennenden Tabaks zu hören ist, frage ich erst: *Wie stehen die Dinge mit deinem Vater?*

Vorübergehend, sagt sie lächelnd. *Womit sie stehen wie alles andere auch, schätze ich.* Sie blickt auf ihre Zigarettenspitze, ihre Fingerspitzen schauen aus ihren Ärmeln heraus, sie bläst etwas Asche von der Spitze ihrer Zigarette, sie bläst etwas Glut in die dunkle Luft der Nacht, und sagt: *Womit ich immer gut klargekommen bin. Ich werde einfach weiter warten.* Ich frage mich, was ihre Schmerzen sind, was sie so traurig auf ihre Zigarette schauen lässt. Ich sehe es nicht, durch Fragen ließe es sich nicht ergründen, man müsste ein Leben miteinander verbringen, und würde es auch dann nicht wissen.

Sie reibt sich ein Auge, als wäre sie müde, doch es ist auch eine der kleinen Gesten, die man macht, um zu entkommen. *Ich bin besser im Warten als mein Vater. Und jetzt genieße ich einfach das Warten, bis es wieder schlechter wird. Wie früher.*

Ich bin überhaupt nicht gut im Warten. Ohne auf mich einzugehen, zieht Ada an ihrer Zigarette, und ich merke erst jetzt, wie sehr mich diese Worte von ihr erschrecken, und dass ich vielleicht nie wieder ein Wort von ihr hören könnte, wenn ich in wenigen Stunden hinter mir die Tür zu diesem Kontinent schließe. *Ich weiß nicht, ob ich vielleicht eine falsche E-Mail-Adresse von dir habe, und meine letzten Nachrichten dich vielleicht gar nicht erreicht haben.*

Nach einiger Stille, in der die kühlen Geräusche der Grillen und das weiße Bluten des Lichtnachthimmels sinnlich für uns anwesend sind, sage ich: *Ich will nicht, dass dir etwas wehtut.*

Sie schaut mich sofort an, als habe sie nicht gleich verstanden. Ich habe den Eindruck, etwas Falsches gesagt zu haben, und ich sehe, wie traurig ihre Augen jetzt sind, mit Schattenmonden unterlegt, tintentief wie der dunkle Blick eines Tiers, und dann sagt sie nur ein Wort, das wie ein Hauchen, ein Stöhnen aus ihrem Mund kommt, aber von einem ganz anderen Ort zu sprechen scheint. Ich werde ihr Wort nicht vergessen, so wie man letzte Worte nicht vergisst oder glaubt, sie nicht vergessen zu haben, als wäre dieses Wort ein kleines Ding, an das ich mich talismanisch klammere, ein eingeschlossenes Objekt, wie eine Münze, wie ein Insekt im Bernstein, ein Objekt, das von nun an in allen Räumen meines Lebens Platz haben kann, wo auch immer diese Orte sind, was auch immer sie sind, falls es sie gibt.

ALWAYS SEE YOUR FACE · LOVE

Zuhause in der alten Welt hatte ich über lange Zeit einen zwanghaften Bezug zu einem winzigen Gedicht von Thomas Bernhard über die *Erinnerung an die tote Mutter*. Nicht länger als drei Zeilen und vermutlich verfasst, bevor der Bernhardiner seinen ersten Roman *Frost* veröffentlichte. Es ist das letzte Gedicht eines Jahres und das letzte, das zu Lebzeiten erschien, eine Trias aus Zeilen für den Sohn und die Mutter und die Lücke, die nur der Teufel lässt. *In der Totenkammer liegt ein weißes Gesicht, du kannst es aufheben/und heimtragen, aber besser, du verscharrst es im Elterngrab,/ bevor der Winter hereinbricht und das schöne Lächeln deiner Mutter zuschneit.*

Bernhard sah damals seine lyrische Phase als abgeschlossen, öffentlich grundlos, doch er hatte, wie Roland Barthes nach dem Tod seiner Mutter, offenbar Grund zur Fiktion. Der Schauplatz ist ein konturloser Moment auf der schmalen Schwelle von Herbst zu Winter. In der Zukunft liegt der Schnee, in der Vergangenheit der Tod. Die Auslöschung, die der Tod der Mutter ins Leben des Sprechers getrieben hat, ist allumfassend. Nicht einmal ihr ganzer Körper ist geblieben: *In der Totenkammer liegt ein weißes Gesicht.* Die unheimliche Intimität des Todes ist auch die Zerstörung aller Intimitätsmöglichkeit, die Vernichtung aller Persönlichkeitsparameter, der Tod ist eine Zerstörung des Wohnhauses Leben: *ihr* Gesicht ist *ein* Gesicht. Weil nur das Gesicht der Mutter erscheint, wirkt es, als wäre es behutsam vom Körper losgelöst worden, so wie sich das Gedicht von der Wirklichkeit loslöst, von der Wirklichkeit, in der sich kein Gesicht *aufheben* lässt, nicht mit den Händen und nicht mit dem Herzen.

Allein, wer ist dieses angesprochene Du, das trotz allem jenes Gesicht *aufheben und heimtragen* kann? Welche Form der Aufhebung trifft hier zu? Lesend bin ich der Lauscher eines Selbstgesprächs mit der Fremde, die in jedem Ich wohnt. Die Ansprache des Ichs als du entdeckt mir die Einsamkeit dieses Ichs. Ein Gespräch im Spiegel, der Beginn von Literatur. Und die Möglichkeiten des Umgangs mit dem Muttergesicht errichten die ästhetischen Buchstützen, zwischen denen Bernhards Literatur eingefasst steht: Aufhebung als Aufbewahrung und Aufhebung als Auslöschung.

Während das sprechende Ich, das du heißt, durch den Tod der Mutter ins Sprechen kommt, klingt im Gedicht schon das Nachdenken mit dem zukünftigen Sterben des Ichs an. Da der Titel es als *Erinnerung* ausweist, schaut das Gedicht aus einem späteren Zeitpunkt auf die geschilderten Geschehnisse zurück. Vielleicht verliert man im Angesicht des eigenen Todes noch einmal all die Menschen, die man ein Leben lang an den Tod verloren hat. Doch vielleicht ist man ihnen dann auf die Weise nahe, die in der Behutsamkeit von Stimmung und Ton dieser Zeilen aufklingen.

Die Behutsamkeit liegt in der Ruhe von Rhythmus und Klang. Da ist nichts von der atemlosen Suada des Erzählers Bernhard, nichts von der atemberaubenden Komik des Dramatikers Bernhard. Ruhe und Behutsamkeit des Textes liegen in stummen Gesten von Aufheben als Aufbewahren, von Heimtragen und vom Verstecken der Erinnerung an die tote Mutter vor einer vergessenden Welt. Die Ruhe ist ein harmonisches Netz in den hauchenden Gleichklängen der Ich-Laute in *Lächeln, Gesicht, hereinbricht* und in den Gleichklängen der Zisch-Laute in *verscharrst, schöne, zuschneit*. Doch diese Ruhe ist ein Vorbereiten auf die Aufhebung als Auslöschung, denn die sanfte Ruhe kündigt schon vom tonlosen Klang des Schnees an kalten, enthausten Orten, vom Schnee, der alles *zuschneit*.

Sind *Totenkammer* und *Elterngrab* die letzten deutlichen Orte dieses Versraums, ist das Zuhause des Sprechers schon halb von Fremde verschleiert, nur noch eine Silbe eines Verbs. Vielleicht ist das Zuhause zur Fremde geworden, weil der Tod der Mutter der Tod der ersten Menschenbehausung ist: des Mutterkörpers. Vielleicht ist es deshalb *besser*, das weiße Gesicht nicht heimzutragen, weil die Differenz zwischen dem lebenden, lächelnden Menschen und der zum Fragment versteinerten Mutter nur Enttäuschung bringen würde. Denn durch die Maske wäre vor Augen gehalten, dass das Maskengesicht für keinen Menschen Gesicht ist, dass es da nichts mehr gibt, was dieses *schöne Lächeln* ist.

Das Ich versichert sich, dass es *besser* wäre, das Gesicht *im Elterngrab* zu verscharren. In der Verschmelzung von Präposition und Artikel scheint das ein betonter, feststehender Ort, ein Ziel, in dem die Zukunft des Ichs schon verborgen liegt, wie auch das ICH im Wort Ge*sich*t auf das Wegbrechen der Buchstabenhülle wartet. Der nächste Tod, weiß die Logik der Serie, ist dein Tod.

Verscharren statt *Vergraben* weiß von einer Heimlichkeit. Wie ein Nager seine Nüsse vor dem Winter versteckt, ist es wichtig, verstohlen das Gesicht vor dem Schnee zu retten, vor dem Schnee und vor der Welt. Der Schnee ist Gleichmacher, Schmelzer, Auslöscher, in einem früheren Gedicht Bernhards heißt er *das Leichentuch des Winters*, und er ist es, der das noch aufgeprägte Leben, *das schöne Lächeln deiner Mutter*, unsichtbar machen wird.

Ist es nicht treffend, dass ein Abschiedsgedicht so kurz ist? Und haben diese drei Zeilen auch nicht die Form einer klagenden Elegie, eines feiernden Requiems, so ist doch eine feierliche Klage angestimmt, die bei aller Traurigkeit auch zärtlich das Bleibende anrührt und entdeckt: dass gerade weil die Gesten von Verurteilung in Bernhards Kosmos überwiegen, die zerbrechlichen Momente von Zärtlichkeit nur umso kostbarer darin enthalten sind.

Ich wünschte, ich hätte versuchen können, in Blackshaws Nachlass auf eine ähnliche Weise zu suchen und zu finden, doch zu viel bleibt Lücke, zu viel wie eine Falle, ein überschneites Loch. Ich wage nicht zu wünschen, dass einmal ein zu bedauernder Mensch in den nachgelassenen Papieren meines Lebens auf eine ähnliche Weise suchen soll. Es ist besser, man verbrennt seine Zeilen, gerade so viele, dass vielleicht nicht mehr als ein Vers übrig bleibt.

Bernhards Vers aus drei Zeilen über den Verlust, mit gelassenem Klang, ohne Einzäunung durch Reim oder Versmaß und stattdessen frei dahinsinkend wie ein Schneefall – neben dem Tod ist diesem Vers das Bleiben eingeschrieben. Der Schnee, der alles zudeckt, steht bei Bernhard zwar häufig für Auslöschung. In *Frost* heißt es: *Ein Schneetreiben ist absolut ein Vorgang des Todes.* Aber in *Frost* ist auch die Rede von der *weißen Leinwand des Schnees.* Die Aufhebung der Wirklichkeit ist die eigentlich poetische Geste der Literatur. Sie ist eine Auslöschung, die kein Vergessen ist, sondern der *Wiederbeginn des Neuen.* Der Tod der Wirklichkeit bildet die Schwelle der Geburt von Fiktion.

Was als Erinnerung bleibt, steht immer rittlings über dem Grab zwischen Wahrheit und Literatur. Die Aufhebung als Verstecken schafft poetischen Freiraum für ein Ich, das paradoxerweise die schöne Wahrheit zudecken muss, damit der Winter des Vergessens sie ihm niemals zuschneien kann.

AFTER I MADE LOVE TO YOU · BONNIE ›PRINCE‹ BILLY

Wir schlafen noch einmal miteinander, das letzte Mal, und die Nacht ist so still, dass man von weit her ein Rufen hören könnte, die Nacht ist hart, die Stimmen sind heiser und die Sätze langsam und durchgähnt, aber zu schlafen hieße Verrat.

Ada streichelt wieder mit ihrem Daumen über meine Augenbrauen, mehrere weiche Striche, als malte sie mich, *we're gonna paint him a little friend, he lives right over here*, und es kommt mir vor, als spürte ich jedes Haar meiner Brauen deutlicher als die Spitze ihres Daumens. Vom Unglück, man selbst sein zu müssen.

Bald kommt die Stunde des Wolfes, sage ich.

Sie legt ihre Stirn kraus und schüttelt ganz sanft den Kopf. Ich küsse ihre Nasenspitze, die etwas kalt ist. Wie automatisch ziehe ich die Decke etwas fester um sie.

Die Nacht ist wie ein Glas, in das man die Dunkelheit gießt, aber die Dunkelheit kann aus dem Glas der Dunkelheit nicht einfach herausfließen, indem sie über den Rand der Nacht abläuft. Und so wird das Glas immer voller und immer voller mit Dunkelheit, verstehst du? Bis das Glas beinahe bricht vor Schwärze, und nur so könnte die Nacht wegfließen. Und dieser kleine Moment ganz kurz vor dem Sprung des Glases ist die Stunde des Wolfes. Danach wird es hell – und da tagte es.

Sie schüttelt wieder leicht den Kopf, aber sie lächelt. Die letzten Worte hatte ich auf Deutsch gesagt. *What does that mean?*, fragt sie, *da tagte es?* Erst in der anderen Sprache klingt sie wirklich amerikanisch, und vor dieser Feststellung habe ich Angst. Ihr Mund scheint, lautlos, noch einmal die Worte nachzuformen. *Was heißt es?*

Dass es schon viel zu spät ist. Obwohl eigentlich viel zu früh am Tag.

Was also nichts anderes heißt, als dass es zu früh ist, sagt Ada. *Wir haben noch viel Zeit*, und plötzlich steht sie auf und steht nackt vor mir: *Komm, wir gehen raus und warten auf die Sonne.* Ich muss skeptisch geschaut haben. *Neulich hast du gesagt, dass du das ganze Jahr wie ein Klischee gelebt hast. Was nur bedeutet, dass es jetzt eigentlich auch egal ist.* Sie geht ins Wohnzimmer, ich höre das trockene Knistern ihrer Kleidung, die sie zusammensucht. *Und außerdem hast du noch keine einzige Flocke für mich schneien lassen.*

What?, frage ich und starre wieder auf den starren Deckenventilator. *Was meinst du?* Ada antwortet nicht, und ich gehe ebenfalls ins Wohnzimmer, wo sie im Halblicht des Zimmers steht, ohne Höschen, ihr Pullover zur Hälfte angezogen, ein Ärmel hängt wie eine schlappe Schlange von ihrer Schulter herunter, die geteilt ist vom Träger ihres BHS. Ich sehe all das im Bruchteil einer Sekunde, in der sie eingefroren steht, wie das Insekt im Bernstein, und als sie mich sieht, bricht ihre Reglosigkeit, mit der Bewegung ihres Kopfes verändert sich der Lichteinfall auf ihr Gesicht, und ich kann erkennen, wie aus Adas linkem Auge eine Träne fließt, über ihren hohen Wangenknochen rollt, wie ein Regentropfen über die Lippe einer Blütenknospe, und ins Nichts des Raums fällt. Sie wird keine Spur auf dem Teppich hinterlassen.

Ich gehe zu Ada und umarme sie. Ich komme ihren Augen näher, bis ich sie nicht mehr sehen kann. Ich sage ihr die drei Worte. Auch diesmal in meiner Elternsprache. Ich bin nicht alleine hier, und Ada versteht mich jetzt. Hier, mit ihr, klingen die Worte freier. So wie ein eingeschlossener Mensch in einem Raum frei wirken kann, auch wenn er darin gefangen ist und fremd. Ich entferne mich von ihren Augen, bis ich sie wiedersehen kann. Adas Lippen formen, lautlos, noch einmal meine drei Worte nach.

Ich höre noch einmal das Rauschen des Meers.

UNDERNEATH THE SUN · BILL FAY

Lange Wellen treiben schräg ans Ufer. Vor uns, die Sonne ist noch nicht zu sehen, der Tag ist etwas neblig, der Himmel kalkig wie ein blendender Schnee, der hohe Himmel, unbeschrieben. Hinter uns liegt der steinige Anstieg zur Straße mit den Häusern der Beachfront, in ihren Fenstern ist der Himmel lesbar, die Häuser von hier unten aus puppengroß, und in ihren Räumen die Schlafenden, und hinter ihnen das ganz eigene Rauschen des Pacific Coast Highway, jetzt schon laut, gerade da es tagte.

Ich bin jetzt wahnsinnig müde, sage ich zu Ada. Ich denke kurz, ich werde erst im Flugzeug schlafen. *I am gonna make it through this year, if it kills me.*

Bei mir geht es jetzt eigentlich, sagt sie mit einem Lächeln, das kurz auf ihrem Gesicht liegen bleibt, auch wenn sie schon wieder auf ihre gehenden Füße schaut, die in ihren roten Schuhen durch den Sand knirschen.

Der Morgen ist noch kühl, beinahe kalt, Ada trägt einen Schal über ihrer Yankees-Jacke und die weiße Wollmütze, die aussieht, als wäre sie aus Cashmere, sich aber bald viel härter anfühlt. Die Luft ist feucht und riecht nach Salz und Nacht.

Ist dir schon mal aufgefallen, dass im Winter viel weniger Menschen auf der Straße gehen?, frage ich sie.

Obwohl man in LA eigentlich das ganze Jahr auf der Straße gehen könnte?, sagt sie mit einem wissenden Kichern. *Ja, du wirst dich wundern, das ist mir aufgefallen.*

Wo der Himmel bereits aufgebrochen ist, schwebt eine ganz feine Mondsichel, wie der halbe Abdruck eines Glases, hinterlassen auf einem Papier, wie die halbrunde Kerbe, von einem Fingernagel in ein weiches Holz gedrückt, vielleicht nimmt der Mond ab, vielleicht nimmt er zu, Altlicht oder Neulicht, ich mochte das nie unterscheiden.

Die meiste Zeit lebe ich an ungelesenen Orten. Und letztendlich sind alle Orte nur ein Ort, und für diesen einen Ort gibt es ein Wort, das jeder kennt, und man füllt es voll, es ist wie eine offene Form, man gießt es auf wie mit Wachs oder Lehm, und ist der Abdruck schließlich fertig, ist der Ausdruck perfekt. Und man stirbt, ohne sich ein einziges Mal ganz gesagt zu haben. Man stirbt aus einem fahrenden Zug heraus, man fällt aus einem anmutig segelnden Flugzeug, man steigt, man steigt, bis man stürzt. Als Kind hat dieses Fallen längst begonnen, lange bevor man davon wusste, und davon zu wissen, machte es noch viel schlimmer.

Eine Weile lang ist es leise zwischen uns, und ich denke, dass ich mich an all dies hier nicht erinnern werde, es mit Sprache nicht werde greifen können, das Schlagen der Wellen, stark wie sich ausschüttelnde Laken, wie schlagende Fahnen, rauschende Tiere, deren flüssiges Fell im Wind kracht, diese heftig hauchenden Wesen, die mit schaumigen Schöpfen ihre rauschenden Purzelbäume ans Ufer schlagen, um im Sand zu versinken und mit aufgeberischer Anmut zurückzuweichen.

Was glaubst du, wo der ganze Schnee hin verschwunden ist?

Wie meinst du das?, fragt Ada, während sie versucht, eine Zigarette anzuzünden, alleine, der Wind verwehrt, verweht es ihr. Wir bleiben stehen, ich spende ihr Windschatten. Sie steckt eine zweite Zigarette an ihrer an und sieht mit ihrer Sonnenbrille im orangepinken Morgen aus wie eine kettenrauchende Rocksängerin.

Danke, sage ich, und rauchend gehen wir weiter. *Ich denke schon länger nicht mehr an Schnee. Ich frage mich nicht mehr so sehr, was Schnee überhaupt soll. Was sowieso eine unnötige Frage war. Was er bedeuten soll ... was seine Funktion in Texten ist und in Sprache ist ... wofür er stehen könnte. Es kommt mir jetzt manchmal beinahe so vor, als wäre Schnee etwas gewesen, was ich glaubte, in meinem Leben haben zu wollen, und jetzt habe ich festgestellt, dass ich eigentlich etwas ganz anderes bräuchte.* Der Sand knistert unter unseren Schritten, laut schlägt das Meer. *Es ist eigentlich traurig, wenn ein Bedürfnis zu Ende geht.* Ich ziehe an meiner Zigarette. Die Zigarette zeigt mir, wie müde ich bin, indem sie mich weniger müde macht. *Oder es ist befreiend. Als hätte ich mich von etwas freigeschwommen, von dem ich gar nicht wusste, wie sehr es mich ertränken wollte.*

Was doch dann eine Art Erfolg war, sagt Ada, halb fragend?

Das weiß ich nicht. Habe ich was verloren oder wurde ich von was geheilt? Es ist etwas vorbei, das weiß ich, aber zufrieden bin ich damit nicht. Ich komme nicht gut damit klar, wenn Sachen aus der Möglichkeit in die Wirklichkeit fallen. Sie lächelt, etwas verschmitzt und etwas mitleidig.

Ada sagt: *Ich glaube, dich stört nur, dass du noch keinen Text daraus gemacht hast, oder? Weil ein Text das Ende aufschiebt. Das hast du zumindest mal gesagt.*

Ich sehe seitlich zu ihr rüber. Sie sieht mich an, lächelnd. Ich nicke, nicht lächelnd.

Oder?

Ich glaube schon. Ich denke an die gelbe, maschinengeschriebene Seite, die jetzt im Getty liegt, meine Fingerabdrücke darauf, mein Körper darin, in Berührung und in Sprache, gemischt mit den textlichen Überresten eines Körpers, den ich nie kannte.

Ada schaut auf ihre Schuhe, zieht an ihrer Zigarette, ich sehe sie noch einen Moment lang an, hinter ihr das morgenbeleuchtete Kliff, darüber die Spielzeughäuser und die Palmen, und vor ihnen sie. Der Nebel scheint verschwunden. Aus irgendeinem Grund habe ich jetzt das schmerzliche Gefühl, ich hätte diesen ganzen Ort hier verraten, entweiht. Kurz das hochschlagende Bedürfnis, ihr alles zu beichten, zu gestehen, was ich getan habe. Doch es ist nichts als das Nikotin und der Alkohol, die in meinem Blut wüten und mich unruhig machen, der Schlafmangel und die sauerstoffvolle Luft des angekommenen Morgens. Ich will nicht weg von hier, jetzt noch weniger, seit ich weiß, wessen ich mich hier schuldig gemacht habe, dies ist der Ort, an dem ich gebraucht werde, an dem ich gut gefangen sein könnte, mit ihr, und jetzt ist mir morgen verhasst, solange es morgen noch gibt.

Die Wellen waschen ans Ufer und glätten den Sand, glänzend in der jetzt plötzlich aufgegangenen Sonne.

Well, sage ich, *there ain't no snow around here*. Ich zwinge mir ein Lächeln auf, hebe meinen Tote Bag. *Außer in dieser Tasche. Für dich.* Ich muss etwas lauter sprechen, wir sind ganz nahe an den Wellen.

Ada bleibt stehen, neigt leicht ihren Kopf. *Ich fühle mich geehrt.* Danach streckt sie mir, grundlos, die Zunge raus, das Sonnenlicht glitzert jetzt schon darauf, wie auf einer reifen Erdbeere.

Ich bin überrascht, wie viele Menschen schon am Strand sind, Joggende, die weit hinter uns und klein gegen den Verfall und die Zeit anlaufen, Reinigungspersonal, das hilflos scheint gegen die Verschmutzung von Touristen und Heimatlosen, und die zahllosen Heimatlosen selbst, die in zerschlissenen Schlafsäcken wie Robben über den Strand verstreut liegen. Der leise Wind, der die entfernten Palmen bewegt.

Ich rauche meine Zigarette bis zum Filter und halte den Stummel einen Moment in der Hand, schaue auf den Sand herunter, als Ada mich erwischt, mich unterbricht und ein kleines grünes Täschchen hervorholt, eine Art Briefumschlag aus Plastik, den sie öffnet. *Ein Reiseaschenbecher*, sagt sie mit der präsentierenden Eleganz einer Zauberkünstlerin. Wir stecken unsere ausgedrückten Zigaretten hinein. Ada zuckt mit den Schultern, hält das Plastikbriefchen noch einmal hoch. *Das braucht man hier*, sagt sie. *Weil Raucher in Kalifornien die schlechtesten Menschen der Welt sind.*

Ich weiß, sage ich mit Wind in der Stimme, *ich weiß das von dir. Deswegen kann ich morgen noch gar nicht wegfliegen.* Wir scheinen im selben Moment dasselbe begriffen zu haben: dass ich nicht morgen abfliegen werde, sondern heute. Doch ich bin Ada dankbar, dass sie mich nicht verbessert.

In leichter Entfernung links neben uns sehe ich eine schwarze Frau mit langem Haar, die ein weißes Kleid und Kopfhörer trägt, sie hält einen alten Walkman in der Hand, und mit harten, bestimmten Schritten stapft sie in Richtung der schlagenden Wellen, die Spuren auf dem nassen Sand hinter ihr leuchten nach jedem Schritt auf und verglänzen, trocknen zurück in den Sand in der Sonne, bis die nächste Welle kommt. Und ohne zu zögern geht diese Frau in die Wellen hinein, hält sich das Kleid zunächst über die Knie, bis sie beinahe bis zu den Hüften im Wasser steht und die Wellen sie umspielen und sie das Kleid loslässt. Wie ein Ophelia-Schleier umblüht sie das Weiß, und so bleibt sie im Meer stehen.

Es ist ein seltsames, seltenes Bild: Die Sonne hat jetzt das stahldunkle Meer geflutet und überglänzt. Eine Frau mit einem Walkman und Kopfhörern steht in den sonnigen Fluten eines kalifornischen Morgens am Pazifik und schreit oder singt unhörbar gegen die Wellen an und aufs Meer hinaus, und weil die Sonne hinter ihr blendet, weiß ich nicht genau zu lesen, was vor sich geht. Ist sie eine weitere Heimatlose, die trotz allem hier mehr zu Hause zu sein scheint als ich, trotz allem viel leichtmütiger über diesen Ort und diesen Ozean verfügen kann?

Als ich zu Ada zurückschaue, ist es wie ein Fallen, ein Zurückfallen, da ist sie, da steht sie, und auch ihr Blick ist auf die Frau neben mir gerichtet, zwischen Wollmütze und Sonnenbrille eine Stirn in zweifelnden Falten. Ich deute mit meiner Schneetasche in ihre Richtung und fange an zu sprechen, doch Ada unterbricht mich gleich und gibt mir zu verstehen, sie könne mich nicht verstehen.

Ich rufe lauter: *Ich will auch mal wieder einen Walkman haben und dem Pazifik entgegensingen.*

Ada ruft: *Welches Lied?* Ihre Grübchen unter der Sonnenbrille.

Du weißt, welches. Sie lächelt, und ich schaue noch einmal zu der Frau zurück, deren Bewegungen mir jetzt wie ein Tanz erscheinen, den Walkman hält sie vor sich wie ein Geschenk, die andere Hand ist wie zum Flehen oder zum Betteln ausgestreckt, scheint allerdings nichts zu sein als die gefühlvolle Verstärkung ihres Singens. Es ist kein Geschrei, es ist ein Gesang. Sie steht im kalten, tobenden Wasser eines kalifornischen Dezembers und singt.

Ich kann mich lange Zeit nicht abwenden, doch dann ist Ada neben mir und nimmt meine Hand. Ich küsse ihre Lippen, schmecke Tabak und Salz.

This is it, sagt sie, und ich weiß nicht, ob sie von der Frau spricht, davon, wie großartig diese namenlose, tonlose Sängerin in den Wellen ist, *das, das dort ist es, was wir suchten*, oder ob sie vom Ende spricht, *das war's.*

Ich sage, nicht ohne zu lächeln: *Es bleibt uns nur noch der Schnee.*

Bring it on.

Ich lasse die kleinen Tütchen mit dem weißen Pulver aus meiner Tasche auf den Strandboden fallen, das Wasser kriecht jetzt fast bis zu unseren Schuhen, die nebeneinander in der Welt stehen, doch die Wellen reichen noch nicht ganz bis zu unseren Füßen. Ada greift nach zwei der Tütchen, der Schatten ihres Gesichts gleitet lang über den Sand, und überreicht mir feierlich eines der Schneepäckchen.

Spitzfingrig öffnet sie ihres. *Open it,* sagt sie zu mir, die Sonne glänzend auf ihren Zähnen. Ich tue, was sie sagt. Der Wind schlängelt sich durch die Öffnung meines Tütchens und stiehlt sich schon einige der weißen Flocken, kreiselt sie hervor und weht sie flimmernd davon. Ich halte schnell wieder meine Hand darüber. *On three,* sagt Ada und zählt, lächelnd wie ein Kind, *one* —

Ich denke, jetzt bricht alles zusammen, der Tag beißt die letzten Stücke aus dem Jahr, das Kartenhaus steht vor dem Sturz, *this is it,* die Zeit archiviert sich jetzt selbst, heftet sich weg in alte Ordner, in entlegene Karteien.

— two —

Und Ada lacht noch, hält die Hand über ihr Tütchen, als könnte daraus jeden Moment ein Geist entweichen. Der Wind kommt mir jetzt noch einmal lauter vor, das Salz und der Sand stechen in meiner Nase. Wir gucken uns an wie die Kinder, die wir sind, wir müssen beide Lachen, und — *three.*

So offen und so oben fliegt jede Flocke, wie befreite Vögel flirren die weißen Plättchen in die Luft, mit Schaufelgriffen greift der Wind in die Tütchen und erlöst das kleine Flimmern, die Flocken, sie fliegen fort, nach links mit dem Wind, eine Körnung der sonnigen Luft, erst raus aufs Meer, weit und wahllos, aber dann, als wäre der Wind sich nicht sicher, schwebt der Flockenschwarm zurück und flach über den

Sand in unsere Nähe, bevor alles erneut aufstäubt und sich über der singenden Frau in den Wellen zerstreut.

Die Frau hat nun aufgehört zu tanzen und zu singen, sie steht still inmitten der weißkräuselnden Wellen und sieht mit zugekniffenen Augen verwundert zu uns rüber, als könnte sie nicht erkennen, was nun bei uns vor sich geht, bevor sie anfängt, mit uns zu lachen. Noch einmal scheint ihr Körper zu tanzen, nur diesmal nicht vor Musik, sondern vor Jubel, und sie erhebt ihre Arme in unsere Richtung, richtet den Kopf Richtung Himmel und schließt schließlich die Augen wie vor einem großen Genuss.

Wir öffnen die restlichen Schneepäckchen und füttern die Flocken an den Wind, wir lachen, weil es immer erst weniger anmutig aussieht, als gedacht, weil alles schneller vorbei ist, als es aussieht, weil dieser Schnee nicht fällt, sondern steigt und schwebt und stäubt wie Blüten, die aus einem großen Baumgewebe gekämmt werden, und weil sich dann doch bald ein körperhafter, permutierender Schneeschweif bildet.

Dann jedoch, plötzlich, rieselt der Schnee sanft auf uns herunter, wie die feinen Löwenzahnschirmchen, die im Sommer der Kindheit bis heute durch die schräge Sonne schimmern, und die Flocken verfangen sich in unserem Haar. Als hätte der Wind einen Moment lang für uns ausgesetzt, ein großes Wesen, das erst neu Luft holen muss, sinken die kleinen Kunstflocken jetzt einen Augenblick auf uns herunter. Wir stehen im Schnee, du und er, ihr beide, und du, liebe Ada, du breitest jetzt ebenfalls kurz die Arme aus, bevor der Wind wieder einsetzt und den Flockenwirbel über dich hinwegfegt, und hinter dem Brandungsrauschen höre ich euch beide bis heute lachen.

Aus deinem Lachen herauskommend, höre ich deine Stimme, als wäre sie atemlos, du rufst etwas, das klingt wie:

Thank you for your snow, love!, aber es ist auch möglich, dass ich mich bloß verhört habe.

Mein Blick ist noch einmal zur Seite gezogen, wo Ophelia in ihrem weißen Kleid jetzt wieder monolithisch reglos in ihrer Schaumbrandung verharrt. Doch ihr Gesicht ist völlig verändert, holzig und leer und verzweifelt, wie das innere einer Maske, und erst jetzt, als sie nicht mehr lacht und nicht mehr singt, erst jetzt sehe ich ihre glasblauen, schönen Augen und meine, sie daran zu erkennen. Mit einem Schlag ist jetzt das Jahr vorbei, und es ist, als läge hier nun die Antwort auf eine schmerzliche Frage, die ich mich zu stellen nicht gewagt hatte und die ich vermutlich gar nicht kannte. Doch anstatt im Wiedersehen dieser Frau so etwas wie Erleichterung darüber zu empfinden, dass sie dieses Jahr mit mir überlebt hat, wächst stattdessen nur meine Beklemmung.

Ich drehe mich zurück zu Ada und bin nicht überrascht, dass ich wie von einem großen Zittern durchstoßen bin, doch ich bin verwundert, dass ich jetzt auch Adas Augen sehe, warum sie die Brille abnahm, werd' ich nimmer wissen, ihr Blick ist offen und schön, er ist ein Schritt, den sie auf mich zu tun möchte, der aber durch irgendetwas daran gehindert wird, wie ein aufgehaltenes Stürzen, und Tränen fließen über mein Gesicht, Tränen, die ich nicht aufzuhalten weiß und nicht aufhalten will.

Ada kommt zu mir und setzt während der wenigen Schritte ihre Brille wieder auf, und dann liegt ihr Gesicht unter dem Schatten, den mein Gesicht auf sie wirft. Ich schüttle weinend den Kopf und bewege sie aus meinem Schatten heraus. In ihrer Brille steht die brennende Sonne, und hinter dieser Brille läuft über jede ihrer Wangen eine einzige Linie aus Tränen, zwei glänzende Streifen, Spuren ins Eis geschnitten.

Sie umarmt mich so heftig, dass mir meine Sonnenbrille in

den Sand fällt. Das grellweiße Licht. Ich schließe meine Augen, spüre ihre Haut an meiner Haut und atme ihren Duft, gemischt mit dem Sand und dem Salz, spüre an ihrem Zittern, wie sie weint, ich sehe die letzten Flocken Weiß auf dem Strand, verknorpelt mit dem Schaum der alten Wellen des Meeres.

Ich halte Adas Hinterkopf, die harte Wolle ihrer kleinen Mütze, darunter die Knochen ihres Kopfes, alles wirkt jetzt klein, doch dieses Kleine hätte mein Alles sein können.

Ich sehe auf, nach vorn, wo sich die Bucht aus Santa Monica herausschwingt, betupft mit bauschigen, puscheligen Palmen, und die weißen Kuppen der Wellen wie ein Pulsschlag ans Ufer.

Viel später höre ich in mir zu diesem Moment einige Zeilen von Louise Glück, die mich verzweifelt machen: *And yet your voice reaches me always./And I answer constantly, /my anger passing/as winter passes. My tenderness/should be apparent to you/in the breeze of the summer evening/and in the words that become/your own response.*

OCEANS AWAY · PHILLIP GOODHAND-TAIT

Die Tage sind in die Flammen gegangen. Ich war einmal dort, als dort noch hier war. Es war wie ein Traum, den ich für immer austräumen wollte, und jetzt, wo sich meine Augen öffnen, habe ich schreckliche Angst, weil die Tore sich schließen, ich fürchte, dass ich nicht genügend getanzt habe, nicht gesungen habe in den Fluten, dass ich nicht einmal genügend gelacht habe, nicht oft genug aufgesehen habe in die durchleuchteten Palmenblätter unter der Sonne, dass ich nicht genug gelebt habe, nicht genug geliebt, dass ich nicht einmal genug gelesen habe und nicht genug weiß vom

Schnee, dass ich nicht genug Schnee erfahren habe, nicht hier und nicht dort, dass ich schlicht nicht genau genug hingesehen habe, als ich den Schnee damals sah und nicht genau genug, als ich dich sah, nicht lange genug, obwohl ich wissen musste, wie kurz alles war, wie kurz unser WIR war, obwohl ich wusste, dass ich lange und genau und mit gehendem Blick hinsehen müsste, während ich noch da war, weil ich von Anfang an wusste, dass alles vor mir und in mir verschwinden wird.

Ich weiß, wenn ich dich lange genug vermisst habe, werde ich verschwinden, aus meinem Leben in ein neues Leben übergehen, in einer Zelle aufwachen, und diese Zelle wird sich nicht unterscheiden lassen von einem Leben in Freiheit, und ich werde diese Lebenszelle für die Wahrheit und für das Leben selbst halten, aufwachen werde ich in einem Leben mit einem neuen Menschen, und vielleicht werde ich glücklich sein, vielleicht aber wird für den Menschen, der ich heute bin und gestern war, dieses Wesen, das ich morgen sein werde, der Grund für eine unstillbare Traurigkeit sein: Die Gewissheit, dass ich einfach *nicht* die Fähigkeit besitze, *nicht* zu vergessen, und dass ich dabei nicht behalten kann, was war, dass ich dich einfach nicht halten kann, nicht einen von euch allen, dass es uns einfach nicht möglich ist, nach vorne zu leben und rückwärts zu sterben, dass wir gleichzeitig aber so blendend befähigt sind, auszublenden und auszubrennen, was uns schmerzt, nämlich die Gewissheit, dass der gehende Blick manchmal nichts anderes bedeutet, als dass man sich einfach nie wiedersieht.

Wir blenden diejenigen aus unserem Leben aus, die uns am nächsten sind, und sie blenden uns aus ihrem Leben aus. Man sieht einen neuen Menschen an und wird selbst neu und man sagt, dies ist es, hier ist es, wir sind es, was ich liebe, *this is it*, dies ist es, was mein Leben von nun an sein wird, WIR, auch wenn es ein Palimpsest des Vergessens bedeutet, eine überschneite Spur. So ist jede neue Liebe eine erste Liebe, und jede Liebe zu verlieren ist wie das Ende der ersten Liebe – und gerade weil wir uns so sehr daran verzehren, verbrauchen wir so schnell unseren Schmerz, wir leiden wie Roboter des Schmerzes, verausgaben uns an der Trauerarbeit, wir arbeiten die, die wir verloren haben, einfach ab, wir bauen sie ab, und schließlich schlurfen wir zur Stechuhr und gehen nach Hause. Und auf eine ähnliche Weise verlieren wir auch uns selbst, wenn wir an uns erschöpft sind, wenn wir uns abgewirtschaftet haben. *This is it.*

NIRGENDHEIM · TEHO TEARDO & BLIXA BARGELD

Ich wache auf in der rauschenden Zelle, ohne gleich zu wissen, wo ich mich befinde, bis mich die Angst überkommt, als ich weiß, dass ich hier bin, in der Kabine der Bewegung, in der Dazwischen-Schwebe. Aufgeregt sehe ich nach draußen, eine dichte, dicke Wolkendecke, graphitgrau, tumorig verknorpelt, das Blitzen des Flügellichts, das dagegen schlägt. Kein Feuerwerk. Ich schlafe irgendwann wieder ein.

Der Regen peitscht gegen die kleine Scheibe mit den abgerundeten Ecken, es ist beinahe ganz still in der Kabine, einige gedämpfte Gespräche, die trockene Luft und der alte Geruch von Kaffee, dann weint irgendwo ein Kind.

Ich stelle meine Rückenlehne senkrecht, meine Handflächen schwitzen, und als wir uns der dunklen Landebahn und den Perlenschnüren aus Licht nähern, steht plötzlich eine lange Phalanx von Rettungsfahrzeugen im schrägen Regen bereit, Feuerwehr und Krankenwagen, ihre Blaulichter kreiseln in wilder Frequenz und flimmern im fallenden

Wasser, glimmen durch die Tropfenamöben an der Scheibe. Ich habe Angst, dass sie für uns gekommen sind.

Kein Immigration Officer hält mich auf. Als man meinen Pass stempelt, guckt der Grenzbeamte nicht mal auf. Das Land verschluckt mich.

Die Wohnung, in der ich jetzt wieder wohnen muss, riecht nach altem Gebratenen und nach Staub oder so etwas wie Betonpulver, die Zimmer sind kalt, ich kann den Schlafraum nicht heizen. Das Bett hat mir der Zwischenmieter hinterlassen, den ich nur einmal vor meiner Abreise gesehen habe. Im Wohnzimmer steht noch ein Karton alter Kabel, die nicht von mir stammen. Meine Bücher, meine Papiere, die wenigen Möbel, die ich besitze, sind eingelagert in einem Neubaugebiet vor der Stadt. Ich werde sie bald auslösen müssen, ich habe nicht genügend Geld, um sie lange zu lagern. Ich habe nicht genügend Geld, um lange hier zu bleiben.

Als ich heute Morgen erwachte, hatten sich an der Fensterinnenseite neben dem Bett in der Nacht kleine Frostblumen gebildet. Vereinzelt sehen sie aus wie vergrößerte Fotografien von Schneeflocken, wie die Mikroskopien von W. A. Bentley, kristallne, kleine Wundergebilde, ich berühre sie mit meinem Finger und bringe sie zum Schmelzen.

Es ist kalt, das Licht fahl. Es schneit nicht, die Autoreifen auf den Straßen vor dem Fenster sind vor Feuchtigkeit laut, nachdem der Frost der Nacht etwas zurückgetaut ist. Es ist der graueste Januar, den ich in Erinnerung habe, weil sich das Grau aus mir heraus auf die Stadt gießt, auf die kotzefarbenen Trams, die kahlen Bäume, das handschuhgraue, gewellte Asbestdach vom Lagerhaus des Nahverkehrsverbunds gegenüber, der knochenweiße Himmel. Kein Melonengelb, keine pflaumenfarbenen, palmenfarbenen Nächte, kein Leuchtgrün junger Blätter, junger Augen.

Ich habe noch keinen Internetanschluss, kann schlecht schlafen, Jetlag aus der anderen Richtung, rauche in der Nacht zum Fenster raus, schlafe irgendwann betrunken ein, während auf meinem Smartphone die Internetpornos buffern. Manchmal wache ich nachts auf und bin einen Moment irritiert und voller Angst. Ich höre das Husten des Alkoholikers, der in der Wohnung unter meiner lebt.

Jeden Morgen, ganz früh, gehe ich durch die Dunkelheit in einen Starbucks in der entsetzlich hässlichen Innenstadt am Fluss, beim Gehen durch die Stadt schaue ich auf den Boden auf der Suche nach den Kanaldeckeln dieser Stadt und spreche mit gedämpfter Stimme mit Ada über Skype. Ich werde manchmal komisch angeschaut, wenn ich auf Englisch in meinen Computer spreche, obwohl ich in einer Weltstadt bin, obwohl ich mich in der Gegenwart befinde. Doch es ist eine deutsche Weltstadt, nicht mehr, in der deutschen Gegenwart. Ich bin affektierter, als ich es mir wünschen würde, wenn ich von diesem Land aus Englisch spreche, und ich lache nicht so laut, wie ich über etwas lachen könnte, wenn Ada mit mir im Zimmer wäre, wenn ich in ihrem Zimmer wäre. Ich fühle mich beobachtet, während wir uns beobachten.

Einmal, Ada sitzt bettfertig vor den buntstiftbunten Abrieben, die jetzt an ihrer Wand über dem kleinen Tisch kleben, muss sie lachen, als hinter mir zwei Schulmädchen stehen bleiben und in den Laptop winken und dann kichernd verschwinden.

I'm sorry, sage ich.

And don't have any kids yourself, sagt sie mit einem Lächeln. Sie greift aus dem Bild und holt sich ein Glas leuchtenden Weißwein, nippt einen Schluck. Sie erzählt mir vom Wetter in LA, und ich höre im Hintergrund den kleinen

Hund, der manchmal in der Nachbarwohnung bellt. Auf ihrer Kommode stehen frische Blumen, die mich traurig machen, weil Ada sie allein gekauft hat. Ich will sie nicht lange aufhalten, aber wenn wir uns verabschieden, lasse ich das Gespräch noch einmal aufleben, ach, weißt du, was heute noch war, und dann folgen Belanglosigkeiten darüber, wie ich mich widerwillig zurück in mein deutsches Leben grabe.

Ada raucht zwei Zigaretten während des Gesprächs. Dann sagt sie, *listen*, als müsse sie mir etwas Wichtiges mitteilen. Sie erzählt, dass sie für zwei Tage für eine Konferenz nach San Diego muss, ob es in Ordnung wäre, wenn wir erst wieder skypen, nachdem sie zurückgekehrt sei. Es kommt mir vor, als hätte sich mein Körper verkleinert, verengt, als wäre ich eigentlich nicht mein Körper, sondern *in* meinem Körper und hätte darin keinen Platz mehr. *Na klar*, sage ich, aber dann frage ich, ob sie mir auch davon erzählt hätte, wenn ich sie nicht noch länger aufgehalten hätte, weil wir uns doch schon zwei Mal verabschiedet hatten, ohne dass sie es erwähnte.

Weil es sich noch nicht ergeben hatte, sagt sie mit einer Note von Irritation in der leicht blechern schallenden Stimme. *Ich hätte es schon gesagt.* Sie greift nach dem letzten Schluck Wein.

Ist ja gar kein Problem, sage ich. *Ich hatte mich nur gewundert.* Ich frage mich, wie ich mit der Neuordnung meiner nächsten Tage umgehen werde. Ich sage, ich müsse sowieso in den nächsten Tagen zum Arbeitsamt, als bestünde irgendein Zusammenhang. Ada muss schmunzeln über die Ernsthaftigkeit in meiner Stimme.

Sie verabschiedet sich und winkt in den Rechner, und als sie auflegt, friert das Bild ein, und ich sehe Ada stillgestellt, ihre winkende Hand ist verwischt, ihr Mund leicht schief, kurz vor einem letzten Lächeln. Ich mache schnell einen Screenshot. Als ich zurück in die Wohnung gehe, riecht das Treppenhaus nach Kohlsuppe.

In der Nacht wache ich auf und habe das Gefühl, mein Herz sei voller Staub. Ich meine, ich sei selbst mein Herz und wolle ausbrechen, obwohl ich weiß, dass dies mein Ende bedeuten würde. Der Schrecken liegt in der Banalität. Ich rauche, lasse das Fenster jetzt geschlossen, weil es egal ist.

Ich erinnere mich, gerade so, wie ich es gewusst hatte, und es ist schmerzhafter, als ich erwartet hatte, die Zeit kommt zurück, als wäre sie ein Schlag, wie ein heftiger Stoß ins Gesicht, allerdings schlägt sie aus mir heraus gegen mich. Sobald Erinnerungen da sind, ist das Erlebte lange vergangen. An gestern denken heißt, schon einen absoluten Verlust markieren. Ich denke an den harzigen Duft in dem Wäldchen auf dem Gettyberg, an das Licht des goldenen Verkehrs auf dem 405 im glasdunkelnden Abend zwischen den Netzen der Bäume, und eigentlich scheint es mir jetzt so, als hätte ich mich damals schon an diese versteinerte Zukunft erinnern können, weil sie lediglich eine Vergangenheit wiederholt, in der ich nicht mehr weiter wusste. Statt Grillen höre ich in der Nacht wieder das trockene Husten aus der anderen Wohnung, statt den nächtlichen Schlägen auf Adas Dach höre ich die Heizungsrohre zwischen den Wänden röcheln.

Langes Weinen, das der Alkoholiker von unten aus der leeren Wohnung über seiner hören kann. *Manchmal: die Zimmer wie einen Tag nach unserm Tod* (ILSE AICHINGER).

THIS IS HELL · ELVIS COSTELLO

Während eines Seminars im Arbeitsamt lerne ich die Bewerbungsstrategien Onlinesuche und Stellensuche in der Tageszeitung kennen. *Gehen Sie auch unkonventionelle Wege bei Ihrer Bewerbung.* Die anderen Seminarteilnehmer machen sich eifrig Notizen, ich schaue auf die regendunkle Welt im Fenster.

Ich bekomme eine Bescheinigung über die Teilnahme ausgestellt und fahre mit einem nassen, nach Hund riechenden Bus, die Scheiben sind beschlagen, sodass man das Ende der Stadt nicht erkennen kann, in das Neubaugebiet zu meinen eingelagerten Büchern. Der Bus fährt beinahe ohne eine Regung über die dunkelgeregnete, glatte Landstraße, als führe man auf einer Schiene.

In einem Büro, das mit Katzenbildern dekoriert ist, obwohl der Angestellte aussieht wie der Boxprinz, werde ich an einen jungen Mann verwiesen, unter dessen Kragen der Winterjacke ein Tribal-Tattoo hervorguckt, als er mich, nach Ausfüllen einiger Formulare und einer Kopie meines Ausweises, zu meinem Lagerraum auf einem großen industriellen Platz begleitet. Der Tag wird kälter.

Der Betonboden ist an manchen Stellen brüchig, und darunter ist Kopfsteinpflaster zu sehen, als wollten sich alte Teile der Stadt wieder ans Licht brechen und wären mit Asphaltmasse erneut daran gehindert worden.

Da is' das feine Stück, sagt der Mann und schaut mir, nachdem ich meine Zigarette ausgeraucht habe, dabei zu, wie ich das Tor aufschiebe. Darin stehen meine Bücherkisten, der Schreibtisch, einige Stühle, ein paar Lampen. Alles sieht aus, als wäre es in gutem Zustand, beinahe so, als wäre ich nicht weggewesen. An vieles hätte ich mich nicht mehr erinnert, und ich verbringe eine ganze Weile damit, durch die Kartons zu schauen, während der Angestellte aus einem nach Minze riechenden Vaporizer Dampf um sich wirbelt. Ich wühle jetzt gezielter durch ein paar Kisten und suche die drei Bücher heraus: Handkes *Wunschloses Unglück*, Roths *Winterreise* und Agnons *Liebe und Trennung*.

Anschließend finde ich die Kiste mit meinen Notizbüchern. Aus manchen gucken kleine Post-It-Fähnchen heraus, ausgestreckte bunte Zungen, aus Seiten, mit denen ich einmal etwas anfangen wollte. Ich nehme das rote Notizbuch, den Ordner und die Legal Pads aus meinem Rucksack und lege sie zu meinen alten Notizbüchern und Blöcken. Behutsam schließe ich den Karton, als deckte ich ein Kind zu. Die Pappe ist hart an den kalten Fingern. Ich greife mir noch einen Schal und eine Mütze, und als ich über die Kisten zum Ausgang des Lagerraums zurückklettere, guckt mich der Mann verwundert an.

Ich dachte, Sie räum' das Ding jetz' leer.

Nein, sage ich, *wie ich schon Ihrem Kollegen sagte, brauche ich heute nur ein paar Kleinigkeiten.*

Er guckt auf die drei Bände in meiner Hand und sagt: *Bücher?,* mit einem Ton von Verachtung, oder so, als wüsste er nicht, was das sei, hab' ich aber schon mal gesehen. *Dass das Ihr letzter Monat is', das wissen Sie aber?*

Ich lächle: *Ja.*

Über uns rauscht laut ein Flugzeug unsichtbar durch die Wolken.

IMPOSSIBLE GERMANY · WILCO

Ich fahre zurück in meine Wohnung. Noch immer ohne Internetverbindung sind die Tage lange Wüsten. Ich fange endlich an, Agnons *Liebe und Trennung* zu lesen, trinke aus einer Emailletasse Whiskey, den ich mir am Essen abspare. Als ich keine Lust mehr habe zu lesen, blättere ich durch die Bücher, die ich im Koffer hatte. Den Rest des Koffers habe ich noch nicht ausgepackt. Ich müsste in einen Waschsalon gehen, aber alles hier ist schwerer, als wäre auf der Reise in jedes Objekt Blei eingenäht worden.

Als ich am Morgen bei Starbucks meine E-Mails checke, lese ich die Aufforderung, den DAAD-Abschlussbericht über die Ergebnisse meines Forschungsaufenthalts zu schreiben, aber lösche die Nachricht. Erst nach einem Moment springt mich aus der Liste der Ungelesenen eine glühende E-Mail von Bridget an, *Betreff: Urgent.* Mich überschauert eine heiße Welle, als wüsste mein Körper jetzt das Schuldgefühl in seinen richtigen Kontext zu rücken, seit er wieder zurück in der Umgebung ist, die gegen ihn ist. Ich gehe raus, rauche zwei Zigaretten, lese die Nachricht nicht. Es ist viel kälter geworden, ich sehe meinen Atem als weißes Gespenst. Die Mütze und der Schal machen keinen Unterschied. Ich habe eine viel zu dünne Jacke hier. *Dress for the weather you miss.*

Ein ehemaliger Kollege schreibt mir eine SMS, fragt, ob ich wieder zurück sei. Ich denke lange nach, wie ich auf die Worte antworten könnte, doch alles, was ich versuche, passt nicht recht, die Worte *ich bin zurück* würden sich nicht um die Wahrheit meiner Situation legen oder würden ihr nicht genügen. Sie haben sich leicht verschoben. Ich schreibe zurück, ein einzelnes Wort: *Nein.*

In der Nacht bin ich wach, verschlafe den Tag, wache in größter Verlorenheit und wie gerädert auf, als hätte man mich verprügelt.

Als ich am Morgen aus dem Haus gehen will, es ist noch dunkel, sehe ich durchs Drahtglas der Haustür das pixelig zerbrochene Licht einer Flamme, eine flackernde, vor und zurückschnellende Lichtzunge, die fransig am Boden leckt, huschend, von links nach rechts, als würde sie an einer Leine geführt.

Vorsichtig öffne ich die Tür, und ich lag richtig. An der Leine führt die hauchende Flamme ein Mann in orangefarbener Warnkleidung von der Straßenreinigung. Mit einem Flammenwerfer, eine kleine Dose am Ende einer angewinkelten Stange, taut er gelangweilt eine längliche Eispfütze vor der Tür zu Wasser zurück. In einigen Metern Entfernung steht sein Reinigungsfahrzeug, in derselben Farbe wie sein Anzug, trostlos und winzig in der Dunkelheit wartet es auf ihn.

Mit meinem ersten Kaffee öffne ich die E-Mail des Getty, in der Bridget sich im Namen des Instituts für meine Forschung bedankt und mich bittet, meinen Ausweis beim Pförtner abzugeben. Falls ich ein Buch veröffentlichen sollte, werde sich das Getty freuen, in der Danksagung erwähnt zu werden.

Als ich zum Rauchen rausgehe, muss ich so sehr lachen, dass ich mich an mir selbst verschlucke. Immerhin muss ich mich diesmal nicht übergeben.

Nachdem wir drei Tage nicht geskypt haben, skypen wir nicht mehr jeden Tag, dann nicht mehr jeden zweiten Tag. Als wir uns einmal im Skype sehen, trägst du Lippenstift, was mich wundert, weil es ungewöhnlich ist, und ich bin verzweifelt vor Verlangen, ich klammere, will dich nicht gehen lassen. Deine SMS werden kürzer, in deinen E-Mails befinden sich jetzt plötzlich Rechtschreibfehler.

Es regnet nicht. Wir waren am Morgen, an *meinem* Morgen, hast du es denn vergessen, zum Skypen verabredet. Ich habe lange das Programm geöffnet, aber das blubbernde Geräusch, dass du online bist, ertönte nicht. Ich wollte dich nach unseren blauen Flecken befragen von damals, als wir vor dem Kühlschrank auf den kühlen Boden gefallen sind, wie lange ist bei dir schon nichts mehr zu sehen? Und zu spüren? Ich drücke jetzt fest auf den Punkt, an dem ich meine, meinen blauen Flecken gehabt zu haben, als wollte ich die Erinnerung aktivieren, es tut mir weh, aber nicht aus diesem Grund kommen mir die Tränen.

Ich weiß nicht, ob ich vielleicht eine falsche E-Mail-Adresse von dir habe, und meine letzten Nachrichten dich vielleicht gar nicht erreicht haben. Sie sind immer alle angekommen, man hat immer die richtige E-Mail-Adresse.

Ich schreibe dir ein paar sms, in denen ich armselige Gelassenheit vorspiele. Ich sehe die drei Punkte in der kleinen Sprechblase am unteren Rand meines Smartphone-Bildschirms, und mein Herz schlägt höher. Dann verschwinden die Punkte wieder. Ich warte lange. Sie kommen noch einmal zurück und verschwinden erneut. Viel später am Tag kommt dann eine Nachricht von ADA. Darin steht nichts als: *Sorry, January*, kein Punkt.

Hat sie sich vertippt oder bedeutet dies etwas, das ich nicht verstehe? Ich öffne die Nachrichten-App und tippe selbst meinen Namen ein. Die Autokorrektur schlägt mir drei Worte vor: *Ja, January, Januar*.

Snowed.

This is it. Und erst jetzt habe ich das Gefühl, dass ich zurück in die Worte gefallen bin, ICH BIN ZURÜCK, er ist zurück, er, der dort geblieben ist, hier läuft nur noch eine trockene Schale, die sich der Wind bald holt und zu Asche zerstäubt. Ich schaue mir deinen Screenshot mit der verwischten Hand an und versuche, mir darauf einen runterzuholen, aber fange stattdessen an zu weinen.

Ich bin müde, ich habe ein weiteres Jahr in meinen Körper hineingelebt, in den Schlund der Zeit geworfen, ich gehöre hier nicht mehr hin, weil dies nicht mehr meine Stadt ist, weil du nicht darin bist. Doch auch die andere Stadt ist nicht meine Stadt, und das war sie nie. Würde man mich heute fragen, was ich über LA weiß, könnte ich eine halbe Stunde lang über ihre Stadt sprechen, ohne etwas von ihr zu sagen, denn der Zugang zu ihr ist mir verwehrt geblieben. Das Los Angeles, das ich kenne, ist nicht das Los Angeles, das neben dem Pazifik liegt in seinem schneeweißen Licht.

In der Nacht wird es Februar werden. Dann kommt bald ein Tag, an dem sich der letzte Tag wieder jährt, die Hälfte eines zerbrochenen Fahrrads, ein Seepferdchen treibend in der Widersee. Gefangen in der Falte, allein mit dem Staub. Da seid ihr ja wieder, hat gar nicht so lange gedauert.

Am Morgen nehme ich die Bahn auf den großen, stählernen Brücken über den Fluss, vorbei am Schloss, das stillgelegt ausschaut, ein Gebäude für eine alte Zeit, hinein in die Innenstadt, wo ich eine Job-Beratung für Wissenschaftler besuchen soll. Kurz vorm Stadtzentrum senkt sich die Bahn in den Untergrund, in den Bauch der Stadt. Der Tag ist trocken und kalt und gespenstisch windstill, und die lückenlose Wolkendecke, die hart über der Stadt hängt, zerstreut das Licht zu einer grellen, brennenden Masse, der Himmel klageweiß, der Berg nach der Lawine.

In der U-Bahnstation im Stadtzentrum ist es laut, schrilles Geschrei von Kindern dringt mir in meinen schlaflosen, besoffenen Kopf. Der Bahnsteig ist übersät mit nassen Fußspuren. Eine große Gruppe von Schulkindern wird wie eine Herde wilder Tiere von Erzieherinnen zusammengetrieben, es wird vergeblich versucht, sie in Zweiergruppen aufzureihen. Ich drängle mich an den spielzeugbunten Jäckchen und Schals und Mützchen vorbei zur Rolltreppe, die aus der Station auf die Straße führt. Eingefroren bleibe ich vor der aufsteigenden Metallmühle stehen, als ich die rotierende Treppe entlang nach oben zum Licht schaue.

Schlapp taumeln sie herunter und vergehen auf der Treppe wie in einem stummen Zischen, als fielen sie auf eine heiße, feindselige Fläche, die sie immer wieder hoffnungslos nach oben befördert und schon zerschmilzt, bevor sie erneut das Licht sehen können. Sie wirken wie winzige Teilchen des weißen Himmelsvorhangs, der von hier unten aus zu sehen ist, in derselben Farbe fallen sie aus ihm heraus, als löste sich der Himmel langsam auf, als wären sie die ersten Vorboten des völligen Zusammenbruchs, langsam kreiseln sie gleichgültig hinunter in meine Zelle.

Ich rege mich nicht. Dieselbe Kindergruppe drängelt sich schreiend und singend jetzt an mir vorbei, aufgebracht und wild rufen die Kinder nach dem Wetterphänomen, das mir nun nur noch wie ein Kürzel für Einsamkeit erscheint. Die Kinder drängen nach draußen, als hätten sie noch nie gesehen, was nun unendlich banal wirkt, banal und in seiner Gleichgültigkeit spottend. Es fällt mir ein, dass ich nichts habe, der Gedanke fällt in mir herunter wie ein schwerer Stein, ich habe nichts, nicht einmal ein Buch, keinen einzigen originellen Gedanken über Schnee und nicht einmal einen einzigen Menschen, den es interessiert, dass ich hier bin, in dieser Stadt, in diesem Land, in diesem Leben. Gewissermaßen ist der Gedanke eine Erleichterung, als hätte sein fallender Stein ein Glasdach durchstoßen, das mich die ganze Zeit eingesperrt und mir die letzte Freiheit genommen hat. Es ist spät, es ist heute, und morgen ist jetzt längst vorbei. Die Rolltreppe und das weiße Fallen. Alles doppelt sich vor meinem ausgleitenden Blick.

Die ersten Zweiergruppen von Kindern in ihren bunten Winterjacken sind oben im Licht angekommen, als mich aus meinem Augenwinkel etwas aus meiner Nachdenklichkeit holt. Ich schaue erwartungslos nach links herunter, wo ein kleiner Junge in einer blauen Jacke neben mir steht, eine gelbe Wollmütze auf seinem Kopf. Er hat dunkle, schöne Augen mit langen Lidern, hellbraune Haut, kleine Locken schauen unter seiner Mütze hervor, und als er meinen Blick aufnimmt, lächelt er mich mit einer breiten Zahnlücke an. Dann streckt er mir seine kleine Hand entgegen. Sie steckt in einem blauen Fäustling, das Piktogramm eines Fisches. Kurz sehe ich mich verstohlen um. Er ist allein, seine Begleitung für die Zweiergruppe, sie scheint fort zu sein. Vor uns hüpfen zwei Mädchen händchenhaltend, kichernd auf die Rolltreppe und fahren hinter den anderen Kinderpaaren hinauf in den Schnee.

Weil ich nicht gleich reagiere, streckt er mir die Hand näher und bestimmter hin, und dann sagt eine winzig kleine Stimme aus diesem kleinen Körper hoch zu mir: *Komm.*

Einen Augenblick meine ich, in meinen Augen Tränen zu spüren. Ich schlucke einmal trocken, nicke und nehme seine Hand. Ganz leicht erwidert ihr weicher, kleiner Ballen mein Halten, und seine schmalen, gepolsterten Schneeschuhe betreten vorsichtig die Rolltreppe. Ich fahre mit ihm nach oben, wo ich den Schnee riechen kann, lange bevor ich ihn liegen sehe, und der Gedanke weht durch mich hindurch, dass mir lediglich ein Jahr dazwischen gekommen ist. Wenn die Männer der Stadt kommen, um mit ihren Flammenwerfern den Schnee wegzutauen, dann könnten sie mich gleich mit fortbrennen, und es passierte niemandem ein Unglück.

DANKSAGUNG

Mein größter Dank gilt dem Estate of Gabriel Gordon Black-
shaw, insbesondere Cecilia, Douglas und Patil Peran sowie
Elsa Arlington; dem Deutschen Akademischen Austausch-
dienst für die großzügige Unterstützung an der Recherche
für dieses Buch; dem Getty Research Institute, besonders
Allie Linkus, Demetria Loomey, Meghan Fosters und Bridget
Weiss; der Los Angeles Public Library, besonders Jonathan
Davids und Bernard Wallis. Die Arbeit an diesem Buch wäre
nicht möglich gewesen ohne Lavinia Bonners, Elizabeth
Ember, Bianca Harrison, Sarah Ramires, Adrian Ramires,
Daniel Shore und Matthew Whittaker. Darüber hinaus gilt
großer Dank Linda Abendroth, Kai Arroyo, Marianna Calder,
Hanna Engelmeier, Julika Griem, Andrea Hartmann, Sonja
Hilzinger, Jonas Noack, Hubert Spiegel und Martin Woessner.